이
노
하
의　붉
은　바
람

이노하의 붉은 바람

1판 1쇄 찍음 2022년 9월 22일
1판 1쇄 펴냄 2022년 9월 30일

지은이 | 단 효
펴낸이 | 정 필
펴낸곳 | (주)뿔미디어

기획·편집 | 심은지
표지 디자인 | 우 물

출판등록 | 2002년 9월 11일 (제1081-1-132호)
주소 | 경기도 부천시 소향로17, 303(두성프라자)
전화 | 032)651-6513 팩스 | 032)651-6094
E-mail | dahyangs@naver.com
블로그 | http://blog.naver.com/dahyangs
비북스 | http://b-books.co.kr

값 12,000원

ISBN 979-11-6895-808-1 04810
ISBN 979-11-6895-807-4 04810 (세트)

DAHYANG
ROMANCE
STORY

이노하의 붉은 바람

上

단호 장편소설

목

차

1
흉조(凶兆)

"무어라? 초혜가 회임을 하였단 말이냐?"

여인의 음성은 평온하기 그지없었으나, 태현궁에 시립해 있는 모든 상궁과 나인들은 곧이어 벌어질 사달에 대해 이미 수차례 겪어 아주 잘 알고 있었다.

그들은 긴장으로 잔뜩 굳어진 어깨를 한껏 움츠린 채 이마가 바닥에 닿을 듯이 머리를 황공히 조아렸다.

"그, 그렇다 하옵니다."

"그래, 그렇단 말이지……? 초혜가…… 운화당 초혜 소의가 회임을 하였다고……?"

천천히 고개를 주억거리며 생각에 잠긴 채 허공을 바라보는 여인의 손끝에서 피어나던 붉은 매화 꽃잎들이 점차 그 형체를 잃어 가고 있었지만, 그녀는 조금도 개의치 않는 듯했다.

들고 있던 붓을 엉망이 된 그림 위에 툭 내팽개치듯 거칠게 내려놓은 그녀의 작고 가는 손이 무의식중에 어디론가 향했다. 그리고 잠시 후, 잔뜩 긴장해 있는 모두의 예상에 부응이라도 하듯, 힘껏 바닥으로 내동댕이쳐진 연적이 묵직한 파열음과 함께 산산조각이 나며 바닥에 파편들이 어지럽게 나뒹굴었다.

이미 여러 차례 겪은 일임에도 태현궁의 궁인들은 상궁, 나인 할 것 없이 모두가 놀라 두 눈을 질끈 감았다.

"이따위가 다 무엇이야! 이따위 교양이나 쌓고 있는 것이 무슨 소용이 있느냐 말이다!"

"마마, 고정하시옵소서!"

"황후 마마, 부디 고정하시옵소서!"

장 상궁과 민 상궁이 누가 먼저랄 것도 없이 거의 동시에 그들의 상전을 만류하고 나섰다.

그도 그럴 것이, 혜빈 최씨가 황제와 합방하였을 때는 하필 뜨거운 찻물이 담긴 다기를, 의빈 한씨가 합방하였을 때는 또 하필 뜨거운 탕약이 든 사발을 던져 황후의 섬섬옥수에 아주 심한 정도는 아니더라도 육안으로 뚜렷이 보이는 옅은 화상 자국이 남는 것을 막지 못한 전적이 있기 때문이었다.

그들은 그러한 일이 벌어진 다음 날이면 어김없이 황후가 아니라 황제에게 불려 가 엄한 꾸지람을 들어야 했다. 엄밀히 따져 원인 제공자라 할 수 있는 바로 그 황제에게 꾸지람을 듣는 것이 사실 억울하기도 했지만, 어찌 되었든 그는 만민의 주군, 지엄하신 황제 폐하가 아니시던가.

감히 그에게 불만을 품는다는 것은 상상조차 할 수 없는 일이었다.

오늘은 연적이니 차라리 다행이다 싶기도 했지만, 혹여 그 파편이라도 튀어 귀하신 존체에 생채기라도 나면 어찌하나, 그들은 오늘도 노심초사했다. 상전의 안위를 살피는 것이야말로 그들에게 주어진 가장 큰 소임임은 두말할 필요도 없을 터였다.

"그래, 틀림없이 회임을 하였단 말이지? 혜빈도 의빈도 아니고, 하필 초혜가? 그 천한 것이 회임을 하였단 말이지?"

"그것이…… 두어 달 달거리가 없었던 모양이온데 그간 쉬쉬하였나 보옵니다. 얼마 전 폐하를 따라 어화원에 나섰던 소의가 잠시 혼절한 일이 있사온데, 이를 이상히 여기신 폐하께서 직접 내의를 보내시어 진맥을 하게 하였더니……."

"그만! 그만! 그 입 다물지 못할까! 내게 얼마나 더 소상히 고할 참이더냐!"

"소, 송구하옵니다! 소인이 주제넘었사옵니다. 용서하시옵소서, 마마. 죽을 죄를 지었사옵니다."

"장 상궁! 대전으로 갈 것이니 채비하게!"

하여간 나설 때 안 나설 때를 구분 못 하는 눈치 없는 인간은 어딜 가나 꼭 하나씩은 있다. 누구나 다 알고 있는 사실을 혼자만 알고 있노라 착각한 민 상궁이 잘난 척 입을 놀리다 된통 혼쭐이 나는 것을 장 상궁은 딱한 얼굴로 바라보았다. 입궁한 지 스무 해가 지난 노련한 상궁답게 자신은 주인의 부름에 앞서 눈치 빠르게 그다음 할 일을 미리 준비해 둔 터였다.

"마마, 이미 대전 상궁에게 전갈을 보내 놓았사온데, 폐하께서는 대전에 아니 계신다 하옵니다."

"하면 어디에 계신단 말인가?"

'하면 또 어느 후궁에 들어 계신단 말인가' 라는 얼굴의 황후에게 장 상궁은 안심하라는 듯 든직한 얼굴로 빠르게 말을 이었다.

"운향정에서 홀로 음주를 즐기고 계신다 하옵니다."

"홀로?"

"예, 마마."

"내일은 해가 서쪽에서 뜨겠구나. 어찌 홀로 술을 드신단 말인가."

이죽거리던 황후는 곧 보료에서 몸을 일으켰다. 일각이라도 지체한다면 갑 갑함에 가슴이 터져 버릴지도 몰랐다. 평소라면 기분 좋게 들렸을 비단 치맛자락의 부드러운 마찰음이 오늘만큼은 귀에 몹시도 거슬렸다.

"여럿 따를 것 없으니 다들 물러가 있거라. 장 상궁, 자네만 따르게."

"예, 마마. 소인이 모시겠나이다."

성큼 장지문을 넘어선 황후의 뒤를 장 상궁이 바짝 따라붙었다. 황후의 불같

9

은 성미를 여러 해 겪어 본 바로, 오늘 같은 날 행동이 굼뜨다면 쥐도 새도 모르게 섬뜩한 냉궁에 처박힐는지도 모를 일이었다.

"늦었군."

술잔을 향해 있는 시선의 끝자락에 여인의 풍성한 치맛자락이 어리자 사내의 미간이 슬며시 구겨졌다.

제 앞을 막아선 심청색 치맛자락의 주인공이 누구인지 확인하지도 않은 채, 마치 기다렸다는 듯이 태연하게 말을 건네며 묵묵히 술잔을 기울이는 이 사내, 주단휘…….

파안제국의 황제이며, 용맹하고 의로운 군주라 하여 세인들로부터 '무의대제(武義大帝)'라 칭송되는 사내…….

그를 바라보는 황후 진아리의 표정은 더없이 표독스러웠다.

"그리도 아끼시는 총희가 회임을 하였으니, 얼마나 기쁘시옵니까, 폐하?"

황실의 예법이니 법도니 하는 것들은 지금의 그녀에게는 거추장스러운 머리 장식이나 발끝에 차이는 돌멩이 따위보다도 못한 존재였다.

황제에 대한 예를 올리지도 않고 대뜸 빈정대기부터 하는 황후를 바라보는 단휘의 시선이 곱지는 않았지만, 이제는 그도 이골이 날 대로 나 있는 터라 그녀와 부딪쳐도 이전보다는 노여움이 덜했다.

황후의 오만방자함에 대해서라면 어른, 아이 할 것 없이 황실과 도성 밖 민가에까지 모르는 이가 없을 정도였고, 그것은 간혹 파안제국에 당도한 주변국 사신들의 귀에까지 흘러들어 가 그를 한 번씩 곤란하게 만들기도 했다.

하지만 사정이 그렇더라도 제국 황제의 위용이 어디로 사라져 버리는 것은 아니어서, 감히 그의 면전에서 황후의 오만방자함에 대해 함부로 입을 놀리는 자들은 없었다.

파안제국의 젊은 황제, 그 주단휘에게는 수백 년 동안 이어져 내려온 제왕의 피가 흐르고 있었다. 범접할 수 없는 특유의 오만함과 자존은 세월이 흐르면서

자연히 다져지고 굳어져 감추려 해도 감출 수 없고, 의도하지 않아도 자연스레 배어 나오는 선택된 자만이 타고난 것이었다.

"그대가 축하해 준다면야."

잔뜩 약이 오른 황후가 시비를 걸어 왔지만 그는 언제나처럼 그녀의 기분이야 어떻든 관심조차 없다는 듯 성의 없는 대답을 툭 던지고는 비워진 술잔에 술을 채워 넣는 일에만 집중했다.

그 모습에 더 바짝 약이 오른 아리는 어깨가 부들부들 떨려 오는 것을 겨우 진정시키며 분을 삭이기 위해 숨을 크게 한 번 들이마셨다.

멀찌감치 떨어져 그런 두 사람을 불안하게 지켜보고 있던 장 상궁과 대전 내관 허 내관이 서로 측은한 눈빛을 주고받으며 동병상련의 처지를 위로하였다.

"하, 축하라 하셨사옵니까? 황실의 고귀한 혈통에 저 천한 계집의 더러운 피를 섞는 것이 경하드릴 일이라는 걸 우매한 신첩은 이제야 깨달았사옵니다. 참으로 잘나신 황제 폐하 덕분에 말이지요. 아시옵니까? 폐하께서 얼마나 뻔뻔하신 분인지를요?"

"내 그리 뻔뻔한 사람이었나? 몰랐군. 나 역시 이제야 깨달았다. 짐과는 비교도 아니 될 만큼 잘나고 또 잘나신 우리 황후 마마 덕분에."

"신첩이 예까지 말장난이나 하러 온 줄 아시옵니까?"

"짐은 그래 보이나?"

"폐하!"

"그대는 갈수록 성질머리 고약한 암고양이처럼 구는군. 지금 서 있는 그 자리가 어느 안전인지 분간도 못 하고 바락바락 발톱을 세우는 그 꼬락서니하며."

"그리 말씀하시는 폐하께서는요? 폐하야말로 갈수록 발정 난 수캐처럼 굴고 계시질 않사옵니까!"

이제는 일상이 되어 버린 그들의 언쟁은 언제부턴가 알맹이는 쏙 빠지고 껍질만 남아 어린아이들의 유치한 말다툼만도 못한 시답잖은 대화로 전락해 버린

지 오래였다.

이런 속사정을 모르는 이제 갓 입궁한 어린 나인들이 지금 이 상황을 봤다면 아마 남녀 간의 사랑싸움쯤으로 여기고 얼굴을 붉혔겠지만, 수십 년 동안 황궁에서 잔뼈가 굵어 온 장 상궁과 허 내관은 달랐다.

"이번엔 참지 않으실 모양이구려."

"예. 다른 분도 아니고 소의 마마께서 회임을 하셨으니, 예까지 오시는 동안 참으신 것도 놀라운 일이지요. 무어, 멀쩡한 연적 하나가 쓰임을 다하긴 하였지만 말입니다."

"나도 들었다오. 차라리 연적이니 얼마나 다행이오?"

"그러게 말이어요."

오래전 황후가 경미한 화상을 입은 그 일들을 말하는 것이었다.

시선은 상전에게 둔 채로 입조차 뻥긋하지 않고 정확히 대화를 주고받는 그들의 복화술은 이미 절정의 경지에 올라 있었다. 얼핏 대단한 재주인 듯 보이지만 기실 그것은 황실에서 잔뼈가 굵은 이들이라면 누구나 자연적으로 습득하게 되는 흔한 잔재주 중 하나에 불과했다.

황후가 갑자기 자신들 쪽으로 고개를 돌리자 두 사람은 대화를 멈추고 재빨리 고개를 숙였다.

하지만 아리의 시선이 향한 곳은 두 사람이 아닌, 그들이 서 있는 방향의 허공 어디쯤이었다. 유치하기 짝이 없는 말싸움 끝에 문득 황제가 꼴도 보기 싫어져 고개를 돌린 것뿐이었다.

"신첩, 잠시 행궁에 머물다 올까 하오니 윤허해 주시옵소서."

"불허한다."

단호한 거절에 아리의 고개가 다시 그를 향했다. 조금 전과는 달리 한층 서늘해진 눈빛으로 그가 그녀를 마주 보았다.

그녀가 운향정에 도착한 후로 줄곧 그의 손에서 떨어질 줄 모르던 술잔도 그제야 그의 손을 떠나 정갈하게 차려진 주안상 위에 다소곳이 놓였다.

"황후, 내게 무언가를 부탁할 때는 두 손을 모으고 허리를 숙여 공손히 이야기하도록 해. 그것이 저 수라간의 나어린 나인들조차도 알고 있는 황실의 법도다. 그대가 그리도 천하다 여기는 초혜 또한 알고 있는 가장 기본적인 황실의 법도 말이다."

이쯤 되면 그도 어쭙잖은 농 따위는 집어치우고 주단휘라는 사내 본연의 모습으로 돌아온 것임을 아리도 경험상 알고 있었다. 황후 보기를 연못가 바위 밑의 썩은 이끼 보듯 하고, 그녀를 대함에 있어 차갑고 냉정하기가 제국의 오랜 숙적 아라하를 대할 때와 비할 바가 아닌, 바로 그 냉혈한 주단휘의 본모습 말이다.

하지만 그녀는 기가 죽기는커녕 늘 그래 왔듯이 코웃음을 치며 이죽거렸다.

"황실의 법도라 하셨사옵니까? 예, 말씀 참 잘하셨사옵니다. 하오면 가장 기본적인 제왕의 의무가 무엇인지도 잘 알고 계실 테지요. 그 의무를 소홀히 하시는 분이 어찌 신첩에게 황실의 법도 따위를 운운하신단 말씀이옵니까?"

"뭔가 잘못 알고 있군. 그대가 말하는 제왕의 의무를 너무도 잘 이행하여 지금 이렇게 모처럼 만의 휴식을 방해받고 있는 것이 아닌가?"

초혜의 회임을 말하는 것이었다. 그리고 그 소식에 발끈하여 그에게 한달음에 달려온 그녀를 빈정거리는 말이기도 했다.

"짐의 나이 올해로 이립(而立, 서른)이다. 이제야 뒤늦게 후사를 보게 되었으니 그것을 비난하는 거라면 소홀하다는 그대의 그 말도 물론 틀리진 않았겠지. 한데, 나도 알고 그대도 분명히 알다시피 그대의 뜻은 그게 아니지 않나."

"……."

"말해 보라, 황후. 짐이 무엇을 그토록 소홀히 하였나."

"……진정 알고자 물으시는 것이옵니까? 아니면 기어이 신첩의 입을 통해 듣고자 하시는 것이옵니까."

"알고자 묻는 것이다."

그는 정말로 모르겠다는 얼굴이었다. 뻔뻔해도 그같이 뻔뻔할 수가 없었다.

'신첩의 자존심을 꺾어 놓으시려는 심산이심을 모를 줄 아십니까? 민가의 어린아이들도 다 아는 사실일 것입니다. 난봉꾼이라고 소문이 자자한 황제가 밤낮으로 후궁을 밥 먹듯이 드나들면서도 어째서 태현궁 쪽으로는 걸음조차 않는 것인지. 그것을 꼭 신첩의 입으로 직접 말씀드려야만 직성이 풀리십니까!'

할 말은 많았으나 생각으로만 그치고 아리는 그쯤에서 말문을 닫아 버렸다. 그의 의도를 뻔히 알면서도 장단에 놀아나는 바보 같은 짓은 하고 싶지 않았다.

후궁 셋의 처소를 하루도 빠짐없이 드나들면서도 정작 그는 정궁인 아리의 처소에는 코빼기조차 비치는 법이 없었고, 어쩌다 지척에서 마주쳐도 맨살은커녕 옷깃 한번 스치는 일이 없었다. 비록 후사가 없기는 마찬가지일지라도 그의 시침을 든 세 명의 후궁을 대할 때면 내색은 하지 않았지만 늘 자격지심에 시달려야 했다.

사정이 그러하건만, 회임이라니……. 그것도 하필 그 천한 계집이 회임을 하였다니!

기녀 주제에 운 좋게 그의 마음을 사 궁 안의 당 하나를 하사받은 것으로도 모자라 후궁의 첩지까지 받은 계집, 그래서 자신이 그토록 무시하고 경멸해 오던 바로 그 계집……!

더럽고 혐오스럽기 짝이 없는 바로 그 초혜 소의가 용종을 품었다니……. 추락한 황후의 위신을 어찌 바로 세워야 한단 말인가……!

아리가 생각하기에 그의 의도란 그런 것이었다. 그녀가 목숨보다 더 중히 여기는 바로 그 자존심을 가장 밑바닥까지 헤집어 놓아, 종내에는 그녀 스스로가 패배를 인정하게끔 만들려는 것……. 그에게 발톱을 세우며 사납게 달려드는 대신 꼬리를 살랑거리며 교태를 떠는 암코양이처럼 절대적으로 복종하게 만들려는, 유치하고 파렴치한 발상…… 그러한 발상이 낳은 뻔한 수작…….

그러나 서로 아무리 밀고 당겨 보아도 그런 두 사람의 줄다리기는 그 중심점이 어느 한쪽으로 치우치는 법이 없었다. 그들 부부가 녹록지 않은 상대의 드센 기운에 팽팽히 맞서며 외줄 타기 하듯 아슬아슬한 행로를 이어 온 지도 어언 십여 년이 흘렀다.

그것은 쉽게 말하자면 그저 자존심 싸움이었다. 아니, 어쩌면 표현할 줄 모르는 그들이 오랜 세월 동안 쌓아 온 견고한 마음의 벽일 수도 있었다.

기실 갓 입궁한 어린 나인의 눈에나 보일 법한 그것이 진실일지도 몰랐다. 장 상궁과 허 내관이야 달리 말하면 우물 안 개구리와도 다를 바 없는 이들이 아닌가. 황실의 법도라는 단단한 틀 안에 갇혀 오랜 세월을 지내 온 그들에게 그 법도에서 벗어난 무엇인가를 볼 수 있는 순수한 눈이 있을 리 만무했다.

"폐하께서 허락하지 않으셔도 신첩은 행궁으로 떠날 것이니, 그 죄를 물어 옥에라도 가두시려거든 그리하소서."

"내 분명 불허한다 하였다."

"하오면 벌을 내리소서. 신첩, 이곳을 나서는 대로 떠날 것이옵니다. 돌아오는 날까지 강녕하소서."

성미가 불같고 심장이 얼음 같다는 아리도 오늘만큼은 조금 상처를 받은 것이 사실이었지만, 평소와는 다른 그 미묘한 차이, 예를 들어 굳이 그의 허락을 구한다든가, 그녀답지 않게 가라앉은 모습이라든가 하는 등의 작은 변화를 단휘가 알아차릴 턱이 없었다.

그 고약한 성질머리만 아니었더라면 아마 아랫것들에게 무시받기 십상인, 황제의 총애와는 거리가 먼 데다가 후사까지 없는 청승맞고 가련하기 짝이 없는 황후가 되고 말았을 그녀, 진아리…….

비운의 황후임에는 틀림없지만 역대 어느 황후보다도 내명부의 기강을 엄히 다스리고 있어 세인들에게는 가련하기는커녕 방자하고 완고하다는 의미의 '자완황후(悉頑皇后)'라고 불리는 여인…….

그녀가 돌아가고 운향정에는 처음처럼 단휘 홀로 남았다.

주안상 위에 홀로 덩그러니 놓인 술잔 하나가 꼭 자신과 같다는 생각에 그는 싱겁게 웃으며 자리에서 일어섰다.

운향정 밖으로 나와 말없이 걷던 단휘의 시선이 흘끗 하늘로 향했다. 아까부터 시커먼 먹구름이 빠르게 하늘을 뒤덮는다 싶더니 그예 굵은 빗방울이 한두 방울씩 떨어지기 시작했다. 며칠 전 백하가 예견한 대로 기어이 폭우가 시작될 모양이었다.

"백하."

단휘의 조용한 부름에 허공 속에서 인영 하나가 거짓말처럼 모습을 드러냈다. 선이 꽤 가늘었지만 큰 키와 적당히 벌어진 어깨를 보건대 사내가 틀림없었다. 그는 곧 부복하며 황제를 향해 깍듯한 예를 갖추었고, 그런 사내의 행동은 그들이 주종 관계에 놓여 있음을 의미했다.

"사혼(使魂)의 백하가 주군을 뵈옵니다."

예의 그 깍듯한 인사에 주군이자 오랜 지기이기도 한 단휘의 얼굴에 엷은 미소가 스쳤다. 가끔은 신분 따위 훌훌 털어 버리고 온전히 지기로서 자신을 대해 주어도 좋으련만……. 백하는 언제 어떤 상황 속에서건 지금처럼 깍듯하고 흐트러짐 없는 모습으로 충직하게 자신의 곁을 지켰다. 그가 알고 있는 백하는 그런 사내였다.

"그래, 알아본 일은 어찌 되었나."

"예, 소신이 조사한 바로는 태제 전하와 그 무리들은 별다른 움직임이 없었습니다. 장왕 쪽도 마찬가지입니다. 세작들의 말에 의하면 관저에만 틀어박힌 채 두문불출하고 있다 합니다. 하온데 그보다도……."

"음?"

"지난밤…… 규성(奎星)이 묘성(昴星)을 범하는 것을 보았습니다."

사혼의 백하. 그는 천기를 읽는 신묘한 능력을 타고난 자였다. 그의 예견은 단 한 번도 어긋난 적이 없었으므로 단휘는 가던 걸음을 멈추고 조금은 긴장한 채 그를 돌아보았다.

"……길조인가, 흉조인가."

"흉조입니다. 이제껏 이토록 불길한 기운을 느껴 본 적이 없습니다."

"태제도 장왕도 별다른 움직임이 없다 하였다. 하면 그 불길한 기운의 근원이 대체 어디인가. 혹 아라하인가?"

"아닙니다. 태제 전하도, 장왕도, 아라하도 아닙니다. 하오나 그 이상은 소신도 말씀드릴 수가 없습니다. 용서하십시오, 폐하."

말할 수 없는 그 이유에 대해서라면 단휘도 잘 알고 있었다. 지금과 비슷한 상황이었던 언젠가 자신이 던진 세세한 질문들에 답하기를 꺼려 하며 백하가 변명처럼 늘어놓던 말들은 꽤 설득력이 있었다.

'천기를 누설하면 하늘이 노하고, 하늘이 노하면 천기는 스스로 변합니다. 그리되면 길할 것도 흉해지기 마련이니, 듣지 않고 말하지 않느니만 못하지 않겠습니까.'

그러곤 그는 끝끝내 입을 열지 않았었다. 백하가 예견한 그 불길한 징조는 그로부터 얼마 지나지 않아 마침내 현실로 다가와 그의 숨통을 조였었다.

"그날 화살이 조금만 비껴 날아들었더라면, 주군께서는 더 이상 이 세상 분이 아니실 뻔하셨지요."

"그랬었지. 내 나이 스물이 되던 해였다. 벌써 10년이 흘렀군."

선황이 노환으로 붕어한 후, 적통인 그를 없애고 황위를 차지하려던 일 황자 단유가 일으킨 군사의 수는 황실 군사의 절반을 넘어서는 실로 엄청난 숫자였다. 도망칠 수도 몸을 숨길 수도 없는 그 넓고도 좁은 황성을 떠나기로 작심한 것은 당시로서는 불가피한 선택이었다.

전쟁터를 방불케 하는 그 아수라장 속에서 그가 끝끝내 구해 내기를 포기하지 않았던 두 사람, 그러니까 당시 태자비였던 아리와 아직 첩지를 받기 전인 초혜, 그리고 가장 가까이에서 그를 보필하던 몇몇의 궁관들과 그만이 운 좋게 황궁을 빠져나가 어렵사리 목숨을 보전할 수 있었다. 나중에 안 사실이지만 황궁에 남은 이들은 후궁이든 궁녀든 할 것 없이 모두 단유에게 목숨을 잃었다.

소나기처럼 거세게 쏟아지는 화살들의 틈바구니 속에서 어디서 날아온 것인지도 모를 화살 하나가 그의 가슴을 파고들었을 때, 차츰 희미해지는 의식을 자꾸만 붙들었던 건 초혜의 겁에 질린 비명 소리도, 화살을 꺾어 내며 정신을 놓지 말라 소리치던 백하의 다급한 목소리도 아니었다.

금세라도 쓰러질 듯한 창백한 얼굴을 하고서 사시나무 떨듯 몸을 떨며 그에게로 한 걸음 한 걸음 다가오던 아리의 모습……. 무겁게 감겨 오는 눈꺼풀을 부단히 부릅뜨게 만들었던 것은 흐릿한 환영처럼 가슴에 스미던 그 처연한 얼굴이었다.

그는 늘 그것이 의문이었다.

이 생의 마지막이라 생각한 절체절명의 순간에, 어째서 초혜보다도, 백하보다도, 마주치면 늘 원수처럼 으르렁거리던 것이 전부인 그녀의 모습이 더 크게 그의 가슴을 쳤던 것일까.

10년이 지나도록 그는 여전히 그 의문에 대한 해답을 찾지 못하고 있었다.

"소의 마마께서 회임을 하셨다 들었습니다. 경하드립니다, 폐하."

또다시 초혜의 '회임'이 언급되자, 단휘는 피곤한 듯 이마를 쓸어내리며 건성으로 고개를 끄덕거렸다. 그런 단휘의 모습에 괜한 인사치레로 주군의 심기를 불편케 만든 제 불찰을 그 즉시 깨달은 백하가 송구함에 깊이 머리를 조아렸다. 그도 그럴 것이, 언제 어디서건 주군의 신변을 보호하는 것이 그의 의무인지라 본의 아니게 황제 내외의 다소 민망한 대화를 모두 엿듣고 만 까닭이었다. 신하 된 도리로 차마 언급하지 않을 수 없었으나, 역시 제 주군에게는 달갑지 않은 언사였으리라.

빗줄기가 점점 거세지고 있었다. 단휘는 허공을 향해 뻗은 손바닥 위에 고이는 빗물을 멀거니 응시하며 덤덤히 말문을 열었다.

"내 그것 때문에 자네에게 한 가지 더 부탁할 것이 있어."

"하명하십시오."

"자네도 들었겠지만, 황후가 행궁에 가겠다고 저리도 떼를 쓰니 궐 밖으로 나가 있는 동안은 자네가 그녀를 보호해 주어야겠네. 지난밤 보았다던 하늘의 불길한 기운이 그녀에게까지 미칠 리는 없겠지만, 왠지 마음이 놓이질 않아."

"하오면 소신이 먼저 행궁을 둘러보고 오겠습니다. 황후 마마의 곁은 저 대신 적예가 지키는 편이 좋을 듯합니다. 사내인 저보다는 여인인 적예가 곁에서 황후 마마를 모시기에 여러모로 수월할 테니 말입니다."

"그게 좋겠군."

임무가 떨어지기가 무섭게 처음 나타날 때와 같이 순식간에 모습을 감춘 백하가 지체 없이 행궁으로 떠나자, 눈치껏 물러나 있던 허 내관이 단휘의 곁으로 쏜살같이 달려와 우산을 받쳐 들었다.

하지만 거세진 빗줄기에 이미 용포의 반 이상이 젖어 있었다. 송구함에 어쩔 줄 몰라 하는 허 내관에게 그는 '괜찮다' 한마디를 가볍게 툭 던지고는 침소를 향해 느릿느릿 걸음을 옮겼다.

신경을 쓰지 않으려 해도, 우산에 반쯤 가려진 하늘로 자꾸만 시선이 갔다.

백하처럼 영묘한 능력이 있어 그런 것은 아니었지만, 하늘을 잔뜩 뒤덮고 있는 시커먼 먹구름이 왠지 모르게 어떤 불운을 가져다줄 것만 같은 불길한 예감이 들었다.

그답지 않게, 마음이 불안했다.

□ ■ □

쏴아아—!

장대 같은 빗줄기가 무섭게 쏟아져 내렸다.

아리를 태운 육중한 마차는 이제 막 성문을 빠져나와 외곽을 향해 쏜살같이 내달리는 중이었다.

마차를 매단 채 빗물이 가득 고인 질척한 진흙탕 위를 박차며 달리고 있는 네 필의 말들은 벌써부터 지친 숨을 헐떡이고 있었다. 그들은 안쓰러우리만치 우직한 충심으로 험한 폭우를 힘겹게 헤쳐 나가는 중이었다.

이토록 거센 폭풍우가 쏟아지는 날씨, 게다가 온통 컴컴한 어둠으로 세상이 뒤덮인 야심한 시각······. 하필 이런 날 이런 때에 굳이 사방에 깔린 위험을 무릅쓰며 험한 여행길을 떠나는 것만큼 어리석은 일이 또 있을까.

그러나 황후전의 상궁들과 호위 무사 유와의 애타는 만류에도 불구하고, 아리는 기어이 이 폭우 속의 험난한 행로를 선택했다. 늘 그래 왔듯이 그녀의 황소 같은 고집을 꺾을 이는 황궁 어디에도 없었다. 황제도 꺾지 못한 고집이 아니던가.

평지를 지나 가파른 산길이 시작될 무렵이었다.

번쩍! 수만 개의 횃불을 밝혀 놓은 듯 잠시 사방이 대낮처럼 밝아지는가 싶더니, 곧 그리 멀지 않은 산등성이 위로 모골을 송연케 하는 위협적인 벼락이 내리쳤다. 뒤이어 천지를 뒤흔드는 우렁찬 천둥소리가 대지에 울려 퍼지자 철심장인 아리조차 순간 놀라 어깨를 움츠렸고, 놀란 말 두어 마리가 앞발을 들고 버둥거리는 통에 마차도 찰나 중심을 잃고 비틀거렸다.

그러자 주위를 경계하던 유와가 더는 참지 못하겠다는 듯 다소 거칠게 자신이 탄 말을 돌려세우며 마차의 앞을 가로막았다.

"마차를 세워라!"

상전의 허락도 없이 멋대로 마차를 멈춰 세우고도 그의 얼굴에서는 두려운 기색 따위 찾아볼 수가 없었다. 유와는 아리가 태자비로 간택되어 입궁하기 훨씬 이전부터, 그러니까 사가에서 지내던 유년 시절부터 지금까지 쭉 그녀의 곁을 지켜 온 진씨 세가 흑무문의 가신이었다. 그는 황후가 된 그녀를 대할 때도 예전과 다름없이 스스럼이 없었고, 그러한 불경죄가 묵인되는 유일한 사람이었다.

"황후 마마, 오늘은 제발 그냥 환궁하시지요. 날도 궂고 길도 험합니다. 이대로 가다가는 무슨 사달이 벌어질지 저도 장담 못 합니다."

출발 전에도 그랬듯 그가 다시 한번 그녀에게 돌아갈 것을 종용했다. 그러나 아리는 이번에도 요지부동이었다.

"유와, 난 절대로 돌아가지 않을 거야. 그가 직접 행궁으로 찾아와 제발 돌아와 달라고 사정이라도 한다면 모를까. 행궁에서 늙어 죽는다 해도 다시는 그

지긋지긋한 황궁으로 돌아가지 않을 거라고!"

"하아…… 마마의 고집을 누가 꺾겠습니까. 그럼 이렇게 하시지요. 저도 더 이상은 양보 못 합니다."

"어떻게?"

사실 조금 겁이 나기도 했던 게 사실이었던 터라, 아리는 황궁으로 돌아가는 것만 아니라면 유와의 제안을 받아들일 생각으로 마차 문을 빠끔히 열고 그의 다음 말을 기다렸다.

"근처에 기루가 하나 있습니다. 휘월루라고…… 말씀드리기 송구합니다만, 소의 마마가 계셨던 곳입니다."

'소의 마마'라는 말에 아리의 얼굴이 순간 불쾌함으로 굳어졌다. 하지만 어릴 적부터 자신을 지켜 온 호위 무사 유와가 그런 그녀를 모르고 한 소리일 리가 없었다. 그리 생각하고 보니 그가 말하려는 바가 무엇인지 대충 짐작이 가기도 해서, 아리는 화를 내는 대신 잠시 골몰한 표정으로 어떻게 할 것인지를 진지하게 고민했다.

기루라……. 그것도 초혜가 기녀 시절 몸을 팔던 곳…….

아마도 그 오만한 주단휘가 천한 계집과 처음으로 몸을 섞었을 바로 그곳…….

그러니까 유와의 지금 저 말은 그곳에서 잠시 비를 피해 가자는 의미였다. 그리고 그것은 아리의 구미를 당기기에 충분했다. 버러지만도 못한 존재라며 늘 무시하고 경멸해 왔지만, 한편으로는 늘 궁금했었다. 그는 어떤 곳에서, 어떤 술을 마시고, 어떤 무늬가 수놓인 금침 위에서 초혜를, 아니 기녀 은조를 안았을지…….

"비가 어느 정도 그칠 때까지는 불편하시더라도 그곳에 머무시지요. 그러지 않으시겠다면 강제로라도 황궁으로 모실 테니 그리 아십시오. 제가 어떤 놈인지는 마마께서 더 잘 아실 테니 길게 말씀드리지는 않겠습니다."

유와는 충분히 그리하고도 남을 사람이었다. 필요에 따라서라면 감히 제국의 황후를 제 어깨에 들쳐 메고서라도 강제로 끌고 갈 수 있는 사람이 바로 유와였다. 하지만 그의 그런 협박성 권유 때문이 아니더라도, 생각이 거기까지 미치고 나니 굳이 거절할 마음이 들지 않았다.

사실 유와가 쓸데없이 초혜를 들먹거린 것도, 아리를 자극하여 평소라면 귓등으로도 듣지 않았을 자신의 기막힌 제안을 끝내 거절하지 못하게 하기 위해서였다. 그리고 그의 의도는 예상대로 손쉽게 먹혀들어 갔다.

"좋아. 그곳으로 가자."

"잘 생각하셨습니다. 예서 일각이면 충분히 도착할 겁니다. 그리고 그…… 마마의 의복 말입니다."

"응?"

어두워 잘 보이진 않았지만 아리는 자신의 의복을 찬찬히 살펴보았다. 어깨에 봉황이 수놓인 자줏빛 대수삼에, 속살이 비치는 설백색 적삼, 그리고 그 아래로 화려하리만치 풍성하게 퍼진 심청색 치마……. 전형적인 황후의 의복이었다.

"파안 땅의 눈과 귀가 모두 모여 있는 곳이 바로 휘월루입니다. 아무래도 의복을 갈아입으시는 편이……."

"알았어. 옷을 가져와."

어느새 빗물이 발목까지 차올라 있었다. 비좁은 마차 안에서 옷을 벗고 입는다는 게 여간 힘든 일이 아니었지만, 어쨌든 그녀와 일행들이 휘월루에 거의 다다랐을 무렵엔 그녀는 꽤 간소하고 단아한 느낌을 풍기는 연노랑 저고리와 살굿빛 치마 차림의 평복으로 의복을 갈아입은 후였다. 장 상궁의 도움을 받아 마차에서 내린 아리의 모습은 그저 평범한 여염의 규수와도 같아 보였다.

휘월루의 정문으로 들어서자 입구의 작은 정자에서부터 기루의 안채에까지 길게 늘어서 있는 수십 개의 홍등이 번쩍거리며 그들을 반겼다. 어디에선가 어린 시종 하나가 쏜살같이 달려 나와 '어서 오셔요, 나리들!' 하고 외치며 이마가 땅에 닿도록 공손히 절을 한 후 그들을 안채로 안내했다. 아리와 장 상궁을 보고도 의아해하는 기색이 없는 것을 보니, 여인들이 기루에 묵어가는 경우가 종종 있기는 한 모양이었다.

복층 구조로 지어진 안채는 규모가 꽤 큰 편이었다. 아래층에는 기녀들이 춤과 노래, 악기 연주 등 자신만의 재예를 뽐낼 수 있도록 크고 넓은 연회장이 마련되어 있었고, 위층은 바닥 가운데가 트여 있는 형태로 사면의 벽이 복도와 난간으로 둘러싸여 있어 복도에 서면 아래층의 연회장이 훤히 내려다보였다. 그리고 벽면마다 늘어서 있는 화려한 문들 너머에는 별도의 연회실과 크고 작은 객실들이 마련되어 있었다.

연회장에서는 형형색색의 의복을 입고 화려한 장신구로 머리를 치장한 기녀들이 저마다의 재주를 뽐내고 있었고, 위층 복도의 난간에서는 그런 기녀들의 모습을 여유롭게 감상하는 사내들의 두런거리는 말소리와 즐거운 웃음소리가 끊이지 않고 들려왔다.

"음식부터 준비해 올리라 일러두었습니다. 객실로 올라가시지요."

"그…… 그래."

어느새 객실을 잡고 온 유와가 기루를 구경하느라 반쯤 넋이 나가 있는 아리를 재촉했다. 태어나 처음으로 발을 들인 기루, 그곳은 그녀에게 낯선 만큼 몹시 흥미로운 장소일 수밖에 없었다.

기루 곳곳을 밝히고 있는 홍등의 매혹적인 붉은 불빛과 천상의 선녀가 저런 모습일까 싶을 만큼 곱고 아름다운 기녀들의 눈부신 자태, 그리고 황궁과는 또 다른 화려함으로 세상에 존재하는 온갖 빛깔을 섞은 듯 아름답게 색을 입은 건물 내부의 모습까지……. 눈앞에 펼쳐진 그 모든 광경이 그녀의 시선을 사로잡았다.

평소였다면 분명 천박하고 상스럽다며 경멸에 가득 찬 시선을 보냈겠지만, 지금은 마냥 생경하고 신기하게만 느껴질 뿐이었다. 어쩐지 정말로 지극히 평범한 여염의 규수라도 된 것만 같은 기분에 사로잡힌 아리는 평복을 입은 자신의 모습을 다시 한번 찬찬히 훑어보았다. 그러자 묘한 해방감이 그녀의 전신을 훑고 지나갔다. 늘 그녀를 짓누르던 황후라는 신분이 주는 견디기 힘든 중압감, 그것으로부터 조금은 자유로워진 듯한 느낌이 들었다.

아리는 정말 그녀답지 않게도, 평생 궁으로 돌아가지 않고 지금처럼 이렇게 세상을 떠돌며 살아도 좋지 않을까, 하는 생각을 했다. 스물일곱이라는 나이는, 결코 적은 나이가 아니었지만 그래도 국모라 불리기에는 아직 버거운 나이였다. 여태껏 한 아이의 어미조차 되어 보지 못한 그녀에게는 더욱 그랬다.

"마마. 존안을 알아보는 이가 있을지도 모릅니다. 그리 마음 편히 구경하고 계실 때가 아닙니다. 어서 가시지요."

한껏 목소리를 낮춘 유와가 여전히 넋이 나간 채 주위를 두리번거리는 아리에게 주의를 주었다. 그도 그럴 것이, 평복을 입고는 있었지만 아리의 단아한 용모와 절제된 몸가짐에 배어 있는 고고한 기품은 그 소박한 옷차림만으로는 절대 감춰질 수 없는 것이었기 때문이다.

그들이 처음 휘월루의 안채에 들어선 순간부터 객실로 향하는 계단을 오르고 있는 지금 이 순간까지, 난간에 기대어 선 채 연회장을 내려다보면서도 곁눈질로는 아리를 흘끔거리기에 바쁜 사내들의 음탕한 시선이 집요하게 그녀를 따라다녔다. 자신이 호위하고 있는 이가 제국의 황후가 아니라 평범한 여염의 규수였다면 단지 사내들의 본능일 뿐이라 치부해 버리고 넘어갈 수 있는 문제였겠지만, 그들의 경우엔 사정이 달랐다.

유와는 줄곧 아리를 좇고 있는 사내들의 시선이 어딘지 영 불길하고 꺼림칙했다. 그리고 그런 유와의 염려대로, 제국의 황후를 노리는 불온한 시선들이 분명 그 안에 섞여 있었다.

성질은 온순하지만 날쌔기로는 으뜸인 보마 천랑을 타고 행궁으로 전속력으로 질주하던 백하가 느닷없이 방향을 틀어 이전보다 더욱 매섭게 채찍을 휘두르기 시작한 것은, 산비탈 아래로 나 있는 또 다른 길로 복면을 쓴 한 무리가 말을 타고 쏜살같이 달려가는 것을 목격한 직후부터였다.

천기는 더할 수 없이 불길한 기운을 드리우고 있었다. 먹구름으로 뒤덮여 완전히 모습을 감춘 듯 보이는 하늘은 거센 폭우를 뿌리면서도 괴이하게도 서북향 쪽의 한 지점만 구름에 가려지지 않았고, 바로 그곳에서 수귀성(獸鬼星)이 홀로 음울하게 빛나고 있었다. 그것은 지난밤 보았던 것보다도 더욱 불길한 징조였다.

시비로 가장한 적예가 황후의 지척에서 그녀를 호위하고 있고, 따로 지시한 바는 없으나 청운과 흑연 역시 황후 일행을 쫓으며 주변을 단단히 살피고 있을 것이다. 또 늘 황후의 곁을 지키는 그녀의 호위 무사도 함께 행궁 길에 올랐다고 들었다. 듣기로 그는 황후의 사가 흑무문의 무사였다고 하니, 장정 여럿쯤은 거뜬히 해치울 만큼 무공이 출중날 것이다.

사정이 이러하건만, 그럼에도 불구하고 그녀에게 드리운 이 불길하고 흉흉한 기운은 대체 무엇이란 말인가…….

백하는 말고삐를 더욱 세차게 휘두르며 속력을 냈다. 천둥 번개가 내리치는 험한 폭우 속에서도 지친 기색도 없이 평소처럼 무시무시한 기세로 땅을 박차며 달리는 것을 보니 역시 명마는 명마인 듯싶었다.

얼마쯤 달렸을까. 아무래도 무리를 놓친 듯싶어 낭패감에 빠져 있는데, 어디선가 귀를 찢는 듯한 여인의 비명 소리가 들려왔다. 처음에는 그저 바람 소리이겠거니 하며 대수롭지 않게 여겼지만 길 저편의 어지러운 광경이 조금씩 시야에 들어오기 시작하자 그는 제 분신과도 같은 반월 이도(二刀)를 양손에 움켜쥐며 몸을 바짝 긴장시켰다.

그곳에 다다르자 짙은 혈향이 코를 찔렀다. 말에서 내린 그는 생각보다 더 끔찍하고 잔혹한 광경에 눈살을 찌푸렸다.

'화적 떼의 소행인가.'

서너 해 전부터 이곳 아미산에 출몰하기 시작한 화적의 무리들은 그 기질이 흉포하고 더없이 잔악하여 이미 도성 곳곳에 악명을 떨치고 있었다. 다급히 주위를 살펴보니 말 두 필과 마차가 형편없이 바닥에 나뒹굴고 있었고, 그 주변엔 몸종으로 보이는 사내 넷이 피를 흘리며 쓰러져 있었다. 언뜻 보기에도 목숨이 붙어 있는 이가 없다는 확신이 들 정도로 잔인하게 도륙당한 시신들은 하나같이 넝마가 된 상태였다.

뒤집힌 마차 뒤편에서 흙탕물로 범벅이 된 다홍빛 치맛자락이 빗물에 잠겨 들고 있는 것을 본 백하는 조심스럽게 그곳으로 다가갔다. 방금 전 그가 들었던 비명 소리의 주인으로 짐작되는 한 여인이 바닥에 쓰러진 채 피를 흘리고 있었다. 여인이 입고 있는 연청색 저고리의 왼쪽 어깨 부분이 검에 베인 듯 일자로 길게 갈라져 있었고, 그 사이로 조금씩 피가 새어 나왔다. 상처를 살펴보니 다행히도 그리 깊지는 않았다. 여인은 어깨의 상처보다도, 정신적인 충격으로 인해 잠시 혼절한 듯했다.

백하는 난감한 표정으로 여인을 바라보았다. 촌각을 다투는 이런 때에 하필⋯⋯.

황제를 가장 가까이서 보필하는 자로서 무정해야 함은 물론이요, 때로는 냉혹해야 할 필요도 있었으나, 자신의 손에 죽어 간 원혼이 하나둘 늘어 갈 때마다 그는 지독한 회의감을 떨쳐 내기 힘들었다. 불필요한 살인은 가급적 피하려 애썼고, 반드시 숨통을 끊어 놓아야만 하는 상대라면 혹 모를 일이나 목숨이 경각에 달린 이를 예전처럼 무심히 지나칠 수도 없게 되어 버렸다.

그리고 지금이 바로 그런 순간이었다. 여인의 안색은 점점 창백하게 변해 가고 있었고, 빗줄기는 가늘어질 기미가 조금도 보이지 않았다. 만약 이대로 그냥 모른 척 지나친다면 아마 그녀는 장시간 폭우 속에 방치되어 체온이 급격히 떨어질 테고, 결국 목숨을 잃게 될 것이 자명했다.

"미안하오만⋯⋯ 잠시 실례 좀 하겠소."

혼절하였으니 그의 말이 들릴 리가 없건만, 그럼에도 백하는 여인에게 양해를 구하고는 축 처진 몸을 두 팔로 가볍게 안아 들었다. 그녀를 말 앞에 태우고 자신 역시 말 등 위로 훌쩍 올라타 고삐를 힘껏 휘두르는 백하의 몸짓이 그답지 않게 성말랐다.

자꾸만 조급한 마음이 들었다. 제아무리 천랑이라지만 더 이상의 속도를 내는 것은 무리였다. 그는 조급함을 떨쳐 버리려 애쓰며 여인이 쉬어 갈 만한 곳을 생각해 보았다. 그러자 일전에 세작들과 접선했던 장소가 어렵지 않게 떠올랐다.

그는 지체 없이 그곳을 향해 말을 몰았다. 음산하리만치 형형한 빛을 띤 채 여전히 괴이한 형상을 드러내고 있는 수귀성이 아주 잠시, 반짝하고 강하게 빛을 뿌렸다.

아리와 일행은 객실 세 개를 빌려 대충 짐을 정리하고 여독을 풀기로 했다.

객실은 각각 아리와 장 상궁, 유와와 가마꾼들, 그리고 황후전의 시비들이 하나씩 나누어 사용하기로 했고, 그중 아리와 장 상궁이 묵을 방은 화주실(華酒室)이라는 이름이 붙여진, 귀족 이상의 신분만이 머물다 갈 수 있다는 가장 크고 화려한 객실이었다.

화주실의 문을 열자마자 사방에 드리워져 있는 붉은 휘장이 보는 이의 눈과 마음을 현란케 했다. 조금 더 안으로 들어서니 객실의 중앙에는 탁자가, 가장 안쪽의 은밀한 곳에는 침상이 마련되어 있었다. 조가비와 진주 등이 매달린 화려한 발에 가려져 희미하게 그 모습을 드러내고 있는 황금빛 금침이 퍽이나 아늑하고 포근한 느낌을 주었다.

아리는 무심한 얼굴로 그곳으로 다가가 가만히 발을 걷어 올리고 안을 바라보았다. 잠시 그렇게 동작을 멈춘 그녀의 얼굴은 가까이서 보지 않으면 알아채지 못할 정도로 아주 미세하게 일그러져 있었다.

실오라기 하나 걸치지 않은 초혜의 맨몸을 부둥켜안은 채 바로 이 금침 위를 뒹굴었을 단휘의 모습이 환영처럼 자꾸만 눈앞에 아른거렸다. 신분 따위는 차치하고 다만 한 여인으로서, 그녀는 10년이 넘는 짧지 않은 세월 동안 기녀 은조만도 못한 비참한 삶을 살아온 것이다. 매정하기 이를 데 없는 무정한 사내를 평생의 반려로 맞이한 죄로…….

"마마, 목욕물을 받아 놓으라 하오리까? 노곤하실 터인데 어서 침수에 드셔야……."

"화연."

"……예?"

좀처럼 불릴 일 없는 자신의 이름이 낮은 울림을 타고 전해지자, 장 상궁이 조심스레 그 부름에 응하며 제 주인의 안색을 살폈다. 영광되게도 성모를 모신지 올해로 열두 해째. 애써 머리를 굴리는 수고를 하지 않아도 주인의 저런 눈빛이 무얼 의미하는 것인지쯤 모를 리 없었다.

"자네가 올해로 서른다섯이던가, 여섯이던가?"

"서른여섯이옵니다."

"하……. 벌써 그리되었나."

상궁 장씨. 열여섯의 진아리가 궁에 들어와 가장 먼저 마음 붙이고 의지한 여인. 당시 스물다섯의 한창나이였던 그 곱고 해사하던 얼굴은 열두 겹의 세월을 덧발라 어느새 윤기를 잃고 까칠하게 변해 있었다.

"화연, 자네는…… 평생 사내 손길 한번 받지 못하고 그리 늙어 가는 것이 억울하지 않은가?"

"마, 마마. 감히 소인이 어찌……."

"뻔한 대답이나 늘어놓을 요량이면 되었으니 그만두게. 허울 좋기만 한 황제의 권속이 되어 평생을 여인으로서의 아무런 기쁨도 느끼지 못한 채 살아가는 그대 같은 이들도…… 그럭저럭 살아갈 만하던가, 이 말일세."

"마마를 곁에서 모시는 것이 소인에게는 더할 수 없는 기쁨이옵니다. 소인이 어찌 더한 것을 바라겠나이까."

"쯧쯧……. 딱한 사람 같으니."

황송한 얼굴로 길게 읍하는 장 상궁을 딱한 얼굴로 바라보던 아리는 침상을 벗어나 곧장 객실을 빠져나갔다. 궁금했던 것을 막상 눈으로 확인하고 보니 생각보다 기분이 썩 유쾌하지 못한 탓이었다.

아리의 그 같은 돌발 행동에 소스라치게 놀란 장 상궁이 재빨리 뒤따라 나오기는 했지만, 곧 문 앞에서 아리에게 저지당하고 말았다. 여자 둘이 붙어 다니면 사람들 눈에 더 잘 띌 것이고, 그리되면 기루를 둘러보기가 수월치 않을 것이라는 게 이유였다.

하고 싶은 것이 생기면 그게 무엇이든 반드시 해야만 직성이 풀리는 황후의 고집을 누구보다도 잘 알고 있었으므로, 장 상궁은 이후의 일들은 전적으로 사혼단과 호위 무사 유와의 재량에 맡기기로 하고 순순히 물러날밖에 다른 도리가 없었다.

복도로 성큼 걸음을 내딛는 아리를 붙잡은 장 상궁은 잊을 뻔했다는 듯 방 안에서 다급히 무언가를 챙겨 나와 그녀의 손에 단단히 쥐여 주고는, 마치 물가에 내놓은 아이를 보듯 불안한 얼굴로 머뭇머뭇 객실 안으로 사라졌다.

그런 장 상궁을 잠시 바라보던 아리는 객실 문이 완전히 닫힌 뒤에야 가만히 손을 펼쳤다. 장 상궁이 아주 대단한 것인 양 비장하게 제 손에 쥐여 준 그것은 금사가 올올이 섞인 백색의 얇은 천 쪼가리였다. 네모진 천의 양쪽 끝에는 가느다란 끈이 매달려 있었다. 처음 보는 물건이었지만, 그 용도를 알 것 같았다. 차면(遮面)이었다.

아리는 제법 그럴듯한 모양으로 차면을 둘러 얼굴을 가린 채 복도 끄트머리의 난간으로 천천히 다가갔다. 그곳에서 내려다보는 연회장의 풍경은 어떨지 문득 궁금해졌다. 아마 단휘 역시 이곳에서 연회장을 내려다보며 기녀들의 춤과 노래를 한가로이 즐겼으리라. 어쩌면 누구를 불러올릴까 하고 눈꼬리를 휘며 즐거운 고민 따위를 하고 있었는지도 모르지…… 아리의 얼굴에 질투인지 혐오인지 모를 어떤 감정이 아주 잠깐 떠올랐다가 사라졌다.

연회장을 내려다보는 아리의 모습은 의복이 조금 수수한 것을 빼고는 기녀들과 크게 다를 바가 없어 보이면서도, 풍기는 분위기가 그들의 것과는 확연히 달랐다. 그래서 더욱 시선을 끌었지만 정작 그녀 자신은 그 같은 사실을 전혀 모르고 있었다. 호위하는 이들만 골치깨나 아픈 얼굴로 신경을 바짝 곤두세우고 있을 뿐이었다.

'젠장.'

흔적을 감춘 채 손에 닿을 듯한 거리에서 그녀를 주시하고 있던 유와의 입 속에서 차마 소리로 내뱉지 못한 욕지거리가 억눌린 한숨처럼 묵직하게 목구멍을 타고 흘렀다.

'빌어먹을. 대체 어쩌자고…….'

황제 호위를 목적으로 만들어진 별동대 사혼단(使魂團)의 세 명의 부총사 적 예, 청운, 흑영 또한 사정은 마찬가지였다.

뼛속까지 황제의 사람인 그들의 눈에 하고한 날 자신들의 주군과 다툼을 벌 이는 황후가 응당 고와 보일 리 없었다. 그러나 그것은 다만 모시고 지키는 자 로서 품을 수 있는 사소한 불평불만에 지나지 않는 것이었을 뿐, 그들 가운데 황후에게 진심으로 좋지 못한 감정을 품고 있는 이는 없었다.

그들은 단지 황후가 기분에 따라 충동적으로 행동하는 것은 그쯤 해 두고, 이제는 적당히 자중하기를 바랄 뿐이었다. 그녀의 철없는 행동들로 인해 얼마 나 많은 이들이 피를 흘렸던가……. 위험한 일은 애초에 피해 갈 법도 하건만, 그들의 안주인은 도통 그리할 마음이 없는 듯했다.

그들이야 불만을 품거나 말거나, 얌전히 객실로 돌아가 줄 마음 따위는 눈곱 만치도 없다는 듯 아리는 여전히 아래를 내려다보며 그 자리에 꼼짝도 하지 않 고 서 있었다.

그녀를 주시하던 유와와 사혼단사들이 긴장감 속에 억눌린 탄식을 삼키던 그때, 여태껏 재주를 뽐내던 기녀들이 돌연 우르르 줄지어 연회장을 빠져나가 기 시작했다.

이름깨나 있는 귀족 집안의 젊은 한량들에서부터 난다 긴다 하는 황실의 고 위 관리들에게까지 그 명성이 자자한, '휘월화무(徽月花舞)'라 이름 붙여진 검무 가 늘 그래 왔듯이 연회의 마지막 순서로 준비되어 있었다. 오늘도 여느 날과 다를 바 없이 연회는 더없이 강렬한 여운을 남기며 화려하게 막을 내릴 것이었다.

각자의 재주를 별다른 실수 없이 그런대로 무난하게 펼쳐 보인 기녀들이 가벼운 걸음으로 연회장을 모두 빠져나가자, 잘 익은 석류 알처럼 매혹적인 붉은 의상을 차려입은 무희 하나가 구름 위를 걷듯 사뿐히 연회장 안으로 걸어 들어와 넓은 연회장의 한가운데에 홀로 섰다. 물론 진검일 리는 없지만, 길고 유려한 검 두 자루가 그녀의 양손에 하나씩 들려 있었다.

차랑!

무희가 물이 흐르듯 부드러운 동작으로 검을 쥔 양손을 이마 위로 들어 올리자, 그녀의 가느다란 손목에 겹겹이 채워진 팔찌들이 서로 부딪치면서 맑은 소리를 냈다. 그것을 신호로 검무가 준비될 동안 잠시 끊겼던 음악이 다시금 연주되기 시작했고, 무희의 절제된 몸짓도 음악 소리에 맞춰 조금씩 다채롭게 변해 갔다.

사방을 밝혀 놓은 홍등의 붉은빛이 푸르스름한 검날에 부딪쳐 오묘한 빛을 내며 허공에 흩뿌려졌다. 무희가 격정적인 몸짓으로 날듯이 허공으로 뛰어올라 양손에 들린 검을 휘두를 때마다 찬연한 빛이 부서져 내렸고, 여기저기서 사내들의 묵직한 탄성이 흘러나왔다. 잠시도 눈을 뗄 수 없는 무희의 현란한 춤사위를 기루 안의 모든 이들이 넋을 잃고 바라보았다.

물론 예외가 없는 것은 아니었다. 손님 접대로 눈코 뜰 새 없이 바쁜 기녀들이나, 쉴 틈 없이 불려 다니며 잔심부름 등을 해야 하는 시동들도 아마 그러했을 테지만, 아리를 호위하고 있는 무사들 역시 다른 평범한 객들처럼 한가롭게 연회 따위나 즐기고 있을 상황이 못 되었다.

주위를 단단히 경계하며 철통같이 황후의 곁을 지키고 있는 유와와 사혼단의 부총사 세 사람은 물론이거니와, 객으로 가장한 채 기루 도처에 흩어져 있는 사혼단사들 또한 어느 때보다도 날카로운 눈을 빛내며 언제 어디서 나타날지 모를 보이지 않는 적들을 향한 경계를 늦추지 않고 있었다. 그들은 전혀 흐트러짐 없는 시선으로 그저 묵묵히 자신들의 본분을 다하고 있을 뿐이었다.

그리고…… 그런 그들과 마찬가지로 무희에게는 그다지 관심을 두고 있지 않은 두 사람이 있었으니…….

무어라 표현할 수 없는 강한 이끌림에 입구 쪽으로 무심코 고개를 돌린 아리와, 입구 한편의 커다란 기둥에 비스듬히 기대어 서서 먹잇감을 노리는 매의 그것처럼 번뜩이는 눈빛으로 난간에 선 사람들을 날카롭게 훑어보는 한 사내…….

검은 차면으로 얼굴을 반쯤 가린 채 챙이 넓은 흑립을 깊숙이 눌러쓴 흑의의 사내는, 백색 차면에 온통 환한 빛깔의 옷을 입고 있는 아리와는 상당히 대조적인 모습이었다.

검은색 일색의 그 차림새 때문인지 사내의 주변을 감싸고 있는 공기마저도 무겁게 가라앉은 듯한 착각을 불러일으켰다. 여유롭게 팔짱을 낀 사내의 허리춤에 매달려 있는 검집조차도 짙은 묵빛을 띠었다. 화려함만큼은 감히 황실의 그것과 견주어도 손색이 없을 정도로 휘황찬란한 기루의 분위기를 존재 자체만으로도 무색하게 만드는 어떤 압도적인 힘이 사내로부터 뿜어져 나오고 있었다.

2층 난간을 빠르게 훑던 사내의 건조한 시선이 아리가 서 있는 곳을 그대로 지나쳤다가, 천천히 역행하여 정확히 그녀 앞에 멈추었다. 흑립에 가려져 보일 듯 말 듯 한, 그래서 더욱 의도를 파악하기 힘든 고요한 두 눈동자가 심연을 꿰뚫어 보듯 한참을 그녀에게 머물렀다.

유와와 사혼단사들이 일제히 검을 향해 손을 뻗은 채 숨이 막힐 듯한 긴장감 속에서 사내를 주시하고 있었음은 말할 것도 없었다.

2
폭우(暴雨)

"......."

먹구름으로 잔뜩 뒤덮여 우중충하게 가라앉은 하늘만큼이나 무겁게 내려앉은 얼굴을 한 단휘는 비가 억수같이 퍼부어 대는 창밖에 시선을 고정시킨 채, 벌써 반 시진이 넘게 한마디 말도 없이 입을 굳게 다물고 있었다.

늘 보아 오던 익숙한 모습이기는 했지만, 평소 정무에 시달려 그러했을 때와는 확연히 다른 느낌으로 심기깨나 불편해 보이는 황제 덕분에, 허 내관은 안 그래도 얼마 남지 않은 머리숱이 한 움큼씩 뽑혀 나가는 듯한 끔찍한 기분에 시달리며 황제의 눈치를 살피느라 진땀을 빼는 중이었다.

식은땀이 축축이 배어 나온 손바닥을 넓은 소맷자락의 안감에 연신 문질러 대며 안절부절못하고 있던 그에게 때마침 구원자가 나타났다. 하지만 허 내관은 그것을 기뻐해야 할지 슬퍼해야 할지 도통 감이 잡히지 않았다. 시기적절하게 납시어 준 누군가가 하필, 이제껏 대전으로는 단 한 번도 찾아온 일이 없는, 아니 대전은커녕 웬만해서는 처소 밖으로도 나오는 일이 없어 궁에서 지내는 여관이나 내관들조차도 그 얼굴을 아는 이가 극히 드물다 하는 황제의 아주 특별한 후궁이었기 때문이다.

그녀는 세인들로부터 아주 당연하다는 듯 황제께서 친히 내리신 그 어여쁜 빈호가 아닌 '황제의 총희'라 불리고 있는 여인이었다.

"폐하. ……운화당 연씨가 뵙기를 청하옵니다."

객이 들었음을 고하는 대전 상궁의 목소리에도 그녀답지 않은 망설임이 묻어나는 것을 보니, 웬만한 일로는 눈 하나 깜짝 않을 노상궁에게도 여인의 갑작스러운 등장이 어지간히 당혹스러운 일이기는 한 모양이었다.

"운화당? 초혜 말인가?"

"예, 폐하. 들라 하오리까?"

"……."

단휘 역시 그녀의 방문이 다소 뜻밖이었는지 선뜻 들이라 대답하지 않고 잠시 무언가 생각하는 눈치였다. 황제의 용안에 언짢은 기색은 없었지만, 노관의 오랜 경험상 쳇바퀴 돌듯 똑같이 되풀이되는 황궁의 일상 속에서는 비록 아주 사소하고 하찮은 일이라 할지라도 종종 생각지도 못하게 큰 사달을 불러일으키는 경우가 있기도 했다. 그런 까닭에, 객의 방문으로 한숨 돌릴 여유가 생겼다는 사실에 안도감이 든다기보다는, 일어나지도 않은 일에 대한 노파심이 앞서는 허 내관이었다.

"폐하, 어찌하오리까? 분부 내려 주시옵소서."

상궁의 조심스러운 목소리가 재차 들려오자, 그때까지도 미동조차 하지 않고 창밖만 바라보던 단휘가 시선은 여전히 창밖에 둔 채 한 손을 들어 가볍게 손짓했다. 소의를 들라 하고 내관은 그만 물러가 보라는 무언의 지시였다.

눈짓 손짓 하나면 열에 아홉 정도는 그 뜻을 거든히 알아맞힐 지경이 되고 보니 내관은 어느새 얼굴에 검버섯이 하나둘 피어오를 만큼의 나이를 먹어 버렸다. 무려 반 시진 동안의 숨 막히는 침묵에서 드디어 해방되는 감격의 순간이었지만, 길게 읍하며 대전의 내실을 나서는 허 내관의 모습이 어딘지 쓸쓸해 보이는 것은 아마 그러한 까닭이었으리라.

허 내관이 사라진 문으로 하얀 치자꽃을 떠올리게 하는 청아한 느낌의 여인이 사뿐히 걸어 들어왔다. 여인이 차려입은 의복은 언뜻 보아도 여느 후궁들의 의복과는 사뭇 달라 보였다.

거추장스럽고 산만한 장식들이 모두 생략된 수수한 의복은 후궁의 것이라기보다는 어찌 보면 흡사 신당을 모시는 무녀의 것 같기도 하고, 혹은 상복(喪服) 같기도 한 의문스러운 복장이었다. 황후나 후궁의 의복에 쓰이는 원색의 화려한 비단은 손바닥만큼도 찾아볼 수 없는, 여염에서나 입을 법한 소매와 치마폭이 넓지 않은 단출한 무명 치마저고리…….

그 외양으로만 따진다면 후궁의, 그것도 황제의 총애를 한 몸에 받고 있는 총희의 것이라고 하기엔 납득할 수 없으리만치 차림새가 너무도 수수하고 초라하기 짝이 없었다. 분명 의외인 것을 넘어서 괴이하기까지 한 차림새였다.

치맛자락이 바스락거리며 스치는 소리가 자신에게로 조금씩 가까워지자, 그제야 못이 박힌 듯 꿈쩍도 하지 않던 단휘의 시선이 천천히 여인을 향했다. 무심하던 눈동자에 온기가 조금쯤은 감도는 듯도 싶었다.

"홍복을 누리소서, 폐하. 금일 평안하셨사옵니까. 늦은 시각에 이리 불쑥 찾아온 소첩을 용서하소서."

"초혜, 네가……."

"……그저 뵙고 싶었사옵니다."

어찌하여 대전에까지 든 것이냐고 물으려던 참이었다. 말을 다 끝내지도 않았건만 감히 무엄하게도 제 말을 자르며 퍽 간지러운 대답을 서슴없이 늘어놓는 그녀를 단휘가 물끄러미 바라보았다.

초혜 소의, 연은조. 평소의 그녀다운 행동은 분명 아니었다. 그런 그녀가 퍽 낯설기도, 또 흥미롭기도 하여 단휘는 가만히 턱을 괴고 편안한 자세로 고쳐 앉으며 어디 더 해 보라는 듯 나른히 시선을 던졌다.

"운화당의 후원에 치자꽃이 가득 피었사옵니다. 발길이 닿는 곳마다 달콤한 꽃향기가 그득하여 폐하께도 자랑하고 싶었나이다."

그러면서 싱긋 웃는 그녀의 양 볼에 작은 볼우물이 패었다. 귀엽다기보다는 단아한 얼굴이었다. 그녀는 금세 새치름해진 표정으로 말을 이었다.

"하온데…… 도무지 자랑할 기회를 주지 않으시니 소첩이 이리 찾아뵐밖에 요."

귀태가 흐르고 곱상한 얼굴과는 어울리지 않게 토라진 듯 몸을 살짝 비껴 앉아 밉지 않게 눈을 흘기는 본새가 영락없는 기녀였다.

정숙한 후궁들이라면 상상도 하지 못할 그 같은 모습에 단휘의 눈가에 슬며시 웃음이 번졌다.

설령 그녀들 중 초혜처럼 아양스러운 이가 있다손 치더라도, 그 태생이 하나같이 권문세가의 여식들이다 보니 기녀의 살살거리는 작태처럼 똑같이 어여뻐 보일 리가 없었다. 어여뻐 여기기는커녕 오히려 여식이 경박스럽게 행동한 죄를 그 가문에까지 물어 호되게 꾸짖을 일이었다.

정이품 소의 운화당 연씨는 주씨 황가 내명부의 일원으로서 마땅히 금기시되어야 할 경망스럽고 저속한 행실들이 황제의 묵인하에 모두 허락된 유일한 후궁이었다.

"벌써 치자가 꽃 피우는 계절인가. 편전에 처박혀 산더미처럼 쌓인 문서들과 매일같이 씨름하다 보면 하루해가 어찌 저물어 가는지 도통 알 길이 없군. 조만간 운화당에 들르도록 하지. 그리고……."

무언가를 더 말하려다 그대로 입을 다물어 버린 단휘의 미간이 살짝 좁혀졌다. 아주 미세한 표정 변화였지만 초혜가 알아차릴 정도는 되었다. 그만큼 초혜는 예민해져 있는 상태였다.

짧게 한숨을 내쉰 그가 안쓰러운 것인지 성가신 것인지 모를 복잡한 눈을 하고서 그녀를 바라보았다.

"그래, 복중 태아는 무탈한가?"

지극히 형식적인 인사치레일 뿐인데도 말을 꺼내는 입 끝이 썼다. 듣는 이역시 편치만은 않을 어딘지 마지못한 어조였다.

"의관의 말로는 건강히 잘 자라고 있다 하옵니다."

"다행이로군."

"진정······ 그리 생각하시옵니까?"

"무슨 뜻이지?"

"말씀드린 그대로이옵니다. 진정 다행이라 여기시는 것인지 여쭌 것뿐이옵니다."

"······."

단휘는 대답하지 않고 창밖으로 시선을 돌렸다. 사실대로 말하자면, 답은 '아니다'였다.

그가 처음으로 초혜와 인연을 맺게 된 것은 공교롭게도 아리가 그의 비(妃)로 간택되어 입궁하던 날이었다. 난생처음 잠행을 나가 궁금한 것투성이였던 그에게 홍등이 줄지어 선 화려한 건물은 쉬이 지나칠 수 없을 만큼 몹시도 유혹적인 장소였다. 난감한 얼굴로 한숨을 푹푹 내쉬는 백하를 반강제로 끌고 들어가 기어이 기녀 하나씩을 옆에 앉혀 놓은 후에야 그의 호기심은 언제 그랬냐는 듯 사그라졌다.

백하의 옆에 앉았던 기녀가 누구였는지는, 그 얼굴도 이름도 기억나지 않는다. 다만 자신의 곁에 다소곳이 앉아 어딘지 낯이 익은 얼굴을 하고서 술잔을 비우기가 무섭게 술을 따라 붓던 기녀는 그로부터 열두 해가 지난 지금 자신의 후궁이 되어 있었다. 종묘에 고이 잠들어 계신 선조들이 이 사실을 알게 된다면 대로하여 번쩍 눈을 떠 관을 박차고 나올 일이었다.

태조 환유대제가 개국 공신 진사흔의 공을 기려 그의 가문에 절대적인 권세를 부여한 이래로 세가 흑무문은 몇 대가 바뀌는 동안 꺾일 줄 모르는 세도를 누려 왔다. 그런 흑무문에 대한 감정이 평소에도 그리 썩 좋지는 못하였던 데다가, 흑무문의 금지옥엽에 대한 소문이라면 단휘 역시 익히 들어 알고 있었으므로, 안하무인에 오만불손하기 짝이 없는 계집이 자신의 비가 된다는 사실은 몹시 언짢은 일이 아닐 수 없었다.

자신이 누구던가. 오만하고 콧대 높기로는 둘째가라면 서러울 그 황태자 주단휘가 아니던가. 직접 얼굴을 마주하고 제대로 된 대화라는 것을 나눠 보기도 전에, 이미 그의 마음속에서 그녀에 대한 강한 거부감이 팽배하게 자리 잡아 버린 것은 어쩌면 너무도 당연한 일이었다.

반감이 커지면 커질수록 심술궂은 마음 또한 장맛비 내린 강물처럼 불어났다. 하필 그녀가 입궁하는 날을 골라 난생처음 잠행을 나간 것도 그렇고, 가례를 올리기 전이니 합방을 하지 않아 신부를 마냥 기다리게 할 일도 없었지만 굳이 기녀를 궁으로 들여 부러 보란 듯이 제 침전에서 재운 것도 그러한 이유 때문이었다.

기녀 은조가 특별히 마음에 들었다기보다는 자신의 비가 될 그 계집이 그저 몸서리치게 싫었다. 어떻게든 상처 주고 싶었다. 할 수만 있다면 온갖 비열한 짓거리들을 일삼아서라도 계집의 그 대단하다는 자존심에 잔인한 상처를 남기고 싶었다.

치사하고 졸렬한 수를 써서라도 그녀를 울리고 싶었다. 눈물을 펑펑 쏟으며 자신 앞에 납작 엎드리는 것을 보아야만 잔뜩 뒤틀어진 마음이 그나마 풀릴 것 같았다. 평생 원망을 들어도 상관없었다. 이후의 일이 어찌 돌아가게 될지는 그의 관심 밖이었다.

"……폐하?"

단휘에게서 과연 어떠한 대답이 나올지를 기대 반 걱정 반으로 기다리다가, 생각보다 침묵이 길어지자 참지 못한 초혜가 조심스레 그를 불렀다. 과거의 기억을 더듬던 그의 깊은 눈동자는 여전히 현실로 다 돌아오지 못한 채 지난 시간들을 헤매듯 탁하게 잠겨 있었다.

"나는…… 그래, 솔직히 말하지."

덤덤하게 흘러나오는 차분한 음성이 오히려 묘한 긴장감을 불러일으켰다.

"영민한 네가 모른다 하면 거짓일 터. 너도 짐작하다시피…… 나는, 원하지 않는다."

"무엇을…… 말씀이옵니까?"

"네 배를 빌어 태어날 주씨 성을 가진 아이. 그것이 황자든 황녀든."

"……폐하!"

무책임하고 뻔뻔하며 더없이 잔인한 말이라는 것을 알지만, 진심 아닌 말로 다독이는 법은 알지 못한다. 자조 섞인 낮은 웃음소리가 공허하게 내실을 울렸다.

"적출이 태어나기 전까지는 후사를 보지 않았으면 했다. 그리 인사불성으로 취하지만 않았더라면, 아마 그날 운화당으로 걸음 하는 일 따위는 없었겠지."

그날은 시급하게 처결해야 할 문서가 유난히 많은 날이었다. 자시를 넘기고서야 녹초가 되어 집무실을 나선 그는 평소 즐겨 마시던 독주 생각이 간절해져 운향정에 들러 새벽까지 홀로 술을 마셨더랬다.

평소의 주량대로라면 두어 병쯤은 거뜬히 해치워야 정상이건만, 어째서 그렇게까지 인사불성이 되어 버린 것인지 스스로도 퍽이나 기가 찰 노릇이었다. 어떤 상념들을 안주 삼아 그리 부단히 술잔을 기울였던 것인지도 도통 기억이 나지 않았다. 다만 정신이 끊기기 전 상궁이 제게 건넨 말이 어렴풋이 기억에 남아 있을 뿐이었다.

'금일 진시까지는 남서향이 길하다 하오니 운화당에서 침수 드소서.'

운화당은 총희의 처소답게 대전에서 가장 가까운 곳에 위치해 있기도 했고, 상궁의 말을 다시 한번 곰곰이 생각해 볼 여력이 남아 있지도 않아서, 말 잘 듣는 아이처럼 그저 그이가 이끄는 대로 고분고분 따르며 운화당에서 침수 든 것이 실수라면 실수였다.

대전 상궁 여씨. 황제를 모시는 이이니만큼 그이에게는 다른 상궁들에겐 주어지지 않은 특별한 소임이 분명 하나 더 있었을 터였다. 후궁들의 몸의 변화를 세세히 살피어 용종을 탄생케 하는 게 바로 그것이었으니, 금일 진시까지 남서향이 길하다 함은 달리 말하면 운화당의 초혜 소의가 용종을 잉태할 몸의 준비가 되어 있다는 뜻과도 같았던 것이다. 정신이 아득하게 흐려져 휘적휘적

걸음을 옮겨 놓을 뿐이던 단휘가 미처 헤아리지 못한 부분이기도 했다.

"장부답지 못하신 발언이시옵니다."

"내 그런 것에까지 일일이 마음 쓸 필요는 없겠지. 졸장부라 한들 감히 이 몸을 책할 이는 없을 테니."

후안무치와 이기의 극치를 보여 주는 이런 사내가 세인들로부터 용맹하고 의로운 군주라 칭송이 자자한 바로 그 무의대제, 주단휘였다. 매번 따뜻한 말 한마디를 기대하는 자신이 어리석다 생각하면서도 늘 같은 것을 바라고 또다시 상처받는 초혜였다.

황후가 이러한 내막을 알 리 없었다. 어찌 보면 그는 황후에게도 자신에게도 천하의 몹쓸 사내가 되기로 작정한 사람 같았다.

"천녀를 궁으로 들이신 연유가 대체 무엇이옵니까."

그런 제 처지가 문득 서글퍼져 처연히 묻는 초혜에게 그가 슬며시 미간을 좁힌 채 대꾸했다.

"스스로를 비하할 까닭은 없지 않나."

"폐하……."

"네 출신이야 어떠하든 중요한 것은 지금의 너는 운화당의 초혜 소의, 명백한 짐의 여인이라는 사실이다. 너를 깎아내리는 것은 곧 나를 업신여기는 것과도 같음을 잊지 말거라."

"용서하소서. 소첩은 다만……."

"연유라면 말 못 할 것도 없다. 곁에 두고 싶어 그러한 것일 뿐……."

듣기에 따라 그럴듯하게 들릴 수도 있는 대답이었지만, 결국은 또다시 원점이었다. 교묘한 말로 곤란한 상황을 모면하려는 그를, 수많은 사내들을 쥐락펴락하던 기녀 은조가 모를 리 없었다.

"하오면 다시 여쭙겠사옵니다. 소첩을 곁에 두고 싶어 하신 진정한 연유가 대체 무엇이옵니까."

"작정하고 찾아온 사람 같군."

"제대로 보셨사옵니다."

"그대답지 않아."

"소첩다운 것이 무엇이옵니까. 누군가의 대신일 뿐인 빈껍데기에게도 자아라는 것이 존재하리라, 그리 여기시는 것이옵니까?"

그가 다분히 불편한 심기를 드러내며 미간을 더욱 찌푸렸다.

"누군가의 대신이라니."

"소첩이 굳이 답하지 아니하여도…… 폐하께서는 이미 알고 계시질 않사옵니까?"

교의에 비스듬히 기대었던 몸을 바로 일으켜 앉은 단휘가 깍지 낀 두 손을 탁자 위에 올려놓으며 약간은 날이 선 눈빛으로 초혜를 말없이 응시했다. 차갑게 가라앉은 두 눈동자에는 어떤 경고 비슷한 감정이 서려 있었다.

이 이상의 선을 넘는다면 아무리 황제의 총희라 해도 조용히 넘어가지는 못할 것이란 사실을 초혜 역시 잘 알고 있었다. 하지만 그러한 것쯤은 이미 대전으로 향하기로 작정한 순간부터 거듭 각오한 일이었다.

배 속에 아이가 들어서면 괜한 일에도 서운해지고 예민해지기 일쑤라 하더니, 회임한 사실이 확실해진 이후부터 운화당으로는 발길을 뚝 끊어 버린 그가 갑자기 주체할 수 없을 만큼 너무도 야속하게만 느껴져 견딜 수가 없는 그녀였다. 하여 자신의 허락 없이는 처소 밖을 나서지 말라는 그의 명령을 어기고 운화당을 나선 것도 모자라, 내친김에 반항하듯 이리 대전에까지 걸음을 한 것이었다.

다만 그것까지는 단휘도 그저 애교쯤으로 보아 넘겨 줄 수 있었다. 하지만 초혜는 그가 눈감아 줄 수 있는 그 적정선에서 멈출 것 같지 않아 보였다.

알 수 없는 무언가가 그의 가슴속에서 미세한 파문을 일으켰다. 심장이 불안하게 요동치고 있었다. 원인을 알 수 없는 참을 수 없는 분노와 불안감이 순식간에 전신을 휩싸고 돌았다. 무엇을 향한 것인지 모를 터질 듯한 감정을 꾸역꾸역 안으로 삼켜 넣으며 단휘가 경고하듯 낮게 으르렁거렸다.

"더 이상은 초혜 너라도 용서 못 해. 그만 처소로 돌아가라."

잇새로 내뱉는 억눌린 음성이 다분히 위협적이었지만, 그녀는 물러날 생각이 전혀 없는 듯했다.

"소첩, 오늘만큼은 그리 못 하옵니다."

"하, 실성이라도 한 것인가?"

그의 이죽거림에 초혜가 감정이 북받친 듯 격앙된 눈으로 감히 그를 똑바로 올려 보았다. 그런 그녀를 단휘는 그저 황당하고 기막힌 얼굴로 바라보고 있을 뿐이었다.

"군주가 가장 어여삐 여긴다는 그 대단한 총희가 어째서 화려한 능라금의 대신 단출한 무명옷을 입고 있는지, 어째서 출입조차 자유롭지 못한 것인지!"

감정이 격하게 고조되어 심장이 터질 듯이 빠르게 요동치는 것을 느끼며 가슴속에 담아 두었던 말들을 거침없이 토해 내던 초혜가 잠시 뒷말을 삼키고 숨을 골랐다.

'남부럽지 않을 권세와 부귀영화를 너에게 주마.'

무엇을 원하느냐기에 고민할 것도 없이 대뜸 권세와 부라 답하던 자신에게 함께 궁으로 가자며 그리 말하던 그의 호언은 물론 당연하다는 듯 지켜졌다. 비단옷을 입든 무명옷을 입든, 출입이 자유롭든 그렇지 못하든지 간에, 어찌 되었든 자신은 다른 두 후궁들에게 부러움의 대상이었고, 실세가 있는 것은 아니었지만 총희라는 위치가 자연스레 지니게 되는 막강한 힘을 손에 넣으려는 자들이 은밀히 접촉을 시도해 오는 일이 빈번한 것도 사실이었다.

하지만 그들의 눈에 보이는 그 모든 것들은 그저 거짓 속에 존재하는 허상일 뿐이었다. 총희라는 영광스러운 자격도 실상은 그가 그럴듯하게 꾸며 놓은 명목뿐인 허수아비에 지나지 않았다.

"혼자 보기도 아까운 어여쁜 이, 다른 이의 눈에 띄는 것조차 아까워 꼭꼭 숨겨 둔 것이라고…… 여느 후궁들처럼 치렁치렁 매달고 불편하게 지낼 일조차 마음이 쓰여 소의는 편한 옷만 입으라 황상께서 친히 명하신 것이라고…….

모두가 그리들 알고 있더군요."

"사실이 그러하니."

"폐하, 어째서 진실을 숨기려 하시옵니까? 단 한 번이라도 소첩과 마주친 적이 있는 이라면 충분히 알 수 있는 사실을 매일같이 소첩을 대하는 두 분만 모르고 계시옵니다. 아니지요……. 인정하지 않는 것일 뿐, 두 분 모두가 누구보다도 잘 알고 계시지 않사옵니까?"

"무슨 말을 하려는 것인지 통 알 수가 없군. 네 그리도 원한다던 부귀와 영화를 주었다. 부족한 것이 있나?"

"아니옵니다. 오히려 과분하옵지요. 소첩은 다만 진실을 말하려는 것뿐이옵니다."

냉랭하게 날아든 시선이 따갑고 아프게 박혀 왔지만, 그녀는 애써 초연한 눈빛으로 그의 시선을 마주 보았다.

그는 분명 강하게 부인할 테지만, 초혜는 이미 모든 것을 알고 있었다. 어째서 자신은 다른 후궁들처럼 화려한 옷을 입어서는 안 되는 것인지, 어째서 황궁 안을 자유롭게 돌아다닐 수조차 없는 것인지. 그리고…… 그가 온몸으로 부정하고 있는 10년 전 그날의 '그 일'에 관한 진실까지도…….

당사자인 그들 두 사람과 함께 지난 10년간 실재하지 않는 일인 양 기억 저편에 묻어 둔 일을 이제 와 구태여 끄집어내려 함은, 부족한 것 없다 답한 것과는 달리 복중의 태아로 인하여 그녀답지 않게 욕심이 생겨난 탓임을 군이 부인할 생각은 없었다. 그리고 그것은 꼭 복중 태아 때문이 아니더라도 언젠가는 응어리진 가슴속을 비집고 터져 나올 것이 분명한 일이었다.

그녀는 그저 그 시기를 조금 앞당긴 것뿐이었다. 자신의 아이를 원치 않는다는 그의 심중을 알게 된 것이 화근이라면 화근이었다.

"폐하께서 정히 모르시겠다면 소첩이 알려 드리지요. 금붙이며 보석이며 온갖 장신구를 휘황찬란하게 매달고, 화려하게 광택이 도는 빛깔 고운 비단옷까지 갖추어 입으면…… 더욱 그분과 닮아 보이니 그러하신 것이 아니옵니까?"

"그만……."

"이리 수수한 옷을 입혀 놓아도, 황제의 총희가 기이하게도 황후 마마와 지독히 **빼닮았더라**고 수군거리는 이들이 생길까 싶어, 그것이 마음에 걸려 처소 밖 출입조차 허락지 않으신 것이 아니옵니까!"

"그만……하라 하였다."

"소첩을 안으셔도 진정으로 소첩을 안으신 것이 아니지 않사옵니까! 폐하 자신은 속이셔도 소첩을 속이진 못하시옵니다. 소첩은 늘 그분의 대신이었사옵니다. 10년 전 그날! 그 일이 있었던 후부터 지금껏 말이옵니다!"

"닥쳐라, 소의! 네 정녕 죽고 싶은가!"

"꺄악!"

사군자가 고아하게 새겨진 백자 붓 통이 그의 손을 떠나 허공을 가르며 초혜의 머리 위를 아슬아슬하게 스쳐 지나갔다. 벽에 부딪친 순간 둔탁한 소리와 함께 산산조각 난 백자의 파편과 붓 통에 **빽빽이** 들어차 있던 크고 작은 붓들이 엉망으로 바닥에 나뒹굴었다. 초혜가 새하얗게 질린 얼굴로 그를 바라보았다.

"폐하, 소첩에게 어찌……!"

"……물러가."

표정을 무섭게 일그러뜨린 단휘가 괴로움에 양손으로 얼굴을 감쌌다. 간신히 쥐어짜 낸 목소리는 잔뜩 갈라져 있었다. 초혜가 말하고자 하는 바가 대체 무엇인지는 도무지 알 수 없었다. 다만 그저 본능적으로 몸서리치게 강한 거부감이 들어 견딜 수가 없었다.

'그날'을 떠올리는 것 자체가 그에게는 끔찍한 일이었다. 굳이 들쑤셔 놓지 않아도 벌어진 상처 사이로 피가 뚝뚝 흘러내리는 참담한 기억을 감히 초혜가 끄집어낸 것이다. 잠시 잠깐 떠올리는 것조차 괴롭고 쓰라려 가슴속 저변에 단단히 봉인해 둔 그 악몽 같은 기억이 그를 비웃기라도 하듯 손에 잡힐 듯이 선명하게 눈앞에 떠올랐다.

부인하고 부정하려는 마음이 너무도 커 과연 그것이 실재했던 일인지 그저 기분 나쁜 상상일 뿐인지조차 때로는 분간하기 힘든, 할 수만 있다면 악귀에게 영혼을 팔아서라도 되돌리고만 싶은 비참하고 끔찍했던 그날의 기억…….

곁을 지키던 충직한 이들의 시체가 걸음을 내딛는 곳마다 산처럼 쌓여 있었고, 그들이 흘린 피가 강을 이루던 그날……. 사방에서 풍겨 오던 그 비릿하고 처참한 피 냄새가 기억 속에 되살아나 역하게 코끝을 스쳐 갔다.

끔찍한 단말마의 비명 소리가 귓속에서 끊임없이 윙윙거리고, 끝도 없이 날아들던 불화살들에 데인 상처들이 다시금 욱신거리며 요란스럽게 통증을 호소해 왔다. 심장 옆을 아슬아슬하게 비껴간 화살이 아직도 그 자리에 묵직하게 박혀 있는 듯 참을 수 없는 극심한 고통이 폭풍처럼 거세게 밀려왔다.

"하아…… 하아……!"

단휘는 괴로운 듯 가슴을 움켜쥐며 가쁜 숨을 몰아쉬었다. 세상이 온통 붉게 물들었던 비통하고 참담한 그날, 생사의 갈림길에서 처절한 고통을 느끼며 몸부림치던 악몽 같던 그 순간…….

심장이 터져 나갈 듯한 이 고통의 근원은…… 단지 그것뿐인가? 그것…… 뿐인가? 그것……뿐이었나……?

무언가 떠오를 법도 하건만 도무지 생각나는 것이 없었다. 떠올리려 하면 할수록 희뿌연 장막을 친 듯 머릿속이 뿌옇게 흐려져만 갔고, 생각하려 하면 할수록 머리가 깨질 듯이 아파 왔다.

"하아, 하아……. 대체, 내게…… 하고픈 말이 무엇인가……."

"소첩이 지금 무슨 말을 하고 있는 것인지, 정녕 모르시옵니까? 설마 잊었다 말씀하시려는 것은 아니시겠지요? 그날 황후 마마께 무슨 일이……!"

"그쯤 하시는 것이 좋을 듯합니다만."

초혜의 격앙된 목소리가 한층 고조되던 순간, 황제의 윤허도 받지 않고 갑작스럽게 문을 벌컥 열고 성큼성큼 안으로 걸어 들어온 날카로운 인상의 한 사내가 그들 사이를 막아섰다. 사내를 본 초혜의 낯빛이 눈에 띄게 창백하게 굳어져 갔다.

"죽어 땅에 묻힌 후에라도 결코 입에 담아서는 아니 될 말들을 감히 폐하 앞에서 잘도 지껄이시는군. 송구합니다만 폐하께서는 잠시만⋯⋯."

초혜에게 책망하는 말을 건넨 사내가 품 안에서 무언가를 꺼내어 재빨리 단휘의 코끝에 스치듯 대자 단휘는 그대로 정신을 잃고 탁자 위로 쓰러졌다. 불경하기 이를 데 없는 경악스러운 행동이었으나 그러함에도 안으로 들어와 그를 저지하는 이는 아무도 없었다. 사내는 차갑게 얼어붙은 냉랭한 시선으로 긴장하여 잔뜩 굳어 있는 초혜를 매섭게 쏘아보았다.

"똑똑히 들어라, 연은조. 또다시 지금 같은 일이 내 눈에 발각된다면, 은조 네년뿐만 아니라 네년의 그 배 속에 있는 아이까지 무사하지 못할 것이란 사실, 명심해야 할 거야."

"나는⋯⋯ 나는⋯⋯ 아무것도 바라서는 아니 되는 것입니까?"

처연히 묻는 여인에게 사내가 조소를 띤 채 낮게 뇌까렸다.

"당연한 것을 묻는군. 그걸 말이라고 하나? 천하디천한 신분으로 이만큼의 권세와 부귀를 손에 쥐었으면 만족할 줄도 알아야지. 게다가 천자의 핏줄까지 잉태하였는데, 이 이상 무얼 더 바란다는 것이냐."

"그런 것⋯⋯ 그런 것은 필요 없습니다. 나는 그저⋯⋯."

"닥쳐라, 은조. 너 따위가 감히 천자의 마음까지 얻기를 바라다니. 정말 기도 안 차는군. 항시 잊지 말거라. 너는 그저 빈껍데기뿐인 총희, 맡은 소임만을 다하면 된다는 것을."

여인의 얼굴이 무너질 듯 일그러지고 있었지만, 사내는 잔혹한 말을 서슴없이 이어 갔다.

"폐하께서 원하시면 언제든 황후 마마를 대신해 그 잘난 몸뚱이를 폐하께 내어 드리는 것. 그것이 너의 소임이자, 네게 허락된 전부다. 너는 그저 노리개일 뿐이야. 사내의 들끓는 욕정을 풀어 주는 노리개. 지금껏 살아온 네 삶이 그러했듯이 말이다."

듣는 사람의 기분이야 어떠하든 냉랭한 어조로 비수 같은 말들을 거침없이 쏟아 낸 사내가 이내 황제에게로 다가가 잠시 그의 안색을 살폈다. 그러고는 안심한 듯 고개를 끄떡이고는 뒤돌아서 바로 뒤에 서 있는 초혜를 차갑게 바라보았다. 그 사나운 눈빛에 초혜의 어깨가 움찔하고 짧게 경련을 일으키자 사내의 얼굴이 비웃듯 묘하게 뒤틀렸다.

번뜩이는 눈매가 예사롭지 않은 중년의 그 사내는 제국 군부의 수장이자 황제의 최측근으로 잘 알려져 있는 인물이었다. 곽씨 세가 휘설문의 가주이기도 한 그는 단휘를 어린 시절부터 보필해 온 자이기도 했다.

사내의 본명은 곽자함. 세인들에게는 천자의 좌(左)를 지키는 자라 하여 상징적인 의미로 청룡이라 불리기도 하는 사내. 단휘의 막역지우인 사혼단의 백하가 백호라 불리는 것과도 같은 의미였다.

단휘가 잠이 든 것을 확인한 자함은 볼일이 끝난 듯 집무실 밖으로 성큼성큼 걸음을 옮겼다. 여전히 창백한 얼굴로 석고상처럼 굳어 있는 초혜에게 그는 뒤도 돌아보지 않은 채 씹어뱉듯 말을 건넸다. 몹시 성이 난 듯도, 어딘지 착잡한 듯도 한, 딱히 무어라 단정 짓기 힘든 말투였다.

"운화당의 초혜 소의. 그것이면 되었지 않나. 부디 그 이상을 바라지 마라. 내 너를 어찌 해할는지는 나도 알 수 없으니……."

그러고는 자함은 빠르게 문을 나서 복도에 시립해 있는 상궁과 내관에게 폐하를 살피라 눈짓으로 지시한 후, 어느 한순간 거짓말처럼 흔적을 감춰 버렸다.

ㅁ ■ ㅁ

자연스레 시선이 갔다. 어쩌면 당연할 법도 했다.

향락에 찌든 휘월루의 퇴폐적인 분위기와는 조금도 융화되지 않는, 마치 홀로 다른 세상에 와 있는 것처럼 묘한 괴리감이 느껴지는 그런 여인이었다.

"⋯⋯."

난간에 선 채 제 쪽을 내려다보고 있는 여인에게로 못 박히듯 꽂힌 그의 시선이, 곧 관찰하듯 날카롭게 그녀를 훑어 내렸다. 해사하고 윤기 도는 그 얼굴은 제 주인이 천하에 둘도 없는 금지옥엽으로 귀하디귀하게 자란 사람이라고 숨김없이 말해 주고 있는데, 여인의 몸에 걸쳐진 옷가지들은 어색하리만치 수수하기 짝이 없었다.

범인들이라면 그냥 지나칠 법한 아주 작고 사소한 것들이었지만, 비록 척박한 땅 위에 세워진 소국의 주인이라고는 하나, 백성들을 보듬고 아우르는 소위 왕이라는 자가 그러한 점을 쉽게 놓칠 리 없었다. 감추어진 사연이야 그가 알 바 아니었으나, 그 어울리지 않는 차림새의 연유를 짐작하는 것쯤 그리 어려운 일도 아니었다.

신분 위장⋯⋯. 단지 꾸밈없는 평범한 차림새 하나가 위장의 전부인 것을 보니 평소의 옷차림이 어떠했을지는 짐작이 되고도 남았다. 온갖 진귀한 보석들로 만들어진 장신구를 매달고 솜씨 좋은 장인이 몇 날을 정성 들여 지어 낸 화려한 비단옷으로 온몸을 치렁치렁 휘감고 있었을 터. 필시 내로라하는 귀족가의 여식이거나, 파안국의 상권을 쥐고 흔드는 어느 거상의 안주인쯤 될는지도 모를 일이라⋯⋯.

그러나 이미 지나쳐 버린 시선을 되돌릴 만큼 관심 두게 된 것은, 그러한 이유 때문이 아니었다. 어느 대단한 집안의 정숙한 여인네 하나가 한나절 느닷없는 일탈을 꿈꾸어 본 것뿐인지도 모를 일이고, 어떠한 사연이건 그러한 것에 일일이 신경을 쓸 만큼 그가 이성에게 관심이 있는 것도 아니었다.

때문에, 그의 시선을 잡아끈 것은 정확히는 여인이 아니라, 여인의 주위를 둘러싸고 있는 묘한 기류라고 하는 편이 옳았다. 몹시도 상반된 두 존재가 그 기류의 중심에서 고요히 숨을 죽인 채 언제라도 튕겨 나갈 듯이 날을 바짝 세우고 있었다.

전혀 다른 성향의 두 집단⋯⋯. 그중 하나는 여인의 지척에서 드러나지 않게 그녀를 호위하고 있는 무사들이었다. 선천적으로나 후천적으로나 오감이 뛰어나게 발달한 그를 속이기에는 다소 부족하기는 했지만, 군중 속에 자연스럽게 섞여 들어 능숙하게 기를 감추고 있는 것을 보면 꽤 체계적으로 훈련을 받은 자들임이 분명했다.

그리고 또 하나. 여인을 호위하는 자들은 온통 그에게로 신경을 집중하고 있어 깨닫지 못하는 듯하였지만, 정작 그들이 진심으로 경계해야 할 상대는 따로 있었다. 신경 끄고 제 할 일이나 하면 그만인 그가 지금 이 상황을 그저 모른 척 지나칠 수 없게끔 만들고 있는 바로 그 장본인들이기도 한……. 머리끝에서부터 발끝까지 주체할 수 없을 만큼 잔혹하고 냉랭한 살기를 내뿜고 있는 자들이었다. 이들의 존재로 인해 여인의 위장이 단순히 변덕이나 장난 따위는 아니라는 사실이 명확해지는 셈이었다.

소류는 여인에게 향해 있던 시선을 거두고 주변의 사나운 기운에 온 신경을 집중시켰다.

도처에서 지독한 살기가 여인을 향해 매섭게 날아들었다. 타고난 동물적인 감각으로 판단하건대, 해하려는 자들이 지키려는 자들보다 월등히 강했다. 두 무리가 충돌했을 때 승패의 결과는 불을 보듯 뻔했다.

'곧 있으면 천궁의 활이 사라질 텐데…… 이를 어찌한다?'

소류는 잠시 고민했다. 먼 길을 달려 파안국의 도성까지 오게 된 이유는 신녀 별리하의 예언 때문이었다. 그녀의 말에 따르면 그의 탄생성이 뜨는 날, 차라의 뜰에서 아라하의 존멸을 움켜쥔 운명의 별을 만날 수 있을 것이라 했다.

'차라'란 아라하의 전설 속에 전해져 내려오는 성스러운 황금빛 열매로, '차라의 뜰'이라 함은 차라목이 자라던 성지였다고 전해지는 지금의 파안국의 도성이 위치해 있는 땅을 의미했다. 또한 아라하족은 세상에 날 때 저마다의 탄생성을 지니고 태어나는데, 소류의 탄생성은 '천궁의 활'이라 불리는 별로 1년에 오직 단 하루만 그 모습을 드러냈다. 그리고 그날이 바로 오늘이었다.

예언 속의 그 운명의 별이라는 것이 사람인지 귀신인지, 남자인지 여자인지,

혹은 생명이 깃들지 않은 물건 따위일는지는 알 수 없지만, 신녀 별리하의 말대로라면 그 운명의 별이 나타났을 때는 느낌만으로도 충분히 알아볼 수 있을 것이라 했다.

마침 휘월루의 루주 아향이 긴히 전할 말이 있노라 전갈을 보내온 터라, 경계가 모호하긴 하지만 외성과 그리 멀지 않은 곳이니 크게 문제 될 것이 있겠나 싶어 별 망설임 없이 찾아온 것이었다.

그런데 사람인지 귀신인지 하는 그것, 마주치기도 전에 훼방꾼들이 나타나 버렸다. 물론 못 본 척 지나치면 그만이었지만 까닭 없이 망설여졌다. 어쩐지 그냥 지나치자니 특이할 것도 특별할 것도 없는 저 여인의 생사가 까닭 모르게 두고두고 궁금해질 것 같아서였다면 조금은 설명이 될까?

자신의 그 같은 망설임을 어떻게든 정당화시켜 보려는 소류였지만, 어떤 이유가 되었든 그답지 않은 일이었다. 스스로를 납득할 수 없어 슬며시 미간을 찌푸리다가 결국 조금 참견하기로 마음을 굳힌 그가 위층 난간에 서서 멀뚱히 자신을 내려다보고 있는 여인을 향해 다시금 천천히 시선을 들었다.

찰나의 순간, 두 사람 사이에 강렬한 시선이 오갔다. 무어라 딱 잘라 표현하기는 힘들었지만, 불쾌하지도 거북하지도 않은, 싫지 않은 감정이 스멀스멀 피어올랐다. 그는 그 생경한 느낌이 대체 무엇인지 궁금했지만, 유감스럽게도 지금은 깊이 생각해 볼 여유가 없었다.

잡다한 생각들을 뒤로한 채, 그는 허리춤의 검집을 향해 가만히 손을 뻗었다. 한층 고조된 음악 소리에 맞춰 무희의 현란한 춤사위가 절정으로 치달았고, 그것을 지켜보는 구경꾼들의 시끌벅적한 탄성이 휘월루를 가득 채운 가운데, 두 무리를 둘러싼 묘한 기류와 그 기류 속으로 스며들어 온 그의 공간만이 마치 시간이 정지해 버린 듯 고요하고 적막한 기운으로 가득 차올랐다.

곧 충돌할 듯 팽배한 긴장 속에 두 무리의 시선들이 서서히 그를 향해 모여들 무렵이었다.

챙—!

청아한 마찰음을 내며 검집에서 미끄러져 나온 검날이 시린 빛을 뿌리며 마침내 그의 투박한 손끝에 걸리었다. 그리고 마치 그것이 신호인 양, 검은 복면을 뒤집어쓴 살수들이 예사롭지 않은 기운을 뿜어내며 일제히 모습을 드러내기 시작했다.

시커먼 인영들이 공중에서 갑자기 모습을 나타내자 그 광경에 놀란 사람들의 비명 소리가 기루 곳곳에서 터져 나왔다. 혼비백산한 사람들이 객실로 몸을 피하려 우왕좌왕하는 가운데 기루는 삽시간에 아수라장으로 변해 버렸다.

흡사 그날과도 같았다.

사방에서 들려오는 비명 소리와 폭발할 듯 미친 듯이 뛰기 시작하는 심장의 거센 박동……. 늘 여유를 잃지 않는 유와의 그답지 않게 굳은 얼굴과, 그녀를 노리고 검을 겨눈 채 거리를 좁혀 오는 괴한 무리까지…….

"마마, 정신 차리십시오! 마마!"

넋이 빠진 얼굴로 망연자실 서 있는 아리의 어깨를 유와가 거칠게 잡아 흔들었다. 예절이니 법도니 하는 그따위 것들은 애당초 그에게는 중요한 것이 못 되었다. 금세라도 쓰러질 듯 새하얗게 질린 채 넋을 놓고 서 있는 이 철딱서니 없는 국모를 무사히 궁으로 돌려보낼 수만 있다면 무슨 짓이든 할 수 있는 그였으니까.

겨우 정신을 차린 듯 멍한 눈으로 자신을 바라보는 그녀를 재차 흔들며 그가 강한 어조로 다급하게 말을 이었다.

"마마, 정신 차리시고 제 얘기 잘 들으십시오. 저와 사혼단 무사들이 저들을 막는 동안 마마께서는 장 상궁과 함께 아래층으로 내려가십시오. 마마께서 이곳을 완전히 벗어나실 때까지는 제가 뒤를 바짝 따라붙어 마마의 곁을 호위할 것이니 두려워 마시고 있는 힘껏 달리셔야 합니다. 밖으로 나가시면 여관 하나가 마마를 기다리고 있을 것입니다. 그 여인이 마마를 궁까지 모실 겁니다. 지금부터 뒤도 돌아보지 마시고 무조건 달리십시오. 아시겠습니까?"

"알았어. 하지만…… 그럼 유와는?"

"이곳 상황이 정리되는 대로 저도 뒤를 따르겠습니다. 지체할 시간이 없습니다. 아가씨, 어서요!"

사가에서 부르던 호칭이 불쑥 튀어나오는 것을 보니 유와도 어지간히 마음이 급한 모양이었다. 그만큼 상황이 심각하다는 뜻이기도 했다. 그들의 대화가 오가는 중에도 사혼단과 괴한들 사이에서는 격렬한 사투가 벌어지고 있었다.

누군가의 몸에서 뿜어져 나온 비릿하고 검붉은 액체가 유와의 얼굴 위로 폭포수처럼 쏟아져 내렸다. 그 모습이 마치 사신처럼 끔찍하고 섬뜩했다. 유와는 아무렇지 않게 한쪽 소매로 피를 쓱 닦아 내고는 닦달하듯 아리를 재촉했다. 성마른 목소리에는 초조함이 잔뜩 묻어났다.

"우물쭈물할 시간이 없다니까! 어서 내려가요!"

"마마! 소인이 모시겠사옵니다!"

시퍼런 검광이 눈앞에서 번쩍거렸다. 사방에서 수없이 날아들기 시작하는 검을 자신의 검으로 힘겹게 막아 내며 유와가 다급하게 외친 것과 동시에, 장상궁이 별안간 아리의 팔을 덥석 낚아채더니 아래층으로 내려가는 층계를 향해 나는 듯이 달리기 시작했다.

처음에는 그저 끌려가는 것뿐이었던 아리도 차츰 본능적으로 움직이고 있었다. 평소 운신할 일이 그리 많지 않은 그녀인지라 금세 숨이 턱 끝까지 차올랐지만, 살기 위한 원초적인 욕망이 그녀를 온 힘을 다해 달리게 하고 있었다.

"어림없는 짓!"

층계에 다다라 막 계단 하나를 밟고 내려가려는 순간, 거구의 괴한 하나가 일갈을 내지르며 그들 앞을 막아섰다. 괴한이 휘두른 날카로운 검이 아리가 입은 상의의 앞섶을 아슬아슬하게 스쳐 지나갔다.

너무 놀란 나머지 저도 모르게 비명을 내지르며 다급히 뒤로 물러선 아리를 장 상궁이 붙잡아 재빨리 자신의 등 뒤로 숨겼다. 하지만 그다음으로 할 수 있는 행동은 아무것도 없었다.

상황은 절망적이었다. 유와는 아까부터 혼자서 괴한들 셋을 상대하느라 이미 지칠 대로 지쳐 있는 상태였다. 사실대로 말하자면 제 목숨 하나 부지하고 있는 것조차 대단하다 할 지경이었다. 흑무문의 가신으로 지내던 때부터 황후의 호위 무사가 되어 있는 지금까지, 그동안 맞닥뜨렸던 상대들 중에 가장 상대하기 버거운 자들이라고 해도 과언은 아니었다.

왜 진작 저들의 존재를 눈치채지 못했을까. 흑의의 사내에게 온통 신경이 가 있었던 터라 미처 알아채지 못한 것이라 하면 그것은 핑계였다. 감쪽같이 속아 넘어가고 말았다. 기를 전혀 읽어 내지 못했다. 괴한들은 그 무공도 무공이지만 온갖 비열한 암기에 능하였으며 수적으로도 전혀 밀리지 않았다. 어느 모로 보나 이쪽이 분명한 열세였다.

괴한이 휘두른 검을 받아 내며 힘겹게 몸의 방향을 트는 순간, 덩치 큰 괴한 하나를 온몸으로 막아서고 있는 장 상궁의 위태로운 모습이 눈에 들어왔다. 그리고 그 뒤로 어렴풋이 제 주인의 하얀 옷자락이 꿈틀대는 것이 보였다.

유와의 지친 두 눈동자에 짙은 안타까움이 스쳤다. 늘 톡톡 쏘아붙이고 빈정대기 일쑤였지만 잔정이 많아 눈물도 많은, 때로는 철없는 누이동생 같기도, 또 때로는 오만한 여신 같기도 하던 그의 오랜 주인…… 황후의 얼굴에 서서히 마지막을 각오하는 듯한 비장함이 서렸다. 지금 그녀가 느끼고 있을 두려움과 깊은 절망이 그의 가슴속에도 뼛속 깊이 전해져 왔다. 최악의 경우를 떠올리며 우려하던 것보다도 더욱 힘든 상황이었다.

자칫하면…… 지켜 내지 못할지도 모른다. 유와의 얼굴에 짙은 수심의 그림자가 드리워졌다.

위아래로 크게 반월을 그리던 괴한의 울룩불룩 근육이 불거진 우람한 팔이 땅을 향해 내리쳐지던 순간이었다. 보통 사람의 얼굴만 한 큰 손에 들린, 그런 주인과도 썩 잘 어울리는 어마어마한 크기의 대도가 휙 둔탁한 바람 소리를 내며 천하를 가를 듯 매섭게 공기를 가르고 바닥으로 내리꽂히던 바로 그 순간이었다.

모든 것이 정지한 듯 아무런 소리도 들려오지 않았다. 기루 안의 수많은 사람들이 도망치려 우왕좌왕하거나 혹은 피를 쏟으며 사투를 벌이고 있었음에도 그 모든 산란한 움직임들이 전혀 시야에 들어오지 않았다.

다만, 처연하게 자신의 앞을 막아선 장 상궁의 머리 위를 둔탁한 바람 소리를 내며 내리치려던 육중한 무언가가 바로 다음 순간 고막이 찢어질 듯 날카로운 굉음을 내며 번쩍하고 빛을 발하던 장면만이 어지럽게 머릿속을 맴돌고 있을 뿐이었다.

그 번쩍하는 광채와 함께 그녀의 이성도, 의식도 허공으로 멀리멀리 날아가 버렸다. 본래 담력이 크고 강인한 성정인 그녀였지만, 10년 전 그날을 기점으로 강심장이던 그녀에게도 조금의 변화가 생겼다. 전에는 알지 못했던 두려움이라는 감정을 알아 버린 것이었다.

비릿한 혈향과 번뜩이는 검광, 어지럽게 난무하는 그림자들……. 두렵고 잔인했던 그날의 기억과 너무도 닮아 있는 주위의 모든 것들이 자꾸만 그녀의 의식을 마비시켰다. 이대로라면 지금 당장 저들의 칼에 목을 베인다 한들 전혀 이상스러울 것이 없었다.

넋을 놓고 서 있는 아리를 보며 유와가 미친 듯이 고함을 질러 댔지만 그녀는 꿈쩍도 하지 않았다. 그런 그녀를 따끔하게 질타하고 다시금 이성을 되찾도록 만든 이는, 늘 그 역할을 자처하던 유와도, 또 장 상궁도 아니었다.

"그 목숨 하나에 몇 사람의 목숨을 더 보탤 셈이지?"

다분히 빈정대는 말투. 그러한 무례가 유일하게 허락된 유와의 부드러운 목소리가 아닌, 낯선 이의 거칠고 쉰 목소리…….

게다가 정신이 번쩍 날 정도로 어깨를 강하게 잡아채 흔드는 손길에는 조금의 예의도, 존경도, 경외심도 없었다.

그러하다는 것은 곧, 그가 황실의 사람이 아님을 의미했다.

그리고 그것을 증명하듯 검은 인영이 눈앞에 어렸다.

흑의의 사내였다.

푹 눌러쓴 흑립과 얼굴을 가린 차면 사이로 사내의 날카로운 눈매가 한순간 드러났다가 사라졌다. 매섭지만 차갑지 않고, 차분하지만 꿰뚫어 보듯 예리한 눈빛이었다.

적인지 아군인지를 판가름하기란 애당초 불가능한 일이었다.

"무사들을 하나라도 더 살리고 싶다면, 정신 똑바로 차리는 게 좋을 거요. 저들을 좀 보시오. 그대가 죽으면 따라 자결이라도 할 것 같은 얼굴들이로군."

사내의 말에 따르기라도 하듯 눈동자가 무의식적으로 움직였다. 그러자 몇몇 아는 얼굴들이 보였다. 그의 말대로 결의에 가득 찬 그 얼굴들은 최악의 경우 목숨까지 버릴 듯한 기세였다.

그러는 사이, 장 상궁을 향해 내리친 검이 누군가에 의해 방해를 받자 분개하여 달려들던 덩치 큰 괴한은 이미 가슴에 깊은 검상을 입고 바닥에 뒹굴고 있었다. 눈 깜짝할 사이에 일어난, 그야말로 찰나의 일이었다. 엄청난 실력자일 것이라 여겼던 괴한은 흑의의 사내에겐 그저 한낱 하수에 불과해 보였다.

"갑시다."

"……."

계단을 내려서던 사내가 여전히 멀뚱히 서 있는 그녀의 팔목을 잡아끌었다. 아리는 흠칫하며 사내의 손을 완강히 뿌리쳤다.

선뜻 따를 수는 없었다. 만일 저들의 속임수라면……? 하물며 목적이 무엇인지, 누구 휘하의 사람들인지, 아무것도 알지 못하는 이러한 상황에서라면…….

"설마하니 죽음보다 더 참담한 일이야 생기겠소?"

이해한다는 듯 사내의 목소리가 나긋했다. 한시가 급한 상황이었지만, 사내는 재촉 대신 기다림을 택한 것 같았다. 그녀 역시 그처럼 어느 하나를 선택해야만 했다.

"마…… 마님! 어서 가시어요!"

"……."

"마님의 목숨이 저 사내에게 달렸습니다. 무엇을 망설이십니까? 이리 지체하고 있을 시간이 없어요!"

사내 덕분에 십년감수한 장 상궁이 실수할 뻔한 호칭을 얼른 주워 담고는 아리를 사내 쪽으로 떠밀며 그녀의 뒤에 바싹 붙어 섰다. 만약 아리가 사내의 호의를 거절한다면 몸으로 밀어붙이기라도 할 태세였다.

아무리 보아도 길은 하나뿐이니 결정을 내리는 데에는 그리 오랜 시간이 걸리지 않았다. 그래, 일단은 이곳에서 무사히 벗어나는 것이 급선무다. 차후의 일은 그때 다시 생각해도 늦지 아니할 터…….

"……하면 부탁드리겠습니다."

아리는 가볍게 고개를 숙여 보였다. 황제가 아닌 다른 누군가에게 고개를 숙인다는 것이 어색하였지만, 이런 경우 평범한 아녀자들이라면 그리할 것이라는 생각이 들었다.

그사이 괴한들 여럿이 사내에게로 돌진해 왔다. 그녀가 묵례하는 것을 잠시 바라보던 사내가 괴한들을 향해 재빨리 몸을 던지며 소리쳤다.

"두 사람 모두 내 뒤를 바싹 따르시오! 무슨 일이 일어나도 절대 한눈을 팔아서는 아니 되오. 아시겠소?"

"예."

"알겠습니다, 대인!"

이후에 벌어진 일은 무차별적인 도륙이나 다름없었다. 물론 그 대상은 정확히 그들을 향해 달려드는 괴한들에게만 국한되어 있기는 하였지만, 사내의 검에는 일말의 연민도 망설임도 없었다. 다행스러운 것은, 그의 뒤를 쫓기에 바쁜 터라 괴한들이 죽어 나뒹구는 것을 눈에 담을 시간조차 없었다는 사실이었다.

기루를 나서자 꽉 막혔던 숨통이 그제야 조금씩 트여 오는 듯했다. 폐부 깊숙이 들어찼던 역한 피 냄새가 향긋한 풀냄새와 비에 흠뻑 젖은 흙냄새에 묻혀 조금씩 사라져 갔다.

앞서 걷던 사내의 걸음이 우뚝 멈춘 것은 그렇게 기루를 나서 채 몇 걸음도 떼지 않아서였다. 뒤따르던 아리를 돌아보지도 않은 채 그가 불쑥 입을 열었다.

"말을 탈 줄 아시오? 아무래도 직접 말을 몰아야 할 것 같소만."

대수롭지 않은 목소리였지만 그 말이 의미하는 바는 결코 대수롭지 않은 것이 아니었다.

"직접 말을 몰다니요? 여관이 기다리고 있을 것이라 하였는데……."

"보시다시피."

사내가 그녀를 흘끗 돌아보며 손끝으로 가리킨 곳에는 가슴에 단도가 박힌 여인 하나가 쓰러져 있었다. 단도가 아직 몸에 박혀 있어서인지 유혈이 심각하지는 않았으나 그 자체로 끔찍한 광경이었다.

진저리가 쳐졌지만 애써 내색하지 않으며 아리는 처음처럼 잔뜩 경계 섞인 눈초리로 사내를 빤히 바라보았다. 그러자 그가 쓰게 웃으며 다시 입을 열었다.

"이런 와중에 사람을 쉽게 믿는다면 그것도 문제겠지. 하나 내가 한 일이 아니니 오해는 마시오."

"당신 말을 어찌 믿지? 당신이 죽여 놓고 시치미 떼는 것이 아닌가? 신분도 정체도 모르는 수상쩍은 자의 말을 순순히 따를 성싶은가?"

"하면 어찌할 생각이오? 내가 보기엔 그대가 목숨을 부지할 방법은 이곳 어디에도 없어 보이는데. 내 경험상으로는 이런 경우엔 그저 속는 셈 치는 것도 나쁘지만은 않더군. 물론 선택은 그대의 자유요. 그리고……."

잠시 말을 멈춘 그가 얄밉도록 차분한 목소리로 말을 이었다.

"한 가지 더 말해 두자면, 나는 그리 시간이 많지 않소."

말의 내용과는 달리 느긋하기 짝이 없는 그의 말투에 아리는 은근히 부아가 치밀었다. 시간이 많지 않기로는 자신이 그보다 더하면 더했지, 덜하진 않았다. 경각을 다투는 급박한 상황이기는 하였으나 그를 순순히 따를 수도, 그렇다고 따르지 않을 수도 없는 난감한 상황인 것 또한 사실이었다.

이러지도 저러지도 못한 채 바싹 마른 아랫입술을 잘근잘근 깨물며 조금 전 기루 안에서 괴한에게 베여 나간 앞섶만 하염없이 만지작거리고 있는데, 그 모습이 퍽 안되어 보이기라도 했던 모양인지 이 같은 상황에서 전혀 아쉬울 것 없는 그가 도리어 한풀 꺾고 들어와 꽤 구미가 당기는 제안을 꺼내 놓았다.

"그럼 이렇게 합시다."

들려오는 소리에 고개를 드니 작달막한 무언가가 날아와 어깨에 부딪고 땅으로 떨어졌다.

손바닥만 한 비단 주머니였다.

"내게는 몹시 중요한 물건이오. 이곳을 빠져나갈 때까지 그대에게 맡기겠소. 그때까지도 나에 대한 의심이 풀리지 않는다면 영영 돌려주지 않아도 좋소."

"……."

"나로서는 손해 보는 제안인데, 그것으로도 부족하오?"

부족할 리 없는 제안이었다. 하지만 그렇기에 오히려 그녀의 의구심을 더욱 부추겼다. 아리는 미간을 좁힌 채 그를 뚫어지게 바라보았다.

"어찌 이렇게까지 하여 이 사람을 도우려는 겁니까?"

"나 역시 그 까닭을 모르겠기에 이러는 거요."

"예……?"

"조금이라도 더 같이 있다 보면, 대체 무엇 때문인지 알 수도 있지 않을까 해서."

괜한 연민이나 동정 따위는 무슨 일이든 그르치게 만들기 십상이었으므로, 비정하다 할지 몰라도 왕으로서는 가장 먼저 버려야 할 감정이었다. 대의를 위해서는 그리하는 것이 옳다고 여겨 왔고, 그러한 생각에는 아직도 변함이 없었다. 그런 그가 위험에 처한 생면부지의 여인을 그녀의 표현처럼 '이렇게까지' 하여 몸소 돕고 있는 것이다.

다분히 충동적이며 전혀 그답지 않은 이러한 행동들이 과연 무엇에 기인한 것이었는지를, 그는 그녀를 이렇게까지 도와서라도 곁에 두며 반드시 알아낼 생각이었다.

"……"

알 수 없는 눈빛으로 알 수 없는 말들을 뇌까리는 그를 물끄러미 바라보는 그녀와, 어느새 자신의 흑마 위에 훌쩍 올라탄 채 재촉하듯 그런 그녀를 내려다보는 그……

쏟아지는 빗줄기와 짙게 깔린 어둠으로 사방이 막혀 있어서인지, 마치 세상에 그들 두 사람만이 존재하는 듯한 묘한 착각마저 일었다. 두 사람 모두 머리며 몸이며 할 것 없이 비에 흠뻑 젖어 있었지만, 그런 것쯤은 지금 그들에게 아무런 문제도 되지 않았다.

아리는 진흙탕으로 떨어진 비단 주머니를 조심스럽게 주워 들었다. 굳이 내용물을 확인해 볼 필요는 없었다. 설령 그 안에 흙이나 짚 따위가 들었더라도, 그의 말대로 그에게는 몹시 중요한 물건인 것이라고 믿고 싶었다.

어째서 그런 마음이 드는 것인지는 알 수 없었다. 다만 지금은 그것만이 유일한 탈출구이기도 했고, 검은색 일색의 흡사 괴한 같은 차림새를 하고 있는 그였지만 왠지 악한 느낌이 들지 않는다는 점도 그녀의 경계심을 늦추게 했다.

그녀는 주워 든 비단 주머니를 치마끈에 단단히 매달았다. 가타부타 말은 없었지만 그것으로 그의 제안을 받아들인 셈이었다.

그러자 문득 한 가지 난감한 사실이 떠올랐다. 금세라도 말을 출발시킬 듯 고삐를 움켜쥔 그를 보며 그녀가 곤란한 얼굴로 입을 열었다.

"저어, 나는…… 말을 타지 못합니다."

말이라면 질색이었다. 원래 말 타는 것을 그리 즐기지 않았던 데다가, 몇 해 전 단휘를 골탕 먹일 심산으로 그가 가장 아끼는 애마를 끌고 나갔다가 낙마하여 근 보름 동안 사경을 헤맨 이후로는, 말이라면 쳐다보는 것조차 치가 떨리고 소름이 돋을 지경이었다.

난감해하는 그녀 앞에 말을 세운 그가 불쑥 자신의 손을 내밀었다. 그런 그의 손을 멀뚱히 올려 보다가 아리는 미간을 좁히며 설마 하는 얼굴로 그에게 물었다.

"지금 나더러, 당신의 말에 타라는 겁니까?"

"그렇소만, 무슨 문제라도 있소?"

"물론 있고말고요. 남녀가 유별한데 망측스럽게 어찌 말 한 필에 함께 타자는 것입니까?"

"목숨을 잃느니 그저 잠시 망측스러운 것이 낫겠지. 다른 방법이 없지 않소? 그대의 시비는 혼자서도 내 말의 속도를 따라잡는 것조차 버거울 텐데 말이오."

"그렇습니다, 마님. 대인의 말을 들으셔요. 잘 아시지 않습니까? 소인 혼자서도 말 타는 것이 그리 익숙지 않은 것을요. 마님, 어서요. 한시바삐 이곳을 벗어나야 합니다."

장 상궁까지 그를 돕고 나서니 별다른 수가 없었다. 하기야 고작 이런 이유 따위로 고집을 피울 처지도 아니었다.

일촉즉발의 순간, 기루 안에서 괴한이 장 상궁에게 내리친 검을 사내가 막아 내던 바로 그 순간부터, 그는 이미 그녀에게는 생명의 은인이나 마찬가지였다. 더 이상의 불신과 배타는 어쩌면 불필요한 심리적 소모에 지나지 않는 것인지도 몰랐다.

스르륵, 다시 한번 그녀 앞에 내밀어진 그의 손을 이번에는 그녀도 별말 없이 마주 잡았다.

"아마 꽤 무서울 거요. 앞을 보지 않는 것이 상책이오. 그저 말 목덜미에 엎드려만 있으시오. 나머지는 내 전부 알아서 할 테니."

"말씀대로 할 터이니 염려 놓으십시오."

"글쎄. 그다지 마음이 놓이질 않는군."

큰소리를 치는 것과는 달리 온몸이 잔뜩 경직되어 있는 그녀를 보고 있자니 말을 출발시킨 후에 그녀가 어찌 돌변할는지는 충분히 예상할 만했다. 다행히 혼절하거나 낙마하지 않고 잘 버텨만 준다면 그나마 조금은 수월할 것이다.

"그럼 출발하겠소."

비는 여전히 세차게 퍼붓고 길은 험난했다. 사방은 어두워 보이지 않았다. 어둠이 짙게 깔린 산길을 내달리고 있는 말도, 그 말의 주인도 단지 동물적인 감각에 의존한 채 불어닥치는 바람에 몸을 맡기고 있을 뿐이었다.

쏟아지는 폭우 속에서도 먹구름 사이로 간간이 까만 밤하늘이 보였다. 구름에 가려진 채 서쪽 어딘가에서 빛나고 있을 자신의 탄생성에 잠시 그의 의식이 머물렀다. 날이 흐려 낮부터 마치 한밤중인 양 어두컴컴했지만 실상은 그제야 자정이 다가오고 있었다. 자정이 지나면 서서히 그의 별도 질 것이다.

신녀 별리하가 말하기를, 천궁의 활이 뜨는 오늘, 차라의 뜰에서 아라하의 존멸을 움켜쥔 운명의 별을 만날 수 있을 것이라 했다. 또한 그 운명의 별이 나타났을 때는 느낌만으로도 충분히 알아볼 수 있을 것이라고도 했다.

수백 번 되뇌고 되뇐 말이었음에도 불구하고, 단 한 순간도 잊지 않았던 사실이었음에도 불구하고, 그것과 이것이 같은 것이라고는…… 그 느낌이 이러한 느낌일 것이라고는 조금도 생각지 못하는 그였다. 그저 먼지나 바람처럼 부지불식간에 스쳐 간 무언가가 분명 있었을 것이라고만 대수롭지 않게 짐작해 넘길 뿐이었다.

3
시작되는 인연

이노하 대륙. 파안제국과 아라하 연맹 왕국이 자리 잡은 광활한 영토…….

대륙의 허리를 휘감고 있는 미우강을 경계로 대륙은 남과 북으로 나뉘는데, 남부에는 온화한 기후와 비옥한 토지가, 북부에는 하리산맥의 영향을 받은 차고 건조한 기후와 척박한 땅이 펼쳐져 있었다.

예로부터 수많은 부족과 나라들이 비옥하고 풍요로운 남쪽 땅을 차지하기 위해 전쟁을 벌여 왔으며, 각자의 이해관계에 따라 저들끼리 뭉치고 흩어지기를 반복한 결과 현재에 와서는 두 나라 간의 대립의 양상을 이루게 되었다.

윤족이 주를 이루고 있는 파안제국과, 혜노, 세절 등의 여러 크고 작은 부족들의 연합으로 이루어진 아라하 연맹 왕국이 바로 그 두 나라였는데, 파안은 수백 년 전 아라하로부터 비옥한 남쪽 땅을 빼앗아 나라를 세웠으며, 북부로 떠밀린 아라하는 현재까지도 땅을 되찾기 위해 크고 작은 전쟁을 일삼고 있었다.

기름진 농작물과 온갖 생필품들이 넘쳐 나는 파안제국과는 달리, 아라하는 헐벗고 굶주린 백성들로 넘쳐 났다. 늘 기근에 시달려야 했으며, 병마가 끊이지 않았다. 기근과 병마는 절망을 낳고, 절망은 어김없이 죽음을 동반했다. 하루에도 숱한 생명들이 기아나 병마로 죽어 나갔다. 하지만 모순되게도 그 속에서도 어김없이 새 생명은 태어나, 금세라도 끊어질 듯한 부족들의 맥을 근근이 이어 갔다.

메마른 북쪽 땅으로 쫓겨 와 다시금 남쪽 땅을 되찾을 날만을 꿈꾸며 명맥을 이어 온 지금까지도 그러한 악순환은 되풀이되고 있었다.

"아이혜 님. 전하께서 환궁하고 계신다 합니다!"

보초를 서던 병사가 헐레벌떡 뛰어 들어와 지금 막 동료에게 전해 들은 기쁜 소식을 상전에게 서둘러 고해 올렸다. 그러자 병사의 보고를 들은 여인의 얼굴에 수줍고 서툰 미소가 피어올랐다.

"그래, 어디쯤 오고 계신다 하더냐?"

"지금 막 외성을 통과하셨다 합니다."

"하면 곧 당도하시겠구나. 천궁으로 가야겠다. 채비하라 일러라."

"예, 아이혜 님!"

옷매무새를 가다듬고 머리를 단장하는 손길이 분주했지만 어딘지 영 어색하고 어설픈 모습이었다. 여자치고는 꽤 큰 장신에 거뭇하게 그을린 얼굴, 크고 작은 흉터가 군데군데 자리한 거친 피부는 여느 여인들과는 사뭇 달라 자못 눈길을 끌고 있었다.

동년배로 보이는 훤칠한 사내 하나가 침상에 비스듬히 걸터앉은 채 고개를 갸우뚱하며 여인을 위아래로 쓱 한 번 훑어보더니, 곧 설레설레 고개를 저었다. '불통과(不通過)'라는 단어가 사내의 미간에 대문짝만하게 떠올랐다.

"차라리 갑옷을 입지 그래? 그 옷이 네게 어울린다고 생각하나? 눈 뜨고는 도저히 못 봐 주겠군."

"진! 닥치지 못해?"

"이봐, 난 어디까지나 널 생각해서 사실대로 말했을 뿐이라고."

"닥치라고 분명히 말했어. 유모, 유모도 그렇게 생각해? 자, 어때 보여?"

갑작스럽게 난처하기 그지없는 질문을 받은 유모가 자신 앞에서 한 바퀴 빙그르르 도는 주인을 바라보며 애써 웃는 얼굴을 만들려다 금세 파르르 경련을 일으켰다. 그 모습에 진이 박장대소하며 침상 위를 데굴데굴 구르는 동안, 아이혜는 붉으락푸르락한 얼굴로 그런 그를 노려보다 몸에 걸친 알록달록한 비단옷을 찢을 듯이 벗어 던지고는 밖의 시비를 향해 소리쳤다.

"갑옷을 가져와!"

"큭큭. 진작 그럴 일이지."

"서문진! 당장 닥치지 않으면 그 입을 갈기갈기 찢어 까마귀 밥으로 던져 준 후에 그걸 먹은 까마귀까지 사지를 갈기갈기 찢어 죽여 버리겠어!"

"하하. 어련하시겠습니까, 왕비 마마."

그들의 살벌한 대화는 계속되고 있었지만 유모라 불린 중년의 여인은 그저 흐뭇한 미소로 그들을 바라볼 뿐, 굳이 말릴 생각이 없는 듯했다. 그것이 저들의 방식이란 것을 이미 아는 까닭이었다.

세절부의 진과 혜노부의 아이혜, 신궁의 별리하. 그리고 또 한 사람, 천궁의 소류…….

태어나는 순간부터 하나의 운명으로 엮인 이들 네 사람은 어린 시절을 함께 보내고 장성한 지금에 와서는 당연한 듯 아라하의 미래를 앞장서 이끌어 가고 있는 인물들이었다.

아라하를 이루는 가장 강대한 네 부족의 수장이기도 한 이들은 사적으로는 막역하고 동등한 친우였으나, 곧 그 관계가 이전과는 판이하게 달라질 것이었다.

얼마 후면 치러질 천궁과 혜노부의 혼례. 그것이 바로 그 변화의 기점이었다.

"아이혜. 그와 부부가 되는 것이 그리도 좋으냐."

"누, 누가 좋다고 했어?"

"네 얼굴에 그렇다고 쓰여 있는걸."

진이 빤히 쳐다보자 아이혜의 볼이 금세 빨갛게 물들었다. 그녀는 순진하고 솔직한 여인이었다. 적당히 내숭도 떨 줄 알고, 적당히 마음을 감춰 사내를 애태울 줄도 아는, 그런 보통의 여인들과는 아주 많이 다른…….

"웃겨. 괜히 사람 귀찮게 굴지 말고 그만 네 처소로 돌아가는 게 어때?"

"무슨 소리. 나도 천궁으로 간다. 전하께 인사는 드려야지."

"아무튼 귀찮은 자식. 강아지 새끼도 아니고 내 뒤만 졸졸 따라다닌다니까?"

"그럼 네가 따라오든가. 나 먼저 가 있을 테니 갑옷에 예쁘게 치자 물을 들이시든지, 뭐 왕비 마마 알아서 잘 단장하시라고."

"아니 근데 저 자식이!"

이미 진이 자취를 감춘 막사 문에다가 신발 한 짝을 벗어 던진 아이혜가 분이 풀리지 않는다는 듯 씩씩거렸다.

오늘로 이레째. 길다면 길고 짧다면 짧은 시간. 평상시이든 전시이든 늘 동행했었기에 소류의 이 길고도 짧은 부재가 그녀에게는 몹시도 길게만 느껴졌던 것이 사실이었다. 거기에 혼례까지 다가오니 전장에서 갑옷을 입고 무기를 휘두르는 그녀라 해도 여인은 여인인지라 마음이 들뜨는 것은 어쩔 수 없었다.

해서 평소의 그녀라면 쳐다보지도 않았을 비단옷을 그저 잠시 걸쳐 보았던 것인데, 하필 그 순간 막사 안으로 쳐들어온 진이 그녀의 속을 박박 긁어 놓고는 유유히 사라져 버렸다. 젠장. 그런 모습을 들켰다는 사실 자체가 수치스럽기 짝이 없는 일이건만. 게다가 그런 모욕적인 말들이라니!

"아이혜 님. 갑옷을 대령했습니다."

그녀가 두 주먹을 부르르 떨고 있는 사이, 때마침 시비 몇 명이 갑옷을 들고 들어왔다. 황동이 섞인 갑옷이 오늘따라 유난히 노란빛을 띠었다. 누구의 말대로, 마치 치자 물을 들이기라도 한 것처럼.

자신을 놀리던 진의 말이 다시금 떠오르자 그녀의 뺨이 순식간에 달아올랐다. 그녀는 마치 눈앞에 진이 있기라도 한 것처럼 허공에 미친 듯이 주먹질을 해 대며 짜증스럽게 소리쳤다.

"아악! 빌어먹을 진! 또 한 번만 성질 건드리면 정말 죽여 버리겠어!"

흙투성이의 낡고 해진 옷을 입고 있음에도 그가 왕임을 알아본 병사들이 각기 하던 일들을 멈추고 자신들의 왕을 향해 깍듯이 예를 취했다. 그런 그들을 향해 고개를 끄덕여 보이며 소류는 서둘러 자신의 막사로 걸음을 옮겼다.

익숙한 붉은 휘장이 바람에 휘날리는 모습이 새삼 반갑게 느껴졌다. 입구에 잠시 멈춰 서 그것을 바라보고 있는데, 붉은 휘장만큼이나 익숙한 목소리가 막사 안 가까운 곳에서 들려왔다.

"전하. 무사히 다녀오셨습니까?"

어느새 주름이 자글자글해진 노인의 익숙한 얼굴. 그가 막사 안에 발을 채 들여놓기도 전에 헐레벌떡 뛰어나와 그토록 기다리던 왕의 귀환을 반가이 맞이하는 늙은 시종장의 얼굴에는 안도한 표정이 역력했다. 그 모습에 소류의 입꼬리가 부드럽게 말려 올라갔다.

"덕분에."

비에 흠뻑 젖고 흙탕물로 엉망이 된 겉옷을 벗어 던진 소류는 곧장 탁자 쪽으로 걸어가 의자를 당겨 앉았다. 그가 자리를 비울 때면 으레 그러하듯 진과 아이혜가 어련히 알아서들 시급한 일들을 처리했으랴만, 그들을 믿지 못해 그러한 것이 아니라 뭐든 직접 보아야만 직성이 풀리는 그의 성격 탓이었다. 그것이 불만인 양 시종장 융이 마뜩잖은 얼굴로 그를 만류하고 나섰다.

"전하, 급한 사안은 없는 줄로 아옵니다. 조금 쉬시는 것이……."

"자리를 비운 것이 오늘로 이레째야. 그만하면 처결을 기다리는 이들의 애가 타고도 남을 시간이지."

"하루쯤 미루셔도 될 일들입니다. 시급한 일들은 진 님과 아이혜 님께서 이미 처리해 놓으셨습니다."

"물론 그리들 하였겠지. 하지만 난 바로 그 일들이 궁금하단 말일세."

"전하! 이리 또 고집을 피우실 겁니까? 용안이 수척해지시다 못해 거무튀튀해지셨단 말입니다!"

이레 만에 재회한 오늘 역시 그들은 어김없이 실랑이를 벌였다. 또 시작이군. 설레설레 고개를 내저으면서도 소류는 싫지 않은 듯 무던하게 웃었다. 고집으로 치자면 천궁의 이 늙은 시종장을 따라올 자가 뉘 있겠는가. 그저 적당히

66

주고받은 후에는 이쪽에서 슬그머니 꼬리를 내리는 것이 상책이었다. 하여간 늙은이의 고집이란.

"알겠네. 사흘을 내리 말 위에서 지냈다네. 오래 붙들고 앉아 있을 기력도 없으니 안심하고 물러가 있게."

"이 늙은이를 속이실 생각은 마십시오. 또 밤새 문서들을 뒤적거릴 요량이 아니십니까?"

"사람 참…… 맹세라도 해야 믿을 텐가?"

"좋습니다. 그럼 딱 반 식경이옵니다. 일단 목욕물부터 들이라 일러두겠습니다. 일을 보시더라도 몸의 피로부터 푸신 연후에 보시옵소서."

"그러지."

예를 갖춘 후 막사를 나서려던 시종장 융이 잠시 멈칫하며 걸음을 멈췄다. 소류가 그런 그를 지긋이 응시했다. 남은 용건이 무엇인지는 몰라도 꽤나 난처한 얼굴을 하고 있었기에 소류는 잠시 고개를 갸웃했다.

"다른 용건이 있나."

"저, 황공하옵니다만…… 서궁의…….."

"아…… 함께 온 여인들 말이로군."

소류의 직선적이고 간결한 대답에 시종장이 겸연쩍어하며 머리를 조아렸다.

"어찌 된 영문인지, 소인이 여쭈어봐도 되겠습니까?"

"……그럴 만한 사정이 있었네. 한 며칠 이곳에 머물 듯하니 자네가 신경 써 주었으면 해."

"예, 전하. 분부 받들겠습니다. 늙은이가 되면 사사건건 참견하고 싶어지는 법이지요. 불쾌하셨다면 용서하십시오, 전하."

극진히 머리를 조아린 후 막사 문틈으로 빨려들어 가듯 사라지는 융의 모습을 잠시 지켜보던 소류는 곧 탁자 위의 문서 더미로 시선을 옮겼다. 하지만 사흘을 제대로 쉬지도 못하고 말을 달려온 지금의 상태로는 역시나 무리였는지, 왕에게 올려진 그 정갈하고 또렷한 글씨들이 자꾸만 흐릿해져 눈에 잘 들어오지 않았다.

차라리 보고받는 것이 편하겠군. 그리 생각하고 나니 따뜻한 목욕물에 몸을 담그고 싶은 마음이 간절해졌다. 심려하던 융에게 괜한 고집을 피운 것을 생각하니 적잖이 머쓱해졌다.

웃옷 소매에 매어진 끈을 성급하게 풀어내며, 진에게 기별을 보내 천궁으로 들도록 하라, 막 이르려던 순간이었다.

"전하!"

진이 허락을 구하지도 않고 특유의 건들거리는 걸음으로 불쑥 막사 안으로 걸어 들어왔다. 그 모습에 소류가 호쾌하게 웃으며 친우에게 다가가 어깨를 반갑게 두드렸다.

"진, 별일 없었나."

"별일이 있지."

"……무슨 문제라도 생긴 건가."

"아마도?"

진의 말장난 같은 대답에 소류가 골치 아픈 듯 낮게 신음했다. 진은 진중하면서도 때로 더없이 짓궂었다. 이런 경우 농담인지 진담인지를 구분하기란 아무리 어린 시절을 함께해 온 소류라 해도 여간 어려운 일이 아니었다.

"진. 난 지금 무척 진지하게 묻고 있어."

"나 역시 어느 때보다도 진지해."

진의 대답에 소류의 얼굴에서 조금씩 웃음기가 사라졌다. 정말 무슨 일이 생기기라도 한 걸까, 걱정이 앞서는 것은 당연했다.

천궁의 왕위 계승에 불만을 품고 있는 부족들은 갈수록 늘어 가고 있는 실정이었다. 게다가 사나부는 관습처럼 굳어진 혜노부의 왕비 독점 배출을 대놓고 비판하고 있었고, 아태부 또한 세절부의 군권 통솔에 강한 불만을 품고 있었다. 파안이라는 강대한 적이 눈앞에 도사리고 있음에도 불구하고, 아라하의 내부 세력들은 심각하게 분열되어 가고 있었던 것이다.

이런 상황에 이레씩이나 자리를 비울 수밖에 없었던 것은 어디까지나 신탁 때문이었다. 물론 그중 이틀은 다른 연유로 허비한 시간이었던 것이 사실이기는 했지만…….

소류의 의식이 사고의 흐름을 따라 자연스럽게 그 이틀이라는 시간을 더 허비할 수밖에 없게 만든 한 사람에게 가닿았다.

이름도, 신분도, 나이도 서로 물은 바 없으니 굳이 알려야 할 필요도, 알아야 할 필요도 없었다. 괴한들이 어째서 그녀의 목숨을 노리는 것인지 궁금하기는 했지만 그것 역시 묻지 않았다.

미우강을 건너면서 그들 사이에 오간 대화는, 혹 거처가 있다면 그곳에 며칠간 머물게 해 달라는 그녀의 부탁과, 원하는 날만큼 머물다 가도 좋다는 그의 대답이 전부였다.

이번 잠행에 은밀히 동행한 친위대원들이 없었더라면 그 역시 온전히 성한 몸으로 돌아올 수 없었을 것이다. 희생자는 없으나, 부상자들이 더러 있었다. 그들을 극진히 보살피라 이미 지시해 둔 터였다. 결과가 모호하긴 하지만 어찌 되었든 자신은 신탁을 분명 이행하였고, 뜻하지 않게 만난 이들에 대한 대책도 마련해 놓았으며, 고생한 이들에게 충분히 위로와 치하의 뜻도 전했다.

하여 그런대로 홀가분한 기분으로 오랜만에 친우와 술이라도 한잔해야겠거니 생각하던 참이었는데, 예상치 못한 진의 보고가 그런 그를 당혹스럽게 만들었던 것이다.

"뜸은 그만 들이고 어서 말해 보게."

"그걸 왜 내게 묻지? 자네가 더 잘 알고 있을 텐데."

"그게 무슨…….''

"오호. 계속 그리 시치미를 떼시겠다?"

삐딱하게 선 채 팔짱을 끼고 자신을 뚫어지게 바라보는 진을 소류가 영문을 모르겠다는 얼굴로 한참을 빤히 쳐다보았다.

그렇게 얼마가 흐르자 머릿속에 퍼뜩 스치는 생각이 있었다.

하, 그것이었나? 진이 이야기하려는 것이 무엇인지 그제야 짐작이 갔다.

"융도 자네도 똑같이 그런 반응인 걸 보니, 나답지 않은 짓을 한 건 사실인 것 같군."

"이제야 이실직고할 마음이 드나 보군, 그래? 하나도 아니고 둘씩이나 데려왔다지? 오, 이런. 가엾은 왕비 마마."

"오해는 마. 그럴 만한 사정이 있었으니까."

"오해라……. 글쎄, 오해인지 아닌지는 곧 알게 되겠지. 여하튼 우리의 왕비 마마께서 지금 이리로 행차 중이시네. 뭐라고 변명할 셈인가."

"변명이라니? 무슨 이야기들을 하고 있었던 거죠?"

때마침 절묘한 순간에 막사에 도착한 아이혜가 의아한 표정으로 둘을 번갈아 바라보며 막사 안으로 걸어 들어왔다.

"어이쿠, 이런! 왕비 마마!"

부러 호들갑스럽게 자신을 반기는 진을 퉁명스럽게 밀쳐 낸 아이혜는 막사 한편에 놓인 커다란 탁자 위에 걸터앉아 있는 소류를 발견하고는 수줍게 미소 지었다. 따사로운 봄볕이 내려앉은 듯 순수하고 다정한 미소가 보는 이의 기분까지 밝아지게 만들었다.

"전하. 오셨습니까?"

"아이혜, 오랜만이군. 잘 지냈나."

"예, 전하. 하온데 친위대원 서넛이 부상을 입었다 들었습니다. 무슨 변고라도 있으셨던 겁니까?"

아이혜의 질문에 소류와 진이 잠시 서로를 흘끗 쳐다보았다. 물론 표정은 제각각이었다.

"그저 작은 마찰이 있었을 뿐. 별일 아니니 심려할 것 없어."

"별일 아니긴. 아주 큰 변고가 있었지."

"이보게, 진."

"매도 먼저 맞는 편이 낫다는 말이 있지. 어서 이실직고를 하는 편이 신상에 이로울 거야."

아무것도 아닌 일을 진이 자꾸만 부풀리고 있었다. 물론 장난인 것을 알지만, 이런 경우에는 그것을 어찌 받아쳐야 좋을지 몰라 조금 당혹스러운 것이 사실이었다.

여색을 즐기지 않는 그였기에 여자 문제로 아이혜와 부딪친다거나 하는 경우는 단 한 번도 없었다. 태어난 순간부터 이미 왕의 반려로 운명 지어진 그녀와의 사이에 남녀 간의 애정이 있는 것은 아니었지만, 그렇다고 그녀를 소홀히 대할 생각은 추호도 없었다. 그에게는 애정보다 더 크고 가치 있다 믿어 마지않는 왕으로서의 의무와 책임이 있었으니까.

해서, 이런 일은 그와 진, 아이혜 모두에게 처음 있는 일이었다. 이런 일로 진에게 추궁을 당할 거라고는 꿈에도 생각지 못했다. 그래서일까. 그는 지금의 상황이 어찌 생각하면 난감하기도, 또 어찌 생각하면 우습기도 했다.

"죄인 취급까지 받으니 조금 억울한데. 매 맞을 마음의 준비라도 해 두어야 하는 건가? 어쨌든 좋아, 진. 그럼 자네 말대로 내 이실직고를 하지."

"오호!"

진의 짓궂은 추궁에 못 이겨 마지못해 체념하듯 그리 받아친 소류의 말에 진이 과장스러운 탄성을 내지르며 휘파람을 휘 불어 댔다. 영문을 알 리 없는 아이혜만 눈을 껌벅거리며 그런 둘을 멀뚱히 바라볼 뿐이었다.

문득 어쩐지 정말로 죄인이라도 되어 버린 것만 같은 기분이 들어 옅은 한숨을 내뱉은 소류가 이내 떨떠름히 웃으며 입을 열었다.

"아이혜. 괜한 농일 뿐이니 오해 없이 듣도록 해."

"예……? 아, 예. 말씀하십시오, 전하."

"서궁에 내가 데려온 손님들이 있어. 사정상 며칠간 그곳에 머물게 했으니 같은 여자인 네가 그들을 보살펴 주었으면 하는데. 괜찮겠나?"

"예? 손……님이요?"

같은 여자?

되물은 말과는 달리 유독 그 낯선 단어만이 계속해서 머릿속을 빙빙 맴돌았다. 같은 여자? 같은 여자라고? 그러니까 지금 여자를 데려왔다는 소리야?

"……아이혜? 내 말 듣고 있나?"

"아…… 예, 전하. 심려하지 마십시오. 그들이 편히 머물 수 있도록 조치를 취하겠습니다."

"쯧쯧. 무슨 조치를 취하겠다는 거냐. 아내 될 여자가 저리 물러 터져서야……."

소류의 말에 토씨 하나 달지 않고 그저 순순히 따르는 아이혜가 답답했던지 진이 불쑥 끼어들었다.

"이 바보 답답이 왕비 마마야. 이럴 땐 추궁을 하는 거야. 아님 바가지라도 긁든지. 그 여자들이 대체 누구인지 속으로는 너도 궁금해 죽을 지경이잖아? 그런데 왜 바보같이 묻지도 못해? 곰 같은 녀석 같으니라고."

평소에는 딱 부러지고 대쪽 같은 아이혜가 유독 소류 앞에서는 물러 터지고 주관 없이 구는 것이 영 못마땅한 그였다. 대체 언제까지 저 녀석의 대변인 노릇을 해야 하는 거지? 머리가 지끈거리다 못해 터질 지경이었다. 아이혜에게는 아무리 떠들어 보았자 쇠귀에 경 읽기였다. 남녀 간의 애정이라든가 그 미묘한 심리라든가 하는 이런 쪽으로는 비록 둘 다 똑같이 맹하고 무지하기는 했지만, 그나마 소류는 그의 말에 적어도 귀를 기울이기는 했으므로 진은 그에게로 시선을 돌리며 말을 이었다.

"전하. 두 분에게서 깨소금 냄새가 진동하기를 기대하는 많은 이들 중 한 사람으로서 감히 충고 한 말씀 올리지요. 서궁에 머무는 이들과 관련된 아주 사소하고 세세한 것 하나하나까지 전부 다 저 녀석에게 설명해 주시는 게 좋을 겁니다. 아실지 모르겠지만, 안 그러면 저 녀석 밤에 잠도 못 잘 테니 말입니다."

진이 흘끗 아이혜를 쳐다보며 과장스러운 동작으로 설레설레 고개를 저었다.

"신부 될 사람이 수면 부족에 시달려 혼례식 날 퀭한 얼굴로 산송장처럼 서 있는 건 전하도 원치 않으시겠지요. 그럼 이 몸 할 말은 다 한 듯싶으니 이만 사라져 드리겠습니다. 두 분 재회의 기쁨을 마음껏 만끽하시기를."

어울리지 않는 존대까지 써 가며 의미심장한 말을 남기고는 능글맞게 웃던 진이 돌아가고, 막사 안에는 두 사람만이 남았다. 잠시 어색한 침묵이 흘렀다. 괜히 멋쩍어져 누구도 먼저 선뜻 말을 꺼내지 못하고 있는데, 시비들이 그제야 욕조와 목욕물을 대령해 왔다. 문 너머로 시비의 조심스러운 목소리가 들렸다.

"전하. 목욕 준비가 다 되었습니다. 안으로 들일까요?"

"······."

"아, 제가 쉬시는 데 방해를······. 그럼 저는 이만 가 보겠습니다. 노곤하실 터인데 편히 쉬십시오, 전하."

"······."

아무런 말이 없는 그 대신 문밖에 대기해 있는 시비들에게 목욕물을 들여오라 지시한 그녀가 허둥지둥 발길을 옮겨 놓던 때였다.

"······아이혜."

등 뒤로 그의 목소리가 들려왔다. 퍽 다정한 목소리가 그녀의 마음을 요동치게 만들었다.

"혹 내가······ 마음을 상하게 한 건가."

"아닙니다, 전하."

"위험에 처했기에 도운 것뿐이야. 어쩐지 그냥 지나칠 수가 없었어. 만약 내가 돕지 않았다면 그들 모두 목숨을 잃었을 거다."

"옳은 판단이셨을 거라 믿습니다."

수긍한다는 듯 대답은 하면서도 사실 아이혜는 전혀 그답지 않다는 생각을 하고 있었다. 그냥 지나칠 수가 없었다고? 그가? 나랏일 외에는 무심하고 무정하기로 소문난 아라하의 왕이? 천하의 단목소류가?

"표정은 전혀 납득할 수 없다는 얼굴이로군. 그래, 솔직히 말하자면······ 나역시 내 행동을 이해할 수가 없어. 전혀 나답지 않은 짓이었으니까. ······혹시 이것이 신탁일까?"

"예? 신탁이라니 무슨……."

"별리하가 재미있는 소릴 하더군. 이번 잠행도 사실 그래서 감행했던 것이고……. 그녀의 말에 따르면 천궁의 활이 뜨는 날 아라하의 존멸을 움켜쥔 운명의 별이 나타날 거라 하더군. 하나 내 앞에 나타난 것은 저들밖에 없었지."

"……."

"또한 그녀는 이런 말도 했었다. 운명의 별과 마주치면 느낌으로 알 수 있을 것이라고. 한데 난 저들에게 별다른 느낌을 받지 못했거든. 그저, 살고자 애쓰는 모습이 퍽 안되어 보여 돕고 싶었을 뿐."

평소 같았으면 무심히 지나쳤을 그가 알지도 못하는 생면부지의 사람들에게 연민을 느끼고 그런 그들을 도운 것도 모자라 이곳까지 데려왔다. 그런데도 별다른 느낌을 받지 못했다고?

분명 어폐가 있는 말이었지만 정작 그 자신은 느끼지 못하는 듯했다. 본래 그러한 것은 본인은 잘 느끼지 못하는 법이니까.

그렇다면…… 정말 그들 중 누군가가 별리하가 말한 그 운명의 별인 걸까?

신녀 별리하는 사사로이는 아이혜의 친언니이기도 했다. 별리하에게 자세히 물어보아야겠다. 아이혜는 그렇게 마음먹고 일단은 그가 편히 휴식을 취하도록 오늘은 이만 돌아가기로 했다. 자신의 마음을 배려해 주려는 그가 고맙기도 했지만, 사실 지금은 그것보다도 서궁의 손님들을 조금이라도 빨리 만나 보고 싶은 마음이 컸다.

"전하. 그들이 누구든, 설령 전하께서 누군가를 연모하여 이곳에 데려온 것이라 해도 저는 상관없습니다. 어떤 일이 있어도 저는 그런 전하를 믿고 이해할 것입니다. 그러니 전하야말로 마음 쓰지 마십시오. 저는 괜찮습니다."

숨도 쉬지 않고 말을 쏟아 낸 아이혜가 자신의 속마음을 내비친 것이 못내 쑥스러웠는지 이만 가 보겠다며 꾸벅 인사를 올리고는 도망치듯 그곳을 빠져나갔다.

그녀가 사라진 곳을 말없이 바라보던 소류는 곧 탁자에서 몸을 일으켰다. 그것과 동시에 시비들이 욕조와 물을 들고 막사 안으로 들어왔다. 얼마 후 사내 둘이 들어가도 넉넉할 정도의 커다란 나무 욕조에 뜨거운 물이 한가득 부어졌다.

남은 옷가지를 모두 벗어 던지고 그는 더 생각할 것도 없이 뜨거운 물에 몸을 담갔다. 무겁게 가라앉았던 몸속의 정기(精氣)가 일순 몸 밖으로 빠져나와 물속에서 노니는 듯한 착각이 들었다. 쌓인 피로가 말끔히 사라지는 듯했다. 이레 동안 고생한 것에 대한 대가로 썩 나쁘지 않은 선물이었다.

그렇게 몸이 편안해졌음에도, 그의 의식은 아까부터 편치 못한 곳을 향하고 있었다. 그는 다분히 충동적이었던 자신의 어떤 행동에 대해 후회하고 있었다.

'미쳤군. 아무리 도와야겠기로서니 그것을 내어 주다니⋯⋯.'

어떤 결정도 내리지 못하고 망설이던 그녀에게 선심을 쓰듯 던져 준 그것은 동맹국에게 아라하의 왕임을 증명하는 일종의 신분증과도 같은 것이었다. 늘 지닐 필요는 없는 물건이었지만, 만약 그것이 없다면 전시나 위급한 상황에 문제가 생길 소지가 다분한 것만은 확실했다.

그는 눈을 감고 그녀를 떠올려 보았다. 조금 전 그녀와 그녀의 시비를 서궁으로 안내하고 난 후 그들과 헤어진 지 불과 반 시진밖에 지나지 않았다. 짧은 시간이 흘렀을 뿐인데도 머릿속에 안개가 낀 듯 떠오르는 영상이 흐릿했다. 한번 기억한 얼굴은 절대 잊지 않는 그였다. 그녀의 시비나 몇몇 무사들의 얼굴은 몹시도 선명하게 떠오르는 데 반해, 그녀의 이목구비며 머리 모양이며 하는 것들은 전혀 생각나지 않았다.

이해할 수 없는 일이었다.

그녀는 그를 자꾸만 그답지 않게 만들고 있었다. 그것이 그녀의 의도에 의한 것이든 그렇지 않든 간에⋯⋯.

그리고 그는, 그러한 것들에 대해 반감보다는 흥미를 느끼고 있었다.

"장 상궁."

"예, 마마."

"이것이 정녕 생시일까. 혹 내가 꿈을 꾸고 있는 것이 아닐까?"

"소인도 이것이 꿈이라면 소원이 없겠사옵니다."

푸념 섞인 장 상궁의 말에 멍하니 고개를 끄덕이며, 아리는 이곳에 도착하기까지 겪어야 했던 예상치 못한 일들과 엉망으로 뒤엉켜 버린 머릿속을 애써 차근차근 정리하기 시작했다.

이곳에 도착한 지 오늘로 사흘째. 이틀 동안을 시체처럼 쓰러져 잠만 자다가 오늘에서야 겨우 기력을 되찾았다. 그러나 눈앞에 펼쳐진 현실은 다시 그녀의 힘을 빼 놓기에 충분할 만치 엉망진창이 되어 있었다. 마음을 가라앉히려 가만히 눈을 감은 그녀의 기억이 서서히 사흘 전으로 거슬러 올라갔다.

말을 타고 전속력으로 달리던 그들 세 사람을 삼켜 버릴 듯 거대한 입을 벌리고 있는 미우강이 시야에 들어오기 시작하던 그 순간부터, 물론 이미 한참을 잘못되어 있다고 생각하기는 했었지만, 그것에 보태어 무언가 더욱 심각하게 일이 꼬이고 뒤죽박죽이 되어 가고 있다는 것을 깨달았던 그녀였다.

미우강……. 파안제국의 북쪽 변방인 낙안성의 인근에 흐르는 강이며, 적국 아라하와의 경계이기도 한 곳…….

그 강을 건넌다는 것은 곧 흑의의 사내가 제국의 사람이 아니라는 것을 의미했다. 간혹 살기가 어려워 강을 건너오는 아라하 사람이 있다는 이야기는 종종 들어 보았으나, 파안 사람이 애써 그 척박한 곳을 찾아 강을 건너는 일이 있을리 만무했다. 강 너머 어딘가에는 단휘가 그토록이나 숨통을 끊어 놓고 싶어 하는 아라하의 여러 부족들이 진을 치고 있을 것이며, 그들을 다스리는 그 젊은 왕도 분명 있을 것이다. 그것을 알면서도 적진으로 걸어 들어갈 만큼 정신 나간 짓이 또 어디 있단 말인가.

하지만 말 그대로 진퇴양난의 상황. 강을 건너 적진으로 뛰어드는 것도 곤란한 일이었지만, 유와와 사혼단을 모두 잃은 이때에 주변에 도사린 신변의 위험을 무릅써 가면서까지 장 상궁과 단둘이 왔던 길을 거슬러 도성으로 향할 수는 없는 노릇이었다. 해서 일단은 기루에서 살아남았을 누군가와 연락이 닿을 때까지만 그를 따르기로 작정했던 것이다.

등잔 밑이 어둡다고, 누군가에게 자신의 신분을 들키지만 않는다면 큰 문제는 없을 것이라고 스스로를 안심시키며, 그가 이끄는 대로 두말 않고 강을 건너고 사흘간을 또다시 말을 달려 어렵사리 도착한 곳이었다.

'전하께서 돌아오셨다! 성문을 열어라!'

무서운 속도로 말을 달리던 그들을 발견하고는 성루를 지키던 파수병이 그렇게 소리치는 것을 들었지만, 귓가를 스치는 거센 바람에 그저 잘못 들은 것이려니 했다.

'전하! 무사히 다녀오셨습니까?'

'전하! 이제 오셨습니까? 존안이 수척해지셨습니다. 어서 휴식을 취하십시오.'

성문을 통과하고 말이 서서히 속력을 늦추어, 마중 나온 듯한 사람들의 얼굴이 적당한 속도로 지나쳐 갈 때조차 그녀는 자신의 귀를 의심했었다.

'병사.'

'예, 전하.'

'이들을 서궁으로 안내해라.'

'존명!'

무기를 든 병사가 절도 있는 동작으로 깍듯이 예를 갖추고 그와 감히 시선을 마주치지도 못한 채 그에게서 조심스럽게 뒷걸음질 쳐 자신들에게 다가오는 것을 보았을 때에야 그것이 꽤 익숙한 광경임을 깨달았다. 병사의 행동은 아랫사람이 윗사람을, 보다 정확히는 신하된 자가 군주를 대할 때의 극진한 태도였다. 그리고 이미 수차례 들었음에도 잘못 들은 것이겠거니 치부해 버렸던 경악할 그 단어는 분명 '전하'였다.

"장 상궁. 폐하와 내가 죽어 없어지기만을 누구보다도 바라고 있을 그 아라하의 왕이…… 도리어 내 목숨을 구했다. 이것을 어찌 받아들여야 할까."

"필시 하늘님께서도 마마의 편이신 것이지요."

"후……. 그러한가."

"분명 그러할 것이옵니다. 마마, 조금만 참으시옵소서. 곧 누군가와 연락이 닿을 것이옵니다."

"물론 그렇겠지. 하지만 이렇게 된 이상…… 당초의 계획을 조금 바꿔야겠네."

"예?"

골몰한 표정을 짓던 아리의 목소리가 갑자기 단호하게 바뀌자 장 상궁이 불안한 듯 그런 그녀를 바라보았다. 무언가 결의에 가득 찬 듯한 아리의 표정을 보니 왠지 불길한 마음을 떨칠 수가 없었다.

"마마. 계획이라니…… 또 무슨 생각을 하고 계신 것이옵니까?"

"모르겠는가? 어쩌면 이것은 기회일지도 모르네."

"예?"

"우리 두 사람 모두 신분을 들키지도 않고, 아무런 의심도 사지 않은 채로 적진의 가장 깊숙한 곳까지 들어와 있네. 자네 말대로 하늘님께서 나의 편이신 것이라면, 이것이 바로 하늘이 주신 기회가 아니고 무엇이겠는가."

"마마, 설마 간자 노릇이라도 하시겠다는 말씀이시옵니까? 농이라도 그런 말씀은 마시옵소서. 어찌 위험한 일을 사서 하려 드시옵니까? 무사들과 연락이 닿는 대로 무조건 이곳을 빠져나가셔야 합니다."

"걱정 말게, 장 상궁. 내 그리 어수룩한 사람으로 보이는가?"

"그, 그런 것이 아니오라……."

"자네는 그저 내 수족이 되어 주기만 하면 되네. 위험에 빠뜨리는 일 따위는 없을 것이니 안심하게."

하늘이 주신 기회니 어쩌니 하며 거창하게 말을 늘어놓고는 있었지만 사실 아리가 억지를 부려 가면서까지 이곳에 남고자 하는 이유는 아주 간단했다. 큰 소리치며 보란 듯이 궁을 나섰던 그녀였다. 이대로 돌아가기엔 황제에게 체면이 서질 않았던 것이다. 그의 불허에도 잘난 척하며 궁을 나서지 않았나. 목숨이나 겨우 부지한 이런 딱한 꼴로 돌아간다면 그에게 평생 비웃음을 사게 될 것이 분명했다. 차라리 이곳에서 죽으면 죽었지, 평생을 그 곁에서 그런 분한 꼴을 당하며 살 수는 없었다.

이런 아리의 속내를 아는지 모르는지, 장 상궁이 울상을 지으며 우는소리를 해 댔다.

"위험에 빠뜨리는 일이 없을 거라니요. 마마, 우리는 이미 충분히 위험에 빠져 있단 말이옵니다!"

그 황소 같은 황후의 고집이 난리 통에 잠시 어디로 사라졌나 했더니, 기력을 되찾아 평상시의 그녀로 돌아오고 나니 언제 그랬냐는 듯 다시금 고개를 번쩍 들고 활개를 치고 있었다. 장 상궁은 낭패감에 펑펑 울고 싶어졌다.

"지금쯤 궁에서는 아마 난리가 났을 것이옵니다."

"그래. 그리고 그 누군가는 너무 기쁜 나머지 춤이라도 추고 싶은 심정일 테지."

"그, 그럴 리가 있겠사옵니까."

"지금까지 보아 온 폐하라면 충분히 그리하시고도 남을 것이네. 그분 그리하시는 것을 내 한두 번 겪어 보았나. 일전 폐하의 말을 타다 낙마하여 사경을 헤맬 때에도 기껏 찾아와 한다는 말이, 꼴좋구나, 한마디뿐이지 않으셨던가?"

"그, 그것은……."

"애쓸 것 없네. 그런 것으로 상처받을 열여덟 청춘도 아니니."

말은 저렇게 하면서도 아리가 이미 상처받을 대로 상처받았다는 것을 장 상궁은 누구보다도 잘 알고 있었다. 이럴 때는 황제 폐하가 참 야속하기만 했다. 황후의 말이 틀리지만은 않는 터라, 사실 무어라 위로하려 해도 별반 위로할 말조차 없었던 것이다.

장 상궁은 절로 한숨이 터져 나오려는 것을 가까스로 참고는 앞으로 자신 앞에 펼쳐질 고생길을 떠올리며 애써 마음을 다졌다. 10년을 넘게 보아 온 황후였다. 말리고 싶은 마음이야 굴뚝같지만, 황후가 무언가를 하기로 작정했다면 군말 없이 따르는 것이 신상에 이롭다는 것을 오랜 경험으로 이미 터득해 버린 자신이 아닌가. 그러니 황후를 말릴 궁리보다는, 차라리 들키지 않고 간자 노릇이나 잘 해낼 궁리를 하는 편이 나을지도 몰랐다.

"마마의 고집을 누가 꺾겠사옵니까? 마마가 이리 한 번씩 고집을 피우실 때마다 소인의 수명이 10년은 줄어드는 것 같사옵니다."

장 상궁이 포기한 듯 한숨을 내쉬며 푸념을 늘어놓고 있는데, 갑자기 밖에서 여인들의 두런두런하는 말소리가 들려왔다.

"이곳입니다. 아이혜 님."

"알았다. 너는 잠시 물러가 있거라."

"예."

자박자박 멀어지는 발소리가 희미하게 들리는 듯싶더니, 문밖에 홀로 남아 있는 듯한 여인이 막사 안을 향해 조금 더 크고 또렷한 목소리로 말했다.

"잠시 들어가도 되겠습니까?"

여인치고는 꽤 저음의, 다소 거친 목소리……. 어딘지 절도 있고 당당함이 배어 있는 목소리였다.

"예, 들어오십시오."

이 시각에 무슨 용무일까. 이미 밤은 깊어 자정이 다가오는 시각이었다.

아리는 고개를 갸웃하면서도 객이 기다리지 않도록 서둘러 대답하며 자리에서 일어났다.

며칠을 씻지도 못하여 찜찜해할 것을 알았는지 고맙게도 목욕물을 준비해 준 덕에 개운하게 목욕도 하였고, 갈아입을 옷도 전해 받아 이미 새 옷으로 갈아입은 터였다. 입맛에 썩 맞는 음식들은 아니었지만 충분히 요기도 하였으며, 침상의 금침까지 모두 새것으로 마련된 후였다.

그런데 또 무엇이 남았단 말인가. 아리는 막사 안으로 걸어 들어오는 여인을 의아한 얼굴로 바라보았다.

"밤늦게 찾아와 결례가 아닌지 모르겠습니다."

깍듯한 어투임에도, 여인에게서는 높은 신분 특유의 거만함과 여유가 느껴졌다. 아리는 괜찮다는 듯 작게 고개를 저으며 부드럽게 웃어 보였다.

"아닙니다. 잠자리가 익숙지 않아 새벽녘에나 잠이 들 듯하여, 그저 담소나 나누고 있던 참이었습니다."

"그렇다면 다행이군요."

"예. 괘념치 마십시오."

의뭉스럽게 웃어 보이며 아리가 머릿속으로 열심히 여인에 대한 이런저런 추측들을 쌓아 가는 동안, 마찬가지로 아이혜 역시 탐색하듯 아리를 찬찬히 뜯어보고 있었다. 소류가 대수롭지 않게 말하기에 그저 평범한 여인들이겠거니 하며 조금 마음을 놓았던 것이 사실이건만, 여인의 미색이 꽤나 출중하여 아이혜는 적잖이 당혹감을 느끼는 중이었다.

자신에게는 없는 것들, 그리고 앞으로도 자신은 절대 지니지 못할 것들이 여인에게는 있었다. 웃을 때 보이는 희고 가지런한 치아와 동그랗고 환한 이마, 오똑한 콧날과 붉고 도톰한 입술, 복숭앗빛으로 물든 두 뺨, 학처럼 길고 가느다란 목선……. 아마도 소류의 지시로 시비들이 준비해 준 것임이 분명한 연보랏빛 은의(闇衣:아라하 왕족의 의복)를 입은 여인의 모습은 꽤 단아하고 아름다웠다. 진의 놀림에 자신은 벗어 던졌던, 천상의 날개옷 같기만 한 바로 그 옷…….

아이혜는 그러한 것들에 괜한 열등감이 느껴졌다. 자꾸만 까닭 없이 괴로운 마음이 들어, 그녀는 여인에게서 눈을 떼고 슬며시 다른 곳으로 시선을 돌렸다. 어찌 되었든 적어도 지금은 질투보다는 여인이 어떤 사람인지를 알아내는 것이 우선이었다.

"혹 파안 사람입니까?"

아이혜가 별 의미 없이 막사 안을 휘둘러보는 것을 무심히 바라보던 아리는 갑작스레 날아온 여인의 뼈 있는 질문에 속으로는 몹시 당황했지만, 얼른 표정을 추스르고 표 나지 않도록 애쓰며 태연하게 대답했다.

"예, 그렇습니다."

"흠……. 그런데도 용케도 강을 건너셨군요. 쉽지 않았을 터인데."

"사정이 여의치 않아 어쩔 수 없었습니다. 저희 같은 민초들이야 사실 나라님들 일은 관심 밖이니…… 저처럼 어떤 이들은 종종 건너가기도, 또 건너오기도 하는 줄로 압니다."

"하긴, 그렇다고들 하더군요. 한데, 큰일을 당하실 뻔하였다고 들었습니다만……."

"예……. 그, 전하…… 그러니까, 전하 덕분에 미천한 목숨을 건졌습니다."

역시나 '전하'라는 말이 매끄럽게 나오지 않아 더듬거리며 말하는 아리를 아이혜가 놓치지 않고 주시하고 있었다. 그 시선을 느낀 아리가 난처한 듯 웃으며 변명하듯 말을 이었다.

"그저 평범한 여염의 사람이다 보니 아무래도 '전하'라는 말은 익숙지가 않아서요. 게다가 전하이신 것을 전혀 몰랐었기 때문에…… 사실 지금도 몹시 당황스럽기는 합니다. 모르고 무례를 범하지나 않았는지 염려스럽기도 하고요."

"그러실 테지요. 이해합니다."

"그리 말씀하시니 한결 마음이 놓이는군요."

간자 노릇도 쉬운 일은 아니겠군. 아리는 은의의 넓은 소매 안에 감추어진 손에 그새 땀이 배어 나오는 것을 느끼며 긴장을 떨치려는 듯 짧게 훅 하고 숨을 들이켰다. 분명 여인이 무언가를 떠보려는 듯한데, 그것이 어느 정도까지를 짐작하고 묻는 것인지를 도통 알 수가 없었다.

"어떤 사정이 있었기에 그리 봉변을 당하신 것인지, 곤란한 질문이 아니라면 물어봐도 되겠습니까?"

"예, 곤란할 것까지도 없습니다. 제 부친께서는 크지도 작지도 않은 상단을 꾸려 가고 계시지요. 한데 이번에 사들이신 물건 하나가 아마도 화를 부른 모양입니다."

"화를 부르다니요? 대체 어떤 물건이기에?"

"자세한 것은 저도 모릅니다. 전 그저 부친의 말씀에 따라 잠시 본가를 떠나 있으려던 것일 뿐……. 그리 괴한들이 나타날 줄은 꿈에도 몰랐지요……."

천연덕스러운 얼굴로 술술 거짓을 흘려 대는 아리를 장 상궁이 흘끔 쳐다보았다. 대체 뒷감당을 어찌하려고 저러시는 것인가. 표정 관리에는 겨우겨우 성공했지만 황후의 그 뻔뻔함과 태연자약함에 속으로는 경악스러워하며 혀를 내두르고 있는 중이었다. 하기야, 얼굴 두껍기로는 황제 폐하나 황후 마마나 매한가지가 아니었던가.

"그렇군요. 아무튼 다행입니다. 아침 일찍 뵙고자 하였으나 시비의 말이 여독이 심해 일찍은 무리일 것 같다 하기에 결례를 무릅쓰고 이 늦은 시각에 찾아온 것입니다. 특별히 전하의 당부도 계셨던 터라 인사라도 나눌 겸 하여 이리 불쑥 찾아온 것이니 불쾌히 여기지는 마세요."

"불쾌히 여기다니요. 당치 않습니다. 과분한 배려에 감사드릴 뿐입니다."

몇 마디 형식적인 말들이 더 오가고 이런저런 의미 없는 이야기들을 나누는 사이 어느덧 자정이 훌쩍 지나 버렸다.

아이혜가 오늘은 이만 돌아가 보겠다며 자리에서 일어섰다. 성큼성큼 사내처럼 걸음을 옮겨 놓는 아이혜의 뒤를 쫓으며 배웅이나 할 요량으로 생각 없이 걷고 있는데, 갑자기 그녀가 무언가 생각난 듯 자리에 우뚝 멈추어 섰다.

"아, 참."

아리는 순간 긴장하며, 자신을 돌아보는 그녀를 가만히 응시했다.

"그러고 보니 통성명도 하지 않았군요. 나는 설아이혜라고 합니다."

"아, 저는……. 연은조라 합니다."

또 무엇이 남았나, 의아해하던 것도 잠시. 아이혜의 말이 끝나기가 무섭게 아리가 마치 자신의 이름인 양 거리낌 없이 초혜의 이름을 언급하자 장 상궁의 어깨가 순간 움찔했다. 그도 그럴 만했다. 당사자인 그녀도 속으로는 화들짝 놀랐으니까. 하고많은 이름 중에 순간 떠오르는 이름이 하필 그 천박한 기녀 따위의 이름이라니. 다시 주워 담을 수도 없어 속으로 끙끙대는 아리의 속을 알 리 없는 아이혜가 '예쁜 이름이군요.' 하고는 다시 말을 이었다.

"물론 계시는 동안 차차 알게 되실 테지만, 나는 아라하의 여러 군장 가운데

한 명입니다. 혜노부족을 이끌고 있지요. 또한……."

통성명에 이어 막힘없이 자신을 소개하던 아이혜가 어찌 된 영문인지 잠시 말끝을 흐렸다. 그러고는 무언가 머뭇거리는 듯하더니, 곧 아리에게 똑바로 시선을 고정하며 또박또박 말을 이었다.

"또한 나는 전하의 비(妃)가 될 사람입니다."

"아……."

아리는 그 말에 무어라 반응을 보여야 할지 몰라 그대로 입을 다물어 버렸다. 지체 높은 여인이 한낱 객일 뿐인 자신을 찾아와 굳이 인사를 나누고, 게다가 아라하 왕의 비가 될 사람임을 밝힌다? 마치 그는 자기 것이라고 엄포를 놓기라도 하듯이…….

그와 아리가 진실로 어떠한 관계인지를 확신할 수 없는 아이혜로서는 어쩌면 당연한 행동이었지만, 아리가 그러한 사정까지 알 리 없었다. 파안 사람을, 그것도 상인의 여식을 처음부터 끝까지 정중한 태도로 대하는 아이혜가 아리는 그저 이해되지 않을 뿐이었다. 다만 그런 와중에서도 아리는 여인다운 구석이라고는 눈을 씻고 보아도 찾아볼 수 없는 그녀의 외모를 통해 몇 가지 가능성에 대해 추측했다. 아리는 나름대로 그 가능성들의 확률을 따져 보는 중이었다.

"몰라뵙고 결례를 범하였습니다. 경하드립니다."

머릿속은 정신없이 굴러가고 있었지만 궁금한 마음은 일단 접어 둔 채 아리는 보다 공손한 태도로 극진히 예를 갖췄다. 그 모습이 퍽 흡족했던지 미소를 띤 채 살짝 고개를 숙여 보인 아이혜가 그제야 볼일이 끝난 듯 미련 없이 처소로 돌아가고, 그녀가 나간 출입문만을 뚫어지게 바라보며 무언가 골똘히 궁리하는 얼굴이던 아리가 곁에 있던 장 상궁을 나지막이 불렀다.

"장 상궁, 이곳에서 지낼 방법을 찾은 듯하구나."

뜬금없는 말에 장 상궁이 의아함과 긴장감이 동시에 묻어나는 얼굴로 그녀를 바라보았다.

"내 저이와 친해져야겠다. 한낱 객에 불과한 내게까지 저리하는 것을 보니 아마 저이도 연심에 애타는 가엾은 영혼인 게로군. 분명 말벗다운 말벗이 필요할 게야. 함께 나눈 이야기들이 주위에 나돌 것을 염려할 필요도 없는 타지의 사람, 그것도 통하는 것이 많은 동년배의 여인이라면 더욱 구미가 당길 터."

"마마, 설마……."

"그래, 그 설마가 맞을 걸세. 갈 곳 없는 벗을 내칠 이는 없지 않겠는가. 아라하의 왕, 그자에게 그저 며칠간만 머물겠다 하였던 말을 어찌 번복해야 할까 고민이었는데, 잘되었지 무언가. 저 여인이 스스로 나서 나를 잡아 둔다면 그자라 해도 별다른 의심은 하지 않을 테지."

말을 마친 아리가 만족스럽게 웃었다. 무언가 괴상한 일을 꾸미거나 사고를 칠 때면 언제나 평소보다 반짝거리며 빛을 내던 그녀의 눈동자가 이 순간에도 어김없이 빛나고 있었다.

반짝반짝 묘하게 빛나는 황후의 두 눈동자를 염려 가득한 눈으로 바라보던 장 상궁은 이내 모든 것을 운명에 맡긴 채 체념하듯 두 눈을 질끈 감아 버렸다.

□ ■ □

파안제국 황제 집무실.

터질 듯한 화를 참고 있는 단휘의 어깨가 등불 아래에서 기묘하게 흔들렸다.

그 모습이 몹시 기괴하고도 섬뜩하여 그 곁에 시립해 있는 모두가 마른침만 꼴깍 삼키며 차마 입을 열지 못하고 있었다. 이미 모든 보고를 끝마친 백하만이 어떠한 처분도 달게 받겠다는 듯 자신의 검을 꺼내어 바닥에 조용히 내려놓고는 부복한 채 황제의 처분을 기다리고 있을 뿐이었다.

"대국의 황후가 납치를 당하다니, 이것이 될 법한 소리인가!"

진노한 황제의 불호령이 천둥이 내리치듯 실내를 쩌렁쩌렁 울리자, 시립해 있는 궁관들의 어깨가 움찔하고 떨렸다.

"죽여 주십시오, 폐하. 소임을 다하지 못한 신의 죄이옵니다."

숨소리 하나 들리지 않는 무거운 정적 속에서, 비장한 표정의 백하가 바닥에 놓인 검을 집어 들어 두 손으로 조심스럽게 들어 올렸다. 그러한 백하의 행동을 지켜보는 단휘의 얼굴이 순간 분노로 무섭게 일그러졌다.

"이 일이 자네의 죽음으로 무마될 수 있는 일이라 생각하나? 내 그 검으로 그대를 죽이면 황후가 돌아오기라도 한단 말인가! 그대를 벌하더라도 그것은 황후가 돌아온 연후의 일이다. 그러니 어떻게든 황후를 찾아내라, 백하. 반드시 아리를 찾아내!"

가슴이 터질 것처럼 갑갑했다. 단휘는 성큼성큼 창가로 걸어가 창문을 열어젖혔다. 숨을 크게 들이마시자 서늘한 밤바람이 폐부 깊숙이 스며들었다. 그런데도 갑갑함은 사라지지 않았다. 머릿속은 미친 듯이 지끈거려 왔다. 늘 원수 대하듯 하던 지긋지긋한 계집이건만, 막상 시야에서 사라지고 나니 지독한 허탈감이 밀려들었다. 이 모순된 마음이 대체 무엇이란 말인가…….

단휘는 머릿속이 복잡한 듯 고개를 좌우로 세차게 흔들었다. 그런 그에게 백하가 조심스레 입을 열었다.

"폐하. 흑무문의 호위 무사가 급히 마마의 뒤를 쫓았으니, 운이 좋으면 아마지금쯤 마마를 찾아냈을 것입니다."

"흑무문의 무사라면, 사유와 그자 말인가?"

"그렇습니다, 폐하."

단휘의 눈동자가 일말의 기대감으로 희미하게 일렁였다. 황후와 격 없이 지내는 데다 종종 그녀에게 무례마저 서슴지 않기에 그리 탐탁지 않게 여기던 사내였다. 황후가 오라비처럼 믿고 의지하는 이만 아니었다면 이미 오래전에 그 목을 치고도 남았을 터였다. 한데, 지금은 그런 자의 존재가 그렇게도 반가울 수가 없었다.

"그자와 연락이 닿는 즉시 내게 알리도록 해."

"존명!"

백하에게 명한 단휘는 이내 무겁게 한숨을 토해 내곤 눈짓으로 주위를 모두

물린 뒤 그제야 부복해 있는 그를 일으켜 세웠다.

"자네가 복면을 쓴 무리를 놓친 것이 이해가 되질 않네. 그들을 제대로 뒤쫓았다면 아마 황후를 구할 수도 있었을 터. 대체 무슨 일이 있었던 건가."

"……."

단휘의 물음에 백하는 아무런 대답도 할 수 없었다. 한순간의 그릇된 인정으로 황후에게 위해를 가할지 모를 수상한 무리를 놓치고 말았다. 혼절한 여인을 쉬게 하려고 찾아간 휘월루에서 다행히 늦게나마 그자들과 맞닥뜨리긴 하였으나, 결국은 여염가의 아낙을 구하려다 정작 황가의 여주를 위험에 빠뜨리고 만 꼴이었다. 죽음으로 씻고자 한 자신의 죄였고, 부인할 수 없는 진실이었다.

"모든 것이 소신의 죄이옵니다. 벌하여 주소서."

자신 앞에 무릎을 꿇고는 입을 꾹 다무는 백하를 단휘가 팔짱을 낀 채 바라보았다. 경험상 저런 표정의 백하에게서는 아무런 이야기도 들을 수 없었다. 그래, 말 못 하는 본인의 심정이야 오죽할까. 백하가 저렇게까지 말하려 들지 않는 것을 보면, 적어도 자신이 꼭 알아야만 하는 무언가 중대한 사연이 있었던 것은 아니라는 소리였다.

"되었으니 그만 물러가게."

단휘는 곤란해하는 그를 배려해 더는 묻지 않기로 했다. 차라리 단죄해 주기만을 바랐던 백하가 집무실에 들어설 때보다 더욱 무거워진 발걸음으로 돌아가고, 궁인들까지 모두 내쫓기듯 물러난 그곳에는 거의 대부분의 시간이 그러하듯 황제만이 홀로 남았다.

단휘는 밖의 상궁에게 즐겨 마시던 독주를 내오라 하고는 의자에 쓰러지듯 몸을 기댔다. 머리가 지끈거려 왔다. 잠을 제대로 이루지 못한 것이 벌써 며칠째던가. 황후가 행궁으로 떠난 후, 그곳의 정찰을 위해 앞서 보냈던 백하와의 연락이 두절된 그 며칠 동안 그는 단 한숨도 제대로 잠을 이뤄 본 적이 없었다.

상궁이 소리도 없이 들어와 퍽 진귀해 보이는 술병과 술잔을 탁자 위에 조심스레 올려놓고는 들어올 때처럼 조용히 문을 나서는 것을 의미 없이 눈으로 좇던 단휘는, 한참이 지난 뒤에야 그마저도 힘에 겨운 듯 느릿느릿 상체를 일으켜 힘겹게 술잔을 집어 들었다. 그러고는 넘친 술이 탁자 위를 흥건히 적실 만큼 술잔 가득 술을 따라 부었다. 쓰디쓴 술이 목구멍을 타고 흘러야 답답한 속이 시원하게 뚫릴 것 같았다.

그는 그것이 독주라는 사실도 아랑곳하지 않고 찰랑거리는 술잔을 입 안으로 단숨에 털어 넣었다. 주당인 그답지 않게 슬며시 인상이 찌푸려졌다. 쓴 술이 정말로 쓰기는 오늘이 처음이었다.

비워진 술잔에 또다시 술을 가득 채워 넣고 비우기를 수차례. 이내 술잔을 내려놓은 그는 미동 없이 앉은 채로 허공에 대고 혼잣말처럼 중얼거렸다.

"꼴좋구나, 황후······. 내 말을 듣지 않으니 그리된 것이다. 고집불통 같으니······."

한참을 허공을 노려보던 그가 이윽고 가만히 고개를 저었다.

"그대, 무사하기는 한 건가······."

닿을 곳 잃은 공허한 목소리만이 집무실 안을 고요히 맴돌았다.

□ ■ □

아라하의 심장, 왕부(王部) 천궁(天宮).

아리가 아라하에 온 지도 어느덧 보름이 지나 있었다.

적진의 정탐꾼 노릇을 자처하며 작정하고 달려든 덕분인지 며칠 새 아이혜와 제법 가까워진 아리는 오늘도 손수 지은—그렇다기보다는, 거의 장 상궁의 손을 거쳐 만들어진— 은의 몇 벌을 들고 그녀의 처소를 찾아가는 길이었다.

건국일을 닷새 앞둔 아라하는 매년 그날이 되면 어김없이 치러지는 천신제(天神祭) 준비로 한창 분주하게 돌아가고 있었다. 제사를 담당할 신녀들은 물론이거니와, 제단을 세우고 제단에 올릴 음식과 장식들을 준비하는 일손들도 모두가 저마다 바쁘게 움직이고 있었다.

매일같이 그런 생소한 광경들을 보며 지내다 보니 아리는 하루하루가 전에 없이 생기 넘치고 활기찼다. 황궁에서의 삶은 얼마나 숨 막히고 지루했던가. 행궁이 아니라 이곳에 오게 된 것이 어쩌면 하늘이 저를 가엾이 여긴 때문인지도 모르겠다는 기막힌 생각마저 드는 그녀였다. 이곳에서의 그녀는 제국의 황후가 아니라, 그저 모두에게 불리고 있는 그대로 서궁의 여인, 은조 낭자일 뿐이었다.

"아이혜 님, 은조입니다. 들어가도 되겠습니까?"

"일찍 오셨군요. 들어오세요. 은조 낭자."

아이혜가 반듯하게 개어진 은의를 들고 서 있는 아리를 반갑게 맞았다. 무언가 기대하는 듯한 표정이 만면에 가득했다.

"오늘은 연청색으로 준비해 보았습니다. 제 생각에는 푸른빛 계열이 아이혜 님의 얼굴색과 잘 어울릴 듯하여서요."

"참으로 고운 빛깔이군요. 이것이 정녕 내게 어울릴까요?"

"물론이지요. 처음은 무엇이든 어색한 법이에요. 사내들이 입는 그런 옷만 계속 입으시다가는, 이런 옷은 평생 입지 못하실 것입니다. 그러니 처음엔 어색하다 느껴져도 자꾸 입는 버릇을 들이셔야 해요."

아리가 아이혜를 공략한 주무기는 바로 '여인의 미(美)'였다. 그녀의 사내 같은 외모와, 자신을 찾아와 못을 박을 만큼 깊고 애틋한 그를 향한 연정으로 미루어 짐작하건대, 그와의 혼례가 얼마 남지 않은 이때 아마 모르면 몰라도 그녀는 지금 누구보다도 아름다워지고 싶은 마음으로 가득 차 있을 것이란 확신이 들었기 때문이었다.

확신을 굳힌 아리는 그날부터 매일 은의 한 벌씩을 지어 그녀에게 선물했고, 처음에는 관심 없는 양 시침을 떼며 손사래를 치던 아이혜도 차츰 진심을 내보이며 흥미를 갖기 시작했다. 며칠 만의 성과치고는 예상보다도 더욱 큰 성과였다. 이곳의 시비들이라면 결코 이루지 못했을 일이었다. 전장의 장수인 자신들의 주인은 약해 빠진 여인의 모습을 경멸할 것이라고 지레짐작하는 그들이었으니까.

"아이혜 님, 차를 준비했습니다."

미리 지시해 두었는지 시비 두 명이 다기를 들고 들어왔다. 그들이 다종에 차를 따르는 동안 잠시 대화가 끊기고, 잠시간 그리 어색하지 않은 가벼운 침묵이 흘렀다. 시비들이 나가자 그제야 다종을 집어 든 아이혜가 갑자기 생각났다는 듯 피식 웃으며 입을 열었다.

"어떤 망할 인간은 내가 은의를 입은 것이 눈 뜨고 못 봐 줄 정도라 하더군요."

"예? 대체 누굽니까? 그런 자를 그냥 두셨습니까? 그런 괘씸한 인간은 두 눈을 뽑아 까마귀 밥으로 던져 주어야 해요."

"하하. 그 입을 찢어 버리겠다고 엄포를 놓기는 하였지요. 한데 은조 낭자도 입이 꽤 거치시군요. 보기엔 전혀 그렇지 않아 보이는데."

"사람은 누구나 여러 가지 모습을 갖고 있지요. 제 속에는 괴팍한 노파도 있고, 천진한 어린아이도 있고, 사나운 암고양이도 있답니다."

생각 없이 내뱉은 말에 불현듯 단휘가 떠올랐다. 그는 그녀에게 종종 그렇게 말하곤 했었다. 성질 더러운 암고양이가 따로 없다고……. 아리는 어느새 머릿속으로 비집고 들어온 그를 간신히 밀어 내며 아이혜에게 다가가 은의를 펼쳐 보였다.

"어떻습니까? 마음에 드십니까?"

"오, 이런. 물론 마음에 들고말고요."

펼쳐 보니 더욱 빛깔이 고왔다. 가을 하늘처럼 청아한 푸른빛이 등불에 비쳐 오묘한 색을 띠었다. 오늘도 한사코 거절하는 아이혜를 기어이 설득하여 준비해 온 은의로 갈아입힌 아리는 쑥스러운 듯 서 있는 그녀를 위아래로 찬찬히 훑어보았다. 썩 나쁘지 않은 모습이었다. 아이혜는 연신 헛기침을 해 대며 눈을 치켜뜬 채 괜스레 천장 구석구석을 뜯어보고 있었다.

아이혜는 다소 큰 체격에 햇볕에 그을린 검은 피부를 갖고 있었지만 그렇다고 박색은 아니었다. 잘 꾸며 놓기만 하면 다른 이에게는 없는 그녀만의 독특한 매력이 물씬 풍겼다. 아이혜 자신은 그것이 상당히 어색하게 느껴지는 모양이었다.

"앞으로 닷새면 천신제 날입니다. 그날 입으실 옷을 어서 정하셔야 옷에 장식도 좀 더 하고 다른 장신구들도 옷에 맞추어 준비하지요. 설마 그날 갑옷을 입을 생각은 아니시겠지요?"

"매년 그리하긴 하였으나……."

"올해만큼은 아니 됩니다. 제가 이곳에 오지 않았다면 또 모를까. 얼마 후면 전하와 혼례까지 치르실 분이 아니십니까. 백성들에게 왕비 마마다운 모습을 보여 주셔야지요. 제가 봤을 때엔 오늘 가져온 이 옷이 좋을 듯합니다. 어떠신지요?"

"아……. 나는 그런 것은 볼 줄을 모르니, 은조 낭자께서 그리 보셨다면 그 옷으로 하지요."

"그럼 이 옷에 맞추어 필요한 장신구들을 준비해 놓겠습니다."

아리는 아이혜가 벗어 건네주는 은의를 받아 들고 처소로 돌아갈 준비를 했다. 다시 편한 무복으로 갈아입은 아이혜가 몸이 뻐근한지 길게 기지개를 켜며 그녀를 따라나섰다.

"서궁 근처에 볼일이 있으니 바래다 드리지요."

함께 오는 길은 혼자 온 길보다 더욱 짧게 느껴졌다. 쉴 새 없이 떠들며 와서인지 서궁을 그대로 지나칠 뻔한 것을 지나가던 병사가 아이혜를 알아보고 인사를 하는 바람에 겨우 알아차렸다.

아리가 서궁의 대문 쪽으로 걸음을 떼려는데, 아이혜가 그런 그녀를 붙잡았다.

"은조 낭자, 천신제 날 밤에 열리는 축제에 대해 알고 있나요?"

"예? 축제요?"

아리가 의아한 얼굴로 그녀에게 되묻자, 아이혜가 그럴 줄 알았다는 듯 들뜬 목소리로 설명을 하기 시작했다.

"아라하인은 그것을 화우월야제(花雨月夜祭), 즉, 꽃비 내리는 달밤의 축제라

부른답니다. 미혼의 남녀, 그중에서도 특히 혼례를 앞둔 연인들은 이날만을 손꼽아 기다리지요. 하늘님께서 이날 밤에 자신의 운명의 반려를 점지해 주신다고 믿기 때문이지요."

"아……."

"자정이 되기 전 신녀께서 직접 미혼의 남녀들을 찾아다니며 이마에 증표의 인(印)을 찍어 주시는데, 달빛 아래 우연히 마주친 같은 인의 이성이 운명의 반려라고 모두가 철석같이 믿고들 있답니다."

운명의 반려라……. 아라하에는 꽤 흥미로운 풍속이 있구나. 아리는 계속되는 그녀의 설명에 잠자코 귀를 기울였다.

"그도 그럴 것이, 인의 종류는 홍련, 청련, 백련, 흑련, 적월, 청월, 흑월, 은월, 홍접, 백접 등 수십 가지에 이른답니다. 게다가 증표의 인을 받은 이마를 붉은 천으로 가려 놓았다가 남녀가 만나 서로 확인할 때에 풀어야만 효력이 있다고 믿기 때문에, 자신이나 상대방의 인을 미리 아는 것은 불가능하지요. 그러니 같은 인을 받은 남녀가 마주치게 되는 확률은 지극히 적다고 할 수 있지요."

"흠…… 무척 흥미로운 이야기군요."

"믿기 힘들겠지만 사실이랍니다. 수십에 달하는 인 중에 청룡, 주작, 백호, 현무의 인은 특별히 아라하의 충신의 운명을 타고난 남녀들이 받게 됩니다. 그리고 마지막으로 황룡의 인이 있지요. 황룡의 인은 단 두 사람만이 받게 된답니다. 천궁의 주인이신 전하와, 전하의 운명의 반려…… 바로 그 두 사람이지요."

아이혜의 얼굴은 잔뜩 상기되어 있었다. 축제에 대한 큰 기대감이 아리에게까지 고스란히 전해지고 있었다.

숨 돌릴 틈도 없이 장황하게 설명을 늘어놓던 아이혜가 잠시 숨을 고르고는 다시 말을 이었다.

"신녀는 신의 뜻을 받들어 신탁을 이행하는 자……. 다들 재미 삼아 축제를 즐기는 것이긴 하지만, 기이하게도 축제가 열린 이래로 지금껏 같은 인을 받은 남녀 모두가 부부의 연을 맺었답니다. 고서에도 그렇게 기록되어 있지요."

모두가 부부의 연을 맺었다라……. 신녀라는 존재가 얼마나 영묘한 존재인지는 모르겠지만 어쨌든 신통한 능력이 아닌가. 우연인지 아니면 정말로 신탁인지는 몰라도, 단 한 번도 틀리지 않고 부부의 연을 맺은 이들을 맞추었다는 것이.

"뭐 증표가 나타나는 일 자체가 몹시도 귀하고 드문 일이라 나타나기만 한다면야 혼인을 올리지 않을 수가 없겠지만 말이에요."

말하며 피식 웃는 아이혜를 향해 아리는 눈을 동그랗게 떠 보였다.

"그렇다 해도 신기한 일이네요. 증표라는 것이 그리 드물게라도 실제로 나타난다는 사실이요. 어쨌든 무척 낭만적인 축제로군요. 그럼 아이혜 님께서는 황룡의 인을 받게 되시겠군요?"

"아. 글쎄요, 그게…… 아, 아마도 그리……되겠지요? 하하!"

정곡을 찌르는 아리의 질문에 아이혜가 쑥스러운지 뒤통수를 긁적이며 멋쩍게 웃었다. 장황하게 늘어놓았지만 사실 하고 싶었던 말은 그것이었다. 자신이 바로 황룡의 인을 받게 될 한 사람이라는 것…….

"아이혜 님! 여기 계셨습니까?"

병사 몇 명이 다가와 그녀에게 무어라 이야기를 건네자, 아이혜가 볼 일이 있다며 급히 자리를 떴다.

혼자 남겨진 아리는 그제야 처소로 향했다. 지척에 위치한지라 내딛는 걸음은 느릿느릿 여유로웠다. 아이혜와의 친분 관계가 어느 정도 진척되었으니 그런대로 정탐꾼이 되기 위한 첫걸음은 무난히 뗀 셈이었다. 콧노래까지 흥얼거리며 서궁의 돌담 중앙에 매달린 낮은 대문을 여는 순간이었다.

"흐읍……!"

대문 뒤편에서 누군가가 튀어나와 아리의 입을 틀어막았다. 그러고는 동시에 엄청난 힘으로 그런 그녀를 대문 안쪽 담벼락으로 거칠게 몰아세웠다. 아리는 있는 힘을 다해 그에게서 벗어나려고 애를 써 보았지만, 소용없는 일이었다.

입을 틀어막은 손이 투박하고 거친 것을 보니 아마도 사내인 것이 분명했다.

검은 복면 사이로 살짝 드러난 눈동자가 매섭게 번뜩이고 있었다. 입고 있는 옷은 몇 날 며칠을 달려온 것인지 잔뜩 해지고 더러웠다.

혹 괴한들이 기루에서 예까지 따라붙은 것일까? 놀라 두방망이질 치는 가슴을 진정시키려 애쓰던 아리가 잠시 숨죽이던 사이, 어쩐 일인지 그녀의 어깨를 우악스럽게 붙들고 있던 사내의 한쪽 손에서 서서히 힘이 빠져나가는 것이 느껴졌다.

아리는 그 틈을 타 저항하려다 금세 생각을 고쳐먹고는 잠자코 그의 행동을 주시했다. 소란을 피워 누군가의 이목을 끄는 것은 그녀에게도 썩 바람직한 행동이 아니었기 때문이었다.

그녀가 잠잠해진 것을 확인한 사내가 곧 자신의 얼굴을 가리고 있던 시커먼 복면에 천천히 손을 가져갔다. 느리고 조심스러운 사내의 동작을 따라 복면에 가려졌던 그의 얼굴이 조금씩 드러나기 시작했다. 그의 얼굴이 드러날수록 아리의 눈동자도 점점 커다랗게 떠졌다.

"······!"

복면이 완전히 벗겨진 그의 얼굴을 마주한 아리의 얼굴이 두려움에서 놀라움으로, 그리고 놀라움에서 안도감으로 빠르게 변해 갔다. 익숙한 얼굴이 너무도 반가워 가슴이 먹먹해지고 금세 목까지 울음이 차오를 것 같았다.

아리는 마치 그렇게 하지 않으면 눈앞의 인물이 환영처럼 사라져 버리기라도 할 듯이 그의 해진 옷가지를 꾹 움켜쥐었다. 그리고 그제야, 그녀의 입을 단단히 틀어막고 있던 사내의 투박한 손이 그녀를 온전히 놓아주었다.

"늦어서 죄송합니다, 마마."

"······유와, 무사했구나."

아리는 그를, 늘 듬직한 오라비와도 같았던 그녀의 오랜 충복을 감정이 북받치는 듯 힘껏 끌어안았다. 닭살 돋게 왜 이러느냐며 슬쩍 뿌리치던 유와도 그제야 안도감에 가슴을 쓸어내리며 못 이기는 척 그녀의 등을 부드럽게 토닥였다.

그녀의 행방을 쫓던 며칠 동안이 그에게는 얼마나 지옥 같은 날들이었던가.

얼마나 피를 말리며 그녀의 생사를 염려했던가······.

혹여 장 상궁이 그의 이런 행동을 보게 된다면 불경이라며 놀라 펄쩍 뛸지도 몰랐지만, 유와는 그녀를 토닥이던 팔에 힘을 주어 품 안에 꼭 끌어안았다. 따뜻한 그녀의 체온이 새삼 눈물겹도록 고맙고 감격스러웠다.

"무사하셔서 다행입니다······."

마치 자신에게 말을 하듯 작게 웅얼거린 유와가 그제야 그녀를 안고 있던 팔을 조심히 풀어냈다.

그러고는 마치 언제까지고 그녀의 체온을 지금처럼 따스하게 지켜 주겠노라고 다짐하듯이, 그 옛날 어리고 해맑았던 제 주인의 세월만큼이나 깊어진 두 눈동자를 오래도록 자신의 두 눈 속에 담았다.

천궁의 중심부에 위치한 왕의 침전.

주인 이외의 다른 사람들에게는 출입이 엄격히 통제된 곳.

복도의 벽면마다 일정한 간격으로 매달려 있는 등불이 공기의 흐름을 따라 물결치듯 너울거리며 걸을 때마다 기괴한 그림자를 만들어 냈다. 좀처럼 낯선 이의 출입을 허락지 않는 곳이건만, 익숙하게 복도를 돌아 굳게 닫힌 문 앞에 멈춰 선 사내 하나가 문 너머에 있을 이곳의 주인을 향해 조심스럽게 자신의 존재를 알렸다.

"전하, 무흔입니다."

"들어와."

소류는 이제 막 침전에 든 참이었다. 거추장스러운 갑주를 벗어 버리고 금사가 수놓인 백색의 가벼운 침의 차림으로 갈아입은 그는 편안한 자세로 침상 위에 걸터앉았다.

평소대로라면 막사에서 보고받는 것이 당연하겠지만, 지극히 사적이거나 비밀스러운 일들에 관한 논의는 모든 직무를 마친 그가 이곳에서 휴식을 취할 때에야 비로소 이루어지고는 했다.

사내는 소류에게 극진히 예를 갖춰 올린 후, 보고에 앞서 자신이 조사한 사실들을 머릿속에 찬찬히 떠올렸다. 얼마 전 왕께서 누군가에 대해 소상히 조사해 오라는 하명을 내리신 바 있었다. 그는 그 즉시로 파안의 도성으로 달려가 며칠 동안 조사에 매달리다가 조금 전에야 천궁으로 돌아왔다.

소류가 들을 준비가 되었다는 듯 가만히 응시하자, 사내가 곧 입을 열었다.

"하명하신 대로 파안국의 도성을 샅샅이 뒤져 연씨 성을 가진 상단의 대행수가 있는지를 조사해 보았습니다. 총 세 명이 있었사온데, 그 가운데 전하께서 말씀하신 '은조'라는 이름의 여식을 둔 자는 없었습니다. 하여 이름과는 무관하게 여식이 행방불명이 된 자가 있는지를 수소문해 보았으나, 그 또한 찾을 수 없었습니다."

진실일지 거짓일지는 처음부터 반반의 확률이었다. 소류는 예상치 못한 일도 아니라는 듯 무감하게 고개를 끄덕였다.

"역시 이름도, 신분도 모두가 거짓이라는 이야기로군."

"그렇습니다, 전하. 어찌 처결하실 생각이십니까?"

"글쎄."

소류는 잠시 생각에 잠겼다. 처음에는 언제든 그녀가 돌아가겠다고 하면 당연히 돌려보낼 생각이었다. 하지만 사정이 이렇다면 얘기가 달라진다.

적국이라는 낯선 땅에서 단지 두려운 마음에 신분을 속인 것인지, 아니면 다른 꿍꿍이속이 있어 그리한 것인지, 어떤 의도에서였든 거짓으로 신분을 둘러댄 까닭만큼은 반드시 밝혀내야만 했다. 그녀가 돌아가길 원한다고 해도 그때까지는 강제로라도 그녀를 붙잡아 둘 수밖에 없었다.

"본인도 지금 당장은 돌아갈 생각이 없는 듯하니 일단 주위를 잘 감시하도록 해. 조금이라도 이상한 점이 있으면 내게 바로 보고하고. 아무리 수상쩍은 일이 있더라도 섣불리 그녀 앞에 모습을 드러내지 마라. 내 명령이 있기 전까지는 혼자만의 판단으로 눈에 띄는 어떤 행동도 취해서는 안 돼. 내 말 알아듣겠나?"

"예, 전하. 분부대로 따르겠습니다."

"꼬리가 길면 밟히는 법. 순수한 의도가 아니었다면, 곧 밝혀지겠지. 감추고 있는 진실이 과연 무엇인지……."

여인이 아이혜와 급속도로 가까워지기 전까지는 사실 그녀를 조금도 의심하지 않았었다. 그녀가 부탁한 대로 그저 며칠 머물다 돌아가겠거니 하며 대수롭지 않게 여겼을 뿐.

한데 병졸들이 고해 올리기를 서궁의 여인이 하루에도 수차례나 아이혜의 막사를 들락거리고, 매일 은의 한 벌씩을 손수 지어다 바친다고 하니, 마치 아이혜의 환심이라도 사려는 듯한 여인의 행동들이 적잖이 의심스러워진 것이다.

"하온데, 조금 다른 사실을 알아냈습니다."

불쑥 침묵을 깬 사내가 잠시 곤란한 표정으로 소류의 눈치를 살폈다.

"본 대로 들은 대로 모두 고하라."

"예, 전하. 그다지 관계가 없어 보이기는 합니다만, 연은조라는 이름으로 조사를 하던 중에 알게 된 사실이니 마저 보고해 올리겠습니다. 상인의 여식은 찾지 못하였지만, 전혀 뜻밖의 인물을 찾아냈습니다."

손질을 하기 위해 침상 옆에 세워 둔 검을 습관적으로 집어 들던 소류가 잠시 행동을 멈추고 다시금 시선을 사내에게로 향했다. 작게 헛기침을 하며 목소리를 가다듬은 사내가 곧 말을 이었다.

"휘월루의 루주가 알려 준 사실이니 정확할 것입니다. 오래전 휘월루에 몰락한 양반가의 어린 딸이 팔려 온 적이 있다고 합니다. 아이에게 이름을 물으니 은조라고 하기에, 어감이 부드럽고 부르기 편하여 루주가 그 아이의 기명 역시 은조라고 붙여 주었다 들었습니다. 그 아이의 가문이 틀림없는 연씨 가문이었다고 합니다."

"그래, 꽤 오래된 일이지만 아향에게 전해 들은 기억이 나는군. 꽤 곱고 영특하여 그녀가 몹시 아끼던 아이였다지. 그리고……."

소류는 말을 멈췄다. 기억을 더듬다 보니 불현듯 까맣게 잊고 있던 사실 하나가 떠올랐다. 그저 그런 일이 있었나 보다 하며 흘려버리지도, 그렇다고 굳이 단단히 기억하지도 않았던 대수롭지 않은 사실 하나.

'제가 특별히 아끼는 아이가 하나 있는데, 왜 전에 한번 말씀드린 적이 있지요? 몰락한 연가의 여식이라던……. 그 아이가 이번에 황제 폐하의……'

회상 속의 아련한 목소리가 현실 속의 선명한 목소리와 서서히 겹쳐졌다.

"그렇습니다, 전하. 십여 년 전 여미성(麗美城 파안제국의 황성)을 떠들썩하게 만들었던, 천출로는 전무후무하게 황제의 정식 후궁이 되어 입궁한 도성 제일의 기녀가 바로 그 몰락한 연씨 가문 출신의 은조라는 기녀였다고 합니다. 후궁들 중에서도 황제에게 가장 큰 총애를 받고 있는 여인이라고 들었습니다. 얼마 전 회임을 했다고 합니다."

하나의 가능성……. 지금은 그저 딱 그만큼의 가치와 의미로만 그칠 모호한 정보에 불과할 뿐이지만, 아주 큰 비중을 두지는 않더라도 완전히 배제할 수는 없을, 결코 가볍지 않은 정보…….

"무흔."

"예, 전하."

왕의 조용한 부름에 사내가 부복하며 그의 하명을 기다렸다.

"여미성의 간자에게 황제와 그 은조라는 후궁의 동태를 잘 살피라 지시하고 그곳의 정황을 소상히 보고하도록 해. 만에 하나 서궁의 여인이 그 후궁과 동일 인물이라면 황궁의 분위기가 평소와는 분명 다를 터. 아무리 감추려 해도 궁녀들을 입단속하는 게 쉽지만은 않을 테니……. 만일 그녀가 정말로 그의 후궁이라면 그것을 증명할 무언가를 분명 찾아낼 수 있을 것이다. 그리만 된다면 파안과 아라하의 관계도 지금까지와는 전혀 다른 방향으로 흘러가게 되겠지."

졸렬한 수를 쓰는 걸 즐기지 않는 그였지만, 만일 가정했던 그 하나의 가능성이 정말로 사실이 되어 버린다면 다시 고려해 볼 의사가 충분히 있었다. 상대는 다름 아닌, 냉철하고 용맹하기로 소문난 파안의 젊은 황제가 아닌가. 그의 총애를 한 몸에 받는 여인, 게다가 그의 아이까지 가진 여인이라면…… 그보다 더 완벽한 볼모가 또 어디 있을까.

소류의 눈동자가 한순간 차분하게 일렁였다. 따뜻하고 그리운 남쪽 땅을 되찾을 수만 있다면……

"……어떤 수도 마다치 않겠다. 그보다 더 졸렬하고 비겁한 수도 얼마든지. 군주의 명예가 발아래 떨어지는 한이 있더라도……."

그는 입술을 비틀며 비열하게 웃었다. 그러나 그의 그러한 모습은 전혀 졸렬하고 비겁해 보이지 않았다. 오직 빼앗긴 땅을 되찾기 위해, 본인이야 졸렬해지든 비겁해지든 그런 불명예 따위는 전혀 개의치 않겠노라 말하는 왕의 덤덤한 발언은, 곁에 부복해 있던 사내에게는 심지어 숭고하고 신성한 군왕의 의지로까지 비쳤다.

"아라하의 군주께 천신의 가호가 있으시기를……."

"그대에게 또한."

오른손으로 이마와 양어깨를 차례로 스치며 천신의 가호를 비는 사내에게 소류 역시 성스러운 의식으로 답하며 부드럽게 웃어 보였다. 마음을 나눈 군신. 말하지 않는다 하여 어찌 모를 것이며, 이미 한마음 한뜻이건만 무슨 말이 더 필요하랴…….

그들의 염원은 오직 하나. 빼앗긴 땅을 되찾는 것. 그리하여 헐벗고 굶주린 아라하의 백성들에게 짐승보다도 못한 처절한 삶이 아닌 진정 사람다운 삶을 살아갈 수 있도록 윤택한 삶의 터전을 마련해 주는 것……. 어떠한 악덕이나 악행도 정당화될 수 있을 만큼 확고한 명분, 간절한 소망…… 모든 아라하인들의 오랜 바람이자 유일한 희망…….

그것을 이룰 수만 있다면……!

남쪽으로부터 불어온 소소한 바람이 천궁을 부드럽게 휩쓸고 지나갔다. 마치 저와 함께 어서 그곳으로 돌아가자고 손짓이라도 하듯이…….

4
뒤바뀐 신분

"욱, 우욱……!"

치자나무의 가지 끝에 핀 하얀 꽃송이를 꽃잎이 상하지 않도록 부드럽게 그러쥔 채 가만히 향기를 음미하던 여인이 갑자기 인상을 쓰더니 그대로 바닥에 주저앉아 사정없이 토악질을 해 댔다. 소스라치게 놀란 상궁이 재빨리 여인에게 다가와 부축하며 그녀의 안색을 살폈다.

"마마, 마마! 괜찮으시옵니까?"

"하아, 그다지…… 괜찮지 않은 듯싶네. 우욱……! 그토록 좋아하던 치자 향이 이리도 역겹게 느껴지다니……. 기쁘기 그지없는 이 마음에 비한다면야 그깟 꽃향기쯤 못 맡는 것이 무엇이 대수겠냐마는…… 시도 때도 없이 토악질을 해 대니 힘에 부치는구먼."

"드신 것을 모두 게워 내시니 힘에 부치실밖에요. 마마, 당분간은 바깥출입은 삼가시는 것이 좋을 듯하옵니다. 아직은 각별히 조심하셔야 할 시기이옵니다. 여독이 채 풀리지도 않았사온데 무리하시면 복중의 아기씨께도 좋을 리가 없사옵니다."

"그래, 그리하는 것이 좋겠네. 이만 돌아가세."

그녀는 꽃들이 만발한 후원을 아쉬운 듯 바라보다 뒤돌아섰다. 건물 앞의 좁은 마당을 가로질러 담장 가운데로 나 있는 대문에 다다라서는 만감이 교차하는 얼굴로 다시금 뒤돌아서 건물을 바라보았다.

현판에 아로새겨진 세 글자가 큼지막하게 그녀의 두 눈동자에 맺혔다.

'雲花堂(운화당)'

처음 궁에 들어와 단휘에게 하사받은 작고 아담한 별당. 황제궁과 가장 가까운 곳에 있으나 워낙 오래되고 낡은 건물이라 오랫동안 주인 없이 비워져 있던 곳.

입궁하여 처음 이곳을 얻었을 때만 해도 세상을 다 얻은 줄로만 알았더랬다. 가문이 몰락하면서부터 굴곡지기 시작한 그녀의 비참하고 가엾은 인생이 이제는 종지부를 찍는 것이려니 했다. 분하고 억울해도 그저 참고 억눌러 왔던 그 모든 설움과 고통들을 이제는 보상받을 수 있으리라 생각했었다. 그러나, 현실의 이곳은 어떤 곳이었던가…….

슬픔과 분노, 고통과 절망…… 나락으로 떨어지는 듯한 그 모든 괴로운 감정들이 고스란히 녹아 있는 곳. 가장 가까이서 황제의 보호를 받는 곳이라 스스로 위안을 삼아도 보았지만, 실상은 지내는 내내 대문 밖으로는 단 한 발짝도 허락되지 않았기에 감옥 같기만 하던 곳. 시중드는 이들보다도 주인의 옷차림이 더 수수하고 단출하여 온갖 추측을 불러일으키며 끊임없이 궁인들의 입방아에 오르내리게 하던 곳…….

이틀 전까지만 해도, 황제의 총희인 초혜 소의 연은조가 머물렀던, 총희라는 이름에 걸맞지 않게 초라하기 그지없는 낡고 빛바랜 건물…….

"다시 돌아오는 날까지 잘 있거라……."

떠올려 보면 괴로운 기억들뿐인 이곳 운화당에 다시 돌아오고 싶은 마음은 없었다. 하지만 이대로 영영 사라져 다시는 궁에 나타나지 않았으면 하는 누군가가 결국 돌아와 버린다면, 천출인 자신이 황궁 안에서 유일하게 발붙일 수 있는 이 초라한 별당이나마 지켜 내야 할 테니까……

은조는 어쩐 일인지 오늘따라 꽤 운치 있어 보이는 운화당의 외관을 일별하고는, 미련 없이 돌아서 대문 밖으로 향했다. 상궁이 가만히 그 뒤를 따랐다.

대문 밖에 대기해 있던 기나긴 행렬이 두 사람을 발견하자마자 일사불란하게 움직여 그들의 뒤로 길게 줄지어 늘어섰다. 서둘러 달려와 극진하고 황송한 태도로 차양(遮陽)을 받쳐 드는 나인을 보며 은조가 곰살맞게 미소 지었다.

"고맙구나."

"황, 황공하옵니다. 황후 마마."

황송하여 어쩔 줄 몰라 하는 나인을 보며 만족스러운 미소를 만면에 띤 은조는 느릿느릿 걸음을 옮기기 시작했다.

그녀가 걸을 때마다 어깨에 수놓인 봉황이 춤을 추듯 넘실거리고, 하늘하늘한 결 고운 심청색 비단 치마가 작은 보폭에도 풍성하고 화려하게 흔들렸다.

뒤따르는 길고 긴 행렬은 장엄하고 진중했다. 마치 제국 황후의 위용은 바로 이런 것이라고 말해 주기라도 하는 듯……

"폐하, 부디 명을 거두어 주십시오. 실로 말도 안 되는 처사이십니다!"

긴히 논의할 일이 있으니 속히 예궐하라는 전갈을 받고 한달음에 달려온 군부의 수장, 자함이 아직도 채 삭이지 못한 울분을 토해 내며 황제를 설득하려 애를 쓰고 있었다.

"자함, 나 역시 어렵게 내린 결정이네. 번복할 생각은 없어."

"신 대장군 자함, 다시 한번 간곡히 앙청하나이다. 천출의 후궁이 감히 황후 마마를 대신하다니요. 그것은 황후 마마를 욕되게 하는 것이나 진배없는 일입니다. 결코 있을 수 없는 일입니다! 부디 재고하여 주십시오!"

"황후가 스스로 제 무덤을 판 격이지. 다른 방도가 없지 않나."

비꼬려는 뜻만은 아니었다. 사실이 그러했으니까. 주위 모든 이들의 만류에도 불구하고 기어이 궁을 나선 그녀가 아닌가. 황제인 자신의 명마저 어겼으니 어떤 변고나 불상사가 생겼다 해도 그것은 전적으로 그녀의 책임이었다. 그녀를 못마땅하게 여기는 여러 대신들은 분명 그 점을 물고 늘어질 것이었다.

"적출이 있기를 하나, 그렇다고 천자의 말에 고분고분 따르기를 하나. 게다가 친정이라는 곳은 가주가 죽고 나서는 친족끼리 밥그릇 싸움만 하다 세가 꺾인 그 흑무문이니……. 황후를 갈아 치울 궁리뿐인 장왕과 태제파의 중신들에게 그녀의 부재가 알려지기라도 한다면, 그렇지 않아도 벼르고 벼르던 그들이 가만있지는 않을 걸세. 이 기회에 어떻게든 그녀를 폐위하려 들겠지."

장왕과 태제는 10년 전 난을 일으켰던 일 황자 단유의 친형제들이었다. 당시 난에 가담한 증거도 발견되지 않았고, 모후가 같지는 않더라도 사사로이는 단휘에게도 피를 절반은 나눈 형제였으므로, 측근들의 거센 반대에도 단휘는 그들을 숙청 대상에서 고집스레 제외시켰었다.

물론 그들을 살려 두었다고 해서 그들 셋의 관계가 썩 매끄럽다고 할 수 있는 것은 아니었다. 단휘가 생각하기에, 이복형제라는 것은 어찌 보면 차라리 아비가 제각각으로 다른 이부형제만도 못한 관계였다. 더욱이 서로 창칼을 겨눈 것도 모자라, 어느 하나가 다른 하나의 목숨까지 앗아 가 버린 관계라면…….

관계의 회복이란 애당초 불가능한 일인지도 몰랐다. 차라리 언제고 돌변할지 모를 그들에 대비해 적당히 거리를 두고 견제하는 편이 현명한 처사였다.

그들은 늘 황후에게 불만을 품고 있었다. 그녀가 어디로 튈지 모르는 천방지축인 때문이기도 하겠지만, 그보다는 다루기가 결코 녹록지 않은 표독스러운 성미를 지니고 있었기 때문이었다.

황제인 단휘도 어쩌지 못하는 것이 황후 진아리가 아닌가. 사납게 날뛰는 야생마를 길들이는 편이 차라리 수월할 터였다. 물론 황후의 그 같은 맹랑함은 그녀에게 황제라는 뒷배가 있기에 가능한 것이었지만, 정작 그녀 자신은 꿈에도 모를 터였다.

그렇기에 그들에게는 여러모로 황후의 존재가 눈엣가시 같은 존재일 수밖에 없었다. 황제를 꾀어낼 미인계, 혹은 자신들의 뒷배가 되어 줄 든든한 외척 세력. 지금의 황후만 없다면 그들이 얻을 수 있는 것들, 그러나 도무지 기회가 닿지 않아 아직까지도 얻지 못하고 있는 것들이었다.

황후의 부재는 그들에게는 바로 그 기회를 의미했다. 그것은 안 될 말이었다. 어떤 편법을 써서라도 그 같은 경우는 막아야만 했다.

"황후를 위해서도, 그리고 나를 위해서도 이것이 최선책이야. 어차피 그녀가 돌아올 때까지만이네. 이것이 황후를 욕되게 하는 짓이라 했나? 그렇다면 지아비의 하늘 같은 말을 어긴 벌로 그만하면 충분하겠군. 만민의 어미라는 사람이 댓 살배기 어린애처럼 철딱서니 없는 짓을 저질렀으면 그만한 대가는 치러야지."

빈정대는 말과는 달리 어느 때보다도 진중하고 무겁게 가라앉은 단휘의 얼굴을 본 자함은 더 반박하지 못하고 결국 고개를 떨구었다. 물론 그렇다고 해서 채 수긍하지 못한 마음이 아주 사라져 버린 것은 아니었다.

"황후 마마가 돌아올 때까지만이라고 하셨습니까? 하오면 그 사실을 아는 누군가가 황후 마마의 환궁을 필사적으로 막을지도 모른다는 생각은 안 해 보셨습니까?"

"누가 있어 그런 짓을 한단 말인가. 이 사실을 알고 있는 것은 자네와 나, 그리고 백하 세 사람과 황실에 충성을 맹세한 사혼단의 무사들뿐이네. 그들 개개인의 충정이 어느 정도인지는 자네도 잘 알고 있을 터."

사혼단의 낙영부(여성 단사들이 소속된 부서)에 지시하여 비밀리에 은조를 행궁으로 데려가 늘 입던 무명옷 대신 황후의 의복으로 갈아입힌 후 다시 궁으로 데려다 놓은 것이 바로 오늘 아침의 일이었다.

황후가 행방불명이 된 지 벌써 열흘이 훌쩍 지나 더는 여유를 부릴 수 없게 된 단휘는 궁여지책으로 그녀가 돌아올 때까지 가짜 황후를 세워 놓기로 했다. 황후와 은조가 마치 쌍둥이처럼 꼭 닮은 얼굴을 하고 있다는 사실이 이토록 긍정적으로 여겨지기는 또 처음이었다. 물론 아주 똑같을 수야 없겠지만, 비밀이 새어 나가지만 않는다면 발각될 일은 추호도 없을 터였다.

감히 그 누가 함부로 세 치 혀를 놀릴 것이며, 군주가 작정한 일에 훼방 따위를 놓는단 말인가. 단휘는 결코 그럴 일은 없을 것이라고 확신하며 단호히 고개를 내저었다. 만에 하나 사실이 탄로 난다고 해도 크게 문제 될 것은 없었다. 황제의 말 한마디면 강가의 돌멩이가 황금이 되기도 하는 것이 황실의 진리이자 순리이니까.

자함은 단휘를 설득할 생각은 이미 접은 지 오래였다. 설득한다 하여 한번 굳어진 결심을 꺾을 그가 아니라는 것을 이미 경험으로 잘 알고 있는 탓이었다. 다만 한 가지, 확실히 언급해 두어야 할 사실이 있었다.

"폐하. 외람되오나 한 가지만 여쭙겠습니다."

"얼마든지."

"운화당 마마를 믿으십니까?"

빙빙 돌려 말하는 것을 무척이나 싫어하는 대장군 자함답게, 그는 질문에 이르기까지의 이런저런 설명들을 과감히 생략한 채 더없이 직설적이고 명료하게 물어 왔다.

질문이 갑작스러운 만큼 선뜻 대답이 나오지 않았다. 단휘는 잠시 곰곰이 그의 말을 곱씹었다. 과연 자신이 해석한 뜻이 맞는 것인지를 자함에게 묻기에 앞서 수차례 자문해 본 후에야 단휘는 입을 뗐다.

"그러니까 자네의 말은, 황후의 환궁을 필사적으로 막을지도 모를 그 누군가가 바로 초혜라는 뜻인가?"

"그렇습니다."

"걱정이 지나치군. 그런 염려라면 거두게. 그런 짓을 저지를 만큼 그리 배포가 큰 사람도, 또한 욕심이 많은 사람도 아니니."

"폐하. 어찌 장담하십니까. 여인과 어미는 다른 법입니다."

나직한 충고에 단휘의 눈동자가 묘하게 휘었다.

'여인과 어미는 다른 법이라……'

분명 기우에 그칠 말이겠지만, 단휘는 어쩐지 뇌리에 와닿는 그 말을 다시 한번 곱씹어 보았다. 황제의 자식을 낳은 후궁들이 느낄 심경의 변화라든가 하는 것들을 속속들이 알 수는 없는 노릇이었지만, 저 역시도 사내일 뿐인 자함이 말하려는 바가 무엇인지를 단휘는 충분히 알아들었다.

"충고 명심하지. 지나친 염려라는 생각에는 변함이 없네만, 자네의 생각이 정히 그렇다면 자네가 초혜의 주변을 잘 살펴 주게. 내 군이 말하지 않아도 이리로 들기도 전에 병사들에게 그리하라 지시부터 내려 놓았겠지만."

족집게 같은 단휘의 말에 자함은 흠흠 헛기침을 해 댔다. 사실이 그랬다. 하기막혀 성난 황소처럼 씩씩거리다가 대전으로 들기도 전에 금위군(禁衛軍) 관사부터 들러 당장 태현궁으로 가 황후 마마의 주변을 단단히 살피라고 군관들에게 한바탕 난리를 치고 오는 길이었다.

기왕 이리된 것 군이 부인하여 무엇 하랴. 그는 뻔뻔스럽게 고개를 들었다.

"신의 충정을 그리 마음 깊이 헤아려 주시니 감사할 따름입니다, 폐하."

"천만에. 자네의 눈물겨운 충심에 도리어 짐이 감사할 일이지."

불퉁스러운 표정으로 얼굴을 실룩이는 그를 보며 단휘는 호탕하게 웃음을 터뜨렸다. 문득 우스운 생각이 스쳤다. 성정이 불같은 임금에, 그에 못지않은 황후에, 그 둘을 합한 것보다 더한 신하까지……. 과연 유유상종이 아닌가.

불현듯 두 눈을 치켜뜬 채 그의 시선을 똑바로 마주 보며 시끄럽게 왕왕거리는 황후의 모습이 단휘의 뇌리를 스쳐 갔다. 늘 그를 분노케 하고, 이성을 잃게 만들던 괘씸한 모습이건만, 지금은 어쩐지 그 모습이 그리워졌다.

'만약…… 10년 전 그날 아리에게 아무 일도 일어나지 않았더라면, 그땐 어떠했을까……. 그래도 지금처럼 서로를 미워하고 원망했을까…….'

단휘는 탁자에 반쯤 몸을 기대고 가만히 턱을 괴었다. 허탈감과 공허가 또다시 고개를 쳐들었다. 차라리 분노라면 오히려 견딜 만하련만……. 생소한 감정들은 당혹스럽기에 앞서 그를 몹시도 무기력하게 만들고 있었다.

"자함……. 황후는 대체 어디서 무얼 하고 있을까. 정녕 무슨 변고가 생기기라도 한 것인가……."

황제의 염려 가득한 말에 자함은 죄스러운 낯빛으로 머리를 조아리며 국궁했다. 황제의 최측근이라 자부하는 그에게조차도 황제와 황후의 관계를 꼭 꼬집어 정의하기란 쉽지 않았다. 그들은 상대를 헐뜯는가 싶으면 어느새 두둔했고, 미워하는가 싶으면 또 어느새 표 나지 않게 배려했다. 정작 당사자인 그들은 깨닫지 못하는 사실이겠지만……

"신 대장군 자함, 제 목을 걸고서라도 반드시 황후 마마를 찾아내겠습니다."

자함은 결의에 찬 어조로 맹세하듯 내뱉었다. 어찌 되었든 그에게 있어서 지금 가장 중요한 것은 황제가 황후의 안위를 무척이나 염려하고 있다는 사실, 그 하나였다. 그것을 아는 한 어떻게든 반드시 황후를 찾아내 그녀의 무사함을 황제의 눈앞에 한시바삐 증명해 보여야만 할 것이다. 그리하여 황제를 안심시키는 것이야말로 신하 된 자의 본분이자 소임일 터였다.

황제 내외가 서로에게 품고 있는 마음이 무엇인지는 아마 영영 알 수 없으리라. 하지만 무엇인들 어떠하랴. 밉든 곱든 두 사람은 이미 서로의 반려인 것을.

가혹한 운명이, 혹은 신의 짓궂은 장난이 그들을 멀리멀리 떼어 놓지 않는 한은…….

ㅁ ■ ㅁ

파안제국의 황실을 상징하는 흑룡이 테두리를 따라 정교하게 음각된 둥그런 탁자를 사이에 두고 사내 둘이 마주 앉아 있었다.

그중 한 사내가 입을 열자 사내의 것이라 하기엔 퍽 고운 미성이 적막한 밀실 안에 고요히 울려 퍼졌다.

"태현궁에 변고가 생긴 것이 틀림없습니다."

평소보다 가라앉은 목소리만큼이나 심각한 내용이었음에도 마주 앉은 상대는 가타부타 말이 없었다. 그는 그저 허공 어딘가에 시선을 던진 채 골몰히 생각에 잠겨 있을 뿐이었다. 그 모습에 작게 한숨을 내쉰 사내가 제 앞에 멀거니 넋을 놓고 앉아 있는 그를 조심스레 불렀다.

"형님."

"……."

"형님?"

"아, 무어라 했느냐? 내 잠시 다른 생각을 하였다."

목청에 조금 더 힘을 실어 그리 두 번을 부르고 나서야 사내에게서 반응이 왔다. 그를 '형님'이라 칭한 사내는 나무라듯 슬쩍 미간을 좁힌 채로 못 말린다는 듯 그를 바라보았다. 하지만 다소 허물없는 행동이었을 뿐, 무례한 태도는 아니었다.

"코를 베어 가도 모르시겠습니다."

책망하는 말과는 달리 미미한 웃음기가 목소리 끝에 묻어났다. 여인의 음성처럼 얇고 가볍지 않으면서도 곱고 맑은 특유의 미성으로 묘한 분위기를 자아내는 사내. 10년 전 난을 일으킨 일 황자 단유의 친형제 중 막내인 장왕 단휼이었다.

반역자인 맏형과 마찬가지로 처단될 것이라는 모두의 예상과는 달리 황명에 의해 장왕에 봉해진 그는 어떤 일에도 쉽게 흥분하는 일이 없을 만큼 차분하고 이성적인 사람이라 정평이 나 있는 인물이었다.

단휼은 그의 유일한 피붙이를 염려스레 바라보았다. 물론 절반이나마 같은 피가 흐르는 사람이 또 한 사람 있기는 하였지만, 맏형 단유가 대역죄로 참형에 처해진 이후로는 단 한 순간도 그 반쪽짜리 피붙이를 형제라 여겨 본 적이 없었다.

"형님, 항상 정신을 바짝 차리고 계셔야 합니다. 소제, 내일모레면 이립이 되시는 형님이 꼭 물가에 내놓은 아이 같게만 느껴지니……. 이 아우가 전생에 지은 죄가 많은가 봅니다."

아우의 한탄 아닌 한탄에 형님이라 불린 사내가 멋쩍은 듯 웃었다.

"내 이러는 것이 어디 하루 이틀 일이더냐. 이때까지 별 탈 없이 이리 살아

숨 쉬고 있으니, 너무 염려 말거라."

아우 단휼의 신중한 태도와는 달리 느긋하게 의자 등받이에 몸을 기댄 채 여유롭게 턱을 괴고 있는 사내는 다름 아닌 단유의 삼 형제 중 차남인 황태제 단휜이었다. 반역의 무리가 토벌된 후 단휜 역시 모두의 예상을 뒤엎고 황명에 의해 황태제 위에 봉해졌다. 친형의 목숨을 처참히 앗아 간 그들의 반쪽짜리 피붙이 황제는 그제야 모든 것을 거머쥔 채로 마치 선심 쓰듯 혹은 위로를 건네듯 남은 형제들에게 형벌 대신 보란 듯이 작위를 내렸다.

염려와 근심으로 가득한 단휼의 얼굴을 보며 단휜은 공연히 너스레를 떨었다.

"어허, 글쎄 염려 말래도. 죽을 운이면 진즉에 죽었을 테지. 내 죽고 싶어도 이놈의 명이 질겨 백수까지 살고도 남을 듯하니. 나중에 내 늙어서도 팔팔하거든 저 영감 오래도 산다 타박이나 하지 말거라. 하하."

호탕하게 웃는 그의 얼굴을 보며 단휼이 묘하게 눈썹을 꿈틀거렸다. 웃을 때 가느다랗게 휘어지는 눈매와 뺨을 가를 듯 시원하게 뻗어 올라가는 입꼬리는 그를 닮은 누군가를 유독 떠올리게 했다. 이리 철천지원수처럼 이를 갈며 서로 칼을 맞대고 있어도, 결국 혈육은 혈육이라는 사실이 새삼 뼈저리게 느껴져 단휼은 쓴웃음을 머금었다.

마른 입술을 적시는 혀끝이 껄끄러워 슬며시 인상을 쓴 채로 그는 서둘러 본론으로 화제를 돌렸다.

"태현궁의 분위기가 왠지 모르게 어수선한 것이 무언가 석연치 않습니다. 형님께서는 어찌 생각하십니까?"

가볍지 않은 화두에 그제야 단휜의 얼굴도 사뭇 진지해졌다.

"내 안 그래도 그 생각을 하던 참이었다. 출궁할 때엔 꼭 열 달 보름은 돌아오지 않을 것 같은 기세였다 들었는데, 이리 보름도 안 되어 황후 스스로 환궁한 것도 그녀답지 않은 일이고……. 장신구며 비단이며 하는 것들이 하루에도 수차례씩 태현궁에 진상된다 하니……."

"그렇습니다. 평소 황후가 그런 것에는 관심이 없었던 것으로 압니다. 게다가 운화당의 움직임도 이상하고요."

"운화당이 어떻기에?"

단휼은 대답하기에 앞서 탁자 위의 찻종을 집어 들어 한 모금 입 안에 넣었다. 까칠하고 퍼석했던 입 안의 느낌이 사그라지자 내뱉는 목소리가 한결 매끄럽게 흘러나왔다.

"설란의 말이 소의의 얼굴을 보기가 어쩌다 한번 운화당 앞을 지나가는 황제를 보는 것보다도 힘들 정도라 하더군요. 초혜 소의가 운화당에만 두문불출하고 있는 사실이야 어제오늘 일이 아닙니다만, 설란은 벌써 몇 해째 소의의 곁에서 시중을 들던 아이가 아닙니까? 그런 아이가 소의의 얼굴조차 보기가 힘들다니요. 이상한 일이 아닙니까?"

설란은 단휼이 몇 해 전 궁녀로 만들어 입궁시킨 운화당의 나인이었다. 운화당의 간자 노릇을 톡톡히 해내고 있을 만큼 총명하고 배포가 큰 아이였기에, 어리고 신분이 미천함에도 그들 형제가 무척 중히 여기고 있는 인물이었다.

"설란의 말이라면 틀림없는 사실일 터."

"예, 형님. 회임 중인 소의가 안정을 취하고자 침소를 떠나지 않는 것이야 충분히 납득할 만한 일이지만, 운화당 상궁인 조 상궁을 제외한 모든 상궁 나인들의 침실 출입이 엄격히 통제되고 있다고 하니, 무언가 석연치 않은 일이 벌어지고 있는 것만은 틀림이 없습니다."

"흐음……."

"게다가 조 상궁은 황제의 보모상궁이었지 않습니까? 뼛속까지 철저한 황제의 사람이란 말입니다. 유독 그이의 출입만이 허용되다니요? 이것은 필시 소의가 아니라 황제의 명이 있었던 겁니다. 황제가 직접 그러한 명을 내렸다는 것은, 분명 그 안에 무언가 극비에 부쳐야만 할 피치 못할 사정이 생겼다는 뜻과도 같은 것이 아니겠습니까?"

"허, 그것참…… 일이 묘하게 돌아가는구나."

단흰은 골똘한 표정으로 허공을 응시하며 혼잣말처럼 중얼거렸다.

"몸치장에 늦바람이라도 난 듯한 황후와, 그 몸종조차도 모습을 보기가 어려울 만큼 꼭꼭 숨어 버린 소의라……."

단휼의 말대로 어딘지 석연찮은 것만은 확실했다. 다시는 돌아오지 않을 것처럼 궁을 나섰던 황후가 보름도 안 되어 스스로 돌아와서는 그녀답지 않게 몸치장에 열을 올리고 있다. 명색이 황제의 총희임에도 수수한 무명옷만이 허락된 소의의 경우라면야 몸치장에 지대한 관심을 보인다 한들 이상스러울 것도 없겠지만, 지금까지 보아 온 황후는 꾸미고 치장하는 것에는 도통 관심을 두지 않는 여인이었다. 차라리 검술이나 궁술 따위에 노골적으로 관심을 보이는 일은 허다했지만.

또한 소의는 어떠한가? 소의는 숨바꼭질하듯 꼭꼭 숨은 채, 침실 밖으로는 단 한 발짝도 나오지 않고 있다고 한다. 소의를 보러 침실 안으로 들어갈 수 있는 이는 황제와 황제의 보모상궁인 조 상궁뿐이다. 설령 그 안에 있는 이가 소의가 아니라 해도, 그것을 아는 이 역시 황제와 조 상궁뿐이라는 이야기다. 그렇다는 것은…….

"설마, 그럴 리가……."

기실 소의가 황후와 꼭 빼닮았다는 사실을 알고 있는 이는 단휼, 단흰 형제뿐만이 아니었다. 조정 대신들 가운데서도 이미 오래전에 그것을 눈치채 버린 이들이 여럿 있었다. 다만 황제의 심기를 부러 거스를 필요는 없었으므로, 다들 눈치껏 공공연한 비밀에 부치고 있을 뿐이었다.

만일, 정말로 만에 하나……. 황후에게 어떤 변고가 생겨, 소의가 그 자리를 잠시 대신하고 있는 것이라면……?

"소제가 말씀드리려는 바가 무엇인지 형님께서도 이제 눈치를 채신 것 같군요."

"하지만, 휼. 너의 말뜻은 알겠다만……."

단흰은 말끝을 흐리며 짧은 한숨을 내쉬었다. 단휼이 말하려는 바를 쉬이 인정해 버리기에는 위험 부담이 너무도 컸다. 물론 그것이 정말로 사실이라면 그들 형제에게 득이 될 일인 것만은 확실하지만, 모호한 사실 하나에 의존하여 섣불리 움직였다가는 화를 면치 못할 것이 뻔한 이치였다.

단훤은 염려 가득한 눈빛으로 자신의 아우를 바라보았다. 단휼 역시 진중한 얼굴로 그런 형을 마주 바라보았다. 잠시의 침묵이 흐른 뒤, 말을 다 끝맺지 못한 단훤이 먼저 입을 열었다.

"전혀 근거 없는 경솔한 추측이 아니라는 것에는 동감하지만, 이번에는 쉽게 동조할 수가 없구나."

무겁게 가라앉은 얼굴로 말하는 단훤을 보며 단휼이 예상했던 반응이라는 듯 빙그레 웃었다.

"형님. 당장 무엇을 어쩌자는 것이 아닙니다. 당연히 그것의 사실 여부에 대해 확인 절차를 거치는 것이 순서입니다. 어떤 행동을 취하는 것은 마땅히 그 사실을 확인한 이후가 되어야겠지요. 소제, 그리 성마른 위인은 못 됩니다. 어찌 저를 그런 소인배로 보십니까, 형님."

부러 서운한 투로 말하는 단휼의 익살에 단훤이 그제야 평소와 같은 얼굴로 호쾌하게 웃었다. 삼 형제 중 가장 명석하고 영특한 아이였다. 그가 경거망동할 리 없건만, 비록 두 살 터울일 뿐이라 해도 손윗사람으로서의 책임감과 노파심은 아우의 위험한 발언에 선뜻 동조할 수 없게 만들었다.

"내 너를 누구보다도 잘 알고 있다 자부하건만, 형이라는 위치가 이런 것이니 서운해도 네가 이해하거라."

"좋습니다. 하지만 이번뿐입니다, 형님."

"하하, 알았다. 앞으로는 내 조심하마."

선황의 총비였던 귀비 유씨가 낳은 소생인 단유, 단훤, 단휼 삼 형제는 본래 우애가 깊은 형제였다. 단유가 죽고 단둘만이 남은 단훤과 단휼 형제의 우애는 전보다도 더욱 돈독할 수밖에 없었다.

그들은 무거운 화제로 인해 지친 머리를 식히려는 듯 몇 마디 농을 더 주고

받은 후에야 다시 본론으로 돌아갔다.

"그래, 얼마나 확신하느냐?"

소의가 황후와 바꿔치기 되었을 가능성을 묻고 있는 것이었다.

황제 단휘가 궁여지책으로 선택한 계책은 현재 놓여 있는 상황으로 볼 때 어쩔 수 없는 최선책이기는 하였지만, 조금만 눈여겨본다면 누구라도 알아챌 수 있을 만큼 여기저기 구멍이 나 있는 허술한 수였다. 물론 단휘 역시 그것을 몰라 이 계책을 강행한 것은 아니었다. '눈속임' 다음으로 마련된 계책은 '우격다짐'이었다. 황제가 우기는 데 감히 누가 토를 달 것이며, 감히 누가 반박할 것인가. 황제가 콩이 팥이라 하면 두말할 것 없이 콩이 팥인 것이고, 황제가 소의가 황후라 하면 이 역시 여러 말할 필요 없이 소의가 황후인 것이다.

하지만 단휼은 그런 단휘의 우려와는 달리, 황제가 주장하는 바가 제아무리 억지스러운 것이라 해도 그 진실 여부를 굳이 따져 물을 생각이 없었다. 그만큼 확신이 있었고, 확신이 있는 한 그 점은 중요한 문제가 아니었다.

"백 중 구십구입니다."

단휼은 한 치의 망설임도 없이 대답했다. 십중팔구도 아닌, 백 중 구십구였다. 황제 단휘가 정 안되면 우격다짐이라 속 편히 생각한 만큼 들키기 쉬운 수였으니, 매사에 신중하기로 소문난 단휼이 그리 장담하는 것도 당연했다. 또한 거기까지는 단휘도 충분히 예상하고 있는 부분이었다. 다만, 단휘가 간과한 사실이 있었다.

"그것이 정말로 사실로 밝혀져 공론화된다면, 평소 황후에게 불만이 있던 대신들은 그것을 놓치지 않고 물고 늘어지겠지. 이참에 황후를 폐위시키려고 아주 난리들이 나겠군. 황후가 폐위되기만을 바랐던 우리가 아니냐. 우리는 그저 강 건너 불구경하듯 구경만 하고 있으면 되겠구나. 황후가 폐위되면 우리가 점찍어 둔 인물들을 간택 단자에 올리기만 하면 되는 것이고."

물론 그것도 나쁘지는 않았다. 하지만 단휼이 바라는 것은 단순히 황후의 폐위만이 아니었다. 그는 그 이상의 것을 원했다.

"아니요. 아닙니다, 형님. 오히려 우리는 그들에 맞서 황제의 손을 들어 주어야 합니다."

예상치 못한 발언에 단훤의 얼굴이 경악으로 물들었다.

"황제의 손을 들어 주다니. 무슨 소리를 하는 것이냐, 훌. 우리 쪽 사람을 황후의 위(位)에 앉히는 것이야말로 우리에겐 가장 시급한 일이 아니었더냐."

"이제는 아닙니다."

영문을 모르겠다는 듯 두 눈을 껌뻑이며 여전히 놀란 기색인 형을 향해 단훌이 그럴 만도 하다는 듯 방긋 웃어 보였다.

"황후가 꼭 폐위될 필요는 없습니다."

단휘가 간과한 사실 하나…….

권력을 손에 쥐어 보지 못한 자와 손에 쥐어 본 자……. 누려 보지 못한 자의 마음과 누려 본 자의 마음.

충신 자함이 충고하기도 하였던, 바로 그 미묘하고도 확실한 차이. 그 차이에서 비롯될지 모를 인간의 이기와 오만, 욕망과 배반……. 그러한 위험요소들에 대하여, 단휘는 지금껏 그저 늘 해바라기 같기만 하던 초혜 소의의 여린 심성과 그를 향한 곧은 연정을 지나치게 자신하고 있었던 것이다.

"호랑이 없는 굴에 여우면 어떻고 토끼면 어떻습니까?"

단훌은 다음 말을 재촉하듯 그를 빤히 바라보는 단휘에게 시선을 고정한 채 말을 이었다.

"애당초 우리에게 중요했던 것은 태현궁에 누굴 들어앉히느냐가 아니었습니다. 여우가 됐든 토끼가 됐든, 우리에겐 다만 우리의 뜻대로 순순히 움직여 줄 꼭두각시 같은 존재가 필요했던 것이지요. 그러니 오히려 잘된 일입니다. 그 외모부터 이미 완벽하게 황후를 대신하고 있는 초혜 소의만 한 적임자가 또 어디 있겠습니까?"

"흐음……."

단훤은 엷은 한숨을 내쉬며 느리게 고개를 주억거렸다. 영 납득이 가지 않는 소리는 아니었다.

"자완황후라는 존재가 지닌 힘은 우리가 생각한 이상으로 대단한 것인지도 모릅니다, 형님. 다른 누가 황후가 된다 해도 아마 그만한 영향력을 행사하지는 못할 것입니다. 서로 못 잡아먹어 안달인 황제조차도 어쩌지 못하는 바로 그 자완황후가 아닙니까? 우리는 바로 그 실질적인 영향력을 손에 넣을 수 있게 된 겁니다."

그의 말을 경청하던 단휜이 제 쪽으로 더욱 바짝 몸을 당겨 앉는 것을 보며 단휼은 조용히 미소 지었다.

"황후가 은근히 황제를 감싸고돈다는 사실을 모르는 이는 아마 없을 것입니다. 그런 황후가 황제와 완전히 척을 지게 된다면 그 곁에 은밀히 모여드는 이들이 한둘이 아닐 것입니다. 우리와 적당히 거리를 두길 바랐던 이들이 우리가 굳이 나서지 않아도 스스로 하나둘 우리에게 모여들게 될 것이란 말입니다."

그 모든 악조건 속에서도 여전히 제국의 안주인으로 버티고 있는 황후는 황제와 늘 옥신각신하면서도 중요한 순간에는 꼭 그의 편에 서곤 했고, 다수의 신료들은 그런 그녀를 눈엣가시로 여기면서도 선뜻 어느 쪽과도 손을 잡지 못한 채 중간 입장을 고수하고 있었다. 단휼, 단휜 형제가 그들 모두를 자신들의 편으로 끌어들이게 된다면 황제와의 대립에서 보다 우위를 차지할 수 있게 될 터였다.

물론 그렇게 되려면 무엇보다도 먼저 초혜 소의를 온전히 제 편으로 만들어야만 했다. 쉽지는 않겠지만, 그렇다고 아주 어렵게 느껴지는 일도 아니었다.

단휼은 지난 몇 년간 설란을 통해 초혜 소의의 일거수일투족을 빠짐없이 전해 들어 왔다. 소의에 관한 것이라면 사소한 것 하나조차 모르는 것이 없는 그였다. 황제를 향한 연심은 물론이거니와, 몰락한 반가의 여식으로 태어나 기녀로 지낼 수밖에 없었던 기구한 삶에 대한 깊은 원망과 아픔이라거나, 혹은 치자꽃을 특히 좋아한다든지 하루 한두 번씩은 꼭 운화당 후원에 나가 꽃과 나무들을 돌본다든지 어찬(魚饌)은 입에도 대지 못한다든지 하는 그녀 개인의 소소한 취향들까지도.

사람 심리를 교묘히 이용할 줄 아는 그였으니 그러한 것들을 잘만 이용한다면 소의의 마음을 얻는 것은 시간문제였다. 물론 그것에 앞서 우선은 그녀가 황후 노릇을 하고 있다는 사실부터 확인을 해야겠지만······.

"가만."

"음? 어찌 또 그러느냐?"

단흌은 단휜의 물음에 대꾸하는 것도 잊은 채 조금 전 떠올린 소의에 관한 사실들을 하나하나 찬찬히 곱씹어 보았다. 그러다 문득 소의의 까다로운 식성에 생각이 미친 그는 돌연 탁 하고 무릎을 치며 이채 어린 눈동자로 단휜을 쳐다보았다.

"그러고 보니 쉽게 확인할 수 있는 방법이 있었군요. 식성입니다, 형님. 식성 말입니다."

"알아듣게 설명을 해 보거라. 뜬금없이 식성이라니?"

"설란에게서 들은 바로는 초혜 소의는 어찬(魚饌)을 끔찍이도 싫어한다고 합니다. 그러니 태현궁의 음식을 조사해 보면 소의인지 아닌지를 알 수 있을 것입니다. 만약 정말로 소의가 황후를 대신하고 있는 것이라면, 태현궁에 올려지는 밥상에는 당연히 어찬이 일체 빠져 있겠지요."

"오호."

"하루아침에 식성까지 고칠 수는 없지 않겠습니까? 확실한 물증이라고는 할 수 없지만, 심증이라 치더라도 그만한 심증이면 충분합니다. 확인되는 대로 서둘러 움직여야겠습니다. 소의도 사람일진대 그런 위치에 있다 보면 없던 욕심도 생겨나는 것이 당연지사겠지요. 미리 손을 써 두는 것이 좋을 듯합니다."

막힘없이 술술 흘러나오는 단흌의 말에 단휜은 고개를 끄덕였다. 확신이 서지 않는 일은 절대 입 밖에 내는 법이 없는 아우였다. 궁 밖의 관저에만 틀어박혀 지내던 그가 이렇게 홀연히 황궁에까지 찾아온 것을 보면, 이미 그 나름의 생각들이 정리가 되었고 계획이 섰다는 뜻과도 같았다.

모든 일은 이제 일사천리로 진행될 것이다. 자신은 조용히 상황을 주시하며 아우의 활약을 감상하기만 하면 된다. 굳이 자신이 나설 필요는 없었다. 그만큼 단훤은 신중하고 총명한 제 아우를 믿었다.

"이제 조금은 싸워 볼 만한 것인가……."

먼저 죽어 간 형님께 죄스럽게도 제 한 목숨 부지하며 때를 기다려 온 것이 올해로 꼭 여덟 해…….

단훤은 투지를 불태우듯 두 주먹을 꽉 쥐었다. 처참히 형을 죽인 원수에게 대적할 만한 힘을 마련할 절호의 기회가 찾아왔다. 가슴 깊이 품어 온 숙원을 이루어 줄 적임자가 마침내 그들 형제 앞에 나타난 것이다.

각오를 다지는 형의 모습을 바라보던 단휼의 눈동자에도 굳은 결의의 빛이 떠올랐다.

□ ■ □

메마른 대지 위로 붉게 소용돌이치며 한차례 강하게 휘몰아치는 거친 모래 바람이 따갑게 얼굴을 할퀴어 댔다.

아리는 팔을 들어 통 넓은 은의의 소맷자락으로 얼굴을 완전히 가린 채, 강한 바람에 이리저리 흔들리는 몸을 어렵사리 가누며 한 발 한 발 간신히 걸음을 옮겨 놓았다.

이곳의 기후야 항상 그러했지만, 오늘은 유난히도 바람이 잦았다. 파안과는 너무도 판이한, 숨이 막히도록 건조한 공기 탓에 고왔던 그녀의 얼굴은 윤기를 잃어 마른 가죽처럼 푸석해져 있었고, 몸 군데군데 살갗이 터 심한 곳은 벌겋게 부어올라 있었다. 오늘처럼 바람이 잦은 날 그 바람들을 온전히 맞았다가는 살갗이 터지고 갈라져 심하면 피를 보기 십상이었다.

그만큼 아라하의 바람은 거칠고 매서웠다. 아라하에서 나고 자라 이미 피부나 체질이 북부의 극악한 기후에 적응되어 길들여진 아라하인들에게는 이런 것쯤은 별것 아닐 테지만, 아리는 그들과는 사정이 달랐다. 파안이라는 견고한 온실 속에서 한 송이 여린 꽃처럼 고이 지내 오던 그녀에게는 이곳의 메마른 공기와 거친 모래바람은 생사를 좌우할 큰 문제까지는 아니라 해도 몹시 견디기 힘든 악조건인 것만은 분명했다.

사정이 그러하건만, 아리는 엉망이 된 그녀의 피부를 염려하며 또 한바탕 잔소리를 퍼부어 대는 장 상궁을 외면한 채 고집스레 처소를 나와 또다시 모래알갱이와 사투를 벌이고 있는 중이었다. 어느덧 아라하의 건국일이 하루 앞으로 바짝 다가와 있는 까닭이었다.

적진 한가운데에 홀로 덩그러니 놓인 자신의 처지에 어울리는 생각은 아니었지만, 황실의 무거운 법도에 갇힌 채 제국 황후로서의 엄격한 삶을 살아온 그녀에게 이곳에서의 생활은 홀가분한 한때의 즐거운 일탈이나 유희처럼 느껴지기도 하는 것이었다. 하여 가능하다면 즐길 것은 다 즐기자는 마음이었다. 자국에서도 세가의 축제라면 빠짐없이 참석하던 그녀가 아니었던가.

얼굴을 반쯤 가린 소매 위로 가느다랗게 실눈을 뜬 채 오가는 사람들을 구경하던 아리는 바람이 거세지자 다시 소맷자락에 얼굴을 단단히 파묻었다. 며칠 전만 해도 제각기 맡은 일들을 하며 분주히 움직이던 사람들의 얼굴에 내려앉은 느긋함과 여유로움이 이미 천신제에 필요한 모든 준비가 완료되었음을 충분히 짐작게 해 주었다. 여유로운 미소 속에 피어오르는 들뜬 기운은 오늘이 축제의 전야라는 사실 또한 알려주고 있었다.

"저곳에 제단을 꾸며 놓은 모양이옵니다."

고집불통인 아리를 늘 그렇듯 별수 없이 따라나선 장 상궁이 바람이 멎자 자리에 멈춰 선 채 문득 위쪽을 올려다보며 중얼거렸다. 적잖이 당혹스러운 목소리였기에 아리도 그녀를 따라 가만히 시선을 위로 향했다.

칼날처럼 쭉 뻗은 절벽이 하늘까지 닿을 듯이 치솟아 있는 까마득한 그곳에, 선명하게 보이지는 않았지만 액을 쫓는 의미로 제단 주변에 둘러놓은 듯한 오방색의 천들이 바람에 산란하게 나부끼고 있었다.

"뛰어내려 죽기에는 딱 그만인 곳이로군그래."

아찔한 높이에 진저리를 치며 아리는 나직이 이죽거렸다. 머리 위로 펼쳐진 이질적인 광경이 지금 그녀가 와 있는 곳이 적국 아라하라는 사실을 새삼 일깨워 주는 듯해 들떴던 기분이 자꾸만 가라앉고 있는 탓이었다.

제단이 마련된 곳은 그녀들이 서 있는 곳에서 고개를 완전히 하늘로 향해야 겨우 보이는 곳이었다. 자세히 볼 수는 없지만, 절벽 위의 공간은 그리 넓지 않아 보였다. 눈짐작으로 대강 가늠해 보건대 제단과 딱 그만큼의 공간이 겨우 더 있을 법한, 높이를 감안했을 때 퍽 협소한 공간이었다. 그 협소함 탓에 더욱 아찔하게만 느껴지는.

"그러게 말이옵니다. 소인 같으면 어지럼증이 나 제사는커녕 두 발로 제대로 서 있지도 못할 것이옵니다."

"나라고 무어 다를까. 나야말로 높은 곳이라면 아주 질색인 사람일세. 저런 걸 보면 이곳 사람들은 미개하지만 또 그만큼 대범하고 강인한 듯싶어. 아니, 어쩌면 무모하다고 해야 할까? 이곳에 온 지 벌써 며칠이 지났건만 사내들은 물론이고 여인들조차 웬만한 일로 제 몸 사리는 것을 본 적이 없으니 말이야. 대체 저런 곳을 어찌 올라간담?"

상상만으로도 현기증이 이는 듯해 넌더리를 치는 와중에도 그녀는 그곳을 조금 더 자세히 관찰하고 있었다.

절벽은 평지 한가운데에 홀로 우뚝 솟아 있어 흡사 거대한 돌기둥을 연상케 했다. 제멋대로 툭툭 불거져 나온 바윗덩어리들이 절벽의 둥근 측면을 따라 바닥에서 꼭대기까지 나선형으로 이어져 있었는데, 아마 그것이 제단을 오르내리는 계단 역할을 하는 모양이었다. 하지만 아무리 살피고 또 살펴봐도 결코 오르기 쉬운 모양새라고는 할 수 없었다.

제단을 준비하면서 때론 사내들의 강인한 힘이, 또 때로는 여인들의 섬세한 손재주가, 또 가끔은 늙은이의 오랜 경험에서 우러나오는 노련함이나 해박함 등이 필요한 경우도 분명 있을 것이다. 그 말인즉슨, 남녀노소 할 것 없이 제 지닌 재주를 필요로 할 때면 마치 뒷동산이라도 오르듯 아무렇지 않게 저 아찔한 절벽을 오르내렸을 것이란 이야기였다. 절로 뜨악해지는 기분이 들어 그녀는 가볍게 몸을 떨었다.

약하게 바람이 일었다. 아리는 잠시 눈을 감았다가 살며시 떴다. 하늘을 붉게 물들이는 석양 아래, 거대한 바위기둥이 만들어 내는 짙은 음영이 어느새 긴 꼬리를 늘어뜨리며 그녀들의 머리 위로 사뿐히 내려앉고 있었다.

"그만 가세."

그렇게 한참을 올려다보고 있자니 그새 목덜미가 뻣뻣해져 왔다. 더 쳐다보고 있어 봐야 무엇 하나 싶어 가던 길이나 마저 갈 요량으로 절벽 위를 향해 있던 시선을 슬며시 거두어들이려던 순간이었다.

그사이 어깨까지 내려앉은 그림자 덕에 한결 편안해진 시야로, 언뜻 누군가의 모습이 비쳤다가 순식간에 사라졌다. 찰나였지만 그것이 누구였는지를 모른다면 오히려 그편이 더 이상할 일이었다.

번쩍이는 흑색 갑주……. 아라하에서 그것이 의미하는 바는 오직 하나…….

"마마, 마마! 방금, 보셨사옵니까?"

장 상궁이 곁에서 호들갑스럽게 물어 왔다. 목소리가 기어들어 가는 것을 보니 멀리서 그를 본 것뿐인데도 몹시도 긴장이 되는 모양이었다.

"보았네."

별 감흥 없이 대꾸하며 아리는 생각에 잠겼다. 듣기로 천신제를 주관하는 것은 아라하의 신녀지만 제사를 몸소 진행하는 것은 아라하의 왕이라고 들었다. 만일 그가 저곳에서 제사를 지내다가 절벽 아래로 떨어진다거나 혹은 어떤 불운한 사고를 당해 죽게 된다면 이후의 아라하는 어떻게 흘러갈까?

아직 왕비를 맞기도 전이니 그에게는 왕위를 이을 후계 또한 없을 터. 부족들 간에 피 튀기는 왕권 다툼이 일어날 것은 불 보듯 뻔한 일이다. 그들이 성난 들개처럼 서로 물어뜯고 할퀴느라 혈안이 된 틈을 타 제국군이 전력을 다해 그들을 공격한다면, 수백 년간 근근이 명맥을 유지해 온 아라하도 끝내는 완전한 패망의 길을 걷게 될지 모를 일이었다.

이것이 한낱 망상일 뿐이라 해도, 그 같은 허망한 일들이 절대 일어나지 않으리라고 과연 그 누가 장담할 수 있을까.

"흐음……."

하지만 스스로 생각하기에도 지나치게 허황된 상상임에는 틀림이 없었다. 깨닫는 데는 그리 오래 걸리지도 않아 헛웃음이 새어 나왔다. 왕 하나가 죽어 없어져 흔들릴 아라하였다면, 숱한 고난과 역경의 세월 속에서 수백 년은커녕 수십 년도 버텨 내지 못하였을 것이다.

아라하는 지리적인 특성상 파안 외에도 경계해야 할 나라들이 많았다. 규모가 그리 크지 않아 심각하게 위협적이진 않더라도, 언제 적으로 돌아설지 모를 골칫덩이 같은 존재들이 주변에 산재해 있었으므로, 당장은 평화로워 보인다 해도 마냥 마음을 놓을 여건이 못 되었다.

물론 아라하의 그같은 대외적인 사정에 대해 그녀가 속속들이 알 수는 없었지만, 추측건대 수많은 적과 싸우며 험난한 세월을 함께 헤쳐 왔을 아라하 연맹 부족들 간의 맹약과 신의는 결코 가벼이 무너질 성질의 것은 아닐 터였다.

"알고 싶어."

밑도 끝도 없는 아리의 말에 장 상궁이 난감한 얼굴로 그녀를 돌아보았다.

"예? 무엇을 말이옵니까?"

"저자의 그릇."

"예?"

"저자가 살아 있는 동안 과연 아라하가 존속될지 아니면 멸망할지, 그 군주 된 자의 역량을 내 눈으로 직접 확인하고 싶어."

"마마……."

파안과 아라하. 제국과 연맹 왕국. 전혀 다른 두 국가의 지치도록 오랜 싸움……. 승패를 결정짓는 데는 물론 여러 요소들이 따르겠지만, 아리는 그중 단 한 가지가 궁금했다.

군주의 역량. 바로 그것이었다.

제국의 황제, 그러니까 저의 지아비라는 작자는 이미 지난 11년 동안을 지긋지긋하게 봐 온 터다. 그와의 사이가 남보다도 못하니 좋은 감정이 생길 리 만무하지만, 그렇다고 그가 지닌 군주로서의 역량마저 폄하하고픈 생각은 없었다.

그는 큰 난관에 부딪힐수록 대범한 기지를 발휘하여 문제를 해결해 내는 능력이 탁월했다. 그에게는 강한 결단력과 추진력이 있었으며, 통치자로서의 통솔력이나 배포 또한 남달랐다. 늘 의견이 분분하기 일쑤인 신료들을 종국에는 그의 뜻대로 한데 아우를 줄 아는 여우 같은 현명함 또한 그는 지니고 있었다.

하지만 그런 그에게도 단점이 아예 없는 것은 아니었다. 그는 지나치게 독단적이었으며, 감정의 기복이 심해 처사에 일관성이 없는 경우도 더러 있었다. 주로 작은 문제들에 국한된 것들이기는 했지만, 같은 실수를 반복하기도 하고, 성마르게 내린 결정을 금세 번복하는 일도 잦았다.

결론을 말하자면, 그는 완벽한 군주상과는 거리가 멀었다. 겉으로는 꽤 그럴싸하게 오만하고 위엄 어린 군주의 모습을 하고 있었지만, 그녀가 보아 온 그의 내면은 처음부터 어딘지 불완전하고 늘 위태로웠다. 그편이 오히려 사람 냄새를 풍기기는 하였지만, 무릇 황제란 천제의 아들, 하늘을 대신해 천하를 다스리는 존재이니 그 면모가 쉬이 사람답다 여겨져서는 아니 될 것이었다.

그렇다면 아라하의 왕은 어떠할까? 둘 중 하나를 이렇듯 속속들이 알고 있다 보니, 다른 하나가 몹시도 궁금해졌다. 하여 반드시 확인하고 싶어졌다.

"그것을 어찌 직접 확인하시겠단 말씀이옵니까? 하루 이틀 새에 알 수 있는 것도 아니질 않사옵니까? 호위 무사가 용케도 예까지 따라붙었으니, 그런 생각일랑 마시옵고 적당한 때를 봐서 무조건 이곳을 빠져나가셔야……."

"이미 보냈네."

"예? 보, 보내다니 무엇을 말이옵니까?"

"진정 몰라 묻는 것은 아닐 테고. 장 상궁, 이쯤 되었으면 그저 마음을 비우게나."

경악스러운 얼굴로 그리 되묻는 장 상궁에게 무심히 대꾸한 아리는 곧 돌아서서 걷기 시작했다. 장 상궁의 깊은 탄식 소리가 그녀의 등 뒤에서 희미하게 들려오다 이내 흩어져 시라졌다. 불평 한마디 늘어놓지 못한 채 디딜디딜 그녀를 뒤따르고 있는 장 상궁이 오늘따라 유난히 측은하고 안쓰러웠지만, 이미 엎질러진 물이니 더 마음에 두어 봐야 소용없을 터였다.

원수 같은 지아비라 해도 그녀의 생사 정도는 알려 주어야겠기에, 혼자서는 절대로 가지 않겠다고 부득부득 우겨 대는 유와를 겨우 달래어 보낸 것이 오늘 아침의 일이었다. 제법 그럴듯한 미끼까지 던져 주었으니 아마 유와 역시도 도 저히 가지 않고는 못 배겼을 것이다.

미끼라 함은 다름 아닌 아라하의 왕에게서 받은 그 비단 주머니였다. 그자가 처음 그것을 그녀에게 건네주던 때, 그는 분명 그에 대한 믿음이 생기면 그때 돌려주어도 무방하다고 말했었다. 하지만 언제 그의 마음이 변할지는 장담할 수 없는 문제였다. 하여 유와에게 그 쓰임을 알아내는 즉시 조속히 돌아오라 일러둔 터였다.

터벅터벅 땅을 딛는 걸음이 빨라졌다가 또 느려졌다가를 반복했다. 곁을 지나쳐 가는 사람들을 하나하나 관심 있게 뜯어보던 아리의 얼굴에도 모처럼 생기가 돌았다. 깡충거리며 신이 나 뛰어다니는 어린아이들부터, 삼삼오오 모여 이야기꽃을 피우고 있는 한눈에 보기에도 들뜬 기색들이 완연한 젊은 처자들, 또 그녀들 못지않게 들뜬 사내들의 호쾌한 웃음소리까지…… 무엇 하나 오늘이 바로 그 축제의 전야임을 알려주지 않는 것이 없는 듯했다.

"화우월야제라……"

일전 아이혜의 장황한 설명이 떠올라 아리는 축제에 붙여진 어여쁜 이름을 가만히 되뇌어 보았다. 파안 사람인 그녀가 증표의 인을 받게 될 리는 없었지만, 이들의 축제를 구경할 생각을 하니 어쩐지 그녀도 덩달아 기분이 들떴다.

몇 걸음을 더 걷다가 그녀는 무심코 몸을 돌려 뒤를 돌아보았다. 어째서 그리했는지는 그녀도 알 수 없었다. 그저 몸이 뇌의 통제를 벗어나 저절로 움직였다고밖에는 달리 설명할 길이 없었다.

"아······!"

아무런 느낌도, 아무런 자각도 없이 돌아본 그곳에······ 정말 이해할 수 없게도, 그가 서 있었다.

방금 전까지만 해도 분명 제단 위에서 보았던 그가 도대체 무슨 술수를 부려 지금 그녀 앞에 있을 수 있는 것인지를 궁리해 볼 생각조차 잊게 할 만큼, 아라 하에 도착한 이후로 처음으로 가까이에서 눈에 담은 그의 모습은 실로 위압적이고 경이로웠다.

바람에 어지러이 흩날리는 길고 검은 머리칼이, 석양을 등지고 선 그의 어깨 윤곽을 따라 타오를 듯 붉게 빛나는 흑색 흉갑과 묘하게 어우러져 마치 이 세상 사람이 아닌 듯한 착각을 불러일으켰다.

흡사 군신(軍神) 같기도, 혹은 고대의 어느 무덤에서 튀어나온 싸울아비 같기도 한 그가, 영영 움직이지 않을 것처럼 느슨히 기울어졌던 고개를 바로 하며 검게 빛나는 흑요석 같은 두 눈동자를 들어 그녀와 천천히 시선을 마주쳤다.

"······오랜만이군."

현실과의 이질감이 느껴질 만큼 부드러운 음성이었다.

등 뒤로 쏟아지는 석양빛에 그의 얼굴 위로 짙은 음영이 내려앉았다. 그가 어떤 얼굴로 그녀를 보고 있는지 알 수 없었지만, 아리는 어째서인지 그가 지금 웃고 있을 것이라는 황당무계한 생각이 들었다. 마치 오랜 지기에게 건네기라도 하듯 스스럼없고 부드러운 그의 말투 또한 그녀를 적잖이 당혹스럽게 만들고 있었다.

엉거주춤 멈춰 선 그녀가 마땅히 대꾸할 말을 찾지 못해 머뭇거리고 있을 때, 그의 목소리가 다시금 들려왔다.

"지내기에 불편함은 없나."

어쩌면 당연할 그의 하대가 다소 거슬렸지만, 지금의 그녀는 파안의 황후가 아니라 일개 상인의 여식일 뿐이니 그리 분개할 일도 아니었다. 마냥 부드럽기만 한 그의 목소리가 오히려 더욱 그녀의 신경을 거스르고 긴장시키고 있을 뿐이었다.

이곳에서는 유일하게 그녀의 편일 장 상궁을 무심코 돌아보니, 장 상궁은 대체 언제 저만치 줄행랑을 놓은 것인지 아리에게서 멀찌감치도 떨어져 서 있었다. 그 재빠름에 혀를 내두른 아리는 그제야 그를 향해 다소곳이 두 손을 모으고 섰다.

허리를 숙여 마땅히 예를 올려야 함이건만, 단 한 사람만을 제외하고는 늘 받는 것에만 익숙하다 보니 예를 갖추는 것을 잊었다는 사실마저 잠시 망각해 버린 그녀였다. 가까스로 깨닫고는 서둘러 예를 갖춰 올린 것은 그로부터 약간의 시간이 흐른 후였다.

"불편이라니 당치 않습니다. 덕분에 부족함 없이 지내고 있습니다. 은혜에 어찌 보답하여야 할지……."

"은혜랄 것까지야. 잘 지낸다니 다행이오."

그리고 소류는 그러한 그녀의 면면을 놓치지 않고 있었다. 나라 간의 예법이 다르다 하여 그 행실마저 달라지랴. 멸시하는 오랑캐의 왕이라 해도, 왕은 엄연한 왕. 여염의 사람이었다면 그의 신분을 알고 있는 지금 의당 그 이마가 땅에 닿도록 머리를 조아리고도 남았을 터……. 무흔의 보고에 심증 하나가 더해지는 순간이었다.

"호위하던 자들과는 아직 연락이 닿지 않은 건가."

"예, 아직……."

"그렇군. 조급히 여기지 말고 좀 더 기다려 보도록 하시오. 이곳에 오래 머문다 하여 내칠 이 없으니."

"황공합니다, 전하."

왕의 신분으로 늘 들어오던 특이할 것 없는 평범한 인사치레가 낯선 여인의 나긋한 목소리를 타고 흘러 묘한 울림으로 전해져 왔다.

소류는 가만히 그녀를 응시했다. 눈이 부셔 잔뜩 찡그린 해맑간 얼굴 위로 석양의 붉은빛이 한가득 내려앉았다. 얄따란 연보랏빛 은의가 불어오는 바람에 연신 흔들리며 그녀의 가느다란 몸의 굴곡을 있는 그대로 드러나게 하고 있었다. 아라하인과는 다른 하얀 피부와 가냘픈 몸매는 마치 그녀를 위해 만들어진 듯 하늘하늘하게 몸을 휘감는 은의와 썩 잘 어울렸다.

그가 태양을 등지고 선 탓에 아마 지금 그녀는 그의 시선이 대충 어디쯤을 향해 있는지조차 모를 것이다. 그녀를 관찰하기에는 더없이 좋은 조건이었다. 기루에서부터 닷새를 내리 함께 지냈다고는 하나, 차면을 두른 채 기루에서 잠깐 마주쳤던 것을 빼면 폭우 속에 서로 얼굴인들 제대로 보았을 리 만무했다.

그렇게 한참을 탐색하듯 그녀를 응시하던 그가 문득 피식하고 실소를 터뜨렸다. 찰나였다고는 해도 한순간이나마 그녀를 감시의 대상이 아닌 온전한 여인으로 보고 있었던 자신을 뒤늦게 깨달아 버린 탓이었다. 곧 가례를 올릴 아이혜에게조차 건네 본 적 없는, 그 자신조차 낯설기만 한 생경한 시선……

그는 그녀에게 몇 걸음을 더 다가가 그녀의 옆으로 비스듬히 비켜섰다. 그제야 그를 에워쌌던 그림자가 반쯤 걷히고 그의 얼굴 위로 붉은 석양이 드리워졌다.

이제는 보다 공평하게 서로를 관찰할 수 있을 터였다.

"……잘 어울리는군."

"예?"

"그대가 입고 있는 옷 말이오."

"아……. 예, 감사합니다. 전하."

그저 인사치레였을까. 난데없는 칭찬에 아리는 어찌 반응해야 할지 몰라 속으로 몹시 당황했다. 참 이상한 사람이다. 나긋나긋하게 상냥스러운 말들만 늘어놓고 있음에도 긴장이 늦추어지지 않는다. 지레 그를 경계하고 있는 탓이기도 하겠지만, 역시 한 나라의 군왕이라는 신분이 만들어 내는 위압감과 경외감은 결코 가볍지 않은 것이리라.

아까부터 빤히 자신을 바라보고 있는 그의 행동에 마땅히 시선 둘 곳을 찾지 못해 당황해 하던 아리가 그의 시선을 피하려 고개를 돌린 채 옆으로 슬쩍 돌아서자, 그제야 슬며시 그녀에게서 시선을 거둔 그가 제단을 오르내리는 사람들을 무의미하게 눈으로 좇으며 말을 이었다.

"그대 나라에서는 무어라 불리고 있는지 모르겠으나, 이곳에서는 은의(恩衣)라는 이름으로 불리는 귀한 옷이오. 수백 년간 계승되어 온 아라하만의 전통 의복이지."

아리는 가만히 고개를 주억거리며 그의 말을 경청했다.

"세월의 흐름을 따라 조금씩 변형되어 오긴 했지만, 옷감으로 사용되는 천이나 복식의 기본적인 형식은 옛것과 다르지 않소. 다만 북쪽에서 생활하기 시작하면서부터는 불필요한 장식들이 하나둘 사라져 지금처럼 간소한 복장이 되어 있지. 아무래도 이런 험준한 땅에서 뭔가를 치렁치렁하게 달고 다니는 것은 여간 불편한 일이 아닐 테니까……."

"아…… 그렇겠군요."

"한데, 그리 단순한 옷이 이곳 아라하 사람보다도 오히려 치장에 익숙할 파안 사람인 그대에게 더 잘 어울리는 듯하니…… 어째 조금 우스운 생각도 드는군."

그리 말하며 픽 웃는 그를 아리는 잠시 말없이 바라보았다. 그의 표정이나 말투로 보아 빈정대거나 비꼬는 말은 아닌 듯했다. 그보다는 그에게 꼭 묻고 싶은 말이 있었다.

"별다른 꾸밈이 없어 저뿐만이 아니라 아마 누구에게라도 무난히 어울릴 것입니다. 하온데, 전하……. 한 가지 여쭈어도 되겠습니까."

조심스러운 그녀의 물음에 그가 조금은 의아한 듯 대답 대신 가만히 고개를 끄덕였다.

"감사히 입기는 하였으나 어찌 제게 이 옷을 내리신 것입니까. 듣기로 왕족만이 입는 의복이라 들었습니다만……."

며칠 동안 이곳저곳을 돌아보아도 어찌 같은 옷을 입은 이가 한 사람도 보이지 않기에, 시중드는 이에게 물었더니 왕족의 의복이라는 예상치도 못한 대답이 되돌아왔다. 내색은 하지 않았지만, 그때 아리는 내심 놀랐었다. 한낱 상인의 여식일 뿐이라 밝힌 그녀에게 어찌 그런 황송한 대접을 하는가 하고.

무언가 대단한 질문이 나올 것이라 기대하기라도 한 것인지 그는 흥미가 반감된 표정을 여실히 드러낸 채 대수롭지 않게 대꾸했다.

"누이가 입던 옷이오. 체구가 비슷하기에 별 뜻 없이 내어 준 것뿐이니 부담 가질 것 없소."

"하지만 그분께서 불쾌해하실 텐데요. 자신의 옷을 남에게, 그것도 파안 사람에게……."

"이 세상에 없는 사람이니 마음 쓸 것 없소. 생전에도 그만한 일로 불쾌해할 모난 심성도 아니었으니……. 혹 죽은 이의 옷을 입기가 꺼려진다면 몇 벌 새로 지어 올리라 침모에게 일러두지."

아리는 내심 당황하여 그를 빤히 바라보았다. 누이의 죽음을 이리 아무렇지 않게 꺼내는 사람 앞에서는 대체 어찌 반응을 보여야 하는지 난감하기만 했다. 정말이지 그는 사람을 당혹스럽게 만드는 재주라도 있는 모양이었다.

아리는 괜히 그의 상처를 건드린 것 같아 미안한 마음에 머뭇머뭇 입을 열었다.

"송구합니다. 제가 미처 알지 못하여……."

"아니, 오히려 내가 사과해야겠군. 잘못도 없이 미안한 마음이 들게 하였으니."

본래의 성정이 그러한 것인지 아니면 겉치레일 뿐인지는 알 수 없었으나, 똑같은 군왕의 신분으로 지아비인 단휘와는 대화하는 방식이 상당히 다른 그였다. 그것은 꽤나 생경하고 색다른 느낌이었다. 다정다감하고 온화한 말투, 모든 것을 포용하는 듯한 너그러운 언사들…….

그래서였을까. 그가 아무렇지 않게 말하고 있는 그의 누이의 죽음이 불현듯 궁금해진 것은……. 다른 누군가의 입을 통해 전해 듣는 것이 아니라 문득 그에게서 직접 듣고 싶다는 생각이 들었다. 그저 생각일 뿐이었건만, 그것은 어느새 그녀도 모르게 소리가 되어 입 밖으로 흘러나왔다.

"혹…… 그 연유를 여쭈어도 되겠는지요."

"무엇을 말이오? 내 누이가 그리된 연유 말인가?"

"아, 아닙니다……. 제가 무례한 질문을 하였습니다. 용서하십시오……."

"……."

그가 돌연 입을 다문 채 먼 하늘 끝에 걸린 석양을 응시했다. 아리는 곁눈질로 그런 그를 훔쳐보았다. 겉으론 태연해 보여도 속에서는 잔뜩 곪아 짓물렀을 아픈 상처를 건드린 것인지도 모른다는 뒤늦은 후회가 밀려왔지만, 이왕 이렇게 된 일이니 주워 담을 수도 없는 노릇이었다.

무거운 침묵을 버티며 불안한 눈으로 그의 시선을 좇던 그녀를 향해 얼마 못 가 그의 시선이 조용히 되돌아왔다.

"화마가 그 아이를 앗아 갔지."

"……."

"전란이었소."

"그랬……군요……."

더는 물을 필요도 없었다. 어째서 그런 질문 따위를 한 걸까. 주변에 산재한 여러 부족들과의 자잘한 다툼이 아니라면, 불과 몇 년 전에 발발했던 파안과의 치열했던 전투 때문이었을 것이다. 미우강의 하서로 거슬러 올라간 제국군이 하남 지방인 낙안성에 침입한 아라하군을 강 건너에서 역공으로 격파하여 대승을 거둔 전투였다.

만일 그 전투로 인한 것이라면 그가 누이를 잃게 된 데에는 그녀에게도 일말의 책임이 있었다. 아라하와 적당히 협상하여 서로에게 실(失)만 있을 뿐인 오랜 전투를 이쯤에서 끝맺자는 신료들의 의견을 한마디로 일축하며 아라하와의 화친은 영원토록 없노라고 단호히 공표하던 황제의 손을 들어 주었던 그녀였으니까.

"그대는 아마 모를 거요. 파안은 거의 피해가 없었으니까. 척박한 북부의 땅에서 이곳은 우리 아라하에겐 유일한 삶의 터전이 되어 주는 곳이오. 한데 이곳마저 불에 타고 짓밟혀 온통 나락으로 변해 버렸었지. 다행히도 지금은 이렇게 제 모습을 되찾았지만, 불과 몇 년 전의 일이오."

"그런 일이 있었군요. 저는 전란을 겪어 보지 못하여……."

"물론 그렇겠지."

그가 피식 웃었다. 왠지 곤란한 마음이 들어 화제를 돌릴 요량으로 얼버무린 것뿐이건만, 당연하다는 듯한 그의 반응에 괜스레 반발심이 일었다.

전란은 겪어 보지 못하였으나 그보다 나을 것 없는 자국지란을 겪은 그녀였다. 일 황자 단유가 일으킨 반란으로 그녀가 겪어야 했던 참담한 일들이 그녀의 기억 속 수면 위로 다시금 하나둘씩 떠올랐다.

1년이 가고 10년이 흘러도 지워지지 않는 기억. 오히려 생생하게 그녀의 목을 죄어 오는 그야말로 나락과도 같았던 그날…….

그날 그녀가 잃었던 것은 무엇이었나…….

차라리 목숨이었더라면, 아무런 시름없이 어느 볕 좋은 무덤가에 묻혀 편안히 몸이나 뉘었을 것을. 때가 되면 어김없이 찾아오는 달거리처럼 한 번씩 달갑잖게 그녀를 덮쳐 오는 끔찍한 악몽에 시달리지 않아도 되었을 것을……. 지금처럼 이렇게 그때 잃은 것이 차라리 목숨이었더라면 하고 탄식하며 땀으로 흥건히 젖은 몸으로 힘겹게 잠에서 깨어나는 일 따위는 없었을 것을…….

다시금 고개를 쳐드는 끔찍한 기억에 온몸이 으스스 떨려 왔다. 아리는 저도 모르게 몸을 웅크린 채 얇은 은의 옷자락을 손마디가 새하얗게 질리도록 세게 움켜쥐었다. 그런 그녀를 그가 조용히 응시하고 있었다.

"어디가 불편한 건가."

"……아, 아닙니다……. 괜찮습니다."

"하긴. 며칠 쉬었다고는 하나 여인의 몸으로 쉽지 않은 여정이었을 거요. 이리 운신하는 것은 자제하고 좀 더 쉬도록 하시오."

"예, 그리하지요. 신경 써 주셔서 감사합니다."

"그대는······."

그가 무엇인가를 더 말하려던 순간, 강한 모래바람이 그들을 에워쌌다. 아리는 본능적으로 소맷자락을 들어 얼굴을 감쌌고, 그 역시 한 팔을 들어 바람을 막아 냈다. 그의 뒷말은 들은 이 하나 없이 바람 속에 고요히 묻혀 버렸다.

"······왠지 신경이 쓰여."

대체 어째서일까. 여인 따위······ 품어 본 적도, 관심 두어 본 적도 없는 자신이건만······.

여전히 그녀를 향해 있는 그의 두 눈동자가 동요하듯 작게 일렁였다.

적국 황제의 총희라는 정당한 이유가 있기는 하였지만, 과연 그것만이 전부일까. 그 자신도 단언하기 힘들었다.

"예? 방금 무어라 하셨는지요? 바람 소리가 거세어 듣지 못하였습니다."

"해가 지기 전에 처소로 돌아가는 것이 좋겠다 하였소. 이곳의 기후는 밤낮이 판이하게 다르니, 그 차림으로 밤바람을 맞았다가는 하루 이틀 앓아눕는 것쯤은 약과일 거요."

그는 태연히 말을 바꾸며 그녀를 향해 있던 시선을 거두었다. 자신의 감정이 무엇인지는 그녀가 이곳에 머무는 동안 천천히 알아 가면 될 것이다.

"예. 그렇지 않아도 지금 막 돌아가려던 길이었습니다. 명일 있을 천신제를 친히 집행하신다 들었습니다. 성심으로 무탈히 마치시길 빌겠습니다. 그럼 저는 이만 돌아가 보도록 하지요."

이번에는 잊지 않고 왕에 대한 예를 갖추어 올린 아리가 도망치듯 서둘러 그와의 공간에서 벗어났다. 그저 불편하게만 느껴졌던 그의 호의와 배려가 시간이 지날수록 자꾸만 진심이라 여겨져 당혹스러워진 탓이었다. 그런 생각들이 더 커지기 전에, 불필요한 감정들의 흐름을 서둘러 끊어 낼 필요가 있었다.

하지만 그러한 그녀의 노력과 쉴 새 없이 재잘대는 장 상궁의 수다에도 불구하고, 돌아가는 길 내내 머릿속 한편으론 그에 대한 생각이 끊이지 않았다. 왠지 모를 편안함과 긴장감이 공존하던 그 낯선 공간의 느낌이 어째서인지 오래도록 잊히지 않을 것 같았다.

호기심을 위시한 알 수 없는 어떤 감정들이 그녀도 모르게 마음 한편에 똬리를 트는 것을 그녀의 무딘 심장은 그저 모른 척 내버려 둘 뿐이었다.

口 ■ 口

"신 흑무문의 무사 사유와, 황제 폐하를 알현하나이다."

아라하에서부터 미우강을 건너 이곳 여미성에 당도하기까지, 이레를 쉴 틈 없이 달려오는 동안 숱한 고민에 고민을 거듭한 끝에 결국 아리의 뜻대로 황제를 만나기로 결심한 유와였지만, 그녀의 명령을 그대로 순순히 이행할 생각은 털끝만큼도 없었다.

그리도 속 썩이는 몹쓸 지아비이건만 어찌하여 그의 시름 하나를 덜어 주려 함인지, 그것만큼은 도저히 그녀를 이해하려야 이해할 수가 없었던 것이다.

"황후는."

하여 그는 한눈에 보기에도 몇 날은 잠을 제대로 이루지 못한 듯 파리한 얼굴로 조급히 그녀의 안위를 묻는 황제에게 사실 그대로를 고해 올릴 생각 따위는 그대로 접어 버린 채, 어찌하면 황제의 피를 말릴까 궁리에 궁리를 거듭하는 중이었다.

"말하라! 황후는. 황후는 어찌 되었나."

재차 묻는 황제의 물음에 유와는 속으로 회심의 미소를 지었다. 기루에서의 변고에 대해서는 가감 없이 죄다 고해 올릴 생각이었다. 그 자체로 황제는 더욱 시름에 빠질 것이니 굳이 숨길 필요도 또 거짓을 보탤 필요도 없었다. 다만 자신은 황후 마마를 찾아냈다는 사실과 그녀가 살아 있다는 사실에 대해서만 함구하면 그만이었다.

"황공하옵니다, 폐하. 적들이 워낙 강하여 소신 황후 마마의 신위를 지켜 드리지 못하였나이다. 부디 소신의 목을 치시옵소서."

"다물라! 어찌 하나같이 죽는 타령들뿐인가! 죽어도 황후를 데려온 연후에 죽으라!"

진노한 목소리가 쥐 죽은 듯 고요한 대전을 쩌렁쩌렁 울렸다. 유와는 속마음 이야 어떻든 겉으로는 송구한 듯 깊이 부복했다.

"용서하소서, 폐하."

"마지막으로 황후를 본 것이 언제인가. 그때 그녀는 무사하였나."

"자객과의 혈투 중에 황후 마마와 상궁 마마님께서 웬 사내 하나를 따르는 것을 보았사옵니다. 그것이 소신이 본 황후 마마의 마지막 모습이었사옵니다."

"하! 사내라고?"

화를 억누르듯 나직이 되묻는 단휘의 얼굴이 눈에 띄게 일그러졌다.

"예, 폐하. 외양만 보아도 범치 않아 보이는 자였사온데, 그자가 자객과 맞닥뜨려 큰일이 날 뻔하신 황후 마마를 구하는 것을 소신이 똑똑히 보았나이 다. 백하 님과 견주어도 될 만큼 무예가 몹시 출중한 자였사옵니다."

"그가 황후를 피신시켰단 말인가."

"소신의 소견으로는 그렇사옵니다. 그가 자객 몇을 쓰러뜨리는 것을 보았나 이다. 같은 무리가 아닌 것만은 틀림이 없사옵니다."

단휘는 답답한 듯 이마를 쓸어내렸다. 아리가 자객의 공격을 받았다는 사실 을 백하로부터 처음 전해 들었을 때, 그녀가 살아만 있다면 그것만으로도 더 바랄 것이 없다고 생각했었다.

분명 조금 전까지만 해도 그녀가 살아 돌아오기만 한다면 이 일과 관련된 모 든 이들에게 진정 아무런 죄도 묻지 않으리라, 절실함이 지나치다 못해 그답지 않은 관대한 마음마저 들던 그였다.

하지만, 사내라니……!

열에 아홉을 그저 다행이다, 누가 되었건 그녀를 구하였다니 천만다행이질 않나 하고 여기어 넘어간다손 치더라도, 신원도 모르는 사내와 동행하고 있을 그녀가 비록 목숨은 붙어 있을지언정, 행여 여인의 몸으로 또 다른 끔찍한 화를 당하는 것은 아닌지 어찌 장담할 수 있단 말인가.

대저 사내란 어떤 족속들이던가. 욕정에 눈이 멀어 여인네를 겁탈하고 희롱한다 해도 조금도 억지스러울 게 없는 더러운 짐승들. 그것이 그가 알고 있는 사내란 족속들이었다.

지금에 와서야 그 자신도 그런 족속들과 별반 다를 것 없는 한심한 사내로 전락해 버렸으니 누구를 나무랄 처지가 아니라는 것쯤 모르는 바 아니지만…… 그렇다 해도, 하늘이여……. 참으로 가혹하질 않은가.

처참히 유린당한 가녀린 몸의 잔상이 아직도 뇌리에 잔인하게 박혀, 술에 취하지 않은 밤이면 어김없이 목을 조르고 숨통을 조여 오건만, 어찌하여 또다시 이런 참담한 기분에 젖어 들게 하는가.

그런 일은, 그런 빌어먹을 일 따위는…… 그날로 충분하다…….

단휘는 저도 모르게 쥐어진 주먹을 더욱 세게 그러쥐었다. 또다시 떠오르는 악몽 같은 기억이 그의 심장을 짓누르고 난도질했다. 이마에 송골송골 식은땀이 맺혔다. 불현듯 현기증이 일어 그는 교의의 팔걸이에 얹은 팔에 힘을 주고는 부복한 사내에게 다시 서늘한 시선을 던졌다.

"추적은 해 보았나."

"예, 폐하. 시하나루의 사공에게 들은 바로는 달포쯤 전에 사내 하나와 여인 둘이 강을 건너갔다 하옵니다. 여인들의 인상착의를 물으니 황후 마마와 상궁 마마님의 차림새와 몹시도 흡사하여 소신 아라하에 건너가 샅샅이 살펴보고 오는 길이오나, 황공하옵게도 황후 마마를 찾아내지는 못하였사옵니다."

"정녕 그 강을 건너갔단 말인가."

"그저 소신의 추측일 뿐이옵니다. 아뢰옵기 황공하오나 지금으로서는 마마의 생사조차 무어라 장담하기 어렵사옵니다."

불경하기 이를 데 없는 유와의 발언에 단휘의 눈매가 사납게 휘어졌다.

"닥쳐라! 네 아무리 황후와 그 정리가 남다르다 해도 어찌 그따위 불경한 언사를 입에 담는 것이냐! 한 번만 더 그리 지껄여 보아라. 소원대로 네 목을 쳐

주마!"

단휘는 싸늘한 시선으로 그를 노려보았다. 건방진 놈. 제아무리 황후와 격 없는 사이라 해도 어찌 감히 그의 안전에서 그녀의 생사를 언급한단 말인가.

"그만 물러가라!"

노기 띤 얼굴로 주위를 모두 물린 그가 곁을 지키던 궁관들이 모두 물러나고 마지막으로 유와가 깊이 허리를 숙인 채 장지문 밖으로 사라지는 것을 본 후에야 그제야 탁자 위로 쓰러지듯 상체를 기댔다.

머리가 지끈거려 왔다. 밀려오는 두통에 괴로운 듯 양손으로 이마를 짚은 채, 그는 석상처럼 꼼짝도 하지 않았다. 아니, 꼼짝도 할 수 없었다. 온몸에서 모든 힘이 빠져나가 버린 듯했다. 고통에 새어 나오려는 신음조차 그저 속으로 삼켰다. 입 밖으로 소리 낼 힘조차 남아 있지 않았다.

어째서……. 어째서 그와 그녀는 늘 이렇게 엉망으로 뒤엉켜 버리는 것일까.

"백하."

단휘의 나지막한 부름에 모두가 물러간 빈 공간에 검은 인영 하나가 소리 없이 나타나 그의 앞에 부복했다.

"하명하소서, 폐하."

흐트러진 몸을 바로 할 생각도 하지 않은 채 충직한 신하이자 오랜 벗이기도 한 사내에게 짧은 시선을 던지고는, 단휘는 지끈거리는 이마를 지그시 누르며 나직이 입을 뗐다.

"유와에게 사람 몇을 붙이게. 날랜 자들로."

"그가 무언가 숨기고 있다 생각하시는 것입니까?"

"아마도."

모호하게 대답하며 단휘는 그제야 탁자에 쓰러지듯 기댔던 몸을 일으켜 교의 등받이에 깊숙이 몸을 파묻었다.

화가 치밀어 올라 놓친 부분도 꽤 있을 터였지만, 유와가 보고해 올린 대로 정말로 아리의 생사조차 확인할 길 없는 최악의 상황이라면, 단휘가 평소 알고 있는 사유라는 사내는 아마 죽는 것쯤 대수롭지 않게 여기며 황제인 자신에 게 비난을 퍼붓거나 악다구니를 떨어 보기라도 하였을 것이다.

그러나 자신을 대하는 그의 태도는 어떠했나. 평소의 희미한 적개심마저 느 끼기 힘들 만큼 그는 어느 때보다도 공손하고 깍듯했다.

"분명 아리를 찾아냈을 거다. 어디까지가 진실이고 거짓인지는…… 그를 쫓 다 보면 알게 되겠지."

"아라하에 계실지도 모른다는 말은 아마 사실일 겁니다. 황후 마마의 행방 을 수소문하던 중 저 역시 시하나루의 사공과 근처 몇몇 어민들에게 그와 같은 이야기를 들었습니다. 다만 확인된 사실이 아니라 보고 드리는 것을 미루고 있 었을 뿐입니다. 아라하에는 이미 사람을 보내 조사 중입니다, 폐하."

"그렇군."

별다른 반응 없이 작게 고개를 끄덕인 단휘는 잠시 골몰한 표정으로 생각에 잠겼다. 굳이 그녀가 이리 보태지 않아도 신경 써야 할 것들이 한두 가지가 아 니었다. 태제와 장왕 쪽의 내부적인 문제부터 제국의 숙적인 아라하와의 언제 터져 버릴지 모를 아슬아슬한 관계까지.

"아라하의 움직임은?"

"아직은 잠잠하오나 안심할 수는 없습니다."

"낙안성의 태수 손파영에게 공문을 띄워 방비를 단단히 하라 전하게."

"존명."

"낙안은 늘 불안해. 요새라 불릴 만큼 방비하기 쉬운 지역이지만 만에 하나 어느 한 곳이 뚫리기라도 한다면 그 여파는 걷잡을 수 없게 될 터. 그로 인해 대세가 어찌 변할는지는 알 수 없는 일이지. 지금의 태수인 손파영이 명원공 만큼이나 충직하게 그곳을 지켜 준다면 이리 염려할 필요도 없겠지만, 아직은 경험도 적고 불안한 것이 사실이야."

"명원공의 아들이니 잘해 나가지 않겠습니까."

"그리해 주길 바라야지."

몇 해 전의 전투에서도 아라하는 보다 손쉬운 지역인 하서의 도하성을 놔두고 굳이 뚫기 힘든 하남의 낙안성을 공격 거점으로 선택했었다. 세 살짜리 어린아이가 보아도 그것은 당연한 선택이었다.

미우강의 하서 지방은 차지해 보아야 북쪽 땅보다 썩 나을 것도 없는 시들시들한 땅인데다, 그곳을 뚫어 봤자 도성을 끼고 둘려져 있는 낮은 산맥 하나를 넘거나 빙 돌아야만 했으므로, 도성에 닿는다 해도 군량미를 모두 소진하게 될 테니 승산이 매우 희박할 수밖에 없었다.

낙안성은 그와는 반대로 풍요롭기 이를 데 없어 필요한 모든 물자를 마련할 수 있는 곳이었다. 하여 겹겹의 외성으로 둘러싸인 견고한 성임에도 늘 불안의 요소가 남아 있었다. 이전의 태수였던 명원공은 충직하고 용맹하며 매우 뛰어난 무장으로 그 모든 불안을 잠재워 준 이였다. 그만한 적임자는 아마 다시없을 것이었다.

명원공이 날아든 화살을 피하지 못하고 끝내 전사한 아라하와의 지난 전투에서, 그의 충직한 군사들이 수장을 잃은 충격과 슬픔 속에서도 기를 쓰고 방비하여 무사히 지켜 낸 이곳 낙안성…….

그 난공불락의 성을 수십 년 동안 미덥게 지켜 오던 노장의 부재가 황제인 단휘에게 아쉬움과 적잖은 불안감을 가져다주고 있는 것은 어쩌면 당연한 일이었다.

"황후의 일이 어느 정도 무마가 되면, 내 직접 낙안성을 둘러보아야겠네."

"당치 않으신 말씀이십니다, 폐하. 신위를 굳건히 하소서. 명을 내리시면 소신이 다녀오겠습니다."

"아니, 내 직접 가야겠다. 손파영을 본 지도 오래되었고……."

"하오면 차라리 그에게 황궁으로 들라 명하시는 것이……."

"방비가 그리 중한 곳을 주인 없이 비워 두라 명하란 말인가."

"하오나……."

주인 없이 비워 두기에, 황궁만큼 중한 곳이 또 어디 있겠습니까. 목구멍까지 차오르는 말을 백하는 애써 삼켰다. 이미 황제의 결심이 확고해진 한, 그의 고집을 꺾을 방법은 어디에도 없다는 것을 잘 아는 까닭이었다.

"직접 갈 것이니 그 일은 더 이상 언급 말게. 자네는 황후를 찾는 일에만 전념하여도 모자랄 터."

"존명. 분부대로 따르겠습니다, 폐하."

우려 가득한 마음으로 집무실을 나선 백하가 수하 몇을 대동한 채 곧장 아라하로 떠난 후, 단휘는 예상치 못한 황후의 사고로 잠시 뒷전으로 미루어 놓았던 크고 작은 업무들을 신속히 처결하는 등 황제의 평상시의 일과로 되돌아왔다. 여전히 심란한 것이 사실이었지만, 하루가 멀다 하고 탁자 위에 빼곡히 쌓여 가는 숱한 문서들을 외면한 채 언제까지 정신을 놓고 있을 수는 없는 노릇이었다.

그렇게 하루 이틀 또 열흘 열하루 더딘 시간이 흘러갔다.

무언가 어수선하게 들썩거리던 황궁의 분위기는 표면적으로나마 다시 예전의 평온한 분위기를 되찾은 듯 보였다. 대장군 자함의 철통같은 감시 속에 후궁 은조는 있는 듯 없는 듯 표 나지 않게 황후의 빈자리를 그럴듯하게 대신하고 있었고, 황궁은 그것을 조금도 의심하지 않는 자들과 의심을 넘어서 확신하며 조용히 사태를 지켜보는 자들로 서서히 양분되어 가고 있었다.

고요함이 지나쳐 폭풍 전야 같은 날들이었지만, 아직은 작은 바람조차 일으킬 때가 아님을 모르는 이는 아무도 없었다.

그리고 며칠 후, 아라하로 떠났던 백하로부터 한 통의 서신이 도착했을 때, 단휘는 용포를 벗어 던진 채 황제의 그것치고는 퍽 간소한 행렬을 이끌고 지체 없이 낙안성으로 향했다.

5
천신제(天神祭)

둥! 둥! 둥!

개국(開國)의 날을 선포하는 커다란 북소리가 천하를 뒤흔들 듯 우렁차게 울렸다.

새벽녘부터 하나둘 모여들기 시작한 인파는 동이 채 밝아 오기도 전에 진즉부터 인산인해를 이루고 있었다. 제단 주위는 그야말로 개미 한 마리 지나다닐 틈도 없이 구경하는 사람들로 빽빽이 들어차 있어 옆으로 한 걸음 이동하는 것조차 쉽지 않아 보였다.

인파의 후미는 앞쪽에 비해 더러 여유가 있었기에 동이 트고 나서야 느지막이 처소를 나선 아리도 어렵지 않게 구경꾼들의 무리 속에 섞여들 수 있었다. 하지만 좀 더 가까이에서 제사를 구경하기 위해 자꾸만 사람들 틈을 비집고 들어가는 아리의 위험천만한 행동 때문에 장 상궁은 오늘도 역시나 속이 까맣게 타들어 가고 있었다.

"마마, 제발 그냥 돌아가시옵소서. 사람들이 이리도 많으니 혹여 무슨 변이라도 당하시지는 않으실까 두렵사옵니다. 부디 헤아려 주시옵소서."

"사람 참. 자네는 무슨 걱정이 그리도 많은가. 이리 사람 많은 곳에서 무슨 일이야 생기려고."

"하오나, 마마. 마마와 소인을 보는 눈들이 곱지가 않사옵니다. 진정 모르시나이까. 저들이 파안이라면 얼마나 치를 떠는지를 말이옵니다."

장 상궁의 말은 괜한 기우가 아니었다. 마음에 들든 들지 않든, 좌우지간 왕께서 데려오신 손님이니 드러내어 불만을 표하는 이들은 없었지만 모두가 마뜩잖은 눈으로 두 사람의 일거수일투족을 주시하고 있었다.

왕께서 그들에게 서궁을 내어 주고 예우하시는 것만 해도 눈이 뒤집힐 노릇인데, 하물며 은의라니. 대체 어심이 어떠하시기에 적국의 여인에게 성스럽고 고결하기 그지없는 왕족의 의관을 내리신단 말인가. 왕 전하의 그러한 처사를 납득할 수 없음은 물론이요, 그 어떤 정당한 이유가 있다 해도 결코 납득하고 싶지 않은 그들이었다.

"물론 잘 알고 있네. 하지만 오늘이 그들에게 어떠한 날인가. 건국을 기리는 날이자 천신께 제를 올리는 신성한 날일세. 오늘만큼은 그들도 나쁜 마음을 품지는 못할 것이야."

그리 단언하는 아리의 말에 근심 가득하던 장 상궁의 얼굴에 미약하게나마 수긍의 빛이 떠올랐다. 어쨌거나 일리는 있는 말이었다. 아무리 원한이 사무친다 해도 굳이 1년에 단 한 번뿐인 나라 제일의 국경일을 골라 불순한 짓을 저지를 필요까지는 없을 터였다.

장 상궁은 말을 마치자마자 다시 과감히 인파 속을 뚫고 들어가는 아리의 뒷모습을 망연자실 바라보다가 퍼뜩 정신을 차리고는 그녀를 놓칠세라 서둘러 뒤를 따랐다. 늘 즉흥적, 감정적으로 대책 없이 일을 벌이는 듯 보였지만, 훗날 문득 떠올려 보면 자신의 주인은 일어날 수 있는 모든 문제들을 항상 염두에 두고 있었다. 기실 자신이 그리 염려하며 피를 말릴 필요까지는 없는지도 몰랐다.

하늘 끝까지 닿을 듯 까마득해 보이던 제단은 사실 네댓 장(丈:사람 키 정도의 길이)에 불과한 높이였다. 워낙 높은 곳을 질색하는 그들이었는지라 그리 느껴졌던 것뿐이었다.

사람들이 밀집해 있는 제단의 동쪽 방향은 적당한 경사의 오르막이 져 있어 완전한 평지인 세 방향에서는 볼 수 없는 제단 위의 풍경이 훤히 들여다보였다. 그들은 그런대로 제단이 잘 보이는 중간쯤에 자리를 잡고 한숨을 돌리며 제사가 시작되기만을 기다렸다.

우렁차게 울리던 북소리가 일순 멈추었다. 잠시 사람들의 환호성이 웅성웅성 터져 나오는 듯했지만, 길게 이어지지 못하고 이내 허공 속으로 흩어졌다. 신성한 백색 의복을 갖추어 입은 왕이 제단 옆에 마련된 막사의 금빛 휘장을 걷으며 위용스러운 모습을 드러냈기 때문이었다.

왕은 차분하고 진중한 몸짓으로 제단 앞에 경건히 무릎을 꿇었다. 이마를 두른 은색 띠 아래로 단정히 빗어 내린 칠흑 같은 머리카락이 그와 극명히 대비되는 눈처럼 새하얀 의복과 함께 바람에 어지러이 나부꼈다. 신성하다 못해 자못 몽환적이기까지 한 왕의 모습을 사람들은 뭐에 홀리기라도 한 듯 넋을 잃고 바라보았다.

"천신 가호(天神 加護)!"

손끝으로 성결하게 그어 내린 성호와 함께 장중하게 울려 퍼지는 왕의 성스러운 외침이 드디어 천신제의 시작을 알렸다.

왕의 외침의 여운이 채 잦아들기도 전에 모두가 합창하듯 이구동성으로 따라 외쳤다.

"천신 가호!"

"천신 가호!"

장내의 분위기는 엄숙하기 그지없었다. 그 많은 인파에도 불구하고 바람에 토사가 흩어지는 소리까지 들릴 정도로 고요하고 장엄한 분위기가 장내를 가득 메우고 있었다.

아리는 저도 모르게 꿀꺽 마른침을 삼켰다. 마치 자신이 제단 위의 그가 되어 제사를 거행하기라도 하는 듯 묘한 긴장감이 등줄기를 타고 흘렀다.

왕은 은으로 된 향합에서 조심스럽게 향을 꺼내 들어 불을 피웠다. 향의 끄트머리가 소리도 없이 타들어 가며 특유의 향을 머금은 연회색 빛 연기를 토해 냈다.

"아라하의 왕은 천신께 헌작(獻爵, 술잔을 올림)하시오."

왕이 분향을 마치자 왕의 곁에 가까이 자리한 신녀가 왕에게 은잔을 건넸다. 왕은 그것을 조심히 받아 들어 경건히 신주를 따라 올렸다. 주위는 몹시도 엄숙하고 고요하여 조르륵 술이 따라지는 소리마저 구경하는 모든 이들에게 전해지는 듯했다.

왕의 헌작 다음으로 이어지는 순서는 신녀의 독축(讀祝, 축문을 읽음)이었다. 헌작을 마친 왕은 제사의 다음 순서대로 축문을 신녀에게 건넸다. 두루마리로 된 축문을 진지하게 펼쳐 드는 신녀의 손길은 별것 아닌 동작이었음에도 마치 이 세상 사람의 것이 아닌 듯 어딘지 영묘하고 신비스러웠다.

"천명을 받잡아 차라의 뜰에 내려 앉은 황룡이 나라를 건국함이니, 천신께 비나이다. 바라옵건대 황룡의 자손들을 굽어살피소서. 부디 아라하의 앞날을 강건히 하여 주시옵고 길이 번영토록 하여 주소서."

신녀가 영롱한 목소리로 자국의 번영을 기원하는 축문을 읊자, 어른 아이 할 것 없이 사람들 모두가 경건히 무릎을 꿇고 제단을 향해 절을 올렸다.

서 있는 것은 오직 두 사람, 아리와 장 상궁뿐이었다. 난감해진 그녀들은 슬쩍 눈치를 살피며 누가 먼저랄 것도 없이 엉거주춤 허리를 숙였다. 본의 아니게 적국의 번영을 함께 비는 꼴이 되었지만, 조금의 진심도 담겨 있지 않은 행동이었기에 크게 의미 두어 자책할 필요는 없었다.

천신제는 정해진 순서대로 매끄럽게 진행되어 갔다. 해마다 두 사람이 함께 치러 온 제사이니만큼 왕과 신녀가 마치 하나가 된 듯 막힘없이 제사를 진행시켜 나갔다. 신녀의 독축 다음으로는 왕의 배례(拜禮, 절을 올리는 예)가 이어졌다. 여전히 불어오는 바람만이 크고 작은 소음들을 만들어 내고 있을 뿐, 고요하고 엄숙한 분위기를 감히 깨트리려 하는 이는 아무도 없었다.

"집사관은 제물을 대령하시오!"

신녀의 외침에 집사관이 하얀 보에 싸인 무언가를 양손으로 힘겹게 받쳐 들고 제단 앞으로 다가갔다. 제물 봉헌의 차례였다. 야만족이니만큼 산짐승을 바칠 것이란 아리의 예상과는 달리, 어른 팔뚝만 한 크고 긴 잎이 달린 이름 모를 진홍빛 꽃이 제물로 바쳐졌다.

붉은 꽃이 제단 위에 한가득 수북이 쌓이는 장면은 충분히 인상적인 장면이었지만, 그녀의 뇌리에 인상적이다 못해 다소 충격적으로까지 남아 버린 장면은 바로 그다음으로 이어진 왕의 서약 의식이 진행되는 순간이었다.

"아라하의 왕이여. 그대의 서약으로 천신의 구휼을 기원코자 함이니……."

신녀가 집사관에게서 무언가를 받아 들어 왕의 무릎 앞에 단정히 내려놓았다. 그러자 왕이 신녀를 향해 국궁하고는 어찌 된 영문인지 왼팔 소맷자락을 걷어 올렸다.

잠시 끊겼던 신녀의 말이 이어지고 난 후에야 아리는 그 까닭을 알 수 있었다.

"그대 천궁의 붉은 피로 쓴 맹세의 서를 천신께 봉헌토록 하시오."

왕의 앞에 놓인 물건은 날이 잘 벼리어진 은도였다. 아리는 아연실색했다. 왕의 피로 쓴 혈서라니.

존귀한 지존의 옥체에 어찌 지존 스스로가 상흔을 입힌단 말인가. 그것도 국가적으로 거행되는 이리 큰 의식에서.

파안의 법도로 따지자면 그것은 천부당만부당한 일이었다. 만약 황제가 공개적으로 혈서를 썼다면 그것은 그가 광인이거나, 그게 아니라면 지극히 사적인 어떤 다짐을 위해 보는 이 없는 곳에서 남몰래 행한 비밀스러운 행동일 것이다. 이렇듯 백성과 신료들이 모두 모인 자리에서 지존의 옥체를 하찮게 여기는 일 따위는 결코 없을 터였다.

관습의 차이일 뿐이라 치부하고 넘기려 해도 아리는 그것만큼은 도저히 이해할 수 없을 것 같았다. 왕의 재위 올해로 아홉 해째라 들었다. 해마다 행하여 온 의식이니 왕의 왼팔에는 이미 여덟 개의 상흔이 남겨져 있을 것이었다. 그리고 잠시 후면 하나의 상흔이 더 보태어지리라. 어찌 이것을 신성한 서약의 의식이라 부르짖을 수 있단 말인가.

"아라하의 5대 왕 단목소류, 천신께 서약하나이다."

은도를 집어 든 그의 손길에는 망설임이 없었다. 한순간 은도가 반짝하고 빛을 뿌렸다.

유려한 동작이 손목 위 어디쯤을 스치자, 후드득 떨어져 내리는 붉은 액체가 멀리서도 어렴풋이 보였다. 그를 지켜보던 사람들의 채 삭이지 못한 흐느낌 소리가 여기저기서 터져 나왔다.

그들은 비통해하고 있었다. 벌어진 상처 사이로 피를 쏟고 있지만, 가슴속으로는 차마 쏟아 낼 수조차 없는 비통한 울분을 삼키고 있을 그들의 왕을……. 누구보다도 고결하며 존귀해야 할 옥체에 상흔을 새기면서까지 맹세하고 다짐해야 할 만큼 절박하고 안타까운 아라하의 명운을…….

이노하 대륙 북부의 여러 부족들이 동맹의 개념으로 함께 제국에 대항하며 싸워 온 것은 5백여 년 동안 이어져 온 일이었지만, 그러한 각각의 부족들이 비로소 하나의 연맹 국가를 이룬 것은 기실 채 백 년이 되지 않은 일이었다. 무혈제(無血祭)이던 천신제에 왕의 혈서 의식이 첨가된 것은 아라하의 초대 왕인 단목사한이 개국을 공표하던 당일 천신의 가호를 기원하며 혈서를 쓴 것에서 유래된 일이었다.

그 후 지금에 이르기까지, 초심을 기려 해마다 거르지 않고 왕의 혈서 의식을 이행해야 한다는 유혈 옹호파와, 왕의 존체에 상해를 입히는 것은 도저히 있을 수 없는 일이라며 난색을 표하는 반대파들 간의 팽팽한 대립에도 불구하고, 혈서 의식은 5대를 거치는 동안 여전히 관례로 이어져 내려오고 있었다. 다만 초대 왕 단목사한이 '왕의 기원'이라 명명했던 혈서 의식은 5대 왕 단목소류의 즉위 이후 '왕의 서약'으로 그 명칭이 달라져 있었다.

국력을 굳건히 해야 했기 때문이었을지, 왕조가 시작되고부터 선왕들의 시대를 거쳐 소류의 부친인 선대왕의 치세에 이르기까지 전쟁이 없는 지극히 단조로운 시대가 이어졌다. 특히 선대왕은 그 자신이 전쟁을 몹시 혐오하는 데다 당시 파안의 황제 역시 전쟁보다는 화친을 바라는 인물이었으므로, 적국이라는 관계가 무색하리만치 화평하고 안락한 시대를 살다간 왕이었다. 그런 그가 피로써 맹세해야 할 만큼의 절박함을 알 리 없었다. 그렇기에 왕의 혈서는 수대를 거치는 동안 초대 왕이 열성을 다해 기원하였던 '천신 가호' 네 글자를 벗어나는 법이 없었다.

그러나 현재의 사정은 그때와는 달랐다. 더 이상은 전쟁을 혐오하는 왕도, 화친을 바라는 황제도 없다.

소류는 손바닥만 한 백자 그릇에 반쯤 채워진 자신의 붉은 선혈을 붓으로 찍어 그의 앞에 펼쳐진 커다란 종이 위에 거침없이 글을 적어 내려갔다.

「천신 가호(天神 加護) 견위치명(見危致命).」

즉위 첫해, 예고도 없이 급작스럽게 첨가된 혈서의 내용에 모두가 놀란 기색을 감추지 못했지만, 왕의 분노가 얼마나 클지를 헤아려 아는 그들이었기에 그저 저들끼리 고개를 끄덕거리며 수긍할 뿐이었다.

소류보다 이태 먼저 즉위한 파안의 새로운 황제는 소류가 왕이 되던 바로 그해부터 크고 작은 전쟁을 끊임없이 도발해 왔다. 지병으로 승하한 부왕의 상(喪)이 다 끝나기도 전에, 소류는 상복을 벗고 피에 찌든 갑옷을 몸에 걸쳤다. 향을 피우던 손에는 어느새 향기 대신 비릿한 혈향이 가득 배어 있었다.

그는 힘겨운 전투로 넝마가 된 몸을 이끌고 부왕의 신위 앞에 무릎 꿇은 채 피가 나도록 입술을 깨물며 다짐하고 또 다짐했었다. 언젠가는 반드시 승전의 북소리를 울리며 되찾은 땅 위를 보란 듯이 종횡하며 누비리라고. 숙적 파안제국을 멸망시킬 수만 있다면 자신의 목숨쯤 어찌 되어도 좋다고. 모두의 숙원을 이루기 위해서라면 기꺼이 제 한 목숨 바치리라고…….

그래서 그는, 즉위 첫해 처음으로 치른 천신제에서 그저 형식적이었을 뿐인 묵은 기원의 글월 위에 온 마음을 다해 맹세의 서(書)를 덧붙였다.

「견위치명(見危致命, 나라가 위태로울 때 자기의 몸을 나라에 바침).」

그렇게 온 마음을 다해 쓰인 아홉 번째 혈서는 의식의 순서대로 불살라져 한 줌 재로 변했다. 왕은 그 재를 새로이 받아 든 은잔에 넣어 신주를 가득 따라 붓고는 두 번째의 헌작을 행했다. 왕의 배례가 다시금 이어지고, 잠시 후 잔을 거두어들인 왕은 그것을 세 번에 나누어 신위의 주변에 뿌렸다.

그리고 또다시 배례……. 그것이 천신제의 마지막 순서였다.

이윽고 왕이 배단(拜壇, 배례하기 위해 신위 앞에 만들어 놓은 단)에서 몸을 일으키자, 천신의 가호와 왕의 홍복을 소리 높여 외치는 사람들로 인해 제단 주위가 소란 스러워졌다. 그가 즉위한 후 아홉 번째로 맞이하는 천신제도 예년처럼 그렇게 무던히 끝이 나고 있었다.

아리는 제사가 끝난 후에도 자리를 지키며 지성을 다해 절을 올리는 사람들 의 틈바구니 속에 우두커니 선 채, 천신제의 모든 의식을 마치고 금빛 휘장 안 으로 아련히 사라지는 왕의 모습을 멍하니 바라보았다. 왠지 모르게 가슴이 답 답하고 먹먹해져 왔다. 왜 이런 아릿한 기분이 드는 건지 알 수 없었다.

황궁을 빼앗긴 채 꿈에도 겪어 보지 못했던 모진 망명 생활을 해야 했던 이 태 동안의 고난과 시련이, 어인 까닭인지 흐르는 피를 굳이 닦아 낼 생각도 않 은 채 휘장 뒤로 사라져가는 왕의 뒷모습 위로 겹쳐졌다. 다르지만 어딘지 닮 아 있는 듯한 아픔이 쓸데없는 연민을 만들어 낸 것이리라. 아리는 그것을 떨 쳐 내려는 듯 머리를 흔들었다.

"제사가 끝이 난 모양일세. 이만 가세나."

축제는 해가 질 무렵부터 시작된다고 했다. 그사이 잠이라도 한숨 더 자 두 거나 몸단장에 더욱 공이라도 들여 볼 요량으로 사람들이 하나둘 자리를 뜨기 시작한 터라 돌아가는 길은 아까보다 훨씬 한적하고 수월했다.

아리는 걸음에 속도를 붙였다. 이곳을 벗어나면 그의 손목 위로 너울대던 처 연한 은빛 잔광도 더는 떠오르지 않으리라. 하여 괜한 연민과 측은지심으로 자 책하지 않아도 되리라.

휘이잉. 붉은 모래바람이 그들을 삼킬 듯 거세게 불어왔다. 아리는 무의식중에 팔을 들어 이제는 거의 습관적이다시피 자연스러운 동작으로 은의의 넓은 소맷자락에 얼굴을 파묻었다.

낯설기만 했던 이곳에서의 생활도 모래바람처럼 그렇게 익숙해져 가고 있었다.

금빛 휘장을 둘러친 막사 안에는 왕의 상처를 치료할 의녀들이 대기하고 있었다.

소류는 교의에 앉아 탁자 위로 쓰러지듯 몸을 기댄 채 그대로 눈을 감았다. 수마가 무섭게 덮쳐 왔다. 어느 때보다도 심신을 평안히 해야 할 천신제 전야에, 병법에 대해 논의하던 진과의 설전이 뜻하지 않게 길어져 버린 터라 새벽녘이 되어서야 잠깐 눈을 붙인 것이 전부였기 때문이었다.

눈을 감고 있는 그의 옆모습은 매끈하게 잘 깎아 놓은 석상 같았다. 왕의 수려한 외모는 궁에 소속된 모든 시녀들의 가슴을 설레게 했다. 잔뜩 긴장한 와중에도 왕의 지척에서 분주히 움직이는 의녀들의 뺨이 얼마쯤 붉게 상기되어 있는 것도 모두 그런 까닭이리라.

치료를 시작하기 전, 수의녀(首醫女, 의녀들의 우두머리)가 왕의 손목을 조심스레 살폈다. 이미 여러 겹 흉터가 남아 있는 곳에 또 한 줄 깊게 상처가 패어 있었다. 의녀들 모두가 그것을 보았는지 다들 어딘지 침통하고 안타까운 기색이 완연했다.

의녀들은 분주한 손길로 약초를 빻아 대령하고, 삶아 소독한 후 볕에 바싹 말려 둔 무명천을 그 옆에 가지런히 준비해 두었다. 필요한 것들이 모두 준비되자 수의녀는 침착하게 치료를 시작했다. 능숙한 손놀림에 약초가 상처 위에 꼼꼼히 덧발라지고 준비된 무명천이 그 위로 단단히 감아 매어졌다. 잘 벼리어진 날에 베인 상처라 살은 금세 붙을 테지만, 생각보다 상처가 깊어 흉터는 남을 것이었다. 수의녀는 안타까운 마음에 저도 모르게 한숨이 터져 나오려는 것을 가까스로 삼키며 서둘러 치료를 마치고는 공손히 물러났다.

의녀들이 뒷정리를 하느라 분주히 오가는 동안, 소류는 궁으로 돌아가기 위해 교의에서 몸을 일으켰다. 잠깐 눈을 붙이더라도 푹신한 금침 속에 파묻혀 제대로 잠을 청하고 싶은 생각이 간절했다.

막 휘장을 걷으려는데 때마침 금빛 휘장이 걷히며 그와 똑같은 백의(白衣)의 제례복을 갖추어 입은 여인이 사뿐히 안으로 들어섰다.

"별리하. 올해도 내게는 증표를 아니 주시려는가."

제물로 헌납되었던 붉은 데오니꽃을 한 아름 안고 막사로 들어서는 신녀 별리하를 향해 소류가 웃으며 가볍게 농을 건넸다.

"글쎄요, 전하. 신녀는 알 수 없는 일입니다. 이번 역시 무어라 장담을 드리기가 어렵습니다."

"이런. 여태껏 축제 때가 되면 용케도 이 몸을 잘도 피해 다니시더니, 또 발뺌이신 게로군."

"신의 뜻이 그러하신 게지요. 노여워 마셔요, 전하. 설마 천신께서 전하를 혼례도 못 치르고 평생을 혼자 지내게야 하시겠습니까."

장난삼아 부러 툴툴거리는 소류를 보며 별리하가 온화하게 웃음 지었다. 하긴, 꼭 장난이라 단정 지을 수도 없었다.

왕의 춘추 올해로 벌써 스물 하고도 일곱. 여인으로 치자면 과년을 넘어서 이미 자식 서넛은 낳고도 남을 연치가 아니던가. 대관절 신의 뜻이 무엇이건대, 열여덟 성년식을 치르시던 그해부터 아홉 해가 지나도록 어찌하여 아무런 증표도 주시지 않음인가.

온화하게 번지던 웃음 끝에 희미한 염려가 묻어났다. 혜노부의 군장이자 자신의 친자매이기도 한 아이혜가 그 태생부터 제왕의 반려의 운을 타고났건만, 어찌 된 일인지 제왕의 운을 타고난 소류도, 그 반려의 운을 타고난 아이혜도, 두 사람 모두 벌써 수년째 증표의 인을 받지 못하고 있었다.

기실 이 같은 사정은 일전에 아이혜가 아리에게는 미처 설명하지 않은 부분이기도 했다. 금년은 왕이 성년이 된 이후로 딱 열 번째가 되는 해였기에, 응당 올해만큼은 두 사람 모두가 틀림없이 증표를 받을 것이라 지레들 확신하며 각 부의 군장들이 공공연히 가례일까지 택일해 놓은 터였다. 이런 마당에 군이 그가 데려온 의문의 여인, 그러니까 아리에게 증표를 받지 못하였던 지난 몇 년간의 일들을 알리고 싶지는 않았던 것이다.

관례상 증표를 받기 전까지는 왕은 혼인할 수 없었다. 후궁을 들이는 것까지 금하는 것은 아니었지만, 여태 혼자인 왕이 염려되어 후궁이라도 들이시라 주위에서 아무리 청해 올려도 왕은 번번이 그것을 거절하곤 했다. 매번 어찌나 단호하게 거절을 하는지 왕께서 필시 사내구실에 문제가 있으신 게 분명하다는 발칙한 풍문이 나돌 정도였다.

"이번에도 아니라면 후궁을 들이시지요. 다들 걱정이 이만저만이 아니랍니다."

"왜, 내 행여 소문 같은 사내일까 봐 그대도 걱정이 되나?"

그가 픽 웃음을 터뜨렸다. 별리하는 그런 그를 따라 웃으며 가만히 고개를 저었다.

"그럴 리 있겠습니까. 풍문은 그저 풍문일 뿐이지요. 사람의 혈기는 음양에 뿌리를 두고 있음인데, 본의 아니게 그러한 순리를 거스르고 계시니 드리는 말씀입니다. 미래의 왕비 마마께서야 감격하실 일이겠지만 그리하시면 존체에 해가 됩니다, 전하."

"뭐 그리 대단한 해가 된다고……."

"전하."

"별리하."

상대를 설득시키고자 하는 강한 의지가 담긴 단호한 어조로, 두 사람이 거의 동시에 서로를 불렀다. 그러고는 침묵한 채 서로를 뚫어지게 바라보았다. 별리하의 고집스러운 눈동자를 보며 소류는 낮게 한숨을 내쉬었다. 그녀를 비롯한 모두의 진심을 이해하지 못하는 것은 아니었다.

이따금씩 그 역시도 들끓는 사내의 정념을 주체할 수 없어 달빛 어스름한 새벽녘에 침전을 나서 수련을 핑계로 검을 휘둘러 보기도 하고, 차디찬 호수에 몸을 던져 제 속의 열기를 식히려 애를 써 보기도 하는 것이 사실이었다. 그 역시도 사내임에야 어찌 후궁 하나쯤 들여도 좋지 않을까 하는 방탕한 생각조차 안 하였을까.

하지만 생각이 간절해지고 주위의 간청이 나날이 집요해져도 그의 뜻은 언제나 확고했다. 왕비 될 이에게 지아비로서의 도리를 다하고 싶은 까닭도 있었지만, 그보다는 그 자신이 언제 무엇을 잃게 될지 모를 난세의 왕인 까닭이 컸다.

"그저 사내일 뿐이라면야 애써 거절할 까닭이 무어 있겠나. 하지만 별리하……. 왕이 되고 보니 지켜야 할 것들이 너무도 많아."

"전하……."

"그 순리라는 것, 조금만 늦게 따르면 아니 될까. 한 사람만이라도 온전히 지켜 주고 싶은 이 마음, 이조차 욕심이라 한다면 차라리 평생을 홀로 지낸다 해도 나쁠 것 없겠지."

"하오나……."

"유하를 잃던 날 다짐했었다. 소중한 누군가를 그리 허망하게 떠나보내는 일 따위는, 내 살아생전에 두 번 다시는 없을 거라고……. 그러니 누군가를 온전히 지켜 주려면 이 몸도 이 마음도 오로지 한 사람만을 향해 있어야 하지 않겠나."

"……."

누이를 잃은 슬픔은 몇 년이 흘러도 여전히 지독한 아픔으로 남아 있었다. 그것을 모를 리 없는 별리하였기에 어떠한 반박도 하지 못한 채, 어쩌면 넋두리 같기도 한 그의 말을 그저 묵묵히 들어 줄 뿐이었다.

"전하의 그 마음 역시 신의 뜻인 게지요. 알겠습니다, 전하. 전하의 뜻이 정 그러하시다면 신녀도 더는 강요하지 않겠습니다."

"그리 말씀해 주시니 고맙군."

"하오면 이젠 다른 방도가 없겠군요. 천신께서 전하의 뜻을 가상히 여기시어 금년에는 부디 증표를 내려 주시기를 간절히 비는 수밖에요."

"나 역시 그리 빌도록 하지. 지극 정성을 다해서."

'지극 정성'에 부러 힘을 주어 말하는 소류의 장난스러운 행동에 별리하가 작게 소리 내어 웃었다. 잠시 그녀의 뇌리에 어린 시절의 모습들이 꿈결처럼 스쳐 갔다.

함께했던 유년 시절을 돌이켜보면 그는 또래의 소년들이 대부분 그러하듯 쾌활하고 장난기 많은 소년이었다. 유년부터 엄격한 신녀 수업을 받아야 했기에 좀처럼 웃을 일이 없었던 자신과는 마치 빛과 어둠처럼 확연히 대비되는 밝은 성정의 소유자였다. 자신이 어둑한 밤하늘의 이지러진 달이라면, 그는 아침 하늘에 떠오르는 찬연한 태양을 닮아 있었다. 유년의 그는 분명 그러했었다.

그런 그가 소년의 티를 벗고 청년이 되어 가던 무렵, 그러니까 부왕의 지병이 악화되어 사실상 그가 거의 국사를 돌보기 시작했던 바로 그 무렵부터 유쾌한 웃음소리도 찬연한 태양 빛도 조금씩 그 빛을 잃어 가기 시작했다. 어쩌면 당연한 변화였다. 아직은 무언가를 홀로 짊어지기엔 턱없이 어린 나이였으므로⋯⋯. 하물며 그것이 나라의 명운이었음에야⋯⋯.

"별리하. 저녁 내내 돌아다니려면 그대도 지금 쉬어 두는 게 좋을 거야. 이곳은 시녀들에게 맡기고 그만 돌아가 쉬도록 해. 나도 가서 눈을 좀 붙여야겠어. 새벽녘에야 잠을 청했더니 이거 영 맥을 못 쓰겠군."

"새벽녘에야 잠을 청하시다니요. 천신제 전야에 대체 무얼 하시느라 그 시각까지 침수에 아니 드셨습니까."

"아, 진과 설전을 벌인 터라⋯⋯."

"휴우⋯⋯. 어련하시겠어요. 두 분도 참⋯⋯."

별리하가 알 만하다는 듯 작게 한숨을 내쉬며 고개를 내저었다. 어쨌거나 그의 말대로 그녀도 조금은 쉬어 두는 것이 좋을 터였다. 서로 몇 마디 담소를 더 나누고는 그들은 각자 자신들의 처소인 천궁(天宮)과 신궁(神宮)으로 향했다.

증표의 인이라는 것이 앉은 자리에서 편안히 나누어 줄 수 있는 것이라면야 심신이 편할 테지만, 신녀가 마음 닿는 곳으로 직접 다니며 우연이든 필연이든 서로 연이 닿아 있는 사람들을 찾아낼 때라야 저절로 증표가 나타나는 것이었으므로, 그녀는 축제가 시작되면 자정이 될 때까지 쉬지 않고 곳곳을 돌아다녀야 했다.

평복으로 변복을 한 채 이리저리 신출귀몰하는 그녀였기에 제아무리 애를 써도 신녀와 마주치지 못하는 이들이 많았으며, 또한 운 좋게 그녀와 마주친다 해도 연이 닿아 있지 않은 이들에게는 아무런 증표도 나타나지 않았다. 증표를 받았다 해도 연이 닿은 상대와 마주치지 못한다면 그마저도 증표의 효력이 상실되는 것이니, 사실 증표로써 혼인을 맺기란 그만큼 가능성이 몹시 희박한 일이었다.

그러니 고서(古書)에 증표로 맺어진 이들이 백발백중으로 혼인을 맺었노라 기록되어 있는 것도 아주 터무니없는 소리는 아니었다. 그리도 맺어지기 힘든 인연일진대, 어찌 서로가 특별하고 애틋하지 않을 수 있었겠는가 말이다.

왕이라고 하여 어떤 특혜가 있는 것은 아니었던지라 소류 역시 벌써 아홉째 증표를 받지 못하고 있었다. 그 또한 개중에는 해 질 녘부터 자정까지 단 한 번도 그녀와 마주치지 못한 경우도 있었고, 우연찮게 마주치기는 하였으나 별다른 징후가 나타나지 않은 적도 있었다.

갓 성년을 맞은 열여덟 청년이 왕좌에 올라 어느덧 온전한 사내가 되어 있기까지, 10년이라는 그 짧지 않은 세월 동안 여인 한번 품어 본 일 없다 하니 어떤 면으로는 참으로 지독하신 분이 아니신가.

별리하는 참으로 그다운 일이라 생각하면서도 내심 안쓰러운 마음을 금할 길이 없었다. 내색하지 않는다 하여 어찌 모를까. 아마 사내로서는 몹시 견디기 힘든 시간이었을 테다.

그러니 이만하면 천신께서도 그만 그에게 배필을 정하여 주실 때도 되었지 않은가.

"……"

신궁으로 향하던 그녀는 문득 하늘을 올려다보았다. 푸른 비단을 펼쳐 놓은 듯 창연한 하늘이 머리 위로 쏟아져 내릴 듯이 아련히 펼쳐졌다. 흔히 보아 오던 하늘이건만, 오늘은 사뭇 그 느낌이 달랐다.

일자로 앙다물어졌던 그녀의 입꼬리가 슬며시 휘어졌다. 하늘 저편 어디쯤에서 이제야 비로소 천신께서 굽어보고 계심일런가……

알 수 없는 희미한 미소를 뒤로 한 채, 그녀는 다시금 느릿하게 신궁으로 발길을 옮기기 시작했다.

땅거미가 지고 있었다.

아쉬움을 남기며 길게 꼬리를 늘어뜨리던 석양마저 서천(西天) 너머로 완전히 모습을 감춰 버리고, 어슴푸레 깔리기 시작하던 어둠이 이제는 제법 짙어져 담벼락과 돌기둥에 하나둘씩 내걸리기 시작한 등불이 은은히 주위를 비추고 있었다.

보이는 것이라고는 온통 삭막한 바위산과 크고 작은 돌기둥들 그리고 평지마다 옹기종기 모여 있는 천막들뿐이었지만 그 나름의 운치가 있었다. 오색 등불이 휘황하게 빛나는 파안국 황실이나 세가의 연회장 풍경과는 분명 비할 바가 못 되었지만, 축제를 즐기는 아라하 사람들의 얼굴은 오히려 그보다 더욱 활기차고 생동감이 넘쳤다.

"흐음……"

"마마, 어찌 그리 한숨을 쉬시옵니까? 어디 미편하신 곳이라도……?"

"아닐세. 그런 게 아니라……"

무슨 까닭인지 아까부터 골몰한 표정으로 인상을 쓰고 있는 아리가 또 무슨 꿍꿍이속인가 싶어 좌불안석이던 장 상궁이 때를 놓칠세라 서둘러 말을 붙이자, 아리는 설레설레 고개를 흔들며 때마침 곁을 지나치는 사람들을 무심한 눈길로 쓱 한 번 훑어보았다.

"도무지 모를 일이지 않은가."

"예? 무엇이 말씀이옵니까?"

목을 빼고 대답을 기다리는 장 상궁을 일별하며 아리는 입을 꾹 다문 채 다시금 생각에 잠겼다. 지나는 사람들을 무심한 척 보아 넘기고는 있었지만 사실 아까부터 줄곧 드는 어떤 의문점에 대해 나름의 이런저런 추측들을 꿰맞춰 보며 그들을 유심히 관찰하고 있던 그녀였다.

그러나 아무리 궁리해 본다 한들 명확한 답이 나올 리 없었다. 아리는 무언가를 고민할 때면 늘 그렇듯 한 손으로 조물조물 자신의 턱을 만지작거리며, 시선은 여전히 지나는 사람들에게 둔 채로 조곤조곤 말을 이었다.

"어려서부터 쭉 들어온 바로는 아라하에는 비렁뱅이가 넘치고, 먹을 음식도 마실 물도 하물며 뜯어 먹을 풀포기조차 없어 기근과 병마가 끊이질 않는다던데, 사람들 차림새를 좀 보아. 복색이 수수하여 그렇지 하나같이 비단옷이 아닌가."

"그러고 보니, 정말 그렇사옵니다."

아리가 하던 양으로 사람들의 차림새를 가만히 훑어보던 장 상궁의 눈이 정말 의외라는 듯 평소보다 크게 떠졌다. 유표히 눈에 띄는 화려한 차림새들은 아니다 보니 아리의 말을 듣기 전까지는 그것이 비단옷이라고는 전혀 생각지도 못한 장 상궁이었다.

"1년에 한 번뿐인 축제일에 비단옷 한 벌쯤이야 어찌어찌 마련들 해 놓았을 수도 있겠지 하고 아무리 생각해 넘기려고 해도, 먹고 살기도 빠듯한 이들에게 비단옷이라니…… 어불성설이지 않은가."

정탐꾼 노릇을 자처한 마당에 관심 가지 않는 것을 찾기도 힘든 일이었지만, 비단옷만큼은 유독 구미가 당겼다. 무언가 굵직한 사실을 알아낼 것만 같은 예감이랄까.

그런 예감 자체만으로도 가슴 가득 차오르는 벅찬 희열감으로 온몸이 떨려오는 그녀였다. 그것이 뭐가 됐든 반드시 알아내야만 할 무언가로 가득 차 있을 이 땅이 지금만큼은 그래서 마음에 들었다.

"그럼 어디서부터 시작해 볼까."

오늘도 과하게 왕성한 호기심을 내보이며 마치 새로운 장난감을 눈앞에 둔 어린아이처럼 눈빛을 빛내는 아리를 보며 장 상궁은 저도 모르게 설레설레 고개를 저었다. 뭐든 너무 지나치면 차라리 아닌 것, 없는 것만 못하다는 것이 평소 장 상궁의 지론이었다. 하물며 지금처럼 위기에 처한 상황에서라면 더 말할 것도 없었다.

다시금 자신의 한탄스러운 처지를 절감하며 저도 모르게 더욱 세차게 고개를 내젓던 장 상궁은 그러다 그만 아리와 눈이 딱 마주쳐 버렸다. 그러고는 그제야 자신의 불경한 행동에 화들짝 놀라서는 잽싸게 걸음을 놀려 저만치 달아나 버렸다.

그 모습에 아리가 쯧쯧 하고 혀를 찼다. 이곳에서 지내게 되고부터 황실이었으면 경을 치고도 남을 행동을 곧잘 하는 장 상궁이었지만, 그것은 신분이 드러날 것을 염려하여 아리가 자신을 편히 대하라 특별히 지시한 부분이었기에 사실 저리 내뺄 것까지도 없는 일이었다.

그런데도 매번 뭐가 그리 송구스럽고 황공한 것인지 저리 줄행랑을 놓는 장 상궁이 조금 안쓰러운 생각이 들기도 했다. 괴팍한 황후를 10년이나 넘게 모셔 왔으니 그리 몸 사리는 것도 어찌 보면 당연한 일이겠지만…….

내 그리 괴팍한 상전이었던가? 새삼 떠올려 보니 그런 듯도 싶었다. 씁쓸한 마음이 들기보다는 어쩐지 우스워져 아리는 저만치 앞서가는 장 상궁을 흘끗 바라보며 쿡쿡 웃음을 터뜨렸다.

그건 그렇고. 다시금 비단옷에 생각이 미치자 그녀의 눈빛이 아까처럼 골똘해졌다. 그녀는 차근차근 생각을 짚어 나갔다.

비단이라. 비단을 얻으려면 무력으로 그것을 갈취하지 않는 이상은 그에 상응하는 값나가는 '무언가'가 필요하다. 그 무언가가 돈이 되었든, 보물이 되었든, 인력(人力) 같은 물질 아닌 것이 되었든.

하지만 막상 그렇게 전제를 던져 놓고 보니 오히려 더 막막해졌다. 한참을 머리를 굴리며 궁리해 보아도 도무지 답이 나오질 않았다. 땅이 윤택하여 농사를 지을 수 있는 것도, 풀이 무성하여 가축을 기를 수 있는 것도, 애초에 재료사들일 밑천이 없으니 기술이 탁월하다 하여 무언가를 만들어 낼 수 있는 것도 아니었다. 그 어떤 것도 이 나라에는 해당이 되는 것이 없었다.

하지만 눈앞에서 분명히 벌어지고 있는 일들을 설명할 무언가가 하나쯤은 분명 있어야 말이 되질 않은가.

그것이 대체, 무엇일까…….

"아앗! 뭐야, 대체 눈을 어디로 달고 다니는 거야? 엉? ……에구머니!"

생각에만 너무 몰두하느라 다가오는 아낙들을 미처 피하지 못해 그중 한 명과 부딪히고 말았다. 아리를 알아본 아낙이 소스라치게 놀라 소리까지 내지르는 바람에 순간 당황했지만, 아리는 곧 평상심을 되찾고는 웅크린 아낙에게 조심스레 손을 뻗었다.

"미안합니다. 어디 다친 곳은 없습니까?"

"아, 됐소! 난 됐으니까 댁이나 잘 살피시오. 보아하니 살집도 없는 것이, 뼈 분질러진 데나 없으면 다행이겠구먼. 몸뚱이가 그래 갖고서 어디 밤일이나 제대로 치르려나 몰라?"

노골적으로 빈정거리며 코웃음 치던 아낙이 부러 큰 소리로 웃음을 터뜨리자 일행들이 하나같이 거들고 나섰다.

"아휴, 망측해라! 여편네, 하여간 민망한 소릴 잘도 지껄인다니까? 한데 뭐 틀린 말은 아니구먼."

"그러게. 무슨 꼬챙이도 아니고 저리 삐쩍 말라비틀어져서는 어디 사내들이 안을 맛이나 나겠어그래?"

일행들과 함께 저속한 농을 주고받으며 깔깔거리던 아낙은 곧 몸을 스친 것조차 불쾌하다는 듯 부러 탁탁 소리 나게 옷을 털어 내고는 기세 좋게 아리를 지나쳐 갔다.

파안에서 이런 대접을 당하였더라면 아마 그들에겐 참수형도 몹시 관대한 처사이겠지만, 난생처음 받아 보는 비아냥거림과 멸시에도 특별히 부아가 치밀거나 하진 않았다. 어쨌거나 이곳에서의 자신은 그저 적국의 평범한 여인일 뿐이었고, 어디까지나 이곳은 그네들의 나라이니까.

자신의 흉을 보기라도 하는 것인지 저들끼리 무어라 속닥거리며 곁을 지나쳐 가는 그들을 무심히 일별하고는 막 돌아서려 할 때였다.

"그나저나 소식들은 들었어? 올해는 설유국과 교역량이 늘었다지?"

순간 귀가 번쩍 뜨였다. 제대로 이해한 것인지를 찬찬히 따져 보기도 전에 아리의 입꼬리가 씩 말려 올라갔다. 그래, 장 상궁의 말마따나 필시 하늘님께서도 나의 편이신 게로군. 발이 저절로 움직여 그네들의 뒤를 바삐 쫓았다.

"응, 자네도 들었구먼? 작년보다 수확량이 배로 늘었다잖아. 그러니 당연히 교역량도 늘었겠지. 대체 그놈의 꽃 뭣에다 쓰려고 그리들 욕심들을 내는지 참말로 모를 일이지만, 가달 평원의 부족들도 어찌 알고는 애걸복걸한다더구먼."

"참말 별일은 별일이야. 향이야 그럭저럭 맡아 줄 만하다고 쳐도, 아무짝에도 쓸모없는 꽃 나부랭이를 어찌 그리들 사들이는 건지, 원."

"아, 내 말이 그 말이라니까."

"뭐 아무렴 어때. 우리야 그 덕에 이렇게 비단옷도 걸쳐 보고 호강하는데."

지척까지 따라붙었으나 워낙 주변이 시끌벅적한 데다 아직은 북쪽 억양이 귀에 익숙하지 않아 다는 알아들을 수가 없었다. 그러나 그중 확실히 알아들은 몇몇 단어가 귓가에 왕왕 울리고 있었다.

설유국, 교역, 가달 평원의 부족들 그리고…… 꽃이라고……?

"저, 잠시만."

순식간에 아낙들을 따라잡은 아리가 그들을 멈춰 세웠다. 그들의 표정에 의아함과 함께 노골적인 적개심이 떠올랐다. 보다 자세한 내막을 듣고 싶었지만 너무 직접적으로 물으면 열에 아홉은 경계심에 대답을 꺼릴 것이 분명했기에, 그와는 다른 방식으로 접근할 필요가 있었다.

아리는 아낙들을 도발하듯 거만하게 턱을 치켜들고는 시시하다는 듯 주변을 쓱 훑어보며 조롱기 섞인 말투로 느릿느릿 말을 이었다.

"이 나라는 원래 이렇게 온통 바위산들뿐입니까? 어려서부터 들어온 말이 북쪽 땅 아라하는 나무 한 그루는커녕 꽃 한 송이, 풀 한 포기조차 나지 않는 황량한 땅이라 하던데, 정말 그 말이 맞나 보군요?"

약점을 건드리면 어떻게든 그렇지 않다는 걸 증명해 보이고 싶어지는 게 사람의 심리이니, 바로 그 점을 이용하기로 한 것이었다. 깍듯한 존대였으나 어딘지 슬슬 약을 올리는 듯한 아리의 말투에 아나나 다를까 아낙들의 얼굴이 붉으락푸르락하게 변했다.

"뭐요? 개풀 뜯어먹는 소리를 잘도 하시네! 남쪽 사람들은 배부르고 등 따스우니 헛소리들만 나불거리는 모양이지? 꽃이 없기는 왜 없어? 저기 저 바위산 너머 평지에 지천으로 피어 있는 게 꽃인데!"

"에이, 거짓말 말아요. 이런 땅에 꽃이 필 리가 없잖아요. 온통 바위 아니면 모래뿐인데 꽃이 어찌 뿌리를 내리겠어요?"

"하이고, 모르면 그냥 입 닫고 있으시오. 저쪽 평지에 가 보면 시뻘건 흙이 천지요, 천지! 그 꽃은 그 흙이 아니면 자라질 못한다 이 말이지, 내 말이! 그 꽃이 얼마나 귀한 꽃인 줄 알기나 아시오? 오죽하면 설유국도, 가달 평원의 부족들도 서로 못 가져가서 아주 안달들이 났다니까, 안달이?"

"그게 정말입니까?"

"암! 정말이고말고! 이 말이 거짓이면 내 길 가다 벼락을 맞아 죽을 거요! 못 믿겠으면 한번 가 보시오. 화전(花田)이 얼마나 넓다고! 쯧, 사람 못 믿는 귀신이라도 붙었나?"

아리는 속으로 쾌재를 불렀다. 필요한 것을 얻었으니 이제는 슬쩍 꼬리를 내리면 그만이다. 그러면 저들은 자신들이 얼마나 중대한 자국의 기밀을 발설한 것인지를 깨닫지도 못하고 의기양양하게 돌아설 것이다.

"그럼 제가 잘못 알고 있었던 것이군요. 파안 사람 모두가 그리들 잘못 알고 있으니, 돌아가면 사람들에게 제대로 알려줘야겠습니다."

"똑똑히 전해 주시오. 제대로 알지도 못하면서 남의 나라를 두고 이러쿵저러쿵 멋대로 지껄이지들 말라고 말이오."

아낙의 마지막 말이 사실 자신을 향한 것임을 모르지 않는 그녀가 면구해하는 척하며 살짝 고개를 숙여 보이자, 씩씩대던 아낙들이 그제야 분이 조금 풀렸는지 흥 하고 콧방귀를 뀌며 자리를 떴다.

그때 아낙들과 대치해 있던 아리를 뒤늦게 발견하고는 무슨 사단이라도 벌어질까 싶어 마음을 졸이던 장 상궁이 숨이 턱까지 차오르도록 한달음에 달려왔다. 그런 장 상궁에게 숨 돌릴 틈조차 주지 않고 아리는 턱짓으로 어딘가를 가리켜 보이며 빠른 걸음으로 앞장서 걷기 시작했다.

"마마, 어디를 가시는 것이옵니까?"

"……."

자신의 물음에 아무런 대꾸도 없이 묵묵히 걷기만 하는 주인의 뒤를 잰걸음으로 조급히 따르며 장 상궁이 재차 염려스럽게 물었다.

"그쪽에는 바위산밖에 없는 줄로 아옵니다. 설마 저 바위산을 오르기라도 하시려는 것이옵니까?"

"그 산 너머에 있다고 하니, 그래야겠지?"

"예? 산 너머에 있다니, 대체 무엇이 말이옵니까? 혹시…… 화전을 말씀하시는 것이옵니까? 조금 전 아낙이 그리 말하는 것을 소인 들은 듯하온데……."

"그래. 하지만 단순한 화전이 아니야."

"예? 하오면……."

곰곰이 무언가를 생각하던 아리가 곧 입을 열었다.

"……글쎄. 아라하의 국고(國庫)쯤 될까? 확인해 보면 알겠지."

꼬리에 꼬리를 물듯 이어지는 장 상궁의 질문에 간단히 대답하고는 아리는 가만히 바위산을 올려다보았다.

때마침 바람에 실려 온 미묘한 향기가 코끝을 스쳤다. 폐부 깊숙이 숨을 들이마시며 잠시 그 향을 음미하던 그녀는 도무지 모르겠다는 표정으로 자신을 멀뚱히 바라보고 서 있는 장 상궁을 흘끗 쳐다보았다.

아낙들이 나누던 대화가 한 치의 틀림이 없는 사실이라면, 오늘 그녀는 그보다 더 긴할 수 없는 아주 중차대한 정보를 알아낸 것이나 다름없었다. 헐벗고 굶주려 병기조차 제대로 갖추기 어려웠던 아라하가 이제는 비단옷을 입고 한껏 여유롭게 축제를 즐긴다……? 그렇다는 것은 곧, 전쟁에 필요한 물자들은 이미 모두 마련해 두었다는 뜻이나 다름없지 않은가.

아라하와의 모든 전투에서 파안이 우위를 차지할 수 있었던 것은 늘 방비하는 입장이었기 때문이기도 했지만, 보다 근본적으로는 그들이 궁핍했기 때문이었다. 병기는 낡아빠지고 병사들은 늘 굶주려 있었다. 애당초 싸움다운 싸움이 될 리 없었다.

그러나 아낙들에게서 얻어 낸 정보대로라면 앞으로의 아라하와의 관계는 이전과는 분명 확연히 달라질 것이었다. 아라하의 모든 움직임의 원천이 그것으로 인해 비롯되고 좌지우지된다 해도 과언은 아니리라. 그러나 '그것'의 실체를 직접 눈으로 확인해 보아야만 직성이 풀릴 듯싶었다.

바위산의 초입에 들어서니 안쪽으로 울퉁불퉁하게 뻗은 길이 그녀를 반겼다. 바위 사이로 제멋대로 난 길에 지체 없이 몸을 올려놓으며 그녀가 다시 한 번 작게 중얼거렸다.

"……아라하의…… 국고……."

만일 이러한 자신의 짐작이 사실이라면, 간자 노릇을 자처하며 이곳에 머무르는 동안 그녀가 해야 할 일은 하나였다.

정확한 정보를 캐내어 파안제국의 황실에 전하는 것…….

완전히 망가뜨리기 힘들다면 일부를 훼손시켜서라도 막아야 할…… 어쩌면 적국 부흥의 씨앗일지도 모를, 그 이름 모를 꽃에 대해서…….

6

화우월야(化雨月夜)의 시간

데오니. 타오르는 홍염(紅焰)을 삼킨 듯 붉고 농염한 꽃······.

풀 한 포기 자라지 않는 메마른 땅의 중심 지역에는 불가사의하게도 습한 지대가 존재했는데, 천궁의 서쪽으로 우뚝 솟은 바위산 너머에 펼쳐진 평지가 바로 그곳이었다.

육안으로 보기에도 토질이 다른 지대와는 확연히 달라, 마치 다른 세계에 와 있는 듯한 착각을 불러일으키게 하는 장소였다.

미끌미끌한 주토(朱土)는 표면만 보아서는 차라리 늪이라고 하는 편이 훨씬 더 어울릴 만큼 음습하고 눅진한 기운이 강했다. 유일하게 습기를 머금은 곳이었지만 식물이 생존하기엔 치명적인 독성을 품고 있는 토양이었던 까닭에 그저 버려두었던 그곳에, 놀랍게도 무언가가 뿌리를 내리고 싹을 틔워 피처럼 붉디붉은 꽃을 피워 내기 시작한 것은 10년도 채 되지 않은 일이었다.

버려진 붉은 진창에 거짓말처럼 초록빛 싹이 돋아난 것은, 정확히 아홉 해 전, 그러니까 아라하의 5대 왕 단목소류가 즉위하던 첫해. 공교롭게도 그의 열아홉 번째 탄생일 날이었다. 그날, 모두가 왕의 덕을 칭송하며 기뻐 눈물 흘리고 밤새 축제를 벌였다. 돋아난 싹이 무엇이든 상관없었다. 아무짝에도 쓸모없는 잡초라 해도 좋고, 사람에게 치명적인 독초라 해도 좋았다. 생명이 자라지 못하는 저주받은 땅에 돋아난 초록빛 생명은, 절망뿐이던 그들에게 내려진 한 줄기 희망이었다. 오랜 가뭄으로 잔뜩 메마르고 갈라진 대지를 적시는 단비와도 같은……

한 해가 지나자 자그맣게 고개를 들던 초록빛 새싹은 어느새 어른 허리만큼 키가 자라 있었다. 장검처럼 길고 날카롭게 뻗은 잎사귀들이 줄기마다 무성했지만, 쓸 곳을 찾지 못한 채 또다시 1년이 흘러갔다. 연둣빛 봉오리가 채 꽃을 피워 내지 못하고 맺혔다 떨어지기만을 반복하며 또 그렇게 1년이라는 시간이 흐르자, 그제야 마침내 줄기마다 붉은 꽃이 흐드러지게 피어나기 시작했다. 홍염처럼 붉고 농염하며 피처럼 잔혹하리만치 아름다운 그 꽃을 사람들은 전설 속 요화(妖花)의 이름을 따 '데오니'라 불렀다.

그렇게 꽃이 피어나던 해부터 3년 동안 공을 들인 끝에 꽃과 잎, 뿌리 등의 효능을 알아낼 수 있게 되었다. 서로 전쟁 중이던 서국과 가달 평원의 강대 부족 바르하트족, 양국의 군주에게 그것을 증명해 보인 이후에는 그들 스스로가 앞다투어 교역을 청해 왔다. 그것이 불과 두 해 전의 일이었다.

"경비병. 침입의 흔적은 없나?"

"예! 없습니다, 전하."

"경계를 늦추지 마라. 꽃이 만개한 곳엔 나비가 날아드는 법이니."

"존명!"

마치 붉은 호수를 보는 듯 데오니꽃이 흐드러지게 만개한 드넓은 화전의 입구를 지키는 경비병들의 눈빛이 어딘지 예사롭지 않았다. 그도 그럴 만했다. 체격 좋고 실력 출중한 이들을 특별히 선출하여 화전의 보초를 세운 것이었다.

소류가 즉위한 해, 게다가 그의 탄생일에 맞춰 자라난 초록빛 희망의 생명은 지금에 와서는 나라의 명운을 짊어진 상서롭고 진귀한 존재가 되어 있었다. 경비를 그리 삼엄히 하여도 안심할 수 없어 아무리 천궁의 업무가 바빠도 수시로 틈날 때마다 이곳을 들러 보는 것이 그의 일과 중 하나였다.

그는 경비병에게 단단히 이른 후 드넓은 평지의 초입, 그러니까 좁은 바윗길과 드넓은 데오니밭의 경계에 세워 놓은 크지도 작지도 않은 막사로 성큼성큼 걸음을 옮겼다. 막사에 다다르자 찌는 더위에 한쪽을 완전히 터놓은 입구로 낯익은 모습이 보였다.

"이런. 내 기껏 융을 떼어 놓고 왔건만."

낭패스럽게 불만을 토로하는 말과는 달리 서글서글하게 웃으며 그가 막사 안으로 들어섰다. 그러자 기다렸다는 듯 막사 안의 누군가가 자리에서 일어나 그를 반겼다. 반기는 목소리에는 그러나 어째서인지 나무라는 투가 역력했다.

"전하, 오늘 같은 날까지 꼭 이곳을 들르셔야 하셨습니까? 1년에 단 하루뿐인 날입니다. 하루쯤 아니 오신다고 꽃이 어디로 사라져 버리는 것도 아니고……. 보십시오, 그새 신을 다 버리시지 않았습니까."

잔소리 들을 것이 무서워 따르겠다는 시종장 융을 간신히 떼어 놓고 나선 곳이었건만, 하필 그보다 더한 이와 마주쳐 버렸다. 소류는 저도 모르게 끙, 앓는 소리를 내고는 막사 한편에 놓인 탁자로 다가가 의자를 당겨 앉았다.

"신이야 갈아 신으면 그만인 것을."

"옷도 엉망이 되셨습니다. 금일이 어떤 날인지요. 전하의 반려 되실 분을 맞이하실 날입니다. 미래의 왕비님께서 그리 엉망이 되신 전하의 모습을 보시면 참으로 기뻐하시겠군요."

"글쎄, 올해라고 뭐 달라질 게 있을까마는……. 어쨌든 별리하, 내 이곳에 왔으니 이리 그대를 만나지 않았나."

"예서 이리 만나졌으면 다른 곳 어디에서든 결국 만나질 운이었던 것이지요."

"하하, 그러한가. 그럼 그대야말로 이리 질퍽하고 누추한 곳까지 어인 걸음이지?"

졌다는 듯 어깨를 으쓱해 보이며 은근히 화제를 돌려 보려는 소류였지만, 잔소리 실력만큼이나 화술에 능한 그녀인 만큼 뜻대로 되지 않았다. 결국은 제자리. 도마 위에는 다시금 그가 올려졌다.

"저야 금일의 소임대로 마음 닿는 대로 발길을 옮겼을 뿐이지요. 아직도 다녀야 할 곳이 천지인데 전하의 그런 모습을 뵙고 있자니 이대로는 차마 발길이 떨어지지가 않을 듯합니다. 이를 어찌하시렵니까."

마음 닿는 대로 발길을 옮겼다 함은 틀린 말은 아니었다. 신녀도 사람인지라 사심이 아예 없을 수만은 없어 이곳에 있을 것이 뻔한 그를 알기에 매년 축제일이 되면 빠짐없이 이곳을 들러 보는 것이었다. 이곳에 온다 하여 꼭 그와 만나지는 것은 아니었지만 분명 다른 장소에 비해 그 가능성이 더 커지는 것만은 사실이었기 때문이었다.

돌아갈 것을 종용하는 듯한 그녀의 끈질긴 태도에 두 손 두 발 다 들었다는 듯 그가 설레설레 고개를 저었다.

"잊을 뻔했군. 융보다 더 끈질긴 이가 바로 그대라는 걸. 내 약조하지. 신도 갈아 신고, 옷도 갈아입고 어디 동쪽 적운호 주변이나 어슬렁거리고 있을 테니 마음 놓고 그만 가 보아. 예서 이러고 있는 동안, 증표 받았어야 할 이들이 나 때문에 천생배필 만날 기회를 잃게 되는 거라 생각하고 싶진 않군."

"기회를 잃는 이들이 있으면 대신 기회를 얻는 이들도 생기기 마련이니 설령 그리된다 해도 전하께서 굳이 자책하실 필요는 없겠지요. 어쨌든…… 그리 약조하겠다 하시니, 하오면 신녀는 서둘러 가 보아야겠습니다. 애타게 기다리고 있을 이들의 원성이 들리는 듯하여 더 남아 있으라 하셔도 앉은 자리가 가시방석 같기만 하니, 일어서는 것이 상책일 듯싶군요."

"바라던 바, 좋은 인연들 많이 맺어 주시오."

"하늘의 뜻이 그러하시다면요. 하지만 그 전에 우선 전하의 인연부터 찾아 드려야겠지요."

별리하가 손에 든 황금빛 비단보에서 무언가를 꺼내 들며 막 몸을 일으키던 찰나, 그때 멀지 않은 곳에서 시끌벅적 소란이 일었다.

"놓으라는 말 안 들리시오? 순순히 따를 터이니 이것 놓으란 말이오!"

잔뜩 날이 선 여인의 목소리였다. 두 사람의 시선이 동시에 소란이 일고 있는 쪽으로 향했다.

"아라하에는 예의범절도 없소? 어찌 아녀자의 몸에 손을 댄단 말이오! 이러니 야만족이란 소릴 듣는 게지! 무례하기 짝이 없는 천하에 무뢰배들 같으니라고……!"

말하는 내용을 보아하니 굳이 얼굴을 확인하지 않아도 목소리의 주인이 누구인지 충분히 짐작할 수 있을 것 같았다. 경비병에게 붙들려 두 팔을 단단히 결박당한 채 끌려오고 있는 누군가의 모습은, 이미 누구인지를 짐작하고 있는 까닭인지 멀리서도 무척 낯이 익게 느껴졌다.

"저분들이 서궁에 계신 분들이로군요."

별리하가 흥미로운 듯 눈을 빛내며 점점 가까워지고 있는 그들을 관심 있게 바라보며 말했다.

그리고 마침내 자신들 앞에 다다라 멈춰 선 그들에게서 잠시 시선을 떼고 무심코 그를 바라보았을 때, 출입이 엄금된 성역(聖域)의 침입자들로 인해 잔뜩 성이 난 얼굴일 것이라 마땅히 여기었던 자신의 생각과는 달리, 정말 뜻밖에도 그의 얼굴에 희미한 웃음이 걸리어 있는 것을 보고는 그녀는 순간적으로 표정을 감추지 못할 만큼 몹시 놀랐다. 그녀는 그가 이 사태를 어찌 처리할지 그저 잠자코 지켜보기로 했다.

속내를 알 수 없는 심연 같은 눈동자가 한 치의 어긋남 없이 서궁의 여인을 향해 똑바로 날아가 박혔다.

"화전이 있다는 것은 어찌 알았지? 이곳은 출입이 금지된 곳이오."

졸지에 죄인처럼 끌려와 두려울 법도 하건만 꼿꼿이 고개를 들고 서 있는 그녀의 행동은 의외라 느껴지는 만큼 동시에 그의 흥미를 자아내고 있었다. 경비병의 무례에 그녀는 머리끝까지 화가 난 모양인지 그의 말에 마지못해 대꾸는 하였으나 바들바들 경련이 일 만큼 분노로 경직된 얼굴이었다.

"몰랐습니다."

불퉁스레 대답한 그녀는 시선을 비껴 그의 어깨 너머 어딘가를 바라보았다. 눈조차 마주치고 싶지 않다는 무언의 의사 표시 같았지만, 그는 그녀를 놓아줄 생각이 전혀 없었다.

"오르기가 쉽지 않았을 텐데?"

사실 그 순간 아리는 내색은 하지 않고 있었으나 긴장으로 온몸이 경직되어 뒷덜미가 쭈뼛할 지경이었다. 아무리 강심장인 그녀라 해도 얼굴이 따가울 정도로 매섭게 날아와 박히는 그의 시선을 고스란히 받아 내기란 결코 쉬운 일이 아니었다.

높지 않은 중저음의 목소리가 그토록 소름이 돋을 만치 날카롭고 위협적으로 느껴질 수도 있다는 걸 그녀는 처음 알았다. 오르기도 힘든 험한 바위산을 기어이 넘어 이곳까지 온 목적이 뭐냐고, 차갑게 가라앉은 그의 두 눈동자가 그녀를 힐책하듯 묻고 있는 듯했다.

뭐라고 변명해야 할까, 그녀는 잠시 심각하게 고민하며 슬며시 그의 눈치를 살폈다. 태연한 척하려 애를 쓰고는 있었지만, 자꾸만 떨려 나오는 목소리를 겨우 진정시키느라 애를 먹어야만 했다.

"화전이 있는지는 몰랐습니다. 정말입니다. 저는 그저…… 향기가 진동하기에 그것을 따라온 것뿐입니다."

"동문서답이로군."

"예?"

"추궁하는 말로 들렸나. 난 그대가 괜찮은지를 묻고 있는 거요."

그의 말에 아리의 눈이 화등잔만 하게 떠졌다. 그런 그녀를 말없이 바라보던 그가 다시 말을 이었다.

"야트막한 산이지만 바위뿐인 데다 길이 고르지 않아 발목을 다치기 십상이 거든. 특히 그대처럼 이곳에 처음 오르는 이들은 더욱이 그렇지."

"아……저, 저는……."

자신에게 일어날지 모를 끔찍한 사단에 대해 각오를 단단히 하던 참이었는

166

데, 전혀 예상치 못한 그의 호의에 당황하다 못해 말조차 제대로 나오지 않는 그녀였다.

머릿속이 멍해져서는 놀라 벌어진 입도 채 다물지 못하고 망연자실 서 있는 그녀를 여전히 붙들고 서 있는 경비병들을 향해 그가 나직이 명령을 내렸다.

"결박을 풀어라. 서궁의 손님이시다."

"예? 아…… 예, 전하!"

태연한 그와 의외의 명령에 당황한 병사들. 그런 병사들과 마찬가지로 뜻밖의 처우에 당황한 서궁의 여인. 별리하는 눈앞에 벌어진 흥미로운 광경에 문득 진을 떠올렸다. 소류의, 그리고 자신의 죽마고우이기도 한 세절부의 수장, 서문진을.

'그가 보았다면 어떤 반응을 보였을까?'

평소 아이혜의 대변인 노릇을 자처하는 그이니, 모르긴 몰라도 분명 열에 아홉은 소류의 이 예외적인 처사에 기가 막힌다는 반응을 보였을 것이다. 그러고는 둘만 남기만을 기다렸다가 그를 사정없이 추궁해 대겠지. 규율에 어찌 예외라는 것이 있을 수 있느냐고, 나름대로 논리적인 이유를 들먹여 가면서 그의 사심을 떠보기라도 했을 것이다.

하지만 그것은 서문진의 방식. 그녀는 달랐다.

"은조 님이라 하셨던가요?"

별리하는 부드러운 미소를 띤 채 어색한 얼굴로 그 자리에 못 박힌 듯 서 있는 아리에게로 한 걸음 다가갔다. 긍정의 뜻인 듯 고개를 살짝 끄덕여 보이기 직전, 어째서인지 여인의 어깨가 움찔 떨리는 것도 같았지만 긴장했기 때문일 것이라 대수롭지 않게 여겨 넘기며, 조금 전 황금빛 비단보에서 꺼내어 들고 있던 물건들을 옆에 가지런히 내려놓았다.

"아라하에 오셨으니 함께 축제를 즐기셔야지요. 잠시 이마를 내어 주시겠어요?"

"예? 하지만 제게는 그럴 자격이…… 아시다시피 저는 파안 사람입니다."

"국가라는 것은 신이라는 존재 앞에 한낱 어린아이들의 땅따먹기 놀이에 지나지 않는 것이랍니다. 인간의 잣대로 정한 자격 같은 것으로 하늘이 내리신 연을 바꾸거나 막을 수는 없는 것이니, 자격이 없다 하신 말씀은 처음부터 잘 못된 것이지요. 축제가 열리는 오늘, 축제가 벌어진 이곳에 와 계신 것만으로 이미 자격은 충분한 것이니까요."

"아니요. 게다가…… 제게는 정인이 있는걸요."

딱히 거절할 구실을 찾지 못한 아리가 그렇게 둘러대자 별리하의 시선이 저도 모르게 슬며시 소류를 향했다. 그에게서 별다른 반응이 느껴지지는 않았다. 의자에 비스듬히 앉아 느긋하게 팔짱을 낀 채로, 그저 묵묵히 그녀들의 대화가 끝나기를 기다리고 있는 눈치였다.

"화우월야제는 특히 정인이 있는 이들이 더욱 고대하는 축제이지요. 은조 님, 마음에 걸리시는 것이 정말로 그 이유 때문이라면 거절하지 말아 주셔요. 이곳에 인연이 없다면 아무것도 달라지지 않을 테니 말입니다. 저는 다만 축제를 주관하는 신녀로서 더 많은 사람들과 좋은 날을 즐기고 싶을 뿐이랍니다."

어째서 자신이 이렇게까지 하고 있는 것인지는 별리하 그녀 자신도 알 수 없었다. 다만 그녀의 마음이 그리하라 계속해서 치근거리는 것을 굳이 말리고 싶지는 않았다.

"이리 말씀드려도 거절하신다면 더는 도리가 없군요. 서운하여도 어쩔 수 없는 일이겠지요."

"아, 그…… 그것이……. 저는 그저……."

신녀의 끈덕진 설득과 서운함까지 운운하며 쐐기를 박는 마지막 그 말에 아리는 그만 할 말을 잃고 말았다. 저도 모르게 한숨이 흘러나왔다. 방금 전의 끈덕진 설득이나 앞서의 정연한 설명은 차치하고라도, 그러니까 쉽게 말해 자격 같은 것은 필요치 않다 하는데, 더 이상 무엇을 핑계 삼아 거절한단 말인가.

맥 모를 일이었으나 신녀의 호의 자체를 거절하기도 어려웠거니와, 기루에 서부터 줄곧 머리를 내리고 있었던 탓에 응당 자신을 처녀라 여기고 있을 그들 앞에서, 나는 이미 지아비가 있는 몸이니 증표 같은 것은 받을 이유도 또 받을 마음도 없노라고, 사실 그대로를 차마 말할 수도 없는 노릇이었던 것이다.

"그렇게까지 말씀하시니 더는 거절하기가 어렵군요. 하면 제가 어찌하면 되겠습니까?"

"그저 잠시 가만히 계시기만 하면 됩니다."

신녀는 대답하며 빙긋 웃었다. 문득 그를 흘끔 곁눈질로 바라보니 의자에 편안히 몸을 기댄 채 밖을 바라보던 그가 그녀의 시선을 느끼기라도 한 듯 천천히 이쪽으로 고개를 돌렸다.

하마터면 그와 눈이 마주칠 뻔하여 기겁을 하며 고개를 숙이려는데, 때마침 다행스럽게도 신녀의 하얀 소맷자락이 시야를 가렸다. 분명 부자연스럽게 굳어져 있을 자신의 표정을 들키지 않아 다행이라 생각하며 안도하는 사이, 알 수 없는 무언가가 이마에 차갑게 와 닿는 느낌에 그녀는 저도 모르게 몸을 움찔거렸다. 그러자 신녀가 하던 행동을 멈추고 급히 그녀의 안색을 살폈다.

"아, 놀라셨나 보군요. 모두가 알고 있는 의식이라 쉬이 여겨 따로 설명해 드릴 생각을 못 하였으니 저의 불찰입니다."

"아니요, 괜찮습니다. 그저 조금 갑작스러워서……. 한데 이것이 무엇입니까?"

"천령수(天靈水)라는 것입니다."

"천령수요?"

"예, 천령연(天靈淵)이라 불리는 신궁의 자그마한 연못의 물이지요. 하늘의 신령한 기운이 깃든 물이라 하여 천령수라 부른답니다."

아리는 고개를 주억거리며 신녀의 손에 들린 물건들을 가만 내려다보았다. 은으로 만들어진 듯한 자그마한 물병 하나와 손잡이 끝이 은빛 술로 장식된 세필 한 자루였다. 그리고 옆에는 붉은 끈 하나가 얌전히 놓여 있었다.

"그렇군요……. 하면 그 의식이란 것은 천령수로 이마에 무언가를 적어 넣는 것인가요? 그리고 그 자리에 증표가 나타나는 것이고요? 이 물이, 천령수가 정말로 배필을 점지하여 주나요?"

"후후, 궁금하신 것이 많으신 모양이군요. 타지 분이시니 더욱 그러하시겠지요. 천령수는 단지 하늘과 인간 사이의 매개체일 뿐…… 연분이라는 것은 하늘이 베푸시는 것이니, 증표 또한 하늘이 내리시는 것이겠지요. 거기에 이 신녀의 기도가 더해져 모두가 좋은 인연들로 맺어지기만을 바랄 뿐입니다."

"하면 증표라는 것은 어찌 생겼습니까?"

쉴 새 없이 쏟아지는 질문 공세에 별리하가 잠시 빙그레 웃었다.

"저도 직접 본 것은 몇 안 됩니다만, 어떤 이에게는 붉은 꽃문양으로, 또 다른 누군가에게는 푸른 나비 문양이나 검은 달 문양으로 나타나기도 하더군요. 고서에 기록된 것만 수십 가지에 이른답니다. 그 사람이 지닌 운명에 따라 증표의 문양도 각기 다르게 나타난다 전해지고 있지요."

"신기한 일이네요. 하지만 전설이나 설화라면 모를까, 실제로 그런 일이 일어난다고는 믿기지 않아요. 직접 겪어 보지 않고서야 어디……."

생각 없이 말을 내뱉다 아리는 말끝을 흐리며 그대로 입을 다물어 버렸다. 믿기도 힘든 일인데다 일어날 가능성이 단 일 할도 없는 일이기는 했지만, 순간 입이 방정이라는 생각이 들었던 것이다.

더 이상 아리에게서 질문이 없자 별리하는 그녀의 궁금증이 다 풀린 것으로 생각하였는지 조금 전 멈추었던 의식을 마저 행하기 시작했다. 동그란 원 안에 여섯 개의 선을 교차시켜 넣은 이후부터는 제대로 기억할 수 없을 만큼 복잡한 진(陣)이 신녀의 능숙한 손길을 타고 그녀의 이마 위에 투명하게 새겨졌다.

"스스로 푸시려거든, 자정이 지나 푸십시오. ……자, 이제 전하의 차례입니다."

마지막으로 붉은 끈을 이마에 동여매 주며 그렇게 말하고는 별리하는 물병과 세필을 챙겨 들고 그에게로 다가갔다. 똑같은 과정을 거쳐 그의 이마에도 이내 투명한 진이 그려지고 붉은 비단 끈이 매어졌다.

할 일을 모두 마쳤다는 듯 황금빛 비단보에 물건들을 가지런히 챙겨 넣은 별리하는 이내 두 사람에게 가볍게 목례한 후 '그럼'이라는 모호한 한마디를 남긴 채 휑하니 막사를 떠나 버렸다.

　너무나 갑작스러운 일이라 그런 그녀를 따라나설 생각조차 하지 못한 채 당황해 하는 사이 영겁 같은 시간이 흘러갔다. 마음의 준비도 없이 닥친 무겁고 어색한 침묵이 가슴을 짓눌러 심장이 터져 버릴 것만 같았다.

　때늦은 감이 없지 않아 있었지만 그와 이런 상태로 더 오래 함께 있느니 그저 조금 무안한 것이 낫지 않겠나 싶어 엉거주춤 몸을 일으키려던 순간이었다.

　"꽃구경을 하러 온 것 아니었나."

　"예?"

　"토질이 좋지 않아 신이며 옷이며 엉망이 될 텐데. 개의치 않는다면…… 나가지. 내 안내할 테니."

　그녀의 대답도 듣지 않고 성큼성큼 밖으로 나가는 그를 멍하니 바라보던 아리는 이내 퍼뜩 정신을 차렸다. 그때까지도 잔뜩 겁에 질린 채 막사 한편에서 오들오들 떨고 있는 장 상궁에게 먼저 돌아가 있으라 눈짓해 보인 그녀는 서둘러 그를 따라나섰다.

　그의 의중이 무엇인지 알 수는 없었지만, 그녀에게는 분명 실보다는 득이 더 많을 일이었다. 어색함이나 긴장감 따위를 이기지 못해 자국에 큰 도움이 될 중대한 정보를 놓칠 수는 없었다.

　막사가 자리한 초입을 벗어나자 그의 말대로 토질이 몹시 안 좋은, 미끌미끌하고 질퍽한 주토가 펼쳐졌다. 진창을 걷는 것과 다를 것이 없었다. 몇 발짝을 걸어 들어가니 벌써 신이며 옷이며 붉은 흙이 덕지덕지 묻어 엉망진창이 되어 있었다. 그것은 그도 물론 마찬가지였다.

　"내 분명 말하였지. 그렇게 될 거라고. 그래도 더 보고 싶은 거요?"

　엉망이 된 그녀의 옷과 신을 턱짓으로 가리켜 보이며 그가 물었다.

　"전하야말로 심각하신걸요."

　농담 반 진담 반으로 그녀가 대꾸하자 그가 자신의 발치를 내려다보더니 이정도는 약과라는 듯 피식 웃었다. 그러고는 질문한 것과는 조금 비껴간 그녀의 대꾸를 긍정의 대답으로 여긴 듯 다시 천천히 앞을 향해 걷기 시작했다.

바위산 밑의 모래바람이 이곳까지 불어왔다. 발밑의 땅은 질척했지만, 피부에 닿는 바람은 건조했다. 약하게 불어오는 바람에 간간이 붉은 꽃잎이 허공으로 붕 떠올랐다가 너울너울 떨어져 내렸다.

잠시 현기증이 일어날 정도로 화향은 강하고도 깊었다. 도대체 저 꽃의 용도가 무엇일까, 다시금 강한 의문이 일었지만 크고 중한 일일수록 조급함은 절대로 금하여야 할 마음가짐이었기에 꾹꾹 눌러 삼키고는, 조금씩 멀어지는 그와의 간격을 좁히기 위해 걸음에 좀 더 속도를 붙이려던 순간이었다.

"……?"

불현듯 그가 자리에 우뚝 멈춰 섰다. 그러고는 그대로 뒤돌아 그녀에게 성큼성큼 다가왔다.

조금 전의 여유롭다 못해 부드럽게까지 느껴지던 표정은 찾아볼 수조차 없는, 성난 맹수처럼 번뜩이는 눈빛을 한 그가 어느새 코앞까지 바짝 다가와 그녀의 어깨를 단단히 움켜쥐고 있었다. 아니, 감싸 안았다고 하는 편이 옳을 것이다.

완강한 손길을 뿌리칠 찰나의 틈도 보이지 않은 채, 그는 감싸 쥔 그녀의 가녀린 어깨를 품 안으로 힘껏 당겨 안고는 묵직한 숨을 토해 냈다.

"……이, 이게 무슨……!"

순식간에 그의 품 안에 갇혀 버린 그녀가 파르라니 질린 얼굴로 그에게서 벗어나려 몸부림을 쳤다. 마음속에 위태롭게 쌓아 가던 그를 향한 근거 없는 신뢰가 와르르 무너져 내리려 하고 있었다.

단단하고 넓은 사내의 가슴이 오르락내리락하며 거친 숨결을 뱉어 내고 있는 것이 얇은 은의 자락 하나를 사이에 둔 채 아슬아슬하게 맞닿은 살결 위로 고스란히 전해져 왔다. 아리는 본능적으로 그를 밀어 내려 안간힘을 썼다. 하지만 밀어 내면 밀어 낼수록 사내의 단단한 팔은 오히려 더 강하게 그녀를 옥죄어 올 뿐이었다.

무어라 섣불리 단정 지을 수 없으면서도, 그 순간 별의별 생각들이 난잡하게 얽히고설켜 들었다.

설마 그는 이런 불순한 의도로 화전 안내를 자처했던 것일까.

10년 전 황궁에서 겪었던 그 지옥 같은 일을 이런 식으로 또다시 겪어야 하는 걸까. 차라리 죽는 것만도 못한 그런 더럽고 끔찍한 일 따위…….

사내보다 약한 몸뚱이가 이 순간 너무도 저주스러웠다. 뿌리치려 할수록 강하게 옥죄어 오는 그의 강인한 완력이 원망스럽고 야속했다. 혐오스럽고 더러웠다. 소름이 돋고 몸서리가 쳐질 만큼 두렵고 끔찍했다.

"……어찌 이러십니까. 놓…… 놓아주십시오!"

"쉿…… 움직이지 마시오."

"이 무슨 무례입니까. 대체 무슨 짓을 하시려는……!"

온몸으로 거세게 저항하며 무어라 항의하려던 아리는 그러나 그다음 순간 그대로 입을 다물어 버리고 말았다. 거의 안겨 있다시피 한 그의 품 안에서 빠져나오려 바락바락 대들며 고개를 치켜든 순간, '핑!' 하고 공기를 가르는 가느다란 금속성과 함께 무언가 눈앞에서 번쩍하며 그녀의 이마 위를 아슬아슬하게 스쳐 지나갔기 때문이었다.

그것은 그녀를 품 안으로 바짝 당겨 안은 채 그녀의 얼굴을 마주 보고 있던 그의 이마 위에도 어김없이 날카로운 흔적을 남긴 채, 날아온 방향의 반대편 어디쯤으로 순식간에 날아가 자취를 감추었다.

그의 이마를 가리고 있던 붉은 끈이 그것에 베어져 나가 두 동강 난 채로 속절없이 바닥으로 흘러내렸다. 끈이 잘려 나가면서 이마 위로 길게 그어진 얕은 상처 위로 붉은 피가 조금씩 새어 나오고 있었다. 아리는 너무 놀라 망연자실한 채 저도 모르게 피가 흐르는 그의 이마를 향해 손을 뻗었다.

"피, 피가……!"

"……."

그녀의 가느다란 손가락이 그의 이마에 막 닿으려던 찰나, 그가 그녀의 손목을 가만히 낚아챘다.

"만지지 마시오."

"아……, 송구합니다. 제가 감히 존체에……."

"송구할 일도 많군. 그런 뜻이 아니었소. 괜한 피를 묻힐까 봐 그러한 것이
니……. 피는 묻히기는 쉬워도 잘 지워지지 않거든."

그는 대수롭지 않게 대꾸하며 그녀의 손목을 놓아주고는, 습격을 받고도 전
혀 당황해 하는 기색 없이 찬찬히 주위를 살폈다.

그리 멀지 않은 곳에서 서너 명의 기척이 느껴졌다. 그리고 그가 그들의 존
재를 알아차린 바로 그 순간, 또다시 '핑! 핑!' 연달아 금속성이 들려오며 아까
와 같은 번쩍이는 무언가가 그의 손목과 어깨를 차례로 스치고 지나갔다.

금속이 훑고 간 자리로 아릿한 통증이 느껴졌다. 천신제 때 다친 손목을 싸
매고 있던 하얀 무명천이 찢겨 나가고, 어깨 역시 옷깃이 베어져 나간 채 그 사
이로 조금씩 피가 배어 나왔다. 그 와중에도 그는 어느새 그녀를 품 안에 바싹
당겨 안은 채 그녀가 표적이 되지 않도록 온몸으로 그녀를 감싸고 있었다.

상처를 입은 것은 그였음에도, 도리어 아무렇지 않은 얼굴로 그녀의 상태를
살피는 그를 아리가 아연실색하며 바라보았다. 자신을 안고 있는 그를 뿌리칠
생각은 연이은 습격으로 인해 이미 저만치 날아가 버린 지 오래였다.

"전하, 괜찮으십니까? 대체 지금 그것이 무엇입니까?"

"표창이오. 자객이 든 것 같군. 이맘때가 되면 간혹 있는 일이오."

이마에 난 상처에서 흐르는 피를 손등으로 쓱 닦아 내며 그가 대수롭지 않게
대꾸했다.

"자객이라고요? 하오면 혹 지난번 기루의……."

"글쎄. 그대를 노린 것인지, 나를 노린 것인지는 알 수가 없군."

말을 마치자마자 또다시 표창이 사방에서 동시에 날아들었다. 어느새 허리
춤에서 검을 뽑아 든 그는 날아드는 표창을 향해 날렵하게 검을 휘둘렀다.

'챙강!' 소리와 함께 검에 부딪혀 바닥으로 떨어진 표창들이 바닥을 나뒹굴

며 하나둘 쌓여 갔다. 옷과 살갗을 아슬아슬하게 스치며 허공으로 날아가 박히는 표창도 바닥에 쌓여 가는 수만큼은 족히 되는 듯싶었다. 그럼에도 그의 한 팔에 안긴 아리의 몸에는 작은 생채기 하나 남지 않았으니, 그가 얼마나 집중하여 그녀를 보호하고 있는지는 누가 보아도 쉽게 알 수 있는 일이었다.

"다친 곳은 없소?"

"예, 괜찮습니다. 저보다는 전하께서……."

"나는 괜찮소."

그녀의 무사함을 확인한 그가 다시 검을 고쳐 잡았다. 그리고 그 순간, 미처 막아 내지 못한 표창 하나가 그의 앞섶을 여미고 있던 끈을 잘라 내어 그의 가슴팍이 훤히 드러났다.

끔찍한 흉터로 가득한 그의 맨가슴이 드러나자, 자객들이 노리고 있을지도 모를 왕의 심장이 오롯이 드러나는 듯한 그 모습에 친위대가 별안간 허공 속에서 모습을 드러냈다. 의중을 알 수 없게도 아까부터 계속해서 자신들의 호위를 저지하고 있는 왕의 허락을 더는 기다리지 못하고 항명을 감행한 것이다.

"친위대는 전하를 보호하라!"

친위대장 무흔과 늘 곁을 지키는 아홉 명의 친위대원들 중 절반이 그와 그녀의 주위를 장막처럼 둘러싼 채 언제 날아들지 모를 자객의 다음 공격에 대비해 그들을 온몸으로 막아섰다. 나머지 절반은 표창이 날아온 방향을 향해 쏜살같이 몸을 날렸다.

"전하, 상처를 입으셨습니다. 궁으로 돌아가셔서 어서 치료를 받으셔야 합니다."

"가벼운 상처다. 소란 피우지 마라."

"하오나 출혈이 꽤 심하십니다. 자객들이 언제 또 공격해 올지 모르오니 일단 피신부터 하시는 것이……."

"괜찮다. 오늘은 다시 오지 않을 듯하니. 그보다, 무흔. 저들의 잠입 경로를 속히 파악하여 보고하도록 해. 틈새 없는 지역이긴 해도 북쪽 경비를 허술히 한 것이 아무래도 마음에 걸려 보강하려던 차였는데 기어이 이런 일이 생기는군."

"예, 속히 조사토록 하겠습니다. 전하."

자객들이 전력을 다 쏟아부어 공격한 것이라고는 생각되지 않았다. 어떤 이유에서인지 그들은 목숨을 노려 공격한다기보다는 단순히 위협하며 알리고 있었다. 자신들이 가까운 어딘가에서 '그' 또는 '그녀'를 끊임없이 주시하고 있음을⋯⋯.

염려 가득한 표정의 친위대장이 또다시 있을지 모를 습격에 대비해 일단 피신할 것을 계속해서 간곡히 청하는 것을 단호히 물리치고는, 그는 그때껏 자신의 품 안에서 망연자실 넋을 놓고 서 있는 아리를 향해 흘끔 시선을 던졌다.

통증으로 미루어 보건대 생각보다 더 깊게 난 듯한 어깨의 상처보다도, 너무 놀라 하얗게 질린 채로 무어라 말조차 꺼내지 못하고 서 있는 그녀가 더 염려되었다. 딱히 무어라 설명하기 힘든 미묘한 감정들이 자꾸만 가슴속에 켜켜이 쌓여만 가는 기분이었다. 정말이지, 이해할 수 없는 일이었다.

소류의 예상대로 자객들은 다음을 도모하기로 한 것인지 더 이상 공격해 오지 않고 친위대의 추격을 피해 그대로 도주해 버렸다.

난데없는 자객들의 습격 때문에 새가슴이 된 마음을 진정시키기도 전에 친위대가 불쑥 나타나 기함을 하던 그녀였으나, 그들이 아군임을 알고는—적국의 친위대가 대관절 언제부터 아군이 되어 버린 것인지, 사실 그것이 더 기함할 일이었지만— 밀려오는 안도감에 긴장이 풀려 다리가 휘청거려 왔다. 아리의 그러한 변화를 알아차린 그가 그녀를 안은 팔에 힘을 주며 자신의 팔에 기대어 서게 했다.

"안심하시오. 더는 공격해 오지 않을 거요."

"예⋯⋯. 감사합니다. 전하께 또 목숨 빚을 졌⋯⋯ 아⋯⋯!"

그제야 자신이 아직도 그의 품에 안겨 있다는 사실을 뒤늦게 깨달아 버린 그녀는 두 손으로 그의 가슴팍을 황망히 밀어 내며 허둥지둥 그의 품에서 벗어났다. 자객들의 습격으로 놀란 마음이 채 진정되지 않아서인지 심장이 미친 듯이 쿵쾅거렸다. 뺨이 델 듯이 뜨겁게 달아오르고 있는 까닭까지는 도무지 설명할 길이 없었지만, 분명한 것은 지금은 한가로이 그런 것을 고민하고 있을 여유조차 없다는 사실이었다.

그의 품을 벗어나 주춤주춤 두어 걸음 뒤로 물러서고 나니, 엎친 데 덮친 격으로 이제는 훤히 드러난 그의 맨가슴이 눈에 들어왔다. 아리는 순간 귀까지 화끈거려 오는 것을 느끼며 너무도 당황한 나머지 얼른 시선을 들었다. 사내의 맨가슴은커녕 어려서부터 보아 온 유와를 제외하고는 다른 사내의, 하물며 지아비라는 사내의 팔뚝조차 한 번 제대로 본 적 없는 그녀였으니 충분히 당황하고도 남을 일이었다.

가까스로 시선을 들어 그제야 겨우 한숨 돌리겠구나 싶던 참이었는데, 그의 가슴팍을 피해 달아난 시선이 이번에는 그의 시선에 꼼짝없이 붙잡혀 버렸다.

며칠 겪어 보지도 못한 사내에게 '그답다' 라는 표현은 물론 어폐가 있는 말이겠지만, 분명 방금 전까지와도 확연히 다른, 어딘지 '그답지 않은' 집요하고도 끈질긴 시선이 그녀의 시선을 도통 놓아줄 생각을 않고 있었다.

아리는 당황하기에 앞서 긴장이 되었다. 그가 행여 무언가 눈치를 채기라도 한 것일까 싶어 그녀는 혹 자신이 은연중에라도 신분이 드러날 만한 어떤 행동을 하지는 않았는지를 곰곰이 떠올려 보며 조심스레 그의 눈치를 살폈다.

"어찌…… 그런 눈으로 보십니까……."

"……."

그러나 그는 묵묵부답이었다. 끈질기게 파고드는 시선에 숨통이 조여 오듯 가슴이 갑갑해져 왔다. 아리는 영문도 알지 못한 채, 도무지 시선을 어디로 두어야 할지 몰라 망설이다가 무심코 그들 앞에 깍듯이 고개를 숙인 채 도열해 있는 친위대에게로 시선을 돌렸다.

그리고…… 바로 그 순간이었다.

"……!"

친위대 열 명 전원이 별안간 바닥에 무릎을 꿇더니 깊이 허리를 숙이며 극진한 예를 갖추어 올렸다. 오로지 왕의 신변 보호를 위해 결성된 친위대가 그들의 왕 앞에 무릎 꿇는 것이야 너무도 당연한 행동이겠지만, 그 대상이 왕이 아닌 다른 누군가라면 얘기가 달랐다.

긴장을 늦출 새도 없이, 정확히 그녀를 향해 극진히 예를 취하는 친위대를 보며 아리는 충격과 경악으로 몸을 떨었다.

"왜들 이러십니까. 어서 일어들 나세요."

그녀 앞에 무릎을 꿇은 채 부복한 친위대원들의 이해 못 할 행동에 당황한 아리는 그런 그들을 만류하다 자신의 말을 듣지 않자 영문을 묻는 얼굴로 곁에 선 소류를 돌아보았다. 그러나 그에게서 역시 아무런 말도 들을 수 없었다.

그는 입을 꾹 다물어 버린 채, 어째서인지 잔뜩 굳어진 얼굴을 하고서 복잡한 눈으로 그녀를 바라보고 서 있을 뿐이었다.

그녀는 무언가 말을 꺼내려다 말고, 불현듯 이마가 허전하다는 생각에 무의식중에 손을 이마 위로 천천히 가져갔다.

"아…… 붉은 끈이……."

아마도 아까 처음 그와 그녀 사이로 표창이 날아들었을 때 잘려 나간 모양이었다. 상처를 입은 그에게만 신경 쓰느라 정작 자신의 끈이 잘려 나간 사실은 인지하지 못하고 있었던 그녀였다.

그녀는 허전한 이마를 매만지며 다시 그를 바라보았다. 도무지 모를 일이었다. 어째서…… 그는 저런 표정으로 자신을 바라보고 있는 것일까.

침묵한 채 자신을 집요하게 바라보고 있는 그에게서 무슨 말이든 들을 수 있기를 간절히 바랐지만 이내 포기하고는 괜스레 무안해진 시선을 돌리려는데, 순간 실로 기묘한 광경이 눈앞에 펼쳐졌다.

"……!"

난생처음 보는 광경이었지만, 그녀는 왠지 그게 무엇인지 단박에 알 수 있을 것 같았다.

흑발에 반쯤 가려진 그의 이마 위로 황금빛 문양이 서서히 떠오르고 있었다.

살아 꿈틀대듯 정교하게 새겨진 황룡이 금방이라도 승천하려는 듯 그 위용을 뽐내고 있었다. 그것은 시간이 지날수록 더욱 강한 빛을 발산하기 시작했다. 눈부신 황금빛…… 황룡의 인(印)이 그렇게 그의 이마 위로 온전히 모습을 드러내고 있었다.

또한 그 순간, 아니 이미 그보다 한참 전부터 소류와 친위대원들 역시 아리의 이마에 또렷이 나타난 황금빛 증표를 보고 있었다. 그러한 사실을 자각하지 못하는 이는 오로지 그녀 자신뿐이었다. 그녀의 까만 동공 속에 어리는 황금빛을 감지하여 자신에게 증표가 나타난 것임을 직감적으로 알아차려 버린 그와는 달리……

그렇기에 친위대원들의 다음 행동은 도통 영문을 알 리 없어 당혹해 하고 있는 아리를 더욱 혼란 속에 빠뜨리게 하기에 충분한 것이었다.

"천신 가호! 친위대장 무흔, 왕비 마마께 예를 갖추옵니다! 홍복을 누리소서!"

"천신 가호! 친위대 전원, 왕비 마마께 예를 갖추옵니다! 홍복을 누리소서!"

대장으로 보이는 사내의 우렁찬 외침을 필두로 한 친위대원들의 극진하고 깍듯한 외침이 사위에 쩌렁쩌렁하게 울려 퍼졌다.

아리는 순간 제 귀를 의심하지 않을 수 없었다. 그러나 너무도 황당무계하고 터무니없는 말들이었기에, 두 귀로 똑똑히 들었음에도 오히려 잘못 들은 것이라 쉽게 단정 지어 버렸다. 당혹감에 그저 헛웃음만 새어 나올 뿐이었다. 오늘 참 별일을 여러 번 겪는구나 싶어 절로 새어 나오는 한숨을 묵직하게 내뱉으며 아리는 기막힌 얼굴로 그들을 바라보았다.

"도대체 그게 무슨…… 전하, 이들이 어찌 제게 이러는 것입니까?"

맥이 탁 풀려 버려 간신히 몸을 지탱한 채 자신의 발아래 부복한 사내들을 망연히 바라보다가, 그녀는 복잡한 시선을 가까스로 들어 다시금 그에게로 향했다.

너무나 어처구니없는 일이어서 무어라 따질 마음도, 또 화를 낼 기운도 없었다. 누가 보더라도 적국의 황후에게 황룡의 인이 나타난다는 건 꿈에서조차 상상할 수 없는 얼토당토않은 일이 아닌가. 그녀는 친위대의 납득할 수 없는 행동에 '설마' 하는 일말의 의문을 품어 볼 생각조차 하지 못했다.

"전하……?"

그에게서 대꾸가 없자, 그녀는 다시 한번 조심스레 그를 불렀다. 그녀의 놀란 두 눈동자가 끊임없이 그의 대답을 재촉하고 있었지만, 그는 여전히 묵묵부답이었다.

늘 평정을 잃지 않는 소류였지만, 제아무리 그런 그라 할지라도 지금과 같은 상황에 친절히 대답해 줄 여유 같은 것이 남아 있을 리 없었다. 표정에는 거의 변화가 없었지만, 사실 그 순간 소류 역시 큰 충격에 빠져 있었다. 자신이 무엇엔가 홀려 헛것을 보고 있는 것이라 그렇게 믿고 싶었다. 하지만 정신을 차리고 아무리 재차 살펴보아도 눈앞의 황금빛 형상은 더욱 선명해지기만 했다.

10년을 기다려 온 증표였다. 지금 눈앞에서 벌어지고 있는 일은 기다려 온 그 긴긴 세월이 무색하리만치 어처구니없는 일이라 그를 무맥하고 망연하게 만들었다.

적국 황제의 총희, 게다가 그의 아이까지 가진 여인이라지…….

제왕의 반려의 운을 타고난 아이혜를 두고, 이런 여인에게서 황룡의 인이 나타나리라고 어디 상상조차 할 수 있었겠는가 말이다.

혼란스러운 눈으로 자신을 바라보고 있는 그녀를, 그런 그녀와 별반 다를 것 없는 복잡한 시선으로 그가 우두커니 바라보았다.

같고도 다른 눈빛을 하고서, 마주 선 채 말없이 서로를 바라보고 있는 두 남녀…… 그런 그들 앞에 예를 다하여 부복하고 있는 열 명의 장정들…….

모든 것이 정지해 버린 듯 고요하게 가라앉은 공간 속에, 그들 모두의 시간 또한 그렇게 잠시 멈추어 버린 듯했다. 어디선가 소소한 바람이 불어와 붉은 데오니꽃을 춤추게 할 때까지, 그렇게 찰나 같기도 영겁 같기도 한 시간이 멈춘 듯이 흘러가고 있었다.

일렁이는 붉은 꽃의 물결과 함께 멈추어 버린 시공의 흐름이 다시금 소통되기 시작한 것은, 평소보다 더욱 가라앉은 진중한 목소리가 나직이 명을 내리던 바로 그 순간이었다.

"······함구하라."

대상도 주체도 모두 생략된 명령이었지만, 그것이면 충분했다.

"존명!"

"존명!"

뜻하는 바를 충분히 간파한 친위대가 극진히 명을 받들고는 처음 나타났을 때처럼 별안간 허공 속으로 자취를 감추며 사라졌다. 자객의 습격이 있었다는 사실도, 왕과 서궁의 여인의 이마에 오롯이 새겨지던 찬연한 황금빛 증표도, 함구령이 내려진 지금 이 순간 이후부터는 그 모든 것이 철저히 비밀에 부쳐질 것이었다.

장정들이 사라진 자리에 환영처럼 남아 아른거리던 희미한 잔상이 서서히 사라지는 것을 이제는 단둘만이 남은 그와 그녀가 각자 침묵한 채 바라보았다. 불과 두어 걸음 남짓 떨어진, 손을 뻗으면 닿을 듯한 거리에서 차마 서로 마주 보지 못한 채 의식적으로 한 곳만을 바라보며 서 있는 그들 사이로, 때마침 불어오는 바람을 타고 붉은 꽃잎들이 춤을 추듯 허공에 흩날렸다. 꽃잎들의 춤사위와 함께 데오니꽃의 미묘하고도 달콤한 향기가 주위에 가득 피어올랐다.

그 향기에 취해서일까······. 영영 그렇게 서로의 시선을 피한 채 서 있을 것만 같던 그들이 천천히 서로를 향해 고개를 움직였다.

바람이 세차게 불어와 그의 머리카락을 스치고 그녀의 옷깃을 흔들었다. 그의 시선이 그녀의 목 언저리에서 춤추는 보랏빛 은의 자락에 잠시 머물렀다가, 아주 느리고 조심스럽게 투명한 뺨 위를 스쳐 이마에 닿았다. 그녀의 이마에 또렷이 떠오른 황룡의 인은 여전히 고고한 자태를 뽐내며 찬연히 빛나고 있었다.

그는 허리를 숙여 발치에 떨어져 있던 잘려 나간 옷고름을 가만히 주워들었다. 머릿속은 여전히 혼란스러웠지만 아무것도 확신할 수 없는 지금, 본인에게 일어난 일을 자각조차 하지 못하는 그녀 앞에서 그것을 내색할 수는 없었다. 주워 든 옷고름을 반듯이 펼쳐 들어 그녀에게로 가져가는 순간까지도, 그녀에게 사실을 알려야 할지 말아야 할지조차 판단이 서지 않았다. 굳건히 지켜 온 아라하의 이 오랜 관습을 과연 지켜가야 할지 말아야 할지조차 새삼 그를 고민하게 만들고 있었다.

그가 그녀를 향해 한 걸음 다가서며 가만히 손을 뻗는 순간, 그녀가 어깨를 움찔하며 뒤로 물러섰다. 허공에 멈춘 그의 투박한 손이 잠시 머뭇거리다가 이내 원래의 자리로 되돌아갔다.

"끈이 풀렸소. 그대로 두면 내가 푼 셈이 되는 것이니 다시 가려 주려는 것뿐이오. 그대도 신녀께 증표를 받은 이상 축제를 즐길 자격 정도는 있는 것이니까…… 본의 아니게 그 기회를 뺏고 싶진 않군."

"아……. 하오면…… 이리 주십시오. 제가 하겠습니다."

"그러지."

그는 순순히 옷고름을 건넸다. 말은 그렇게 둘러대고 있었지만, 다시 증표를 가려 둔다고 하여 두 사람이 증표의 연으로 맺어져 있다는 사실마저 변하는 것은 아니었다. 그 사실을 언제까지 감출 수 있을는지도 미지수였다.

그의 명령대로 친위대는 제 목을 걸고 오늘의 일들을 모두 함구할 테지만, 이미 나타난 증표의 징조가 언제 어디서 어떻게 다시 나타날지는 모를 일이었으므로 마음 놓고 있을 수만은 없는 일이었다. 그렇다고 영문조차 모르는 그녀를 죄인 가두듯 서궁에 가두어 놓을 수도 없는 노릇이고…….

어찌하여야 할까……. 어처구니없긴 하지만 이미 결과가 난 일이니, 당황스러운 마음은 접어 두고 먼저 대책부터 마련하는 것이 순서일 것이다. 전혀 대비하지 못하였던 일에 황황한 마음이 드는 것 또한 사실이기는 하나, 이대로 갈팡질팡하며 넋 놓고 주저앉아 있을 수만은 없는 노릇 아닌가. 아무래도 별리하를 만나 보아야겠다. 그녀라면, 분명 오늘의 일을 어느 정도 예지하고 있었을 터…….

그는 남은 한쪽 옷고름을 자신의 이마에 대충 동여매고는 곁에 멀뚱히 서 있는 아리에게로 시선을 돌렸다. 그녀의 이마에서 소려하게 빛나던 황룡의 인은 어느새 얇은 천 조각 뒤로 완전히 모습을 감추고 있었다. 유심히 들여다보지 않으면 황금빛 잔광 역시 눈에 잘 띄지 않았다. 그만하면 우선은 되었다 싶어 막사로 돌아가기 위해 그녀의 곁을 지나치려던 순간이었다.

그녀가 그런 그를 향해 가만히 팔을 뻗었다. 흠칫 놀라 물러서던 그녀와는 달리, 그녀의 뜻밖의 행동에 놀란 마음이 들기보다는 그 까닭이 더 궁금해지는 터라 그는 그녀의 하는 양을 그저 조용히 지켜보았다.

"이곳이…… 제대로 가려지지 않았습니다."

"……."

가리킨 곳의 옷고름을 엄지와 검지로 살짝 잡아 내리는 그녀의 얼굴은 어떤 의식을 치르듯 퍽 진중하고 조심스러운 모습이었다. 자신의 어깨에 닿을까 말 까 한 자그마한 키로 살짝 까치발을 들며 그의 이마를 이리저리 살펴보는 모습 이 어린아이처럼 퍽 귀엽게 느껴져 그는 저도 모르게 입꼬리를 올렸다.

그러다 문득, 청아한 푸른빛 요대를 두른 그녀의 복부로 무심코 시선이 옮겨 졌다.

그러자 그 순간, 정말이지 그와는 전혀 상관이 없었던, 그다지 중요한 사실 도 아니어서 그저 그러려니 하며 듣고 넘겼던 어떤 사실 하나가 별안간 가슴속 에서 여울져 일렁이며 그를 거세게 흔들었다.

저 안에…… 그의 아이가 있다고……?

심연 같은 눈동자에 고요한 파랑이 일었다. 까닭을 알 수 없는 상실감과 희 미한 분노가 순간 그의 사고를 빠르게 잠식해 갔다. 적국 황제의 총희라는 그 녀의 신분이 달라질 리 없듯이, 그녀가 쓸 만한 볼모라는 생각에는 지금도 변 함이 없었다. 그러나 그 자신조차 납득하기 힘든 어떤 변화가 마음속에서 거센 풍랑을 일으키며 몰아치는 것을 그조차 어찌 막아 볼 도리가 없었다.

그저 단 하나가 달라졌을 뿐이었다. 자신의 반려의 증표인 황룡의 인이 그녀 에게 나타났다는 것. 마음 한편으로는 그저 관습일 뿐이라고 치부하면서도, 그 럼에도 오래도록 기다려 왔던 증표의 주인이 바로 그녀라는 것…….

그에게 주어진 모든 상황은 여전히 그대로인 채, 바뀐 것이라고는 단지 그 하나뿐이건만…… 그것은 마치 마법처럼, 주술처럼…… 그렇게 한순간에 그의 사고와 감정을 송두리째 뒤집어 놓았다.

마치 증표 하나로써 그녀가 정말로 그의 여인이 되어 버리기라도 한 듯, 말로는 다 설명하기 힘든 수많은 감정들이 한꺼번에 물밀듯이 밀려들어 왔다.

지켜 주고 싶은 책임감, 오롯이 나의 것이기를 바라는 소유욕, 안주하고 싶은 나약함 그리고…… 가슴 뛰는 연심(戀心)……. 또한 그 모든 감정들을 부정하려는 마음까지.

감당하기 힘든 감정의 물결에 휩쓸려 잠시 휘청거리던 그가 정신을 다잡았다. 그는 여인을 책임져야 하는 사내이기 이전에, 나라를 책임져야 할 왕이었다. 필요에 의해서라면, 혹은 천명을 거스를 수 없어서라면 꼭 아이혜가 아니더라도 그 누구와도 혼례 올릴 수 있는 그였지만, 이런 것은 아니었다. '그 자신이 원해서'가 아니라면 달리 설명이 되지 않는…… 무언가의 강요에 의해서가 아니라 그저 그의 마음이 저절로 움직여져 바라게 되는…… 이런 것은, 아니었다.

"신경 써 주어서 고맙소. ……오늘은 이만 돌아가는 것이 좋겠군."

"예…… 그리하겠습니다."

혼란스러움을 가득 안은 채 서둘러 그곳을 벗어나려던 그에게 대답하던 그녀는 문득 무언가 더 할 말이 남은 듯 멈칫하며 그를 올려다보았다. 묻는 듯한 그의 시선이 조용히 그녀를 향하자 그녀가 소담히 웃으며 입을 열었다.

"여태 홀로이신 이유가 증표가 나타나지 않았기 때문이라 들었습니다. 금년에는 황룡의 인의 또 다른 주인을 꼭 만나시길 빌겠습니다."

"……고맙군."

그의 표정이 묘하게 굳어지고 있는 까닭을 그녀가 알 리 없었다. 소류는 왠지 모를 씁쓸함을 떨쳐 내려 애쓰며 무심한 듯 말을 이었다.

"만일, 내가 그대에게도 증표의 반려가 나타나길 바란다고 한다면…… 그건 덕담이라기보단 차라리 악담일 테지."

"물론이지요, 전하."

의미심장한 그의 말을 가벼운 농쯤으로 여긴 아리는 부러 정색을 하며 장난스럽게 대꾸했다. 그 모습에 그가 덤덤히 웃었다. 온화하고 다감하나 어딘지 모르게 공허하고 씁쓸한 여운이 남는 묘한 웃음……. 그 웃음에 감정이 전이되어 버리기라도 한 것일까. 그녀 역시 까닭 모르게 마음 한편이 허탈하고 씁쓸해져와 아리는 애써 밝은 표정으로 목소리를 높였다.

"파안에서 나고 자라 심신이 오롯이 파안 사람인 제게 아라하 태생의 지아비라니요. 그것이 가당키나 한 일이겠습니까. 적국의 하찮은 상인의 여식인 제게 이리도 황공한 대접을 하여 주시니 몸 둘 바를 모르겠습니다만, 그러한 악담은 정중히 사양하지요. 무미건조하여 재미없는 삶이라도 저는 여생을 그저 편안히 보내고 싶은 사람이라서 말입니다, 전하."

그 말은 듣기에 따라 그녀가 몹시 굴곡진 삶을 살아왔다는 뜻으로도 들렸다. 멸문지화를 당해 하루아침에 귀족의 신분에서 기녀로 전락해 이리저리 기방을 전전하다 운 좋게 황제의 눈에 띄어 후궁의 자리까지 거머쥔 여인이니, 얼마나 굴곡 많은 삶을 살아왔을지는 굳이 듣지 않아도 충분히 짐작이 되었다. 누구보다도 치열하고 파란만장했을 그녀의 삶이 눈앞에 생생히 그려지는 듯해 그는 연민이 담긴 눈빛으로 그녀를 바라보았다. 아니, 사실 연민보다는 고뇌의 빛이 더 짙었다.

아라하의 번영을 위해서라면 어떤 졸렬한 짓이든 서슴지 않으리라 다짐하던 그였다. 한데, 고작 몇 번 마주친 게 전부인 특별할 것도 없는 여인 하나 때문에 그의 굳은 다짐이 흔들리고 있었다.

자꾸만 망설여졌다. 대의라는 명분 하나로, 과연 한 사람의 인생을 송두리째 뒤흔들어도 되는 것인가 하고……. 천신께서 점지하신 반려라고는 하나, 서로 순탄치만은 않을 파란 많은 인연임을 알면서도 순순히 천명을 받들어야 하는 것인가 하고…….

"전하, 가시지요……?"

"……."

그에게서 무어라 대꾸가 없자 잠시 머뭇거리던 그녀가 먼저 걸음을 떼는 순간, 엄청난 강풍이 불어 닥쳐 그들을 에워쌌다. 채 한 걸음 떼지도 못한 채 순간적으로 중심을 잃고 버둥거리던 그녀의 미간이 한껏 찡그려졌다. 얼굴이며 팔다리며 할 것 없이 맨살이 드러난 틈이란 틈을 다 비집고 사정없이 날아와 박히는 흙모래는 어느 때보다도 매섭고 앙칼졌다.

여린 피부에 와 닿는 아릿한 통증에 잠시 몸을 웅크렸다가 바람이 잦아들고 나서야 다시금 슬며시 숙였던 고개를 들었을 때…… 눈앞에 펼쳐진 광경은 그러나 매섭던 그 모래폭풍처럼 거칠지도, 서슬 퍼런 칼날과 같이 날카롭게 뻗은 데오니의 잎사귀들처럼 삭막하지도 않았다.

새붉은 꽃잎들이 저마다 푸르스름한 달빛을 머금어 묘한 빛으로 아롱져 흩날렸다. 바람에 허공 위로 솟구쳐 올랐던 데오니의 붉은 꽃잎들이 별 무리가 빛을 뿌리듯 사방으로 퍼져나가 하늘하늘 떨어져 내리는 그 광경은, 실로 말로는 다 형용할 수 없는 아름답고 고혹적인 광경이었다.

"아……!"

작게 탄성을 내지르며 어느새 벌어진 입을 다물지도 못한 채 꽃비 내리는 달밤의 향연에 녹아들듯 취해 버린 그녀를 그가 말없이 바라보았다.

전설과 꼭 들어맞는 상황에 그만 저도 모르게 쓴웃음이 흘러나왔다. 꽃비 내리는 달밤, 마주 선 두 남녀. 그리고…… 증표……. 어느 것 하나 틀린 것이 없었다.

때마침 멀리서 들려오는 아이들의 맑은 노랫가락 소리에, 그의 얼굴 위로 자조 섞인 메마른 웃음이 스쳐 갔다.

꽃비 내리는 달밤
두 남녀 수줍게 마주 섰네
우연인가 하였더니
실은 그 만남 필연이라

하늘님 맺어 주신 인연이니

죽음도 갈라놓지 못하리

시린 달이 휘영청 대지를 비추고, 붉은 꽃잎이 비가 되어 흩날리는…… 화우월야(花雨月夜)의 시간…….

마주 선 두 남녀의 필연 같은 인연이 운명처럼 그렇게 시작되고 있었다.

7
과거의 편린

'그 얼굴…… 쳐다보는 것조차 끔찍하고 혐오스럽사옵니다. 폐하의 손길 제 몸에 닿는 것이 정말이지 역겹고…… 소름 끼치옵니다. 하오니 다시는, 두 번 다시는 제 몸에 손대지 마소서.'

들끓는 사내의 욕정이 아니었다.

잔뜩 균열이 난 백자처럼 조금만 손이 닿아도 바스러져 버릴 듯 위태롭고 창백하기 그지없는 그녀가 안타깝고 가슴 아파서…… 저의 섣부른 위로가, 서툰 손길이 죽을힘을 다해 견디고 있을 그녀를 그대로 무너지게 할까, 그것이 두려워서…… 차마 그 작은 어깨를 품에 안아 다독거릴 마음조차 품지 못한 채, 끝내 닿을 곳 없이 허망하게 허공을 부유하는 자신의 손을 한참이나 무연히 바라보다가…… 정말이지 어렵게, 어렵게 용기 낸 것이었다.

세상 무엇으로도 그녀에게 위로와 사죄가 될 수는 없을 거란 걸 잘 알지만, 그렇게라도 하지 않으면 까끌까끌한 모래알을 가득 집어삼킨 것처럼 불편하고 괴로운, 끔찍한 이 심정을 도저히 견딜 수 없을 것만 같아서…… 그럴 자격조차 없다는 걸 알면서도 불안하게 떨리는 그녀의 가는 어깨를 그 순간만큼은 도저히 그냥 모른 척 지나쳐 버릴 수가 없어서…… 힘겹게, 힘겹게 그녀의 어깨를 감싸 안아 조심스럽게 품 안으로 끌어당기던, 서툴지만 진심 어린…… 후회와 연민의, 그리고 자책의 손길이었다.

능숙히 여인을 안던 손이 그때만큼은 왜 그리도 서툴고 어색하게만 느껴지던지……. 그답지 않게 떨려 오는 손끝을 겨우 진정시키며 그녀의 등을 조심히 쓸어내리던 그를, 그의 손길을…… 그녀는 조용히, 그러나 완강히…… 그리고 아주 냉담히 거부했다. 어쩌면 당연하게도…….

'어쭙잖은 위로나 연민 따위는 필요 없사옵니다. 그런 것 하실 줄 모르시는 분이 아니옵니까. 이제 와 이리하시면 신첩 감격하여 폐하의 품에 울며 안겨들기라도 할 줄 아셨사옵니까? 제발…… 저를 더 비참하게 만들지 말아 주시옵소서. 신첩은 이미 더럽혀졌고…… 더 이상 폐하의 여인일 수 없는 몸이옵니다. 그러니…… 차라리 저를 내치소서.'

소리 지르며 울고 화를 냈더라면 차라리 이보다는 나았을 텐데……. 단조롭기 그지없는 그녀의 목소리가 너무도 처연히 귓가에 박혀 왔다. 가슴속에 피가 철철 흐르는 말들을 거침없이 쏟아 내고 있으면서도 마치 아무 일도 없었다는 듯 안연한 그 태도가, 덤덤한 그 얼굴이 견딜 수 없이 그를 괴롭게 만들었다.

그녀가 딱히 못마땅했던 것은 아니었다. 그런데도 까닭 없이 비틀렸던 마음과 괜한 치기로 조롱하고 멸시해 온 지난날들이 그 순간 사무치도록 후회스러웠다.

'……폐하에게서 그분의 모습이 언뜻언뜻 스칠 때마다…… 누군가 제 심장을 난도질해 갈기갈기 찢어 놓는 것처럼 너무 괴롭고 고통스러워 견딜 수가 없사옵니다. 숨을 쉬는 것조차 힘겹사옵니다. 이리 살아 있는 것이…… 너무나 끔찍하고 고통스럽사옵니다. ……하오니 제발…… 제발…… 다시는 폐하를 뵙지 않을 수 있게 해 주시옵소서. 폐하께 드리는 처음이자 마지막 간청이옵니다.'

달리 무슨 말을 할 수 있었을까. 그녀에게는 그것이 최선이었다는 것을 안다.

매 순간 꿈결처럼 찾아드는 달콤한 영면에의 끈질긴 유혹을 뿌리치며 그렇게라도 삶의 끈을 놓지 않으려 몸부림치던 것임을…….

비수처럼 날아와 박히는 그녀의 고요한 절규에 서걱거리며 베어져 나가는 심장을 부여잡은 채 얼굴을 일그러뜨리던 그 순간에조차 그는 알고 있었다.

하지만 무참히 짓밟혀 버린 진심은 후회와 자책을 낳기보다는 사람을 참 잔인하고 흉포하게 변모시켰다. 저의 진심이 짓밟힌 이유가 무엇이었는지를 망각하게 할 만큼…….

'그대의 청…… 들어주지…….'

그때 아마도 그는 비틀린 조소를 입가 가득 베 문 채 원망 어린 눈으로 그녀를 바라보고 있었을 것이다. 지난날 자신이 그녀에게 준 상처 따위는 기억 저편에 고스란히 묻어 둔 채로…….

하늘을 찌를 듯한 오만과 자존으로 그럴듯하게 군주로서의 자신을 포장한 채 살아가고 있는 그였지만, 황제라는 두텁고 견고한 갑옷을 벗어던진 스무 살의 주단휘는 마음속에 이는 작은 바람에조차 휘청거리며 흔들리고 방황하는 여리고 불완전한 인간이었으며, 참으로 못나고 치졸한 사내일 뿐이었다.

'원한다면 평생…….'

그리고 10년……. 정말 지독하리만치 서로에게 잔인해지고 무감해질 수밖에 없었던 그 긴 시간 동안 단 한 순간조차 그날의 벽을 허물어 버리지 못한 채 살아왔다. 한 걸음 나아가지도 또 물러서지도 못한 채, 그저 제자리걸음으로 머물러 온 시간…….

10년이란 세월이 흐르도록 스무 살의 주단휘와 서른 살의 주단휘는 변한 것이 없었다. 열일곱의 진아리와 스물일곱의 진아리가 변함없듯이…….

"폐하! 멀리 성문이 보입니다! 낙안성에 당도한 듯싶습니다. 틀림없는 손가(家)의 문장이옵니다!"

상념을 깨우는 목소리에 그는 흐릿해진 시선을 들어 전방을 바라보았다. 군관의 말대로 손가의 상징인 흑호가 그려진 문장이 성문 양쪽 귀퉁이에 커다랗게 걸려 나부끼고 있었다. 선잠으로 수마를 달래 가며 내리 나흘을 내달려온 곳이었다. 바로 저 앞이 목적지임을 알고 나니 순간 지독한 피로감이 밀려들었다. 단휘는 마지막 힘을 쏟듯 더욱 속도를 붙였다.

"전령은 당도하였겠지."

"소신이 알아보고 오겠습니다."

말을 마친 사내가 힘껏 채찍을 휘두르자 흑색 갈기의 준마가 앞발을 치켜들며 긴 울음을 터뜨리고는 성문을 향해 쏜살같이 달려 나갔다. 사내와의 거리가 점차 멀어지고 마침내 그가 성문에 다다랐다고 생각될 무렵, 난공불락의 요새답게 멀리서 보기에도 견고하기 그지없는 성문이 아무런 저항도 없이 그 거대하고 육중한 몸체를 서서히 여는 것이 보였다.

그가 성문 앞에 채 다다르기도 전에 뿌연 먼지를 일으키며 성안에서 말을 탄 한 무리의 사내들이 달려 나왔다. 그리 가깝지 않은 거리였음에도 그들은 단휘를 발견하자마자 황급히 말에서 내려 그에게로 달려와 일제히 부복했다.

"황제 폐하! 신 낙안태수 손파영, 감히 대국의 군주를 뵈옵나이다!"

무리의 선두에 선 사내가 거친 숨을 몰아쉬며 다급히 예를 갖추자 무리들 역시 그를 따라 황감히 예를 갖추었다.

"황제 폐하! 감히 대국의 군주를 뵈옵나이다!"

잠시 멈춰 선 채 그들을 쓱 훑어보던 단휘의 시선이 성주라 자신을 밝힌 사내에게 차분히 내리꽂혔다. 이제 막 영글어가는 과실처럼 풋풋하고 싱그러운 혈기가 가득 흐르는 청년의 호기로운 얼굴……. 사뭇 그리운 노장의 젊은 시절을 보는 듯 그와 꼭 닮은 모습에 가슴 한편이 찌르르 저려 왔다. 아직도 믿어지지 않는 그의 죽음이, 그의 빈자리가, 몇 해가 흐른 지금껏 온전히 놓아주지 못한 채 그리워하는 이의 가슴을 크게 흔들어 댔다.

"평신하라."

나직한 그의 명에 모두가 황공히 몸을 일으켜 세우고는 군주를 향해 깊이 국궁했다. 하나같이 기골이 장대하고 사내답게 호방한 기운을 풍기는 자들이었지만, 단휘는 무리 가운데서도 단연 돋보이는 젊은 성주를 물끄러미 바라보았다.

"파영, 오랜만이로군."

"광영이옵니다, 폐하. 마지막으로 폐하를 뵈온 것이 이태 전이오니 실로 오랜만에 존안을 뵙사옵니다. 그간 존체 강녕하셨는지요."

"그대도 평안하였겠지. 변변히 마음 써 주지도 못하는 부족한 짐을 이리 환대해 주니 고맙군."

"천부당만부당하신 말씀이시옵니다. 하해와 같은 폐하의 은덕으로 낙안의 모든 백성들이 안온히 지내고 있사옵니다."

"천만에. 그대 부친의 덕이지. 앞으로는 그대의 덕일 테고. ……일단 들어가지."

"황공하옵니다, 폐하. 하오면 소신이 잠시 앞장서 모시겠나이다."

단휘는 다만 고개를 끄덕여 보이고는 천천히 성채 쪽으로 말을 몰았다. 황송한 듯 길게 읍하며 서둘러 말에 올라타 앞장서 가는 청년의 뒷모습을 향해 그의 고요한 시선이 날아가 박혔다.

경외와 충심의 의미일까. 제 아비만큼이나 예의가 넘치는 이라는 것을 알고는 있지만, 마치 자신의 시선을 의도적으로 피하듯 찰나도 마주치지 않는 눈동자가 어쩐지 목에 걸린 가시처럼 마음에 걸린다.

그 아비인 명원공은 감히 대국의 지존과 시선을 마주쳐도 조금도 불경스럽다 생각되지 않을 만큼 두 눈동자 가득 충심과 애국이 넘쳐흐르던 자였다. 생김은 제 아비와 똑 닮았음에도, 내리깐 시선에 깔린 무언가는 그러나 분명 제 아비의 것과는 어딘지 다른 듯해 심기가 편치 않았다.

물론 이 모든 의심이 저의 불안에서 오는 것이란 사실을 단휘는 잘 알고 있었다. 하여 반드시 명원공 그가 있어야만 했던 것이다. 맹신할 수 있는 몇 안 되는 신하들 중 하나를 잃은 허탈감과 안타까움이 다시금 그의 가슴속에 사무치게 차오르고 있었다.

"이곳은 변한 것이 없군."

성주의 안내를 받아 늘 자신이 머물다 가곤 하던 건양궁 안으로 들어선 단휘가 혼잣말처럼 중얼거렸다. 너무 작은 소리여서 미처 알아듣지 못한 성주가 뒤를 돌아보며 '예?' 하고 되물었지만, 단휘는 아무 말 없이 그저 고개를 저었다.

익숙한 전각의 구석구석 먼저 간 충신의 흔적이 머물렀다. 함께 집무실로 향하던 좁고 어둑한 복도, 매년 꼬박꼬박 진상되는 낙안의 특산품답게 그의 몸에서도 어김없이 풍겨 나오던 특유의 묘한 향취, 주인의 성품을 말해 주듯 낡고 수수하지만 고고한 기품이 깃든 건물 내부의 장식들······.

그의 아들인 젊은 성주가 왠지 그것들과 조금도 융화되어 보이지 않는 건 단지 자신만의 편견일 뿐일까. 뜻하지 않게 찾아온 불운한 변고로 인해 누구나 품어 볼 법한 막연한 불신과 불안감······ 그저 그뿐인 걸까.

그래······ 분명 그러한 것이리라······.

이리 마뜩잖고 석연찮은 기분이 드는 건 황후의 일로 마음이 어지러운 탓일 게다. 나흘을 내리 내달려 온 까닭에 심신이 지쳐 있는 탓일 게다······.

단휘는 밀려드는 의심과 불신을 떨쳐 내려 머리를 흔들었다. 잠을 제대로 이루지 못한 탓인지 뒷골이 저려 올 만큼 머리가 무겁고 묵직했다.

"성곽을 둘러보는 건 내일로 미루지. 여독부터 풀어야겠군."

방 앞에 도착한 그가 성주를 돌아보며 말했다. 굳이 방문을 열지 않은 채인 것은 그에 대한 마뜩잖은 느낌 때문인 것도 없지 않아 있었지만, 그보다는 이제는 절실하다 못해 간절하기까지 한 다디단 휴식을 누구에게도 방해받고 싶지 않아서였다.

"예, 폐하. 편히 쉬실 수 있도록 필요할 만한 것들을 모두 준비해 놓았사옵니다. 먼 길 오시느라 노곤하셨을 터인데 모쪼록 편히 쉬시옵소서. 소신 금일은 이만 물러가옵고, 명일 찾아뵙겠나이다."

사내가 순종적으로 허리를 굽히며 물러날 뜻을 비쳤다. 무심을 가장한 탐색의 시선이 잠시 잠깐 젊은 성주를 날카롭게 훑었다. 늘 존재 자체를 위협받는 만인지상의 권좌에 앉아 있다 보니 육정(六正)과 육사(六邪)를 가려내려는 본능적인 욕구가 습관처럼 배어 있는 탓이리라.

성주가 복도를 돌아 시야에서 완전히 사라지고 난 후에야 단휘는 방문 손잡이로 손을 뻗었다. 굳이 그때까지 기다리고 서 있었던 데에는 딱히 별다른 이유가 있었던 것은 아니었다. 부족한 수면 탓에 잠시 어질해질 정도로 머릿속이 멍해져 있었을 뿐…….

손잡이를 잡은 손에 힘을 주자 끼익, 무거운 마찰음을 내며 이윽고 문이 열렸다. 예전처럼 환하게 밝혀진 방을 예상했건만 의외로 방 안은 어둑했다.

"……."

방 안으로 한 걸음 들어서자 습한 공기가 폐부로 밀려드는 것이 느껴졌다. 오래 비워 둔 공간의 매캐한 습함이 아니라 따뜻한 수증기로 가득 채워진 산뜻하고 청량한 습함이었다.

그 기운의 근원지를 찾아 시선을 천천히 옮겨 보니 방 한편에 난 작은 문에 드리워진 휘장 너머로 휴식을 취하기에 적당한 정도의 은은한 불빛과 모락모락 피어오르는 미세한 수증기들이 휘장 밖으로 조금씩 새어 나와 흩어지는 것이 보였다.

몇 날을 내리 달려 친히 납신 고단한 황제를 위해 이 정도의 준비쯤은 당연한 것이리라. 그는 흙먼지를 잔뜩 뒤집어쓴 옷가지들을 벗어 던지고는 욕조가 준비되어 있을 그곳으로 다가가 가만히 휘장을 걷었다.

휘장이 걷히자 빛 무리가 어둠 속에 번지듯 퍼져 나갔다. 은은한 불빛에 반사된 그의 나신은 흠잡을 데 없이 매끈하고 단단했다. 보통의 무사들처럼 햇볕에 검게 그을린 피부는 아니었지만, 근육이 잡힌 탄탄한 몸은 그가 탁상에서 붓과 입을 놀리는 것만이 전부인 황제는 결코 아님을 말해 주고 있었다.

휘장을 걷은 단휘는 잠시 그대로 멈추어 선 채 눈을 가늘게 뜨고 안을 바라보았다. 그래, 과연 성주의 말대로 필요한 모든 것이 준비되어 있었다.

보기만 해도 쌓인 피로가 싹 가시는 듯한 따뜻한 물이 가득 담긴 욕조와 몽롱한 잠에 빠져들 것만 같은 미묘한 향을 풍기는 향초들, 그리고…… 그 곁에 그림처럼 앉아 있는 여인까지…….

사내의 애를 태워 보기라도 할 요량인지 뽀얀 속살이 훤히 비치는 얇은 백색 단의 차림을 한 여인을 말없이 응시하던 그는 저도 모르게 쓴웃음을 지었다.

낙안성에서 이런 대우는 처음이었다. 여색을 멀리하던 명원공은 황제도 분명 저와 같을 것이라, 세상에서 유일하게 그리 철석같이 믿고 있던 이였으니까.

"황제 폐하, 홍복을 누리소서. 소녀, 폐하께서 이곳에서 지내시는 동안 폐하의 시중을 들 시녀 채아라 하옵니다. 대국의 군주를 모시게 되어 광영이옵니다."

단휘는 비뚜름히 팔짱을 끼고는 여인에게 박힌 시선을 굳이 돌리지 않은 채로 생각에 잠겼다.

단순히 시중을 들 시녀라고 하기에는 경국지색이니 화용월태니 하는 찬사들을 죄다 쏟아부어도 아깝지 않을 빼어난 용모를 지닌 여인…….

성주가 된 이래로 처음으로 자신의 성을 방문한 황제를 위해 최상의 대우를 해 주고 싶었던 것이리라. 그러니 그 이상의 망상으로 스스로 제 속을 어지럽히는 건 쓸데없는 소모일 터였다.

단휘는 잠시 굳었던 얼굴을 펴며 무심히 입을 뗐다.

"채아. 어여쁜 이름이로구나."

제아무리 황제라고는 해도 저를 눈앞에 두고도 이리 감흥 없는 사내는 전에 없었던 터라 잠시 당황한 기색이던 여인이, 그의 유려한 입매가 길게 호선을 그리며 아찔한 미소를 머금자 그제야 마음을 놓은 듯 수줍게 얼굴을 가리며 웃었다.

"황공하옵니다. 폐하."

단휘는 불현듯 여인에게로 다가가 작은 턱을 가만히 그러쥐어 자신의 얼굴로 바짝 끌어당겼다. 그의 갑작스러운 행동에 놀라 커다랗게 떠진 여인의 눈동자가 잠시 파르르 떨리는 듯하다가 이내 살포시 감겨 들었다.

황제가 응당 제 입술을 취할 것이라 짐작한 것과는 달리 한참이 지나도록 그에게서 아무런 움직임도 없자 여인은 그제야 감았던 눈을 스르르 떴다.

"폐하……?"

여인의 작은 턱을 제 앞으로 바짝 당긴 채 단휘가 그 얼굴을 물끄러미 응시하고 있었다.

그저 딱 저 나이 때쯤 되었겠다 싶어 저도 모르게 튀어나온 행동이었다. 동그랗고 반반한 이마가, 복숭앗빛 발그스레한 뺨이, 그저 딱 그 나이쯤의 그녀를 닮았다 싶어 무심결에 뻗은 손길이었다.

당황해 하는 여인을 그대로 놓아주고는 단휘는 김이 모락모락 피어오르는 욕조에 천천히 몸을 담갔다. 뜨거운 탕에 몸을 담그자 급격한 피로감이 몰려들었다. 노곤한 몸을 욕조에 기댄 채 단휘는 느리게 눈을 감았다 떴다.

"너도 맡은 소임이 있어 그리하는 것일 테지만."

집요하게 저를 따라붙는 여인의 시선이 그저 성가시게만 느껴지는 것을 보니 심신이 고되기는 무척 고된 모양이었다. 그예 졸음이 밀려와 자꾸만 잠겨드는 목소리로 단휘는 중얼거리듯 겨우 입을 열었다.

"마음에 없는 짓은 하지 않아도 된다. 그러니 돌아가도 좋아."

"폐하, 소녀는……."

"쉬고 싶구나."

피로와 예민함이 극에 달해 더는 아무것도 생각하고 싶지 않았다. 어쩔 줄 몰라 하며 쥐죽은 듯 앉아 있던 여인이 잠시 머뭇대다 이내 곁으로 바짝 다가와 그의 어깨에 가만히 손을 뻗었다. 어깨를 주무르는 여인의 손길까지는 끝내 뿌리치지 못한 채 단휘는 속절없이 무거워지는 눈꺼풀을 가만히 내리깔았다. 눈을 감자마자 지독한 수마가 무섭게 그를 덮쳐 왔다.

황궁의 뒷일은 자함에게 고스란히 떠맡긴 채로 예까지 정신없이 달려오는 동안 숱한 의문들이 떠올라 그를 성가시게 굴어 댔지만, 어떤 결론도 내리지 못했다. 어째서 이렇게까지 조바심이 나는 것인지, 어째서 황궁을 비워 두면서까지 이렇게 정신 나간 사람처럼 달려와야만 했던 것인지……. 스스로 아무런 변명도 하지 못한 채 그저 가슴 한구석에 불덩이가 든 것처럼 화가 솟구쳐 올랐을 뿐이다.

하기야 이런 제 마음을 무어라 정의 내린다 한들 무슨 소용일까. 그와 그녀의 관계는 무엇도 달라지지 않을 터인데…….

늘 그렇듯 결국 같은 결론에 다다른 그는 그 이상 생각하는 것을 멈추었다. 욕조 뒤로 젖혔던 고개가 더는 피로를 버티지 못한 채 옆으로 풀썩 기울어졌다. 여인의 작은 손이 그의 숙여진 고개를 가누어 가만히 제 어깨에 올려놓는 것을 어렴풋이 느끼며 단휘는 쏟아지는 수마를 더는 이기지 못한 채 그대로 선잠에 빠져들었다.

□ ■ □

"마마, 밤바람이 제법 차갑사옵니다. 고뿔이라도 걸리실까 저어되오니 이만 내전으로 드시옵소서."

어느덧 늦더위가 사라지고 가을의 문턱에 들어서 있었다. 한창이던 치자꽃은 이미 자취를 감추어 사라져 버리고 그를 대신하듯 때 이른 단풍이 후원을 듬성듬성 붉은 빛으로 물들이고 있었다.

상궁이 그리 염려하는 것도 당연하다 생각될 만큼 초가을의 밤바람은 제법 매섭게 여린 살갗을 파고들었다. 그러나 늦은 시각이기는 하였지만 태현궁으로 옮겨 온 후로 근 한 달 만에 처음으로 나와 보는 산보였다. 바깥 공기 한 번을 쐬지 않고 실내에만 갇혀 지내는 것이 복중 태아에게 얼마나 해로운 일일지, 그것을 구실로 겨우 대장군 자함의 허락을 얻어 내어 나오게 된 것이었다.

조금씩 변화가 나타나기 시작하는 그녀의 몸을 혹 태현궁의 나인들이 알아차리기라도 할까 염려한 자함은 야번을 서는 이들을 제외한 나머지 궁관들이 처소로 돌아가 잠들기 시작하는 해시(亥時: 밤 9시~11시)만을 그녀에게 허락했다.

이때가 아니면 배 속 아가에게 맑은 공기를 마시게 해 줄 수 있는 시간이 없었다. 갇혀 지낸 한 달만으로도 충분히 배 속의 여린 생명에게 미안하고 죄스러운 일이었다. 돌아갈 생각만으로도 갑갑증이 치밀어 오르는 듯해 그녀는 넌더리를 치며 고개를 세차게 저었다.

"아닐세. 모처럼 바람을 쐬니 기분이 날아갈 듯 이리 상쾌한 것을. 그리 심하던 입덧도 잠잠해지는 것이…… 진작 그에게 청하지 않은 것이 후회스러울 지경이네."

"……송구하옵니다, 마마."

"원, 자네가 내게 송구할 것이 무언가."

"……."

그저 말없이 깊이 국궁하는 노상궁을 보며 초혜가 부드럽게 미소 지었다. 저 깊은 속을 누가 다 헤아릴 수 있을까. 복중 태아에게 아무것도 해 줄 수 없는 자신을 돕지 못하는 저의 처지가 그저 송구하고 또 송구한 것이겠지.

황제의 보모상궁이며 그와는 꽤 속 깊은 대화까지 나눈다는 이이니, 필시 세간에 알려진 것과는 다른 저와 황제의 모호한 관계를 알고 있을 것이 분명했기에, 제아무리 황제의 후궁이라 해도 천출인 자신에게는 마냥 매섭고 딱딱하게 대할 줄로만 알았더랬다.

한데, 일 황자 단유의 난으로 빼앗긴 황위를 정확히 이태 후 다시 탈환한 그가 그제야 정식으로 제게 후궁의 첩지와 함께 운화당을 하사하며 저이를 상궁으로 배정하던 날, 바로 그날로부터 지금껏 저이와 함께해 오는 동안 겪으면 겪을수록 어찌나 인자하고 다감한 사람이던지…….

한 번도 느껴 보지 못했던 어머니의 품이란 것이 저이의 느낌과 비슷하리란 생각이 들 정도로, 제 곁을 지키는 노상궁은 한없이 따스하고 자상한 여인이었다.

'어쩌면…… 그는 나를 감시하려던 것이 아니라, 배려하려던 것은 아니었을까…….'

종종 그런 헛된 망상을 품게 만들 만큼 노상궁은 그녀에게 큰 힘이 되어 주고 있었다. 견딜 수 없을 것 같던 태현궁의 그야말로 감옥 같은 생활이 저이로 인해 견뎌진다 해도 과언은 아니었다.

"조 상궁."

"예, 마마."

"폐하의 소식은……."

"……송구하옵니다."

질문하려던 것에 대한 일언반구의 변명이나 대답도 없이, 그저 송구한 낯빛으로 깊이 허리를 숙여 보이는 상궁을 보며 초혜는 애써 웃음을 만들어 냈다. 그러나 서글픈 기색은 아무리 감추려 해도 자꾸만 고개를 쳐들었다. 애써 지은 미소는 그예 처연하게 변해 있었다.

"그래, 여태도…… 아니 오실 생각이신 게야……."

오늘로 한 달 하고도 엿새가 지났다. 낙안의 방비를 친히 살피겠다며 그곳으로 떠난 황제는 여태 환궁하지 않고 있었다. 무슨 변고라도 생긴 것은 아닐까 싶어 하루에도 수십 수백 번을 노심초사하는 그녀였지만, 야속하게도 들려오는 소식은 없었다.

"크게 심려는 마시옵소서. 혹여 변고가 있으시다면 대장군께 먼저 기별을 하실 것이옵니다. 소인이 매일같이 대장군께 소식을 여쭙고 있사오니 부디 심기를 편안히 하시옵소서. 그리하셔야 복중 아기씨께도 좋을 것이옵니다."

"응……, 그리해야지. 내 그리하여야겠지……."

터덜터덜 옮기는 걸음이 꼭 제 다리가 아닌 것처럼 무겁고 뻣뻣했다. 다리에 쥐가 나려는지 종아리가 뻐근하게 경직되어 오자 초혜는 슬며시 미간을 좁힌 채 앉을 만한 곳이 있나 황급히 주위를 살폈다.

전에는 이런 일이 없었는데, 근래 들어 종종 견딜 수 없을 정도로 심하게 쥐가 나고는 했다. 한밤중에 깊은 잠에 빠져 있다가도 꼭 경기라도 일으키듯 난리를 쳐 댄 것이 한두 번이 아니었다. 조 상궁이 그런 그녀의 상태를 눈치챘는지 다급히 그녀의 앞을 막고는 그녀에게 등을 보인 채 바닥에 쭈그려 앉았다.

"되었네. 자네가 무슨 힘이 있다고……. 내 조금 쉬었다 가면 괜찮아질 듯하니 어서 앉을 만한 곳이나 찾아보세."

"소인 아직은 끄떡없사옵니다. 어서 업히소서."

"글쎄, 괜찮대도……."

"소인이 괜찮지 않사옵니다. 마마, 증세가 심해지시기 전에 어서 업히소서."

"괜찮네, 괜찮아. 내 다 나았네. 아무렇지도 않아."

"마마, 어찌 소인을 속이려 하시옵니까. 이리 보기에도 안색이 편치 않으신 것을요."

"하아, 조 상궁 자네도 참……."

업히네 마네 하며 옥신각신 서로 한참을 실랑이를 주고받고 있는데, 발소리 조차 내지 않고 어느새 지척까지 다가온 것인지 그런 그들의 바로 등 뒤에서 나직한 사내의 음성이 들려왔다.

"무슨 일인가."

특유의 길고 날카로운 눈매가 묘한 매력을 풍기면서도 동시에 위협적인 사내, 자함이었다.

늘 그녀의 곁을 맴돌며 철벽처럼 그녀를 감시하고 있는 그였으니 그의 갑작스러운 출현이 놀라울 일은 아니었지만, 초혜는 그와 마주할 때면 늘 그렇듯 저도 모르게 심장이 움츠러들었다. 몸이 뻣뻣하게 경직되어 갔다. 상황이 그렇다 보니 근육이 잔뜩 긴장된 탓인지 다리에 난 쥐가 갑자기 더욱 심해지며 견딜 수 없는 고통이 밀려왔다.

"아, 아악……!"

그녀는 저도 모르게 바닥에 주저앉아 다리를 부여잡은 채 고통에 찬 신음을 내질렀다. 그러자 자함이 재빨리 그녀에게 다가왔다.

참기 힘든 다리의 통증에도 불구하고 그의 움직임 하나하나가 더 신경이 쓰였다. 온몸의 모든 감각이 그를 향해 촉각을 곤두세우고 있는 것만 같았다.

그녀 앞에 쭈그려 앉은 채 잠시 무언가를 망설이는 듯하던 그가 갑자기 그녀의 다리를 덮고 있던 치맛자락을 휙 걷어 올리자, 초혜는 고통과 당혹감이 반반씩 뒤섞여 한껏 일그러진 얼굴로 그에게서 벗어나려 발버둥을 치며 그에게 소리쳤다.

"왜 이러십니깨! 이게 무, 무슨 짓입니깨! ……아아!"

"……잠시 가만히 계십시오."

안 그래도 너무 고통스러워 어찌할 바를 몰라 하는 그녀이건만, 그의 무례한 행동이 더해져 금세라도 숨이 넘어갈 듯 기함하는 그녀를 보면서도 자함은 조금도 아랑곳하지 않은 채 하던 행동을 멈추지 않았다.

아니, 행동을 멈추기는커녕 감히 무엄하게도 황제 후궁의 치맛단을 걷어 올린 것으로도 모자라 이제는 속곳 안에 숨은 그녀의 다리를 이리저리 매만지고 있기까지 했다.

"무, 무슨 짓을 하시는 겁니깨! ……무엄합니다!"

"쥐가 났나 보군……. 조 상궁, 먼저 돌아가 있게. 내 마마를 모실 터이니."

"예, 대장군. 통 소인의 말씀을 듣지 않으시니…… 하오면 부탁드리옵니다."

대장군과 단둘만이 남게 된다? 생각만으로도 끔찍한 일이었다. 다급해진 초혜는 아픈 것도 잊고 몸을 벌떡 일으켰다. 하지만 그런 노력은 금세 허사로 돌아가, 참기 힘든 고통에 그녀는 다시금 주저앉을 수밖에 없었다. 그녀는 애원이 담기다 못해 울상이 된 얼굴로 상궁을 올려다보았다.

"조, 조 상궁……!"

"마마, 그리하소서. 대장군께서 안전히 모실 것이옵니다."

그러나 상궁은 야속하게도 예의 인자하고 다감한 미소만을 남긴 채 시야에서 멀어져 갔다. 망연자실 상궁의 뒷모습만 하염없이 바라보던 초혜는 본능적으로 몸을 웅크렸다. 그러고는 가슴께로 무릎을 바싹 끌어당긴 채 얼굴을 파묻었다. 완고한 자기방어의 표출이었다.

"……!"

얼마를 그러고 있었을까. 구부렸던 무릎이 가만히 펴지는 느낌에 흠칫 놀라 고개를 드니, 그의 손이 자신의 발목을 잡아 천천히 다리를 곧게 펴는 것이 보였다. 그녀는 그를 올려다보았다. 오롯이 그녀를 향해 있는 그의 검은 두 눈동자가 무심히 빛나고 있었다. 그는 그녀와 짧게 시선을 마주치고는 그녀의 다리를 천천히 들어 올리며 무감하게 입을 열었다.

"종아리에 쥐가 날 때는 다리를 높이 들어 곧게 뻗은 후에 발끝을 안쪽으로 당기면 됩니다. 이렇게 말입니다……. 혼자 하기가 힘드시면 기억하셨다가 상궁에게 일러두십시오. ……회임을 하면…… 종종 다리에 쥐가 나기도 한다는 소리를 들었습니다."

초혜의 눈이 저도 모르게 커다랗게 떠졌다. 늘 그녀에게 거칠고 공격적인 말만을 퍼붓던 그의 입에서 나온 목소리라고는 믿기 어려울 만큼, 나직하고 매끄럽게 흘러나오는 그의 목소리는 도저히 현실의 것이라고는 생각되지 않았다.

과연 그의 말대로 거짓말처럼 다리의 통증이 사라지고 있었지만 조금도 다행스럽게 여겨지지 않았다. 여전히 그에게 붙들려 있는 발목 따위도 지금은 문제가 아니었다.

"갑자기 제게 왜 이러십니까……."

도저히 자신의 것이라고는 믿기 어려울 만큼 냉랭하고 쌀쌀맞은 목소리가 그녀의 입술을 타고 흘렀다. 아무 말 없이 한참을 물끄러미 그런 자신의 눈동자를 응시하는 그의 시선을 그녀는 지금만큼은 피하지 않을 작정이었다. 그의 깊은 눈동자 속에 서서히 일고 있는 격랑이 무엇을 의미하는 것인지, 묻고 싶었지만 차마 물을 용기까지는 나지 않았다.

제법 호기롭게 질문을 던지던 당찬 기세는 어느새 온데간데없이 사라져 버리고, 예의 그 두렵고 껄끄러운 감정만이 덩그러니 남아 그녀를 짓누르기 시작했다. 그리고 그때쯤이 되어서야 그가 입을 열었다. 눈동자의 격랑과는 다르게 딱딱하고 사무적인 목소리였다.

"착각하지 마십시오. 마마에게가 아니라, 복중 아기씨께 이러는 겁니다."

그 말에, 파리했던 그녀의 낯빛이 일순 붉고 노여운 기운을 띠었다.

"하, 복중 아기씨라 하셨습니까? 한 번만 더 주제넘게 굴면 배 속의 아이도 무사치 못할 거라 말씀하셨던 분이, 바로 대장군이셨던 걸로 저는 기억합니다만……?"

"그랬지요. 그 말은 아직도 진심입니다."

"그만……, 이제 제발…… 그만하세요. 그만, 그만……! 언제까지, 언제까지 저를 괴롭히실 생각이십니까. 10년이면 이제 죗값은 충분하지 않습니까. 아직도…… 아직도 저를 원망하십니까……!"

초혜의 얼굴이 고통스럽게 일그러졌다. 묵직하게 남은 다리의 통증 따위 때문이 아니었다. 늘 무겁게 가슴을 짓누르던 과거의 편린과 10년이 지난 지금까지 그 아픈 기억의 편린을 여전히 놓지 못한 미련한 마음 한 자락 때문이었다. 사무치게 밀려드는 회한과 죄책감, 그리고 원망이 한데 뒤섞여 마음을 어지럽혔다.

쉬이 진정되지 않는 듯 도로 무릎에 얼굴을 파묻은 채 경련하듯 떨고 있는 그녀의 귓가에 고요한 음성이 날아들었다.

"어째서 그런 말을 하는 건지 알 수가 없군. ……나는…… 다 잊었다. 너는 그렇지 못한가……."

너무도 고요하고 잔잔해서 어딘지 애잔하고 애틋한……. 그의 음성은 차분하기 그지없는데도, 그를 둘러싼 기류는 그러나 돌풍이 스쳐 지나간 듯 거칠고 격정적임을 초혜는 분명히 느낄 수 있었다.

돌이켜 생각해 보면, 둘 다의 잘못도 아니었고, 또 어찌 생각하면 둘 모두의 잘못이기도 했다.

그의 진심을 모르지 않으면서도 황제의 뜻대로 그의 여인이 되겠다고 한 건 분명 그녀의 잘못이었지만, 끝내 그런 저의 뜻을 막지 않고 순순히 그녀를 황제에게 보낸 것은 그의 잘못이었다.

남부럽지 않을 권세니 부귀영화니 하는 것들을 들먹이며 저를 유혹하던 이가 황제가 아니라 다른 누구였더라면 호불호를 선택할 수 있는 권리 정도야 주어졌겠지만, 그녀에게 자신을 따라나서라 말하던 이는 절대의 권좌에 앉아 세상을 호령하는 이였다. 그녀에게도, 그에게도 애초에 선택권 따위는 없었다. 거절하고 만류했다 한들 받아들여졌을 리 없는 일이었다. 그러니 그리 생각하면 둘 모두의 잘못도 아니었다.

'차자꽃 피우는 계절에 태어나 이리 차자꽃을 닮은 모양이구나. 아느냐? 네 몸에서는 항상 차자꽃 향이 난다는 것을……'

뜨겁고 애틋했던 정사 후 실오라기 하나 걸치지 않은 희고 부드러운 그녀의 살결에 얼굴을 파묻으며 달콤하게 속삭이던 그의 다정했던 목소리가 불현듯 귓가에 생생하게 들려오는 듯했다.

그녀는 눈을 감고 이를 악물었다. 감정이 북받쳐 올라 이성을 놓아 버릴 것만 같아 두려웠다. 지아비의 사랑을 얻지 못한다 하여 지난 감정에 젖어 드는 건 옛사랑에 대한 모독이었다. 황제의 사랑을 얻었더라면 단 한 순간도 돌아보지 않았을 과거라는 것을, 그녀는 너무도 잘 알고 있었다. 또다시 죄책감이 무겁게 고개를 쳐들었다.

"돌아가세요. 혼자 가겠습니다."

"업혀."

"걸을 수 있어요."

"고집부리지 마. 괜찮아진 것 같아도 금세 움직이면 또 쥐가 날지 모르니까."

"상관하지 말아요. 아파도 내가 아프지, 배 속의 아이가 아프진 않아요."

조금 전 그의 말을 비꼬듯 말을 내뱉고는 그녀는 자신의 앞을 막아선 그를 밀쳐 낸 채 한 걸음 한 걸음 다리를 절뚝거리며 고집스럽게 걸음을 옮겼다. 그러나 종아리 근육이 영 뻐근하고 불편한 것이 몇 걸음 내디디니 찢어질 듯이 당기고 아파서 몇 걸음 채 걷지도 못하고 그녀는 결국 도로 바닥에 주저앉고 말았다.

그녀의 뒤에 멈추어 선 채 그런 그녀를 바라보고 서 있던 그가 옅은 한숨을 내쉬고는 그녀에게 다시 다가왔다. 그러고는 그녀를 향해 자신의 넓은 등을 내밀었다.

"말 들어. 업혀."

"……."

"어서."

"싫어요."

"그럼 할 수 없군."

"……?"

의외로 쉽게 고집을 거두며 일어서는 그를 의아한 눈으로 올려다보는데, 그녀를 향해 돌아선 그가 그녀를 향해 천천히 상체를 숙였다. 그의 행동이 무엇을 의미하는지를 깨닫기도 전에 별안간 그녀의 몸이 어떤 완력에 의해 허공으로 붕 떠올랐다.

"무, 무슨 짓이에요! 내려 줘요! 어서요!"

"태현궁의 이목을 죄다 끌고 싶다면 좀 더 크게 소리쳐야 할 거다. 그래서야 어디 나인들 처소까지 들릴 것 같나."

"내, 내려 줘요……. 빨리요……."

그의 말에 대번에 모깃소리만큼 작아진 그녀의 목소리에 그가 피식 웃었다. 물론 그녀에게는 보이지 않는 웃음이었다.

"업히겠다고 약조한다면."

"알았어요. 업히면 되잖아요. 업힐게요. 업힌다고요."

다짐을 놓듯 몇 번씩이나 되풀이하여 말하는 것을 보면 분명 급한 마음에 빈말을 하는 것은 아니었다. 그는 어깨에 번쩍 둘러멨던 그녀를 조심스레 바닥에 내려놓았다. 그리고 그가 등을 내밀자 과연 이번에는 약조한 것처럼 그녀가 순순히 그의 등에 업혔다.

여리고 따뜻한 그녀의 체온이 등 뒤로 가득 퍼져 나가자 심장 한편이 아릿해져 왔다. 그는 감정을 추스르려는 듯 숨을 크게 들이마시고는 무심코 밤하늘을 올려다보았다. 검은 융단을 깔아 놓은 듯 새까만 하늘 위로 보석처럼 촘촘히 박힌 별들이 아름답게 빛을 발하고 있었다. 과거의 편린 속에 묻힌 기억 너머의 찬연했던 그 어느 날과도 같이…….

'당신, 알아요? 당신 등에 업혀 있으면 너무 따뜻하고 편안해서 잠이 막 쏟아진다는 걸……. 당신 말에 대꾸가 늦을 때는 사실 나 졸고 있는 거라는 거…… 몰랐죠? 후훗……. 기녀가 되고 나서는 단 하루도 편안히 잠든 날이 없었는데…… 고마워요…….'

'그것뿐인가?'

'예?'

'고맙기만 해?'

'풋…… 당신 이럴 때 보면 꼭 어린아이 같아. ……은애해요…… 아주 많이…….'

이제 와 떠올려 봐야 고통과 상처뿐인 지워야 할 기억이었다.

황가의 여인이 되겠다고, 하여 자신을 무시하고 짓밟던 이들이 반드시 자신 앞에 머리 조아리는 것을 보고야 말리라고…… 어차피 정실 자리 차지하지 못할 바에야 당신의 첩실로 사느니 그의 후궁이 되는 게 그런 자신의 바람을 이룰 수 있는 길이 아니겠느냐며 오히려 반문하던 그녀를 끝내 말리지 않았던 건, 그녀의 상처를 백번 이해해서가 아니라 오로지 그의 치졸함 탓이었다.

그리도 은애한다던 자신을 두고, 결국 하늘의 권력을 선택한 그녀를 용서하기 힘들었다. 아무리 관대해지고 너그러워지려 애를 써도, 그녀의 목을 졸라 숨통을 끊어 놓고 싶을 만큼 용서할 수 없을 것만 같았다. 아니, 절대로 용서할 수 없었다.

그래서 다짐했다. 자신 역시 미련 없이 보내 주리라고……. 한낱 천한 기녀일 뿐인 너 따위에게 미련 가질 내가 아니라고 그리 천만번 되뇌면서, 매정히 등 돌린 채 돌아서던 그녀에게 역시 상처로 남길 바라며 더없이 냉랭하고 잔인하게 내던진 마지막 말은, 그러나 비수가 되어 오히려 그의 가슴에 지금껏 뼈아프게 박혀 있었다.

'이 사내 저 사내에게 굴러먹던 더러운 네년 몸뚱이가 나도 이제 싫증 나려던 참이었다. 이리 알아서 떠나 주겠다니 고마워 몸 둘 바를 모르겠구나.'

사랑을, 마음을, 진정을 배반한 것은 그녀였음에도 흠칫 떨리는 그 어깨가 가증스러워서 그는 더욱더 잔인하게 웃었었다.

이제 와 누구의 잘잘못을 가려본들 무슨 소용이 있으랴. 누구를 원망할 수 있단 말인가……. 애초에 인연 아닌 사람들이 하필 만나져 버린 것이 그저 한탄스러울 뿐……. 결국 사람의 인생이란 것은 정해진 운명대로 순응하며 흘러가는 것이 아니던가.

지난 십여 년간 가슴에 품어 놓아주지 못한 채 그녀의 주위를 맴돌며 증오하고 미워했던 시간들이 한심스러웠다. 모든 게 부질없었음에도…… 끝내 잊지 못하는 마음 한 자락 움켜쥐고 있었던 자신이…… 미련스러웠다.

실로 오랜만에 등에 업은 가녀린 여체는 체온도 무게도 그대로인 듯했지만 자꾸만 몸을 뒤척이며 어딘지 불편을 호소하고 있었다. 조금씩 불러 오기 시작한 배가 아마도 그 불편의 근원일 것이었다.

"……아이는…… 잘 자라나."

갑작스러운 질문에 그녀가 당황한 듯 어깨를 움찔하는 것이 느껴졌다. 이내 그녀는 '예.' 하고 짧게 대답하고는 도로 입을 다물어 버렸다.

이상한 일이었다. 평소라면 당연하게 주고받았을 공적이고 딱딱한 그런 태도가 오늘따라 가시라도 되는 듯 따끔따끔 심장을 찔러 댔다. 그것은 비단 오늘의 일만은 아니었다. 황제의 부재가 가져온 정말이지 이상한 현상이었다.

매일같이 그녀를 지척에서 바라보면서도 흔들림 없던 마음이었다. 진정을 배반당한 그날 이후로는 어찌하여도 결코 흔들리지 않을 마음일 것이라 생각했었다. 한데, 견고할 줄 알았던 마음의 방어는 허탈하리만치 너무도 쉽게 무너지고 있었다.

큰 보폭으로 빠르게 걷고 있으나 최대한 그녀에게 충격이 가지 않도록 조심조심 걸음을 옮겨 놓던 그는 이제는 포기해 버린 듯 마음이 휘젓는 대로 그냥 내버려 두기로 했다.

"실내에만 있는 것이…… 그리도 갑갑한가."

"……"

그의 나직한 목소리가 그녀의 귓가에 날아들었다. 혼잣말처럼 들릴락 말락 한 조용한 목소리였지만 머리를 기대고 있는 그의 등을 통해 그 울림이 고스란히 전해져 왔다.

무슨 의도로 묻는 것인지는 알 수 없었다. 다만 서러운 마음 탓이었을까. 그저 까닭 없이 눈에 눈물이 맺혔다. 초혜는 뿌옇게 흐려지는 시야를 떨쳐 내기 위해 눈을 크게 치뜬 채 괜스레 하늘을 올려다보았다. 그 언젠가 그와 함께 보았던 별이 쏟아져 내릴 듯 무수히 빛나는 아련한 밤하늘이 머리 위로 끝도 없이 펼쳐져 있었다. 울지 않으려던 노력이 무색하게도 그만 왈칵 눈물이 쏟아져 버렸다.

등이 축축이 젖어 오는 것이 느껴지자 그는 더 이상 아무런 말도 하지 않은 채 조용히 입을 다물었다. 어찌하여 우는 것이냐고 묻고 싶었지만, 굳이 묻지는 않았다. 우는 까닭이 무어가 되었건 달라지는 것은 없었으니까. 아니, 만약 달라지는 것이 있다면, 그것은 바로 그로 인해 부서지고 찢길 자신의 마음이었다.

그는 크게 숨을 들이켰다. 밤의 찬 공기가 폐부 깊숙이 밀려들어 왔다. 잠시 흐트러졌던 마음을 추스르고자 한 행동이었건만, 밤의 청량한 공기마저 그 어느 날과 꼭 닮아 있어 그의 마음을 더욱 어지럽히고 있었다. 그는 쓰게 웃었다.

"……후원에는 아무도 출입하지 못하도록 조치해 놓겠습니다. 앞으로는 후원을 산책하시는 것 정도는 꼭 해시가 아니어도 허용하겠습니다."

정말이지 예상치 못했던 그의 말에 그녀는 놀란 얼굴로 고개를 들었다. 물론 그런다고 그리 말하는 그의 표정을 눈에 담을 수 있는 것은 아니었지만, 흑발이 가지런히 뒤로 묶인 그의 뒤통수를 초혜는 한참 동안 바라보았다.

"……참말……입니까?"

조심스레 되묻는 그녀의 말에 그는 대답 없이 그저 고개를 끄덕였다. 놀란 표정을 하고 있을 그녀를 떠올리니 저도 모르게 웃음이 났다. 왜 이제야 10년 전의 그녀를 용서하고 싶은 것인지 모르겠다. 어쩌면 마음이 지칠 대로 지쳐 이제는 그만 놓아주고 싶은 것인지도 모른다. 마침내 한계에 다다른 것인지도 모른다. 더는 붙들고 있기가 버거워 차라리 놓아 버리고 싶은 것인지도 모른다…….

"고맙……습니다……."

아마도 그리 대꾸하기까지 그 찰나 동안 수없이 고민했을 그녀답게 작고 조심스러운 목소리로 그녀는 그에게 감사의 뜻을 전했다. 고맙다……. 그녀가 그리 말할 때면 늘 입버릇처럼 어김없이 따라붙던 그의 장난스러운 물음이 묵직한 덩어리가 되어 목구멍 안으로 힘겹게 삼켜졌다.

'그것뿐인가?'

'예?'

'고맙기만 해?'

'……은애해요…… 아주 많이…….'

진정을 다해 은애하였던 곱디고운 목소리가 다시금 귓가에 쓰디쓰게 맴돌다 흩어졌다.

어느새 태현궁 전각 앞에 다다라 그녀를 조심스럽게 내려놓은 그는, 곧 그녀가 신고 있던 자줏빛 수당혜를 벗겨 섬돌 위에 가지런히 올려놓고는 황가의 여주에게 하듯 깍듯이 예를 갖추어 올렸다. 그런 그를 바라보는 초혜의 눈동자가 바람이 불어와 고요하던 수면에 파동이 번져 나가듯 미세하게 흔들리고 있었다.

"밤이 깊었습니다. 이만 쉬십시오, ……소의 마마."

세인의 이목을 그리도 염려하던 대장군 자함이었음에도 정작 자신은 이 순간만큼은 그녀를 황후라 칭하지 않는다. 자신들과는 어떤 상관도 없을 그 거짓 이름으로 그녀를 부르지는 않는다. 그를 떠나 그녀가 얻은 무정하기 그지없는 그 이름 하나만이 가슴에 사무치도록 아프게 박혀 있는 탓이었다.

무너지는 마음의 성벽을 다시 쌓아 올리려는 듯 한껏 무심하고 건조한 목소리로 딱딱하게 말을 내뱉은 그는 어느 날 그랬던 것처럼 그녀에게서 미련 없이 뒤돌아섰다.

마당을 지나 중문에 다다를 때까지도 등 뒤로 그녀의 시선이 따갑게 와 박혔지만 그는 뒤돌아보지 않았다. 지금 이대로 뒤를 돌아보면, 물밀듯 밀려오는 자신의 감정을 주체할 수 없을 것만 같아서, 폭발하듯 그를 덮쳐 오는 지난 감정들에 무섭게 휩쓸릴 것만 같아서…… 간신히 붙잡고 있는 이성의 끈을 그대로 놓아 버릴 것만 같아서……. 그는 자꾸만 뒤돌아보려는 미련 한 자락 꾹꾹 가슴에 눌러 담은 채 꼿꼿이 앞만을 바라보며 걸었다.

그리고 중문 앞에 다다랐을 때, 여전히 귓가를 떠나지 않는 그녀의 절규에 답답한 듯 숨을 크게 들이키고는 그는 뒤돌아보지 않은 채로 씁쓸히 중얼거렸다.

'아직도…… 아직도 저를 원망하십니까…….'

"원망 따위…… 안 해."

누가 누구를 원망한다고 해서 되돌려 놓을 수 있는 일이 아니니까…….

밤바람이 차갑게 어깨를 스치고 지나갔다. 달무리가 희미하게 번지는 까만 밤하늘을 잠시 올려다보던 그는 이내 그림자가 어둠에 스며들듯 소리 없이 중문 너머로 흔적을 감추었다.

그 시각. 자함이 잠시 자리를 비운 사이, 금위군 관사에는 낙안성으로부터 띄워진 전령이 당도해 있었다.

잔뜩 흙먼지를 뒤집어쓴 전령의 낯빛은 쉬지 않고 달려온 탓인지 피로한 기색이 역력해 보였으나, 그보다는 어딘지 초조하고 성마른 기색이 짙었다.

"합하!"

관사로 들어서는 자함을 발견한 전령이 튀어 오르듯 자리에서 벌떡 일어나 그에게 다가갔다. 아니, 달려갔다.

품 안에서 구깃구깃해진 서찰을 꺼내어 자함에게 건네는 사내의 손마디가 걷잡을 수 없이 떨리고 있었다.

자함은 문득 불길한 예감이 뇌리를 스쳤다. 가로채듯 서찰을 빼앗아 든 그의 귓가로 전령의 떨리는 음성이 들려왔다.

"낙안성이 습격당했습니다. 교전 중에 누군가 성문을 열어 북쪽이 완전히 뚫려 버렸습니다. 병력을 소집하여 즉각 해주성으로 집결시키라는 폐하의 명이 계셨습니다!"

"뭐……?"

청천벽력 같은 소식이었다.

이번처럼 급작스러운 경우는 물론 드물었지만 황제가 지방의 성을 방문하는 일은 해마다 한두 번씩은 으레 있는 일이었다. 애당초 대단한 변고 따위가 생길 일은 없으리라 여겨 크게 염려하지도 않았건만, 그런 자신의 안일함에 치가 떨렸다.

자함은 성마르게 서찰을 펼쳐 들었다. 익숙한 필체였지만 단정치 못한 글씨가 휘갈기듯 써 내려져 있었다.

서찰을 적어 내려가던 순간의 다급함이 고스란히 전해지는 듯해 등줄기에 식은땀이 흘렀다.

그는 마음을 가라앉히려 애쓰며 황제의 친필로 적힌 서찰을 읽어 내려갔다.

「자함, 낙안이 기습을 당했네. 누군가 북문을 열었어. 내부의 소행인 것은 확실하지만 아직은 심증뿐이네. 적군의 수가 너무 많아 아무래도 함락될 것 같아. 절반은 설유국 병사들인 것을 보니 아무래도 이라하와 동맹을 맺은 게 아닐까 싶어. 병력을 모아 즉시 해주성으로 와 주게. ……이곳에서 내 이리 두 눈 시퍼렇게 뜬 채로 낙안을 빼앗기다니 이리 반편이 같은 짓이 또 있을까……. 자함, 서두르게. 한시가 급해. 이런 기세라면 해주도 안심할 수 없어. 모쪼록 서둘러 와 주게.」

난공불락의 요새가, 파안의 많은 성들 중에서도 방비로는 따라올 성이 없다고 자부하는 그 견고한 성이 맥없이 무너져 버리다니, 도저히 믿을 수 없는 일이었다.

직접 가 눈으로 확인하기 전까지는 전령이 아니라 황제가 직접 와서 그리 전한다 해도 도무지 믿을 수 없을 것만 같았다.

"폐하께서는 무사하신가?"

"예, 합하! 무사히 성을 빠져나가셨습니다. 지금쯤 해주성에 당도하셨을 줄로 압니다!"

자함은 손등에 핏줄이 불거지도록 서찰을 꾹 움켜쥐었다.

"도성의 병력을 집결시켜라! 해주로 갈 것이다!"

갑작스레 발발한 숙적 아라하와의 전투는 허무하리만치 손쉽게 제압했던 6년 전의 전투와는 달리 전세가 완전히 뒤집힌 채로 불리하게 시작되고 있었다.

단 한 번도 무너진 적 없었던 낙안성의 함락이 의미하는 바는 컸다. 그것이 미치는 영향은 결코 작을 수가 없었다.

군사들의 사기도 양분되어 혼란을 가중시킬 것이다. 분개하여 전의를 불태우는 이들뿐이라면야 더할 나위 없이 좋겠지만, 불패의 신화를 자랑하던 낙안의 함락에 낙담하여 전의를 상실하는 자들도 분명 있을 터였다.

후자들을 안심시키고 사기를 북돋아 하루라도 빨리 해주에 도착하는 것이 지금으로서는 그가 할 수 있는 최선이자 나아갈 수 있는 유일한 길이었다.

상관의 명령에 부리나케 뛰어나가는 부관을 일별한 그는 자신 역시 서둘러 관사를 나섰다.

곧 매섭게 불어 닥칠 군신의 붉은 광풍에 몸을 내맡길 날이 머지않았음을 그 순간 그는 절감하고 있었다.

편법(便法)

"어째서 보내 주지 않는 겁니까? 벌써 이레가 넘었습니다. 이리 사람을 가둬 놓았으면 납득할 만한 이유라도 말씀을 해 주셔야 할 것 아닙니까? 예?"

아라하의 왕은, 그의 나라에 흔하게 널려 있는 그 돌기둥이나 바위들보다도 더 우직하리만치 요지부동이고 대책 없이 꽉 막힌 사내였다.

"……."

상대야 악에 받쳐 고함을 치든 화가 나 씩씩거리든, 그는 오늘도 역시 그것에 조금도 동요하지 않고 그저 입을 꾹 다문 채 열린 창 너머로 펼쳐진 까만 하늘 위의 만월에 시선을 고정하고 있을 뿐이었다. 한 손으론 태평하게 턱을 괴고 다른 한 손으로는 탁자 위를 손가락으로 톡톡 두들기는 여유까지 부려 가면서.

딴청을 피우는 것인지, 아니면 정말로 듣지 못한 것인지를 짐작하기 어려울 만큼 너무나도 평온한 사내의 얼굴. 속이 타들어 가는 자신과는 달리 느긋하고 태연자약하기 그지없는 그의 태도에 그만 울컥 화가 치밀어 올라 아리는 더는 참지 못하고 버럭 소리를 내질렀다.

"전하! 대답을 좀 해 보십시오! 지금 제 말은 듣고 계신 겁니까!"

"듣고 있소."

하! 대답이나 못 하면! 아리는 울화가 터지려는 것을 가까스로 진정시키며 그를 노려보았다. 어째서 보내 주지 않는 거냐고 따져 묻는 것 이외의 다른 말들에는 또 그렇게 즉각 반응해 오는 그의 행동에 그저 기가 막힐 따름이었다.

화를 가라앉히려 심호흡을 할 때마다 이마에 쓴 연분홍빛 타란의 장식이 그녀의 미간을 간질이며 춤을 추듯 흔들거렸다.

"몇 번이나 말씀드렸지 않습니까. 까닭은 모르겠으나 이렇게 계속 저를 이곳에 감금해 놓을 생각이시라면, 저의 시비라도 불러 달라고 말입니다."

"나 역시 몇 번이나 말한 것 같은데. 불가하다고."

그는 시선조차 돌리지 않은 채 단조롭게 대꾸했다. 정말이지 인내심의 한계에 다다르고 있었다.

"왜요! 대체 어째서입니까! 어째서 시비조차 안 된다 하시는 겁니까!"

"……."

그는 이 대목에 이르자 늘 그래 왔던 것처럼 결국 또다시 입을 다물어 버렸다. 그와 그녀의 이런 대화는 매일 쳇바퀴 돌듯 반복되는 평범한 하루의 일과가 되어 버린 지 오래였다. 이리 되풀이되기 시작한 지가 어느새 이레가 훌쩍 넘어 버렸다.

세상에. 이레, 이레라니! 정말이지 이제는 질려 버렸다. 그의 저 꽉 막히고 융통성이라고는 눈곱만치도 없는 처사에 이제는 정말 두 손 두 발 다 들어 버렸다.

아라하의 큰 기밀을 알아내어 제대로 간자 노릇 한번 해 보겠다며 뿌듯해하고 기뻐했던 것도 잠시. 그날, 그가 화전을 구경시켜 주던 날. 갑작스러운 자객의 습격으로 그녀의 바람은 완전히 물거품이 되어 사라져 버렸다. 그래, 거기까지는 좋았다. 자객을 의식한 것인지 이만 돌아가 보라고 말한 그가 돌연 태도를 바꾸어 친위대를 앞세운 채 그녀를 이곳까지 반강제로 끌고 와 버리기 전까지는…….

벌써 이레째, 이곳에 감금된 이후로 그와 친위대 외에 다른 사람과는 일절 마주치는 일이 없었다. 아침에 눈을 뜨면 선녀라도 다녀간 듯 소담한 아침 식사가 방 한편에 놓인 탁자 위에 그득 차려져 있었고, 그녀가 책을 읽거나 무언가에 몰두해 있노라면 그사이 점심과 저녁 식사 역시 어느새 그림처럼 준비되어 있었다. 따뜻한 욕조 물이라든가 지루함을 덜어 줄 서책이나 화구 같은 것들 또한 마찬가지였다. 필요로 하는 모든 것들이 그녀가 생각하고 원하기도 전에 그녀 앞에 당연한 듯 준비된 상태로 놓여 있었다.

사실 감금이라기보다는 귀빈 대우라고 해야 할 만큼 지나친 예우와 배려였다. 그럼에도 이리 철통같이 감시하는 것으로도 모자라 외부와의 접촉까지 완전히 단절시켜 버린 까닭만큼은 도무지 알 수도 없을뿐더러 납득조차 되지 않았다.

그는 이른 시각이든 늦은 시각이든 하루에 꼭 한 번은 그녀를 찾았다. 어째서인지는 몰라도 바쁜 일정을 쪼개고 쪼개어 일부러 짬을 내어 찾아오는 듯한 인상이 강했다. 찾아와 딱히 이렇다 할 이야기를 하는 것도 아니었다. 그저 말없이 앉아서 그녀가 늘어놓는 갖은 불평불만과 심지어는 그녀가 정말 심하게 심기가 뒤틀리면 퍼부어 대는 온갖 폭언들을 잠자코 듣고 있다가, 마치 그녀를 찾아온 이유가 오로지 그것 때문이라는 양 그녀의 분이 가라앉으면 그제야 돌아가고는 했다.

오늘 역시 그러한 과정을 거치는 중이었다.

"말씀해 주십시오. 도대체 무엇이 문제입니까?"

아리는 시선조차 마주치지 않는 그를 집요하게 노려보았다. 매일 그가 찾아올 때마다 그리 당당하게 묻고는 하였지만, 말없이 자신을 직시하는 고요한 눈동자를 마주할 때면 한편으로는 심장이 덜컹 내려앉는 것이 사실이었다. 혹 저의 신분이 탄로 나 버린 것은 아닐까, 조바심이 나는 것도 당연했다.

엉뚱한 이름, 그것도 하필 초혜의 이름을 알려 주었으니 작정하고 알아내려 들었다면 자신의 말이 거짓이라는 것쯤 충분히 알아내고도 남았을 것이다. 요행히 그런 이름의 여식을 둔 상단의 주인이 정말로 있다면 또 모르겠지만, 연 씨 성은 파안에서는 매우 드문 성씨에 속했다. 그 몇 안 되는 성씨의 누군가가 자신이 급조해 낸 모든 조건들에 딱 들어맞을 가능성이 과연 몇이나 되겠는가.

한데, 여태껏 그에게서는 아무런 추궁의 말도 없다. 별다른 눈치도 보이지 않는다. 그러니 신분이 들통난 것은 또 아닌 듯했다. 차라리 속 시원히 들통이 났다 하면 이리 저를 감금시킨 이유를 납득이라도 하련만. 갑갑증과 불안감이 하루에도 수차례씩 시도 때도 없이 엄습해 왔다.

지금쯤 장 상궁은 얼마나 저를 염려하며 속을 태우고 있을 것인가. 파안으로 떠났던 유와는 분명 지금쯤이면 돌아왔을 터인데. 몇 번씩 다짐을 받기는 했지만 그 성격에 과연 폐하를 만나기는 했을까. 알아보라 지시했던 일은 어느 정도나 진척이 되었을까. 마음 쓰이는 일이 한두 가지가 아니건만…… 대체 언제쯤이면 이곳에서 나갈 수 있게 될까…….

그녀의 생각이 거기까지 다다랐을 때였다.

"정말 단 한 번도 생각해 보지 않은 건가?"

오늘 역시 당연히 침묵하리라 여겼던 그에게서 한 달 만에 대답이라는 것이 나왔다. 비록 그 '대답'이라는 것이 의문형인 데다, 의미를 알 수 없는 모호한 말이기는 했지만 '어째서', '무엇이' 등의 그녀의 물음에 반응을 보인 것은 꼭 이레 만에 처음이었다.

오늘따라 눈 한번 제대로 마주치지 않던 그가 그제야 창밖을 향해 있던 시선을 거두어 그녀를 바라보았다. 이곳에 갇힌 이후로 늘 무료하고 심드렁하던 그녀의 눈동자가 모처럼 생기 있게 빛나고 있었다.

"구하기 힘든 고서들은 잘도 구해다 주면서 어째서 여인들에게 꼭 필요한 그 흔해 빠진 면경 하나 구해다 주지 않는 것인지, 실내에서조차 굳이 답답한 타란을 쓰고 있으라 당부한 것은 또 무슨 까닭인지……."

잠시 말을 멈춘 그가 후, 하고 옅은 한숨을 내뱉었다.

"정말, 단 한 번도…… 생각해 본 적이 없는 건가."

처음보다 명확해진 질문의 의미가, 질문하려는 것의 뚜렷해진 그 주체가, 그러나 그녀에게는 더 큰 모호함을 안겨 주었을 뿐이다. 그저 눈을 동그랗게 치떴을 뿐 아무런 감정의 변화도 없는 그녀의 단조로운 얼굴을 바라보던 그가 이

내 머리가 지끈거리는 듯 미간을 좁히며 가만히 이마를 쓸었다.

벌써 이레째, 사라지기는커녕 그녀와 자신의 이마 위에서 더욱 또렷하고 형형하게 빛나고 있는 황룡의 인(印)……

사실을 알려 주었을 때 그녀가 보일 반응이 어떠할지 예상조차 할 수 없었다. 굳이 그가 직접 사실 그대로를 알려 폭풍처럼 다가올 충격을 무방비 상태의 그녀에게 고스란히 맞게 하기보다는, 차라리 그럴듯한 단서를 던져 결국 그녀 스스로가 조금씩 깨달아 가게 하는 편이 나을지도 모른다는 생각을 했다. 하여 가장 안전한 곳에 그녀를 데려다 놓았으면서도 면경이니 타란이니 하는 괜한 것들을 들먹여 가며 조금씩이나마 자각해 주기를 기대하며 잠자코 기다려 왔던 것이다.

필요한 모든 것을 구해다 바치면서도 정작 아무것도 아닌 면경 하나만은 절대로 구해다 줄 수 없다, 침실 밖으로는 단 한 걸음도 나가지 못하게 하면서 아무리 답답해도 심지어 잘 때조차 절대 타란을 벗어서는 안 된다, 부러 그리 강조하며 몇 차례씩 다짐을 받아 내었건만, 조금도 알아차리지 못하는 그녀를 이제는 도리어 소류 쪽에서 포기해 버리고 싶은 심정이었다.

증표가 나타난 그날 이후, 정말이지 납득할 수 없는 많은 변화들이 그에게 찾아왔다. 시선을 두고 있지 않아도 항상 그녀에게로 온통 신경이 가 있었고, 언제 어디서건 그녀를 떠올리면 수만 가지의 감정들이 마음속에 가득 차올랐다.

그녀의 자분자분한, 또 때로는 카랑카랑하게 날이 선 목소리에 한없이 귀 기울이고 있는 자신을 발견할 때마다 그런 스스로의 생소한 모습에 기분이 묘하긴 해도, 그것이 불쾌했던 적은 단 한 번도 없었다.

천궁에서 유일하게 사람들이 출입하지 않는 자신의 침실을 그녀에게 고스란히 내어 주고, 매일같이 그녀의 상태를 살피며 어찌하면 그녀가 조금이라도 덜 충격을 받을 수 있을지를 노심초사하고 있는 그였다. 그런 자신이 마냥 우스운 것도 사실이었지만, 괜스레 마음이 들뜨고 벅차오르는 그 낯설고 서툰 감정이 가져다준 가슴 뜨거운 희열과 환희, 그리고 그 묘한 설렘들까지도 그의 진정임을 굳이 부정하고 싶지는 않았다.

하지만 그것은 어디까지나 그 개인의 감정일 뿐, 아무리 증표로써 맺어진 인연이라 해도 그들 앞에 놓여 있는 현실은 두 사람의 인연 자체를 송두리째 거부하고 있었다.

그녀가 처한 현실도 그렇겠거니와, 그가 처한 현실 역시 다를 바 없었다. 아이혜와의 혼인이 이미 기정사실화되어 있는 지금, 다른 여인과의 혼인은, 게다가 혜노부는커녕 아라하의 여인도 아닌 제국의 여인과의 혼인은 정말이지 기가 찰 만큼 말도 안 되는 일이었다.

물론 쌍수를 들고 반길 이들이 분명 있기는 했다. 혜노부의 왕비 배출의 맥을 어떻게든 끊어 보려고 호시탐탐 기회를 노리는 사나부는 그녀의 정체가 무엇이든 그녀가 혜노부가 아니라는 이유 하나만으로 그녀의 존재 자체를 반색하며 환영할 것이다.

그들이 만약 서궁의 여인에게서 황룡의 인이 나타났다는 사실을 알게 된다면…… 상상만으로도 끔찍한 엄청난 분란이 일어나게 될 것은 자명했다.

차례차례 연이어 터지는 폭죽처럼 사나부의 봉기가 일어난 후에는 어김없이 아태부 또한 세절부의 군권 독점에 강한 불만을 터뜨리며 혼란을 일으킬 것이다. 낙안을 탈환한 지금, 뜻하지 않은 분란으로 군의 기강이 흐트러진다면 과연 다시 올지 장담조차 할 수 없는 이 더없이 좋은 기회가 허무하게 사라져 버릴지도 모를 일이다.

그것은 절대로 안 될 말이었다. 그렇기에, 사실을 말할 수 없다. 그녀가 처한 현실쯤은 그에게 아무것도 아니었다. 그 개인의 감정으로만 결정할 수 있는 일이라면 그녀가 누구의 아내이든, 다른 사내의 아이를 가졌든, 물론 그것이 썩 유쾌하지만은 않은 일이기는 해도 그런 것쯤은 대수롭지 않게 여기고 넘길 수 있는 문제였지만, 그러나 그 개인만의 일로 끝날 수 있는 문제가 아니라는 것이 바로 문제였다.

그는 분란을 원치 않았다. 아무리 그녀가 신경이 쓰이고 자꾸만 그녀에게 마음이 향한다 해도 그 모든 분란을 감당할 만큼의 크기는 아니었다. 아니, 감당할 수 있는 크기라 해도 이미 그 이전에 분란을 일으킬 마음 자체가 전혀 없었다.

그녀가 사실을 알게 된다 해도, 그는 그녀를 반려로서 책임질 수 있는 상황이 아니었다. 그렇기에 더욱 사실을 말할 수 없는 것이다.

문득 이 일을 상의하기 위해 침전으로 향하는 길에 잠시 만났던 별리하와의 대화가 떠올랐다.

'같은 증표를 받은 이들이 혼인하지 않으면 어찌 되나.'

'……멀리 돌고 돌아 언젠가 다시 반려의 연을 맺게 되겠지요.'

그가 인사 한마디 없이 그녀를 보자마자 다짜고짜 그리 물었음에도 별리하는 당황하기는커녕 마치 기다리고 있었던 듯 의미 모를 웃음을 띤 채 그렇게 대답했었다.

그녀의 대답이란 것이 몹시도 심오하여 그는 한참을 생각에 잠겼다가 다시 물었었다.

'그 연을 끊어 낼 방도는 없는 건가.'

'인연이라는 것이 우리네가 맺으려 하여 맺어지고, 끊으려 하여 끊어지는 것은 아니지요.'

'그것을 모르는 바는 아니지만, 신께서 이리도 짓궂은 장난을 치시니 내가 어찌하는 것이 좋을지 도무지 모르겠군.'

'신의 안배를 우리네 인간이 어디 짐작조차 할 수 있겠습니까. 그러니 지금은 그저 전하의 마음 닿는 대로 하심이 옳을 듯싶습니다. 전하께서는 어찌하시고 싶으신가요.'

'……'

'말씀해 보십시오. 전하의 마음은 무엇입니까.'

'내 마음이 어떠하다 한들, 그것이 무에 그리 중요한가.'

'아니요, 중요합니다.'

'나는……'

채근하듯 묻는 별리하에게 끝내 말할 수 없었다. 그녀를 원한다고, 그리 그의 진심을 입 밖으로 내어 버리면 그녀에게도 아이혜에게도 정말이지 몹쓸 사내가 되어 버리는 것만 같아서…….

증표의 반쪽이 나타난 그 순간부터, 이미 그 둘 모두에게 본의 아니게 죄를 짓게 되어 버린 자신이었으니까.

"전하……. 전하?"

언제부터 그를 부르고 있었던 것일까. 그녀가 다시 그를 부르려다 말고 답답한 듯 한숨을 폭 내쉬었다. 그가 그런 그녀를 빤히 바라보자 그녀는 설레설레 고개를 저으며 불퉁하게 말을 이었다.

"제게 이상한 것을 물으셔 놓고서는 무슨 생각을 그리 하시는 겁니까? 어렵게 말 돌리지 마시고 하실 말씀 있으시면 그냥 하십시오. 전하께서 무슨 말씀을 하시려는 건지 저는 도통 모르겠습니다."

말을 할 수도, 하지 않을 수도 없다. 어찌해야 할까. 나라의 큰일에조차 이처럼 오래도록 고민해 본 적이 과연 있을까 싶었다.

한참을 고민하며 흔들리던 그의 눈동자가 어느 순간 차츰 확고한 빛을 띠기 시작했다.

그래, 어차피 언젠가는 그녀도 알아야 할 일이다.

"좋아. 말하지. 단, 조건이 있소."

중저음의 목소리가 단호한 음률을 내뱉었다.

"우리 두 사람 모두가 서로에게 숨기고 있는 것이 있지. 그러니 공평하게 주고받는 것이 어떻겠소?"

움찔 떨리는 그녀의 어깨가 아니어도 이미 그녀가 진실을 감추고 있다는 것쯤은 오래전부터 알고 있는 그였지만, 치졸한 방법이라 해도 어쩔 수 없었다.

그녀의 대답 여하에 따라 결정을 달리하겠다는 것, 좋게 생각한다면야 그녀의 생각을 존중하겠다는 의미로도 받아들여질 수 있겠지만, 달리 생각하면 그 자신이 결정 못 한 것을 그녀에게 떠넘기려는 치졸한 수단에 지나지 않음을 그는 잘 알고 있었다. 치졸할뿐더러 비겁하기까지 한, 정말이지 그답지 않은 일이라는 것 또한……. 그러나 아무래도 상관없었다.

문득…… 그녀에게 걸고 싶어졌다. 그 자신조차 섣불리 결정할 수 없었던 그와 그녀의 앞으로의 모든 일들을…….

그래, 생각해 보면 모든 것이 그녀로 인해 벌어진 일들이니 그녀가 결정짓는 것도 나쁘지 않을 것이다. 그 결과로 일어날 모든 일들을 '운명'이라 여겨 순응하는 것도 썩 나쁘지만은 않으리라. 그것이 운명이라면 그저 순순히 받아들여도 좋으리라. 흐르는 물처럼, 불어오는 바람처럼…… 인력으로 어찌할 수 없는 신의 뜻을 막을 수는 없을 테니까…….

"그대가 정말로 누구인지를 내게 말해 준다면 나 역시 이곳에 그대를 데려온 이유를 말해 주지. 말하고 하지 않고는 그대의 자유요. 내게서 이유를 듣고 싶지 않다면 그대 역시 말하지 않아도 좋소."

만일 그녀가 전자의 결정을 내린다면, 그도 더는 고민하지 않으리라. 그 앞에 놓인 현실보다는 그 자신의 감정을 따를 것이다.

"결국…… 상대보다 더 궁금한 쪽이 지게 되는 거겠지. 어떻소? 이것이 내 조건이오."

일자로 다물어졌던 사내의 붉은 입술이 유려한 호선을 그렸다.

□ ■ □

해주성.

아라하가 파안국의 도성으로 진격하기 위해서는 반드시 거쳐야 할 두 번째의 관문…….

낙안에서 그리 멀지 않은 곳에 위치해 있는 그곳은 성채의 규모는 작은 편이었지만 성곽이 견고하기로는 낙안에 버금가는 곳이었다. 낙안만큼은 아니었지만 해주 역시 기후와 지리적 요건이 좋은 편이어서 해주의 백성들 중 토착민이 그 절반 이상을 차지하고 있었다. 성주의 가문 역시 수백 년간 해주에 뿌리를 내려온 토착 가문 중 하나였다.

희미한 달빛이 내려앉은 어슴푸레한 성채의 모습은 낮의 무겁고 투박한 느낌과는 다르게 어딘지 아련하고 은은한 분위기를 자아냈다. 단휘는 규칙적으로 걸음을 내딛는 말에 몸을 내맡긴 채 성곽 주변을 느릿느릿 거닐었다.

성곽을 끼고 도는 준마의 곧은 걸음걸이는 과연 해주 최고의 혈통임을 증명하기라도 하듯 우아하고 위풍당당했다. 말과 하나라도 된 듯 능숙하고 여유로운 그의 자태 또한 준마의 그것처럼 고아한 기품이 서려 있었다. 단휘는 어느 때보다도 진중하고 차분한 눈빛을 하고서 성곽 주변을 꼼꼼히 살폈다.

낙안을 적의 손에 허무하게 빼앗겨 버리고 이곳 해주로 피신해 오던 날, 그날의 치욕은 아마 평생 그의 뇌리에서 지울 수 없으리라. 치미는 분노를 차마 어쩌지 못해 자정을 훌쩍 넘긴 야심한 시각까지 잠 한 숨 이루지 못할 때면, 그는 지금처럼 말을 타고 성곽을 돌며 마음을 가라앉혀 보고는 했다. 또각또각 경쾌한 말발굽 소리를 들으며 밤의 찬 공기에 몸을 내맡기고 있노라면 어지럽던 마음이 조금쯤은 정화되는 느낌이 들었다.

평소처럼 성곽을 한 바퀴 둘러본 그는 해주성의 성주가 자신의 처소로 마련해 준 장헌당의 안뜰로 느릿느릿 말을 몰았다. 토호의 가문답게 성안에는 많은 전각이 있었지만 유독 장헌당이 그의 눈에 들어찬 까닭은 안뜰 중앙에 자리 잡고 있는 청화연이라는 연못 때문이었다. 연못이라기엔 크고 호수라 하기엔 조금 부족하다 싶은 크기의 이 연못은 태현궁의 시화호와 그 형태와 자리 잡은 위치까지 옮겨다 놓은 듯이 꼭 빼닮아 있어서, 한참을 보고 있노라면 마치 황후의 전각 앞에 가 있는 것처럼 기분이 묘해졌다.

언제였던가, 까닭 없이 무엇에 홀린 듯 이끌려 태현궁 안으로 들어간 그는 시화호 주변을 거닐고 있는 그녀를 본 적이 있었다. 바람이 스쳐 갈 때마다 벚꽃 잎이 눈송이처럼 흩어져 내리는, 햇살이 유난히 따사롭고 다감하던 어느 봄날의 일이었다.

정말이지 한 폭의 그림 같았다. 틀에 박힌 표현이지만 그 말 외에는 그때의 느낌을 제대로 표현해 줄 수 있는 다른 말을 아직도 찾지 못했을 정도로……

어느 솜씨 좋은 화백이 그려 낸 천상의 선녀처럼 고운 자태의 그녀가, 호수의 수면 위로 비친 반짝이는 햇살을 받으며 거닐던 그 모습이란······.

그녀보다 곱고 어여쁜 이들이야 기루에서도, 궁 안에서도 찾으려 마음만 먹으면 언제든 찾을 수 있었지만, 그녀는 그저 단순히 외양이 곱고 어여뻐 그의 시선을 잡아끌고 있는 것이 아니었다.

이미 태현궁에 들어간 것부터가 평소의 그라면 절대로 하지 않았을 행동이었지만, 시화호에 있는 그녀를 발견하고도 평소처럼 무심히 시선을 돌릴 수 없었던 것은······ 그에게는 좀처럼, 아니, 단 한 번도 보이지 않던······ 그 봄볕처럼 따사로운 낯선 미소 때문이었다.

어깨 위로 따사롭게 내려앉는 햇살에, 수면 위로 찬연히 부서지는 그 눈부신 금빛 잔광에 콧등을 살짝 찡그린 채 아이처럼 미소 짓던 그녀의 모습은 그에게는 충격으로 다가올 만큼 낯설고 생경한 모습이었다. 순간 꿈과 현실의 경계가 모호해져 그것이 정녕 꿈인지 생시인지 분간이 가지 않았을 만큼······.

환히 미소 짓던 그녀의 시선이 향하고 있는 곳을 따라 무심코 시선을 돌리지만 않았더라도, 아마 그답지 않은 짓은 그쯤에서 멈추었을 것이다. 그녀가 서 있는 자리에서 두세 걸음 떨어진 곳에 놓여 있는 큼지막한 바위 위에 걸터앉은 누군가를 발견하지 못했더라면······.

그랬더라면 까닭 모를 불쾌감과 스스로도 어처구니없던 그 파렴치한 소유욕 따위가 볏짚에 던져 넣은 불씨처럼 그리 순식간에 타오르는 일도 없었을 테니까.

'어찌 태현궁에 사내의 출입이 버젓이 행해지고 있는 것이지? 내 그리하여도 좋다 윤가를 내린 적은 없는 것으로 기억하는데. 이제는 아주 보란 듯이 짐을 무시하겠다는 심산인가?'

사가의 호위 무사라는 것쯤은 알고 있었다. 그런데도 자꾸 심기가 뒤틀렸다. 안 그래도 가슴속에 형편없이 굴러다니고 있던 잡다한 것들이 죄다 이리저리 꼬이고 비틀리는 것만 같았다.

자신에게 그럴 자격이 없다는 것 또한 잘 알고 있는 그였지만, 그녀의 마음을 똑같이 망쳐 놓지 않고서는 그 값싼 치기를 잠재울 수 있을 것 같지가 않았다. 다른 방법이란 것은 아예 생각조차 나질 않았다.

'내 그리 자비로운 황제가 아님은 황후 그대가 더 잘 알 테지. 그래, 대국의 황후와 알개 호위 무사 나부랭이 따위가 애달프기 짝이 없는 연정쯤이라도 나누고 있던 건가? 감히 짐의 황궁에서? 하, 용기가 가상하군.'

'……'

웃지 못하는 인형이 웃는 것을 보니 괜스레 짜증이 치밀어 올랐다. 그 성질을 돋울 만한 말들을 고르고 고르다 기껏 내뱉은 것이었다. 그러나 그녀는 별다른 반응이 없었다. 그녀 진아리는 유치하게 이죽거리는 그에게 하물며 비웃음조차 보여 주질 않았다. 그것이 그를 더 진노하게 만들었다.

'허울뿐인 지아비와는 상종도 하기 싫다는 뜻인가? 한데 어쩌지? 짐은 그대와 상종해야겠는데.'

'폐, 폐하……!'

우악스럽게 그녀의 손목을 낚아채 자신의 손아귀 안에 단단히 가두고는 그녀를 어디론가 끌고 가려던 그의 앞을 그녀의 호위 무사가 막아선 것은 아마 당시 세 사람 모두가 당연하게 예상하고 있던 일이었을 것이다.

그 당연하다는 듯한 사내의 태도가, 당장이라도 숨통을 끊어 놓고 싶을 만큼 괘씸하기 짝이 없는 그 불손한 태도가 기껏 붙들고 있던 그의 이성을 결국은 놓아 버리게 만들었다. 그녀에게 유년의 기억마저 허락지 않는 것은 잔인한 일이라는 것을 알고 있었기에 탐탁지 않고 마뜩지 않아도 그저 보아 넘기던 사내의 존재를 정말이지 더는 용납할 수 없었다. 더 이상의 아량과 인내는 불같은 성정의 그 주단휘에게는 불가한 일이었다.

챙강—!

그가 분노하며 검을 꺼내 든 것과 동시에 느닷없이 나타난 사혼단의 검은 인영들이 그녀의 호위 무사를 에워싼 채 사내를 향해 일제히 검 끝을 겨누었을 때, 새파랗게 질려 가던 그녀의 얼굴이 아직도 그의 뇌리에 잊히지 않고 생생히 남아 있었다.

그의 나이 스물셋, 그녀의 나이 스물이었다. 돌이켜 생각해 보면 아마 그때가 가장 그녀를 못살게 굴고 괴롭히던 때였던 것으로 기억된다.

'네놈이 분명 제정신이 아닌 게로구나. 감히 누구의 앞을 가로막는 것이냐. 내 오늘은 네놈의 심장이 붉은지 검은지 이 손으로 직접 꺼내 들고 확인해 보아야겠다. 황후가 무릎이라도 꿇어 네 그 불손함을 대신 사죄한다면 또 모를까.'

제 호위 무사를 죽이기라도 하는 건 아닐까 온통 그 생각뿐이었을 테니 아마 분명 그녀는 그가 무어라 말을 하고 있는 것인지 그 뜻조차 제대로 헤아리지 못했겠지만, 그가 그리 말하는 순간 그녀의 무릎은 그의 요구대로 참 쉽게도 바닥에 꿇렸다.

그녀가 그의 말을 그리 순순히 따른 적이 여태까지 단 한 번이라도 있었던가? 정말이지 그녀가 그에게 처음으로 복종했건만, 어쩐지 그것이 더욱 불쾌했다. 순순히 그의 말을 따른 이유가 다른 사내 때문이라는 것이……

주종의 관계일 뿐이라 해도 고작 무사 따위를 위해 명색이 황후라는 이가, 그것도 저에게는 늘 꼿꼿하고 무례하게 고개를 쳐들던 이가 일말의 망설임도 없이 제 앞에 무릎을 꿇는다는 것이, 정말이지 못 견디리만치 마음에 들지 않았다. 기분이 한없이 더러워질 만큼.

'무엇들 하느냐! 어서 이놈을 끌고 가지 않고!'

'폐, 폐하……!'

핏기 없이 새파래진 얼굴을 보니 더욱 부아가 치밀었다. 그때껏 일어설 생각도 하지 않은 채 무릎을 꿇고 있는 그 모습을 보니 더욱더 짜증이 솟구쳤다.

'황제에게 불경한 죄를 물어 참형에 처해야 함이 마땅할 것이나, 황후가 저리 무릎까지 꿇으며 사죄하니 장형으로 그 죄를 대신 묻겠다.'

'장, 장형이라니요. 폐하! 자비를 베푸소서! 부디 용서해 주시옵소서!'

용서? 용서해 달라고? 다른 사람도 아닌 그대가, 내 지어미라는 이가 고작 저런 놈 하나 때문에 무릎 꿇고 애원이란 것을 하고 있는데, 용서해 달라고?

그대의 그런 행동이 그를 더욱 용서할 수 없게 만드는 것이다!

'당장 끌고 가 형을 집행하라!'

'존명!'

유와는 그날 50대의 장형을 모두 받아 냈다. 형을 마친 후 그의 몸은 도무지 목숨이 붙어 있는 것인지 끊어진 것인지를 모를 정도로 넝마가 되어 있었다.

평소에도 그다지 마주치는 일이 많지 않던 소원하다 못해 원수 같은 부부지 간이었지만, 그 후 한 달 동안 그는 정말로 단 한 번도 그녀와 마주치는 일이 없었다. 다만 한 달간 태현궁의 별실에서 황후의 극진한 보살핌을 받았다던 유와를 한 달쯤 지나 초혜와 함께 산보를 나선 어화원의 입구에서 잠깐 스치듯 마주쳤을 뿐이었다.

정말 죽을 고비라도 넘긴 것인지 파리하고 야윈 얼굴을 보니 마음이 썩 편치만은 않았다. 그러나 회복되어 멀쩡히 걸어 다니는 것을 보니 오죽 지극정성으로 그를 보살폈을까 싶어 또 그새 심기가 불편해졌던 기억이 난다.

그래…… 바로 저 미소 때문이었다. 그날 그의 심술은, 바로 저 햇살보다 더 눈부신 봄볕 같은 미소 때문이었다.

"폐하……!"

하얀 벚꽃 잎이 붉은 단풍잎이 되어 스산하게 흩날리는 것 외에는, 봄날의 따사로운 햇살이 어느 가을밤의 은은한 달빛으로 변해 버린 것 외에는, 시야를 간질이는 은빛 잔광에 미소 짓는 여인도, 그녀가 있는 자리에서 두어 걸음쯤 떨어진 곳에 있는 큼지막한 바위까지도 그날의 모습과 빼다 박은 듯이 닮아 있는 눈앞의 광경에 단휘의 얼굴이 순간적으로 굳어졌다.

정확히 언제였는지 기억나지도 않는 희미한 과거의 편린이 가느다란 가시가 되어 심장을 파고들었다.

"폐하, 시각이 야심하온데 어찌 침수에 들지 않으시고……. 또 성곽을 둘러보시고 오시는 것이옵니까."

"그러는 너야말로 이 야심한 밤에 이곳에 나와 무얼 하고 있는 것이냐. 밤바람이 차거늘."

아마도 저를 기다리고 있던 것이리라. 그는 능숙하게 말에서 내려 여인에게 다가갔다. 연못 가까이에서 수면 위를 잠시 들여다보던 여인이 그를 돌아보며 생긋 미소 지었다. 얇은 침의 하나만을 걸친 그녀의 새붉던 입술이 스며드는 한기에 퍼렇게 질려 있었다.

"방에 계시지 않아 혹 이곳에 나와 계신가 하여……."

"어서 처소로 돌아가거라. 네 그리 입은 것을 보니 고뿔에 들지 않으면 그것이 더 이상하겠구나."

"소녀를 걱정해 주시는 것이옵니까?"

"나를 염려하는 것이다. 네 이리 곧 죽어도 나와 붙어 다니려 하니."

쌜쭉한 표정의 여인을 보며 단휘는 피식 웃고는 곧 발길을 돌려 침소로 향했다. 사위가 어찌나 고요한지 종종걸음으로 뒤따르는 여인의 치맛자락이 바스락거리는 소리가 크게도 울렸다.

낙안에 도착하던 날 목욕 시중을 들던 그 여인이었다. 돌아가도 좋다 그리 사양하였건만 그녀는 한사코 그의 곁에 남아 묵묵히 수발을 들었다. 반반한 얼굴 외에는 별다른 재주조차 없는 여인이었다. 다만 장소가 장소였기 때문인지 요사스럽고 음탕해 보이던 첫날의 인상과는 달리, 여인은 순진하다 못해 답답하기까지 한 숙맥이었다. 아무리 용모가 곱기로 굳이 이런 아이를 골라 그의 시중을 맡긴 낙안성주의 속내를 도무지 알 수가 없었다.

돌아가라 해도 돌아가지 않으리란 예상은 하였지만 순진무구한 그 얼굴과는 달리 꽤 고집스럽게 그의 침실까지 따라 들어오는 여인을 보며 단휘는 못 말린다는 듯 고개를 저었다. 무어 아무려면 어떠랴. 그는 그녀에게 침상 한편을 내어 주고는 침의를 찾아 대충 걸쳐 입고 침상 위에 아무렇게나 쓰러지듯 누웠다.

"……."

호롱불이 겨우 몰아낸 어둠 사이로 여인의 형상이 흐릿하게 시야에 들어왔다.

다소곳이 앉은 여인의 뒤태가 참으로 작고 가냘프기만 하다. 어느 날엔가 보았던 황후의 어깨도 저리 작고 가냘팠었다.

"네 나이가 몇이냐."

스물, 혹은 스물하나? 어느 봄날 시화호에서 보았던, 아마 그즈음의 황후의 나이 정도가 아닐까. 그의 물음에 주저하는 듯하던 여인이 곧 우물쭈물 작게 대답했다.

"……열일곱이옵니다."

"열일곱? 하, 내 일찍 자식을 보았더라면 너만 한 딸이 있겠구나."

여인이라기보다는 아직은 소녀라 불릴 나이. 가히 화용월태라 칭송되어질 만한 여인의 아리따운 얼굴을 감흥 없이 바라보며 단휘는 나직이 실소를 터뜨렸다.

"제아무리 때깔 곱고 탐스럽기로 설익은 과일이 기껏해야 눈요기밖에 더 될까. 성주라는 자가 황제의 취향을 몰라도 한참을 모르는군. 가서 너의 주인에게 전하거라. 황제는 모양 좋은 떫은 감보다는 차라리 물러 터진 홍시가 좋다더라고."

황궁에도 어린 궁녀들이야 차고 넘쳤지만, 제아무리 곱고 어여뻐도 나어린 궁녀에게 마음이 동한 적은 단 한 번도 없었다.

느릿느릿 태평하게 내뱉는 목소리에는 피로감이 그득했다. 그는 여인에게 눈길조차 주지 않은 채 그대로 눈을 감았다. 잠이 부족한 탓인지 눈을 뜨고 감을 때마다 아릿하고 뻐근한 통증이 느껴졌다. 입에도 못 댈 떫은 감 따위에게 내어 줄 시야는 없었다.

"폐, 폐하……! 소, 소녀가 어려 마음에 들지 않으시옵니까? 하오면 소녀가 어찌하여야 폐하의 마음에 들 수 있겠습니까."

한데, 이 어린 계집은 졸지에 못 먹을 떫은 감이 되어 버리고도 도통 포기할 생각이 없는 모양이었다.

침상 위에 누운 그의 품에 막무가내로 안겨 오며 끈덕지게 들러붙는 여인을 안지도 뿌리치지도 않은 채 단휘는 잠시 생각에 잠겼다.

처음부터 그랬다. 그것이 무엇인지는 알 수 없었지만, 또 알려고도 하지 않앉지만, 하나하나 차근히 떠올려 보면 계집의 행동에는 늘 조급하고 절박한 무언가가 배어 있었다.

그것은 분명, 권세와 부를 원한다던 초혜의 그 조급함이나 절박함과는 또 다른 무엇이었다.

"내 도울 수 있는 일이라면 도울 터이니, 이리 마음에도 없는 짓 할 필요 없다."

"……예……?"

"무엇이 너를 그리 절박하게 만드는 것이냐."

"……폐…… 폐하……."

애처롭게 흔들리던 커다란 눈동자가 불안감과 놀라움으로 더욱 크게 떠졌다. 채아는 고개를 들어 떨리는 눈으로 그를 올려다보았다. 그에 대해 잘 안다고는 할 수 없었지만, 새삼 그가 이전과는 다르게 느껴졌다.

몹시도 괴팍한 황제라고, 그러니 절대 황제의 비위를 거스르는 짓 따위는 하지 말라고 성주에게 귀에 못이 박히도록 들어 왔던 그녀였다. 한데 지금 바로 그 괴팍한 황제가 자신을 돕겠다며 손을 내밀고 있었다. 눈앞에서 벌어지고 있는 일이었지만 너무도 비현실적이라 도무지 믿기지가 않았다. 채아는 아무런 대답도 하지 못한 채 벙어리처럼 입만 벙긋거리며 멍하니 그를 바라보았다.

"대답해 보거라. 내 너를 돕고자 함이니."

"……진정……이십니까……."

"진정이다. 그러니 안심하고 어서 말을 해 보아."

뜻밖의 다감하고 나긋한 음성 때문이었을까. 불안하게 흔들리던 눈망울 가득히 금방이라도 툭 하고 떨어져 내릴 것처럼 눈물이 그득 차올랐다. 하지만 황제 앞에서 눈물을 보일 수는 없는 노릇이었다. 채아는 얼른 소매로 눈가를 훔쳐 냈다. 진정이라는 그의 저 말을 정녕 믿어도 되는 걸까, 사실대로 말해도 정말 괜찮은 걸까, 고민되지 않는 것은 아니었다. 그러나 망설여지는 수만 개의 마음 중에 어쩐지 그를, 황제를 믿고 싶은 마음이 그 순간 더 크게 그녀를 휘감았다.

"하오면…… 이년의 사연을 들어 주시겠사옵니까."

그의 의중을 묻고 있었으나 사실적 의미로는 그의 권유에 대한 긍정의 대답이었다. 그가 말없이 고개를 끄덕이자, 그녀는 숨을 크게 한 번 들이켜고는 곧 차분하게 이야기를 꺼내기 시작했다.

그녀가 들려준 사정은 이러했다. 그녀에게는 아홉 살 난 사내 동생이 하나 있었는데, 그들 남매의 부모가 지병으로 일찍이 세상을 뜬 터라 그녀가 제 어린 동생을 어미처럼 보살펴 왔다. 동생은 무슨 병인지도 모르는 희귀한 병을 어려서부터 앓아 왔는데, 성주가 구해다 준 약재를 쓴 이후부터 다행히도 조금씩 차도를 보이는 중이었다. 한데, 그 약재는 값도 값이지만 구하는 것 자체가 쉽지 않아 성주가 아니면 달리 어디서 구해 올 방도가 없다는 것이었다.

"하여, 네 그리 절박하게 구는 까닭이 동생의 병에 쓸 약재 때문이다?"

"……그러하옵니다."

"하면 내 너를 돕는 것이 그리 어렵지는 않겠구나."

"아니요……, 아마 어려울 것이옵니다."

황제인 자신이 돕겠다는데도 여전히 그늘진 얼굴로 아니라고 단호히 대답하는 여인을 보며 단휘는 미간을 좁힌 채 의아한 듯 물었다.

"어째서지? 약재라면 나 또한 구해 줄 수 있는 것이거늘. 어째서 어렵다 말하는 것이냐."

"동생을 데려올 수가 없기 때문이옵니다."

"동생을 데려올 수가 없다? 성주가 동생을 어디 가둬 놓기라도 하였다는 말이냐? 찬찬히 알아듣게 이야기를 해 보거라."

그의 채근에 여인은 잠시 고민하는 듯하더니 어렵사리 입을 뗐다. 그녀의 동생은 벌써 몇 해째 교하성에 감금되어 있었다. 교하성은 설유국과의 국경에 인접한 작은 요새로 전초성으로 쓰이고 있는 곳이었다. 성주가 두어 달에 한 번씩 그녀를 그곳으로 데려가 동생의 상태를 확인시켜 주기는 했지만, 동생의 몸상태가 많이 좋아졌음에도 성주는 절대 집으로 돌려보내 주지는 않고 있었다.

그녀의 이야기를 듣던 단휘의 표정이 어느 대목에서부터인가 서늘하게 굳어졌다. 정확히는 동생이 감금된 곳이 교하성이라는 말을 들은 직후부터였다.

"한데 넌 어째서 아직도 그의 말을 따르는 것이냐."

"예?"

"교하는 낙안보다 먼저 적의 손에 넘어간 곳이다. 그건 성주조차 손쓸 수 없는 상황이라는 소리지. 그런데 왜 아직도 그의 말을 따르느냐 말이다."

"……! 소, 소녀도 그것까지는 모, 몰랐사옵니다. 참말이옵니다! 소녀는 몰랐던 일이옵니다."

"그러하냐? 하기야, 뭐 네가 안다 한들 모른다 한들 달라질 건 없느니."

예리하게 날아가 박히는 시선에 여인의 길게 말려 올라간 고혹적인 속눈썹이 파르르 떨렸다. 그녀의 얼굴이 긴장으로 딱딱하게 굳어지고 있는 것을 무감하게 바라보며 단휘는 건조한 목소리로 말을 이었다.

"설유가 어찌 그리 급작스럽게 나와의 조약을 파기해 버렸나 했더니, 네 덕에 이제야 감이 잡히는구나. 북문을 연 것이 누굴까 아무리 고민해 봐도 짐작 가는 자가 없었는데…… 설마하니 성주 본인의 짓이라 어디 생각이나 하였겠느냐."

"폐하, 성주께서 그런 일을 하셨을 리가……!"

"그것은 내가 판단할 문제다. 단, 네게 선택권을 주마. 성주의 사람이 될 것이냐, 내 사람이 될 것이냐."

"……"

그의 말을 분명 귀로는 들었으되, 차마 머리로는 이해하지 못한 채아가 말문을 잃은 듯 눈만 동그랗게 뜬 채 그를 바라보았다. 이해하지 못할 만도 했다. 그가 생각하기에도 예전의 자신이었다면 상상조차 못 할 관대하다 못해 자애롭기까지 한 처사였으니까. 싱거운 웃음이 그의 입가를 타고 흘렀다. 그는 그녀가 다시 한번 자신의 말을 곱씹어 이해할 수 있도록 잠깐의 시간을 둔 후 한결 누그러진 목소리로 말을 이었다.

"너만 눈치껏 행동한다면 그의 의심을 사는 일은 없을 것이다. 어찌하겠느냐. 나의 수족이 되겠느냐? 확약할 수는 없다만 기회가 닿는다면 네 동생을 반드시 구해 오겠다."

황제가 성주를 의심하기 시작한 이상 성주의 사람인 그녀는 당장 이 자리에서 목이 잘려 나간대도 억울함을 호소조차 할 수 없는 대역 죄인이나 마찬가지였다. 그런 자신에게 황제는 단죄가 아닌 회유의 손길을 뻗어 오고 있었다. 게다가 황제는 확약까지는 아니었지만 동생을 구해 오겠다는 뜻마저 내비쳤다. 마다할 이유가 없었다. 동생만 무사할 수 있다면 그녀는 누구에게 어찌 이용된다 해도 상관없었다. 몸뚱이를 달라 하면 기꺼이 줄 것이고, 벼랑에서 뛰어내리라 하면 기꺼이 뛰어내릴 것이다.

"……누구의 명이라고 감히 거절 따위를 할 수 있겠사옵니까. 소녀, 폐하를 따르겠나이다. 다만, 저의 동생을…… 꼭…… 꼭 구해 주시옵소서. 동생만 무사할 수 있다면 무슨 짓이든 하겠사옵니다."

비장한 얼굴의 그녀를 보며 단휘가 픽 하고 낮게 웃었다.

"각오가 대단하다만 내 너에게 위험한 일이야 시키겠느냐. 네가 할 일은 딱 하나뿐이다. 어디 한갓진 곳에서 나와 함께 희희낙락 노닐기만 하면 되느니."

"……예?"

그리 말하며 씩 웃는 단휘를 잠시 얼떨떨하게 바라보던 채아는 곧 그의 말을 이해하였는지 이내 환하게 미소 지으며 대답했다.

"예, 폐하. 소녀 그것만큼은 자신 있사옵니다."

아마도 그것은 성주의 눈을 속이기 위한 것이리라. 채아는 제 볼을 꼬집어 보고 싶은 심정이었다. 정말이지 꿈만 같은 일이었다. 괴팍하리라 믿어 의심치 않았던 황제가 이리도 따뜻한 아량을 지니신 분이라니.

동생을 빌미로 수족이 되어 달라 청하는 것은 주인으로 여기고 있던 성주와 다를 바가 없었지만, 성주처럼 으름장을 놓으며 협박 따위를 하는 것이 아니었다. 황제는 진심으로 저희 남매를 구명하려 하고 있었다. 이제 열일곱, 나어린 그녀였지만 어려서부터 숱한 사람들을 겪어 온 그녀의 눈에는 또렷하고 선명하게 보였다. 단순히 회유만이 목적인 거짓 호언이 아닌, 그의 진심이.

"해주에는 지난 몇 년 동안 성주님을 따라 수도 없이 가 보았지요. 하여 성채 곳곳을 제집처럼 속속들이 알고 있사옵니다. 하오니 소녀에게 맡겨 주소서. 명일, 동이 트면 소녀가 모시겠사옵니다. 정취도 훌륭한 데다 성주의 눈에 띄기에는 그만인 곳이 있사옵니다."

그리 말하며 생긋 웃는 소녀의 얼굴이 마치 비 온 뒤의 무지개처럼 더없이 청초하고 화사했다. 단휘는 대답 대신 가만히 고개를 끄덕였다.

열어 둔 창가로 달빛이 고아하게 내려앉았다. 창밖으로 어렴풋이 보이는 호수의 컴컴한 수면 위로 은빛 잔광이 부서져 흩어지는 것을 멍하니 응시하던 단휘는 이내 시선을 거두고는 가만히 눈을 감았다. 잔뜩 상기된 얼굴의 소녀가 그림처럼 다소곳이 앉은 채 그 곁을 함께하고 있었다.

ㅁ ■ ㅁ

하루하루가 참 더디게도 흘러갔다.

어느 한쪽도 절대 먼저 입을 열 생각 없이 서로 침묵으로만 일관한 채, 그들의 팽팽한 기 싸움은 벌써 며칠째 그렇게 계속 이어지고 있었다.

시간이 흐를수록 두 사람 모두 지쳐 갔다. 상대에게 지쳐 가고, 자신에게 지쳐 갔다. 이제 요는, 누가 더 궁금한가 하는 것이 아니라, 누가 먼저 지쳐 포기하는가 하는 것이었다.

그날 이후 당연한 듯 그들의 언쟁 역시 사라졌다. 고집스러운 신경전만이 서로의 심기를 불편하고 날카롭게 만들고 있을 뿐이었다.

오늘도 조금 전 다녀간 그는 시종일관 말이 없었다. 정말이지 고역이 아닐 수 없었다. 무언가를 알고 있는 듯한 그가 도대체 어디까지를 알고 있는 것인지를 도통 알 수 없는 그녀로서는 에라 모르겠다, 하고 섣불리 털어놓을 수도 없는 노릇이었다.

자신만만하게 조건을 내걸며 제안해 오던 그의 태도로 보아 어느 정도 그녀의 신분을 눈치채고 있는 것은 확실한데, 그것이 과연 그녀가 둘러댄 그 이름 하나만으로 유추할 수 있는 그저 그만큼의 것인지, 아니면 보다 확실한 어떤 증좌를 통해 사실 그대로를 알고 있는 것인지, 그것을 확신하기 어려운 탓이었다.

상대보다 더 궁금한 쪽이 지는 것이라던 그의 말을 가벼이 흘려버리지 못하게 되었을 만큼, 그녀는 지금 저에게 일어난 상황이 무척이나 궁금했다. 신분을 솔직히 말해 주면 그녀를 감금한 이유 역시 말해 주겠노라고 그는 약조하였었다. 그것은 그녀가 파안의 황후이든, 황제의 총희이든, 아니면 다른 그 무엇이든 신분 때문에 그녀를 감금한 것이 아니라는 소리였다.

분명 무언가 다른 이유가 있다. 대체 그것이 무엇일까. 신분 때문이 아니라면 도대체 무슨 이유가 있어 이리 자신을 가둬 둔단 말인가.

"면경은 구해 줄 수 없다…… 타란은 잘 때도 벗지 마라……?"

그의 말들을 다시 한번 곱씹어 보았다. 알 수 없는 불안감에 까닭 없이 가슴이 쿵쾅거렸다.

"……그럴 리가 없어. 말도 안 되는 일이야."

아리는 도리질을 쳤다. 기실, 천궁에 감금된 첫날부터 말도 안 되는 불안감과 두려움에 시달려야 했던 그녀였다. 다시금 강하게 뇌리를 스쳐 가는 생각에 아리는 고개가 떨어져 나갈 정도로 머리를 세차게 흔들었다.

아니야, 아닐 거야……. 말도 안 돼! 그런 일이 일어날 리 없잖아……!

정말이지 말도 안 되는 얼토당토않은 추측이다. 그래, 역시 자신은 간자 따위할 재간은 없는 사람이다. 이리 형편없는 추측 따위나 해 대서야 어디 코흘리개 간자 노릇이나 제대로 할 수 있을까. 그녀는 생각하며 고개를 젓고 또 저었다. 이미 마음으로는 사실로 인정하기 시작한 어떤 사실을 온몸으로 부정하려는 듯이.

그날, 이름 모를 붉은 꽃이 만개한 화전에서 느닷없이 그녀를 향해 깍듯이 예를 갖추던 그의 친위대원들이 불현듯 눈앞에 생생히 떠올랐다. 아니, 아니다.

'불현듯'이라는 말에는 분명 어폐가 있었다. 목에 걸린 가시처럼 지금껏 찝찝하고 편치 않던 그 진정한 연유가 무엇인지를 모르지 않으면서도, 그 정도 눈치쯤 없는 것이 아니었음에도 그저 덮어 둔 채 마냥 부정해 온 자신을 더 이상 묵과하는 것은 무의미한 일이라는 걸 더는 인정하지 않을 수가 없었다.

그래, 어쩌면 그날, 그 순간…… 그녀는 이미 알아 버린 것인지도 모른다. 다만 도저히 받아들이기가 힘에 겨워 마음으로 밀어 내고 있었을 뿐…….

천신 가호! 친위대 전원, 왕비님께 예를 갖추옵니다! 홍복을 누리소서!'

그녀의 앞에 부복한 채 조금의 주저함도 없이 우렁차고 깍듯하게 외치던 그의 친위대는 분명 저를 '왕비'라 칭하였었다. 그 당시 그들이 외친 그 말은 너무나 또렷하게 귓가에 박혀 와 잘못 들은 것이려니 하는 생각조차 품지 못하였었다. 혹여 그 말이 언제고 다시금 수면 위로 떠오를까 두려워 차마 의문조차 품지 못한 채 그저 그대로 마음속 깊이 모른 척 묻어 두었을 뿐이었다. 이제 와 그것을 부정하는 것이 무슨 소용일까…….

정말이지 믿기 힘든, 그리고 도무지 믿고 싶지 않은 사실이었지만 어찌 되었든 그것으로 한 가지는 명백해졌다. 이 싸움은 반드시 그가 지게 되어 있다. 그가 내건 조건을 이미 그녀는 알아 버렸으니까.

생각해 보면 어차피 처음부터 공평치 못한 조건이었다. 그는 이유를 알려 준다고만 하였지, 그녀를 풀어 준다고는 하지 않았다. 이제 더는 어렵게 고민할 필요가 없게 되었다. 그녀 스스로가 그에게 친절히 자신의 신분을 알려 줄 이유 따위는 이제 없는 것이다.

인정할 것을 인정하고 나니 복잡하다 여기었던 것이 명료하게 정리되는 느낌이다. 그래. 빠져나갈 방법만 찾게 된다면 잠시 이리 갇혀 지내는 것도 그리 견디기 힘든 일만은 아니리라. 이유를 알 수 없을 때야 일각이 하루 같고 하루가 1년 같은 답답하고 지루한 날들이었지만, 이제는 사정이 다르지 않은가.

이유를 알고 나니 그가 어째서 풀어 주겠다는 조건을 걸지 않았는지 알겠다. 눈으로 직접 확인하기 전에는 믿기 힘든 일이었지만, 10년을 기다려 왔다는 황룡의 인의 반쪽을 그가 쉽게 놓아줄 리가 없음은 자명한 일이다. 그러니 그가 그녀를 보내 줄 것이란 기대는 애당초 하지 않는 것이 정신 건강에도 좋을 것이다.

사정이 이렇게 된 이상 혼란에 빠져 허우적거리며 정신을 놓고 있을 시간이 없었다. 일단은 지금의 상황을 감내하며 어떻게든 밖의 누군가와 연락을 취해야만 한다. 이곳에서 빠져나갈 방법을 그리 차근차근 도모하여야 한다.

하지만 어떻게······?

이리 꽁꽁 방 안에만 갇혀 있는데 누구와 어떻게 연락을 취할 수 있단 말인가. 그녀는 한숨을 푹 내쉬며 습관적으로 언제나처럼 굳게 닫혀 있을 문 쪽으로 시선을 돌렸다. 일말의 기대도 없이 그저 버릇처럼 취한 행동이었다. 그렇기에 지금 그녀의 시야에 들어오는 뜻밖의 상황을 제대로 인식하는 데에는 약간의 시간이 필요했다.

"······!"

순간 석상이 되어 버린 듯 저도 모르게 몸이 그대로 굳어졌다. 문에 고정된 그녀의 눈동자가 놀라움을 가득 담은 채 주체할 수 없을 만큼 떨려 왔다.

문이······ 열려 있다······?

잘못 본 것인가 싶어 몇 번이나 눈을 비비고 바라보았지만, 절대 환영이 아니었다. 이곳에 강제로 끌려온 그 첫날부터 그녀 혼자 있을 때면 늘 굳건히 닫혀 있던 황룡이 새겨진 황금빛 철문이 빠끔히 열린 채 문틈으로 복도의 은은한 불빛을 들여보내고 있었다.

심장이 급박하게 뛰기 시작했다. 온몸의 모든 맥박이 어서 저 문을 열고 이곳에서 나가라고 미친 듯이 아우성을 쳐 댔다. 생각하고 자시고 할 겨를도 없이 그녀는 무엇에 홀린 듯 스르륵 몸을 일으켰다. 한 발 한 발 문을 향해 내딛는 걸음이 걷잡을 수 없이 떨려 왔지만, 멈추는 것은 이미 불가능한 일이었다.

스르릉—

왕의 침실답게 묵직한 철문이 별다른 마찰음 없이 고요히도 열렸다. 열린 문이 만들어 내는 틈새가 넓어질수록 아리의 심장 박동도 최고조에 달했다. 그녀는 심호흡을 한 뒤 질끈 눈을 감은 채 한 걸음 두 걸음 아주 천천히 복도를 향해 조심스럽게 걸음을 내디뎠다. 침실 안에서는 보이지 않았지만 분명 문밖 좌우를 지키고 서 있을 친위대가 곧 검을 들이밀며 자신을 막아설 것임을 그녀는 충분히 예상하며 각오하고 있었다.

"⋯⋯?"

그러나 아무런 소리도 들려오지 않는다. 감았던 한쪽 눈을 슬며시 떠 왼쪽을 살핀 그녀는 나머지 한쪽 눈을 마저 뜨고는 오른쪽도 살펴보았다. 아무도 없다. 긴장감과 기대감으로 가득 차오른 심장이 터질 듯이 부풀어 올랐다. 점점 숨이 가빠지고 있었다.

안 돼, 침착하자. 진아리⋯⋯.

복도 중앙에 멈추어 선 채 잠시 좌, 우를 놓고 고민하던 아리는 그리 오래 고민하지 않고 오른쪽을 택했다. 평소라면 잠이 들었을 시간이기에 얇은 침의 차림이었지만 그보다 더한 차림이라 해도 상관없었다. 이곳을 빠져나갈 수만 있다면야 넝마를 입었다 한들 무엇이 문제이랴.

미로처럼 끝도 없는 복도를 돌고 돌아 마침내 밖으로 나 있는 문을 발견했다. 미끄러지듯 열리던 침실 문과는 달리, 끼기긱, 육중한 철문이 괴기스러운 소리를 내며 힘겹게 제 몸체를 열었다. 혹여 누가 듣지는 않았을까 흠칫하며 주위를 살핀 그녀는 아무도 없음을 확인하고는 안도의 한숨을 내쉬며 서둘러 밖으로 빠져나왔다.

"하아, 하아⋯⋯."

얼마나 달려왔을까. 그리 멀리까지 오지는 못하였는데도 긴장으로 심장이 제멋대로 빨라져 숨이 턱까지 차올랐다. 이러다 자신의 숨소리를 듣고 누군가 저를 찾아내지는 않을까 염려될 정도로 거칠어진 숨소리가 신경이 쓰였다. 아무래도 숨을 조금 돌려야 할 것 같았다. 이대로 더 달리는 것은 무리였다.

"후우⋯⋯."

담벼락을 돌아 몸을 숨긴 그녀는 바닥에 쓰러지듯 주저앉았다. 심장이 뻐근해질 정도로 숨이 차올랐다. 침착하게 숨을 들이마시고 내쉬고를 반복하며 가쁜 숨을 진정시켰다. 절대 느긋할 수 없는 상황이었지만 애써 마음을 편안히 하려 노력했다.

누군가에게 붙잡혀 다시 저곳에 갇히게 되더라도 낙담은 하지 않으리라. 이곳에서 빠져나간다 해도 어차피 아주 도망치는 것은 불가한 일이 아닌가. 혹 잡히게 되더라도 제가 일으킨 잠시의 소란으로 밖의 누군가가 저의 행방을 알아챌 수 있다면 그것으로 된 일이다.

그녀는 수도 없이 마음을 다지고 또 다지며 거친 숨이 잦아들기만을 기다렸다. 그러고는 이 정도면 되었다 싶어 천천히 몸을 일으키던 순간이었다.

"……!"

정말이지 눈 깜짝할 새에 땅에서 솟아오르듯 시커먼 인영이 불쑥 나타나 그녀의 앞을 막아섰다. 순간 그녀의 얼굴이 낭패감에 급속도로 굳어졌다. 조금 전 염려했던 순간이 이리도 빨리 찾아올 줄 미처 몰랐다.

위아래가 온통 칠흑같이 검은 사내가 마치 사신처럼 섬뜩하게 느껴져 아리는 본능적으로 한 걸음 뒤로 물러섰다. 아니, 물러서려 했다. 그러나 등 뒤에는 돌담이 길게 늘어서 있어 더는 물러설 곳도 도망칠 곳도 없었다. 친위대도 사내와 비슷한 차림새였지만 그것은 기루에서의 자객 또한 마찬가지였다. 복면까지 뒤집어쓰고 있으니 정체를 판단하기가 더욱 모호했다. 이런 상황이라면 차라리 친위대인 편이 백번 나았다.

어찌해야 할까. 소리를 질러야 할까. 아니면 그냥 이대로 있어야 할까. …… 대체…… 어찌하는 것이 좋을까.

그리 끝없이 고민하던 그녀의 입술에 더는 고민할 필요 없다는 듯 사내의 투박한 손길이 재빨리 얹혔다. 그 투박한 손길이 어쩐지 낯설지 않게 느껴져 고개를 갸웃하며 사내의 눈동자를 들여다보는데, 순간 익숙한 목소리가 귓가를 울렸다.

"혹 기뻐 소리치실 생각이시라면 이곳에서 나간 연후에 하십시오. 마마."

"……!"

얼굴을 가렸다 한들 어찌 모를 수 있을까. 가슴속에서 커다랗고 아릿한 무언가가 북받쳐 올랐다.

"읍! 우으읍?"

"예. 접니다, 마마. 명색이 황후의 호위 무사인 제가 이제 호위보다 마마의 뒤치다꺼리나 하는 일이 더 많아졌다는 것을 아십니까? 하아, 골치 아픈 일만 잔뜩 시키시더니 이런 곳에 계시면 어찌합니까."

"유와! 네가 어떻게……!"

그가 그녀의 입을 막았던 손을 내려놓았다. 검은 복면을 쓴 채였지만 군소리를 늘어놓는 볼멘 목소리는 분명 유와의 것이 틀림없었다.

"유와! 정말 유와가 맞는 거지? 왜, 왜 이제야 온 거야!"

"하, 나 참. 왜 이제야 오다니요? 마마, 이곳이 어디인 줄 아십니까?"

"알아. 아라하 왕의 거처라는 거……."

"그럼 경비가 얼마나 삼엄한지도 알고 계시겠네요."

"그거야……."

처음의 타박하던 투는 어디로 숨어 버리고 모깃소리만큼 기어들어 가던 목소리가 급기야 말을 채 끝맺지 못하고 허공중에 사라졌다. 정말 뜻하지 않은 상황에 구원자처럼 나타난 유와의 존재를 잠시나마 무적의 투사쯤으로 여기었던 자신을 그제야 깨달은 그녀는 다시금 신경을 곤추세우며 가만히 목소리를 낮추었다.

"한데 그 경비를 어찌 뚫고 들어온 거야? 네 말대로 보초 서는 이들이 한둘이 아닐 텐데."

"그게……."

말을 꺼내려다 말고 유와는 입을 다물었다. 그녀가 이유를 묻는 표정으로 그를 빤히 바라보자 '그게 다 마마의 호위 무사가 너무 잘나서겠지요.' 하고 뻔뻔한 말을 잘도 내뱉더니 그녀를 흘끗 한 번 쳐다보고는 다른 곳으로 휙 시선을 돌려 버린다. 그리 딴청을 피우는 모양새가 어쩐지 수상쩍었지만 본래 너스레를 잘 떨던 위인이니 아리도 그냥 그러려니 하고 넘겨 버렸다.

폐하는 만나 뵈었는지, 아라하 왕이 건네준 물건에 대해 조사는 해 보았는지, 듣고 싶은 이야기들이 한두 가지가 아니었지만 지금은 물을 상황이 아니었다. 당장은 급할 것도 없었다. 이곳을 무사히 빠져나간 연후에 들어도 늦지 않을 사안들이었다.

"마마, 이쪽으로……."

아리는 유와가 이끄는 대로 돌담 아래 후미진 곳에 가만히 몸을 숨겼다. 흔한 나무 한 그루조차 없는 곳이라 몸을 숨기기가 영 마땅치 않았다. 조심스럽게 돌담을 따라가다 보니 문이 나왔다. 잔뜩 긴장한 탓이었던지 미처 후각이 깨닫지 못했던 강한 화향이 어디선가 불어온 바람을 타고 그제야 코끝을 강하게 자극했다.

문밖을 슬쩍 내다보니 아니나 다를까 예의 그 화전에서 보았던 이름 모를 붉은 꽃이 흐드러지게 피어 있었다. 천궁의 후원쯤 되는 모양이었다. 아마도 화전의 주토를 옮겨 와 꽃을 옮겨다 심어 놓은 듯했다. 강한 화향에 어지럼증이 일어 잠시 비틀대던 그녀를 재빨리 부축한 유와가 안색을 살폈다.

"환각제로 쓰이는 꽃입니다. 화향이 강해 오래 맡으면 정신을 잃기도 한다더군요."

"짐작은 했지만, 역시 그런 용도였구나. 그래서 그렇게 이 나라 저 나라 다투어 가져가려던 거였어."

"팔다리를 잃어 죽어 가면서까지 악귀처럼 싸우게 하려면 그만한 묘약은 없을 테니까요."

건조한 목소리로 그렇게 대꾸한 유와는 잠시 주위를 살피고는 성마르게 그녀의 손을 잡아끌었다. 화향도 화향이지만, 일각이라도 지체할 시간이 없었다. 언제 어디서 천궁의 병사와 갑작스럽게 맞닥뜨리게 될지 모를 일이었다. 현재의 상황을 놓고 보자면, 지금 당장 그런 일이 생긴다 해도 전혀 억지스럽거나 이상스러울 게 없었다.

자꾸만 초조한 마음이 드는 건 물론 그런 이유 때문이기도 했지만, 그보다 앞선 어떤 불확실한 추측 때문이었다.

천궁의 높은 돌담을 넘어 정말이지 천운이다 싶을 만큼 운 좋게 그녀를 만나 이곳으로 데려오기까지, 병사는커녕 개미 새끼 한 마리도 보지 못하였다. 과연 그것이 천운이었을까. 아무런 장애물도 없이 둥그런 실패에서 실을 풀어내듯 너무도 순탄하게 풀어지는 일들이 오히려 그의 불안감을 가중시키고 있었다.

젠장. 자꾸만 엄습해 오는 불안감에 입 밖으로 튀어나오려는 욕설을 겨우 목구멍 안으로 밀어 넣으며 그는 미간을 좁힌 채 걸음에 더욱 속도를 붙였다.

그래, 상황이 하 위험천만하고 급박하다 보니 별의별 불길한 상상들이 머릿속을 어지럽히는 것일 게다. 이제 이 천궁의 후원만 지나면 그녀와 함께 자국으로 돌아가는 일도 조금은 수월해지리라. 장 상궁을 구하지 못하는 것이 애석한 일이지만 그도 저를 이해해 주겠지. 그나저나, 주인을 모시는 이들의 명줄이란 것이 제 주인을 위해서라면 언제든 버려질 수 있는 정도의 것이니까······.

그는 불길한 예감을 떨쳐 버리려는 듯 숨을 훅 하고 내뱉었다. 그래. 긍정적으로 생각하자. 여기까지 무사히 왔건만 이제 와 무슨 일이야 생기려고. 괜한 걱정으로 정신을 소비하느니 이곳에서 나가 무엇부터 해야 할지를 다시 한번 되새김질해 보는 편이 나으리라.

"이제 저 문만 지나면 됩니다."

"아, 저기에 문이······."

허리까지 오는 붉은 데오니꽃의 키에 맞추어 상체를 숙인 채 한참을 앞으로 나아가자 잎사귀들의 틈새로 마침내 육중한 철문이 조금씩 드러났다. 안도와 불안이 뒤섞인 미묘한 목소리로 말하며 유와는 아리의 손을 힘주어 잡았다.

천궁을 지키는 마지막 관문이었다. 바로 저 문 하나만 통과하면 되는 일이었다. 바로 저 문 하나만······.

어지러운 마음을 몰아내려는 듯 유와는 눈을 부릅뜨며 문을 부수기라도 할 듯 매섭게 노려보았다. 그녀의 손을 잡아끄는 자신의 손에 더욱 힘을 가하며 마침내 천궁의 마지막 문 앞에 다다른 순간······. 그러나 그의 불확실하던 추측은 너무도 정확히 맞아떨어졌다.

"이곳까지 온 그 노력은 가상하지만, 보내 줄 수 없어 유감이로군."

느닷없이 귓가를 울리는 중저음의 단조로운 음률이 적막한 기류를 깨뜨리며 고요하던 공간을 거세게 뒤흔들었다. 그와 동시에 한 사내가 문 뒤쪽에서 여유롭게 걸어 나왔다.

까닭 없이 엄습하던 불안감은 바로 이것이었나. 유와의 얼굴이 낭패감에 급속도로 굳어졌다. 태연히 앞을 막아서는 사내의 행동은 특이할 것이 없었지만, 그러한 사내에게서는 어떤 알 수 없는 위압감이 느껴졌다. 사내는 마치 지금의 순간을 기다렸다는 듯한 태도였다.

등 뒤로 제 주인의 가는 어깨가 불규칙적으로 떨려 오는 것이 느껴졌다. 숨조차 제대로 쉬지 못할 만큼 몹시도 긴장한 것이리라. 물론 그 자신 역시 그런 그녀와 크게 다를 것이 없었다. 그리 잔뜩 긴장해 있는 자신들과는 달리, 사내는 얄밉도록 여유로운 동작으로 가만히 손을 들어 올려 이마 위로 흘러내린 머리칼을 쓸어 넘겼다. 바람에 어지러이 흩날리는 사내의 길고 검은 머리카락 사이로 시린 달빛이 찬연히 부서져 내리는 모습은 같은 사내가 보기에도 경이롭고 매혹적이었다.

깊이를 가늠할 수 없는 사내의 심오한 시선이 자신을 쓱 한 번 훑어 내리는가 싶더니, 등 뒤의 그녀에게로 가만히 가닿았다.

"그래. 그대보다는 내가 더 궁금한 것이 많다는 것 인정해."

이해하기 어려울 만치 나긋한 음성이었다.

"하여, 내 이리 편법을 썼으니…… 내기에는 내가 진 것으로 하지."

그리 말하며 사내는 붉게 웃었다.

사내의 그 말을 끝으로 순식간에 나타나 사위를 점령한 열 명의 장정들의 번뜩이는 검날이 일제히 유와의 목을 노리며 매섭게 날아들었다.

9

끝 그리고 시작

똑······ 똑똑······.

어디선가 들려오는 불규칙적인 물방울 소리가 음습한 지하에 사위스레 울려 퍼졌다.

잔뜩 신경을 곤두세운 채 저를 안내하는 병사의 뒤를 말없이 따르던 아리는, 이끼 낀 곳을 밟기라도 한 것인지 미끄러질 뻔한 몸의 중심을 겨우 잡고는 잠시 멈춰 선 채 잔뜩 인상을 쓴 얼굴로 허공을 노려보았다.

불쾌감이나 분노보다는, 불안감이었다. 이곳 지하 감옥 어디엔가 갇혀 있을 유와가 과연 무사하기는 한 것인지, 그가 걱정이 되어 미칠 것만 같았다.

매번 잘못은 저가 저지르고, 험한 꼴을 겪는 것은 늘 유와였다. 어려서부터 그래 왔었다. 그는 그러한 사실들에 대해 단 한 번도 불평이란 것을 꺼낸 적이 없었다. 특유의 건들거리는 자잘한 투덜거림들 속에는, 그 험한 꼴들을 차라리 제가 겪어 정말로 다행이다 하는 바보스러우리만치 우직한 안도감이 늘 자리 잡고 있었다.

늘 그런 식이었다. 어린 시절부터 쭉 제 곁을 지켜 오던 사유와라는 사내는…….

"이곳이오. 문을 열어 줄 테니 기다리시오."

복도 끝의 문 앞에 멈춰 선 병사가 허리춤에서 열쇠를 꺼내 문을 열었다. 철컹. 자물쇠가 열리는 소리와 함께 비릿한 녹내가 풍기는 철문이 매끄럽지 못한 마찰음을 내며 스르륵 열렸다.

문이 틈새를 보이자마자 다급히 문을 열고 감방 안으로 들어선 아리는 눈앞에 보이는 광경에 하마터면 그대로 바닥에 주저앉아 버릴 뻔했다.

불빛이 약해 잘 보이진 않았지만, 쇠줄로 팔다리를 결박당한 채 벽에 매달려 있는 사람의 형상은 틀림없는 유와였다. 벽에 매달린 채 축 늘어져 있는 그의 몸을 보니 심장이 철렁 내려앉았다.

"유와!"

아리는 울부짖듯 그의 이름을 외치며 달려갔다.

"유와! 많이 다친 거니? 얼마나 다친 거야. 세상에, 대체 사람을 어찌 이 지경으로……. 아니…… 다 나 때문이야. 전부 다 내 잘못이야……. 미안해……. 정말 미안해, 유와……."

불빛이 희미했지만 유와의 모습은 또렷이 눈에 들어왔다. 드러난 맨살 위로 매질과 고문을 가한 흔적이 여기저기 선명하게 남아 있는 몸에는, 상처에서 흐른 피가 그대로 굳어져 크고 작은 피딱지들이 저들끼리 덕지덕지 엉겨 붙어 있었다.

혼절을 했던 것인지, 아니면 잠깐 잠이 들었던 것인지, 그제야 그녀의 기척을 느낀 그가 힘겹게 고개를 들었다.

"으윽……."

"유와! 괜찮아?"

그는 옅은 신음을 흘리며 흐릿한 눈으로 한참 그녀를 바라보았다. 잠시 꿈과 생시의 경계가 모호해진 모양이었다. 그녀가 염려 가득한 얼굴로 그의 이름을 수차례 더 불렀을 때에야, 온전히 정신이 되돌아온 듯 흐릿했던 눈동자에 서서히 생기가 돌아왔다.

걱정스러운 얼굴로 저를 바라보고 있는 그녀를 향해 그는 아무렇지도 않다는 듯 픽 웃어 보였다. 그게 그녀를 더 마음 아프게 만든다는 것도 모르고…….

"아무튼 네 허세는 알아줘야 해."

아리는 슬픈 눈으로 그런 유와를 잠시 바라보다 풀 죽은 목소리로 작게 투덜거렸다.

'그게 제 매력인 거 모르십니까?'

그 지경이 되고도 콧잔등을 찡긋거리며 장난스럽게 웃고 있는 눈동자가 꼭 그렇게 대답하는 것만 같아 저도 모르게 울컥 울음이 치솟았다. 아리는 어느새 눈가에 가득 차오른 눈물을 소매로 쓱 문질러 닦아 내며 그를 똑바로 응시했다.

"조금만 견뎌 줘, 유와. 내가 너, 무슨 일이 있어도 반드시 구해 줄 거니까."

'그만둬요. 무슨 짓을 하시려는 겁니까?'

웃음기가 사라진 그의 눈이 불안한 듯 묻고 있었다.

"그가 원하는 건 나야. 숨김없는 진실한 나."

'바보 같은 짓 하지 마십시오. 그럼 마마까지 위험해진다고요.'

"아니, 우린 둘 다 무사할 거야."

'무사하긴 개뿔이 무사해요? 마마가 고집을 피울 때마다 어디 일이 제대로 된 적이 한 번이라도 있었냐고요!'

눈빛만으로 대화를 나눌 수 있다는 게 신기했지만, 분명 그녀는 그와 그러한 대화들을 나누고 있었다.

유와에게 그리 큰소리를 치고는 있었지만, 사실, 그녀도 자신은 없었다. 아라하의 왕이 어디까지를 알고 있는 것인지, 어디까지를 사실대로 밝혀야 하는 것인지, 밤새 고민해 봤지만 아무것도 확신할 수 없었다.

"그래, 네가 옳아……. 사실, 모르겠어. 전부 다……."

아리는 괴로운 듯 두 손으로 얼굴을 감쌌다.

"그자에게 어디까지를 말해야 할지. 최악의 경우 사실이 밝혀졌을 때, 과연 그가 어떤 행동을 취할지."

'……'

"내가 황후인 걸 알면 나를 볼모로 이용하겠지?"

당연한 걸 왜 묻느냐는 식으로, 유와가 심드렁히 고개를 끄덕였다.

"그가 어디까지 알고 있는 건지 모르겠어. 내가 아이혜에게 알려 준 이름을 아마 그도 전해 들었을 거야. 어설프게 둘러댔으니 연은조가 상인의 여식이 아니라는 것쯤은 알아냈겠지. 혹…… 폐하의 후궁 중에 그런 이름을 가진 이가 있다는 사실도 알아냈을까?"

한껏 목소리를 낮춘 채 그녀가 심각한 얼굴로 그리 묻자, 유와는 그런 그녀가 답답하다는 듯 잠시 천장을 바라보며 코로 한숨을 길게 내쉬고는 이번에도 역시 심드렁하게 고개를 주억거렸다.

"하긴…… 일국의 왕이 그 정도의 정보력도 없다면 그게 더 이상한 거겠지. 그럼 어찌하는 게 좋을까? 혹 나중에 발각되더라도 지금은 그냥 내가 초혜 소의라고 말하는 게 나을까? ……그래, 그게 좋겠어. 어쨌든 황후보다는 후궁이 볼모인 편이 그나마 나을 테니까."

'……'

유와는 이번에는 아무런 대꾸도 하지 않고 그저 물끄러미 그녀를 바라보았다. 염려 가득한 눈동자가 한참이나 그녀를 향해 있었다.

"왜? 내가 걱정돼서 그래?"

'……'

평소의 그였다면 아마 그 말에 콧방귀나 뀌는 게 고작이었겠지만, 그는 지금만큼은 그럴 마음이 전혀 없었다. 어느 때보다도 진지한 얼굴로 그는 그녀를 뚫어지게 응시했다.

'그래, 당신이 걱정돼 미치겠어. 당신을 구해 낼 수도 지켜 줄 수도 없는 내가 죽이고 싶도록 저주스러워.'

불안정하게 일렁이는 눈동자가 좀처럼 그녀에게서 떠날 줄 모른 채, 그녀를 눈앞에 두고도 아무것도 할 수 없는 자신에 대한 환멸과 그녀에 대한 안타까움을 동시에 토해 내고 있었다.

'빌어먹을.'

욕지거리가 목구멍까지 치솟았다. 살면서 이토록 멍청하고 아둔한 실수를 저지르기는 또 처음이었다. 평상심만 잃지 않았더라면 충분히 눈치챌 수 있는 함정이었다. 개미 새끼 한 마리 눈에 띄지 않는 것을 이상하다 여기면서도 부득부득 천궁의 최중심부인 왕의 침전에까지 잠입해 들어간 것은 누가 보아도 미련하고 멍청한 짓이었음에 틀림없었다.

하지만 이제 와 그런 저를 탓해 본다 한들 무엇이 달라질까. 유와는 깊이 한숨을 내쉬었다.

물론, 이미 지나간 일을 되돌릴 수는 없는 법이다. 다만 한 가지, 그는 어떤 불확실한 것에 대해 마지막 최후의 기대를 걸고 있었다.

그 기대라는 것이 어떻게도 할 수 없는 최악의 상황에서 거의 자포자기의 심정으로 거는 근거 없는 기대이기는 하지만, 여인에게 직감이라는 것이 있듯이 사내에게도 그 비슷한 것이 분명 있다고 믿는 그였다.

어쩌면 간자일지도 모를 적국의 포로에게 하는 고문치고는, 자신이 받은 고문은 형편없이 강도가 낮았다. 눈에 띄는 곳에는 제법 상처가 깊게 나 피가 더러 흐르기도 했지만, 옷으로 가려진 부분은 거의 손을 대지 않아 작은 상처 하나 입지 않았다.

그것이 뜻하는 바가 무엇일까. 깜박 잠이 든 순간에도, 그 생각이 단 한 순간도 머릿속을 떠나지 않았다.

단지, 보이기 위한 고문…….

그녀를 협박하기 위함인지, 아니면 오히려 배려하기 위함인지를 모르겠다.

저를 보던 사내의 얼굴에 찰나 스쳐 가던 그 희미한 동요가 무엇을 뜻하는 것이었는지를…… 도대체 모르겠다.

어쩌면 그는⋯⋯.

"천신 가호! 오셨습니까, 전하."

순간 밖에 작은 소음이 일며 일사불란하게 움직이는 병사들의 기척이 느껴졌다.

"여자는?"

"안에 있습니다."

"문을 열어라."

"예! 전하!"

열쇠와 자물쇠가 딸그락거리며 맞부딪치는 소리가 들리는가 싶더니, 잠시 후 철컹하고 문이 열렸다. 그리고, 방금 전까지도 머릿속에 가득 들어차 있던 바로 그 사내가 안으로 성큼 걸어 들어왔다.

그는 그녀와 저를 느릿한 시선으로 번갈아 바라보고는, 옥방 한구석에 놓인 의자로 다가가 다리를 길게 뻗고 앉아 천천히 입을 열었다.

"그래, 반가운 시간이었나."

그러고는 작정이라도 한 듯, 그녀에게는 일절 시선을 주지 않는다.

마치⋯⋯ 결코 당신으로 인해 흔들리지는 않겠다는 듯이.

"비겁한 꼼수였다는 것은 인정하지. 달리 방법이 없더군."

탁자 위를 톡톡 두드리는 자신의 투박한 손가락에 의미 없는 시선을 고정한 채로 그는 덤덤히 말을 이었다.

"욕을 해도 좋소. 분명 욕먹을 만한 짓이었으니까. 하나, 나를 이렇게까지 졸렬한 인간으로 만들었으니, 내 그 대가는 꼭 받아 내야겠소."

그는 아예 뻔뻔해지기로 작정한 사람 같았다. 기가 막힐 노릇이었지만 아리는 대놓고 그것을 비난할 수는 없었다. 무엇이 그의 태도를 하루아침에 바꾸어 버리게 만들었는지를 누구보다도 잘 알고 있었기 때문이다.

"그 대가라는 것은, 제 신분에 관한 것이겠지요."

"바로 맞혔소."

저와 시선을 마주치지 않은 채 고개를 까딱하며 짧게 대꾸하는 소류를 아리는 빤히 응시했다. 애당초 무언가를 기대한 것은 아니지만, 그의 표정에서는 아무것도 읽어 낼 수가 없었다.

"그렇다면 별수 없군요."

그녀가 체념한 듯 깊이 한숨을 내쉬며 말하자 그가 비로소 고개를 들어 그녀를 보았다. 아리는 고요히 날아와 박히는 그의 시선을 차분히 마주하며 침착하게 말을 이었다.

"믿으실지는 모르겠습니다. 허황되게 들리실 수도 있겠지만 분명한 사실이니 말씀드리지요."

잠시 뜸을 들인 것은, 여전히 아무런 확신도 들지 않았기 때문이었다.

그러나 돌이키기엔 이미 늦어 버렸다.

"나는, 파안제국 황제 폐하의 후궁입니다. 세간에서는 날 황제의 총희라고들 부르더군요."

활시위는 당겨지고, 이제 마침내 화살은 떠났다. 대답을 마치자마자 그의 표정을 살폈지만, 어떠한 변화도 찾아볼 수 없었다.

"초혜 소의 연은조. 그대가 맞소?"

"예, 그렇습니다."

황제의 총희……. 생각에 집중하려 잠시 미간을 좁히던 소류는 곧 계속해서 대화를 이어 갔다.

"상단 행수의 여식이라는 말은 역시 거짓이었군. 둘러댄 말치고는 꽤 그럴듯했소. 하지만 그렇다면 이해할 수가 없군. 그날 기루에 있었던 이유가 뭐지?"

"그건……."

"홑몸이 아니라 들었소. 그 몸으로 어찌하여 그토록 매섭게 폭우가 쏟아지는 밤에 굳이 궁을 나와 기루에 있었던 거요?"

"……대답이 필요한 질문은 아닌 듯싶습니다만."

긴장한 듯 뾰족이 날이 선 대답에, 소류가 나직이 웃으며 순순히 시인했다.

"그대 말이 맞아. 하면 질문을 바꾸지."

나긋한 그의 태도가 도리어 저를 불안하게 만들고 있다는 사실을 그는 아무래도 모르는 모양이었다. 아리는 자꾸만 움츠러들려는 어깨를 펴고 허리를 꼿꼿이 곧추세웠다. 긴장을 감추기 위해 습관처럼 무의식적으로 나온 방어적인 행동이었다. 소류의 시선이 그런 그녀를 빈틈없이 주시하고 있었다.

"그대가 휘월루의 기녀 출신이라는 건, 파안 사람이라면 어른 아이 할 것 없이 누구나 알고 있을 만큼 널리 알려진 사실이더군."

"질문하시려는 바가 무엇입니까."

"뭐, 그리 대단한 것은 아니오. 그날 기루에서 그대가 혹 이 여인을 만나려던 게 아니었나 싶어서."

"예? ……여인이라니요?"

그가 턱짓으로 가리킨 곳을 향해 시선을 따라가 보니, 조금 전 그가 들어왔을 때 문이 채 닫히지 않았던 것인지 문이 소리 없이 스르륵 열리며, 곧 차면으로 얼굴을 가린 한 여인이 사뿐사뿐 옥방 안으로 걸어 들어왔다.

파안의 의복을 입고 있다는 사실과 차면 위로 간간이 드러난 뽀얀 살결만이 이 여인이 아라하 사람이 아니라는 사실 하나를 겨우 알려 주고 있을 뿐이었다.

"소의 마마, 강녕하셨습니까."

여인은 아리를 보며 공손하게 허리를 굽혔다. 아리는 생면부지의 여인을 바라보며 밀려드는 당혹감에 잠시 무어라 할 말을 잃은 채 넋 나간 사람처럼 서 있었다.

이 난감한 상황을 어찌 빠져나가야 하는 것인지, 묘책은커녕 머릿속이 텅 비어 버린 듯 사고 자체가 정지되어 버린 기분이었다. 이 상황을 모면할 수만 있다면 차라리 이대로 혼절이라도 하여 영영 깨어나지 않아도 좋을 것 같다는 생각마저 들 정도였다.

'누구지, 이 여인은?'

차면으로 가려진 얼굴은 둘째 치고, 곰살맞고 아양스러운 그 목소리마저 전혀 기억에 없는 것이었다. 필시 초혜가 입궐하기 전 기루에서 함께 생활하던 기녀임이 분명했다. 낭패감에 등줄기가 찌르르 울렸다.

자꾸만 얼굴이 경직되는 게 느껴졌다. 문득 지금 저의 얼굴이 퍽 요상해졌을 것이라는 생각에 서둘러 표정을 고쳤지만, 아무래도 늦은 모양이었다.

"이런, 이런. 그리 당황하신 얼굴이라니요. 저를 달갑지 않아 하실 거라는 건 알고 있었지만, 그래도 우리 사이에는 남다른 정리라는 것이 있지 않사옵니까."

"아, 나는 그저……."

"설마 그새 이 아향을 잊기라도 하였다 그리 말씀하실 작정이셨던 겁니까?"

둥글게 휜 눈매가 매력적인 여인이, 당황해 하는 아리를 보며 서운하다는 듯 장난스레 눈을 흘기며 웃었다. 자신을 아향이라고 밝힌 이 여인이 도대체 누구인지 전혀 알지 못하는 아리로서는 속이 터질 노릇이었다.

'아향? 아향이 도대체 누구야?'

왜 하필 이런 순간에, 그것도 어울리지도 않는 이런 장소에 갑작스럽게 나타나 저를 이리도 당황스럽게 만드는 것인지, 평소 자신의 성정대로라면 이 여인이 누구이건 간에 대체 지금의 이 상황이 무엇이 그리도 즐거운지 생글생글 웃고 있는 그 얄미운 면상에 손찌검이라도 날렸을 테지만, 지금은 그저 기어들어가는 목소리로 겨우 대답이란 것을 꺼냈을 뿐이었다.

"……잊었을 리가. 하 반갑고 놀라워 그저 잠시 말문이 막혔을 뿐이네. 오랜만이네, 아향."

순간, 소류가 권하는 의자에 앉으려던 아향이 멈칫하며 묘한 눈으로 아리를 바라보았다.

"예……, 진정 반갑고 놀라운 일이지요. 실로 오랜만에 뵙사옵니다. 소의 마마."

잔망스럽게 야살을 떨던 좀 전의 경박한 목소리와는 달리, 그리 차분히 대꾸하며 빙긋이 웃는 얼굴이 어딘지 의미심장했으나, 아리로서는 그 웃음의 의미를 조금도 알아차릴 수 없었다.

아향은 소류의 맞은편 의자에 사뿐히 앉아, 팔다리를 결박당한 채 옥방 벽에 매달려 있는 유와를 잠시 흘끗 바라보더니, 곧 다시 아리에게로 시선을 돌리며 입을 열었다.

"루주께서 많이 서운해하십니다. 그간 어째서 서찰 한 통조차 보내지 않으신 것이옵니까?"

산 넘어 산이란 말은 이럴 때 쓰는 말이로군. 아리는 손바닥에 흥건히 고인 식은땀을 어디에든 닦아 내고 싶은 충동이 잠시 강하게 들었다. 미끌미끌하고 축축한 그 감촉이 몹시 불쾌하기도 했고, 어쩐지 지금의 이 불안한 기분을 더욱 가중시키는 듯한 느낌이 든 탓이었다. 그나마 다행한 일이라면, 은의의 소매가 길고 통이 넓은 덕에, 잔뜩 긴장하여 식은땀이 흥건한 제 손바닥을 저들에게 들킬 일은 없다는 점이었다.

"궁궐의 법도가 지엄하여 쉬이 행할 수 있는 일이 아니었네. 루주께는 죄송하다고 자네가 나 대신 전해 드려 주게나."

"예. ……그리하지요."

수긋이 고개를 숙여 보이며 대꾸하는 여인의 입꼬리가 어딘지 묘하게 휘어졌다. 여인은 곧 앉아 있던 의자에서 몸을 일으키고는 맞은편에서 말없이 두 사람의 대화를 듣고 있던 소류를 가만히 불렀다.

"전하."

듣고 있다는 듯, 그가 시선을 돌리지 않은 채 짧게 고개를 끄덕였다.

"제가 이곳에 더 있을 필요는 없을 듯합니다."

"적년회포를 나누기에는 너무 짧은 시간이 아닌가. 십여 해 만의 재회라 하더니."

"오늘은 이 정도로 하지요. 장소도, 상황도, 회포를 풀기에는 그다지 적절치 않은 듯싶어서 말입니다. 아니 그러하옵니까, 마마?"

아리는 동의를 구하듯 저를 바라보며 빙긋 웃는 여인에게 저도 모르게 고개를 마구 끄덕여 댔다. 조금 전 사정없이 뺨을 후려치고 싶었던 여인이 이제는 어느새 세상에 둘도 없는 은인이라도 된 듯한 기분이었다.

"하오면 다음을 기약하옵지요. 하옵고……."

여인은 잠시 말을 끊더니 아리의 얼굴을 한참이나 바라보고는 다시 말을 이었다.

"천한 것이 감히 존안을 눈에 담았사오니 이 같은 불경이 또 어디 있겠사옵니까. 부디 이년의 무례를 용서하시고, 강녕하소서, 마마."

여인은 그리 인사를 건네며 아까 처음 아리와 마주한 순간 예를 갖추던 것과는 비교도 안 될 정도로 극진하고 정중하게 아리를 향해 큰절을 올리고는 문밖으로 사라졌다.

온몸의 맥이 미친 듯이 뛰어 대고 있었다. 여인이 나간 후에도 아리는 놀라 쿵쾅거리는 심장을 좀처럼 진정시킬 수 없었다. 저를 당혹게 만들던 여인의 존재는 사라졌지만, 그것이 지금의 이 곤란한 상황의 끝은 결코 아닐 것이란 사실을 예감하고 있던 탓인지도 몰랐다. 끝이기는커녕, 여인의 퇴장은 오히려 본격적인 시작이 될 터였다.

옥방 안에 남은 이는 이제 세 사람이었다. 무겁게 내려앉은 침묵이 가슴을 짓누르고 숨통을 조여 왔다. 아리는 저도 모르게 숨을 깊게 들이켰다 내쉬었다.

"……."

소류는 잠시 그런 아리를 바라보다, 벽에 묶여 있는 사내에게로 시선을 옮겼다.

한 사람의, 그것도 황실 여인의 신변을 보호하는 호위 무사가 아향 정도의 인물을 모를 리 없다. 도성 제일가는 기루의 여주라는 말은 곧, 도성 안에서 굴러가는 모든 일들을 제 손바닥처럼 꿰고 있는 사람이라는 뜻이나 마찬가지니까. 그 같은 인물을 모른다면 이미 호위 무사로서의 자격은 없다고 봐도 무방한 셈이다. 사내는, 다행인지 불행인지, 그 기본적인 자격 정도는 갖춘 모양이었다.

줄곧 그녀를 바라보고 있던 사내가 자신의 시선을 느낀 것인지 문득 저를 향해 고개를 돌렸다. 소류는 그와 눈이 마주치자 느긋하게 팔짱을 낀 채로 씩 웃어 보였다. 뭐랄까. 일종의 사례랄까? 아향의 말에 대꾸하던 제 주인의 말에 시시각각 파리하게 굳어지던 사내의 표정을 지켜보는 것도, 생각 외로 꽤 즐거운 일이었다.

단, 여기까지다.

소득 없는 심리전도, 불필요한 감정 소모도, 뜻하지 않은 유희도, 이제는 모두 끝이 났다.

이제는, 결말을 내려야 할 순간이다……

"저 여인이 누구인지 알겠소?"

아향이 나가자 잠시 숨을 돌리는 눈치이던 그녀가, 아직 끝나지 않은 그의 질문에 어깨를 움찔거렸다. 그것을 본 소류의 눈동자가 순간 미약하게 흔들렸다. 태연한 척하고 있지만 분명 속으로는 떨고 있을 그녀가 이 순간 몹시도 안쓰럽고 애처로운 것이 사실이었다. 그러나 그러한 것들에 큰 의미를 두어서는 아니 될 일이다.

소류는 자꾸만 마음이 약해지려는 제 자신을 꾸짖으며 애써 무감한 시선으로 그녀를 바라보았다. 긴장한 기색이 역력한데도, 저의 시선을 피하지 않고 그저 묵묵히 받아 내고 있는 그녀가, 그것이 또, 그의 마음을 무겁게 짓눌렀다.

하지만, 단지 그뿐이다. 단지 그뿐이어야만 한다……. 여기서 멈출 수는 없었다. 그 모든 거짓들을 눈감아 주기엔, '그녀'라는 존재는 결코 작지도 가볍지도 않았다. 아라하의 왕에게도, 또한 그 자신, 단목소류에게도……

"……"

짧지 않은 시간이 흘렀음에도 그녀에게서는 여전히 아무런 대답이 없었다.

소류는 그런 그녀를 잠시 바라보다 입을 열었다.

"아무런 말도 하지 않을 작정인가. 좋아, 대답하기 어렵다면 내가 대신 말하지."

어차피 언젠가는 서로가 알게 될 일. 어떤 이유에서건, 이 순간 굳이 숨긴다는 것은 무의미한 일이리라.

그는 그리 툭 말을 던지고는 의자 등받이에 깊숙이 기대었던 몸을 바로 했다. 그 작은 행동에도 적잖이 놀란 듯한 그녀가 움찔거리며 뒤로 한 걸음 물러섰다. 그녀의 어깨가 불안정하게 흔들리고 있는 것이 그녀와 서너 걸음 떨어져 있는 그의 눈에도 보였다.

하지만 지금은 안타깝다거나 안쓰럽다거나 하는 그 어떤 내색도 보일 수 없었다. 작은 것에 연연하여 큰 것을 놓칠 수는 없는 노릇이 아닌가. 그것도, 한 나라의 왕이라는 작자가 말이다.

"아향이라는 여인은 말이지."

그는 덤덤히 입을 열었다.

"그대가 초혜 소의 연은조라면 절대로 모를 리 없는 사람이오. 과거 몸을 의탁했던 기루의 여주이니까. 친절히 덧붙이자면, 내 정보통이기도 하고."

"……!"

새하얗게 질려 가는 그녀의 얼굴 같은 건 이번만큼은 철저히 외면하기로 하고, 그는 그녀에게서 시선을 떼며 나직이 말을 이었다.

"그대는 아마 기루의 동무 정도로 판단한 모양이지만, 아향은 휘월루의 루주요. 다시 말해, 기녀 은조의 옛 주인이라는 소리지. 애석하게도 뇌리까지는 초혜 소의 연은조가 될 수 없는 그대로서는 절대 알 리가 없는 여인이지."

감정이 실리지 않은 건조한 목소리가 가시가 되어 귓가에 날아가 박혔다. 그의 말을 듣는 순간, 아리는 쇠망치로 머리를 얻어맞은 듯 엄청난 충격에 휩싸였다. 머릿속이 멍해져 아무런 생각도 떠올릴 수 없었다. 그의 말을 분명히 들었으면서도 그녀의 머리는 그것을 이해하는 걸 필사적으로 거부하고 있는 것만 같았다.

섣부른 거짓, 그것은 그렇게 허무하고 무맥하게 쉽사리 들통이 나 버렸다. 하긴, 어쩌면 그리되는 것이 당연한지도 몰랐다. 그리 허술한 임기응변 따위에 속아 넘어갈 사내였다면, 그런 자를 왕으로 둔 아라하는 이미 오래전에 흔적도 없이 사라졌어야 옳을 테니까.

"이만하면 더 길게 이야기할 필요는 없을 것 같은데."

놀란 얼굴로 꿀 먹은 벙어리처럼 아무 말도 하지 못한 채 서 있는 아리를 한참 동안 말없이 바라보던 소류는 곧 나직이 운을 뗐다. 여유로운 승자의 얼굴이었지만, 그 속엔 채 감추지 못한 고뇌의 흔적이 희미하게 남아 흐르고 있다.

"호위 무사의 목숨을 걸고도 진실을 말하지 않은 것은 그대로서는 매우 합당한 처사였다고 생각하오. 그 점은 내 높이 사지. ……하지만, 이번 내기의 승자는 아무래도 나인 것 같군."

잠시 미세하게 흔들리던 눈동자의 떨림이 거짓말처럼 잦아들던 그 순간, 예의 그 붉고 매혹적인 미소가 그의 입 끝에 걸리었다.

그는 일말의 흔들림도 없이, 그녀를 올곧게 직시하며 말을 이었다.

"그대도, 그대가 패자임을 이미 인정했으리라 믿소."

그러고는 다분히 의도적으로 잠시 말을 멈추었다가, 조용히 뇌까리듯, 그러나 그녀에게 분명히 들릴 만한 크기로 한 자 한 자 또박또박 힘주어 내뱉었다.

"사유와. 황후의 사가인 흑무문의 가신이자, 황후의 호위 무사. 황제로부터 황후궁 출입을 윤가받은 유일한 사내……. 나이는 서른. 황후가 열두 살 되던 해부터 현재까지 줄곧 그녀를 호위해 온 자라 하더군."

"……!"

진실이라는 것은, 언젠가는 반드시 밝혀지게 되어 있다. 다만 그 시기가 빠르고 늦음에 따라 때론 행운이 되기도 또 불행이 되기도 하는 것뿐…….

그녀에게는 불행일 그것이, 지금의 그에게는 행운임이 틀림없다는 게 못내 유감스럽다.

"내 정보력은 꽤 쓸 만한 수준이니 아마 이 모든 게 정확한 사실일 거요. 미안한 말이지만, 그를 풀어 주지는 못하겠소. 진실을 말할 기회를 내 분명히 주었음에도, 그의 목숨을 담보로 도박을 건 쪽은 그대이니까."

"……."

건조한 웃음이 그의 입가를 스쳤다. 아무런 대꾸도 하지 못한 채 묵묵히 서 있는 그녀를 바라보는 그의 눈동자에 깃든 그것은 승자의 통쾌함이 아니었다.

깊은 나락의 혼돈과도 같은 침잠한 시선이 절망 어린 그녀의 얼굴 위로 무연히 가닿고 있었다.

"이리 대단한 인사를 볼모로 모시게 되어 영광이오. 그대의 가치가 과연 어느 정도일지…… 내 기대하지. 자완황후."

지리멸렬하게 이어지던 그녀와의 심리전에 마침내 종지부를 찍으며, 그는 자리를 박차고 일어섰다.

아마도 크게 충격받았을 것이 분명한 그녀에 대한 염려는 이 순간 아주 조금만 뒤로 미뤄 두기로 하고, 그는 여전히 창백하지만 서서히 평정을 되찾아 가고 있는 그녀의 얼굴을 조금은 의외인 듯 바라보았다.

그대로 석상이라도 되어 버린 듯하던 그녀의 꾹 다물린 입술이 언제 그랬냐는 듯 슬며시 열렸다.

"……애당초 내게 더 불리한 내기였으니 그쪽이 이기는 것이 당연하겠지요. 하나……, 나로 인해 얻을 수 있는 것은 아무것도 없을 테니 기대하지 않는 편이 좋을 겁니다."

"그대의 가치를 너무 과소평가하는군. 지나치게 겸손한 것 아니오?"

"겪어 보면 알 테지요."

어딘지 씁쓸한 얼굴로 말하는 그녀를 가만히 응시하다, 그는 성큼성큼 그녀에게로 다가갔다.

"그러고 보니 지금껏 우린 통성명도 제대로 한 적이 없군."

저에게 다가오는 소류를 보며 아리는 저도 모르게 어깨를 움츠렸다. 이왕 이리된 일 정신을 바짝 차려야 한다고 마음속으로 수없이 되뇌고 되뇌었지만, 어느새 제 앞에 오만하게 서 있는 사내는 다름 아닌 적국 아라하의 왕이었다. 짧지 않은 시간 그를 대해 왔지만, 자신의 신분이 탄로 나 버린 지금 적국의 왕인 그가 두렵지 않다면 거짓일 터였다.

"볼모의 이름 따위를 알아 무엇 합니까."

두려움 가득한 속마음과는 달리 비아냥대는 그녀를 보며 그가 피식 웃었다.

"어디엔가 쓰임이 있겠지. 나는 아라하의 왕, 단목소류요. 그대는?"

"나는……."

아리는 잠시 대답을 망설이다가, 곧 체념하듯 입을 열었다.

"나는…… 파안의 황후, 진아리입니다."

"아리. 부르기 좋은 이름이군."

"무례하기 이를 데 없군요. 아무리 적국이기로서니, 나는 엄연한 한 나라의 황후입니다. 그리 함부로 이름을 부르지 마십시오. 누군가에게 쉽게 불려도 될 만큼 하찮은 이름이 아닙니다."

"조심은 하겠지만, 장담은 못 하겠소."

"그런 엉터리 말이 어디 있습니까? 조심은 하겠지만 장담은 못 하겠다니요?"

"말한 그대로요. 적어도 난, 누구와는 달리 허언이나 거짓 같은 건 말하지 않으니까."

비꼬는 듯한 그의 말에 아리의 눈꼬리가 슬며시 치켜 올라갔다.

"하, 그래요? 대단히 잘나신 분이로군요? 그러고 보니 아주 중요한 사실을 잊고 있었군요. 야만족인 아라하인에게 예의라는 것이 있을 턱이 없지요. 바로 그 아라하의 왕씩이나 되는 분이시니, 조야하고 야만스럽기로는 둘째가라면 서러울 정도가 아니겠어요? 그런 분께 적국의 황후에 대한 예우를 바라다니 제가 잠시 정신이 어찌 되었었나 봅니다. 아니 그렇습니까, 야만족의 왕님?"

저에게 잔뜩 약이 올랐는지 체통도 잊은 채 그리 폭언을 쏟아붓는 그녀의 행동에 소류가 즐거운 듯 눈을 휘었다.

"하하. 그대의 말이 맞아. 그대의 말대로 나는 야만족의 왕이오. 예의나 도리 같은 것들과는 애당초 인연이 먼, 조야하고 야만스러운 북국의 왕이지. 한데 혹 이것도 알고 있나? 그대가 말한 바로 그 이유들 때문에 고상하고 우아한 파안의 황후는 늘 내게 지게 되어 있다는 사실을 말이야."

붉으락푸르락한 얼굴로 씩씩거리는 그녀를 바라보며 소류는 잠시 호탕하게 웃음을 터뜨렸다. 그러나 기분 좋게 입 안을 맴돌던 웃음은 오래 머물지 못하고 금세 모래알처럼 바스러져 허물어져 내렸다.

자신도 모르는 사이 순간순간 차오르는 기쁨과 설렘, 그녀로 인해 알아 가는 소소한 즐거움들……. 소위 '행복'이라 이름 붙여도 좋을 만한 그러한 것들이 심장에 켜켜이 쌓여 가 이제는 제발 좀 꺼내 달라 아우성을 쳐 대는 것만 같았다.

끝도 없이 쌓이고 또 쌓여 끝내 심장이 터져 버린다 해도 차마 단 한 순간조차 꺼내 보일 수 없는 헛된 마음이라는 것을 뼈저리게 알고 있으면서도, 자꾸 커져만 가는 그녀를 향한 열정이 어리석고 바보 같게만 느껴져 그는 허공 어딘가에 의미 없는 시선을 던진 채로 쓰디쓴 고소를 머금었다.

자신을 사슬처럼 옭아매는 헛된 마음들을 차마 다 떨쳐 내지 못한 채, 그는 성큼성큼 문을 향해 빠르게 걸음을 내디뎠다.

"볼모라고는 해도, 그대의 신변에 지금과 다른 큰 변화 같은 것은 없을 거요."

그러고는, 문 앞에 멈춰 선 채 그는 그녀를 돌아보며 다소 사무적으로 말을 내뱉었다.

"단, 그대가 내게 얼마나 잘 협조하느냐에 따라 그대의 호위 무사에 대한 대우가 크게 달라지게 될 테니, 이 점을 명심하고 행동하는 것이 좋겠지."

"……."

그녀는 별다른 대꾸 없이 그저 잠자코 그의 말을 듣고만 있었다. 반박하고 불평하는 대신, 본인의 처지를 깨닫고 이후의 일을 대비하는 쪽을 택한 것 같았다.

소류는 우두커니 선 채로 표정 없이 저를 바라보고 있는 그녀와, 그런 그녀의 어깨 뒤편에서 저를 죽일 듯이 노려보고 있는 사내를 차례로 일별했다. 그러고는, 조용히 옥방 문을 나섰다.

"……."

뜻하지 않은 행운이 조금도 기쁘지가 않은 것은, 대관절 무슨 까닭일런가…….

"아리…… 진아리……."

옥사를 나서자마자 불어오는 모래바람에 그대로 몸을 맡긴 채, 그는 가만히 그녀의 이름을 불러 보았다. 주체할 수 없이 거세게 요동치기 시작하는 심장의 박동이 의미하는 바를, 차마 인정할 수도, 또 인정하지 않을 수도 없어 그런 자신이 그저 답답하고 야속할 따름이었다.

문득 걷던 것을 멈추고, 그는 낮게 실소를 터뜨렸다. 제 자신이 이리도 딱하고 못나게 느껴진 적이 전에 한 번이라도 있었던가? 스물일곱 해를 통틀어 처음인 듯싶었다. 그녀와 관련된 일에 한해서만은 늘 매 순간 갈팡질팡 헤매고 흔들리는 바보 천치가 되어 버리고 마는 듯한 기분이었다. 그런 자신이 마음에 들지 않아 매번 마음을 다잡고 또 다잡는 그였지만, 그 마음이란 것이 도무지 마음먹은 대로 따라 주질 않으니 천하의 단목소류도 어찌해 볼 도리가 없었다.

"하아……."

숨이 막힐 듯 가슴이 답답해져 와 깊이 한숨을 내쉰 소류는 이내 고개를 들어 하늘을 올려다보았다. 드문드문 떠 있는 구름이 느리게 흘러가고, 흐릿한 달무리가 구름에 가려졌다 나타나기를 되풀이하는 고적한 밤…….

밤 특유의 고즈넉한 분위기에 취하기라도 한 듯, 그는 조용히 걸으며 꽤 오랜 시간 사색에 잠겼다.

세상만사 그 어떤 무엇에든, 늘 어김없이 끝과 시작이 동시에 공존한다. 그것이 대체 무엇의 끝이고 무엇의 시작인지는 알 수 없지만, 지금 이 순간에도 또한 바로 그 끝과 시작이 공존하고 있음을 그는 분명히 느낄 수 있었다.

하나의 끝, 그리고 또 다른 하나의 시작…….

그 모호한 경계선에 멈춰 선 채, 그는 다시금 그녀의 이름을 읊조리듯 나직이 되뇌었다.

"진아리……."

혀끝을 감도는 낯선 파장이 묘한 전율을 일으키며 전신을 휘감는 그 순간, 그는 본능적으로 직감했다.

결코 끝나지 않을 그들만의 싸움이 머지않아 분명 또다시 시작될 것임을…….

10
뒤엉킨 인연의 실

"진 님! 원군이 오고 있다 합니다! 교하성에서 전령이 도착했습니다!"

느닷없는 병사의 보고에 진이 자리에서 튀어 오르듯 몸을 일으켰다. 아직 천궁에서는 어떤 연락 비슷한 것조차도 취하지 않고 있었다. 한데 원군이라니. 지원군이 온다는 것이야 물론 쌍수를 들어 환영할 일이지만 갑작스러운 보고에 반가움보다는 의아함이 앞서는 그였다.

"지휘관은 누구라 하던가."

"전하께서 직접 군을 이끌고 오고 계신다 합니다."

"전하께서 직접?"

진은 잠시 의아한 표정을 짓다가 곧 알 만하다는 듯 고개를 주억거렸다. 그래, 그래서 답신이 늦었던 거였군. 진은 보름 전쯤 소류에게 보냈던 급서를 떠올렸다.

파안의 도성 병력 중 3만의 병력이 해주로 집결하였다는 내용의 서신이었다. 그것이 해주의 방비를 위한 것인지, 낙안을 공격하기 위한 것인지 그것까지는 알 수 없었지만, 만일 후자라면 골치가 아파질 것은 뻔했다.

제아무리 방비에는 더할 나위 없이 훌륭한 요새라고는 하나, 3만의 병력을 막아 내려면 이쪽도 만만치 않은 출혈을 각오해야만 할 터였다. 운이 나쁘면 그 엄청난 수에 밀려 낙안을 다시 내어 주는 최악의 사태가 벌어질 수도 있는 일이었다.

그것을 소류 역시 모를 리 없었다. 늘 평정을 잃지 않는 그라 해도 이번만큼 은 그리 느긋할 수만은 없었을 것이다. 한가하게 답신 따위나 적고 있을 여유 조차 없었을 만큼.

"아이혜는?"

지금쯤이면 아이혜도 이 소식을 전해 들었을 테지. 모처럼 얼굴에 화색이 돌 고 있을 그녀를 생각하니 피식 웃음이 삐져나왔다. 진의 물음에 병사가 기다렸 다는 듯 재빨리 대답했다.

"외성 경비를 순찰하고 오겠다 하셨습니다."

"그 녀석답군."

누가 보아도 외성 경비란 것은 그저 핑계일 뿐, 혹 소류가 벌써 도착이라도 하진 않을까 싶어 득달같이 달려 나간 것이리라.

아무튼 단순한 녀석이라니까. 진은 못 말린다는 듯 고개를 설레설레 젓고는 병사에게 이만 나가 보라 손짓했다.

파안과의 싸움에서 대승을 거두어 낙안을 탈환하였음에도 지난 한 달간 아 이혜의 얼굴에는 늘 알 듯 모를 듯 그늘이 져 있었다. 그 까닭을 너무도 잘 알 고 있는 그였기에 어쭙잖은 위로조차 건네지 못한 채 그녀 스스로가 이겨 내기 를 바라며 그저 멀찌감치 떨어져서 지켜보기만 했었다. 그것이 그가 할 수 있 는 유일한 배려였으니까.

그날, 화우월야제가 열리던 날. 그는 올해 역시 그녀에게 아무 일도 일어나 지 않았음을 어렵지 않게 알 수 있었다. 축제가 끝나는 자정을 훨씬 넘긴 시각, 잔뜩 술에 취한 아이혜가 술병 하나를 든 채 자신을 찾아왔다. 그저 그것뿐 이었다면 좋았으련만……

친위대장 무흔에게서 황당하다 못해 충격적인, 정말이지 말도 안 되는 소식을 전해 듣고는 진은 그 언젠가 적군의 창이 옆구리를 뚫고 들어올 때보다 더한 충격에 차라리 그대로 까무러치고 싶은 마음마저 들었더랬다.

서궁의 여인에게 황룡의 인이 나타나다니. 이야기를 전해 준 사람이 진중하고 충직하기로는 둘째가라면 서러울 그 친위대장 무흔만 아니었더라면, 어디서 헛소리 따위를 나불대는 것이냐고 호통을 치며 그대로 목을 베어 버렸을지도 모를 일이다.

혜노부의 여인은커녕 아라하인도 아닌, 더구나 적국 파안제국의 사람인 데다가 그것도 모자라 황제의 후궁일지도 모르는 그런 얼토당토않은 여인이 소류의 반려라니…….

"하……. 대체 뭐가 어찌 돌아가는 거냐."

깊이 한숨을 내쉰 진은 생각하기도 싫다는 듯 침상에 벌러덩 드러누워 베개로 얼굴을 가렸다. 무흔의 말로는 소류에게서 함구령이 내려졌다지. 자신이야 워낙에 왕을 위하는 사람이니 그러한 명령들에는 암묵적으로 예외가 되어 있지만. 여하튼. 그래, 그의 명대로 함구한다고 치자. 하지만 그 후에는? 그저 쉬쉬하며 사실을 은폐하고 난 후에는 무엇을 어찌할 생각인 거지?

예정되어 있던 소류와 아이혜의 혼례일은 이제 겨우 한 달을 남겨 놓고 있을 뿐이었다. 아라하로 돌아갈 수 없다면 마땅히 낙안에서라도 혼례를 치러야 할 것이다. 이미 한참 전부터 기정사실화되어 있던 일이니, 이제 와 시침 뚝 떼며 뒤엎을 수도 없는 노릇이다.

만일 정말로 그것을 뒤엎을 생각이라면, 모두가 납득할 만한 이유를 모든 부족들에게 명명백백 낱낱이 밝혀야만 할 것이다. 그리하지 않으면 엄청난 파란이 일어나게 되리란 것은 삼척동자도 다 아는 사실일 테니까. 무엇보다도 아이혜의 부족인 혜노부가 그 같은 사태를 그저 남의 집 일 구경하듯 가만히 지켜보고만 있을 리 없었다.

소류가 낙안에 당도하면, 그 문제부터 확실히 짚고 넘어가야겠다. 전쟁도 전쟁이지만, 담장 밖의 불보다는 집 안에 붙은 불부터 끄는 것이 순서이리라.

"아무튼 이 인간들 때문에 내가 제명에 못 살지. 이거 원 장가라도 들든가 해야지, 네 녀석들 뒤치다꺼리도 이젠 지친단 말이다……."

그는 불만스럽게 군소리를 늘어놓고는 눈을 감았다. 낙안에 온 이후로는 늘 잠이 부족했다. 짬짬이 눈을 붙여 두지 않으면 하루를 버티는 것이 아주 고역이었다. 군의 총사령관인 그로서는 신경 써야 할 일들이 한두 가지가 아니었으니 잘 시간이 부족한 것쯤은 당연한 일이겠지만, 그 자신은 원치 않는 감투였다.

왜 이런 골치 아픈 자리를 맡겨 가지고. 허울만 좋았지, 그야말로 족쇄가 따로 없다. 이까짓 수장 자리, 어떻게든 차지하려 눈에 쌍심지를 켜고 있는 저 아태부의 인간들에게나 던져 줄 일이지. 쯧쯧, 혀를 차던 그는 시끄러운 머릿속을 가라앉히려 애쓰며 선뜻 오지 않는 잠을 청했다.

□ ■ □

끝도 없이 늘어선 군사들의 기나긴 행렬이 장엄한 물결을 이루었다. 그들은 지친 기색도 없이 행군을 계속했다.

행렬의 선두에는 건장하고 체격 좋은 장정들만을 골라 특별히 편성한 별동대가 배치되어 있었다. 그 중앙에서 그들의 호위를 받으며 말을 몰고 있는 사내의 몸에 걸쳐진 흡사 검은 비늘처럼 매끈하게 번쩍이는 흑색 갑주는 멀리서도 그의 독보적인 존재를 모두에게 또렷이 각인시켰다. 사내를 호위하며 절도 있게 전진하고 있는 친위대의 손에 들린 깃발마다 수놓인 아라하의 상징 주작이 금세라도 날아오를 듯 붉은 날개를 활짝 펼친 채 위용을 뽐냈다.

행렬은 이제 막 설유와의 국경을 넘는 중이었다. 소류는 국경임을 알리는 설유의 푸른 깃발이 초소의 망루에 매달린 채 펄럭거리는 것을 물끄러미 바라보았다. 때마침 전신을 훑고 지나가는 한 줄기 바람에는 옅은 강 내음이 묻어났다.

강줄기가 약해지는 미우강의 상류 지역은 설유국의 서북단에 위치해 있었다. 평소대로였다면 그리 손쉽게 미우강을 건너 낙안을 함락시킨다는 것은 꿈에서조차 불가능한 일이었겠지만, 설유와의 동맹으로 그것이 너무도 쉽게 가능해졌다. 설유의 왕이 대체 무슨 꿍꿍이속으로 파안과의 화친을 깨고 아무런 조건도 없이 아라하를 돕겠다고 나선 것인지 도무지 모를 일이었지만 당장은 개의치 않기로 했다. 지금으로서는 거의 절대적이라 해도 과언이 아닐 만큼 크나큰 도움이 되고 있는 것이 사실이니까.

수백 년간 되찾지 못했던 성지의 일부를 그들의 도움으로 이제야 간신히 되찾은 것이다. 지금은 파안과의 전쟁에만 온 신경을 쏟아부어도 부족할 때였다.

"전하. 후발대까지 모두 국경을 넘었습니다. 이대로라면 늦어도 닷새 후면 낙안에 도착할 수 있을 것 같습니다."

"군량은?"

"충분합니다."

소류는 고개를 끄덕였다. 보고를 마친 무흔이 깍듯이 예를 취하고는 전방 호위를 위해 앞쪽으로 달려 나가는 것을 뜻 없이 바라보던 그가 돌연 쥐고 있던 고삐를 가만히 당겼다. 그에 반응하듯 말이 바로 속력을 늦추었다. 시선은 여전히 전방을 향해 있었지만 그의 신경은 출발하던 그 순간부터 후방에 머물러 있었다. 보다 정확히 말하자면 그의 바로 뒤편, 군사의 행렬과는 조금도 융화되지 않는 아담한 마차가 바퀴를 구르며 조용히 자신을 뒤따르고 있는, 그곳.

또다시 의식이 그곳을 향하자 그는 결국 말을 멈추어 세우고는 뒤를 돌아보았다. 저 안에 타고 있는 작은 체구의 여인이 지금 이 순간 어떤 표정을 짓고 있을지, 어떤 생각을 떠올리고 있을지, 돌연 그것들이 그의 궁금증을 불러일으켰다. 그리고 그의 그러한 궁금증은 별 고민 없이 그를 움직이게 만들었다.

"워! 워어!"

왕이 말머리를 돌려 마차로 다가오는 것을 본 마부가 재빨리 말을 멈춰 세웠다. 그런 마부의 행동에 일말의 주저함도 없는 것을 보면 필시 왕의 그 같은 돌발 행동이 이번이 처음은 아닌 듯싶었다.

마차가 멈추어 서자 마차의 문에 달린 작은 창이 열리며 이마에 타란을 쓴 여인의 작은 얼굴이 드러났다.

"이번에는 또 무슨 용건이십니까."

여인의 날 선 목소리가 마부석에 앉은 마부의 귀에까지 들렸다. 여인의 그 같은 불경함에 조마조마해하는 마부의 심정을 아는지 모르는지 왕은 서글서글한 웃음을 띤 채 여인 앞으로 가까이 다가가 말을 멈춰 세웠다.

"그냥. 그대가 무료할 듯싶어서."

애써 무감하게 반응하려던 여인의 얼굴이 황당함에 못 이겨 결국 파르르 경련을 일으켰다. 반면, 사내의 웃음은 얄미우리만치 더욱 짙어지고 있었다.

"이런 때에 농이 나오십니까? 진정 전장에 나가시는 분이 맞습니까? 한낱 포로 따위를 이리도 세심히 배려해 주시니 감읍이라도 하여야겠군요?"

"그대야말로 진정 포로가 맞는지 의심스럽군. 어찌하면 포로가 그리 당당할 수 있지?"

"전하께서 저를 앞으로도 이리 세심하다 못해 살뜰히 배려해 주실 것이라는 걸 아주 잘 알고 있으니까요."

"대단한 자신감이로군."

"그 대단한 자신감을 심어 주신 분이 바로 전하가 아니시던가요?"

아리는 대답하며 품 안에 넣어 두었던 비단 주머니를 꺼내어 창문 가까이로 가져가 보란 듯 살랑살랑 흔들어 보였다.

그 용도에 대한 조사를 명하며 유와에게 건넸던 비단 주머니는, 유와와 함께 도주하려다 때를 노리고 있던 아라하의 왕에게 꼼짝없이 잡히고 만 그날, 원래의 주인인 그에게 잠시 되돌아갔다가 그녀의 요구로 다시금 그녀의 품 안에 돌아와 있었다.

마치 약이라도 올리려는 듯 엄지와 검지로 살짝 끈을 쥐고는 부러 얄밉게 그것을 흔들어 보이는 그녀를 보며 그가 피식 입꼬리를 올려 웃었다.

문득 낙안으로 떠나기 전날 밤, 그녀와 나누었던 대화가 떠올랐다. 황후라는 신분이 발각된 데다 인질로까지 잡혀 있는 불리한 상황임에도 불구하고 그녀는 도리어 '조건'이란 것을 내거는 무모한 작전을 펼치기로 작심한 모양이었다.

'좋아요. 전하께서 원하시는 게 무엇이든 전부 다 협조하겠어요. 볼모로서의 역할 수행도 충실히 이행하겠노라 약조하지요. 단, 그 전에 조건이 있습니다.'

옥사에서의 대면 이후 며칠 만에 재회하게 된 그녀를 기다리며 잔뜩 겁에 질린 볼모의 모습을 당연한 듯 떠올렸던 그에게, 그것은 정말이지 전혀 생각지도 못한 의외의 전개였다.

'그 전에, 저와 제 호위 무사를 죽이지 않겠다는 증명을 해 주십시오. 그리하시기 전에는 어떤 것에도 협조할 수 없어요. 설령 그와 날 죽인다 해도 어쩔 수 없는 일이라 여겨 받아들이겠습니다. 원하는 대로 순순히 따르고도 결국 죽임을 당하느니 차라리 스스로 목숨을 끊는 편이 나을 테니까요.'

'⋯⋯.'

'자, 어찌하시겠습니까? 제가 맥없이 죽어 나가는 것보다야, 저를 통해 뭔가를 얻는 편이 전하께도 백번 나은 일일 겁니다. 그러니 먼저, 저와 제 호위 무사의 목숨을 보장하겠다고 약조해 주십시오. 참고로 말씀드리자면, 제게서 아무 연락이 없거든 금일 해시(亥時: 오후 9시~11시)에 자결하라 호위 무사에게 일러두었습니다. 이제 얼마 남지 않았군요.'

그녀는 졸지에 적국의 포로가 되어 버린 그 암담한 상황에 기가 죽기는커녕, 오히려 이전보다 더 당당히 자신의 요구를 피력해 왔다. 그 순간 그는 누군가에게 뒤통수를 제대로 한 방 얻어맞은 것처럼 얼떨떨한 기분마저 들었더랬다.

친위대의 열 개의 검이 그녀의 호위 무사의 목을 노리며 가차 없이 날아들었을 때, 금방이라도 깨어질 듯한 백자처럼 미세한 분열을 일으키며 새하얗게 질려 가던 그녀의 얼굴에 떠올랐던 감정은 비단 도주가 실패로 돌아간 데에 대한 낭패감만이 아니었다.

그것은, 두려움이었다. 소중한 누군가를 잃게 되는 것에 대한, 지독한 두려움……

한데, 그리 소중히 여기는 이의 목숨을 놓고도 그와 같은 배짱이라니, 웬만한 장수보다도 큰 배포가 아닌가.

그런 여인이 적국의 황후임에 응당 불쾌감이 들어야 마땅할 것이나, 그는 그것이 불쾌하기는커녕 까닭 모르게 비실비실 새어 나오는 웃음을 참느라 순간 무던히도 애를 써야 했었다.

호위 무사라고는 하지만 그녀와 사내는 어쩐지 단순히 주종의 관계만으로는 보이지 않았다. 단지 충정뿐이라기엔 어딘지 개운치 않은 사내의 그 복잡하고 미묘한 눈빛 때문이었을까……

그래, 충분히 그럴 수 있다. 목숨을 걸고 제 주인을 지키고자 하는 이유에 연모라는 감정 하나쯤 얹어 가는 것도 나쁘지 않겠지. 한데, 사내의 그 알 듯 모를 듯 한 눈빛이 왜 이리 마음에 차지 않는 것인지, 그것이 도무지 모를 일이었다.

호위 무사에게 생각이 미치자, 소류의 의식이 자연스레 그를 잡아들이던 그날 밤으로 거슬러 올라갔다.

'그녀'라는 덫을 놓아 천궁의 담을 마치 제집 안방인 양 유유자적 넘나들던 그녀의 호위 무사를 마침내 잡아들이던 날, 초혜 소의라 신분을 밝힌 그녀를 아향과 대면시켜 결국 진실을 밝혀내던 바로 그날 밤. 처소로 돌아와 쉬고 있던 그는 병사를 통해 그자와의 대면을 간절히 청해 온 그녀에게 둘만의 시간을 잠시 허락했었다.

아마 그사이 그자로부터 많은 이야기들을 전해 들었을 것이라 짐작된다. 그 중에는 분명 전쟁에 관한 소식도 있었을 테고, 야왕패에 대한 언급도 있었을 것이다. 야왕패는 일전 기루에서 저를 믿지 못하던 그녀에게 잠시 맡겨 두었던 바로 그 비단 주머니 안에 든 물건이었다. 조금 전 그녀가 창문 앞에서 그에게 득의양양하게 흔들어 보이던 바로 그것……

그날, 그녀의 호위 무사의 몸을 수색하던 중 상의 안쪽에 깊이 갈무리해 둔 야왕패를 발견하였을 때, 소류는 조금도 놀라거나 당혹스러워하지 않았었다. 그뿐만 아니라 화를 내지도 않았다. 오히려 지레짐작했던 일이 확실해지자 차라리 속이 후련했다고 해야 할까.

그것이 그자의 손에 들어갔다 나온 이상 야왕패가 아라하의 왕임을 증명하는 일종의 신분증과도 같은 것이라는 사실을 그자가 알아내었을 가능성은 농후했다. 짐작한 바가 맞는다면, 그 사실은 그녀에게 역시 가감 없이 전해지고도 남았을 터였다.

'야왕패를 다시 제게 맡겨 주십시오. 그리해 주신다면 저도 전하를 신뢰할 수 있을 것 같습니다.'

하여 그녀가 그리 당당히 요구하며 마지막으로 쐐기를 박던 그 말에 그는 하마터면 저도 모르게 웃음을 터뜨릴 뻔했었다. 빤히 그 속내가 들여다보인 까닭이기도 했지만, 그보다는 그 빤한 속셈마저 그리 당당히 요구하는 그녀의 행동이 어쩐지 너무도 그녀답다는 생각이 들었기 때문이었다.

그녀의 요구대로 해 주는 것은 물론 어렵지 않았다. 비록 그것이 그에게는 없어서는 아니 될 아주 긴요하고 귀중한 물건이었다고는 해도. 그 가치만으로 따지자면 그것에 조금도 뒤지지 않을 그녀의 호위 무사를 볼모로 붙잡고 있는 그였으니까.

지금에 와 생각하는 것이지만, 그렇다 해도 조금의 고민조차 하지 않은 것은 그 자신도 이해할 수 없는 일이기는 했다.

툭—

무어라 한마디 말도 없이, 별것 아닌 것을 건네주듯 그녀의 앞에 놓인 탁자 위로 야왕패가 든 비단 주머니를 툭 하고 던지듯이 건네었을 때, 놀란 얼굴로 고개를 들어 자신을 바라보던 그녀의 표정이 아직까지도 잊히지 않고 미릿속에 선연히 남아 있었다.

아마 본인조차 억지스럽다 여기었을 그녀의 그 청이 정말로 받아들여지리라고는 조금도 예상하지 못한 것이었으리라. 야왕패의 용도를 안 이상, 그것이 주는 어마어마한 무게와 가치를 그녀 역시 확실히 알게 되었을 테니까.

그래, 그러니 조금 전 그녀가 한 말은 분명 일리가 있는 말이었다. 그녀의 말처럼 그녀에게 그리 대단한 자신감을 심어 준 사람은 다름 아닌 그 자신이나 다름없었다.

"서로의 신뢰를 공정하게 주고받은 것뿐이오. 본디 왕이란 공명정대해야 하는 법이니까."

"그것은 자국의 백성들에게나 해당되는 것이겠지요. 적국의 포로에게까지 공명정대라니, 왕도가 지나치다 싶을 정도로 넓다는 생각은 아니 해 보셨습니까?"

"글쎄. 그대의 칭찬이야말로 지나치게 과하다는 생각은 드는군. 내 도량을 그리 넓게 평가해 주니 몸 둘 바를 모르겠소. 여하튼, 칭찬은 고맙게 받아들이지."

"하……. 좋으실 대로 하시지요."

한 달 동안 보아 온 그는, 군주란 어느 때나 늘 냉철하고 위엄이 있을 것이란 일반적인 선입견과는 달리, 의외로 가벼운 농 주고받는 것을 즐기는 꽤나 넉살이 좋은 사내였다. 비아냥거리는 말에도 화를 내기는커녕 심통 난 댓 살배기 어린아이를 대하듯 하는 그가 이상하게도 밉살스럽다거나 싫지는 않았다.

지아비인 단휘와 이런 식의 대화를 나누다 보면 둘 중 어느 하나는 분개하여 씩씩거리다 좋지 않게 대화를 끝맺는 경우가 다반사였다. 한데 이 사내와의 대화는 기이하리만치 묘하게 유쾌하고 즐거웠다. 그와 대화를 나누고 있다 보면 파안의 황후라는 자신의 본분마저 망각하게 되는 듯해 두려운 마음이 들 정도였다.

"이제 국경을 넘었으니 앞으로 닷새 정도면 낙안에 당도할 거요. 고단한 여정이 되겠지만 잘 견뎌 주었으면 좋겠군."

"……."

아리는 말없이 그저 고개를 끄덕였다. 닷새…… 앞으로 닷새 후면 낙안에 당도한다. 한 달 하고도 보름 만에, 파안의 땅을 밟는다.

제 걱정 따위는 눈곱만치도 하고 있지 않을 테지만, 그래도 10년을 넘게 지아비라 여겨 온 한 사내의 자취가 남아 있을 그곳…….

곁에 있을 때는 늘 원수 같기만 하던 그의 존재가 지금은 퍽 아련한 느낌으로마저 다가온다. 그리도 뻔뻔한 그의 얼굴이 어째서 자꾸만 눈앞에 아른거리는 것인지 모르겠다. 어째서 자꾸만 눈에 밟히는 것인지 모르겠다.

그는…… 괜찮은 걸까.

난공불락이라 자부하던 낙안을 그리 맥없이 빼앗기고서, 그 불같은 성정에, 드높은 자존에, 혹 상처 입지는 않았을까.

그가 그리운 것은 아니었다. 그러나 미운 정도 정은 정인지라 힘들어할 그를 떠올리니 마음 한편이 저릿해져 오는 것은 그녀 역시 인정을 지닌 사람임에야 어쩔 수 없는 일이었다. 하물며, 자신은 파안의 황후가 아니던가. 떠올리면 야속하고 원망스럽기만 한 지아비임은 분명하나, 제국의 황후로서 황제인 그를 염려하는 것이야 너무도 당연한 일이지 않은가. 그녀는 원수보다도 더 원수 같기만 하던 지아비 단휘를 염려하는 자신의 마음을 그렇게 정당화하려 애썼다.

"일단 교하성에 도착하면 반나절쯤 쉬었다 가려 하니, 답답하더라도 조금만 참으시오. 혹 다른 필요한 것이 있으면 밖의 아무에게나 말하시오. 그들이 알아서 해결해 줄 거요."

"……"

"내 말 듣고 있소?"

아리는 그저 반사적으로 고개를 끄덕였다. 흑색 준마의 매끈한 등에 그림처럼 앉은 사내가 분명 저에게 무어라 말을 하고 있는 것 같기는 한데, 목소리만 왕왕 귓전을 울릴 뿐 그 뜻을 하나도 헤아릴 수가 없었다. 그녀의 의식은 픽 오랜만에 온전히 떠올려 보는 어느 한 사람에게로 단단히 박혀 들어가 있었다.

"무슨 생각을 그리 골똘히 하고 있는 거지?"

소류는 혼 빠진 사람처럼 멍한 표정으로 저를 바라보고 있는 그녀를 빤히 바라보았다. 시선은 분명 자신을 향해 있는 듯한데, 그녀의 눈동자는 그가 아닌 다른 것을 보고 있었다. 그것이, 어쩐지 퍽 유쾌하지만은 않아 저도 모르게 슬며시 미간을 찌푸리던 그는 더 고민할 것도 없이 곧장 말을 움직여 마차와의 거리를 좁혔다.

"물론, 생각은 그대의 자유지만……."

그리고 그가 그리 운을 떼었을 때는, 팔을 뻗으면 충분히 닿고도 남을 만큼의 거리만을 사이에 남겨 둔 채 마차의 문 앞으로 바짝 다가선 후였다.

일렁거리는 검은 두 눈동자가 어쩐지 화를 참고 있는 듯하다고 생각된 것은 그녀만의 착각이었을까. 그의 꾹 다물린 입매를 그저 멍하니 바라보고 있던 그녀는 그에게서 무언가 이상야릇한 기운을 감지해 내고는 그제야 퍼뜩 정신을 차리며 창 가까이로 기울이고 있던 상체를 들어 본능적으로 뒤로 물러나 앉았다. 아니, 물러나 앉으려 했다.

하지만 그의 행동이 그녀보다 조금 더 빨랐다.

"아……!"

일순 시야를 온통 뒤덮는 강한 빛에 그녀가 저도 모르게 팔을 들어 눈을 가린 것과 동시에, 몸이 중심을 잃고 기우뚱 기울어졌다. 그녀의 가는 팔에 가해지고 있는 엄청난 압력이 대체 무엇으로부터 비롯되고 있는 것인지를 그녀가 미처 깨닫기도 전에, 활짝 열려 버린 문을 통해 마차 밖으로 순식간에 끌려 나온 그녀의 몸은 바닥으로 추락하는 대신 흑색 준마의 매끈한 등 위로 풀썩 가볍게 앉혀졌다.

그야말로 눈 깜짝할 사이에 벌어진 갑작스러운 상황에 그녀는 도무지 정신을 차릴 수가 없었다. 까마득한 절벽 위에 올라 아래를 내려다보며 서 있는 기분이 바로 지금처럼 이리 아득하고 아찔할까. 떨어질 때의 반동으로 풍성하고 윤기 나는 흑빛 갈기로 잔뜩 뒤덮인 말의 목덜미에 본의 아니게 얼굴을 파묻은 그녀의 외마디 비명이 잠시 사위를 쩌렁쩌렁하게 울렸지만, 감히 누구도 그것에 관심을 보이지 않았다.

현실과 비현실의 경계에 놓여 있는 것처럼 정신이 아득해져 오는 가운데, 잠시 끊겼던 그의 목소리가 다시 들려왔다.

"그런 얼굴을 하고서……."

지금까지 들어 오던 그의 목소리라고는 생각되지 않을 만큼, 낮게 깔린 차가운 음성이 묘하게 신경을 자극했다. 등 뒤로 느껴지는 것이 그의 심장의 울림인지, 자신의 심장의 울림인지 알 수 없었다.

"……내게서 다른 누군가를 보고 있는 건 참을 수가 없군."

귓가로 날아드는 그의 나직한 목소리를 귀로는 분명히 들었으되, 그 의미하는 바가 머리로는 쉽사리 이해되지 않았다. 그럼에도 그 순간 심장이 무섭게 요동쳐 왔다.

하마터면 마차에서 떨어질 뻔했다는 사실보다도, 말이라면 정말이지 질색인 자신이 말에 올라타 있다는 사실보다도, 등 뒤로 온전히 전해지고 있는 뜨거운 체온의 주인인 그에게 더 신경이 쓰였다.

그래, 그것은 분명 전에도 겪었던 현상이었다. 기루에서 그에게 도움을 받던 날, 쏟아지는 폭우 속에서도 뜨겁게 전해져 오던 그의 체온이 만들어 낸 그 요상하고도 미묘한 현상……. 그녀 안에서 모래바람처럼 거세게 일어났다 잦아들던 그 감정의 흔들림. 딱히 무어라 정의 내리기조차 힘든 그 낯설고 낯선 감정들…….

저의 이런 상태를 대관절 무어라 설명하여야 할까…….

조금 전의 그 말을 끝으로 침묵한 그는 그녀에게서 어떤 말도 듣지 않겠다는 듯 그대로 고삐를 휘둘러 말을 출발시켰다. 그녀가 자초한 지금의 상황에 대해 어떤 항의도 저항도 소용없을 것이란 사실을 그녀의 허리를 감싸고 있는 그의 단호한 팔이 행동으로 대신 보여 주고 있을 뿐이었다.

어느새 그녀의 의식 속에 자리하던 한 사람이 완전히 흔적을 감추어 버리고, 다른 한 사람이 대신 그 자리를 가득 메우고 있었다. 어쩌면, 다분히 충동적이었던 그의 행동의 저변에는 그 자신도 자각하지 못한 그러한 의도가 깔려 있었는지도 모를 일이었다.

잠시 후, 멈추었던 행렬이 아무 일도 없었다는 듯 다시금 물결을 이루며 서서히 앞으로 나아가기 시작했다. 교하성까지는 앞으로 반나절이면 충분히 도착할 수 있는 거리였다. 사기충천한 병사들의 발걸음이 지축을 울리는 가운데, 두 사람을 태운 흑마 역시 그들 사이로 고요히 내려앉은 적막을 헤치며 그렇게 제 길을 묵묵히 달려 나가고 있었다.

◻ ◼ ◻

"어찌나 휘갈겨 쓰셨던지 보내 주신 서찰을 읽느라 애를 좀 먹었습니다. 상황이 얼마나 다급하였으면 그리하셨을까 싶어 몇 날을 쉬지도 않고 한달음에 달려오는 길입니다만…… 이리 천하태평이실 줄 알았더라면 병사들 잠이나 재워 가며 쉬엄쉬엄 오는 건데 그랬습니다."

해주성에 당도하여 자신을 알현하기가 무섭게 쓴소리를 늘어놓는 자함을 보며 단휘는 피식 웃었다.

그가 비꼬려는 바가 무엇인지 어찌 모를까. 자함이 그리 투덜대는 것도 당연했다. 적국 아라하에 낙안성을 빼앗기고 당장 해주성도 넘어갈 것처럼 호들갑을 떨어 대던 황제가 정작 와서 보니 팔자 좋게 여인이나 옆에 끼고 희희낙락하고 있으니, 그 울컥하는 성정에 그것을 가만 곱게 보아 넘겼다면 오히려 이쪽에서 별일이다 싶어 고개를 갸우뚱할 일이었다.

자함의 눈에 들어오고 있을 자신의 모습이 어떠할지 지금 제가 하고 있는 모양새를 쓱 한 번 훑어보니, 어느 볕 좋은 연못가의 풀밭에 자리 깔고 팔자 좋게 여인의 무릎을 베고 누워서는, 시종이 받쳐 든 양산 아래 그늘에서 천하태평 잠이나 청하고 있는 한심하기 짝이 없는 군주의 모습이랄까.

자신 앞에서는 굳이 감정을 숨기지 않는 자함답게, 황제만 아니라면 한 대쳐 주고 싶다는 듯한 그 표정이 고스란히 드러나 있는 자함의 얼굴을 보며 단 휘는 가만히 입꼬리를 올려 웃고는, 채아의 무릎을 벤 채 반쯤 뉘었던 몸을 그 제야 천천히 일으켰다.

"충분히 오해를 살 만한 행동을 하고 있는 것은 사실이니 지금 자네의 그 불 경은 눈감아 주겠네만, 해명할 기회 정도는 주는 것이 어떤가."

농담 반 진담 반으로 건넨 단휘의 말에 자함이 정색하며 대꾸했다.

"제가 무엇을 오해하고 있다는 말씀이십니까. 자세한 사정은 모르오나, 지 금 소신의 눈에 보이는 것이 오해에서 비롯된 것이라고는 전혀 생각되지 않습 니다. 해명할 기회를 달라 하시니, 예, 드리지요. 제가 오해한 것이 무엇입니까. 소신이 납득할 수 있게 어디 한번 해명해 보십시오."

언제 적이던가. 단휘가 비로소 청년의 태를 갖추어 가기 시작하던 어느 해, 잠행을 나선 저자의 골목 어귀 어느 작은 유곽에서 처음으로 기녀들을 안고 구 르던 그날 이래로, 그의 숱한 여성 편력을 지금껏 쭉 지켜보아 온 자함이니 그 리 단정 짓는 것도 어쩌면 당연한 일이었다.

그러니 자함이 저를 못 믿는다 해도 어찌 그를 타박이나 할 수 있을까. 단휘 는 혹 하고 길게 한숨을 내뱉었다. 무엇부터 설명을 해 주어야 할까 하고 생각 해 보니 그에게 해야 할 이야기들이 참으로 많기도 했다.

낙안이 어찌 그리 쉽게 함락되었는지, 적에게 북문을 열어 준 것이 누구인 지, 또한 지금 자신의 곁에 있는 천하절색을 붙여 준 이는 또 누구인지. 그리고 아픈 동생을 낙안의 성주에게 볼모로 잡힌 채아의 딱한 사정과, 그녀가 해야 할 일들에 대해서도 단휘는 빠짐없이 이야기를 풀어놓았다.

단휘에게서 자세한 이야기를 전해 들은 자함은 곧 제 주군에 대한 오해의 눈 초리를 거두었으나, 그의 얼굴은 충격으로 굳어져 있었다.

"낙안성주 손파영이 배후에 있다는 말씀이십니까?"

믿기 힘들다는 듯 떠듬떠듬 질문을 내뱉는 자함을 물끄러미 바라보며 단휘 는 조용히 고개를 끄덕였다.

"심증뿐일세. 하나 심증이 이 정도인 걸 보면 어지간한 물증보다는 확실하겠지."

"하, 어찌 명원공을 아비로 둔 자가 그런…… 그런 배신자가 어찌……."

"망자를 욕되게 하고 싶진 않지만, 이런 내 짐작이 맞는다면 아비와 가문의 명예를 저버린 더럽고 추악한 놈이라는 것만은 틀림없는 사실이지. 하지만 차라리 잘된 일인지도 몰라. 달리 생각하면 성주의 세습을 폐지시킬 수 있는 명분이 생긴 것이니까."

황실의 묵인하에 성주의 세습은 관습처럼 굳어져 있었다. 그것은 수많은 병폐를 낳아 왔다. 아비의 관직을 이어받기 위해 형제간에 칼부림을 벌이는 등 천륜을 거스르는 추악한 짓거리가 자행되는 경우도 적지 않았고, 자신들의 세를 더욱 넓히려 성주의 가문끼리 정략혼을 맺어 동맹을 유지시키는 경우도 비일비재하게 일어났다.

정략혼이나 동맹 자체가 문제되는 것은 아니었지만, 그 세가 황권을 위협할 정도로 커진다면 그것은 그 어떤 것보다도 가장 중차대하고 시급한 문제가 될 터였다.

낙안성주 손파영 역시 바로 그 황권을 노리고 있는 것임에 틀림없었다. 그러니 빼앗긴 낙안을 되찾고 대실(大失) 없이 전쟁이 종결되기만 한다면 이번 그의 모반은 차라리 잘된 일일 수도 있었다.

"놈이 계획한 것이 어디까지인지, 무슨 의도로 이런 일을 벌인 것인지. 배후에 있는 것은 저뿐인지, 아니면 혹 태제나 장왕도 이번 일에 연루된 것인지. 반드시 알아내야만 해. 그리하려면 이 아이의 도움이 필요하네."

"……."

"천하절색에 홀려 정신 나간 모자란 군주 행세쯤이야 내게 누워서 떡 먹기 아니겠나. 놈이 그것을 믿게끔 한 연후에는 놈이 내게 쓰려고 했던 그 꼼수를 역으로 이용하려 하네. 이 아이를 통해 놈의 계획을 조금이나마 알아내게 된다면 일이 훨씬 수월해질 테지. 자, 어떤가. 이 정도면 충분히 해명이 되었을 것이라 생각하네만."

씩 웃으며 말하는 단휘를 바라보던 자함이 단휘 곁에 다소곳이 앉아 있는 여인에게로 천천히 시선을 옮겼다. 날카로운 그의 시선이 그녀를 위아래로 빠르게 훑어 내리자 여인의 낯빛이 긴장으로 파리하게 굳어졌다.

짙은 화장으로도 앳된 얼굴이 채 가려지지가 않는다. 많아야 열아홉 스물이나 되었을까. 저리 나어린 여인이 무얼 얼마나 제대로 할 수 있을까 싶어 자함은 의심의 눈초리를 거두지 않은 채로 여인을 쏘아보았다.

자함의 눈빛에 스민 의심과 불신을 읽은 단휘가 그의 시선이 향하고 있는 곳으로 가만 시선을 움직였다. 잔뜩 긴장한 듯 어깨를 움츠린 채 힘겹게 둘의 시선을 받아 내고 있는 채아가 그의 눈에 들어왔다.

"이 아이는……."

그런 채아를 안심시키려는 듯 그녀에게 부드럽게 웃어 보이며 운을 뗀 단휘가 잠시 말을 멈추었다. 묘한 눈초리로 그를 뜯어보듯 살피는 자함의 사정도 아마 별반 다르지 않을 테지만, 스스로 생각하기에도 주단휘라는 사내답지 않게 자상하고 온화한 얼굴을 하고 있을 제 모습이 더없이 낯설게만 느껴진 탓이었다.

오래전 누군가에게 차마 전하지 못한 온정이 제 안에 여전히 시리게 남아 있다는 사실에 근래 들어 부쩍 안타까운 마음이 들어서일까.

그녀가 없는 지금, 무정했던 지난 시절들이 뒤늦게 그의 가슴을 쳐서일까…….

"이 아이는 믿어도 좋아."

잠시 말 사이에 틈을 둔 그는 곧 확신하듯 힘주어 말을 이었다.

"내가 믿고 있으니까."

채아에게 하는 말인지, 아니면 자함에게 하는 말인지, 아니면 그 자신에게 하는 말인지, 어쩌면 셋 모두에게 하는 말인지 모를 말을 내뱉고는 단휘는 곧 자리를 털고 일어섰다. 뒤따라 허둥지둥 일어선 채아가 처소에 다과를 준비해 놓겠다는 말을 남기고는 총총히 그들에게서 멀어져 갔다.

청환한 가을날이었지만 늦여름에 가까운 정오의 강한 햇볕이 살갗으로 따갑게 내려앉았다. 연못 수면으로 눈부시게 쏟아지는 햇살이 무수한 빛의 파편이 되어 시야에 어지럽게 날아들자 잠시 강한 현기증이 일었다. 그가 잠시 비틀거리자 어느새 곁에 가까이 다가선 자함이 놀라 그를 부축했지만 단휘는 손을 들어 가만히 그 행동을 저지했다.

'어째서······.'

도무지 모를 일이었다. 현기증이 일던 순간 뇌리에 빠르게 스쳐 간 무언가가 예리한 칼날처럼 그의 가슴을 베고 지나간다. 황궁을 떠나온 후로, 어째서 시도 때도 없이 아리가 떠오르는 것인지 도대체 연유를 알 수 없는 노릇이었다.

그녀와의 아무런 기억도 없는 생경한 장소에서, 그녀는 시시각각 그의 뇌리에 파고들어 지난날 졸렬했던 자신을 탓하고 원망하며 또 언제 그랬냐는 듯 조용히 사라지고는 했다.

바로 지금처럼······.

어른어른하는 빛의 잔영 속에 어느 날인가의 그녀의 모습이 불현듯 스쳐 지나갔다. 그 많은 날들 중에, 하필 그의 생에 가장 기억하고 싶지 않은 어느 날의 참담한 그녀가······.

처참히 찢겨 나간 옷자락 사이로 드러난 그녀의 하얗다 못해 투명한 피부는 평소처럼 해사한 빛깔이 아니라 죽은 자의 그것처럼 창백했었다. 태현궁 침실로 뛰어 들어간 자함이 양팔로 안아 들고 나온 그녀는 시체처럼 사지가 축 늘어진 채였다.

그는 그때 그녀가 죽은 것이라고 생각했었다. 그리고 그 이후의 일은 아무것도 생각나지 않는다. 그렇지 않아도 심하게 충격을 받은 자신을 위해 가능하다면 진실을 감추려던 측근들이 상당 부분 생략해 전달한 그날의 전모 아닌 전모를 알고 있을 뿐이었다.

"······꼭 죽은 사람 같았다."

나직하지만 분명히 들려오는 목소리에 자함이 놀라 단휘를 바라보았다. 누가, 언제, 어째서 따위가 생략된 모호한 말이었지만, 그가 말하고 있는 것이 무엇인지 모를 리 없는 자함이었기에 놀라움은 더욱 컸다. 그날 이후, 단 한 번도 그날의 일을 입 밖에 내지 않던 단휘였다. 입 밖에 내기는커녕 떠올리는 것만으로도 발작을 일으킬 만큼 끔찍한 그날의 기억은 그동안 그의 마음 저변에 단단히 봉인해 둔 금기와도 같은 것이었다.

　그런데 단단히도 봉해 두었던 그 봉인을 그 스스로가 풀어 버렸다. 그날로부터 정확히 10년이라는 시간이 흘러간 지금, 더는 남은 시간들을 덧없이 흘려보낼 수 없다는 듯이…….

　"안아 주고 싶었는데, 그럴 수 없었어. 품에 꼭 안고 내 온기라도 나누어 주어야 할 것 같을 만큼 창백해 보였는데, 도저히 안아 줄 수가 없었다……. 내 피붙이에게 그런 일을 당한 그녀가, 나를 얼마나 더럽게 여길지는 굳이 확인하지 않아도 알 수 있었으니까……."

　잠시 말을 멈춘 그의 손에서 무언가 반짝이는 것을 본 듯하다고 자함이 생각했을 때, 미처 말릴 틈도 없이 붉은 피가 단휘의 긴 손가락을 타고 흘러 바닥으로 툭툭 떨어져 내렸다.

　"폐하……!"

　"내 형이란 작자의 몸에 흐르고 있었을 이 주가(朱家)의 피가 내 몸에도 흐르고 있다는 사실이 더러워 견딜 수가 없었다. 그래서…… 그녀를 멀리했지. 그녀도…… 내가 그리해 주기를 원했고……."

　떨어진 핏방울이 흙바닥에 붉게 번져 가는 것을 무심히 바라보며 단휘는 혼잣말처럼 그렇게 중얼거렸다. 가장 고결해야 할 황가의 피는 그리도 더럽고 추악한 것이었다. 적어도 그와 그녀에게만큼은…….

　단휘의 손에 들린 단도를 낚아채듯 잽싸게 빼앗아 든 자함이 그를 멈추게 해야 할지 그대로 두어야 할지를 심각하게 고민하는 사이, 손바닥의 벌어진 상처 사이로 핏물이 배어 나오는 것을 잠자코 내려다보던 단휘가 가만히 고개를 들어 연못의 눈부신 수면 위로 공허한 시선을 던지며 덤덤한 목소리로 다시금 말을 이었다.

"한데…… 자꾸만 후회가 돼."

"무엇이 말씀이십니까."

"조금 더 참고 다가가지 못한 것이."

수면 위에서 찰랑이는 시린 빛 때문인지, 가슴속에서 폭발할 듯 흔들리는 감정 때문인지, 그의 검고 짙은 두 눈동자가 깊이 일렁였다. 과거의 편린을 고스란히 담고 있는 그의 눈동자는 기억 속의 그날처럼 탁하게 잠겨 든 채 고통의 심연을 부유하고 있었다.

"내 감정에 단 한 번이라도 충실했었다면 어떠했을까. 단 한 번이라도 품에 보듬고서 미안하다, 내가 잘못했다, 모든 게 내 탓이다 말하며 그리 빌어 보기라도 했더라면 어떠했을까……. 설령 그녀가 그런 날 뿌리쳤더라도, 모질게 내쳤더라도…… 내가 그리 끊임없이 다가갔더라면, 그녀도 나도 지금보다는 나아지지 않았을까……."

모든 것이 자신의 치기로 인해 벌어진 참상이라는 것을 그는 그 누구보다도 잘 알고 있었다. 빌어 태어난 배는 달라도 저를 진심으로 아우로서 대해 주던 단유가 반미치광이가 되어 반역을 일으킨 것도, 짐승처럼 아우인 자신의 아내를 범한 것도…… 모든 게 그 자신의 업보라는 것을.

그러니 완벽한 피해자였던 아리에게만큼은, 사죄했어야 한다. 거부당할 것이 두려워 비겁하게 뒤로 숨는 것이 아니라…… 한 번쯤은 부딪쳐 찢기고 깨어지더라도 가슴속 가득 담긴 진심을 내비쳤어야 한다.

그러나 자신은 어떠했던가……. 진심을 부정하며 마음에 겹겹이 벽을 두른 채 모질고 냉정하게 그녀를 대하지 않았던가. 이미 잔뜩 찢어진 마음이 조각조각 깨어져 심장을 난도질할까 봐 두려워, 작은 진심조차도 차마 그녀에게는 내보이지 못한 채 10년이라는 짧지 않은 그 세월을 그렇게 살아왔다. 정말이지 바보 같게도…….

지독히도 이기적이고, 못난 사내였다. 자신은…….

"나는 사내도 지아비도 무엇도 아니었다. 그저 졸렬한 소인배일 뿐이었지. 내 상처가 아프고 두려워 차마 곁눈질로도 그녀의 상처를 볼 수가 없었어. 그것이 나라는 인간이었다. 그것을 10년 만에 깨달았지……. 이제라도 그리 인정하고, 무릎 꿇고 빌기라도 한다면…… 이런 날 받아 줄까. 지난날 옹졸했던 나를 용서해 줄까…….″

순간 환영처럼 떠오른 그녀가 그를 향해 차갑게 웃으며 고개를 젓는다. 그는 쓰게 웃었다. 고통스럽게 일그러진 얼굴 위로 이루 말할 수 없는 회한의 빛이 스쳐 지나갔다.

물론 쉽게 용서받으리란 기대를 하고 있는 것은 아니었다.

하지만 막상 그녀가 그를 용서치 못하겠다 한다면 그땐 무엇을 어찌하여야 좋을까……. 그녀와는 다툼과 반목만을 일삼던 자신이, 과연 그 해묵은 감정들을 온전히 벗어던진 채 이미 단단히 돌아선 그녀의 마음을 제게로 다시 돌려놓을 수 있을까…….

구름 한 점 없는 날이건만, 곁을 스치는 바람마저 공허하고 스산하게 옷깃을 파고들었다. 바람에 끝이 살짝 뒤집힌 소맷자락을 무심코 매만지는 단휘의 어깨 위로 청명한 가을 하늘의 태양 빛이 쏟아져 내렸다.

자함은 단휘의 자책과 회한을 그저 묵묵히 듣기만 했다. 질문처럼 건네는 말들에도 자함은 어떠한 대답도 대꾸도 할 수 없었다. 비록 지금 이곳에서 단휘의 말을 듣고 있는 것은 자신뿐이었지만, 그의 말이 누구를 향해 있는 것인지를 모를 리 없는 자함이었다.

그녀라는 존재는 대체 그에게 무엇일까. 사랑이라고 하기에는 지나치게 차갑고, 미움이라고 하기에는 지나치게 따뜻한 그것…….

자함 그 자신 역시 초혜에게 품고 있는 그 복잡 미묘한 감정, ……애증인 걸까.

"사람의 감정이라는 것이 참으로 우습구나. 매일 그녀를 볼 수 있을 때는 그리 아옹다옹하면서도 대체 어째서 그녀를 놓아 버리지 못하는 것인지를 통 모르겠더니……, 그녀가 곁에 없으니 이제야 알겠다.”

나직한 목소리가 미약하게 공기를 흔들었다. 단휘는 잠시 내리깔았던 시선을 가만히 들었다.

순간 탁하게 잠겨 들었던 눈동자가 어느새 서서히 형형한 제 빛을 되찾아 가고 있는 것을 자함은 분명히 보았다.

“그녀와 나는 같은 상처를 입고 심장이 반쪽씩 떨어져 나간 사람들이야. 아무리 원수 같고 지긋지긋해도, 결국 그 반쪽을 채워 줄 사람은 오로지 서로뿐이라는 것을…… 내 이제는 분명히 알겠다.”

그러니 이제는 더 이상 단단히 쌓아 둔 마음의 벽 안에 숨지는 않으리라.

원망하면 그 원망 모두 받아 낼 것이고, 날을 세우고 가시를 내민다 해도 보듬어 안고 견뎌 낼 것이다.

생이 얼마나 더 제게 허락될지 알 수 없지만, 지나온 삶만으로도 짧지 않을 세월이었다. 어느덧 그의 나이 서른이었다. 멋모르던 어린 시절을 보내고 성년이 되고부터 뒤죽박죽 엉켜 버리기 시작한 그녀와의 실타래를 이제는 자신이 직접 풀어야 할 때였다.

그래, 10년이면 충분한 세월이 아닌가.

단단히 걸어 잠갔던 마음의 빗장을…… 이제는 열어야 할 때다.

더 늦기 전에…….

어쩌면 그녀가 영영 돌아오지 않을지도 모른다는 이 까닭 모를 불안감이 현실이 되어 자신을 덮쳐 오기 전에…….

“자함, ……백하가 그녀를 찾아냈다.”

마치 그저 툭 인사를 건네듯 단조롭게 흘러나온 그의 말이 지닌 의미에, 단휘를 바라보던 자함의 눈이 커다랗게 떠졌다. 그리 안간힘을 썼어도 털끝 하나조차 보이지 않던 그녀였다. 그런 그녀를 드디어 찾아낸 것이다.

놀란 눈으로 자신을 바라보는 자함에게 잠시 눈길을 준 단휘는 처소를 향해 천천히 걸음을 옮겼다. 궁금해하는 자함의 표정도 그러하거니와 황궁이 어찌 돌아가고 있는지 자신 역시 물을 것이 많았기에 금일은 필시 이야기가 길어질 터였다.

자신이 낙안성으로 떠났던 것도 그녀를 찾아냈다는 백하의 서찰 때문이었다. 낙안의 방비를 살피겠다는 좋은 구실까지 있어 쉽게 황궁을 나섰던 것인데, 이리 오래도록 황궁을 주인 없이 비워 두게 될지 그때는 미처 몰랐었다.

황궁에서 받은 처음의 그 서찰 이후로도 아라하에 잠입해 있는 백하로부터 세 통의 서신이 더 보내져 왔다. 한 통은 한 달쯤 전에 도착한 것으로 천신제와 건국일을 맞은 아라하의 정황 등이 주된 내용이었고, 그 후에 보내온 서신은 아라하를 구원하고 있는 어떤 꽃에 대한 보고였다.

그중 가장 최근에 받은 서찰은 어제 도착한 것이었다. 서찰에 적힌 내용을 도저히 믿을 수가 없어 그는 몇 번이고 그것을 읽고 또 읽었다. 그러나 여전히 믿기지 않는 사실이었다.

그녀가 아라하에, 그것도 아라하의 왕궁에서 지내고 있다는 청천벽력 같은 소식에 거의 제정신이 아닌 채로 황궁을 뛰쳐나온 자신이건만. 그곳에서 지내는 것으로도 모자라 아라하의 왕에게 감금까지 당하였다니…… . 대체 그녀에게 무슨 일들이 벌어지고 있는 것인가.

왕이란 작자가 그녀의 신분을 알고 있는 것일까. 그렇다면 어째서 그는 공문조차 보내오지 않는 걸까. 원하는 것을 요구하기에 적국의 황후라는 존재는 더없이 좋은 볼모일 터인데…… .

복잡한 마음과 머릿속을 차분히 가라앉히려 애쓰며 그는 걸음에 속도를 붙였다.

아무래도 지금 대화가 절실한 쪽은, 궁금해 죽겠다는 표정으로 성마르게 걷고 있는 자함보다는 오히려 자신인 듯했다.

그녀에 대한 불확실한 가정들을 논의하고 그에 대한 대비책을 세워 두는 것이, 낙안에 주둔한 적의 군사를 파악하는 일보다도, 지금 이 순간에도 어디선가 제 목을 노리고 있을지 모를 손파영에 대한 대책을 세우는 일보다도, 무엇보다도 시급했다.

지금의 그에게는, 그랬다.

□ ■ □

소류가 이끈 군대는 교하성에 도착해 이틀간 휴식을 취하고 다시 사흘을 밤낮으로 행군하여 마침내 낙안에 당도했다.

당초 교하에서 쉬어 가기로 계획했던 시간은 고작 반나절에 불과했다. 그러한 처음의 계획이 틀어져 1만 5천의 병사들이 생각지도 않았던 달콤한 휴식 시간을 하루 반나절씩이나 더 벌게 된 것은, 병사들 사이에 알려진 대로 군 수뇌부의 작전 회의가 길어진 때문은 아니었다.

이유는 아주 단순하고 사적인 것이었지만, 그것은 마치 군의 기밀이라도 되는 양 상부의 선에서 차단되어 쉬쉬 숨겨진 채 작전 회의라는 그럴싸한 명목으로 포장되어 병사들의 귀에 흘러들어 갔다.

소류가 출발을 미루기로 결정하기까지는 그리 오랜 시간이 걸리지 않았다. 그만큼 오래 고민하지 않았다는 뜻이기도 했다. 그가 계획을 수정하게 된 이유라면 간단했다. 근 두 달간 숱한 우여곡절을 겪어 오며 심신이 약해질 대로 약해져 버린 아리가 반나절을 마상에서 고생하더니 그길로 몸져누운 것이다.

하루면 회복되지 않을까 했던 것이 이틀이 걸렸다. 식은땀까지 흘리며 앓고 있는 그녀를 보니 다른 생각을 할 수가 없었다. 소류는 낙안을 잘 지켜 내고 있을 진을 믿기로 하고, 출행을 하루 더 늦출 수밖에 없었다.

귀족의 여식으로 태어나 고결하고 품위 있는 황후로서 10년이 넘는 긴 세월을 살아왔으니 온실 속 화초처럼 고이고이 지내 왔을 것이란 건 충분히 짐작할 수 있는 사실이었지만, 아무리 그렇다 해도 그녀의 체력은 정말이지 너무나 형편없었다. 소류는 그때 작심했다. 낙안에 당도하는 대로 그녀에게 검술이든 궁술이든 체력을 길러 줄 만한 무언가를 가르쳐야겠다고.

'여인의 몸으로 어찌' 라는 건 고리타분한 관습이 만들어 낸 시대착오적 사고일 뿐이다. 오히려 '여인이기 때문에' 자신의 몸 하나쯤은 스스로 지켜 낼 수 있는 최소한의 능력 정도는 지니고 있어야 한다는 것이 그의 생각이었다. 그리고 그의 그러한 사고는 하나뿐인 누이동생을 잃은 후 더욱 확고해져 있었다.

"뭐라고요? 지금 저더러 검술을 배우라 하셨습니까?"

그렇기에 그것은 소류로서는 아주 자연스럽고 타당한 행동임이 분명했지만, 아리가 그런 그의 사정을 알 리 없었다.

아리는 호되게 몸살이 나 겨우 몸을 추스르고 이제야 그런대로 간신히 기력을 되찾은 자신에게 그가 대뜸 '오늘부터 한 시진씩 내게 검술을 배우시오.' 라며 뚱딴지같은 소리들을 늘어놓았을 때, 처음엔 당연히 농담이겠거니 하고 별스럽지 않게 듣고 넘겼었다.

한데, 검술 말고 궁술은 어떠냐, 생각해 보니 창술이나 봉술도 괜찮겠다, 농담인 양 너스레를 떨어 대며 이죽거리는 자신의 반응에도 그저 입을 꾹 다문 채 그보다 더 진지할 수 없는 표정으로 자신을 바라보는 그의 확고한 두 눈동자를 보니, 이거 뭔가 또 한참 잘못되어 가는구나 싶은 불길한 예감이 뇌리를 스쳤다.

"농담하실 상대가 참으로 없으신가 봅니다."

"아니라고는 말 못 하겠군. 그 말도 사실은 사실이니."

그녀의 냉랭한 반응에 잠시 웃음을 터뜨리더니 그는 곧 진지한 얼굴로 다시 말을 이었다.

"하나 그래서가 아니라는 것쯤은 그대도 잘 알겠지."

"아니요, 전혀요. 제게 검술을 가르치시겠다는 전하의 그 황당무계한 말씀이 어찌 농이 아니라 진담일 수 있다는 것인지, 전 도무지 모르겠습니다."

"체력이 아주 형편없더군. 고작 그 정도로 쓰러질 줄은 몰랐소. 덕분에 하루 반나절을 고스란히 버려야 했지."

"그러니까, 저더러 검술을 배우라는 건 일종의 벌입니까? 저로 인해 허비한 시간들에 대한 대가라도 치러야 하지 않겠느냐, 사실은 이 말씀을 하시고 싶으신 겁니까?"

"그리 옹졸한 사내로 보았다면 실망이군."

팔짱을 낀 채 거만하게 턱을 치켜드는 모습이 순간 전혀 닮지 않은 누군가를 떠올리게 한다. 군주라는 존재는 이런 것일까. 순간순간 무심코 행하는 사소한 몸짓에조차 군림하는 자 특유의 오만이 배어 있다. 아리는 그의 그 압도적인 기세에 눌리지 않으려 의식적으로 고개를 빳빳이 세우며 또박또박 말을 이었다.

"하면 어째서 검술을 배우라는 겁니까? 아하. 실은 전하께서 제게 사과를 하고 싶으신 것이로군요? 전하의 그 충동적인 행동이 저를 이틀씩이나 몸져눕게 했으니 그것이 미안해서 마음에도 없는 검술 운운하시는 것이고요? 그렇다면 전혀 그러실 필요가 없다고 말씀드리고 싶군요. 앞으로는 절대 그런 행동을 하지 않겠다고, 그것 하나만 약조해 주시면 충분하니까요."

"그대에게 미안한 것은 사실이지만, 마음에도 없는 괜한 말은 하지 않소. 더군다나 지키지 못할 약조는 더욱 하지 않지."

씩 웃는 얼굴이 악동처럼 어딘지 짓궂었다. 아리는 그의 저의를 파악하느라 잠시 머리를 굴렸다. 지키지 못할 약조는 하지 않는다는 건, 또다시 그녀에게 그런 행동들을 할 수도 있다는 뜻이었다.

"그리고 한 가지 더, 분명히 말해 둘 것이 있는데."

심각하게 고민하던 그녀는 이어지는 그의 말에 고개를 들었다.

"그대는 볼모요. 무엇을 선택할 수 있는 권리가 그대에게는 전혀 없다는 뜻이오. 다시 말해 그대가 검술을 배우고 배우지 않고를 결정할 수 있는 건 오로지 나뿐이라는 소리지. 게다가 그대는 혼자의 몸만 생각해서는 안 되는 처지이니, 괜한 고집은 부리지 않는 것이 서로에게 좋지 않겠소?"

천궁의 옥사에 감금되어 있는 유와를 말하는 것이었다. 부드럽고 나긋한 음성이었지만, 그의 그 말은 곧 유와를 지키고 싶다면 자신의 제안을 순순히 받아들이라는 명백한 협박이었다.

"이리 협박까지 당하며 검술을 배워야 하다니요. 최소한 납득할 수 있게끔 이유는 알려 주셔야 하는 것 아닌가요?"

정색을 하며 받아치는 아리의 딱딱한 시선을 아무렇지 않게 받아 내며 그가 느긋하게 대꾸했다.

"비실대는 볼모 때문에 또다시 계획에 차질이 생겨서는 아니 될 테니까. 이번이야 여유가 있는 상황이었지만, 급박한 상황이었다면 곤란한 일을 겪게 되었을지도 모르지."

"볼모 따위 앓아눕든 죽든, 버리고 가면 그만 아닙니까."

"그럴 수 없다는 건 그대가 더 잘 알고 있을 텐데? 다른 말은 하지 않겠소. 나는 그대에게 검술을 가르칠 것이고, 그대는 내가 가르치는 대로 나에게 검술을 배우면 되는 거요."

생각한 것 이상으로 강경한 그의 태도는 늘 잔잔한 호수의 수면 같은 그의 모습만 보아 온 그녀로서는 당황스럽기까지 한 것이었다.

아리는 그의 생각을 도저히 간파할 수 없어 몹시도 혼란스러웠다. 도무지 알 수 없는 노릇이었다. 어째서 그는 그녀에게 검술을 가르치려는 것일까. 언제라도 저의 목을 노릴지 모를 적국의 황후에게…….

"전하께 배운 그 검술로 혹 나중에 제가 전하의 목에 검을 겨누기라도 하면 어찌하시려고요. 그새 잊으셨습니까? 저는 파안의 황후라는 것을요."

차라리 잊을 수 있다면 좋겠군. 그리 속으로 되뇌며 그는 쓰게 웃었다.

"그대야 물론 잊어 주길 바라겠지만 애석하게도 아직은 기억하고 있소. 좋소, 그대가 원하는 것이 그거요? 그렇다면 언제든 기꺼이 이 목을 내어 주지. 얼마든지 가져가 보시오. 단, 그리하려면 그만한 실력이 되어야겠지."

"말장난이나 주고받으려는 것이 아닙니다. 말씀해 주십시오. 어째서 저더러 검술을 배우라 하는 겁니까."

집요하게 까닭을 물어 오는 그녀를 한참 동안 말없이 바라보던 소류의 눈동자가 한순간 흔들렸다.

그저, 그대를 위해서라고, 다른 이유는 없다고……, 할 수만 있다면 그렇게 말하고 싶었다. 그것이 그의 진심이었으니까.

하지만 있는 그대로 저의 진심을 내보인다 한들 그녀가 그것을 어찌 받아들이겠는가 말이다. 아라하의 왕인 자신이 파안의 황후인 그녀에게 연정이라는 것을 품은 것부터가 이미 잘못되어도 한참이나 잘못된 일이었다. 더군다나 아무리 그녀에게 황룡의 인이 나타났다지만, 이리 쉽게 그녀에게 마음을 내어 줘 버리는 일은 저를 위해 10년을 기다려 온 아이혜를 배반하는 행위나 다름없었다.

그렇다는 것을 너무도 잘 알고 있는 그였지만……, 그녀가 황룡의 인의 주인이라는 것을 안 순간, 자신의 반려임을 증명하는 그 찬연한 황금빛을 그녀에게서 본 순간……, 팽팽히 긴장해 있던 용수철이 튕겨 나가듯 제멋대로 자신을 뒤흔들고 휘저어 대는 그 폭풍 같은 감정들을 그는 도저히 주체할 수가 없었다. 둑이 터지듯 터져 나오는 그 격한 감정들을 도저히 막아 낼 수가 없었다. 정말이지, 그답지 않게도…….

그의 대답을 재촉하며 서 있는 그녀를 바라보다 그는 나직이 입을 열었다.

"그날 기루에서처럼…… 더는 누구도 그대를 지켜 낼 수 없을 때……."

그리고…… 나마저 곁에 없을 때.

"그대의 신변을 위협하는 어떤 위험이 또다시 그대에게 닥칠지도 모르는 일이니까."

태어나 처음으로, 이성보다 감정이 앞설 수도 있다는 것을 깨닫게 해 준 여인……, 또한 천신께서 정하여 주신 자신의 반려이기도 한 여인…….

어찌 특별하지 않을 수 있을까……. 애틋한 이 마음조차 어찌하여 죄가 되어야 한단 말인가. 어찌하여 이 순수한 열정을 추악하고 더러운 감정인 양 숨기고 억눌러야 하는 것인가.

두터운 흉갑을 몇 겹이나 껴입은 것처럼 가슴이 갑갑해져 와 그는 저도 모르게 억눌린 한숨을 내뱉었다. 그런 그를 그녀가 말없이 바라보고 있었다. 어째서인지 까맣게 빛나는 눈동자 가득 혼란함을 머금은 채로.

"그런 이유라면 더욱 납득할 수 없어요. 제가 이해할 수 있게 설명해 주십시오. 어찌하여 이렇게까지 제 신변을 보호하시려는 겁니까."

"……."

"대답해 주십시오, 전하."

불안정하게 떨리는 그녀의 목소리는 그가 적당히 선을 그어 대답한 그 이상의 것을 묻고 있었다. 그 함축된 질문의 의미를 모르는 바 아니지만, 소류는 더는 대답할 수 있는 말이 없었다. 더 이상은 그의 감정을 내비칠 마음의 준비도되어 있지 않았고, 또한 그에게 놓인 이 혼란스러운 상황을 어찌 풀어 가야 할지 뚜렷한 결단이 서지 않은 까닭이었다.

모두가 그토록 기다리던 황룡의 인의 주인은 왕의 반려의 운명을 지고 태어났다는 혜노부의 설아이혜가 아니라, 근 5백 년간을 대치해 온 숙적 파안제국의 황후 진아리다. 설령 그것이 신의 뜻이라 해도, 이미 오래전부터 기정사실화되어 있던 아이혜와의 혼례가 이제 고작 한 달 남짓 남아 있을 뿐인 지금…… 몰아닥칠 엄청난 파장을 알면서도 그 모든 위험 부담을 감수하면서까지 그녀와의 혼례를 이제 와 뒤집는다는 것은…… 그것은, 모두를 저버리고 저 하나의 욕심을 채우려는 것밖에는 되지 않는다.

'정신 차려라, 단목소류. ……너는, 아라하의 천궁이다.'

말없이 그러쥔 주먹이 그를 힐난하듯 핏대를 세웠다.

아라하의 5대 천궁, 단목소류……. 지금껏 그래 왔듯이 오로지 그것만이 그를 살아가게 만드는 유일한 존재 이유여야만 한다. 한낱 사내의 얄팍한 잔정따위로 나라의 대의를 저버려서는 안 되는…… 한 나라의 지존이요, 만백성의아비……. 그것이 그가 평생을 지고 가야 할 그의 모습이었다.

"이곳은 전장이오. 자의였든 타의였든 이곳까지 함께 온 이상 적어도 자신의 목숨 하나쯤은 지켜 낼 수 있어야 하지. 그대의 그 목숨 하나가 다른 이들에게 걸림돌이 되어서는 안 될 테니까."

그렇기에, 내비칠 수 있는 진심은 딱 여기까지인 것이다.

딱히 꼬집어 말할 수는 없지만 돌연 무언가 달라진 듯한 그의 태도에 아리는 까닭 없이 가슴 한구석이 아릿해져 오는 것을 느꼈다. 손가락 사이로 모래알이 빠져나가는 것처럼 순식간에 밀려드는 알 수 없는 상실감이 그녀의 가슴 한편에 단단히 똬리를 틀었다.

그래서였을까. 저도 모르는 사이 가슴 가득 들어찬 헛헛한 마음은 다듬어지지 않은 말을 멋대로 뱉어 내게 만들었다.

"단지, 그것……뿐입니까. ……오로지 그 이유 하나 때문인 겁니까."

말을 내뱉고 난 그녀의 얼굴이 당혹감에 파르라니 굳어졌다. 본인조차 자신이 무슨 말을 지껄인 것인지를 그제야 깨달은 듯했다.

그리고 그 순간, 그런 그녀보다 더욱 당황하고 있는 사람은 바로 소류였다. 그녀의 저 말을 대체 어떤 뜻으로 해석하여야 할지 몰라 당황해 하는 빛이 역력한 그의 얼굴은 위태롭게 굳어져 있었다.

"질문하려는 바를…… 모르겠군. ……다른 이유가 더 필요하다는 뜻인가."

"……아, 아니요. 제가 실언을 하였습니다. 전하의 말씀은 잘 알아들었습니다. 한낱 볼모인 제가 누군가의 걸림돌이 되어서는 안 되겠지요. 전하께서 친히 제게 검술을 가르쳐 주시겠다면야 거절할 하등의 이유도, 또한 그럴 권리도 제게는 없는 것이겠지요. 좋습니다. 배우겠습니다, 검술……. 저 역시 누군가의 걸림돌이 되고 싶지는 않으니 말입니다."

생각지도 않게 튀어나온 말을 무마하려 함인지 당황한 얼굴로 정신없이 말을 쏟아 내는 아리를 말없이 바라보는 그의 눈동자가 풍랑을 헤치는 조각배처럼 세차게 일렁였다.

그리도 다잡고 다잡은 마음이건만, 속내조차 알 수 없는 그녀의 말 한마디로 인해 마음속에 힘겹게 쌓아 올린 위태로운 성벽에 그예 균열이 일어나는 소리가 들렸다.

"그대가……."

마음을……, 진심을 숨긴다는 것이 이토록 견디기 힘든 일이었던가…….

"다치는 것이 싫고, 죽는 것은 더더욱 싫어. 단지…… 그것뿐이야."

두 사람의 시선이 허공에서 맹렬히 부딪쳤다. 평정을 가장한 눈동자가 격랑을 머금은 듯 어지러이 흔들리며 거세게 일렁이고 있었다. 같은 사람의 것이라 해도 될 만큼 서로 닮은 눈을 하고서, 그들은 한참 동안 말없이 서로를 바라보았다.

그렇게 한참이 지난 후, 먼저 입을 연 쪽은 그녀였다. 가느다란 목소리에는 미미한 떨림이 스며 있었다.

"어째서…… 당신이…… 나의 생사를 염려하는 것입니까. 어째서 당신이…… 내 안위를 걱정하는 겁니까."

그리 묻고 있는 그 순간에조차, 대체 그에게서 어떤 대답을 듣고 싶은 것인지는 그녀도 알 수 없었다. 그에게 그리 묻고 있는 저의 속마음이 무엇인지조차 그녀는 자각하지 못하고 있었다.

다만…… 네가 볼모이기 때문이라고, 단지 볼모이기 때문에 그런 것이라고…… 적국의 황후라는 볼모로서의 그 대단한 가치를 잃어서는 안 되기 때문이라고……. 만일 그가 그리 대답한다면 어쩐지 마음이 아플 것 같았다.

"……아닙니다. 대답하실 필요 없습니다. 저 정도의 볼모라면 생사가 신경 쓰이는 것은 당연한 일이겠지요. 제가 쓸데없는 것을 여쭈었습니다."

심장이 찌르르 울리며 무언가를 호소하고 있었지만 그게 무엇인지 그녀로서는 도통 알 길이 없었다. 지금은 알고 싶은 마음도 들지 않았다. 제멋대로 쿵쾅거리는 심장 때문에 고르지 않게 흘러나오는 자신의 숨소리에만 온통 신경을 쓰고 있을 뿐이었다.

어쩐지 저의 그 흐트러진 숨소리를 그에게 들켜 버리면, 저도 모르는 자신의 감정을 그에게 들켜 버릴 것만 같아 두렵고 겁이 났다.

지금 저에게 일어나고 있는 그 이해할 수 없는 미묘한 변화들을 절대 그에게 들켜서는 안 된다고, 무엇인지도 모를 이 감정들에 놀아나는 바보 같은 짓은 이쯤에서 그만두어야만 한다고, 그리 마음속으로 수없이 다짐하고 있었지만 어째서인지 그럴수록 도리어 혼란스러운 마음은 점점 더 커져만 가고 있었다.

"하면 오늘부터라 하셨으니, 시작하시지요. 저는 무엇을 하면 되는 것입니까?"

심란함을 누르며 부러 밝은 목소리로 말하자 그가 그런 그녀를 향해 조용히 시선을 던졌다.

검푸른 심연 같은 그 깊고 고요한 눈동자에 찰나 스쳐 간 그것은 무엇이었을까. 그의 진중한 얼굴 위로 짙은 그늘이 무겁게 내려앉았다가 그새 흔적도 없이 사라져가는 것을 아리는 물끄러미 바라보았다. 따스함을 머금은 부드러운 눈동자가 오롯이 그녀를 향해 있었다.

"그리 격 없이 불러 주니 훨씬 듣기 좋군."

"예?"

"당신…… 조금 아까 날 그리 불렀잖소."

그를 그리 부른 적이 있었던가? 무슨 생뚱맞은 소리를 하냐는 듯 황당한 얼굴을 하고 있었지만 사실 잘 기억나지 않았다. 별안간 무섭게 치솟는 감정들에 휘둘려 순간 자신이 무슨 말을 하고 있는 것인지조차도 깨닫지 못하던 그녀였으니까.

"제, 제가 언제…… 전 그리 부른 적이 없습니다."

아리는 순간 당황하여 저도 모르게 말을 더듬었다. 제대로 된 기억인지, 생각이 만들어 낸 가짜 기억인지 그조차 분간이 가지 않을 정도로 희미한 기억을 가만히 더듬어 보니 어렴풋이 그리 불렀었던 것도 같다. 그렇게 반쯤 인정해 버리자 그녀의 얼굴이 난처함과 당혹감으로 굳어졌다.

어떤 상황에서든 그녀는 그를 일국의 왕으로서 예우해야만 했다. 자신이 포로인 것은 차치하고라도, 유와가 인질로 잡혀 있는 이상 그와 자신의 관계는 절대 동등한 관계일 수가 없는 것이다.

"굳이 부인할 필요도, 또 그리 곤란해할 필요도 없소. 그대를 책잡으려는 것이 아니니까. 따지고 보면 우린 동등한 입장이오. 일국의 군주와 국모의 관계이니 서로 비등한 관계지. 그러니 전하라는 호칭보다는 그리 칭하는 것이 어쩌면 이치에 맞는 일일 것이오."

그의 호의가 깊어지면 깊어질수록 그녀의 마음은 혼란스럽기만 했다. 아리는 또다시 가슴이 갑갑해져 오는 것을 느꼈다. 그의 속내를 도무지 모르겠다. 그는 어찌하여 제게 이렇게까지 호의를 베푸는 것일까……. 그런 그녀의 갑갑한 마음을 알 리 없는 그가 덤덤히 말을 이었다.

"낙안에 온 이후로 내게 유난히 깍듯해진 그대의 태도가 조금은 의아했었소. 하나 잠시 생각이란 것을 해 보니 알 것도 같더군."

바람에 흐트러진 머리칼을 쓸어 넘긴 그가 한 손에 검을 쥔 채 느릿하게 팔짱을 꼈다.

"그래, 물론 그대는 포로요. 게다가 인질까지 잡혀 있는. 처음엔 신분을 속이기 위해서, 그다음은 인질의 목숨을 지키기 위해서 자존심도 버리고 그리 자신을 낮추고 있는 것이라면 이제부터는 그리하지 않아도 되오. 그리 깍듯이 우러르지 않아도 그대의 호위 무사가 험한 꼴을 겪는 일은 없을 테니까."

"……."

"내 분명히 약조하겠소. 그대의 신분을 안 이상, 나 역시 그대에게 예우를 다하고자 노력할 것이오."

그러나, 적국의 황후로서가 아니라…….

'……황룡의 인의 주인으로서.'

"……."

아리는 순간 무슨 말을 해야 할지 몰라 아연한 얼굴로 그를 바라보았다. 사뭇 진지한 그의 표정을 보건대 그의 저 말이 분명 빈말은 아닐 터였다. 하지만, 적국의 포로인 자신을 예우하겠다니. 그 말을 어찌 받아들여야 할까.

혹…… 전설처럼 전해져 내려오는 증표의 주인이 자신이기 때문인 걸까.

그는 그들 아라하인들이 신의 전언이라 믿어 의심치 않는 그 증표의 반쪽인 자신을 그의 반려로 받아들이기라도 할 작정인 걸까.

10년 동안이나 그의 반려 될 자격과 책임을 떠안은 채 혼기를 한참 넘긴 나이가 되도록 흔들림 없이 그만을 바라봐 온 정혼녀 아이혜를 두고……?

그럴 리 없다.

그것은 정말이지 말이 되지 않는다.

지금껏 보아 온 저 사내의 올곧은 마음으로 봐서는, 한 여인에게 그리 잔인하고 무책임한 짓을 저지를 리 없다. 한 여인의 일생을 그리 무자비하게 망가뜨릴 리 없다. 한 여인의 올곧은 순정을 그리 잔혹하게 짓밟을 리 없다.

자신이 너무도 잘 알고 있는 그 누구와는 달리…….

거기까지 생각한 아리는 흠칫 몸을 떨었다. 고작 한 달여를, 그것도 하루에 반 시진도 채 되지 않는 아주 짧은 시간을 마주친 것이 전부였다. 한데, 그리 단정 짓는 확고한 이 마음은 무엇인가. 사내에 대한 이 납득하기 어려운 무조건적인 신뢰와 믿음은 대관절 무엇이란 말인가.

한순간 마음속에 폭풍이 몰아치고 지나간 것만 같았다. 결국 답을 찾지 못한 그의 말들이 귓가를 왕왕거리며 맴돌고 있었다.

'너는 누구도 그대를 지켜 낼 수 없을 때……, 그대의 신변을 위협하는 어떤 위험이 또다시 그대에게 닥칠지도 모르니까…….'

'그대가 다치는 것이 싫고, 죽는 것은 더더욱 싫어. 단지…… 그것뿐이야.'

그런 것을 왜, 당신이 염려하는 것입니까…….

당신이, 어째서…….

"……자, 이제 잡담 시간은 끝났소."

끝도 없이 이어지던 그녀의 사고의 흐름을 나직하지만 단호한 그의 음성이 단칼에 잘라 냈다.

말을 마친 그가 무언가를 자신 쪽으로 던진 것 같다고 생각한 찰나, 그와 동시에 휘익 공기를 가르는 소리를 내며 자신에게로 날아오는 물체를 엉겁결에 받아 든 그녀는 스스로도 그것을 받아 낸 자신의 순발력이 놀라웠는지 얼떨떨한 표정을 지으며 그것을 내려다보았다.

소류는 그런 그녀를 보며 의외라는 듯 씩 입꼬리를 올렸다.

"꽤나 굼뜰 것이라 생각하였는데 그런대로 쓸 만하군. 그럼 이만 시작하지."

마치 열댓 살 소녀를 놀리는 듯한 그의 짓궂은 말투에 혼란스럽던 마음이 대번에 수그러졌다. 은근히 약이 올라 무어라 한마디 쏘아 주고 싶었지만 그가 허리춤의 검으로 손을 뻗는 것을 본 아리는 일단 그의 하는 양을 지켜보기로 했다.

그는 그녀의 정면에 선 채 그녀에게 보여 주려는 듯 천천히, 아주 천천히 자신의 검을 뽑았다.

"발검(拔劍)."

그의 나직한 목소리가 듣기 좋은 울림으로 퍼져 나가자, 가만히 그를 지켜보던 아리의 고개가 고민하듯 모로 기울어졌다.

지금 그가 한 것을 따라 해 보라는 건가? 자신의 검을 뽑아 든 채 물끄러미 그녀를 쳐다보고 있는 그를 보며 아리가 눈을 동그랗게 뜬 채 묻는 듯한 표정을 짓자 그가 천천히 고개를 끄덕였다.

"흐음……."

검을 쓱 한 번 훑어보고는 그가 조금 전 보여 주었던 움직임을 상기하며 검을 빼내려 시도해 보았지만 뜻대로 되지 않았다. 검은 생각보다도 훨씬 무겁고 투박했다. 여인의 힘으로는 한 손으로 들고 있는 것조차 버거울 정도였다.

"하아, 이렇게 그냥 들고만 있기도 힘든 것을 어찌……."

아리는 그리 군소리를 해 대며 검집과 손잡이를 힘겹게 부여잡고는 다시 한 번 검을 빼내기 위해 낑낑대며 안간힘을 썼다. 그 모습에 그가 픽 웃음을 터뜨리자 속에서 부아가 치밀었다. 그녀는 그런 그를 흘끗 흘겨보고는 다시 검을 고쳐 쥐었다.

그 순간에도 대체 왜 자신이 그에게 검술을 배워야 하는 것인지를 통 납득할 수 없는 그녀였지만, 솔직히 말하자면 딱히 싫지는 않았다. 황궁에 있을 때도 수를 따위를 붙들고 있느니 차라리 검이나 활을 잡는 것이 더 나을 거라고 장상궁에게 입버릇처럼 말하던 자신이 아닌가.

지아비인 단휘의 엄명이 있었기에 감히 황후에게 그러한 것들을 가르쳐 줄 배짱 좋은 이가 없었을 뿐이지, 검술이나 궁술을 배워 볼 생각을 아주 하지 않았던 것도 아니었다. 그러니 어쩌면 지금의 상황은 오히려 그녀 쪽에서 쌍수를 들고 반겨야 할 일이었다.

몇 번의 시도 끝에, 검을 잘 모르는 그녀가 보기에도 꽤나 솜씨 좋은 장인의 손을 거친 듯 보이는 백금과 홍옥으로 보기 좋게 장식된 검집에서 스르릉 소리를 내며 검푸른 검날이 모습을 드러냈다.

장식용의 무딘 날이거나 검집만 그럴싸한 목검일지도 모른다는 자신의 짐작과는 달리, 놀랍게도 눈앞에 드러난 것은 날카로운 진검이었다. 서슬 퍼런 날을 보니 오소소 소름이 돋았다.

"진검을 들어 보는 것이 처음인가."

"예, 그러합니다."

"하긴. 파안의 아녀자들은 무예를 멀리한다 들었소."

"보통은 수를이나 만지작거리는 것이 고작이지요. 한데 진검은 다 이리 무거운 것입니까?"

"어떤 목적으로 만들어졌느냐에 따라 각기 다르지. 그 검은 여성이 사용하도록 만들어진 검이지만 여타의 검에 비해 조금 더 무겁소. 흑철로 만들어진 검신 때문이오. 흑철은 다소 무겁지만 어떤 철보다도 강도가 높소. 흑철이 섞인 광석이 나는 곳은 대륙의 북부, 우리 아라하의 땅이 유일하오. 하지만 극히 소량이라 흑철로 된 병기를 아무나 쓰진 못하지."

"흠…… 그렇군요."

철 중에서도 가장 단단한 철은 검은 철이라고 누군가 들려주던 말이 어렴풋이나마 기억이 난다.

흑철……. 그것이 아라하의 전유물이라는 사실이 놀랍고 또 두렵다. 생각해 보면 그의 갑옷과 투구가 특이하게도 흑색이었던 것은 그러한 이유 때문이었던 모양이다.

"하면 이것은 전하의 검이로군요?"

푸르스름한 빛을 띠고 있었지만, 그의 말대로 검날은 분명한 흑색이다. 소류 는 어깨를 으쓱했다.

"글쎄. 그렇다면 그럴 수도 있겠지."

"예? 그러하면 그런 것이고 아니면 아닌 것이지, 그런 모호한 대답이 어디 있습니까?"

그녀의 면박에도 그는 그저 웃기만 할 뿐, 이내 어딘지 미묘한 얼굴이 되어 서는 그대로 입을 다물어 버렸다.

"하긴. 이곳에 전하의 것이 아닌 것이 어디 있겠습니까. 물어본 제가 바보 같군요."

사실 소류가 아리에게 건넨 그 검은 아라하의 왕비에게 대대로 전해져 내려 오는 은월검이라는 이름의 보검이었다.

소류가 전장에까지 들고 온 당초의 목적대로 예비 왕비인 아이혜에게 전해 졌어야 할 은월검은, 모순적이게도 그렇게 적국의 황후인 아리의 손에 먼저 쥐 어져 있었다.

검집 밖으로 빠져나온 채 검푸른 검신을 완전히 드러낸 왕비의 검 은월검이 그녀의 손에 오롯이 쥐어지던 바로 그 순간……, 그녀의 손끝에서 명멸하듯 반 짝이던 시린 빛은 대관절 그들에게 무엇을 이야기하고 싶었기에 그리도 찬연하 고 눈부시게 쏟아져 내렸던 것일까…….

오후의 햇살을 고스란히 머금은 푸르고도 시린 검날이, 검을 든 자가 무인(武 人)이 아님을 증명하기라도 하듯 서툴고 힘겹게 공중으로 들어 올려졌다.

"발검."

자세는 엉터리였지만 꽤나 진지하게 저를 흉내 내고 있는 그녀를 보고 있자니 스멀스멀 웃음이 피어올랐다. 팔짱을 낀 채 그녀를 바라보고 있던 소류는 슬며시 웃음을 지우고는 되었다는 듯 고개를 끄덕였다.

"좋아, 처음치고는 아주 잘했소. 하지만 내일부터는 검을 바꾸기는 해야 할 것 같군. 그대의 그 하느작거리는 몸으로는 아무래도 그 검은 무리겠소. 그 검을 아무렇지 않게 휘두르려면 먼저 근력부터 단련시켜야 하오. 미리 말해 두지만, 내일부터는 단단히 각오해 두는 게 좋을 거요. 자, 그럼 다시 해 봅시다."

단단히 각오해 두라는 그의 협박 아닌 협박에 무어라 항의하려던 그녀였지만, 그는 틈을 주지 않고 설명을 이어 갔다.

"내가 검을 어찌 잡고 있는지를 눈여겨보시오. 검을 쥘 때는 손잡이의 앞쪽을 잡는 것이 좋소. 이렇게. 너무 뒤쪽을 잡으면 필요 이상으로 힘이 들어가는 데다 자칫 검을 놓칠 수도 있으니까. 그대 같은 초심자들이라면 특히 그럴 가능성이 크지."

소류는 차근차근 설명을 곁들이며 발검의 자세를 몇 차례 더 자세히 보여 주었다. 의외로 그녀는 꽤 진지한 태도로 훈련에 임하고 있었다. 왜 갑자기 그녀에게 검술을 가르쳐야겠다는 생각이 든 것인지는 모르겠다. 아무것도 하지 못한 채 허망하게 화마에게 목숨을 내어 준 자신의 누이가 문득 그녀와 겹쳐 보였기 때문일까.

그가 없는 곳에서 소중한 사람이 그리 허망하게 목숨을 잃는 일 따위……, 정말이지 그의 인생에서 다시는 되풀이되지 않았으면 했다. 만일 또다시 그런 참사가 벌어진다면 더는 온전히 버텨 낼 수 없을 것만 같았다. 불현듯 그녀에게 검술을 가르쳐야겠다는 생각이 들었던 것도 아마 그런 그의 바람 때문이었는지도 몰랐다.

그녀가 그의 마음 한편을 차지하게 된 것이 정확히 언제부터였는지는 그도 모른다. 그녀의 이마에 떠오르던 황룡의 인을 본 순간부터? 아니면 아라하에 온 후 가끔씩 마주치곤 하던 그 순간순간마다……?

아니, 어쩌면 기루에서 처음으로 눈이 마주치던 바로 그 순간부터가 아니었을까…….

기루에서 도망쳐 오던 그때, 미우강을 건너는 배에 올라 거의 탈진하다시피 한 그녀가 고개조차 제대로 가누지 못한 채 곤히 잠든 것을 보았을 때, 물결이 출렁일 때마다 이리저리 흔들리는 측은할 정도로 마른 그녀의 가녀린 몸을 안아 그의 어깨에 기대게 해 주고 싶었었다.

천신제를 무사히 마치고 비로소 축제를 맞이하던 그때, 예상치도 않게 화전에 나타난 그녀와 함께 데오니밭을 나란히 걸을 때는 미끄러지고 비틀거리는 그녀의 손을 잡아 주고 싶어 미치도록 손이 근질거렸더랬다.

그녀의 이마에서 빛나는 황룡의 인을 보는 순간마다 폭발할 것처럼 뛰어 대는 이 심장의 떨림을 그녀는 알까. 아라하 왕의, 바로 이 나의 반려임을 증명하는 그 찬연한 황금빛을 눈에 담을 때마다, 그녀를 향한 뜨거운 욕망에 심장이 요동치고 몸이 떨려 올 정도로 가슴속에서 무섭게 휘몰아쳐 나를 뒤흔든다는 것을……. 내 여인이라고, 누구의 것도 아닌 바로 이 단목소류의 여인이라고 증인(證印)을 찍듯, 그녀를 뜨겁게 안고 그녀의 온몸 구석구석에 지워지지 않는 붉은 흔적을 남기고 싶은 이 마음을…… 그녀는 과연 짐작이나 할 수 있을까…….

나란히 말 위에 올라 교하로 향하던 그때, 이름 모를 꽃 내음이 솔솔 풍기던 그 하늘하늘한 머리카락에 얼굴을 파묻고 그대로 끌어안고 싶은 충동을 꾹꾹 눌러 참느라 얼마나 안간힘을 써야 했었는지를, 그녀는 모를 것이다.

시도 때도 없이, 정말이지 매 순간……, 그녀를 바라보고 있노라면 그리 짐승처럼 날뛰는 자신의 정념을 제어하기가 힘들었다. 머리로는 안 된다는 것을 누구보다도 잘 알고 있는 그였지만, 몸과 마음이 멋대로 움직였다. 강물이 범람하듯 순식간에 무섭게 불어나는 감정을, 제아무리 냉철한 이성을 지닌 그라 해도 온전히 막아 내기란 쉬운 일이 아니었다. 감정의 작은 흔들림조차 겪어 보지 못했던 그가, 그리 송두리째 자신을 뒤흔드는 폭풍 같은 감정의 격동 앞에 조금의 동요도 없이 태연할 수 있을 리 만무했다.

더 이상의 통제는 불가능하다는 것을 그는 인정해야 했다. 이 감정을 부인하고 부정하는 불필요한 감정의 소모를 하기보다는, 차라리 인정하고 나아갈 길을 모색하는 편이 보다 자신다운 방식이며 올바른 방법일 것이다. 그는 그렇게 결론 내린 저의 판단을 믿기로 했다.

물론……, 아이혜를 저버릴 수는 없다. 그러나…….

'그대를 저버리는 것 또한…… 불가한 일이다.'

소류는 입술을 깨물었다. 지극히 개인적인 욕심과 대를 위한 명분, 어느 것을 선택하든 둘 중 하나가 다치게 되는 것은 자명한 일이다. 아니, 무엇을 선택하든 따지고 보면 모두가 다치게 되어 있다. 그에게 놓인 지금의 이 빌어먹을 상황이 그렇다.

어차피 모두에게 상처다. 어떤 선택을 해도 마찬가지다. 그렇다면…… 자신은 대체 어떤 선택을 해야 옳은 것일까.

"오늘은 이 정도로 끝내는 것이 좋겠군."

그 말을 기다렸다는 듯 그녀는 용을 쓰며 겨우겨우 검집에 집어넣은 검을 들어 그에게 내밀었다.

그녀가 건네준 은월검을 묵묵히 받아 든 소류의 두 눈동자는 의식의 저변까지 깊이 침잠되어 있었다.

아라하 5대 왕조의 은월검은……, 아마도…… 진짜 주인의 품에 당당히 자리하지는 못할 것이다.

"매일 묘시(卯時: 오전 5시~7시)에 이곳에서 보는 것으로 합시다."

"예, 그리 알고 있겠습니다."

"아마 며칠간은 삭신이 쑤시고 결릴 거요. 그렇다고 너무 움직이지 않으면 회복도 더디니, 평소 운신을 많이 하는 것이 좋소. ……그럼 금일은 이만 돌아가 쉬도록 하시오."

"예, 전하. 하오면 명일 뵙지요. 살펴 가십시오."

그녀가 낑낑대며 겨우겨우 들어 올렸던 검을 무슨 나뭇가지 들어 올리듯 한 손으로 공중에 휙 던져 올리더니 빙글 회전하는 검의 칼자루를 정확히 그러쥔 그는, 그녀에게 뒷모습을 보인 채 그대로 멀어져 갔다.

그는 단 한 번도 뒤를 돌아보지 않았다. 그리고 그것은 자꾸만 그녀의 마음 속에 어떤 알 수 없는 잔해를 남기고 있었다.

어느새 저만치 멀어진 그를 미동도 않은 채 한참 동안 서서 바라보던 아리는 이내 정신을 차리려는 듯 세차게 머리를 흔들었다.

그와 함께 낙안에 온 이후부터, 아니 사실 그보다 훨씬 더 이전부터 그의 배려나 호의 때문에 마음이 혼란스러웠던 적이 한두 번이 아니었다. 자신이 적국의 황후가 아니었다면 결코 보이지 않았을 것이 분명한, 명분과 대의를 위한 의도된 배려와 호의라는 것을 모르지 않으면서도…… 설마 하는 엉뚱한 상상을 자꾸만 품게 되는 자신이 미치도록 혐오스럽고 수치스럽기 짝이 없었다.

적국의 황후에게 나타난 황룡의 인은 그에게 아무런 의미도 되지 않을 것이다. 그것을 너무도 잘 알고 있는 그녀였음에도 문득 지독한 허탈감과 상실감이 동시에 고개를 쳐들었다.

'……나는…… 대체 무엇을 기대하는 것일까.'

설령 그가 품고 있는 것이 사내의 진정이라 한들, 엄연히 지아비를 둔 적국의 황후인 자신과 정혼녀가 있는 적국의 왕인 그가 서로를 가슴에 품을 수 있을 리 만무하건만…….

스물일곱……, 여인으로서의 기쁨과 행복을 누리지 못한 채 야속하게도 시간은 흘러 어느덧 완숙한 여인이 되어 버린 그 서글픈 나이가 새삼 안타깝고 처연하게 느껴졌기 때문일까.

채 빛나지도 못한 채 이제는 뒤안길로 사라져 가는 그 눈부신 청춘에의 연민이 뒤늦게 사무치게 가슴을 헤집어 놓는 때문인 걸까.

아라하의 왕인 그에게 자꾸만 복잡한 심정이 드는 건……. 그래, ……단지 그런 까닭이리라.

혹은 지난 세월 동안 무디고 무디어졌던 케케묵은 감정들이 황궁을 떠나 조금이나마 마음의 여유를 되찾게 되고 보니 그새 하나둘 되살아나고 있는 탓일 수도 있었다.

이유를 캐내어 무엇 하랴. 그 또한 부질없는 짓이다. ……아무것도, 변하는 것은 없다.

그녀는 터덜터덜 걸음을 옮겼다. 너무 많은 상념들이 밀려들어 와 머리가 지끈거렸다. 금일은 몸도 마음도 고단한 하루가 될 것만 같다는 생각에 그녀는 싱거운 웃음을 짓고는 어느새 다다른 별당 안으로 들어섰다.

그날로부터 하루도 빠짐없이, 별도 달도 지지 않은 어슴푸레한 새벽녘이면 그녀는 그가 머무는 전각의 후원으로 가 그에게 검술 훈련을 받았다. 서로의 체온과 호흡을 함께 나누며 각자 저마다의 의미를 부여한 채 맞이하는 하루의 특별한 시작이 그렇게 매일같이 그들 두 사람을 기다리고 있었다.

그리고…….

설유국의 자줏빛 흉갑을 걸친 어딘지 낯익은 사내가 거짓말처럼 그녀 앞에 나타난 것은, 그들이 청량한 새벽의 공기를 함께 나눈 지 보름쯤 시간이 흘러갔을 즈음에 일어난 일이었다.

황제 단휘의 벗이자 그림자인 사내…… 백하였다.

11
폭풍 전야

단휘의 부재로 파안제국 황실은 날이 갈수록 그 분위기가 뒤숭숭해져 가고 있었다.

황후의 빈자리를 대신하고 있는 초혜의 몸이 더는 예전 같을 수 없게 되자 그러한 분위기는 더욱더 짙어져 갔다.

제법 배가 불러 온 몸이야 풍성한 치맛자락이 가려 준다지만, 벽과 담마다 눈과 귀가 있어 날이 갈수록 눈덩이처럼 불어나는 소문은 이제 황궁 안에 모르는 이 하나 없을 정도로 퍼져 나가 도성 밖까지 일파만파로 번져 가고 있었다.

비단 황실뿐만 아니라 도성 곳곳으로 소문이 퍼져 나가게 된 데에는 물론 단휘과 단휼 형제의 적지 않은 노력이 있었음은 말할 것도 없었다.

"그 말이 사실인가? 정녕 황후 마마의 행방이 묘연하다는 말인가?"

도성의 객잔 가운데에서도 가장 큰 규모를 자랑하는 사하루 한 귀퉁이에서 주문한 음식들을 깨작이던 두 사내가 주변의 눈치를 살피며 잔뜩 목소리를 낮춘 채 은밀히 이야기를 주고받고 있었다.

"허허, 이 사람. 대체 몇 번을 묻는 겐가. 도성 밖까지 소문이 파다하대도.

아무리 말 많은 황실이라지만 아니 땐 굴뚝에 연기가 날 리 있겠는가."

"해서 그 사실을 은폐하려 소의 마마께서 태현궁에 들어앉아 대신 황후 마마 행세를 하고 있다, 이 말이고? 어찌 그런 뜬소문을 믿으라는 겐가."

"사람 참. 뜬소문인지 아닌지 어찌 장담을 한단 말인가. 장왕과 태제 전하께서 소의 마마의 뒷배를 봐주고 있다는 소문까지 돌고 있는 이 마당에……. 만일 그것이 사실이라면 이참에 아예 황후를 갈아 치워 버리려는 심산이 아니고 무엇이겠나."

"하, 어찌 그런……."

아연실색하는 친우를 일별하곤 상체를 바짝 끌어다 앉은 사내가 한껏 목소리를 낮춘 채 말을 이었다.

"이미 조정의 관리들 중 절반 이상이 그들 형제와 손을 잡은 눈치일세. 자네도 이리 어영부영 있을 것이 아니라 적당히 돌아가는 판세를 보아 눈치껏 빠릿빠릿하게 움직이는 것이 신상에 이로울 것이야."

"혀, 이 무슨 사단이란 말인가……. 하면 자네는 어찌할 것인지 이미 결단이 선 것인가?"

그리 질문을 던진 사내도, 대답하기에 앞서 잠시 숨을 고르는 사내도, 결코 가볍지 않은 화제에 한일자로 다물린 입가의 주변이 긴장감으로 파르르 경련을 일으켰다.

"밑도 끝도 없는 것이 소문이지만, 아라하와 전쟁이 일어난 것도 전부 다 황후 마마 때문이라는 소문까지 나돌고 있네. 황후 마마가 행방불명된 까닭이 행궁으로 떠나던 중에 누군가에게 납치되어서이고, 마마를 납치한 그 누군가가 대체 누구였던고 하면, 바로…… 나 원 이것 참 말하는 나도 어처구니가 없네만, 글쎄 그자가 바로 아라하의 왕이었다는 게야."

"뭐? 참으로 소문이 그 지경으로 돈단 말인가?"

"거기까지면 양반이게? 황후 마마가 아라하의 왕에게 낙안성의 허점을 알려주어 낙안이 그리 쉽게 함락될 수밖에 없었던 것이라고, 지금 그런 소문까지

나돌고 있단 말일세."

"허, 세상에⋯⋯."

"도성 안 분위기가 어느 정도인고 하니, 황후 마마가 실은 아라하 왕과 눈이 맞아 나라를 팔아넘긴 것이라고, 예전 같았으면 도륙이 나고도 남았을 그런 불경한 소리들을 지껄여 대는데도 다들 고개를 끄덕거리는 분위기라는 말일세."

"대체 어찌 그런 지경까지⋯⋯."

마주 앉은 친우의 얼굴이 충격으로 단단히 굳어지는 것을 보며 사내는 빠르게 말을 이었다.

"소문을 잠재워야 할 당사자인 폐하께서 이리 오래도록 궁을 비우고 계시니⋯⋯, 황후 마마의 괴소문들은 하루하루 지날수록 더 흉측하고 괴이하게 살이 붙어 일파만파 번져 가고 있는 실정이네. 이제 와 소문을 잠재운다 해도 이미 늦은 일이 아니겠나. 도성에는 이미 그 같은 소문들이 파다하게 깔려 모르는 이가 없을 정도이니까."

"흐음⋯⋯."

"황후 마마에 대한 것이라면 이제 어떤 흉악하고 괴상한 소문이든 마치 그것이 사실인 양 사람들 사이에 퍼져 나갈 것이란 말일세. 그러니⋯⋯."

"하면⋯⋯ 어찌할 작정인 겐가."

질문을 받은 사내가 제 앞에 놓인 술잔을 벌컥 들이켜고는 탁 소리 나게 내려놓더니, 이내 비장한 얼굴로 맞은편에 앉은 친우의 얼굴을 바라보았다.

"해일이 밀려오는 마당에, 홀로 잔물결을 탈 수는 없지 않은가."

"⋯⋯결국, 그리되는군."

사내들의 대화는 거기에서 멈추었다. 그들은 그 후 더는 나눌 이야기도, 또 그럴 필요도 없다는 듯 묵묵히 주문한 요리들과 술을 비웠다.

황제와 황후 그리고 태제와 장왕, 양쪽의 눈치를 살피며 이쪽도 저쪽도 아닌 애매한 입장을 고수하던 무리들 대부분이 황후의 부재와 그로 인한 초혜와 단휜 형제의 결탁으로 이들처럼 이미 장왕과 태제의 편으로 상당수 기울어져 있었다.

엎친 데 덮친 격으로 아라하와 전쟁까지 발발한 터라 그만큼 시국이 혼란하거니와, 그러지 않아도 구멍이 뻥 뚫린 듯 휑하고 적막한 황실의 분위기는 마치 폭풍 전야를 연상시키듯 모두에게 알게 모르게 조바심과 불안감을 조장하고 있었던 것이다.

그렇게, 평소의 신념대로 중간 입장을 고수한 채 사태를 관망할 여유 따위는 이제 어느 누구에게서도 찾아볼 수 없는 형국에 이르게 되었다.

이렇듯 자신들의 의도대로 판세가 돌아가는 도성 안 분위기를 흡족하게 즐기던 두 사내, 태제 단훤과 장왕 단휼은 객잔 한 귀퉁이에 자리 잡은 채 뒷자리에서 두런거리는 사내들의 대화를 엿듣다 피식 웃고는 서로 만족한 눈빛을 주고받았다.

"이만하면 된 것 같습니다."

"그래, 그런 듯하구나. 소문보다 무서운 것은 없다는 말이 이제야 제대로 실감이 나는구나. 잃을 것이 많은 자리라면 더더욱 그러한 것이지. 황제와 황후가 그것을 깨닫게 되는 때는, 이미 모든 것이 돌이킬 수 없을 만큼 엉망진창이 되어 버린 연후가 될 테지. 후후."

"그렇습니다, 형님. 지금 당장 황후가 돌아온다 해도, 그녀가 설 자리는 이미 황궁 안 어디에도 없게 되어 버렸으니 말입니다."

"황제가 얄팍한 꾀를 쓰려다 제 무덤, 아니, 제 내자의 무덤까지 판 꼴이로구나. 하하."

나직한 목소리로 조용조용 이야기를 나누다 잠시 화통하게 웃음을 터뜨리던 단훤은 이내 얼굴에서 웃음기를 싹 지우고는 심각한 얼굴로 아우를 바라보았다.

"그건 그렇고, 그자에게서는 아직 연락이 없는 게냐?"

"도성이 술렁일 때쯤 움직인다 하였으니, 슬슬 연락을 취해 올 때도 되었습니다."

"흟……, 그자는 위험한 자다."

"예, 형님. 하지만 상관없지 않습니까. 형님과 제가 보위를 노리지 않는 한, 그자가 우리의 목에 검 끝을 겨누는 일은 결단코 없을 것입니다. 우리는 단유 형님의 복수를 위해 황제의 목을 노리는 것이고, 그자는 황좌를 차지하기 위해 그의 목을 노리는 것이니……, 가는 길은 같되 목적이 다르건만 문제 될 것이 무엇이겠습니까."

가는 길은 같되 목적이 다르다. 틀린 말은 아니었다. 그 말에 쐐기를 박듯 아우가 덧붙였다.

"분명 한배를 탔지만, 우리가 원하고 있는 것은 선장 한 사람의 목이고, 그자가 원하는 것은 배에 대한 소유권입니다. 그 둘은 분명히 다릅니다. 다툼이 일어날 소지가 전혀 없는 것입니다."

아우 단흟의 말은 늘 논리정연하고 특유의 그 고운 미성에는 늘 확신이 가득 차 있어 언제나 믿음이 갔다. 그래, 흟의 말이라면 안심이 된다. 단훤은 그자에 대한 섬뜩하고 찝찝한 기분을 잠시 내려놓기로 했다.

그래, 잠시면 된다. ……잠시면 될 일이다.

저의 이복형이자, 형님을 죽인 원수요, 주씨 황가의 종주이며, 파안제국의 황제인 그, 주단휘의 목숨이 붙어 있을 날도 이제 얼마 남지 않았다.

잠시면……, 잠시면…… 모든 것이 끝날 것이다.

"……이 악연을 끊어 낼 날도 머지않았구나."

너무 오래 기다려 오지 않았던가.

누가 먼저 상대를 향해 검을 겨누든, 이 끈질긴 악연을 마침내 잘라 낼 때가 온 것이다.

□ ■ □

"대체 언제까지 저 두 사람을 피해 다닐 작정인 거지?"

그리 빈정대는 사내의, 속을 꿰뚫어 보는 듯한 특유의 그 날카로운 시선이 사내의 앞에 선 여인을 향해 고스란히 날아가 박혔다.

보통 여인들보다 키가 한 뼘은 더 큰 듯한 여인의 군살 없고 탄탄한 까만 피부 위로 걸쳐진 황동색 갑옷이 순간 파르르 미세하게 떨리는 것을 사내의 예리한 눈은 놓치지 않고 있었다.

"피한 적 없어."

"피한 적이 없다고? 누가, 네가?"

진은 속에서 욱하고 치밀어 오르는 것들을 겨우 누르며 아이혜의 얼굴을 빤히 쳐다보았다.

그녀는 다른 곳을 보고 있었다. 벌써 며칠째 자신과 시선을 마주치려 들지 않는 그녀였다.

죄지은 것도 없는 주제에 잔뜩 움츠러든 채 눈조차 마주치지 못하는 그 꼴을 보고 있자니 울컥 울화가 치밀어 오르면서도, 안쓰럽고 답답한 마음이 들어 진은 저도 모르게 땅이 꺼질 듯 한숨을 푹 내쉬었다.

소류가 낙안에 도착하고부터 지금껏 근 보름간, 자신이 던진 모든 질문들에 대해 모르쇠나 간단한 부정 등으로만 일관하며 계속해서 진실을 외면한 채 숨어들려고만 하는 아이혜 때문에 진은 복장이 터질 것 같은 심정이었다.

저리 혼자 삭이고 끙끙대다가는 속에서 곪고 곪아 마침내 터져 버린 후에는 손쓸 수 없는 지경이 되어 버릴지도 모른다. 그것이 염려되어 더 집요하고 끈질기게 그녀의 속을 긁어 대고 있는 것인지도 몰랐다.

그러나 그런 그의 도발에 넘어갈 것 같으면서도 그녀는 쉽사리 마음을 내보이지 않았다. 오늘 역시 별 진전도 없는 입씨름만이 그들 사이에 지겹게 오가고 있을 뿐이었다.

"귀가 먹었어? 화살로 귀를 좀 시원하게 뚫어 줄까? 피한 적 없다고, 대체 몇 번을 말해야 알아듣겠어?"

"이 답답이야, 제발 속아 줄 수 있는 거짓말을 좀 하라고. 네가 서 있던 곳

바로 열 발자국 앞에서 그 여자가 너를 만나게 해 달라고 병사에게 말하는 소리가 여기 서 있는 나한테까지 똑똑히 들렸어. 그 여자 뒷모습을 보자마자 그대로 돌아서 미친 사람처럼 여기까지 달려온 네가, 뭐? 피한 적이 없다고?"

"그, 그건……! 하, 할 얘기가 없어서, 그냥 온 것뿐이야!"

"그래, 인사도 못 하고 허둥지둥 그냥 온 것뿐이지. 모르겠어? 그게 바로 피한 거라고."

"피, 피하지 않았다니까! 피하지 않았어! 피하지 않았다고! 아악! 이 거머리 같은 자식아! 피하지 않았다고 몇 번을 말해야 알아듣겠니? 응? 제발 내 일에 참견 말고 네 일이나 좀 하시지? 명색이 군부의 총사령관인 주제에 할 일이 그렇게 없어?"

바락바락 악을 쓰며 넌더리를 치던 아이혜의 눈동자가 의미 없이 허공을 부유하던 것을 멈추고 마침내 진을 향해 똑바로 날아들었다. 잡아 죽이기라도 할 듯한 그녀의 시선이 자신에게로 매섭게 날아들자 진은 그제야 되었다는 듯 씩 회심의 미소를 지었다.

모질게 마음먹고 야멸치게 속을 긁어 댄 보람이 있었다. 최소한 이제는 적어도 그녀가 저의 시선을 피하는 일은 없을 것이다. 그녀답지 않게 모든 것을 회피한 채 철저하게 숨어 버려 사람 속 터지게 하는 짓은 이로써 안녕인 것이다. 그런 멍청이 말미잘 같은 짓은 지금부터 이 해결사 진 님께서 필사적으로 막을 테니까.

진은 다소 굳어 있던 표정을 부드럽게 바꾸며 자신을 노려보고 서 있는 아이혜를 조용히 바라보았다. 그녀의 짙은 갈색 눈동자 속에 스며든 불안감과 분노가 그에게 고스란히 읽히고 있었다.

"아이혜, 네 마음은 이해해. 하지만 말이다, 혼자 상상하고 혼자 상처받는 것처럼 멍청한 짓도 없어. 전하께 아무 말도 듣지 못했잖아. 왜 너 혼자서 성을 쌓고 무너뜨리는, 바보 같은 짓을 해 대는 거지? 그에게 한마디도 묻지 않았으면서, 대체 혼자서 뭘 그렇게 단정 짓고 있는 거냐고."

"……."

진에게 숨기는 것이 더 이상은 무의미하다는 것을 깨달아서일까. 기세가 한풀 꺾인 아이혜의 눈동자가 걷잡을 수 없이 흔들려 왔다.

"……묻고 싶지 않아. 그리고…… 아무 말도…… 듣고 싶지 않아."

행여 상상하던 것이 사실이 되어 버리기라도 할까…… 두렵다.

혼자 쌓았다 무너뜨렸던 성을, 아무리 다시 쌓으려 해도 더는 쌓을 수 없게 될까 봐…… 그것이 두렵고 또 두렵다.

소류가 낙안에 당도할 것이라는 전령의 말을 전해 듣자마자 거의 이틀을 순찰을 핑계 삼아 북문 주위를 어슬렁거리며 그가 한시라도 빨리 도착해 주기만을 애타게 기다렸더랬다.

그 애타는 기다림이 무색하게도, 정작 그런 그녀를 기다리고 있던 것은 전혀 생각지도 못한 의외의, 정말이지 그 순간 꿈이 아닐까 착각이 들 만큼 충격적인 장면이었다.

그것은 지금도 생생히 뇌리에 남아 아이혜를 집요하게 괴롭히고 있었다.

"그녀를 이곳에 데려온 것이 도저히 이해가 가지 않아. 더군다나."

그가 그녀를 자신의 말 앞에 태운 채 그리 다정한 모습으로 나타난 것은…… 더욱이 이해가 되지 않을뿐더러, 직접 눈으로 보았음에도 도저히 믿기지 않는 일이었다.

"굳이 두 사람이 그런 모습으로 나타났어야만 했던 까닭이…… 그럴 수밖에 없었던 피치 못할 사정이라는 게 있었을까."

스물일곱의 그에게서 여태껏 단 한 번도 볼 수 없었던, 자신이 알고 있는 평소의 그답지 않은 행동…….

사랑까지는 아니더라도 늘 신의를 보여 주었던 그였기에 너무도 충격적이고 당혹스러웠던 그 낯선 모습들…….

그것을…… 대체 무어라 받아들여야 할까.

저 멀리 함께 말을 타고 있는 그들의 모습이 비로소 또렷한 형상을 갖추며 시야에 들어오기 시작한 그 순간, 머리가 어떤 생각을 떠올리기도 전에 몸이 본능적으로 움직여 실성한 사람처럼 미친 듯이 그들로부터 도망쳐 왔더랬다.

그렇게 한참을 달려 정신을 차렸을 때는 어느새 제 처소까지 숨어들어 와 문을 단단히 걸어 잠근 뒤 혹여 그래도 문이 열릴까 두려워 문 뒤에 바짝 등을 기대고 넋 나간 사람처럼 망연자실한 채 한참을 주저앉아 있은 후였다.

밖이 소란해진 것이 언제부터였는지는 모른다. 밖의 병사가 조심스럽게 문을 두드리며 전하께서 당도하셨노라 외치는 소리가 들렸지만 꼼짝도 할 수 없었다.

문도 열어 주지 않은 채 몸이 좋지 않다는 핑계로 병사를 돌려보내 놓고는 비틀비틀 침상으로 걸어가 그대로 쓰러져 잠이 들어서는 이틀을 내리 깨어나지 않았다.

간간이 눈을 뜨기는 했지만 전혀 대비하지 못했던 현실을 마주하는 것이 겁이 났다.

까닭을 알 수 없는 이 불안한 마음이 정말로 현실이 되어 자신을 괴롭히는 것은 아닐까, 눈을 뜨면 엄습하는 불안감에 차라리 이대로 영영 잠에서 깨어나지 않았으면 하는 마음이 간절했다.

무겁게 내려앉는 의식의 침잠 속에 수마는 고맙게도 그런 저의 편을 들어 주었고, 그렇게 그녀가 이틀 내내 잠들어 있는 사이 소류와 그녀, 그리고 진이 몇 차례나 다녀갔었다는 사실을 아이혜는 잠에서 깨어난 후에야 시비로부터 전해 들을 수 있었다.

그로부터 열흘 남짓이 흐른 지금까지도, 그녀는 의식적으로 그들 두 사람을 피하고 있었다.

그리고 그러한 자신을 소류가 처음 낙안에 당도하던 그 순간 자신과 함께 그를 기다리며 북문 밖 언덕을 서성이던 진이 모를 리 없었다.

"후우……."

진의 나직한 한숨 소리가 허공중에 무겁게 흩어졌다.

아이혜의 짐작대로, 소류의 모습이 보이기 시작하던 순간 돌연 몸을 돌려 내성으로 미친 듯이 말을 몰던 아이혜의 모습을 처음부터 끝까지 지켜보고 있던 진이었다.

나중에 터질 일이야 그때 가서 걱정하면 된다지만, 충분히 오해를 살 만한 소류와 서궁의 여인의 그런 모습을 자신마저 보게 된 마당에야 더는 못 본 척 모르는 척 눈 감고 있을 수만은 없는 노릇이었다.

누군가 그에게 오지랖도 참 넓다고 빈정댄다 해도 하는 수 없었다. 그에게 중요한 것은, 단 한 번도 자신들 세 사람 사이에 존재치 않았던 지금의 이 어색함과 불편함이 끔찍이도 싫다는 것, 오로지 그 사실 하나뿐이었다.

처소의 내실에 막 다다랐을 무렵 뒤따라 들어오던 자신을 반갑게 돌아보던 소류를 성마르게 몰아세우며 대체 어찌할 작정이냐고 따지듯 물었을 때, 지금 제 앞에 서 있는 사람이 과연 자신이 스물몇 해 동안 알아 오던 그 단목소류가 맞나 싶을 정도로 선뜻 대답조차 하지 못한 채 머뭇거리던 그의 모습이 떠올랐다.

그런 소류의 모습이 너무도 낯설어 진은 자신이 물은 말이 무엇이었는지도 까맣게 잊은 채 한참이나 친우의 얼굴을 빤히 들여다보았었다.

그리고 한참 후, 혼란이 스쳐 간 흔적을 채 지우지 못한 혼탁한 눈빛의 그가 조용히 뇌까리는 소리에 어쩐지 마음 한편이 아릿해져 와 진은 아무런 말도 할 수가 없었다.

'⋯⋯염려 마라, 진'

그 말이 내포하고 있는 뜻은 무궁무진했다. 그러나 더 물을 필요는 없었다.

'염려할 것은 없어. 아무것도⋯⋯ 달라지지 않을 테니까.'

그것은 마치, 그 스스로에게 하는 다짐 같았다.

그를 더 다그치는 일은 아무래도 잠시 미뤄 둬야 할 것 같다는 생각에, 진은 그를 홀로 남겨 둔 채 그날은 그렇게 순순히 물러났다.

그리고 보름이 흘렀다. 긴히 의논해야 할 일이 있을 때가 아니면 세 사람이 모이는 일은 지극히 드물었다.

딱 한 번, 세 사람이 모두 모여 해주의 공성에 대해 논의하기 위해 밤을 새워 가며 머리를 맞대고 이야기를 나눈 적이 있었지만, 무언가 전과 같지 않았다. 도무지 전과 같으려야 같을 수가 없었다.

조금만 건드려도 금이 갈 것 같은 살얼음판을 걷는 것처럼 금세라도 터져 버릴 듯한 팽팽한 긴장감 속에서 마치 아무 일도 없었다는 듯 그들을 대하는 일은 상상한 것보다도 훨씬 더 힘든 일이었다.

그래, 정말이지 이제는 지쳐 버렸다. 소류나 아이혜나, 하여간 이런 쪽으로는 정말이지 대책 없는 숙맥들인 데다가 가끔은 지켜보는 제가 다 맥이 빠질 정도로 순진해 빠진 녀석들이니까.

그러니 이쯤에서 자신이 나서기로 한 건 잘한 결정일 터였다. 저 두 바보들을 지켜보다가 결국 속이 터져 죽을지도 모르는 건 그들이 아니라 자신이 먼저일 테니까.

"각 부의 군장들이 곧 낙안으로 모일 거다. 아무래도 택일한 날을 넘기는 것은 곤란하다는 생각에는 다들 이견들이 없는 모양이야."

"그게…… 무슨 소리야?"

"을해월 계유일, 유시."

순간 긴장감과 기대감이 묘하게 교차되는 그녀의 얼굴을 물끄러미 바라보던 진은 그리 대꾸해 놓고는 잠시 입을 다물어 버렸다.

말하는 입 끝이 어째서 이리도 쓴 것인지는 그도 알 수 없었다.

"앞으로 보름 후면, 너와 소류가 부부가 된다는 뜻이야."

"……!"

"열흘 전쯤, 너와 소류의 혼례를 예정대로 하면 어떻겠느냐고 군장들에게 서신을 보내 물었었지. 모두가 찬성한다는 답신을 보내왔다. 마지막 답신이 어제 도착했지. 뭐 예상했던 대로 사나부와 아태부가 조금 말썽이기는 했지만 과반을 훨씬 넘긴 찬성이니 저들 혼자 반대해 봐야 씨알도 안 먹힐 일이라는 건 그들이 더 잘 알 테고……."

어쩐지 묘하게 복잡한 심정이 든다. 후련한 듯하면서도 어딘지 개운치 않은 이 기분을 무어라 설명하여야 할까.

딸을 시집보내는 아비의 심정이라고 해야 하나? 아니면 누이를 시집보내는 오라비의 심정?

"그러니까, 요는…… 너와 소류의 혼례, 예정대로 하게 되었다는 소리다."

진은 마지막으로 그렇게 내뱉고는 복잡한 눈으로 하늘을 올려다보았다.

내리쬐는 가을의 태양 빛이 유난히 눈부시게 머리 위로 쏟아져 내리고 있었다.

그 눈부신 빛을 잠시 멍하니 바라보다가, 그는 자꾸만 귓가에 맴도는 말들을 가만히 속으로 되뇌었다.

'염려 마라, 진……. 아무것도 달라지지 않을 테니까……'

그래……. 염려할 것은 없다.

소류의 저 단언대로…… 아무것도, 달라지는 것은 없을 것이다.

□ ■ □

'속히 황후 마마를 모시고 환궁하라는 황제 폐하의 엄명이 계셨습니다. 갑작스럽게 나타나 놀라셨을 테니 시간을 드리지요. 이틀 뒤, 정확히 자정이 되면 마마의 처소로 찾아뵙겠습니다. 이틀입니다, 마마.'

설유국 병사로 위장한 백하가 예고도 없이 나타나 그리 느닷없는 소리를 지껄이고서 홀연히 사라져 버린 것이 이틀 전의 일이었다.

그날 아리는 병사들의 수련장과는 제법 멀리 떨어진 작은 공터에서 홀로 검술 수련을 하고 있었다. 웬 병사 하나가 다가오는 것을 곁눈으로 보며 그러지 않아도 잔뜩 경계하던 차였는데, 설령 그가 정말로 설유의 병사여서 그녀에게 몹쓸 짓을 하려 했다손 치더라도 과연 이보다 더 심장이 덜컹 내려앉을 수 있었을까 싶었다.

어째서였을까. 나쁜 짓이라도 하다 들킨 것처럼 심장이 떨리고 그와 시선을 마주치는 것조차 쉽지가 않았다.

그것이 참 이해가 가지 않았다.

파안의 황후라는 자신의 입장에서, 황제의 오른팔이자 그림자인 백하의 등장은 더없이 반갑고 기쁜 일이어야 함에도, 그녀는 그것이 기쁘기는커녕 꼭 죄를 지은 사람처럼 어딘지 개운치 않고 떳떳지 못한 기분이 들어 자꾸만 저도 모르게 그의 시선을 피하고 있었던 것이다.

그날의 정황상 차근차근 대화를 나눈다는 것 자체가 불가능한 상황이기도 했지만, 백하가 말한 그 이틀 후가 오기도 전에 일언지하에 그의 권유를 딱 잘라 거절한 것에는 분명 그러한 이유도 없지 않아 있었다.

물론 그보다는 천궁에 감금된 유와와 서궁에서 자신을 애타게 기다리고 있을 장 상궁 때문인 까닭이 훨씬 더 크기는 했지만 말이다.

거절하였다 하여 그가 정말로 오지 않을 것이라고는 단 이만큼도 기대하지 않았지만, 백하가 말한 이틀 뒤인 오늘, 이제 자정쯤 되었을까 생각한 순간 반시진쯤 전부터 우두커니 노려보고 있던 문밖에 흐릿하게 그림자가 어룽지는 것이 보이자, 아리는 저도 모르게 묵직한 한숨이 터져 나오려는 것을 간신히 목구멍 안으로 삼켜 넣었다.

"내 분명 말하였지 않습니까. 돌아가지 않겠다고 말이에요."

못마땅한 기색이 역력한 굳은 음성에도 아랑곳하지 않고, 그녀의 의사가 무엇이든 상관없다는 듯 스르륵 문이 열렸다.

온통 검은 옷을 차려입은 훤칠한 사내가 어느새 소리 없이 방 안으로 들어와 그녀 앞에 부복했다.

"폐하의 명이십니다. 부디 소신을 따르시지요, 마마."

"가지 않겠어요."

"폐하께서 심려가 크십니다."

하, 심려가 크다고? 순간 큰 소리로 비웃어 주고 싶었지만, 그의 충복이자 자신의 신하이기도 한 이자의 앞에서는 아니었다.

아리는 애써 마음을 누그러뜨리며 무감한 얼굴로 그의 말을 받았다.

"그리 큰 심려를 끼쳐 드렸다니 송구하기 그지없군요. 폐하께는 그리 전하여 주세요. 때를 보아 반드시 살아 돌아갈 것이니, 벌은 그때 달게 받겠다고요. 그러니 지금은 그대를 따를 수 없습니다. 유와와 장 상궁이 아직 아라하에 남아 있어요, 백하. 그들이 인질로 잡혀 있단 말이에요."

"사람을 보내겠습니다."

"늦어요. 내가 없어진 걸 안 순간 죽일 테니까. 그러니 난 갈 수 없어요. 아니, 가지 않겠어요. 갈 수 없는 게 아니야. 가지 않겠다는 것이지. 내 고집은 그대도 잘 알고 있겠죠? 제발 내가 극단적인 방법을 택하지 않게 해 줘요."

조바심에 마음에도 없는 엄포까지 늘어놓는 자신이 한심했지만 별도리가 없었다.

"만약 날 억지로 데려가려 한다면 소란을 피우지 않을 거라고는 나도 장담 못 해요. 그러니 백하. 그냥 가 줘요, 제발. 유와와 장 상궁이 무사하길 바라듯이 백하 당신도 무사하길 바라니까. 이건 진심이에요."

"……."

그녀가 거절하리라는 것을 어느 정도 예상하고 있었던 것인지, 백하는 당황해 하는 기색도 보이지 않은 채 한참을 말없이 그녀의 얼굴을 응시하다가, 옅은 한숨을 내쉰 후 조용히 고개를 끄덕였다.

"마마의 뜻은 잘 알겠습니다. 하오면 이것 한 가지만 확실히 해 주십시오. 폐하께는 지금의 이 대화들을 가감 없이 보고할 것입니다. 지금 저와 함께 돌아가시지 않는다면 이후 폐하께서 어떠한 반응을 보이시든 그것은 모두 마마의 책임입니다. 그 사실을 인정하신다면 오늘은 돌아가겠습니다."

"그래요. 좋아요. 폐하께서 어찌 나오시든 그것은 명백한 내 책임이에요. 인정하죠. 이제 되었나요?"

"언제라도 생각이 바뀌신다면 이틀 전의 그곳에서 저를 찾으십시오. 언제든 마마의 곁을 지키고 있을 것이니 소신을 찾으시는 즉시 대령할 것입니다. 그럼 쉬십시오, 황후 마마."

부복한 채 허리를 숙이던 백하가 무슨 영문인지 잠시 멈칫하더니 고개를 들어 그녀를 보았다. 그의 시선이 향하고 있는 곳은 정확히는 그녀의 이마 어디쯤이었다.

어쩐지 그 시선에 잔뜩 긴장이 되어 저도 모르게 타란을 고쳐 쓰고 있는 그녀의 행동을 그는 분명 눈여겨 바라보고 있었다. 도둑이 제 발 저린다고, 마음이 조마조마해진 아리는 그가 채 그것을 묻기도 전에 변명처럼 늘어놓았다.

"아, 이것 말인가요? 저들의 풍습에 대해서는 나도 자세히 아는 바가 없으니 정확히 어떤 의미인지는 모르겠지만, 부정한 기운을 누르기 위해 죄인이나 포로들에게 씌우는 것이라는 소리를 언뜻 들었던 기억이 나는군요. 답답하긴 하지만 인질이 무슨 힘이 있겠어요. 부득부득 이것을 쓰고 있으라 하니 두말 않고 쓰고 있는 것이지요."

둘러대는 것이 주특기인 그녀답게 태연한 척 둘러대기는 하였으나 본인이 생각하기에도 참 두서없고 궁색한 변명이었다. 하물며 전혀 논리적이지도 사리에 맞지도 않았다. 작은 술 여러 개가 앙증맞게 매달린 연분홍빛 타란이 포로임을 증명하는 것이라니. 그것이 가당키나 한 말인가.

정말이지 말도 안 되는 저의 그 억지스러운 변명에 비해 백하의 반응은 참 간결하고 명료했다.

"그렇습니까."

그녀의 다양한 표정 변화를 물끄러미 응시하던 그는 그 한마디만을 남긴 채 그녀에게 깍듯이 예를 갖추고는 올 때 그러했듯이 갈 때 역시 소리 없이 흔적을 감춰 버렸다.

아리는 그의 모습이 사라지자 참았던 한숨을 길게 토해 냈다. 너무도 쉽게 자신의 뜻에 따라 주는 그가 의아했지만, 지금은 의아함보다는 안도감이 컸다.

318

무엇에 대한 안도감이 더 큰 것인지는 그녀 자신도 알 수 없었다.

강제로라도 데려가지 않은 것에 대한 안도감? 아니면 이마의 타란을 벗겨 보지 않은 것에 대한 안도감? 어쩐지 지금은 후자 쪽에 조금 더 가까울 듯싶었다.

그녀는 그가 있던 빈자리를 멍하니 바라보았다. 제발 돌아가 달라고 당부할 때는 언제고, 온기가 사라진 객의 빈자리가 어쩐지 유난히 을씨년스럽게 느껴졌다. 금세 들었다 난 자리임에도 무언가 뻥 뚫린 듯 허전하고 공허한 느낌이 미묘하게 마음을 흔들어 댔다.

사실, 조금은 반가웠던 것일까……. 조금은 기뻤던 것일까…….

괜한 인사치레일 뿐이었대도 냉정하기 이를 데 없는 무정한 지아비가 자신을 염려하고 이리 저를 찾아 헤매고 있었다고 생각하니 마음 한구석에서 무언가 짜르르하고 울리는 것만 같다. 그것이 대체 무엇인지는 알 수 없지만, 혐오스럽다거나 싫은 감정이 아니라는 것만큼은 그녀 자신도 분명하게 느낄 수 있었다.

시간은 참 기이하리만치 오묘한 힘을 지녔다.

죽을 것 같다가도 언제 그랬냐는 듯 살아가게 만들고, 죽도록 미워했다가도 또 언제 그랬냐는 듯 추억처럼 아련하게 떠오르게 만든다.

황룡의 인의 또 다른 주인, 천신께서 정하신 저의 반려라는 그 사내가 자신 앞에 나타나지 않았더라면, 아마 조금은 더 마음껏 지아비의 이런 뒤늦은 노력에 기뻐할 수도 있지 않았을까.

그런 생각을 떠올리다 아리는 가만히 고개를 저었다. 꼭 그것을 부정하려는 의미만은 아니었다. 다만 자신의 마음이 대체 무엇인지 그녀조차 알 수 없을 뿐이었다. 가슴속에 회색 장막을 둘러쳐 놓은 듯 마음이 온통 뿌옇고 흐릿하기만 했다.

누군가 바늘로 쿡쿡 찔러 대는 것처럼 머리가 지끈거렸다. 시도 때도 없이 몰려드는 상념들 탓인지 근래 들어 부쩍 두통이 잦았다. 그녀는 양손으로 이마를 감싸 지그시 누르며 골치 아픈 상념들을 몰아내려 애썼다. 지금은 한 가지만을 생각해도 모자랄 때였다.

유와와 장 상궁을 어찌 빼내야 할지, 그것부터 생각하자. 아니, 아마 모르긴 몰라도 백하에게 이미 언질을 주었으니 그가 어떤 식으로든 손을 댈 것은 자명한 일이리라.

그렇다면 그 후의 일부터 생각을 해 두어야 할까. 그들을 구하고 난 후에는, 그때는 무엇을 해야 하지? 백하를 따라 황궁으로 돌아가면 되는 건가? 그러고는 예전처럼 다시 아무 일도 없었다는 듯 황후의 일상으로 돌아가면 되는 걸까?

그것이…… 과연 그리 쉬울까. 그리 말처럼 생각처럼 호락호락한 일일까. 또다시 상념들이 꼬리에 꼬리를 물고 이어졌다.

두통 때문인지 이마의 타란이 유난히 갑갑하게 느껴져 아리는 그것을 가만히 벗었다. 방 안의 서늘한 공기가 이마에 와 닿는 감촉이 어쩐지 서글펐다. 벗어 낸 타란을 한 손에 움켜쥔 채, 무심코 다른 한 손을 서탁 밑 어딘가에 놓여 있을 면경을 향해 뻗던 그녀가 흠칫하며 행동을 멈추었다.

한 번도 눈에 담아 본 적 없었다. 여인으로서 이레를 넘게 면경 한 번 들여다보지 않았다고 한다면 그 또한 아마도 그리 여길라 치면 독하다 할 수 있는 것이겠지만, 여인으로서의 욕구와 같은 하찮은 것에 비하자면 이마에 오롯이 새겨져 있을 황금빛 증표에 대한 궁금증을 억누르는 일은 그보다 천배 만배 더 어렵고 지독한 일이었다.

그럼에도 지금껏 단 한 번도 그것을 눈으로 직접 확인해 본 일이 없었다. 어쩐지 그것을 자신의 눈으로 직접 보게 된다면, 그들 아라하인들처럼 무엇엔가 홀린 듯 그 아둔하고 미개한 전설을 정말로 천명이라도 되는 양 믿게 되어 버릴까 봐, 그것이 두려워서 차마 볼 수가 없었다.

그런데 이제 와 새삼 그것이 미치도록 궁금해졌다. 이따금씩 그와 단둘이 있을 때면 갑갑함에 타란을 벗어 두곤 하는 저를 보며 그가 어찌 그런 묘한 표정을 짓는 것인지, 새삼 그것이 궁금해 미칠 것만 같았다.

"……."

몇 번의 망설임 끝에 아리는 결국 면경을 집어 들었다. 면경을 쥔 손끝이 조금씩 떨려 왔지만 멈추고 싶은 생각은 없었다.

서탁 위에 아무렇게나 펼쳐져 있던 책을 덮어 구석으로 밀어 두고는 책이 놓였던 자리에 가만히 면경을 올려놓았다. 그리고 눈을 감고 크게 숨을 들이마시고는, 수천 번 수만 번 마음속으로 다짐하고 또 다짐했다. 이제 처음으로 눈에 담게 될 그 황금빛 반려의 증표를, 눈에는 오롯이 담되 가슴에는 담지 말자고…….

그렇게 수없이 다짐하고 또 다짐한 후에야, 그녀는 천천히 눈을 떠 면경에 비친 또 다른 자신과 마주했다.

"……아……!"

한숨 같은 탄식이 절로 흘러나왔다. 풍랑처럼 흔들리는 시선을 간신히 잡아 둔 채 그녀는 면경 속의 낯선 자신의 모습을 한동안 응시했다.

시리도록 찬연한 황금빛으로 선명히 각인된 황룡의 인이 그녀의 이마에 여전히 선명하게 남아 눈부시게 빛나고 있었다. 그녀 앞에서 가끔씩 이마에 맨 흑건을 풀곤 하던 그의 이마에 오롯이 새겨져 있던 바로 그 황룡의 인과 한 치의 다름도 없이 꼭 같은 모습으로…….

이런 마음이었나, 그는…….

묘하게 잠겨 들던 그 눈빛과 흔들리던 표정의 의미는, 바로 이런 것이었나…….

덤덤한 표정 속에 까닭 모를 안타까움이 스쳐 가던 것은, 이런 마음이기 때문이었나…….

아니. 그만, 그만두자……. 알아서는 안 될 마음이다. 품어서는 더더욱 안 될 마음이다.

마음 따위…… 진정 따위…… 이깟 우습지도 않은 진심 따위…….

한참을 면경 속에 비친 황룡의 인에서 시선을 떼지 못하던 그녀는 이내 면경을 덮어 버리고는 서탁 위에 엎드려 깊이 얼굴을 파묻었다.

□ ■ □

"하! 미쳤군."

서찰을 그러쥔 손마디가 부들부들 떨렸다. 이런 경우는 조금도 생각해 보지 않았었다. 늘 가슴 한구석이 돌덩이가 박힌 듯 묵직하였던 것은 그녀가 돌아올 연후의 일을 염려하였던 때문이지, 행여 그녀가 돌아오지 않을까 염려해 본 적은 결단코 단 한 번도 없었다.

한데, 이것은 정말이지…….

「마마를 뵈었습니다만 마마께서는 당장은 돌아가지 않겠다 하십니다. 아라하에 남은 호위 무사와 상궁을 염려하여 그리하시는 듯합니다. 아라하에 남겨 둔 사혼단사들에게 서신을 띄워 놓았습니다. 그들을 구하는 즉시 마마를 모시고 귀환할 것이오니, 폐하, 소신 간청컨대 부디 소신을 믿고 기다려 주십시오.」

당장은 돌아오지 않겠다고? 다른 말들은 일체 눈에 들어오지 않았다.

이유가 무엇이건 그것은 중요치 않았다. 아니, 그 이유라는 것이 그를 더욱 기막히게 만들었다.

고작 호위 무사와 상궁의 목숨을 구하기 위해 황후인 저의 목숨을 풍전등화 같은 위태로운 상황 속에 몰아넣겠다니, 대체 정신이 온전히 붙어 있기는 한 건가? 저의 위험한 처지를 제대로 인지하고 있기는 한 것인가!

하, 이 철딱서니 없는 여자 같으니.

"폐하, 화를 가라앉히십시오. 옥체에 해로우십니다. 백하의 말대로 일단 그를 믿고 기다려 보시는 것이……."

"아니. 직접 움직여야겠어."

"예? 그게 무슨 말씀이십니까. 직접 움직이시겠다니, 대체……."

이리 기약도 없이 마냥 기다리고만 있다가는 화병이 나 몸져눕거나, 안 그래도 노리는 이들이 하 많아 얼마나 남아 있을는지도 모를 위태위태한 수명이 반의반쯤으로 줄어들 것만 같은 기분이었다.

딱히 이런 경우를 염두에 두었던 것은 아니었지만, 그녀가 아라하에 있다는 것을 안 이후로 머릿속을 떠나지 않던 몇 가지 생각들이 당연한 듯 의식 밖으로 튀어나왔다.

단휘는 그의 대답을 애타게 기다리는 자함의 존재는 까맣게 잊은 듯 한참 동안 골똘히 생각에 잠겨 있었다. 또 무슨 위험천만한 일을 꾸미시려는 것인가 싶어 곁에서 그런 그를 지켜보는 자함만 속을 바짝 태우고 있을 뿐이었다. 한참을 곰곰이 생각하던 단휘는 곧 지필묵을 꺼내 들더니 종이를 펼쳐 글씨를 적어 내려갔다.

거침없이 써 내려간 시원시원한 필체가 종이 한 면을 그득 채워 갈 무렵, 그는 그제야 붓을 내려놓고는 품 안에서 무언가를 꺼내 들었다. 승천하는 용 모양의 조각 장식이 손잡이로 달려 있는 금인(金印), 어보였다.

단휘의 손에 들린 것이 틀림없는 어보라는 사실을 확인한 자함이 사색이 되어서는 튕겨 오르듯 몸을 일으켰다. 단휘를 곁에서 보좌해 온 것도 이제 두 해가 지나면 스무 해를 채웠다. 그렇다 하여 그의 면면을 속속들이 모두 다 안다고 하면 그것은 억지겠지만, 웬만한 것은 눈치로 충분히 가늠할 수 있는 자함이었다.

"폐하. 대체 어디에 보내시는 서찰입니까. 어찌 어보를……!"

"낙안."

"예?"

참으로 간단하나 그 뜻은 전혀 간단하지 않은 단휘의 짧은 대답에 자함은 눈을 휘둥그레지게 떴다. 대체 무슨 말씀을 하시는 것인가. 낙안이라니. 낙안에 있는 누군가라면 백하와 그의 수하들과 황후 마마뿐이다.

그들에게 보낼 서찰에 어보가 필요할 리 만무하잖은가. 그렇다는 것은 대체…….

"폐하, 설마……!"

단휘는 경악에 가까운 자함의 굳은 얼굴을 흘끗 쳐다보다 다시 무심히 시선을 돌리고는, 무언가를 골똘히 생각할 때면 늘 그랬듯 고개를 슬며시 모로 기울인 채 정면 어딘가를 응시했다. 그러고는 확신이 선 듯, 나직하나 단호한 음성으로 천천히 입을 뗐다.

"아라하의 왕에게 보내는 휴전 협상 서한이다."

"휴…… 휴전이요?"

단휘의 대답에 자함의 입이 놀라 딱 벌어졌다. 되묻는 말을 끝으로 그닥지 않게 잠잠한 게 의아해져 무심코 자함을 바라보던 단휘는, 저러다 턱이나 빠지진 않을까, 그 와중에도 그런 실없는 생각이 들어 피식 실소를 터뜨렸다.

"휴, 휴전이라니요! 갑자기 휴전이라니, 대체 지금 무슨 생각을 하고 계시는 겁니까!"

그럼 그렇지. 이제 시작이군. 그러나 지금은 폭풍처럼 밀려올지 모를 자함의 잔소리를 한가로이 모두 들어 줄 마음의 여유가 없었다.

단휘는 나누어야 할 대화들을 한참이나 건너뛴 채 명령조에 가깝게 짧게 내뱉었다.

"자함, 성주들을 소집하게."

"폐하!"

"시간이 없어. 성주들을 만나야겠다. 지금 당장."

마음이 다급한 것은 당연했다. 자함이 해주에 당도하던 날 그에게 보고해 올린 사실들로 짐작건대 황궁이나 도성의 분위기가 심상치 않았다.

당장 돌아가 황실의 안녕에 힘을 쏟아부어도 모자랄 판국에 생각 이상으로 시간을 지체하고 있는 데다, 황후의 일이 확실히 마무리되지 않는 이상은 환궁하지 않겠다, 이미 마음속에 그리 단단히 결심이 서 버린 연후이니 마음이 다급해질 수밖에 없었다.

해주의 수성을 위해 현재 이곳 해주성에 모여 있는 성주는, 이미 함락된 교하와 낙안, 그리고 이곳 해주와, 비교적 그 규모는 작으나 해주와 가깝고 지리적으로 중요한 지역인 청라와 은라 그리고 자난의 성주, 이렇게 총 여섯이었다.

황제인 자신의 독단적이고 어처구니없는 이 같은 결정에 분명 몇몇은 자함처럼 길길이 반대하고 나설 것이 뻔했지만, 그런 그들을 어떤 식으로든 구슬리고 회유하여 종내에는 별 반감 없이 그런 저의 뜻을 순순히 따르도록 만드는 것이 계획한 바를 도모하기에 앞서 일단은 그가 우선적으로 해야 할 일이었다.

무엇이 먼저이고 무엇이 나중이어야 할지, 그조차 이제는 명확한 판단이 서지 않았다. 하여 최후의 수단으로, 그저 마음이 흐르는 대로 움직이기로 작정한 것이다. 사정이 그러한 만큼 자함의 눈에 그 같은 단휘의 행동들이 다분히 충동적이고 즉흥적으로 보이는 것도 무리는 아니었다.

그러나 실상은 자함이 염려한 것과는 조금 달랐다. 머리가 아닌 마음에서 비롯된 것이기는 해도, 그 마음이란 게 움직이기 시작한 것이 이미 꽤 오래전의 일이니 적어도 그의 생각처럼 충동적이고 즉흥적으로 떠올린 계획은 아닌 것이다.

충분한 시간을 두고 머릿속으로 수없이 다져 두었던 생각을 이제 꺼내려는 것뿐이었다.

"폐하, 성주들도 분명 반대할 것입니다. 부디 재고를……."

"그들의 의견을 물으려는 것이 아니야. 황명을 내리려는 것이지."

그렇기에 자신 있었다. 결과는 응당 지나 봐야 아는 것일 테지만, 누군가의 의도적인 고약한 방해만 없다면 쉽지 않은 일이긴 해도 충분히 가능성이 있다고 판단했다.

재차 만류하려는 자함의 말을 한마디로 일축하고는 단휘는 더는 아무런 말도 듣지 않겠다는 듯 자리를 박차고 일어나 창가로 성큼성큼 걸음을 옮겼다. 창에 드리운 짙은 감색 창장을 획 걷어 낸 그가 창을 활짝 열자 어둑한 밤의 기운이 달빛과 함께 고스란히 밀려들어 왔다.

먹장구름이 하늘에 총총히 박힌 별을 드문드문 가린, 어쩌면 성주들 중 몇몇은 잠이 들었을지도 모를 꽤 늦은 시각이었다.

황제와 황제의 최측근인 대장군, 그리고 여섯 명의 성주들이 모두 모여 있는 집무실은 그 어느 때보다도 무거운 적막에 휩싸인 채 숨이 막힐 듯한 긴장감으로 가득 차 있었다.

그 소름 끼치리만치 고요한 정적의 이유는 비단 자정이 다 되어 가는 늦은 시각 때문만은 아니었다. 조금 전 황제의 입에서 흘러나온 그 얼토당토않은 말들의 저의가 무엇일지, 무조건 반기를 들고 연유를 따져 묻기에 앞서 일단은 다들 제각기 머리를 굴려 보는 중이었던 것이다.

단휘는 느긋하게 그들의 반응을 기다렸다. 생각보다 그리 오래 기다리지는 않아도 되었다. 그중 가장 인내가 부족한 것인지, 아니면 무의미하게 흘러가는 시간이 아까워서였는지, 원탁의 맞은편에 무거운 얼굴로 앉아 있던 자난성주가 떠미는 이도 없건만 총대를 자처하고 나선 것이다.

"신 자난성주 곽윤, 감히 한 말씀 올리겠나이다. 아뢰옵기 황공하오나, 폐하, 솔직히 말씀 올리자면 신은 폐하의 진의가 무엇인지를 도무지 모르겠나이다. 휴전을 하겠노라 하심은 혹 이대로 낙안을 포기하시겠다는 뜻이옵니까? 만일 그것이 맞다 하오시면 감히 그 연유를 청하여 듣고자 하나이다."

첫 시작을 끊자 기다렸다는 듯 청라성주가 돕고 나섰다.

"신의 생각도 그러하옵니다. 속히 정군하여 하루바삐 낙안의 공성을 꾀하여야 할 때인 지금, 휴전을 요청한다는 것은 외람되오나 너무도 허황된 일이라 사료되옵니다. 휴전으로 저들에게 시간을 벌어 주다니요. 그사이 또 다른 원군이라도 합세한다면 공성은 더욱 어려워질 것이옵니다. 굳이 저희 쪽에서 그리해야 할 까닭이 없지 않사옵니까. 부디 재고하여 주실 것을 간곡히 주청드리는 바이옵니다."

둘이 나서니 셋이 거드는 것은 훨씬 쉬웠다. 물 만난 고기 떼처럼 서로 앞다투어 자신의 주장을 피력하기 시작하는 다섯 성주와는 달리, 묵묵히 돌아가는 판세를 지켜보던 한 사내가 황제와 눈이 마주치자 공손히 머리를 숙여 보였다.

아무리 뜯어보아도 그 생김새 하나만큼은 제 아비를 꼭 **빼닮은** 사내, 낙안성주 손파영을 말없이 응시하던 단휘가 웅성웅성 시끄러워진 주변을 한 손을 들어 조용히 물리고는 감정이 묻어나지 않는 고저 없는 목소리로 느리게 말을 내뱉었다.

"그대의 생각은 어떠한가, 파영."

갑작스러운 부름에 당혹할 법도 한데, 그는 조금도 당황해 하는 기색 없이 차분한 어조로 매끄럽게 말을 받았다.

"신은 그저 지엄하신 폐하의 분부를 받들 뿐이옵니다. 모두가 반대할 만큼 다소 갑작스러운 결정을 내리신 것은 사실이오나, 그렇기에 더욱 깊으신 뜻이 있으실 것이라 짐작하고 있나이다."

예상한 것과 조금도 어긋나지 않는 그의 호의적인 대답에 단휘의 입꼬리가 슬며시 말려 올라갔다.

단휘가 짐작한 대로 설유의 왕이 낙안성주와 손을 잡은 것이라면, 지금 저의 이 휴전 선포가 가장 달가울 리 없는 이는 바로 이자 손파영일 터였다. 그의 간계를 정확히 다 파악하지는 못하였으나, 손파영과 손을 잡은 설유가 다른 나라도 아닌 적국 아라하를 돕고 있다는 점만 보더라도 능히 짐작할 수 있는 사실이었다. 일단은 저를 몰아내는 것이 손파영의 가장 큰 목적이란 것을 말이다.

교하와 낙안을 이미 적에게 내어 주었고, 해주도 유혈 없이 내어 주려 머리를 굴리고 있던 참이었을 터인데, 다 된 죽에 코 **빠뜨리는** 것도 아니고, 이 느닷없는 휴전 선포가 어찌 달가우랴.

서글서글한 눈매와 공손한 저 태도와는 달리, 모르긴 몰라도 속으로는 아마 힘겹게 화를 삭이고 있을 그의 속내가 훤히 읽히는 듯해 단휘는 손파영을 물끄러미 응시했다. 그리 생각하며 그를 보니 새삼 선한 인상 뒤에 감추어진 간악

함이 참말로 느껴지는 듯도 했다.

기실 단휘의 그러한 추측은 조금도 틀리지 않았다. 손파영은 황제가 '휴전'이라는 말을 입에 담은 그 순간부터 정신을 다스리기 어려울 정도로 화가 치솟아 마음을 가라앉히기 위해 안간힘을 쓰고 있는 중이었다.

아라하의 왕이 파안의 휴전 제의를 받아들일는지 그것까지는 알 수 없지만, 만에 하나 그가 정말 제의를 받아들이게 된다면 그것은 정말이지 곤란하다 못해 고약한 일이 아닐 수 없었다.

어떻게 여기까지 왔는데, 이제야 겨우 고지가 눈앞에 어른거리기 시작하는데, 여기서 물거품이 된다는 건 절대로 있을 수도 또 있어서도 아니 될 일이다. 물론 저부터가 그리되도록 마냥 가만히 내버려 두지만은 않겠지만 말이다. 다만, 황제가 무슨 꿍꿍이속으로 저리하는 것인지를 도무지 알 수 없으니 그것이 영 꺼림칙하고 찜찜할 뿐이었다.

마치 그러한 손파영의 속내에 친절히 답해 주기라도 하듯, 주위를 쓱 둘러보던 단휘가 그에게로 시선을 멈춘 채 천천히 입을 열었다.

"짐이 궁을 비운 사이 도성에 괴이한 소문이 잔뜩 퍼져 있더군."

분명한 사실이거니와, 이만하면 그럭저럭 억지스럽지 않을 정도의 명분이 되어 주기에는 충분하다고 여겼다. 잠이 부족한 탓인지 순간 시야가 흐릿해져 미간 아래를 지그시 누르던 단휘는 눈을 감은 채로 나직이 말을 이어 갔다.

"분명 누군가 악의적으로 퍼뜨린 게 분명한 근거 없는 소문일 테지만, 그따위 게 감히 황실을 능멸하고 황가의 안녕마저 위협한다 하니, 지금은 그것들부터 잠재우는 것이 순서라 생각하오. 짐이 그리 속 넓은 위인이 아니다 보니 안팎으로 시끄러운 꼴을 도저히 못 보겠군."

"폐하, 뜻하시는 바는 충분히 이해하였사오나, 폐하께서 말씀하신 그 순서가 잘못된 줄로 아옵니다."

"순서가 잘못되었다?"

마지막으로 저의 결정에 쐐기를 박아 성주들의 입을 막으려던 단휘의 발언에 감히 토를 단 이는, 바로 지금 그가 머물고 있는 이 해주성의 주인인 사공헌이었다.

"그러하옵니다, 폐하. 밖이 시끄러우면 아무리 민심을 수습하고 혼란을 잠재워도 안 역시 다시금 시끄러워지기 마련입니다. 하오니 밖의 소란부터 진압하는 것이 순서가 아닐는지요."

충정이 모자라든 넘쳐흐르든 도움이 안 되는 건 매한가지로군. 정말이지 적어도 지금만큼은 그러했다. 틀릴 것 하나 없는 충심 어린 간언에 단휘는 선뜻 대답할 말을 찾지 못하고 미간을 좁힌 채 콧등을 만지작거렸다. 곤란하거나 난감한 상황에 처했을 때 나오는 그의 몇 안 되는 버릇 중 하나였다.

성주들을 둘러보니 모두 저의 대답을 기다리는 듯 진지한 얼굴들을 한 채 묵묵히 침묵을 지키고 있었다. 그것은 손파영 역시 마찬가지였다. 아니, 그는 차라리 지금의 이 상황을 즐기는 듯했다. 마치 강 건너 불구경하는 듯한 느긋하기 짝이 없는 그의 태도가 그것을 증명해 주고 있었다.

아마 이 방을 나선 후에는 또 어떤 흉계나 간계들을 꾸미려 정신없이 머리를 굴리려는지 모를 일이지만, 지금은 그저 속 편히 방관하기로 작정한 모양이었다. 하긴, 기가 막힌 묘책이 있다 한들, 지금 당장 이곳에서 무얼 어찌하겠나. 그가 어떤 꿍꿍이속을 품었든 그것은 크게 중요치 않았다. 자신이 계획한 일을 그가 눈치채는 일만 없으면 된다. 그리고 계획대로만 차근차근 진행된다면, 그런 일은 열에 아홉은 일어나지 않을 것이라고 단휘는 확신했다.

그러니 지금은, 찬성이냐 반대냐가 아닌 이미 그 이후의 '갑'과 '을'이라는 두 가지 상황 모두를 놓고 마땅한 계책을 궁리하고 있을 그 손파영을 제외한, 나머지 성주들의 찬성을 받아 내는 것에만 몰두하면 될 일이다. 물론 모두가 반대한다손 치더라도 저의 뜻을 그리 순순히 철회할 황제가 아님을 이 자리의 모든 이들이 잘 알고 있을 테니, 그들 중 두엇쯤 반대한다 해도 황명이라는 미명하에 밀어붙이면 그만이기는 했다.

하지만 아무래도 저들 스스로 찬성하는 편이 혹시 모를 뒤탈을 보다 확실히 방지하는 길일 테니까. 저의 그 급한 성정을 간신히 누른 채 자신답지 않게 인내심까지 발휘하여 최대한 저들을 설득해 보려는 것은 바로 그러한 까닭이었다.

"바깥부터 단속하여야 한다고? 집안사람 누군가가 내 등 뒤에서 목에 칼을 들이대는데도?"

하여 단휘는 결국 마지막 패까지 꺼내 들었다. 황가라 하여 특별히 다를 것이 무엇이랴. 제 편치 않은 가정사를 남에게 이야기하는 것은 아무리 그가 범인과는 다른 황제일지언정 그리 유쾌한 일도, 또 속 편한 일도 아니었다. 그러니 거기까지 하였으면 이제 저들 역시 적당히 넘어가 주어야 하는 것이 인지상정일 터였다.

황제 개인의 일로만 여겨도 물론 그러하겠지만, 그것은 대내적으로도 결코 무시할 수 없는 가볍지 않은 사안이었다. 단순히 소문 따위 때문이 아니라 소문의 배후에 정말로 황제의 저 말처럼 그의 남은 피붙이들이 섞여 들어 있는 것이라면, 그의 신하인 성주들로서는 군주의 그 느닷없는 휴전 선포를 마음껏 반대할 수만은 없는 곤란한 입장이 되어 버리는 것이다.

"집안 단속 하나 제대로 못 한 짐의 부덕함 탓이니 너그러이 이해들을 해 주었으면 고맙겠군. 휴전 협상을 위한 준비를 마치는 대로 사절단을 꾸려 아라하의 왕에게 보낼 생각이오만, 그대들의 의견은 어떠하오? 혹 반대하는 이가 있다면 어디 말씀해 보시오."

정말로 이견이 있는 것인지를 묻고 있는 게 아님을 모르는 이는 아무도 없었다. 황제의 저 발언을 여과 없이 해석한다면 아마 '내 이리 집안의 치부까지 들추었건만, 그럼에도 감히 반대하는 간 큰 놈이 있다면 어디 한번 나와 보시지?' 정도쯤 되려나?

모두가 꿀 먹은 벙어리가 되어 슬금슬금 서로의 눈치만 살피다 끝내 깊이 국궁하며 찬성의 뜻을 내비치자 그제야 단휘의 얼굴에 엷은 웃음이 드리워졌다.

"말 그대로 휴전일 뿐이니, 그리들 분히 여길 것 없소. 황실이 안정된 연후에, 머지않아 전쟁은 다시 시작될 테니까."

그래, 전쟁은 다시 시작될 것이다. 그녀를 낙안에서 안전히 빼내 온 연후에 말이다. 그러니 적어도 그때까지는 결국 휴전이라는 최악의 방법을 선택한 오늘의 이 씻을 수 없는 치욕을 견뎌 내야만 하리라.

죽기로 싸워도 모자랄 판국에, 휴전이라니. 그것도 그 이유가 적진에 몸소 뛰어 들어가기 위함이라니……. 자신이 지금 벌이려 하고 있는 짓이 정말이지 그 자신조차도 기도 차지 않을 만큼 어처구니없는 일이라 그는 집무실을 나서 침전으로 향하는 걸음 내내 간헐적으로 헛웃음을 터뜨렸다. 오늘 이 순간 이후, 모두에게는 갑작스러웠을 저의 그 결단으로 인해 받게 될 그 모든 치욕의 대가는 어떤 형태로든 반드시 그녀로부터 돌려받으리라 그리 다짐을 되새기고 또 되새기면서…….

물론 그래 봐야 그것은 어디까지나, 예전처럼 분노로 인한 어떤 대단한 벌이나 징계가 아닌, 그저 애들 장난 같은 작은 복수에 그치고 마는 것이겠지만…….

어차피 엎질러진 물, 행여 주워 담을 수 있다 해도 애당초 주워 담을 마음 따위 전혀 없는 자신이라는 것을 굳이 부인하고 싶은 생각은 없었다.

그러니 누구의 잘잘못을 따지기 이전에, 좌우지간 다만 지금만큼은 오로지 그녀를 무사히 구해 내는 일 하나에만 온 정신을 쏟아부어도 부족할 때이리라고, 그, 단휘는 생각했다.

"빌어먹을 황제 놈. 대체 무슨 꿍꿍이지?"

낮게 욕설을 읊조리는 거친 말투와는 달리 퍽 부드러운 인상의 사내가 골몰한 표정으로 미간을 좁혔다.

침의 차림으로 막 잠자리에 들려던 그 야심한 시각에 갑작스럽게 소집된 회의에 불려 가 긴 논의—사실 논의랄 것도 없이 황제의 일방적인 통보나 다름없었지만—를 마치고 축시(丑時: 오전 1시~3시)가 되어서야 겨우 처소로 돌아온 손파영은 황제의 난데없는 휴전 선언에 회의 내내 어찌나 머리를 굴려 댔던지 이제는 골이 다 지끈거릴 지경이었다.

"그러니까 요는, 목덜미가 서늘하니 집안사람 단속부터 해야겠다, 이 말인데. 이리 오래도록 궁을 비워 뒀으니 불안해질 만도 하다는 것은 충분히 알겠지만……."

그게 전부인 것 같지는 않단 말이지…….

손파영은 의자 팔걸이에 팔을 걸친 채 가만히 턱을 괴며 생각에 잠겼다.

정말 그 이유 하나 때문일까? 그렇다면 굳이 휴전이라는 고육지책을 선택할 필요가 없다. 이곳의 전투는 성주들에게 일임하고 황제 본인만 황궁으로 돌아가면 그만이니까. 이렇게 굳이 무리수를 두어 가면서까지 이곳의 일을 황제의 직접적인 지휘하에 둘 필요는 전혀 없는 것이다.

도성에 불어닥치기 시작한 역풍의 중심에 있는 자들이 다름 아닌 황제의 배다른 형제들이라는, 성주들에게는 몹시도 곤란하고 본인에게 역시 수치스럽기 짝이 없을 사실을 굳이 이렇게 들추어 가면서까지 고집스럽게 아라하와의 휴전을 감행하려는 이유가 대체 무엇이란 말인가.

손파영은 가만히 허공을 노려보다 탁자 맞은편에 다소곳이 앉아 있는 여인에게 날카로운 시선을 던졌다. 막 피어난 꽃처럼 곱디고운 용모가 단연 눈에 띄는 여인이었다.

"그가 너에게는 무어라 하더냐."

그의 질문에 여인이 공손히 고개를 숙이며 대답했다.

"소녀에게 역시 같은 말씀을 하셨사옵니다. 집안이 시끄러우니 궁으로 돌아가야겠다는 그 말씀뿐이셨습니다."

"그래? 하면 너는 궁으로 데려가겠다 하더냐?"

"도성이 어수선하니 지금은 이곳에 남으라 하셨습니다. 상황이 정리되는 대로 궁으로 불러들이시겠다고요."

그녀의 말에 그가 픽 웃음을 터뜨렸다.

"대국의 황제가 그깟 여자 하나 데려가는 일이 뭐 그리 대수롭다고, 도성이 어수선하니 마니 그리 거창한 핑계를 늘어놓는단 말이냐. 분명 널 데려가지 못하는 다른 이유가 있을 게다."

어리둥절한 얼굴로 자신을 바라보는 채아를 일별하고는 손파영은 가볍게 시선을 돌렸다. 하지만 추측은 거기까지였다. 황제의 저 시커먼 속을 누가 알아 그 이유를 알아낸단 말인가.

황제에 대해 아무런 조사도 이루어지지 않은 지금, 단순히 그의 행보만으로 굳이 휴전이라는 치욕스러운 방법을 선택한 진의를 파악하기란 불가능했다. 그것을 손파영 그 자신도 모르지 않았기에 쓸데없이 열을 올리는 대신 관망하는 쪽으로 처신을 굳혔다.

기실, 황제의 의도 따위는 저에게 조금도 중요하지 않았다. 휴전으로 자신의 계획에 조금 차질이 생기기는 했지만, 그것이 종전도 아닌 휴전인 이상에야 그저 시기가 조금 뒤로 늦추어지는 것일 뿐 크게 신경 쓸 문제는 아니었다.

기다릴 인내심이 바닥난다 해도 상관없었다. 정히 지금의 상황이 마음에 들지 않는다면 황제 몰래 교하성에 주둔시켜 놓은 자신의 병력을 움직여 낙안을 공격해 버리면 그만이었으니까.

그리하면 휴전은 자연히 깨어지게 될 터였다. 준비한 수많은 계책 중 하나인 그것은 이미 그의 머릿속에서 수차례 행해져 실행하는 쪽으로 확실히 굳어진 것이기도 했다.

이틀 후 사절단이 해주를 떠나는 시간에 맞추어 교하의 병력 역시 낙안으로 이동하도록 이미 서신을 띄워 놓았다. 해주에서 교하까지는 말을 달려가면 제아무리 명마라 해도 족히 사나흘은 걸릴 거리였지만, 잘 훈련된 전서응(傳書鷹, 편지를 보내는 데 쓸 수 있게 훈련된 매)의 속도라면 넉넉잡아 반나절이면 충분했다.

설령 조금쯤 늦는다 해도 곤란할 것은 없었다. 교하의 병력을 낙안으로 보내는 이유는 반드시 낙안을 공격하기 위함이 아니라, 만에 하나라도 아라하의 왕이 파안의 휴전 제의에 수락할 경우를 대비하기 위한 것일 뿐이니까.

다만, 황제의 돌발적인 행보가 필요 이상으로 그의 신경을 자극하고 있는 건, 황제가 저리해야만 했던 이유가 무엇이건 간에 그것이 황제에게 있어서는 매우 큰 약점으로 작용하게 될 무언가임에 틀림없다는 본능적인 직감 때문이었다.

황제의 약점이라······.

반드시 알아내야만 하는 것은 아니다. 그러나······.

"몰라도 상관없지만······ 알아내서 나쁠 건 없지."

그는 눈짓으로 채아를 물린 후, 그의 왼편에서 말없이 곁을 지키던 수하를 손짓해 불렀다.

곁으로 가까이 다가선 사내가 미동 없이 시립한 채 그의 하명을 기다리다가, 그가 무어라 지시하자 깍듯이 허리를 굽혀 국궁한 후 감쪽같이 사라져 자취를 감추었다.

"조금 이른 감은 있지만······."

내실에 홀로 덩그러니 남아 중얼거리다 말고 허공 어딘가를 지그시 바라보던 사내의 선한 눈동자가 한순간 뱀의 그것처럼 교활하고 음습한 빛을 띠었다.

"한순간이나마 이 몸을 당황하게 만든 대가쯤으로 해 두지요. 친애하는 황제 폐하."

꼰 다리를 탁자 위에 올려 두고는 폭신한 의자 등받이에 깊이 몸을 파묻은 그는 진심으로 즐거운 듯 웃었다.

사내의 낮은 웃음소리가 내실에 간지럽게 울려 퍼졌다.

이튿날 아침.

단휘는 동이 트기가 무섭게 처음 황궁을 나섰을 때와 같이 시위 몇만 대동한 퍽 간소한 일행을 이끌고 부랴부랴 해주성을 벗어났다.

단휘의 지시대로 도성 병력을 이끌고 며칠 전 해주에 당도한 자함은, 그런 황제의 갑작스러운 행보에 경악해 하면서도 황소 같은 그의 고집을 누구보다도 잘 알고 있는 터라 만류할 생각은 꿈에도 하지 못한 채, 군사 훈련 시간을 두 배로 늘리는 등 애꿎은 병사들만 괴롭혀 가며 가까스로 울분을 삭이고 있을 뿐이었다. 자함이 할 수 있는 일이라고는 애먼 병사들에게 화풀이하는 것과, 별수 없이 황제의 뜻에 따르고 만 자신에게 온갖 저주를 퍼붓는 것이 전부였다.

태현궁의 초혜 소의를 살피고 감시하던 자함의 임무는 자연히 이곳 해주성에서 낙안성주 손파영을 감시하는 것으로 바뀌어 있었다. 성질 같아서는 그 뻔뻔한 낯짝과 마주치는 즉시 목을 동강 내 버리고 싶은 심정이었지만, 아무런 물증 없이 명원공의 아들인 그를 처단했다가는 후일 분명 어떤 불온한 사건의 명분이 되어 버리고 말 것이므로 울며 겨자 먹기로 꾹 참을밖에 달리 도리가 없었다.

"합하, 모든 준비를 마쳤습니다!"

횡대로 늘어선 쉰 명 남짓의 사절단 대열을 말없이 바라보고 서 있던 자함은 대열의 선두에 선 군사의 외침에 무심히 고개를 끄덕이며 이틀 전 마지막으로 나누었던 단휘와의 대화를 떠올렸다.

'명일 동이 트는 대로 난 이곳을 떠날 것이네. 자함, 자네는 지금 속히 낙안에 파견할 사절단을 꾸려 주게. 인원은 50명 정도면 충분할 듯싶네. 반드시 명일까지는 모든 준비를 끝마쳐야만 해. 아까 성주들에게도 이야기했다시피 이틀 뒤에는 사절단을 출발시켜야 하니까.'

'……'

무어라 대꾸해야 할지조차 몰라 그저 묵묵부답으로 그를 쳐다보기만 했었다. 황제의 뜻은 확고해 보였다. 어떤 대단한 협상가가 나서 그를 설득한다 해도 눈 하나 깜박하지 않을 것 같을 만큼.

잔뜩 구긴 얼굴로 그를 바라보는 자신의 불만 가득한 시선을 모르지 않으면서도 태연히 제 할 말만을 늘어놓는 그의 고집스러운 태도와, 평소에도 그러하지만 유난히 강직하고 완고한 그의 말투에서 그의 의지가 이미 돌이킬 수 없을 만큼 확고해져 있다는 것을 자함은 느낌으로 알 수 있었다.

그렇게 긍정도 부정도 하지 못한 채 아마 그 순간 무척이나 어처구니없는 얼굴을 하고 있었을 저에게 그는 아무렇지 않게 계속해서 하던 말을 이어 갔다.

'명일 진시쯤 떠날 생각이니 그 이튿날 같은 시각에 그들을 출발시키되, 인경 쪽 말고 벽주를 거쳐 가라고 단단히 일러두게. 혹 누군가 이유를 묻거든 내가 벽주 쪽 사정을 궁금해하더라고 대충 둘러대고. 혹여 따라붙는 자들이 있을지 모르니 반나절 정도는 도성 쪽으로 달려 줘야 할 테니까. 사절단이 벽주로 우회한다면 아마 그럭저럭 비슷하게는 그곳에 도착할 수 있을 것이야.'

말을 마친 그는 분위기를 전환하듯 가볍게 머리를 털더니 이내 슬며시 입꼬리를 말아 올리며 그는 나른한 목소리로 몇 마디를 덧붙였다.

'매년 가을이면 진상되는 벽주의 국화주는 그 맛이 일품이라 언제 기회가 되면 꼭 한번 들러 보아야겠다 생각했었는데, 잘되었지 무얀가. 그곳에서 직접 맛보는 술맛은 어떨지 기대되는군.'

그때껏 눌러 두었던 불만이 결국 터져 나온 것은, 마치 어디 유람이라도 떠나는 듯한 그의 그 태평하고 안온하기 짝이 없는 태도 때문이었다.

'폐하, 지금 폐하께서 무슨 짓을 하시려는 것인지 알고는 계신 겁니까?'

'물론.'

'그런데도 꼭 그리하셔야만 하겠습니까?'

결국 참지 못하고 채근하듯 따져 묻는 저에게 그는 무어라 금세 대꾸할 듯이 입을 벙긋거리다가, 도로 입을 꾹 다물어 버리곤 아련히 허공을 응시했다.

'진아리' 라는 여인에 대한 황제의 그 복잡미묘한 감정에 대한 것이라면, 자함 역시 늘 곁에서 지켜봐 온 터라 이제는 차라리 익숙하기까지 한 것이었으므로, 지금 그의 심정을 아주 모르는 바는 아니었다.

그러나 그가 그러한 조급한 마음 따위는 버리고 어떠한 최악의 상황 속에서도 황제로서 굳건하고 냉철하게 행동해 주기만을 진심으로 바라고 있는 자함으로서는, 휴전 선포라는 다분히 충동적인 그의 결정은 정말이지 손톱만큼도 아니, 티끌만큼도 용납할 수 없는 것이었다.

그렇기에 황제의 다음 발언은 그의 진정을 가득 담고 있는 것이었음에도 차라리 자함에게는 듣지 않느니만 못한 것이나 다름없었다.

'그래…… 꼭 그리해야겠다. 지금 먼저 다가가지 않으면 다시는 그럴 수 없을 것 같으니까. 어째서 이런 마음이 드는 것인지는 알 수 없지만…… 자함, 자꾸만 그녀가 돌아올 수 없을 것 같은 예감이 들어. 마음이 불안해 미칠 것만 같다. 마냥 이대로 기다리고 있을 수만은 없어. 그랬다가는 정말로 돌아 버릴지도 모르니까.'

'사혼단주의 말대로 그를 믿고 조금만 기다려 주실 수는 없으신 겁니까?'

'누구보다도 그를 믿어. 다만 내 인내심의 한계가 여기까지라는 사실이 유감스러울 뿐이지. 더는 말리지 말게, 자함. 이리 옥신각신해 보아야 자네에게나 나에게나 무의미한 시간 낭비일 뿐이야.'

평온한 말투였지만 허공을 응시한 채 나직이 읊조리던 그의 얼굴이 마치 잔뜩 상처 입은 성난 맹수의 그것과도 같아 보여서, 자함은 한동안 대꾸할 말조차 잊고 한참을 그에게서 시선을 떼지 못했었다.

그리고, 까만 하늘 저만치서 떠다니던 구름이 어느새 흘러와 둥근 달을 반쯤 가렸을 무렵, 자함은 결국 그의 고집에 졌다는 듯 두 손을 들었다.

'……폐하의 고집을 어찌 꺾겠습니까. 이미 단단히 결심을 세우셨을 테니 어찌하여도 되돌릴 수는 없겠지요. 단, 이것 하나는 꼭 기억해 두십시오. 황후 마마와 폐하, 두 분 모두 무사히 돌아오시지 않으면 이 자함이 죽을 때까지, 아니 죽은 후에도 곽씨 가문 대대손손 두 분을 원망하고 또 원망하게 될 겁니다. 부디 소신이 그런 불충을 저지르지 않게 해 주십시오.'

저의 협박 아닌 협박에 그는 머리를 흔들며 가볍게 웃었다.

'감히 황제를 상대로 잘도 겁박을 하는군. 이리 짐을 우습게 여기는 이는 아마 세상 천지에 자네 하나뿐일 걸세. 여하튼 좋네. 내 반드시 황후와 함께 무사히 돌아오겠노라 약조하지. 이제 되었나.'

'그 약조 반드시 지켜 주십시오. 그리 믿고 보내 드리는 겁니다.'

'반드시…… 지키지.'

마지막 말은 대답이라기보다는 차라리 혼잣말에 가까운 것이었다. 아마도 그 스스로에게 다짐을 하는 듯했다.

반드시 그녀와 함께 돌아오겠노라고…….

반드시 함께 돌아와 자신들의 그 오랜 반목에 이제는 그만 종지부를 찍겠노라고…….

자함은 회상으로 흐릿해졌던 시선을 바로 하며 군기가 바짝 든 채 자신 앞에 도열해 있는 사절단을 좌우로 쭉 둘러보았다.

"모두 들어라!"

쥐 죽은 듯이 고요한 장내에 그의 목소리가 쩌렁쩌렁 울려 퍼졌다. 모두가 절도 있는 자세로 한 치의 흐트러짐 없이 선 채 그의 말을 경청했다.

"제군들은 아라하와의 휴전 협상을 위해 낙안에 파견되는 사절단이다! 그대들은 이곳 해주를 떠나 벽주를 거쳐 낙안으로 향할 것이다. 황제 폐하의 엄명이 계셨으니 벽주에 도착하는 즉시 그곳의 사정을 소상히 살필 것이며, 세세히 기록해 두었다가 돌아온 연후에 빠짐없이 고해 올려야 할 것이다. 벽주의 일을 마치는 즉시 낙안으로 떠난다! 모두 알아들었나!"

"예, 합하!"

"또한 그대들은 지금 이 순간부터 일개 군졸이 아닌 대제국의 사신임을 한 시도 잊지 않길 바란다. 혹여 있을지 모를 적군의 도발에 넘어가는 일이 있어서는 아니 될 것이며, 어떠한 상황이 닥쳐도 반드시 사신으로서의 본분을 다하여야 할 것이다! 내 말뜻을 모두 이해하였겠지. 모쪼록 현명히 처신하리라 믿는다. 그럼 이만 출발하도록 하라!"

"출발! 출발하라!"

"와아아아!"

우렁찬 함성과 함께 사절단의 대열이 물결이 일듯 서서히 움직이기 시작하는 것을 굳은 얼굴로 바라보던 자함은 대열의 후미마저 시야에서 완전히 사라지고 난 후에야 몸을 돌려 훈련장으로 향했다.

이미 주사위는 던져졌으니 더 고민하고 씨름해 보아야 소용없는 일이다.

그저 마음속으로 그들의 무탈함을 비는 수밖에는, 달리 그가 할 수 있는 일이 없었다.

□ ■ □

해주를 떠난 사절단이 정북향을 가로지르는 대신 서북향으로 우회하여 벽주로 향할 무렵, 그들보다 하루 앞서 성을 벗어나 도성으로 향하던 단휘와 시위들은 불현듯 방향을 틀어 그때껏 천천히 지나쳐 왔던 길을 다시 역행하여 전속력으로 달리기 시작했다.

해주의 사절단이 벽주에 거의 다다랐을 즈음, 이미 이각 전쯤 그곳에 도착한 단휘 일행이 그들을 기다리며 휴식을 취하고 있었다.

"폐하, 그들이 동문을 통과하고 있습니다."

시위 하나가 부리나케 달려와 해주에서 떠난 사절단이 당도하였음을 알리자, 나무 아래 그늘진 곳에서 둔덕 밑 마을을 내려다보고 있던 단휘는 시위가 말한 동문 쪽을 향해 돌아섰다.

과연 저 아래로 쉰 명 남짓의 무리가 뿌연 모래바람을 일으키며 동문을 통과하고 있는 것이 보였다.

"제시간에 잘 맞춰주었군. 한데, 자네."

갑작스러운 부름에 시위가 영문을 몰라 긴장한 얼굴로 그 앞에 부복했다.

"하명하소서, 폐하."

"그 호칭."

"예?"

잠시 당혹스러운 표정을 짓던 시위가 그제야 황제의 말뜻을 알아차린 듯 저도 모르게 낮은 탄성을 흘리며 황망히 머리를 조아렸다.

"소신…… 소인이 큰 실수를 저질렀습니다. 용서하십시오, 단장님."

단휘는 고개를 끄덕였다. 자리로 돌아가는 시위를 물끄러미 바라보다가, 그는 벽주에 도착하자마자 민가에서 얻은 국화주가 가득 든 죽통을 손에서 잠시 내려놓고는 품 안에서 서찰을 꺼내 들었다.

저와 일행이 황실에서 보낸 사절이 틀림없으며, 이번에 파견된 사절단의 단장으로 임명된 자가 바로 저임을 증명하는 황제의 날인이 찍힌 친서였다.

해주의 사절단을 통솔하던 이는 해주성주 휘하의 장수 위이소라는 자였다. 단휘 일행과 마주한 사내는 단휘가 내민 황제의 친서를 받아 읽고는 곧 그를 향해 극진히 예를 갖추어 올렸다.

"소장, 해주에서 온 위이소라 합니다. 단장님을 뵙게 되어 영광입니다."

"도성에서 온 아한이라 하네. 함께하게 되어 나 역시 기쁘군. 그럼 잘 부탁하네."

사절단 명단에 거짓으로 적어 둔 이름으로 저를 소개한 단휘는 사절단 전원에게 형식적으로나마 간단한 인사말을 건넨 후 서둘러 떠날 채비를 했다. 한시라도 지체할 여유가 없었다. 마음이 다급했다.

그렇게 벽주에서 사절단과 합류하고 나서 다시 이틀을 달려 낙안성에 도착했을 때 단휘를 가장 먼저 반겨 준 것은, 포효하는 흑호가 그려진 손가의 익숙한 검은 깃발이 아니라, 아라하의 상징인 주작이 날개를 활짝 펼친 피처럼 붉은 깃발이었다.

"……."

멀리 성채가 보이는 곳에 잠시 대열을 멈춰 세운 채 성벽마다 촘촘히 내걸린 붉은 깃발이 바람에 나부끼는 광경을 한참 동안 말없이 응시하고 있는 그의 눈동자는 겉으로는 평온한 듯 보였으나, 그 깊은 곳에서는 본인 스스로조차 감당할 수 없는 폭풍 같은 격랑이 몰아치고 있었다.

"명색이 적국의 군주라는 자들이 이리 일면식조차 없었다니 참으로 애석한 일이로군. 그 덕에 이런 식으로 그대와 대면할 수 있게 된 것이겠지만 말이야. 아니 그런가. 아라하의 왕이여."

한참 동안 붉은 깃발을 노려보며 서 있던 그가 피식 웃고는 혼잣말처럼 중얼거렸다. 서늘하게 내리깔린 음성이 나직이 뇌까린 소리가 불어오는 바람을 타고 허공중에 스산하게 흩어졌다.

그는 성벽에 배치된 적군의 병사들을 눈으로 훑으며 천천히 한 팔을 들어 올렸다. 그가 손짓으로 신호를 보내자, 파안제국의 사절단이 당도하였음을 적에게 알리는 막중한 임무를 맡은 전령이 이때를 기다렸다는 듯 묵직한 모래 먼지를 일으키며 쏜살같이 성문을 향해 달려 나갔다.

목숨이라도 내건 듯 비장한 전령의 얼굴 위로 찰나 희미한 두려움이 스쳐 갔다. 앞서 단휘가 해주에서 성주들을 소집하기 전 가장 발 빠른 말을 골라 낙안으로 보냈던 휴전 협상 서한에 대한 아라하 왕의 답신이 도착하기도 전에 해주를 떠나왔으니, 단휘를 포함한 예순 명 남짓의 사절단 인원 전체가 목숨을 걸어야 할 만큼 무모한 짓을 하고 있는 것만은 사실이었다.

만일 서신에 대한 아라하 왕의 대답이 '거절'이라면, 지금 사절단이 멈춰 서 있는 곳과 성문 사이의 중간쯤을 달려가고 있는 저 전령은 아마도 성문에 도착하는 즉시, 아니, 어쩌면 그 이전에 성벽 어디에선가 날아온 궁사의 화살에 목숨을 잃게 되는지도 모를 일이었다.

그리고 그 이후의 일은 상상조차 하고 싶지 않을 만큼 더 끔찍할 것이 분명했다. 황제가 아니라 그보다 더 대단한 무엇이라 해도 그 같은 상황에서 살아남는다는 것은 거의 기적에 가까운 일일 터였다.

무슨 배짱으로 일을 이 지경까지 끌고 온 것이냐고 누군가 따져 묻는다면 무어라 딱히 대답할 말은 없었다. 다만, 만일 자신이 아라하의 왕이라면 파안의 휴전 제의를 결코 거절하지는 않을 것이라는, 또한 아라하의 왕 역시 그런 자신의 생각과 분명 다르지 않을 것이라는, 그 막연한 확신 하나가 일을 여기까지 끌고 왔다고 해도 틀린 말은 아니었다.

단휘는 성문 앞에 도착한 전령이 망루의 병사와 무어라 말을 주고받는 것을 가만히 지켜보았다. 다행히도 전령에게 화살비가 쏟아지는 일 따위는 일어나지 않았다.

그래, 분명 다행한 일이었다. 그러나 그저 다행이라고만 하기에는 무언가 기분이 복잡하고 묘했다.

다행임과 동시에 어딘지 썩 개운치 않은 느낌이 드는 것은, 이곳 낙안의 주인이 더 이상 자신이 아니기 때문인 걸까…….

"단장님! 성문이 열리고 있습니다!"

누군가의 외침대로 과연 육중한 철문이 기괴한 소리를 내며 조금씩 그 아귀를 벌리기 시작했다.

단휘는 그것을 건조한 얼굴로 바라보다가 저도 모르게 고삐를 쥔 손마디가 새하얘지도록 주먹을 힘껏 그러쥐었다.

익숙한 장면이다. 불과 두 달 전, 오롯이 주인의 자격으로 보았던…….

그리고 저 다음에는 활짝 열린 성문을 통해 충신 아비의 역적 아들이 휘하 무사들을 이끌고 지금 자신이 서 있는 바로 이곳까지 한달음에 달려 나왔었지.

"인간사 새옹지마라더니. 꼭 지금 내 꼴이 그렇군."

그는 픽 쓴웃음을 흘리고는 곧 고삐를 휘둘러 말을 달리기 시작했다. 문득 지금 저의 처지가 꼭 활활 타오르는 불구덩이 속으로 뛰어드는 불나방 같다는 생각이 들었다. 무모하고 어리석기로 치자면 아마 이만한 일도 없을 것이다.

또한 저 역시 사람일진대, 조금도 긴장되지 않는다면 그 또한 거짓일 터였다. 고작 단 예순 명의 인원만을 대동한 채 적진 한가운데에 뛰어들고 있는 그였다. 제아무리 태연한 척 행동한다고 해도 이미 예민해질 대로 예민해져 있는 신경을 가라앉히는 것이 어디 그리 쉬운 일일까.

그는 긴장한 기색을 지우려 애쓰며 성문까지 망설임 없이 말을 몰았다. 사절단 행렬이 일사불란하게 움직여 차례로 그의 뒤를 따르기 시작했다.

성문에 도착하기 직전, 단휘는 문득 머리에 쓰고 있던 흑립을 벗어 들었다. 단정히 하나로 묶어 올린 긴 흑발이 다소 흐트러져 이마 위로 몇 가닥 흘러내린 채 바람에 흔들렸다.

잠시 머리카락에 가려졌다 드러난 그의 눈매는 무심한 듯하면서도 어딘지 서늘하고 날카로웠다.

"이곳에 있단 말이지, 아리……. 그자와 함께, 이곳 어딘가에……."

낮은 목소리가 지축을 뒤흔드는 말발굽 소리에 묻혀 듣는 이 하나 없이 공기 중에 고요히 흩어졌다.

짧다면 짧고 길다면 길 그 두 달이라는 시간 동안, 참으로 많은 일들이 일어났다.

행방불명된 황후, 도성에 불어닥치기 시작한 역풍의 조짐, 거기에 적국 아라하와의 전쟁 발발까지…….

그렇게 숱한 일들을 겪으며 참으로 멀리도 돌고 돌아, 마침내 그녀와의 재회의 순간을 눈앞에 두고 있었다.

단휘는 주저 없이 열린 성문으로 몸을 밀어 넣었다. 지금에 와 하등 망설일 까닭이 없었다.

지난 십여 년간 쌓아 온 앙금을 모두 씻어 내고 진정한 부부의 연을 맺으며 새로이 시작하리라 의지를 굳힌 지금, 어쩌면 이 정도의 난관은 오히려 필수 불가결한 것일는지도 몰랐다.

비 온 뒤에 땅이 굳어지듯이, 지금의 이 난관을 헤치는 동안 그 결실은 더욱 단단해질 것이라 그는 믿어 의심치 않았다.

12
단꿈

"예? 지금 무어라 하셨습니까?"

늘 그렇듯 검술 훈련으로 하루를 시작하는 특이할 것도 없는 그저 그런 평범한 날이었다. 아니, 그저 그런 평범한 날이 될 수도 있었다. 지금 저에게 검술을 가르치고 있는 사내에게서 조금 전의 그 말을 듣지만 않았더라면 말이다.

아리는 휘두르던 검을 바닥에 내려놓은 채, 그리 청천벽력 같은 발언을 해놓고도 마치 무슨 일이 있었냐는 듯 태평한 얼굴로 평소처럼 저의 검술 자세를 교정해 주고 있는 그를 놀란 눈으로 돌아보았다.

"지금 분명, 휴전이라 하셨습니까?"

"그렇소. 아마 곧 파안의 사절단이 당도할 거요."

농이라기엔 너무 뜬금없고 얼토당토않은 소리였다. 농을 즐기는 사내이기는 해도 이리 생뚱맞은 사내는 아니었다. 까닭 없는 거짓을 늘어놓는 따위의 취미도, 지금까지 겪어 온 바로는 저 사내에게는 분명히 없었다.

그 말인즉슨, 지금 그의 저 말이 사실이라는 것인데……, 한데 그리 단정 짓자니 이번에는 다른 누군가가 마음에 걸렸다.

파안의 황제, 그러니까 저의 지아비라는 사내는 지금과 같은 상황에서라면 목에 칼이 들어와도, 혹은 심지어 나라를 통째로 빼앗긴다 해도 절대 휴전 따위를 들먹일 리 없는 위인이었다.

꺾일지언정, 굽히진 않는다. 그것은 군주라는 신분을 떠나 다만 주단휘라는 한 사내로서의 긍지와 자존이었다. 군주로서 응당 지녀야 할 유연함과는 상반되는 성정이니만큼 종종 문제가 되기도 하였으나, 군주로서의 부족함과 넘침을 떠나 그것이 그녀가 10년을 넘게 보아 온 바로 그 주단휘라는 사내의 본성이자 천성임에는 두말할 필요가 없었다.

그런 그가, 휴전을 제의했다고? 적의 손에 낙안까지 고스란히 내어 준 이 마당에? 어불성설이지 않은가.

"혹 그 서한을 제게 보여 주실 수 있으십니까?"

"……."

아리의 청에 소류가 대답 대신 품에서 서한을 꺼내 가만히 그녀에게 내밀었다. 안 될 이유가 있을 리 없었다. 안 되기는커녕 처음부터 그럴 목적으로 부러 그리 운을 뗀 것이고, 그럴 목적으로 서한을 챙겨 들고 나온 것이니까.

동요랄 것까지는 없었지만, 휴전이 뜻밖이고 갑작스럽기는 소류 역시 마찬가지였다. 자신에게 전달된 서한이 과연 파안의 황제가 보낸 게 분명한 것인지 한 번쯤 확인해 두어야 할 필요가 있었고, 가장 손쉬운 방법이 바로 지척에 있었으니 그로서는 고민할 이유가 전혀 없었던 것이다.

그에게서 서찰을 받아 들고는 경직된 얼굴로 미동 없이 내용을 읽어 내려가던 그녀는 한참 후 망연한 얼굴로 조용히 고개를 들었다.

"……사실이군요."

틀림없는 단휘의 필체였다. 뚜렷이 찍힌 어보의 인장도 물론 그러하거니와, 흘려 쓴 듯한 그의 필체는 쉬이 흉내 낼 수 있는 단순한 모양새가 아니었다. 설령 똑같이 위필할 수 있다 해도 그의 기분에 따라 조금씩 달라지는 아주 미세한 그 특징들까지 알고 있는 사람은 그녀가 아는 한 단 세 사람뿐이었다. 백하와 자함, 그리고 아리 자신이었다.

그의 친서가 분명하다는 것은 곧, 황궁에 어떤 변고가 생긴 것이 틀림없다는 소리였다. 그렇지 않고서야 그가 이런 얼토당토않은 결정을 내렸을 리가 만무하니까.

백하라면 어느 정도 내막을 알고 있겠지. 검술 훈련이 끝나는 대로 그를 만나 보아야겠다. 그리 다짐하며 아리는 소류에게 서찰을 돌려주고는 바닥에 내려놓았던 검을 집어 들었다. 정신이 흐트러질 대로 흐트러져 있어 훈련에 집중하는 것은 누가 보아도 힘든 일이었지만, 검술 훈련을 시작한 이래로 단 하루도 정해진 훈련 시간을 어긴 적이 없는 그였으므로 오늘 역시 예외일 리 없었다. 오늘 역시 평소의 그와 다르지 않다면 말이다.

"오늘은 여기까지 하지."

"예?"

한데, 아무래도 오늘은 조금 다를 모양이다. 예상치 못한 그의 말에 아리는 가만히 고개를 들었다. 그런 그가 의아하다거나 놀랍지는 않았다. 수련용 허수아비를 향해 검을 휘두르려던 그녀의 행동을 돌연 저지하고 나서는 그가 조금도 의외라고 여겨지지 않을 만큼, 사실 생각해 보면 오늘의 그는 처음부터 어딘지 조금 이상했었다.

그저 우연인지 아니면 부러 그러는 것인지는 몰라도 잠시도 저와 시선을 마주치는 법이 없었고, 평소의 그답지 않게 필요한 말 이외에는 전혀 하지 않았다. 자세가 이렇다는 둥 저렇다는 둥 농인지 진담인지 분간하기 힘들던 그 짓궂은 잔소리들도 일절 늘어놓지 않았다.

의아한 눈으로 저를 바라보는 그녀의 시선을 느낀 것일까. 호수에 시선을 던진 채 아리를 등지고 서 있던 그가 자신의 검을 검집에 찔러 넣고는 그녀를 향해 천천히 돌아섰다.

"양쩨를 구해야겠군. 오늘은 일찍부터 일이 좀 있어서 말이오."

"아……."

"가급적 훈련 시간만큼은 어기지 않으려 하였는데, 미안하게 됐소."

"아닙니다, 괘념치 마십시오."

정말로 미안해하는 듯한 그의 얼굴을 보며 아리는 괜찮다는 듯 손을 저었다. 따지고 보면 한 나라의, 그것도 전시(戰時)에 돌입해 있는 나라의 왕인 그가 하루도 빠짐없이 꼬박꼬박 정해진 시간 동안 그녀에게 검술 지도를 해 왔다는 사실이 오히려 더욱 놀라울 일이었다. 하루쯤 시간을 어긴다 하여 그가 미안해해야 할 이유는 분명 없었다.

다만, 일찍부터 일이 있다고 말할 때의 그의 그 미미하게 굳어지던 표정이 목에 걸린 잔가시처럼 마음에 걸려 까닭 모르게 그녀를 불편하게 만들고 있을 뿐이었다.

"혹 무슨 일이라도……."

아리는 저도 모르게 불쑥 튀어나오려던 말을 가까스로 집어삼키며 황급히 손을 입으로 가져갔다.

"무슨 일인지는 모르겠으나 저는 신경 쓰실 것 없습니다. 어서 가셔서 일 보십시오. 저는 오늘 배운 것들을 조금 더 익히다 가겠습니다."

"……."

하마터면 혹 무슨 일이라도 생긴 것이냐고 걱정하듯 물을 뻔했다. 아리는 당황한 저를 그가 눈치채지 않았기를 바라며 그를 향해 가만히 허리를 숙여 보였다. 설령 그에게 무슨 일이 있다 해도 그녀가 상관할 바가 아니었다. 그를 염려해야 할 까닭은 더욱 없었다.

아리는 아무런 대꾸도 없이 저를 빤히 바라보는 그의 시선이 이래저래 불편하고 부담스럽게 느껴져 의식적으로 그의 시선을 피해 옆으로 비켜서는 묵묵히 검을 휘둘렀다.

주워 담은 말도 말이지만, 사실을 말하자면 남아서 검술 연습을 하겠다는 것은 그저 핑계에 지나지 않았다. 아라하의 왕인 그에게 어떠한 일이나 사정이 생겼든, 지금으로서는 자국의 황제인 단휘가 휴전을 선포했다는 사실보다 더 크고 중요할 수는 없는 문제이니까.

그러니 검술 연습이란 것은 그저 핑계이고 구실일 뿐, 보다 안전한 곳에서 보다 빨리 백하를 만나고자 함에 목적이 있다고 하는 편이 옳았다.

"홀로 남아 연습을 하겠다니, 기특한 제자로군. 내일은 상이라도 주어야겠소. 하여도 상 받을 욕심에 너무 무리는 하지 마시오."

이제야 평소처럼 가볍게 농을 던지는 그를 보며 아리는 대답 대신 조용히 웃어 보였다.

"예, 그러지요. 사위가 아직 어둡습니다. 살펴 가십시오."

"고맙소. 그대도 조심히 돌아가시오."

소류는 그리 대꾸하고는 몸을 돌렸다. 말은 그리하였으나 사실 그녀가 조심할 것은 조금도 없었다. 낙안에 당도한 그날부터 친위대장 무흔에게 그녀의 신변을 보호하라 단단히 일러두었으니까. 아울러 그녀의 일거수일투족을 감시하라는 명령 또한 그는 잊지 않았다.

공은 공, 사는 사……. 감정이라는 것은 오롯이 자신만의 것일 뿐이다. 천지가 뒤바뀌고 세상이 뒤엎어지지 않는 한, 그녀는 적국의 황후, 자신은 적국의 왕이었다. 볼모로서든, 황룡의 인의 주인으로서든, 어느 쪽이 이유가 됐건 그녀를 파안 황제의 손에 넘겨줄 수는 없다는 결론에는 변함이 없었다. 그러니 사사로운 감정으로 그녀에 대한 감시를 느슨히 할 수는 없는 노릇이다.

자신을 바라보며 서 있는 그녀를 뒤로한 채 소류는 뒤돌아서 호수를 따라 걷기 시작했다. 아직도 어둠이 완전히 걷히지 않아 사위가 어슴푸레했다. 마치 자신의 마음처럼. 보일 듯하면서도 보이지 않고, 알 듯하면서도 도저히 알 수 없는…….

달라지는 것은 아무것도 없다고, 예정대로 혼례를 올릴 터이니 염려할 것 하나 없다고 진에게 보란 듯 큰소리를 쳐 놓고서는, 이제 고작 착의례(着衣禮)를 치르는 것일 뿐인데도 마음이 복잡하고 어지러웠다.

착의례란 혼례일 나흘 전 잡귀가 들지 않는다는 진시(辰時: 오전 7시~9시)에 마지막 점검차 혼례복을 입어 보는 아라하만의 전통 예식이었다. 혼례복을 갖추어 입고 혼례를 치르는 장소를 중심으로 사방(四方)을 한 바퀴 돌면 예식은 끝이 나는 것으로, 예로부터 착의례를 경건히 마치면 사방의 맑은 기운을 얻어 부부의 금슬이 좋아지고 많은 자식들을 보며 장수한다고 믿었다.

혼례일 나흘 전, 그러니까 오늘이 바로 그 착의례가 있는 날이었다.

그녀와는 어찌하여도 아니 된다는 것을 스스로 뼈저리게 알고 있어서일까. 하루하루 혼례일이 다가오는 것을 똑똑히 인지하면서도 생각보다 덤덤하게 그것을 받아들일 수 있었던 그였다. 스스로도 그런 자신이 대견하고 놀라울 만큼. 지금 당장 아이혜와 혼례를 올린다 해도 아무렇지 않을 수 있을 것 같은 기분이 들 만큼 말이다.

한데, 아니다. 그것은 자만이고 과신이었다.

혼례식도 아니고 고작 착의례 당일이 되었을 뿐이었다. 그런데 이제야 실감이 나기 시작했다.

새벽녘 잠에서 깨어 눈을 뜬 그 순간부터, 아니, 사실대로 이야기하자면 어젯밤 거의 잠을 설쳤을 정도로 심란하고 마음이 뒤숭숭했다. 검술 훈련 내내 그녀의 눈동자를 바로 볼 수가 없었다. 제대로 된 검술 지도는커녕 검을 꺼내고 집어넣을 때조차도 생각은 온통 다른 곳에 가 있었다. 아마 그녀는 느끼지 못하였을 테지만.

"하아……."

소류는 훈련 내내 참고 참았던 묵직한 한숨을 터뜨렸다. 뭔지도 모를 이 갑갑함에 가슴이 터져 버릴 것만 같았다. 내려놓을 수만 있다면 모든 것을 내려놓고 싶은 마음이 간절했다.

하지만, 그럴 수 없다는 것을 잘 알고 있었다. 자신의 결정으로 비롯될 그 모든 일들을 감내하여야 할 사람은 바로 자신이라는 것 또한…….

정답이 없는 문제에 그가 알고 있는 가장 최선의 답을 내놓았다. 의문도, 망설임도, 후회도, 그에 따른 어떠한 회의나 의구심도 더는 품어서는 안 된다는 사실을 그는 누구보다도 잘 알고 있었다.

그에게 있어 오늘은, 그러한 사실들이 유난히 가슴을 헤집는 가혹한 날이 될 것임에 틀림없었다.

호수를 따라 걷던 그의 모습이 어슴푸레한 어둠에 묻혀 완전히 보이지 않는다. 아마 밝은 대낮이었다면 저 멀리 어딘가를 걷는 그의 모습이 희미하게나마 보였겠지만, 동이 트기 전이라 주변의 모든 사물들이 어둠에 휘감겨 제 모습을 완전히 드러내지 않고 있었다.

그러나 그리 보이는 자신의 시야와 무예가 특출한 그의 시야는 분명 다를 것이다. 아리는 일단 그에게 말해 둔 대로 검술 연습을 하는 척하며 조심스럽게 주변을 둘러보았다.

새벽녘의 정갈한 기운 때문인지 물 냄새, 풀 냄새, 나무 냄새가 한데 뒤섞여 상쾌하게 코끝을 자극했다. 매일 새벽녘 그에게 검술 훈련을 받는 이곳은 내성의 동문과 북문 사이에 위치한 가림호(嘉琳湖) 옆 후미진 공터였는데, 호수의 주변에는 숲이 울창하게 우거져 있었다.

아리는 검을 휘두르다 말고 문득 눈앞에 펼쳐진 어둑한 숲을 뚫어지게 바라보았다. 조금씩 동이 터 오는지 서서히 제 푸른 몸체를 드러내는 무성한 수목들을 바라보는 그녀의 눈동자가 아련하게 잠겨 들었다.

낙안에 온 이후로 매일같이 보아 온 숲이지만, 떠오르는 추억들은 매번 새로웠다. 그녀는 이 숲을 아주 잘 알고 있었다.

아리의 부친은 몇 해 전 아라하와의 전투에서 전사한 선대 낙안성주와 꽤 각별하고 두터운 친분이 있었다. 그녀가 열두 살 되던 해 부친이 공무를 보러 낙안에 석 달쯤 머문 일이 있었는데, 딸자식을 애지중지하기로 소문난 그답게 그는 당연한 듯 이곳에 아리를 데리고 왔었다.

선대 낙안성주는 슬하에 딸 셋과 아들 둘을 두었다. 그중 첫째 딸이 아리와 고작 세 살 차이였으니 고만고만한 나이의 아이들과 어울려 다니며 뛰노느라

신이 난 아리에게는 당시 이곳 낙안성이 둘도 없는 지상낙원이었음은 두말할 필요도 없었다.

너무나 당연하게도 내성 안 구석구석 성주의 아이들과 그녀의 발걸음이 닿지 않은 곳이 없었고, 특히나 무언가 대단히 비밀스러운 것이 숨겨져 있을 것만 같은 호수 옆의 이 우거진 수풀은 아이들에게는 두려움과 동시에 호기심의 대상이 되기에 충분했다.

모두가 손에 손을 붙잡고 수풀 속을 조심스레 헤쳐 나가며 미지의 장소를 탐색하는 일에 몰두하던 기억은 아직까지도 어제 일처럼 생생하게 남아 있었다. 꽤 널따란 수풀이어서 지금 생각해 보면 단 한 번도, 또한 단 한 사람도 길을 잃어 본 적이 없다는 사실이 놀라울 정도였다.

그렇게 숲속을 헤매고 다닌 지 닷새 정도 지나 수풀의 한가운데쯤으로 짐작되는 곳에서 작은 동굴 하나를 발견했다. 인적이라고는 조금도 찾아볼 수 없는 삭막하고 괴기스러운 느낌의 동굴이었는데, 발견 당시의 그 소름 끼치던 느낌이 무색하게도 그곳은 곧 그들의 은신처로 쓰이게 되었다.

그로부터 열흘쯤이 지나서는 수풀의 오른편 끝, 그러니까 성벽과 수풀이 만나는 곳에서 작은 건물 하나를 발견했다. 창고처럼 보이는 한 칸짜리 단층 건물이었는데, 건물 한편의 좁은 벽으로 나 있는 문은 건물의 생김새와는 달리 꽤 견고해 보이는 철문이었다.

아리는 그곳을 기억하고 있었다. 얼마 후 부친과 누군가의 대화를 우연찮게 엿듣고 알게 된 그곳에 대한 비밀까지도 그녀는 어렵지 않게 기억해 냈다.

그곳은 성이 처음 지어질 당시 위급한 상황이 발생하면 피신 용도로 쓰기 위해 만들어 놓은 성 밖으로 통하는 비밀 통로였다. 그리고 그러한 성격의 기밀이라면 그것은 오로지 성주만의 것이라 하기에는 무리가 있었다. 모르면 몰라도 아마 황제의 최측근인 백하라면, 응당 그곳에 대해 알고 있을 것이다.

그에게 묻고 싶은 것이 많았다. 스치듯 지나치며 나누는 대화로는 성에 차지 않을 만큼.

아리는 다시 한번 주위를 살피고는 서 있던 자리에 쪼그려 앉았다. 너무 어두워도 곤란하지만 완전히 동이 트기 전에 움직이는 편이 좋을 것이다. 아마도 백하는 지금 이 순간에조차 분명 어디선가 자신을 주시하고 있으리라. 그리 확신하며 주위의 돌멩이 하나를 집어 든 그녀는 흙바닥에 커다랗게 글씨를 적었다.

「좌우상하입출(左右上下入出), 좌우중우우좌(左右中右右左)」

윗줄을 두 자씩 묶어 각각 '좌(좌우)', '중(상하)', '우(입출)'로 나눈 후, 아랫줄의 좌우, 중우, 우좌에 해당하는 글자만을 뽑으면 우(右), 하(下), 입(入)이 된다. 즉, '우(右: 숲의 오른편)', '하(下: 지하로 내려가는)', '입(入: 입구)'이 되는 것이다. 복잡한 듯 보이나 암호에 능한 사람에게라면 전혀 복잡하게 느껴지지 않을 단순한 암호다. 백하라면 분명 손쉽게 알아차릴 수 있을 것이다.

반쯤 동이 터 바닥에 쓰인 글자 위로 길게 드리운 자신의 그림자를 말없이 바라보던 아리는 몸을 일으켜 수풀 속으로 뛰어들었다.

그리고 그녀가 수풀 속으로 완전히 사라지고 난 후 또 다른 그림자가 그곳에 드리워졌다. 그녀가 사라져 간 방향을 조용히 응시하던 검은 인영이 바닥에 적힌 글자로 가만히 시선을 가져갔다.

"이제야…… 돌아갈 생각이신 겁니까."

침잠한 목소리가 적막한 사위에 씁쓸히 울렸다. 뒤이은 묵직한 한숨 소리가 끝 모를 저 밑바닥까지 하염없이 내려앉고 있었다.

'그러나 너무 늦었습니다…….'

우두커니 선 채 한참 글자를 내려다보던 백하는 곧 그녀가 사라진 방향의 수풀 속으로 민첩하게 몸을 날렸다. 늦었는지, 늦지 않았는지는 감히 자신이 판단할 문제는 아니었다. 그러나 모든 정황이 불리하게 돌아가고 있다는 사실만은 그도 알 수 있었다.

그는 불필요한 상념들을 떨쳐 내려는 듯 숨을 깊게 들이쉬고는 기를 감춘 채 수풀 속을 빠르게 내달렸다. 그녀의 뒤를 따라붙고 있는 자의 존재가 거슬렸지만, 또한 그자 역시 분명 저의 존재를 깨닫고 있을 터였지만 지금 당장은 크게 문제 될 것이 없었다. 그자가 신경 써야 할 것은 하나가 아닌 둘이니 그런 자를 따돌리는 것은 어렵지 않았다.

다만, 이 순간 백하가 고민하고 있는 것은 따로 있었다. 폐하께서 사절단으로 위장한 채 낙안으로 오고 있다는 사실을 과연 폐하의 명령대로 비밀에 부쳐야 하는 것인지, 아니면 지금에라도 그녀에게 알려 황제의 행보를 멈추게 하여야 하는 것인지, 지금 그의 머릿속에는 온통 그 하나의 생각뿐이었다.

그러나 백하의 그러한 고민은 오래가지 않았다.

휘아—! 휘이아—!

동이 튼 창공 위로 날카로운 음률이 울려 퍼졌다. 백하는 소리의 근원을 찾아 하늘을 향해 고개를 들었다.

빙그르르 한 바퀴 돌며 땅으로 내려올 준비를 하는 매의 움직임이 어딘지 분명 낯이 익었다. 매의 울음소리야 다 거기서 거기겠지만, 유독 귀에 익은 울음소리는 황제의 전서응인 청뢰(靑雷)의 것이 분명했다.

'벌써 당도하신 것인가…….'

매의 존재를 확인한 그의 낯빛이 급속도로 굳어졌다. 굳이 골몰히 생각해 보지 않아도, 이는 너무도 무모한 짓이다.

'무엇이 그리도 급하셨습니까, 폐하……. 소신을 믿고 조금 더 기다려 주실 수는 없으셨던 겁니까.'

칠흑 같은 두 눈동자에 찰나 희미한 원망의 빛이 스쳐 지나갔다. 그러나 그뿐이었다.

백하는 못 말린다는 듯 고개를 젓고는 힘차게 땅을 박차 비밀 통로가 있는 곳을 향해 바람처럼 내달리기 시작했다.

수풀을 헤치고 한참을 달려 마침내 지하 통로의 입구에 도착한 아리는 건물에 들어가기에 앞서 잠시 흐트러진 숨을 골랐다. 어린 시절 이곳에 머무는 동안 지겹게 보아 왔던 낡은 건물은 생각보다도 훨씬 더 크기가 작고 높이 또한 낮은 아담한 건물이었다.

어느 정도 호흡이 진정된 듯하자 아리는 건물의 철문을 향해 조심스레 손을 뻗었다. 그녀의 키 정도 되는 높이의 철문은 견고해 보였지만 그 외양은 특이할 것이 없었다. 용도를 모르는 채로 눈에 보이는 대로만 판단한다면 그저 작은 창고 같은 그런 느낌이랄까.

끼기긱—

문이 열리는 소리가 기괴하게 사위를 울렸지만, 인적 없는 곳이라 주변을 의식할 필요가 없어서인지 크게 거슬리지는 않았다.

열린 문틈으로 조금씩 빛이 새어 들어가며 건물의 내부를 희미하게 비췄다. 그 한가운데에 우두커니 서 있는 검은 인영이 백하가 틀림없다고 확신하면서도 소스라치게 놀란 아리는 저도 모르게 내지르려던 비명을 겨우 목구멍 안으로 집어삼키며 자신을 향해 돌아서는 사내의 얼굴을 빠르게 훑어 내렸다.

"백하, 그대입니까?"

"예, 마마. 놀라셨다면 죄송합니다."

저도 모르게 한숨을 내쉰 그녀는 그를 조용히 응시했다.

"됐습니다. 그보다……."

무엇부터 물어야 할까. 아리는 잠시 말을 멈춘 채 차근히 생각을 정리했다. 이미 수차례 떠올려 본 것들임에도 막상 백하를 만나고 보니 무엇부터 물어야 할지 선뜻 떠오르지가 않았다.

아리는 미간을 좁힌 채 컴컴한 어둠 속으로 한 걸음 내디뎌 안으로 들어섰다. 그래, 우선은 따질 것을 따져 물어야겠다. 조금 전 아라하의 왕에게 들었던 난데없는 사실의 전말이 무척이나 궁금했다.

그녀가 철문을 닫자 '치익' 하는 소리가 들려옴과 동시에 칠흑 같던 실내가 어슴푸레한 빛을 머금었다. 그제야 똑똑히 보이는 백하의 얼굴에 다시금 안도하고 있는 자신을 느끼며, 그녀는 차분한 얼굴로 거두절미하고 본론부터 꺼내 들었다.

"폐하께서 휴전을 요청하셨더군요. 대체 어째서 그 같은 사실을 내게 이야기해 주지 않은 것입니까, 백하."

그녀의 책망 섞인 말에 그가 송구한 듯 고개를 숙였다.

"송구합니다, 마마. 폐하의 당부가 계셨기에 저도 어쩔 수 없었습니다."

"폐하의 당부라고요? 어찌 그런 당부를 하신단 말입니까. 나랏일입니다. 황후로서 응당 알아야 할 나라의 큰일이란 말입니다. 하! 참으로 폐하다우십니다. 내게는 그만한 자격도 없다, 폐하께서는 필시 이 뜻을 내게 전하고 싶으셨던 것이겠지요."

냉기가 뚝뚝 떨어지는 차가운 목소리로 역정을 쏟아 내는 아리의 말에 난감해진 백하가 어찌 그녀의 오해를 풀어야 할지 전전긍긍하며 있는 대로 진땀을 뺐다.

"오해는 말아 주십시오. 폐하께서는 마마를 염려하셔서 그리하신 것입니다."

"염려라고요? 그 같은 염려 두 번만 더 했다가는 사람을 아예 바보 천치로 만들고도 남으실 분이로군요."

"마마. 폐하께서는……."

"그대가 애쓸 것 없어요, 백하. 폐하께서 그런 분이시라는 건 내 이미 진즉부터 알고 있는 사실이니까."

백하는 터져 나오려는 한숨을 겨우 삼키며 얼굴을 흐렸다. 두 사람 사이에 골이 깊다는 사실을 모르지 않는 백하였지만, 그렇기에 더욱 안타까웠다. 제 눈에는 훤히 들여다보이는 둘의 진심이 당사자인 바로 그 두 사람의 눈에만 보이지 않는 듯해서 그 사실이 못내 안쓰럽기만 했다.

티격태격하며 서로 다투고 부딪치는 일은 잦았지만, 만약 10년 전의 그 일이 없었더라면 두 사람이 이리 지독하게 마음을 닫아건 채로 서로에게서 등을 돌리는 일은 없었을 터였다.

아무것도 할 수 없는 무력한 상황에서, 제 아내가 끔찍한 일을 당하는 것을 그저 지켜보고 있을 수밖에 없었던 사내의 심정이 어떠했을까.

그날 바로 그 자리에 함께 있었던 백하로서는, 단유 황자가 병사들을 이끌고 은현궁을 유린하며 천연(天緣)을 거스르던 그때, 겨우 은신해 있던 수풀 밖으로 막무가내로 뛰쳐나가려는 단휘를 자함과 함께 온몸으로 필사적으로 막을 수밖에 없었던 그 백하로서는, 황제와 황후 두 사람 모두에게 명백한 죄인일 수밖에 없었다. 그를 말리지 않았다면 아마 그는 그날 열이면 열, 백이면 백 제 형에게 목숨을 잃었을 것이다.

단유 황자가 은현궁 밖으로 끌고 나온 그녀를 마당 한복판에 쓰러뜨리고 나서 어떤 짓을 자행할 것인지는, 담벼락 아래 수풀에 몸을 숨긴 채 마당을 무력하게 지켜보던 이들 모두가 천치가 아닌 다음에야 번연히 짐작할 수 있는 사실이었다.

주군의 목숨이 절체절명의 위기에 놓여 있던 당시의 상황에서는 그 정도 일쯤은 그저 아무것도 아닌 일로만 느껴졌었다. 목숨이 왔다 갔다 하는 일촉즉발의 상황에서 목숨을 지키는 것보다 더 중요한 일이 있었을 리 만무했으니까.

적어도, 단유 황자가 그녀를 죽일 리는 없었다. 제 아우와 혼례를 올린 후에도 그리도 애틋하게 연모의 정을 품어 오던 여인이니 잠시 눈이 뒤집혀 짐승처럼 그녀를 욕보일 수는 있을지언정 차마 죽이지는 못할 것이란 사실을 백하와 자함 그리고 당시 그곳에 있던 모든 이들이 알고 있었다.

물론 그러한 사실이 면죄의 구실은 될 수 없을 테지만, 그녀가 적어도 목숨만큼은 부지할 수 있으리란 사실이 당시의 그들에게는 작은 위안이나마 되어 주었음을 부인할 수는 없었다. 그때 그리 위안 삼았다는 것조차 지금은 그녀에게 추호도 용서받지 못할 씻을 수 없는 죄로 백하 자신에게 남아 있지만 말이다.

신분의 격차라는 이유도 물론 없지 않겠지만, 그녀 앞에서는 의식하지 않아도 절로 고개가 숙여졌다. 그는 그녀에게만큼은 명백한 죄인이었다.

백하는 씁쓸히 떠오르는 참담한 기억의 잔상들을 몰아내며 그녀 앞에 깍듯이 부복했다. 그들 부부 사이에 앙금처럼 남은 미움과 원망을 조금이나마 덜어 내 줄 수만 있다면 얼마나 좋을까. 정말이지, 두 분 모두를 뵐 낯이 없었다.

"쉽지 않으실 것이라는 걸 압니다. 하오나 마마, 부디 폐하의 진심을 헤아려 주십시오."

"어떤 진심 말인가요. 진심이라는 것이 어디 있기는 한 분이셨던가요, 그분이?"

아리는 코웃음을 치며 냉랭한 목소리로 쏘아붙였다. 괜한 투정이라는 것을 안다. 정작 당사자인 누군가에게는 조금도 내비치지 못할 괜한 불평, 괜한 어리광이라는 것을. 적어도 제 앞에 죄인처럼 고개 숙이고 있는 이 사내가, 저의 모든 것을 알아 이해하고 감싸 주려 하는 몇 안 되는 이들 가운데 하나라는 것쯤 그녀도 모르지 않았다.

"폐하께서 그대의 반만, 아니 반의반만이라도 닮으셨더라면 이리는 되지 않았겠지요. 그러니 그대가 애쓸 것 없습니다. 내게 죄책감을 느낄 필요도 없어요. 지난 10년간 그대가 내게 보인 모든 행동들로 나는 이미 그대를 용서했으니까."

그녀의 의연함에 그의 고개가 땅에 떨어질 듯 더욱 깊이 숙여졌다.

"그런 말씀 마십시오. 죽는 날까지, 아니 죽어서도 저는 마마께 죄인입니다. 어찌 그리 쉬이 용서하겠다 하십니까. 차라리 평생, 눈감는 그 순간까지 저를 원망하십시오. 하오나 마마, 폐하께는 그리하시면 아니 되십니다. 폐하께 죄가 있다면 그 모두가 저로 인한 것입니다. 그러니 제가 그분의 죄 또한 대신 지고 갈 수 있도록 허락하여 주십시오."

"……."

아리는 진심 가득한 사내의 말을 묵묵히 들으며 물끄러미 그를 응시했다. 만일 그리해 주겠다 하면 그 대가로 목숨이라도 기꺼이 내놓을 사내다. 대체 그의 어디에 이런 인덕이 있는 것일까. 알다가도 모를 일이다.

백하가 안타까운 듯 고개를 들어 그녀를 보았다.

"마마. 폐하의 진심을 단 한 번만이라도 바로 보아 주실 수는 없으신 겁니까."

죄스러워 차마 마주칠 수도 없었던 안타까움을 가득 담은 두 눈동자가 이 순간만큼은 그녀를 향해 올곧게 날아들었다.

어찌하면 이분의 마음을 조금이나마 누그러뜨릴 수 있을까. 그녀 안에 자리

잡은 단단한 마음의 벽과 또다시 마주하게 되자 백하의 안타까움은 더욱 커져만 갔다. 어찌하여 이리 어긋나야만 하는 것인가, 두 분께서는……

"휴전 사실을 알리지 않은 건 마마께 자격이 없다 여기셔서가 아닙니다. 폐하께서는 전쟁으로 인한 어떠한 짐도 마마의 어깨에 지우고 싶지 않다 하셨습니다. 혹여 폐하께서 아라하에 휴전을 요청한 것이 이곳에 계신 마마의 탓이라 자책하지는 않으실까, 그것을 염려하셔서 그런 당부를 내리신 것입니다. 그것이 그분의 진심입니다. 어찌하면 그것을 믿어 주시겠습니까."

"……"

어두워 잘 보이진 않았지만 순간 그녀의 눈동자가 조금은 흔들린 것 같다고 백하는 생각했다.

잠시 허공을 응시하며 침묵을 지키던 그녀가 곧 나직한 한숨을 내쉬며 입을 열었다.

"그분께서…… 그리 말씀하시던가요."

"예, 마마. 원하신다면 폐하께서 제게 보내신 서찰을 보여 드릴 수도 있습니다."

"아니요. 되었습니다. 그럴 필요는 없어요."

아리는 일언지하에 말을 잘랐다. 부질없는 일임을 백하 역시 모르지 않을 터였다.

"그것이 사실이라 한들 이제 와 달라질 것이 무엇입니까. 평생을 씻을 수 없는 과거에 매인 채로…… 폐하와 나는 죽는 날까지 서로에게 고통과 상처밖에는 줄 수 없는 사람들인 것을요."

또한 백하의 충정을 모르는 바 아니나, 그가 애쓴다 하여 해결될 문제가 아니었다.

정작 저를 찾아와 무릎이라도 꿇고 애원해야 할 사람은 따로 있질 않던가.

그러나 자신이 10년을 넘게 알고 있는 그는, 그 주단휘라는 사내는, 죽어도 그리는 못 할 위인이라는 것을 안다. 노력하고 또 노력해도 되지 않는 것이 있다. 스물일곱 해를 살아오면서 다른 건 몰라도 이것만큼은 단언할 수 있었다.

사람의 천성이라는 것은, 절대로 변하지 않는다.

"날 설득할 생각일랑 말아요. 내가 그대를 만나고자 한 이유는 이런 이야기나 나누자는 것이 아니었습니다. 황실의 사정이 어떠한지를 묻기 위해서였지요. 나 때문이 아니라면 폐하께서 휴전을 감행하신 데는 필시 황실에 어떤 변고가 생겼다는 뜻이 아닙니까. 백하, 그대가 알고 있는 모두를 내게 소상히 알려 주세요. 지금 도대체 황실이 어찌 돌아가고 있는 것입니까. 혹 나로 인해 어떤 불미한 일이 생기기라도 한 것입니까."

감히 제가 무엇이라 그녀의 마음을 돌려놓을 수 있단 말인가. 폐하께서도 하시지 못한 일을, 한낱 그의 수족일 뿐인 자신이. 백하의 입가에 자조적인 웃음이 씁쓸히 번졌다.

어슴푸레한 등불이 만들어 낸 두 사람의 음영이 벽을 타고 위태롭게 흔들렸다. 백하는 그녀를 설득하려던 마음을 접고 순순히 그녀의 질문에 답했다.

"불미한 일이 없지는 않습니다."

"소상히 말을 해 보세요."

"태제 저하와 장왕 두 분께서 세를 모으기 시작하셨습니다. 이미 조정의 반이상이 그들에게 넘어간 줄로 압니다. 흉흉한 소문이 나돌아 민심도 형제분들에게로 완전히 돌아섰다 들었습니다. 게다가 폐하께서도 궁을 비운 지 오래이시니……."

"……."

"황궁에 남은 사혼단사들의 보고로는 태제 쪽 인사들이 아예 도성 안에서 활개를 치고 있다더군요. 도성의 병권이야 물론 대장군의 손안에 있는 것이긴 합니다만, 병력의 반이 해주에 집결해 있는 데다 대장군까지 해주에서 전쟁에 대비하고 있으니 도성은 완전히 비어 있는 것이나 다름없습니다. 아마……."

엄청난 사실들을 덤덤한 어조로 내뱉던 백하가 뒤이어 말할 어떤 사실의 중압감에 무거운 한숨을 토해 내고는 마저 말을 이었다.

"아마…… 내란이 일어날지도 모르겠습니다."

"내란이라니 대체 지금……."

그 끔찍한 일이 또다시 되풀이되려 하고 있다고, 백하는 그리 말하고 있었다.

10년. 정확히 10년 전이다. 일 황자 단유가 황위 찬탈을 노리고 반란을 일으킨 것은. 하지만 그것은 사정을 모르는 세인들의 입으로만 전해지는 멋모르는 이야기들일 뿐이었다.

그, 단유라는 사내는 황위나 권력, 그리고 그 모든 세속적인 것들에는 일절 아무런 뜻이 없는 청렴한 사람이었다. 그러한 사실은 그녀뿐 아니라 주단유를 아는 모든 이들, 그러니까 친형제인 태제와 장왕, 사혼단주 백하와 대장군 자함, 그리고 주단유를 모시던 이들 모두와 마지막으로…… 그를 동경하던 이복 아우 주단휘까지, 모두가 의심치 않는 사실이었다. 10년 전 그런 그가 반미치광이가 되어 일으킨 반란은 황위가 아닌 다른 것에 목적이 있었다는 사실 또한…….

"죽은 형의 복수를 하려는 것이 아니겠습니까. 폐하의 수족인 자로서 이런 말씀은 송구스럽습니다만, 그들을 나쁘다고만 할 수도 없으니 마음이 답답할 뿐입니다."

백하의 말에 아리가 애써 무덤덤한 표정을 지으며 가만히 고개를 가로저었다.

"……폐하께서 자초하신 일인 것을요."

반미치광이 황자가 일으킨 반란의 목적은 황위도, 권력도, 재물도 아니었다. 오로지 '진아리'라는 여인 하나에 있었을 뿐.

황가와 진씨 세가 흑무문, 두 가문 사이에 처음 오갔던 그 혼담대로 자신이 태자비가 아니라 일 황자비의 신분으로 궁에 입궁하였더라면, 이리 마음이 어긋나고 이지러지는 일 없이 모두가 자신들 본연의 자리에서 아픔 없이 고통 없이 행복할 수 있었을까.

그리되어 살아 보기 전에는 단언하긴 어렵겠지만, 적어도…… 지금보다는 행복할 수 있지 않았을까.

저도 모르게 탄식 같은 한숨이 흘러나왔다. 오랜 시간 가슴속 깊은 곳에 꼭꼭 묻어 두었던 설움들이 더는 안 되겠다고 아우성을 치며 목구멍 밖으로 북받쳐 오를 것만 같았다. 아리는 두 손에 얼굴을 묻었다. 이 순간 누구를 원망해야 할지 그조차 알 수 없어 그것이 비수가 되어 심장을 모질게 베어 냈다. 억눌렀던 울음이 가슴 가득히 차올랐다.

10년의 세월이었다. 이리 오래도록 참아 왔으니 이제 와 이 참담한 감정들이 맥없이 터져 버린다면 감당하기 힘들 것이다. 속절없이 무너지고 말리라. 더는 버텨 낼 수 없을 만큼…….

아리는 터져 나오려는 울음을 삼키며 이를 악물었다. 매끄럽지 못한 숨이 거친 소리를 내며 고요한 공기를 미미하게 흔들어 댔다.

"마마……?"

간헐적으로 들려오는 거칠고 불규칙한 호흡 소리에, 여전히 그녀의 발치에 부복해 있던 백하가 놀라 황급히 고개를 들었다. 잔뜩 숨죽인 그녀의 호흡만으로도 그녀가 어떤 상태인지를 충분히 짐작할 수 있었기 때문이었다.

그녀의 얼굴을 조심스럽게 살피던 백하의 두 눈이 그예 낭패감과 자책감에 괴롭게 일그러졌다.

"마마. 소신이 주제넘은 소리를 지껄였습니다. 용서하십시오."

자책하는 그를 향해 아리는 가만히 고개를 저었다.

"서로가 뻔히 알면서도 내 눈치를 살피며 뒤에서 쉬쉬하는 것보다는 그편이 백배 천배 낫습니다. 차라리 그리 대해 주는 것이 훨씬 덜 비참한 기분이 드니 말입니다. 그러니 그대의 말대로 용서하지요. 단, 이번뿐이에요. 10년이 아니라 100년이 흐른다 해도 내게는 여전히 괴로운 기억임을 그대도 잘 알 테니까."

그리 말하며 아리는 초연히 웃었다. 그녀의 담담한 태도에 백하는 마음이 숙연해지는 것을 느꼈다. 하여간 이상하신 분. 철이 없다 여겨지다가도 어느새 한 세상 다 살아 깨달음을 얻은 듯한 득도한 노인 같은 얼굴을 하고 있다. 그만큼 고통과 상처가 크셨던 것이겠지만.

차라리 그녀가 한마디 원망이라도 모질게 뱉어 내 주었더라면, 티끌만큼의 죄나마 덜어 낼 수 있지 않았을까. 조금이나마 이 무거운 마음의 빚을 내려놓을 수도 있지 않았을까.

아니, 아니다. 저의 얄팍한 마음에 백하는 실소를 머금었다. 고작 그러한 것으로 덜어 낼 수 있는 죄가 아니질 않은가.

저의 이 끝도 없는 고뇌를 아는지 모르는지, 그녀는 어느새 처음의 무표정한 얼굴로 되돌아가 다시금 심각하게 입을 열었다.

"폐하께서는 태제와 장왕의 일을 알고 계십니까?"

"예, 마마. 모두 알고 계십니다."

"그리 알고 계시면서도 대체 폐하께서는 어찌하여 궁을 비우셨단 말입니까. 정녕 제정신이 아니신 게로군요. 게다가 대장군까지 도성을 비웠다고요? 하, 정말 기가 막힐 노릇입니다."

아리의 말에 백하는 침묵한 채 속으로 씁쓸히 되뇌었다.

'그것이 누구 때문이라는 것을 아시면 아마 더 기가 막히실 겁니다.'

아라하와의 전쟁이 발발한 것은 누구의 책임도 아닌 불가항력적으로 일어난 일이었지만, 황실의 일이라면 분명 얘기가 달랐다. 언제고 불어닥칠 일이었을지는 몰라도, 지금의 책임이 그녀에게 있다는 사실을 부정할 수 있는 이는 아마 단 한 사람도 없으리라. 심지어 그런 그녀를 감싸기 위해 온 신경을 쏟고 있는 그 단휘조차도. 모든 일들이 황후의 부재로 인해 벌어진 일들이 분명함에는 뭐라 한마디 반박할 여지조차 없는 것이다.

그러나 그러한 사실을 그녀에게는 말하지 않을 생각이었다. 그 역시 단휘가 몇 번이고 자신에게 당부한 일이기도 했고, 백하 역시 그럴 마음이 전혀 없었다.

"폐하께서는 환궁을 하시고자 나흘 전 해주를 떠나셨습니다. 폐하께서 궁으로 돌아가시면 그들도 아마 당분간은 잠잠해질 것입니다. 다행히 아라하의 왕이 휴전 제의를 받아들인 덕에 대장군께서도 며칠 내로 도성으로 떠나실 듯하니 큰 문제는 없을 겁니다. 혹여 내란이 일어난다 해도 반드시 진압될 것이니 마마께서는 크게 우려치 마십시오. 그보다…….".

실컷 우려스러운 소식들을 전해 놓고는, 크게 우려치 말라니. 심보 한번 참으로 고약하다 여기며 아리는 쌜쭉해진 얼굴로 무언가 다른 할 말이 있는 듯한 그를 빤히 응시했다.

"또 무엇입니까. 혹 다른 문제가 더 있는 건가요?"

"아닙니다, 마마. 마마의 호위 무사와 장 상궁을 무사히 구하였다는 말씀을 전해 드리려던 참이었습니다."

"유와와 장 상궁을요? 그것이 정말입니까?"

"예, 두 사람 모두 무탈하다고 합니다. 하온데 그가 마마께 가야 한다며 막무가내로 고집을 피워 그와는 도중에 헤어졌다고 하더군요. 장 상궁은 사혼단 사들이 궁까지 안전히 데려갈 것이니 안심하셔도 됩니다, 마마."

"다행이군요. 하지만…… 유와가 또 위험해지겠군요."

심려 가득한 얼굴로 침울하게 중얼거린 아리의 말에 백하가 의미심장한 눈빛으로 조용히 그녀를 응시했다.

"마마께서 이제라도 궁으로 돌아가신다면, 그가 위험해질 일은 없겠지요."

그리 쐐기를 박는다. 굳이 그리 말하지 않아도, 이제는 돌아가야 할 때라는 것을 알고 있건만…….

차라리 적국의 볼모라는 한심한 처지가 되어서까지도 지우고 싶고 버리고만 싶었던 파안의 황후라는 그 본연의 책무를, 더는 모른 척할 수 없음을 이제는 인정할 수밖에 없으리라. 유와와 장 상궁의 문제가 해결된 것을 안 지금, 더는 궁핍한 핑계조차 남아 있지 않음을 모르지 않는다.

"……."

어찌하여도 아니 될 인연 아닌 인연에, 더 의미를 두어 무엇 할까…….

"……더는 거절할 수가 없겠군요."

헛되고도 위험천만하며, 그럼에도 깨고 싶지 않았던 단꿈을 꾸었다.

"좋습니다. 돌아가겠어요. 모든 준비는 백하 그대에게 맡기겠습니다."

그러니, 그것으로 되었다.

그래……. 그것이면 된 것이다.

□ ■ □

아라하와 설유의 병사들이 시선을 두는 곳마다 진을 치고 있다는 사실만 빼면, 낙안은 얼마 전 단휘가 이곳에 머물 때와 크게 달라진 것이 없었다. 도성에 버금가는 곳이라는 그 칭송답게 견고하게 쌓아 올린 성벽과 넘치는 풍요로움, 그것이 도리어 매섭게 벼리어진 칼날이 되어 그를 겨누게 될 줄은 꿈에도 몰랐지만…….

성문 안으로 들어서자 족히 수백은 되어 보이는 아라하의 병사들이 마치 기다렸다는 듯 사절단을 순식간에 겹겹이 에워쌌다. 주변의 공기를 모두 얼려 버릴 듯한 극도의 긴장감이 사위를 온통 점령한 가운데, 잠시 후 병사들의 포위망 한쪽이 좌우로 서서히 갈라지고 그 사이로 한 사내가 호기롭게 걸어왔다. 사절단을 인솔할 이쪽 책임자인 듯싶었다.

사내는 잠시 사절단을 탐색하듯 훑어보더니 나름대로의 판단을 마쳤는지 사절단의 수장인 단휘에게로 곧장 다가와 다소 날 선 어투로 딱딱하게 입을 열었다.

"피차 원치 않을 테니 인사는 생략하겠소. 따라들 오시오. 처소로 안내하겠소."

찬 바람이 이는 듯한 착각이 들 만큼 대차게 돌아서 성큼성큼 걸음을 내딛는 사내를 따라 움직이자 사절단을 향해 겨누어진 창칼들이 물결처럼 일제히 따라 움직이기 시작했다.

병사들에게 포위된 채로 얼마간을 걸어 들어가자 크고 작은 건물들이 하나둘 모습을 드러냈다. 사내는 몇 채의 건물을 그대로 지나쳐 한 건물 앞에 다다른 뒤에야 걸음을 멈춰 서고 사절단을 향해 돌아섰다.

성문과 먼 것은 차치하고라도, 겹겹이 병사들의 처소로 둘러싸여 있는 데다 주변 건물과는 조금도 융화되어 보이지 않는 특이한 외관을 지닌, 언뜻 보아도 눈에 유표히 띄는 건물⋯⋯. 허튼 생각 따위 품지 말라는 무언의 협박쯤 되려나. 당연한 처사이겠지만, 순간 새어 나오는 비릿한 실소를 금치 못한 단휘의 입 끝이 비틀리듯 휘어졌다.

건물 앞에 멈춰 선 사내는 여전히 경계의 눈빛을 늦추지 않은 채 단휘에게 턱짓으로 건물을 가리켜 보이며 더 이상 시간을 끌기도 싫다는 듯 빠르게 말을 내뱉었다.

"바로 이곳이 당신들이 사용할 처소요. 처소를 벗어나는 일이 없도록 모두에게 각별히 일러두는 것이 좋을 거요. 괜한 오해를 빚을 행동들은 삼가는 것이 서로에게 편할 테니까. 그리고 금일은 전하를 알현할 수 없으니 여독이나 풀며 기다리시오. 명일 알현 시간이 정해지는 대로 알려 주겠소."

말을 마치자마자 사내는 휑하니 자리를 떴다. 그가 떠나자마자 병사들이 일사불란하게 움직여 건물 주위를 에워쌌다. 금일은 어째서 알현이 아니 되는 것인지 한마디 꺼내 묻기도 전에 그리 재빨리 그곳을 벗어나는 사내를 표정 없이 바라보던 단휘는 지척에 포진한 감시병들을 쓱 한 번 훑어보고는 뒤에 서 있던 사절단 위이소에게 사절단원들에게 방을 배정해 줄 것을 지시한 후 지체 없이 건물 안으로 들어섰다.

복도를 따라 걷는 그의 뒤를 일곱의 시위가 발소리조차 내지 않은 채 조용히 따랐다. 그는 시위들에게 옆방을 쓰게 하고는 별 고민 없이 첫 번째 방문을 열었다.

기이하다 싶을 정도로 작은 창이 특색이라면 특색이랄까. 그 터무니없이 작은 창 하나를 통해 들어오는 빛만으로는 실내를 밝히기에 턱없이 부족할 만큼 꽤나 널찍한 크기의 방 안⋯⋯. 가구나 장식이 거의 없어 텅 비어 버린 듯한 느낌을 주는 방 한가운데에 놓여 있는 탁자의 형상이 어슴푸레하게 눈에 들어왔다.

단휘는 터벅터벅 그곳으로 걸음을 옮겼다. 탁자 밑에 밀어 넣어져 있던 큼직한 의자를 빼내어 등받이에 깊숙이 몸을 파묻고 나니 그간 쌓였던 피로가 한꺼번에 몰려오는 듯 온몸에 납덩이라도 매단 것처럼 몸이 무겁게 내려앉았다. 그러나 몸의 노곤함과는 달리, 의식은 어느 때보다도 또렷하기만 했다. 그것이 그를 더 지치게 만들고 있었다.

한 손으로 이마를 짚은 채 한참을 미동 없이 앉아 있던 단휘의 어깨가 어느 순간 들썩거리기 시작했다. 그는 저자의 광인처럼 한참을 정신이 나간 듯 킬킬거리며 웃어 댔다. 잔뜩 억눌리고 비틀린 기괴한 웃음소리가 영영 멈추지 않을 듯이 계속해서 목구멍 밖으로 터져 나왔다. 제 몸에 생채기를 내서라도 가라앉히고 싶은 이 더러운 기분을 삭일 수 있는 방법을 달리 찾지 못한 탓이었다. 차라리 웃어 버리기라도 하지 않으면 정말이지 돌아 버릴 것 같을 만큼 기분이 엉망진창으로 들쑤셔져 있는 탓이었다. 어찌 추슬러 볼 엄두조차 나지 않을 만큼…….

"큭, 꼴좋군."

비꼬듯 내뱉는 입 끝이 썼다. 내리깐 시선에 사절단의 관복인 녹색 소맷자락이 어른어른 비쳤다. 그는 짙은 실소를 머금었다. 대국의 황제가 이런 꼴을 하고서 적진에 뛰어들다니. 하물며 그 적진이라는 곳이 얼마 전까지만 해도 대국 황제인 자신의 소유가 틀림없었던 바로 그 낙안임에야. 기막힌 심사야 차치하고라도, 어찌 심기가 뒤틀리지 않을 수 있겠는가.

그러나 애당초 원인 제공을 한 사람이 그녀가 아니라 자신이란 것을 분명히 깨달아 버린 지금이다. 그러한 사실을 스스로조차 부정할 수 없게 되고 보니, 마음속에 들끓던 깊은 원망과 원성들은 고스란히 단휘 자신에게로 되돌아와 그를 비웃고 할퀴었다.

"하아……. 그래, 기왕지사 이리된 일. 사지 육신 멀쩡히 온 것만도 다행이라 여겨야겠지."

그답지 않은 체념이 마음속에 똬리를 틀었다. 원망과 자책이 쓸고 간 자리에는 어느덧 현실과의 타협만이 남아 어쭙잖게 그를 위로하고 있었다.

그래, 지금은 그것만도 천만다행한 일이다. 다른 것에 마음 상해 하는 것조차도 지금으로서는 사치에 지나지 않을 터.

단휘는 탁자에 팔꿈치를 기댄 채 이마를 짚고 있던 손으로 가만히 얼굴을 쓸었다. 쉬지 않고 말을 달려오느라 몇 날을 고생한 훈장이라도 되는 양 그예 까칠하게 일어난 살갗이 거슬려 절로 눈살이 찌푸려졌지만, 짜증스럽게 얼굴을 만지작거리는 손짓과는 달리 그의 머릿속은 이미 다른 생각들로 바쁘게 돌아가고 있었다.

계획한 일이 성공할지 실패할지는 물론 장담할 수 없다. 그러나 결과는 차후의 일, 일단은 아리가 있는 곳을 찾아내는 것이 순서였다. 그렇다면 우선은 성마르게 날뛰는 마음일랑 진정시키고, 지금은 그저 이렇게 가만히 앉아 처소를 안내해 주던 사내의 말마따나 여독이나 풀며 곧 저에게 찾아올 백하를 기다리고 있는 편이 나으리라.

그리 생각을 정리하고 나니, 이번에는 또 다른 고민이 슬쩍 고개를 쳐든다. 해주를 떠나 말을 달려오는 내내 단 한 순간도 머릿속을 떠나지 않던 바로 그 고민……

그녀를, 아리를 만나면…… 무슨 말부터 꺼내야 할까.

"……왜 왔냐고 빈정대면 난 또 무어라 대답해야 하나."

평소 그에게 왕왕거리던 그녀의 모습이 떠오르는데도, 차마 웃어지지는 않는다.

그간의 죄를 심장이 대신 뒤집어쓰기라도 한 것인지, 그녀를 떠올리는 것만으로도 심장이 욱신거려 와 차마 웃어지지가 않는다.

"이리 죽을 각오로 찾아온 사람에게 그리 야박하게 굴지는 않아 주었으면 좋겠는데……. 하기야, 그러는 누구는 10년을 야박하게 굴었지 아마. 이제 다시 그 세월을 두 배, 세 배로 갚아 내고 나면 우리 두 사람 다 쭈그렁바가지가 되어 있겠군."

정말로 그리 늙어져 있다 한들 무에 문제일까…… 한숨인지 웃음인지 모를 공허한 미소가 그의 입가에 짙게 번져 갔다.

"이제 와 무슨 변덕이냐 그리 물으면, 내 물론 할 말은 없겠지만……"

분명히 말할 수 있는 건, 이보다 더 늦어져서는 곤란하니까…….

너무 늦어 어찌 되돌려 볼 시도조차 할 수 없게 되어 버린다면, 정말이지 죽는 그날까지 단 하루도 제 자신을 용서할 수 없을 것 같으니까…….

그러니…….

"그대만, 괜찮다면……"

단휘는 커다란 저의 두 손에 가만히 얼굴을 묻었다. 긴 세월 가슴속에 꾹꾹 내리눌려 있던 간절한 바람이 비로소 어떠한 형태를 띤 채 마음 밖으로 튕겨져 나왔다.

"……그렇게라도 나는…… 다시 시작하고 싶다."

일그러지는 얼굴 위로 안타까운 회한이 만들어 낸 깊은 상처와 괴로움이 차례로 떠올랐다. 하나 그깟 상처나 괴로움 따위가 문제가 아니었다. 증오에 가까웠던 저의 비틀린 애정이 빚은 참혹한 결과임을 인정하고 받아들인다면 그 자신이야 그 어떤 고통이든 감내하지 못할 것도 없었다.

문제는, 자신이 아니라 그녀였다.

그녀에게 무정하고 잔인했던 지난날들이 찰나 주마등처럼 머릿속을 스쳐 지나간다. 털끝만큼도 용서받지 못한다 해도 상관없었다. 그가 염려하고 걱정하는 것은, 치유되지 못한 깊은 상처를 몸과 마음에 낙인처럼 새겨 둔 채 평생을 고통 속에서 살아갈지 모를 그녀, 아리였다.

그는 괴로운 듯 눈을 감았다.

자그마치 10년……. 이리 마음을 꼭꼭 숨겨 두고 서로 등 돌린 채 살아온 그 짧지 않은 세월의 무게가 그의 어깨를 무겁게 짓눌렀다. 감싸 주지 못한 세월이, 보듬어 안아 주지 못한 세월이 그예 무겁게 가슴을 짓눌렀다. 더는 감당할 수조차 없는 그 버거운 무게를 이제는 그만 내려놓고 싶었다. 자존심 따위 때문에 남은 세월을 척지며 살아가기엔, 너무도 커져 버린 이 마음을 이제 더는 어찌해 볼 도리가 없다는 것을 이제는 충분히 깨달았으니까.

그러니 이쯤에서, 그녀와의 어긋난 인연에 그만 종지부를 찍어야만 하리라. 쉽지 않은 일이겠지만, 새로운 시작을 위해서…… 서로에게 상처뿐인 지금의 이 관계를 이제는 어떻게든 끝을 맺어야만 하리라.

시작부터 엉클어진 우리 두 사람의 인연의 실……. 엉망으로 뒤엉킨 실타래를 영영 풀어낼 수 없다면, 과감히 자른 뒤 조각조각 매듭지어 이어 붙여서라도 처음부터 다시 감아 나가면 되리라. 모양은 온전치 못하겠지만, 오랜 시간 온 정성을 쏟아부어 이어 붙인 실뭉치는 온전한 것보다 오히려 더 애틋하고 각별한 마음이 들 것임에 틀림이 없다.

설령 이것이 혼자만의 착각일지라도, 허세 좋은 자만에 지나지 않을 뿐일지라도, 반드시 그러할 것이라 믿고 있는 이 마음만큼은 더 이상 흔들리지 않을 것이다.

그러니, 그대만 괜찮다면…….

그대만 괜찮다고 그리 내게 말해 준다면…….

그렇게라도 나는…….

"……다시…… 시작하고 싶다."

그대와 나, 온전치 못한 우리 두 사람이…… 처음으로 함께, 같은 무언가를 가슴에 품고서…….

잔뜩 갈라진 음성이 전에 없는 간절함을 담은 채 가늘게 떨려 나왔다.

□ ■ □

돌아간다. 황궁으로……. 내가 있어야 할 원래의 내 자리로…….

아리는 저도 모르게 입술을 깨물며 풀숲을 내달리는 걸음에 더욱 속도를 붙였다.

황후 본연의 책무를 더는 모른 척 외면할 수는 없다는 것을 마음으로 머리로 이미 모두 인정해 버린 지금, 황궁으로 돌아가기로 결정한 것은 응당 그리해야만 하는 너무나도 당연한 수순을 밟는 것일 뿐이었다.

돌아가야 할 때라는 것을 깨달아 인정하고 보니, 고집스럽게 적국에 머물고자 했던 지난 두 달간의 치기가 새삼 바보 같고 어리석게만 느껴진다. 하지만 이리 마음이 어지럽고 심란해져 오는 까닭이 자신의 그 같은 치기나 어리석음 때문이라고만 하기엔 무언가 한참 부족한 듯싶었다.

누군가 심장에 바윗덩어리를 올려놓은 것처럼 가슴이 터질 듯이 갑갑해져 오는 이유도, 마음속에 폭풍처럼 휘몰아치는 까닭 모를 허탈감과 상실감의 이유도, 제자리로 돌아간다는 그 당연한 사실 앞에 도무지 무엇으로도 설명이 되지 않는다. 돌아가기로 확고히 결심을 굳힌 지금, 더는 혼란스러워해야 할 이유도, 흔들려야 할 그 무엇도 남아 있지 않건만……

아리는 수풀 속을 거의 뛰다시피 빠르게 걸었다. 기실 그녀가 서두를 필요는 전혀 없었다. 백하는 모든 준비를 마치기까지 하루의 시간이 필요하다고 했다. 자신은 그저 때를 맞추어 몸뚱이만 움직여 주면 될 일이다. 서둘러야 할 하등의 이유가 없었다. 그런데도 그녀는 십여 년 만에 다시 찾은 유년 시절의 추억이 묻힌 소중한 장소를 차분히 눈에 담을 마음의 여유조차 갖지 못한 채 무언가로부터 도망치듯 정신없이 걷고 있는 것이었다.

잔 나뭇가지에 살을 할퀴고, 몇 번을 나무뿌리에 걸려 넘어질 뻔하였지만 그것을 깨달을 정신조차 없었다. 납득하고 싶지도, 용납하고 싶지도 않은 하나의 감정이 그제야 뒤늦게 슬금슬금 고개를 쳐들어 사슬처럼 그녀를 강하게 옭아매기 시작한 탓이었다.

'도대체 왜…….'

어찌하여 이런 마음이란 말인가…….

돌아가기로 결심을 굳힌 그 순간, 어째서 돌아가야 하는 그 수많은 이유들 대신 돌아가고 싶지 않은 단 하나의 이유가 발목을 잡듯 뇌리에 선명하게 떠오른 것일까.

그녀는 도무지 이리 흔들리는 자신의 마음을 이해할 수가 없었다. 납득하고 인정할 수조차 없는 그런 말도 안 되는 헛된 감정 따위를, 그럼에도 부정하지 못하는 이 마음을 어찌 설명해야 할지조차도…….

상념에 잠긴 채 한참을 더 걸어 이제 막 수풀을 벗어날 무렵이었다. 수풀 사이로 드러난 호수의 전경이 드문드문 시야에 들어오기 시작한 그 순간…….

댕— 댕— 댕—!

어디선가 깊은 울림을 머금은 청명한 종소리가 주변 그득히 울려 퍼졌다.

낙안에 온 이후로 저리 맑은 종소리를 들어 본 적이 있었던가? 투박하거나 요란하기만 한 군대의 그것과는 거리가 먼, 영혼을 깨우는 듯 맑고 청아한 울림을 지닌 신묘한 종소리……. 단연코, 저러한 종소리는 지금이 처음이다.

아리는 풀숲을 완전히 빠져나와 주변을 살펴보았다. 사위는 새벽녘과 다를 것 없이 매우 고요했지만, 이미 완전히 동이 터 올라 환하게 밝아져 있었다. 어슴푸레한 새벽녘이었다면 결코 보이지 않았을 호수 건너편의 풍경이 아침의 눈부신 햇살을 받아 훤히 시야에 들어온 것은 어쩌면 너무도 당연한 일이었다.

그녀는 자리에 못 박힌 채 건너편에서 벌어지고 있는 일들을 멍하니 바라보았다. 조금씩 떨려 오는 눈동자의 의미를 채 깨닫지도 못한 그녀의 무방비한 시야로 잊고 있던 무언가의 존재가 폭풍처럼 몰아쳐 들어왔다.

푸르고 붉고, 노랗고 희고 검은 그 알록달록한 오방색의 무수한 깃발들과, 그 깃발들에 둘러싸인 채 그보다 더 화려하게 빛나는 황금빛 은의를 입고 시리도록 눈부신 자태로 다정히 서 있는 두 사람의 모습…….

천명(天命)을 얻지 못한 채, 어쩌면 제 것이었을지 모를 그 운명을 대신 짊어지고 살아갈 한 여인과 그 반려로서 평생을 함께하며 그녀를 지켜 줄 한 사내의 존재가, 그 순간 아리의 모든 사고와 감각을 마비시킬 만큼 엄청난 존재감으로 그녀를 덮쳐 왔다.

"……."

이것이었나……. 막무가내로 검술을 배우라 강요하던 그날 이후부터 단 하루도 어긴 적 없던 수련 시간을 그가 처음으로 어기게 된 그 피치 못할 사정이라는 것이…….

미안한 눈으로 사정을 이야기하던 그의 찰나 흔들리던 그 눈빛이 대체 무엇을 뜻하는 것이었는지도, 그녀는 그제야 비로소 알 수 있을 것만 같았다.

그리고 그것을 깨닫는 순간, 무엇엔가 명치끝을 관통당하기라도 한 듯, 참기 힘든 찰나의 격통과 함께 온몸을 지탱하던 모든 힘이 한순간에 죄다 빠져나가는 듯한 착각이 일었다. 자꾸만 꺾이려는 무릎에 힘을 주어 겨우 버티어 선 그 비참함보다도, 몸보다 더 휘청거리는 마음을 추슬러 다잡아야만 하는 지금의 현실이 더 서글프고 아프게 다가왔다.

돌아가기로 결심한 때문일까. 이유도 모른 채 마음속에 켜켜이 쌓아 올렸던 방어벽이 저도 모르는 사이 맥없이 허물어져 내리기라도 한 모양이었다.

이리 지독히도 마음 한구석이 쓰려려 오는 것을 보면…….

"어? 두 사람, 벌써 여기까지 와 있었네? 오호, 착의례라더니 번쩍번쩍 알록달록한 게 아주 그냥 신수들이 훤해지셨는데?"

"누더기를 걸친다 한들 뭐 저 양반 인물이 어딜 가겠냐고. 조상 대대로 아주 전생에 무슨 대단한 덕이라도 쌓은 건지. 참 나 불공평하게. 뭐 어쨌든, 좋아. 좋다고. 내가 전하까지는 인정해. 근데 저 녀석, 아이혜를 좀 봐. 아무리 옷이 날개라지만 너희는 저게 말이 된다고 생각해? 저건 완전히…… 사기야, 사기. 분칠이 아니라 금칠을 했어도 그렇지, 저 선머슴 같은 녀석이 단장 좀 했다고 저리 변한다는 게 말이 돼? 안 그렇소? 진 형님?"

시끌시끌 들려오는 말소리에 고개를 돌려 보니 훤칠한 사내 넷이 건너편에 시선을 둔 채 저들끼리 이야기를 나누며 그녀가 서 있는 쪽으로 다가오고 있었다.

진즉에 알아챘어야 했건만, 건너편에 온통 신경을 빼앗기고 있었던 터라 그제야 그들의 존재를 깨달았다. 잠시 낭패감에 얼굴이 흐려졌던 아리는 이내 평정심을 되찾았다. 경계심이 아주 들지 않는 것은 아니었지만, 이미 동이 터 사위가 완전히 밝아지고 난 뒤라 그리 두려운 마음까지는 들지 않았다. 게다가 호수의 건너편에는 그들의 왕과 왕비 될 이가 길게 늘어선 행렬과 함께 그곳을 지나치고 있는 중이었으므로, 그 같은 상황에 그들이 제게 어떤 흉한 일을 벌일 거라고는 생각되지 않았다. 그리 생각하니 더욱 안심이 되었다. 아리는 굳이 사내들을 피하지 않고 태연히 그들 곁을 지나칠 요량으로 뻣뻣하게 굳은 몸의 긴장을 풀어 보려 애쓰며 자연스러운 표정을 지으려 입 끝을 살짝 당겨 올렸다.

한편 진은, 그런 아리가 수풀에서 뛰어나온 직후부터 지금까지, 수하들과 이야기를 나누면서도 저만치에서 이리로 걸어오는 내내 그녀를 주시하고 있었다.

멀리서도 타란을 쓴 그녀의 모습은 유표히 눈에 띄었다. 왕과 부족장, 이름깨나 날린 장수들쯤 되는 인사들이나 여종을 두엇 정도 데려왔을까, 빼앗은 성에서 전쟁에 대비하며 의식주 모든 것을 병사들 스스로가 해결하고 있는 터라 성 내에서는 여인의 모습 자체를 보기가 힘들었다. 그 사실 하나만으로도 그녀가 눈에 띄는 이유는 충분했지만, 단지 그런 일차적인 이유가 전부는 아니었다.

"아, 형님! 뭐라고 말을 좀 해 보시오. 내 말이 틀렸소?"

진의 생각들을 알 리 없는 수하 사령이 답답하다는 듯 가슴을 주먹으로 쿵쿵 치며 꿀 먹은 벙어리처럼 잠잠하기만 한 진의 대답을 재촉했다.

"뭐가 말이냐."

"어이구. 거, 형님도 참. 지금까지 주둥이 아프게 떠들어 댔는데 대체 내 말을 귀로 들은 거요, 코로 들은 거요? 아이혜 누님 말입니다. 아무리 꾸며 놓았어도 그렇지, 선머슴보다 더 선머슴 같은 사람이 저리 여우 둔갑하듯 변한다는 게 말이 되냐 말이오."

사령의 말에 자연히 진의 시선이 아리를 떠나 호수 건너편의 아이혜를 향했다. 가슴의 따끔한 통증은 나흘 후면 부부의 연을 맺을 두 사람에 대한 안도이자, 수년간 마음고생을 해 온 둘에 대한 아릿한 연민일 뿐이리라…….

"……선머슴처럼 굴어도 계집은 계집이니까."

건성인 듯 그러나 진심으로 그리 대답하고 나니, 사령이 뜨악한 얼굴로 그를 쳐다보았다. 이어 '계집은 무슨. 누님 같은 사람이 계집이면 세상에 계집은 다 죽고 사내만 남았겠소!' 하고 구시렁대는 사령 특유의 걸쭉한 목소리가 들려온다. 그러고도 성에 차지 않는지 계속 군소리를 하며 연신 코웃음을 치던 사령이 돌연 진의 이마를 걱정스레 짚어 보고는 '형님, 혹 어디 아프신 거 아니오?'라고 한마디를 덧붙이자, 진은 이제는 아예 자신의 코앞까지 들이밀고 있는 그의 면상을 성가시다는 듯 옆으로 밀쳐 냈다.

"아아, 알았소. 말로 하자고요, 좀. 한데 하필 전쟁 중에 혼례를 올리실 게 뭐요. 좀 편안하실 때 치르시면 오죽 좋아?"

"금년을 넘기지 않으신 것만도 다행이지 뭐. 그런데 말이야. 두 분 증표가 나타났다는 게 참말로 사실일까?"

또 다른 수하 란의 말에 사령이 기겁을 하며 그의 입을 틀어막았다. 흘끔 진의 표정을 살폈지만, 원체 표정 변화가 없는 사람이니 그 속내를 알 수 있을 턱이 없었다. 하지만 한 가지는 알 수 있었다. 고작 부족의 일개 장수일 뿐인 자신들이 왈가왈부하기엔 증표는 몹시도 예민하고 중차대한 사안이라는 것을.

"어허! 이놈이 또 경을 칠 소리를 하고 있네. 아, 그럼 사실이니까 혼례가 결정된 거겠지, 이 모자란 놈아."

"뭐야? 박통 같은 놈이 누구더러 모자란 놈이래? 솔직히 우리끼리니까 하는 말이지만, 직접 본 것도 아닌데 그걸 어찌 믿어? 위에서 두 분 모두 증표를 받았다고들 하도 떠들어 대니까 그냥 그런가 보다 하는 거지. 한 번이라도 직접 본 적 있어?"

"그, 그거야 직접 보진 못했지만…… 그래도 그렇다면 그냥 그런 줄 알란 말이다, 이 새대가리야."

"뭐? 새대가리? 이 자식이 박통 한번 터져 봐야 정신 차리겠다 이거지? 어?"

하여간 눈치라고는 개미 코털만큼도 없는 자식. 눈치 없이 나불거리는 란을 말리랴 진의 눈치를 살피랴 사령이 진땀 흘리며 애를 먹고 있을 때, 진이 조용히 그런 그들을 만류했다.

"그만들 해라. 두 분 착의례 날에 부정 타게 쌈질이나 할 생각들이 아니라면."

멱살까지 잡고 씩씩거리던 그들은 잠시 서로를 사납게 노려보다가, 진이 '란, 사령.' 하고 나직이 이름을 부르자 이내 어쩔 수 없다는 듯 꼬리를 내렸다.

"용서하십쇼, 형님. 란 저 녀석이 자꾸 쓸데없는 소릴 하는 바람에……."

"쪼잔한 놈. 먼저 시비 건 주제에 덮어씌우기는. 아무튼 형님, 소란 피운 건 죄송하게 됐습니다. 한데 말입니다, 형님은 혹 알고 계신 겁니까?"

"뭘 말이냐."

그리 되묻지 않아도, 란이 묻는 바가 무엇인지는 이미 알고 있었다. 다만 그 역시 생각할 시간이 필요했을 뿐.

"증표…… 그 진실 말입니다."

그러나 란은 고민할 시간을 주지 않겠다는 듯 칼같이 치고 들어왔다. 란의 그 말이 메아리처럼 윙윙거리며 귓전을 때리는 가운데, 시선이 저도 모르게 몇 발짝 앞에 흐트러짐 없이 서 있는 여인에게로 향했다. 그 안에 무엇이 감추어져 있는 것인지를 알고 있어서인지, 순간 여인의 이마에 씌워진 분홍빛 타란이 빛으로 반짝이는 듯한 착각이 일었다.

란이 알고자 하는 진실은 그렇게 바로 눈앞에 있었다. 그러나 그 진실은 영원히 드러나지 않을 것이다. 적어도, 이 서문진이 살아 있는 동안은…….

"진실? 그건 너도 지금 보고 있지 않나, 란."

"예?"

얼떨떨한 얼굴로 그리 되묻는 란에게 무어라 대답하는 대신 그는 말없이 호수 건너편에서 착의례를 치르고 있는 소류와 아이혜에게로 시선을 던졌다.

저의 삶을 통틀어, 저에게 가장 중요하고 소중한 인연일 두 사람…….

그들을 감싼 찬란한 황금빛은 쏟아지는 아침 햇살보다도 더욱 눈이 부셨다.

너무도 고결하고 찬연하여 감히 바로 쳐다볼 수 없을 만큼 눈부시게 빛나는 두 사람의 모습이 망막 가득히 차올랐다.

"전하와 비 마마시다……. 이 이상 무슨 진실이 더 필요하지?"

조용조용한 음성에는 더는 증표의 진실에 대해 운운하지 말라는 단단한 경고가 어려 있었다. 알아듣지 못할 란이 아니었다. 란뿐만 아니라 사령, 그리고 아까부터 묵묵히 곁을 지키던 거륜, 세 사람 모두가 자신들의 상관이 전달하고자 하는 바를 정확히 알아듣고는 곧 자세를 바로 하며 고개를 숙여 보였다.

기실, 진이 그 말을 전하고자 한 상대는 란도 사령도 거륜도 아닌, 몇 발짝 앞에 선 채 파리한 얼굴로 자신들을 바라보고 있는 바로 저 여인이었다. 무흔으로부터 그녀에 대한 꽤 많은 것들을 보고받았다. 황룡의 인에 대해서는 물론이거니와, 그녀가 파안의 황후라는 충격적인 사실까지도. 그것을 모른 척하고 있는 것은 순전히 소류와 아이혜 두 사람을 위해서였다.

적국의 황후. 더없이 훌륭한 볼모임에는 물론 두말할 나위가 없다. 그러나 쓸 수 없는 패다. 그녀의 이마에 새겨진 황룡의 인은 이대로 조용히 묻힌 채 영원히 사라져야 할 테니까. 그녀를 볼모로 내세워 얻는 것보다는, 잃는 것이 훨씬 더 많으리란 것이 그가 내린 결론이었다.

진은 여인을 가만히 응시했다. 어깨를 꼿꼿이 편 채 미동 없이 서 있던 여인이 천천히 이쪽으로 걸어오기 시작했다.

한 걸음, 두 걸음, 세 걸음…… 그리고 이제 막 자신의 곁을 스쳐 지나가는 순간, 그 순간을 놓치지 않고 진은 나직한 목소리로 빠르게 내뱉었다.

"떠나겠다면 돕겠소. 언제든 날 찾아오시오."

애써 평정을 가장한 채 진의 곁을 지나치던 아리는 하마터면 그 자리에 우뚝 멈춰 설 뻔했다. 분명 저에게 건넨 말이었다. 수하들로 보이는 곁의 사내들은 그새 저들끼리 또 무슨 이야기들을 주고받고 있는 중이었던 타라, 저들의 상관이 자신에게 은밀히 건넨 그 말을 눈치채지 못한 듯했다.

아리 역시 서문진이라는 이 사내에 대해 어느 정도는 알고 있었다. 아이혜와

가깝게 지내던 그때 그녀와 함께 있는 그를 종종 보기도 하였고, 아이혜와 꽤 친한 사이라는 것과 왕의 죽마고우라는 사실 외에도, 그가 아라하에서 꽤 중요한 인물이라는 것쯤은 귀동냥으로도 충분히 알 수 있는 사실이었다.

그런 그가 자신을 돕겠다니. 그것도 떠나는 것을 돕겠다니…….

떠나는 것을 돕겠다는 그 말인즉슨, 다시 말해 그녀가 자의로든 타의로든 쉽게 떠날 수 없는 처지에 놓여 있음을 사내도 알고 있다는 뜻이었다.

그는 대체 어디까지를 알고 있는 것일까……. 하긴, 그게 무에 중요한 일일까. 왕과 죽마고우라면 자신에 대한 그 모든 것을 전부 알고 있다 한들 그리 놀라울 일도 아닐 터.

다만, 이 순간 궁금했다.

아리는 문득 걸음을 멈추었다. 달아나듯 서둘러 걷던 걸음을 갑작스럽게 멈추자 때마침 등 뒤에서 불어오는 바람에 단정히 늘어뜨렸던 머리카락이 어깨를 타고 넘어와 뺨으로 쏟아지듯 나부꼈다. 그러나 시야를 방해하는 흩날리는 머리카락쯤은 그녀의 행동에 아무런 훼방도 놓지 못했다.

저 자신도 의식하지 못하는 사이 호수 건너편 쪽으로 고개를 돌린 그녀의 복잡한 눈동자가 그 너머 어딘가에 있을 그를 찾아 빠르게 움직였다. 의식적으로, 혹은 무의식적으로 그 곁의 누군가를 그대로 스쳐 지나 마침내 그에게 시선이 닿은 그 순간, 거짓말처럼 그가 이쪽을 돌아보았다.

아리는 그가 자신을 보고 있다는 사실을 느낌으로 분명히 알 수 있었다. 그녀는 순간 서문진이란 사내가 조금 전 저에게 건넨 그 말을 다시금 떠올렸다.

떠나겠다면 도울 것이니 언제든 자신을 찾아오라던 사내의 그 말…….

'그것은…… 당신의 뜻입니까.'

마음속 가득, 공허한 바람이 일었다. 돌아가기로 결심한 건 그녀 자신이면서도, 그가 자신이 떠나길 바라고 있다 생각하니 무엇인지 모를 헛헛한 감정이 차올라 마음 한편이 아릿했다.

오늘따라 유난히 눈부신 그의 모습에 눈이 시려 와 차마 더는 그를 볼 수 없었다. 묵직한 덩어리가 흉강 가득 들어찬 듯 가슴이 뻐근해져 오는 것을 느끼며, 아리는 그에게서 시선을 거두고는 다시금 발길을 뗐다.

다리를 움직일 때마다 바윗덩이라도 매단 듯 발걸음이 무겁기만 했다. 어째서 이리 걸음이 더디고 무거울까. 평소 운신을 너무 안 한 탓이라고 속으로 저를 힐책하며 그녀는 바삐 걸음을 놀렸다. 어서 빨리 이곳을 벗어나야겠다는 오로지 그 한 가지의 생각뿐이었다.

시선이 마주치던 그 순간부터 뒤돌아 한참을 걷고 있는 지금 이 순간까지도 집요하게 그녀를 좇고 있는 그의 시선 같은 것은, 알아챌 여력이 남아 있지 않았다.

□ ■ □

칠흑같이 어두운 하늘에 고아한 달빛이 부서지는 청려한 밤……

그러나 도성 안에는 어느 때보다도 삭막한 기운이 감돌고 있었다.

그것은 흡사 전운과도 같았다. 황제가 도성을 비운 사이, 도성의 병권은 이미 그 형제들의 손에 넘어가 있었다.

황제가 궁을 비우고 병권을 움직이는 실세인 대장군마저 도성을 떠나 있었던 만큼, 그들 형제가 도성을 장악하게 된 것은 어찌 보면 그리 놀라울 일만도 아니었다. 황궁을 비워 둔 그 순간부터 반란의 위험은 언제 어디에든 도사리고 있는 것이나 다름없으니까.

그것을 묵과한 것이 단휘의 치명적인 실수였다.

오랜 세월 속죄해 온 자신의 진심을 아우들은 분명 헤아려 줄 것이라 마음한구석으로는 그리 믿고 있었던 걸까. 어리석은 착각이요 과신이었다는 것을 깨닫기엔 이미 늦어 버렸다.

도성의 수비는 한눈에 보기에도 평상시와는 확연히 달랐다. 전시에나 동원될 법한 대규모의 병사들이 도성의 성벽을 빈틈없이 메운 채 곧 들이닥칠 접전에 대비하며 바짝 군기를 세우고 있었다. 자신들과 접전을 벌이게 될 상대가 대장군의 군대임은 꿈에도 모른 채, 모두가 그저 상부에서 하달된 명령만을 상기하며 전의를 불태우고 있을 뿐이었다.

그리고 그 시각. 자정을 넘긴 시각임에도 태현전의 침실에는 아직도 불이 밝혀져 있었다.

장지문 밖으로 두 사람의 그림자가 어른어른 비쳤다. 상궁, 나인 할 것 없이 궁인들은 모두 물린 상태였다.

"감사하다는 말, 미리 전하러 왔습니다. 앞으로는 경황이 없을 듯해서 말입니다. 덕분에 일이 수월해졌습니다. 감사드립니다, 소의 마마."

적당한 거리를 둔 채 마주 앉아 있는 초혜와 장왕 단휼의 표정은 각자의 속내야 어떠하든 겉으로는 마치 고요한 수면처럼 덤덤하기 그지없었다.

먼저 말문을 연 단휼이 초혜에게 감사의 뜻을 전하며 고개를 숙여 보이자, 초혜가 가만히 손사래를 쳤다.

"조건 없이 행한 일도 아니건만, 저를 면구스럽게 만드시는군요. 어디까지나 거래였습니다. 제 복중 아이를 지켜 주시겠다는 조건으로 맺은, 거래."

"물론 알고 있습니다. 그 거래 조건은 반드시 지킬 것입니다. 그러니 안심하십시오."

"……."

대답 대신 작게 고개를 끄덕인 초혜가 쓸쓸한 빛을 얼굴에 드리우며 나직이 중얼거렸다.

"왕야. 알고 계시겠지만, 제게는…… 남은 것이 없어요. 오로지, 이 아이뿐……."

"이해합니다. 일전에도 말씀드렸다시피 단휜 형님과 저는 조카님에게는 아무런 감정도 없습니다. 아이는 무슨 일이 있어도 우리 왕부의 보호 아래 안전히 자라나게 될 것입니다. 이 장왕이 맹세하지요."

반쪽 피붙이일 뿐이건만, 이 장왕이란 사내, 그와 참 많이도 닮았다…….

초혜는 장왕의 얼굴에서, 또한 몸짓에서 문득문득 스치는 단휘의 모습을 놓치지 않으려 애쓰고 있는 자신을 깨닫고는 허탈하게 웃었다.

한마디, 그저 한마디……. 아비로서, 또한 지아비로서 그저 단 한마디만 해 주었더라면…….

후회한다느니, 원하지 않는다느니 하는 그런 차갑고 모진 말들 대신에, 그저 별 배려 없는 형식적인 말에 지나지 않는 것이더라도, 단 한마디, '용종을 얻어 기쁘다.' 라는 그 한마디 말만 해 주었더라면…….

그리만 해 주었더라면 벼랑 끝에 내몰린 사람처럼 이런 식으로 극단적인 최후의 선택을 하지는 않았을 수도 있었을 텐데…….

초혜는 힘없이 고개를 떨어뜨렸다.

"그는 죗값을 받는 것일 뿐입니다. 그러니 자책하실 필요는 없습니다."

위로하듯 건넨 장왕의 말에 초혜가 처연히 웃었다.

"……그분을…… 진정으로 은애하였습니다. 정인을 저버리고 결국 그분을 택하였을 만큼……. 하여 그분이 그저 야속하고 원망스럽기만 했었지요."

"……."

"그러나 이제 되었습니다. 이로써 저 역시 그분께 죄를 지은 셈이니까요. 이제는 미련 없이 그분을 놓아드릴 수 있을 것 같습니다. 그분께는 아무런 의미도 될 수 없었던 배 속의 이 아이만큼은…… 어미인 제가, 반드시 지켜 낼 것입니다……."

뒤이어 들려온 중얼거림은 혼잣말처럼 아주 작은 소리였지만, 탁상 하나를 사이에 두고 마주 앉아 있는 단휼에게도 분명히 들렸다.

"그분을 망가뜨려서라도……."

단휼은 넋두리 같은 그녀의 말을 그저 조용히 들어 주었다. 그녀의 심정이 어떠할지는 충분히 이해하고도 남았다. 바로 그러한 마음을 이용하여 그녀를 저의 편으로 회유할 수 있었던 것이니까.

갈팡질팡하던 신료들을 한데 모은 것에는 단연 초혜의 힘이 컸다. 저들을 설득하던 황후가 실은 초혜 소의라는 사실은 대부분의 신료들 모두가 알고 있는 사실이었으나, 그것을 드러내어 내색하는 이는 단 한 명도 없었다.

모두가 쉬쉬하고 있는 사실을 군이 수면 위로 떠올려 문제 삼을 만큼 눈치 없는 이들도 없었거니와, 다수가 작심하여 우기면 거짓도 진실이 될 수 있는 것이 세상의 이치가 아니던가. 괜한 일에 잘못 껴들었다간 후환이 따를 것이 자명하니, 이리 시국이 혼란할 때는 그저 흘러가는 대로 함께 흘러가는 것이 상책이라는 마음들이 지배적이었다.

황후가 행방불명인 만큼 언제 돌아온다는 명확한 기약이 없었으므로 자연히 황후로서의 초혜의 입지는 차츰 굳어져 갔다. 황제는 스스로 자신의 무덤을 판 셈이었다. 일을 만든 당사자인 황제 본인조차도 초혜를 쉽사리 제자리로 돌려 놓기는 어려운 상황에 직면해 있었다.

처음 그 둘을 바꿔 놓을 때처럼 그리 은밀히 일을 진행하기에는, 태현궁을 감시하는 눈과 귀가 황궁 안팎으로 너무도 많았다. 모든 것을 제자리로 돌려놓으려면 그 자신이 저지른 그 기막히고 엄청난 행각에 대해 먼저 시인부터 해야만 하는 곤란한 상황이 되어 버린 것이다. 궁지에 몰리게 될 것은, 어느 쪽이 되었든 매한가지였다.

그렇게 너무도 당당히 황후 노릇을 하고 있는 가짜 황후 초혜의 전폭적인 지원을 약조받고 모여든 많은 이들 가운데 놀랍게도 병부의 실세 중 하나인 좌장군 서정이 섞여 있었다.

그는 현 병권에 불만을 품고 있는 사람이었다. 어쩌면 시기에 지나지 않았을지 모를 그 불만이란 것은 모두 병부의 제이(第二) 실세이자 대장군의 오른팔이기도 한 우장군 장엽으로 인한 것이었다.

부친끼리의 친분으로 두 집안의 교류가 잦았던 탓에 그들 둘은 어린 시절부터 늘 서로에게 비교의 대상이 되어 왔다. 자존심 강한 서정으로서는 항상 우위를 차지하는 장엽이 정말이지 죽이고 싶도록 증오스러웠다. 그는 늘 넘어야 할 산과 같은 존재였으며 언제고 반드시 짓밟아 설욕해야 할 상대였다.

그런 그였으니, 그가 단휼 형제와도 어느 정도 이해관계가 맞아떨어지는 것은 당연했다. 황제에겐 아무런 감정도 없으나, 장엽을 감싸고도는 대장군은 서정에게 있어 항상 눈엣가시였다. 천지가 뒤바뀌는 것 따위는 두렵지 않았다. 그의 평생의 원은, 오로지 장엽이라는 사내를 꺾는 것이었다.

처세에 능한 단휼이 그런 그에 대해 조사하지 않았을 리 없었다. 장엽에게 품고 있는 자격지심과 열등감. 그것은 서정이란 사내를 손쉽게 단휼의 뜻대로 움직이게 해 주었다. 일은 일사천리로 진행되었다. 서정을 저의 편으로 끌어들인 후에는 그를 부추겨 앞뒤 잴 것 없이 바로 병사를 일으켰다. 그러곤 곧장 우장군의 사저로 우르르 몰려가 장엽을 단숨에 제압했다.

서정이 자신에게 품고 있는 감정들이 어떠하리란 것을 꿈에도 모르던 장엽은 방비할 틈도 없이 무맥하게 당할 수밖에 없었다. 어려서부터 친형제처럼 함께 자라 온 서정을 지나치게 맹신한 것, 그것이 그의 과오라면 과오였다.

그러했기에 가능한 일이었다. 황제와 대장군이 믿고 도성을 비울 수 있었을 만큼 반대파들에게는 너무도 막강했던 그 유일한 존재가 그리 손쉽게 제거될 수 있었던 것은.

그 모든 게 단 이틀 사이에 일어난 일이었다. 도성에 남은 병력이 그야말로 거짓말처럼 한순간에 단휼의 손아귀에 들어와 있었다.

"그럼 쉬십시오."

단휼은 파리한 안색의 초혜를 말없이 바라보다 몸을 일으켰다. 장지문 밖까지 배웅하려는 초혜에게 황후로서 행동하라 주의를 주고는 홀로 물러나 복도를 걸었다.

태현궁을 나서니 가을밤의 쌀쌀한 공기가 살갗을 파고들었다. 황궁에 내려앉은 밤의 향취는 어느 때보다도 깊이 있고 고즈넉했다. 천천히 걸음을 옮겨 놓으며 밤 풍경을 만끽하던 단휼은 얼마 전 낙안성주 손파영이 보내온 서찰의 내용을 차분히 곱씹었다.

「슬슬 움직일 때가 된 듯싶습니다. 도성의 병력을 모두 끌어모아 수성 태세를 갖추어 주십시오. 빠르면 나흘, 늦어도 닷새 후면 대장군의 군대가 도성에 당도할 것입니다. 도성의 병권을 장악하는 일은, 전적으로 왕야의 재량에 맡기겠습니다. 재기 넘치는 분이시니 꼭 성공하실 거라 믿습니다.」

피식. 서찰 말미에 덧붙여진 글 한 줄이 떠오르자 문득 실소가 새어 나왔다. 그러나 곧 웃음기는 굳어진 얼굴 뒤로 사라졌다.

그래서 황제는 어찌 되었단 걸까. 그에 대해서는 일언반구의 말도 없어 괜한 조바심이 일었다. 별다른 말이 없는 것을 보면 별일이야 없는 것이겠지만…….

단휼은 저벅저벅 몇 걸음을 더 걷다 이내 잡념을 떨치듯 고개를 흔들고는 잠시 멈춰 선 채 밤하늘을 올려다보았다.

초승달이 은은한 달빛을 흩뿌리는 밤의 풍경이 오늘따라 꽤나 고아하고 운치 있게 느껴진다.

격전을 치르기에는, 썩 나쁘지 않은 밤이다.

같은 시각, 교하성에서 출발한 손파영의 군대는 이제 막 낙안에 당도하여 멀리 희미하게 낙안성이 내려다보이는 언덕에 진을 친 채 진영을 정비하느라 바쁘게 움직이고 있었다.

황제를 미행한 뒤 돌아온 수하들에게 도성으로 향하던 황제가 느닷없이 말머리를 돌려 벽주에서 사절단과 합류하곤 낙안으로 진로를 바꾸었다는 보고를 받기가 무섭게, 손파영은 도성의 장왕에게 서찰을 보내 도성 병력을 움직여 줄 것을 당부하고는, 교하에 주둔시켜 놓았던 자신의 2만 5천의 병력 중 3천을 낙안으로 보내 놓고 자신 역시 그다음 날로 해주를 떠나 군대와 합류했다.

많은 수의 병사는 필요 없었다. 목적은 단 하나였으니까.

도발. 아라하와의 휴전 협정을 깨뜨리는 것…….

그것에 더 보태어 아라하의 군대를 해주로 유인하여 해주에서의 격전을 이끌어 낼 수만 있다면 그야말로 금상첨화였다. 그리만 된다면 3천 정도의 군사쯤이야 기꺼이 버려 줄 수 있었다.

"주군."

"알아보았느냐."

"예. 금일 유시(酉時: 오후 5시~7시)쯤 도착하여 명일 아라하의 왕과 대면한다고 합니다."

"그렇군……."

손파영은 대꾸하며 멀리 둔덕 아래에 자리한 어둠 속에 묻힌 성채를 조용히 바라보았다. 즐거운 고민을 하듯 그의 눈매가 가늘게 휘어졌다.

"후후. 하면 언제가 좋을까. 보다 효과적이고 획기적으로 저 두 호랑이들을 놀라게 만들어 줄 순간이."

답을 바란 질문이 아니었건만, 전혀 기대치 않았던 흥미로운 대답이 돌아왔다.

"나흘 후면 아라하의 왕이 가례를 치른다 합니다."

"가례? 가례라 하면…… 설마, 혼인 말이냐?"

"그렇습니다, 주군."

"오호, 왕이 혼인을 한다……? 혼인이라, 혼인……."

묘한 기대감으로 눈동자를 빛내며 한참 그리 되뇌던 손파영이 곧 킬킬 웃음을 터뜨렸다.

"재미있는 일이군. 이 난리 중에 혼인이라니. 하하……크큭, 하하하!"

시종일관 입가를 떠나지 않던 교활한 웃음이 그예 화산처럼 커다랗게 터져 나왔다. 고개를 치켜든 채 한참을 웃어젖히던 손파영은 너무 웃어 사레라도 들렸는지 연방 헛기침을 해 대더니, 이제는 아예 눈물까지 찔끔 맺혀 있는 눈가를 손가락으로 꾹 누르며 말을 이었다.

"저들의 천신도 적이 심심한 모양이로군. 그렇다면 함께 놀아 드리는 수밖에."

그는 성채에 박혀 있던 시선을 거두었다. 순식간에 웃음기가 사라진 섬뜩한 눈동자가 곁의 부하를 향했다.

"시각은 언제인지 자세히 알아봐."

"예, 주군."

"공격은, 그때로 한다. 차질 없이 준비하도록."

"존명!"

깍듯이 예를 취하고는 급히 멀어져 가는 부하를 일별한 그는 막사로 돌아가기 위해 몸을 돌렸다. 그가 휙 돌아서자 갑옷 위에 걸치고 있는 붉은 표의가 바람에 펄럭였다. 귓전을 간질이는 그 소란스러운 마찰음마저도 기분 좋게 느껴지는 듯, 그는 가벼운 웃음을 입가에 머금었다.

지난 두 해 동안 오롯이 자신의 것이었던, 또한 스물여섯 해를 함께해 온 그 익숙한 성채가 다른 이의 손에 넘어가 있다는 사실 같은 건 조금도 안타깝다거나 서글프게 느껴지지 않았다. 그 모든 것이 자신이 의도한 일이었으므로······.

파안과 아라하, 그리고 설유와 주변의 소국들까지. 이노하 대륙 전체의 패권을 차지하려는 자신의 야망에 비하자면 낙안성 하나쯤은 그에게는 커다란 바위산의 작은 돌멩이 하나에 지나지 않을 뿐이었다. 그러니 빼앗긴 낙안이 전혀 아쉬울 것도 안타까울 것도 없었다.

오히려 기분은 최상이었다. 모든 일이 한 치의 오차도 없이 그의 계획대로 돌아가고 있었다.

환진(幻塵: 데오니로 만든 환각제)에 중독된 설유의 왕을 꼬드기는 일은 예상보다도 훨씬 더 쉬웠다. 아라하를 함락시키고 북부를 차지하게 되면 데오니 생산량의 반을 떼어 주겠다는 조건을 내걸자마자 그는 순한 양처럼 자신의 야망에 동참했다.

설유와 아라하의 동맹은 그저 찰나적인 눈속임에 지나지 않는 것이었다. 또한 동시에 그것은 대업을 위해 반드시 필요한 일련의 과정이기도 했다.

전쟁을 통해 파안과 아라하 양국 모두에게 동등한 손실을 입히기 위해서는 파안보다 한참 열세인 아라하에 보다 힘을 실어 주어야만 했다. 그가 짠 각본대로의 그와 같은 역할이 끝나면, 설유의 창칼은 한때나마 동지였던 아라하를 향해 시퍼런 날을 가차 없이 돌려세울 것이다.

철두철미하기로 소문난 그 아라하의 왕이 선뜻 저를 돕겠다 한 설유를 아무런 의심 없이 보고만 있을 리는 만무하지만, 어찌 되었든 지금 당장은 제아무리 못 미덥다 해도 설유의 병력이 그에게는 절실할 터였으므로 크게 문제 될 것은 없었다.

그렇게 전투가 지속되다 보면 아라하뿐만 아니라 설유의 병력도 차츰차츰 타격을 받을 것이다. 손파영이 굳이 설유를 끌어들인 또 하나의 이유는 바로 그것이었다.

방휼지쟁으로 이득을 취하는 이는 오로지 자신 하나여야 했으므로, 후일 성가셔질지 모를 방해물이 있다면 미리 손을 써 두는 것이 옳다는 판단에서였다.

도성의 상황 역시 그의 손바닥 안에서 굴러갔다. 낙안을 내어 주던 때 그가 예상했던 대로 황제는 대장군을 해주로 불러들였다. 도성 병력이 둘로 쪼개진 것이다.

대장군 휘하의 병력 외에 도성에 남은 나머지 절반의 병력은 어떻게든 장왕 쪽에서 장악하게 될 것이 자명하니, 이제 그 둘을 격돌시키는 일만 남았다.

그렇게 그 둘이 도성에서 맞붙어 저들 병력끼리 피 터지게 싸우게 된다면 도성의 병력이 반의반, 혹은 그 이상으로 줄게 될 것임은 누구라도 예상할 수 있는 일이다. 거기까지는 분명히 예측할 수 있는 사실이었다. 문제는 바로 그다음, 해주와 그 주변의 성들에 집결해 있는 병력을 어찌 줄이느냐 하는 것이었다.

어림잡아 7만 혹은 8만쯤 될까. 파안에 남은 병력을 그것의 딱 절반 정도로만 줄일 수 있게 된다면 그땐 교하에 있는 자신의 병력만으로도 충분히 승산이 있는 싸움이 될 터였다.

수적으로는 조금 열세이긴 해도 한쪽은 이미 오랜 전투로 지칠 대로 지쳐 있는 상태일 테니, 적절한 시기를 노려 기습한다면 분명 십중팔구는 이길 수 있는 싸움이 될 것이다.

수년간 심혈을 기울여 준비해 온 만큼, 계획은 철저했고, 전략은 빈틈없었다.

그 모든 계획들을, 이제야 비로소 시작하려 하고 있는 것이다.

아비인 명원공이 전사하고 하나뿐인 형이 그리도 질기게 버티고 버티다 마침내 아비의 뒤를 따라 세상을 뜨기까지 참으로 적지 않은 시간이 흘렀다.

그 시간들을 기다리고 기다린 후에야 그리도 바라 마지않던 성주가 될 수 있었던 그였다.

오래전 그의 삶을 뒤흔들었던 그 어느 날의 일을 겪고 나서 자연스레 야망을 품기 시작한 그 이후부터 수년이 흐른 지금에야 비로소 가능해진 일이었다.

그렇게 오늘 이 순간에 이르기까지, 뜨겁게 타오르는 불 같은 야망을 힘겹게 눌러 참으며 참으로 오랜 시간을 견뎌 왔다.

나흘 후. 아라하 왕의 가례일…….

그 인고의 시간들을 파각하는 기념비적인 순간으로는 분명 더없이 좋을 날이다.

"큭……."

파영은 만족스러운 듯 웃었다. 그러나 즐거운 듯 휘어진 그의 눈매에는 채 지워지지 않은 섬뜩함이 여전히 짙게 남아 있었다.

대륙의 패권을 향한 대망의 첫 시작은, 나흘 후, 바로 그 순간이 될 것이었다.

13
마음의 죄(罪)

'황후 마마께서는 해율당에서 지내고 계십니다, 폐하.'

반 시진 전쯤 다녀간 백하에게서 그녀가 머물고 있는 처소를 전해 듣던 그 순간부터 지금까지, 거의 한 자세로 묵묵히 자리를 지키고 있던 단휘는 그렇게 반 시진이라는 시간을 다 흘려보내고 나서야 자리를 박차고 일어섰다.

대체 무슨 말부터 꺼내야 하는 것인지, 그 하나를 고민하는 데 이리도 오랜 시간이 걸렸다. 그러나 그리하고도 결국 답을 정하지 못하겠기에, 욱하는 마음에 의자가 저만치 날아가 바닥에 형편없이 나뒹굴도록 짜증스럽게 자리를 박차고 일어난 것이었다.

"이만한 말재간 하나 없는 놈이, 대체 뭘 어쩌겠다고 죽자 사자 쫓아온 건지…… 하, 빌어먹을."

그리 바보처럼 느껴지는 저에게 드는 반발심인지, 아니면 저를 그리 바보로 만드는 그녀에게 드는 반발심인지는 알 수 없지만, 여하튼 그 반발심 비슷한 무언가가 대책이 없음에도 일단은 그를 움직이게 만들었다.

처소를 벗어나지 말라던 낮의 사내에게 들었던 충고 따위는 깔끔하게 무시해 버리고 건물 밖으로 나온 단휘는 감시병의 눈을 피해 재빨리 몸을 숨겼다. 밤의 경비는 더욱 삼엄해야 함이 마땅함에도, 밤에는 다소 해이해지는 것이 보통의 군졸들의 특성이라면 특성이었다.

건물 둘레를 빙 돌다 경비의 틈새를 발견한 그는 생각한 것보다도 더 간단히 그곳을 벗어날 수 있었다. 몇 채의 건물들을 그대로 지나쳐 마침내 인적이 드문 곳에 다다르고 나서야 그는 문득 달리기를 멈추었다. 그러고는 우두커니 선 채로 밤하늘을 올려다보며 잠시 시간을 가늠해 보다가, 이내 결심을 굳힌 듯 그녀 아리가 있을 해율당을 향해 거침없이 내달리기 시작했다.

자정이 지난 지는 꽤 된 것 같았다. 궁에서 지내 온 지난 몇 해 동안, 후궁들의 회임을 관할하던 상궁 여씨의 말을 고분고분히도 따라, 또 어느 후궁엔가 들렀다가 자신의 침전으로 돌아갈 때면 피치 못하게 한 번씩은 지나쳐 가야만 했던 태현궁의 불빛은, 단 한 번도 축시(丑時: 오전 1시~3시)가 되기 전에 꺼지는 법이 없었다.

그리 늦은 시각까지 잠을 이루지 못하는 그녀가 안타깝고 안쓰러워 그곳을 지날 때마다 마음이 편치 않았지만, 그것은 늘 생각으로만 그치고 마는 못난 감정일 뿐이었다.

단 한 순간도 표현해 본 적 없었다. 그녀로 인해 아프고 괴로운 제 자신에 대해서는……

문득 생각해 보니, 지금껏 단 한 번도 잠든 그녀의 모습을 본 적이 없다. 잠이 든 그녀는 어떤 표정일까. 순간 궁금해졌다. 또한 잠이 든 그녀와 마주치는 것이 이 순간만큼은 차라리 마음이 편하리란 생각이 적잖이 드는 것도 사실이었다.

그러나 그만그만한 이유들로 성마르기로는 아마도 도성 제일이라 소문이 자자할 제 불같은 성정에 어울리지 않게 축시까지 기다릴 인내심을 기르느니, 차라리 표정 없는 인형 같은 얼굴을 하고서 원수만도 못한 지아비란 작자에게 한껏 퍼붓거나 혹은 아예 무시하거나 할 그녀와 마주치는 편이 지금으로서는 백번 낫겠다 싶었다.

그만큼 다급하고 절박한 심정으로, 그는 숨이 턱까지 차오르도록 그녀를 향해 쉬지 않고 달려가고 있었다.

단 한 번도 멈춰 서거나 뒤돌아보지 않은 채, 오로지 그녀를 만난다는 그 일념 하나만을 가슴과 머릿속에 단단히 새겨 넣고서…… 지금까지의 자신의 삶을 통틀어 정말이지 처음으로, 그녀를 향해 온 힘을 다해 달려가고 있는 중이었다.

그, 주단휘라는 사내는 지금…….

단휘의 예상대로 아리는 여태 침수에 들지 못한 채 심란한 얼굴로 서탁 앞에 앉아 건성으로 책장을 넘기고 있었다.

내일이면 황궁으로 돌아가야 한다는 그 엄청난 중압감이 자정이 넘은 시각까지도 그녀를 잠 못 들게 만들었다. 마음은 온통 자신이 황궁으로 돌아간 이후에 벌어질 사달들에 대한 근심 걱정으로 가득 차 있음인데, 서책의 깨알 같은 글씨 따위가 눈에 들어올 리 만무했다. 침상에 깔아 놓은 금침 위에 누웠다가 다시 일어나 서탁 위의 책을 집어 들었다가 하기를 벌써 몇 차례나 되풀이했는지 모른다. 누워서도 어찌나 뒤척여 댔는지 단정히 몸에 걸쳤던 연청색 침의가 보기 흉할 만큼 구겨지고 흐트러져 있었다.

이제는 아예 책장을 넘기는 그 무의식적인 행위마저도 멈춘 채 미동 없이 허공을 노려보던 아리는 결국 책을 탁 소리 나게 덮고는 자리에서 일어났다. 밖으로 나가 청량한 밤공기를 맡고 있다 보면 가슴을 내리누르는 이 갑갑함이 조금은 사그라질 것도 같았다.

섬돌을 딛고 마당을 질러 해율당의 중문을 나설 때까지도 그녀를 막아서는 이는 아무도 없었다. 대단한 신분의 포로였음에도, 그녀는 포로답지 않게 평소에도 출입이 지극히 자유로웠다. 친위대장 무흔이 늘 그림자처럼 그녀를 따라다니며 감시하고 보호하는 까닭이었지만, 그녀가 그것을 알 리 없었다.

기다랗게 뻗은 담을 따라 목적지도 없이 터덜터덜 걸음을 옮기다 말고 그녀는 문득 걸음을 멈추었다. 불현듯 오늘 아침 호수에서 보았던 소류의 모습이 머릿속에 생생히 떠오른 탓이었다.

휘황찬란한 금빛 의복을 차려입은 그는, 마치 다른 세상의 사람인 것만 같았다. 그때 그녀는 새삼 뼈저리게 깨달았다. 그와 그녀를 가로막고 있는 저 너른 호수만큼이나, 결코 좁혀지지 않을 그와 그녀 사이의 아득히 먼 거리를…….

그는 아라하의 왕이며, 자신은 파안의 황후라는, 그 서글프고도 뼈아픈 사실을 말이다.

"……."

발길 닿는 대로 걸어 도착한 곳은 다름 아닌 호숫가였다. 보다 정확히는, 그가 그녀의 검술 수련을 위해 호숫가 옆 공터에 만들어 준 바로 그 수련장…….

이래서 습관이 무섭다고들 하는 건가. 이곳 낙안성에 도착한 이후로 매일같이 오가는 곳이라면 딱 두 곳, 처소인 해율당과 바로 이 수련장뿐이다. 그러니 무의식중에 찾아온 곳이 하필 그와의 기억이 산재해 있는 이곳 수련장이라는 사실은, 실은 그리 놀라울 것도 또 의외랄 것도 없는 사실임에는 분명했다.

"하아……."

바닥에 단단히 고정된 수련용 허수아비를 가만히 노려보던 그녀의 입에서 낮은 한숨이 터져 나왔다. 바로 저 허수아비를 상대로 그가 매일 보여 주던 그 힘차고 간결한 동작들이 하나하나 생생히 머릿속에 떠올랐다.

햇볕에 그을려 검게 탄 그의 피부는 충분히 역동적이고 매혹적이었다. 그의 검술을 눈 속에 단단히 새겨 제 것으로 익히고자 하는 그 배움의 의지 저변에, 사내를 흠모하는 여인의 것과도 같은 그 어떤 불순한 시선이 아주 없었다고 한다면 그것은 거짓일 터.

제아무리 성정이 목석같을지라도, 단목소류라는 사내에게 매료되지 않을 여인은 아마 세상에 없을 것이다. 훤칠하고 다부진 체격과 서글서글한 용모는 둘째 치더라도, 다정다감한 그 마음 씀씀이에 반하지 않을 여인이 세상천지 어디에 있겠는가.

다만, 그 사실을 분명히 인정하지만, 세상천지 모든 여인들이 그러하다 해도 그녀 자신 한 사람만큼은 예외여야만 한다는 사실이, 새삼 뼈아프게 그녀의 심장을 후벼 팠다.

해율당의 중문을 넘어 들어온 단휘가 마당에 우두커니 선 채 별당에 내걸린 현판을 조용히 노려보고 있을 때, 그렇게 그녀는 지아비인 단휘가 이곳 낙안성에 와 있다는 사실 같은 건 차마 꿈에도 상상조차 하지 못한 채, 지아비 아닌 다른 사내의 흔적을 눈으로 마음으로 좇으며 괴로운 시간을 보내고 있었다. 얄궂은 신의 장난 따위는 차마 깨닫지도 못한 채로…….

발치에 떨어져 있는 나뭇가지를 주워 든 아리는 배운 대로 허수아비를 향해 몇 차례 휘둘러보다가, 이내 그런 제 행동이 우스워져 손에 쥐고 있던 나뭇가지를 휙 던져 버리고는 다시 터덜터덜 호수 가까이로 걸음을 옮겼다.

"……."

달빛 아래에 자리한 수면 위로 찬연히 부서진 은빛 잔광이 눈부시게 흩날렸다. 아리는 실눈을 뜬 채 코끝을 찡그리며 한참 동안 호수를 바라보았다. 내일이면 더는 이곳을 볼 수 없다는 생각에 왠지 모를 아쉬움과 허탈감이 동시에 고개를 쳐들었다.

그녀는 호수의 바로 앞까지 다가가 작은 바위에 쪼그려 앉았다. 고개를 숙여 수면 위를 바라보았지만, 달빛이 제아무리 밝아도 어둠이 짙게 깔린 야심한 밤이라 수면에 비친 얼굴이 또렷이 보이지는 않는다. 한참을 그렇게 수면 위를 바라보다가 쪼그렸던 무릎을 펴고 이제는 아예 바위 위에 털썩 주저앉아 버렸다. 그러고는 치마를 무릎까지 걷어 올리고는 호수 물에 가만히 발을 담근 채 그녀는 찰랑이는 수면 위로 멍한 시선을 던졌다.

시리도록 차가운 물의 냉기가 발끝부터 발목 위까지 차례로 덮쳐 오자 온몸에 소름이 쫙 돋는다. 춥기는 했지만 기분은 썩 괜찮았다. 희뿌연 장막이 두어 겹 둘러쳐진 듯하던 멍한 정신이 단번에 확 맑아지는 기분이었다.

이곳에서의 마지막, 어쩌면 이 역시 추억이라면 추억으로 남겨질 수도 있으리라. 그 어느 날 아련하게 떠올리며 미소 짓게 만드는 꿈같은 기억으로…….

호수에 발을 담근 채로 그녀는 멍하니 시선을 들었다. 같은 어둠 속이어도 새벽녘과는 사뭇 다른 느낌으로 다가오는 호수의 풍경이 오늘따라 서글프고 처연한 감정을 불러일으켰다.

내일이면 떠나야 하기 때문인 걸까…….

"하아…….."

나직이 한숨을 내쉬며 그녀는 호수에 비친 달을 하염없이 바라보았다. 수면 위로 잔잔히 흐르는 물결을 따라 함께 일렁이는 달빛에 의미 없는 시선을 던진 채로, 그녀는 차라리 이대로 시간이 멈춰 버린다면 얼마나 좋을까 하는 그런 부질없는 생각을 했다. 그래, 정말이지 부질없는 생각이다. 저의 그런 시답잖은 생각에 실소하며 그녀는 흐르는 물결을 따라 눈동자를 가만히 움직였다.

잔잔한 물결을 보고 있노라니 마음이 한결 차분히 가라앉는 듯한 기분이 든다. 어쩌면 생각하는 것만으로도 지쳐 복잡한 사고를 의도적으로 의식 밖으로 밀어 내려 하고 있는 것인지도 몰랐다. 무엇이면 어쩌랴. 이리 잠시만이라도 마음이 견디어만 준다면 그것으로도 감사해야 할 일이건만…….

덤덤한 얼굴로 고요한 수면 위를 그렇게 한참 동안 넋 나간 듯 바라보고 있을 때였다. 불현듯 무언가 그녀의 시야에 들어왔다.

달이 비치고 있는 곳 주변의 수면이 유난히 찰랑거리며 불규칙적인 물결을 만들어 내고 있었다.

'……뭐지?'

단순한 착시인지, 아니면 물 아래로 무언가 지나간 것인지는 확인해 보지 않고서는 모를 일이다. 혹 커다란 잉어라도 지나간 것이 아닐까. 만일 그렇다면 지금쯤이면 저곳에서 이곳까지 헤엄쳐 오고도 남았겠다 싶어 그녀는 상체를 숙여 목을 쭉 늘어뜨리고 발밑을 쳐다보았다.

설령 정말로 잉어가 헤엄쳐 왔다 해도 사위가 어두워 보일 리 만무하건만,

한참을 상체를 앞으로 바싹 내민 채 물속을 뚫어질 듯 바라보던 그녀의 시야로 검은 물체가 어른어른 비친 것은 구름에 슬며시 가려졌던 달이 온전한 제 모습을 드러낸 그 순간이었다.

촤아아—!

귓전을 뒤흔드는 요란한 물소리와 함께 시커먼 무언가가 물보라를 일으키며 수면 위로 번쩍 솟구쳐 올랐다. 너무 놀라 비명마저 집어삼킨 채 경직된 몸을 반사적으로 웅크린 그녀가 지금 저에게 일어나고 있는 상황을 채 깨닫기도 전에, 그것은 순식간에 그녀의 손목을 낚아채 그대로 호수 속에 거칠게 메다꽂았다.

"우흡······!"

저항할 일말의 틈도 없이 그저 놀란 숨만 삼키며 호수에 풍덩 내동댕이쳐진 그녀의 몸이 수면 위로 큰 파장을 만들어 내며 순식간에 물속으로 빨려 들어갔다.

물에 가라앉지 않으려 필사적으로 발버둥 쳐 보았지만, 그럴수록 오히려 그녀의 몸은 더 깊이 가라앉고 있을 뿐이었다.

숨이 막혀 왔다.

차츰 흐릿해져 가는 의식을 가까스로 붙든 채, 그녀는 점점 더 깊은 곳으로 하염없이 가라앉고 있었다.

아리가 해율당을 빠져나오던 그 시각, 소류 역시 그녀와 다를 바 없이 한참을 잠 못 이루며 뒤척이다 결국 침전을 박차고 나와 밤마실을 나서는 중이었다.

이리도 지독한 불면에 시달리기는 오늘이 단연코 처음이었다. 침의를 갈아입지도 않은 채 그대로 침전을 빠져나와 한적한 후원을 한참이나 배회하던 그는 터덜터덜 마사(馬舍)를 향해 걸음을 옮겼다.

가장 아끼는 준마를 끌고 나와 능숙하게 말 등 위로 올라타자 오랜만의 밤마실에 흥분한 듯 말이 투레질을 해 댔다. 딱히 목적지는 없었지만 준마도 그도 컴컴한 어둠 속을 헤치면서도 단 한 번도 멈춰 서는 법 없이 오로지 앞만 보며 돌풍처럼 내달렸다.

밤의 청량한 기운과 차가운 바람이 전신을 휘감았다. 그는 더욱 속도를 내어 달렸다. 그렇게 한참 시린 바람에 몸을 내맡기고 있다 보니 갑갑하던 가슴이 조금은 트이는 것도 같았다. 진작 이리 나와 바람이나 쐴 것을, 침상에 누워 뜬 눈으로 애먼 시간을 보낸 것을 생각하니 어쩐지 조금 억울한 마음도 들었다.

바람에 나부끼는 얇은 백색 침의 자락이 서걱거리며 맨살에 기분 좋게 와 닿자 그의 입가에 엷은 미소가 드리워졌다. 바람에 살랑거리는 그 보드랍고 하늘 거리는 감촉은, 분명 그가 사랑해 마지않는 것들 중 하나였었다. 자신이 왕이 되기 전까지는. 아직은 후계자라는 이름으로 아버지의 그늘에 안주해 있어도 되었던 그 시절에는…….

이 소소한 즐거움을, 이리 오래도록 잊고 있었던가…….

"……."

그렇게 얼마쯤을 달렸을까. 까만 어둠 속에 처연한 은빛 잔광을 고고히 흩뿌리고 있는 드넓은 호수의 전경이 시야에 가득 들어차기 시작하자 그는 천천히 속도를 줄였다.

착의례를 치른 오늘 아침, 이곳에서 보았던 그녀의 모습이 한밤중이 된 지금까지도 목에 가시가 걸린 것처럼 불편하고 껄끄럽게 마음에 남아 있기 때문일까. 굳이 이곳까지 온 이유를 그 자신조차 알 수 없었다. 나직이 한숨을 내쉬며 그는 능숙한 동작으로 말에서 내렸다.

어둠이 짙게 깔린 검푸른 수면 위로 부서져 내린 은은한 달빛은 언제 보아도 고혹적이고 아름다웠다. 달빛에 시선을 빼앗긴 채로 소류는 호수 주변을 따라 천천히 걸었다. 딱히 목적지가 있는 것도 아니었기에 걸음은 한껏 느긋하고 여유로웠다. 그렇게 얼마를 더 걸어갔을까. 익숙한 장소에 다다라서야 그의 걸음이 멈추었다.

딱히 오려고 온 것은 결단코 아니었다. 그러나 어찌 되었든 그는 지금 그곳에 와 있었다.

매일 새벽마다 그녀의 검술 수련 상대가 되어 주고 있는 수련용 허수아비를 물끄러미 바라보던 그는 또다시 가슴이 갑갑해져 오는 것을 느꼈다. 땅이 꺼질 듯 묵직하게 토해 낸 뜨거운 한숨이 초가을 밤의 찬 공기와 뒤섞여 허공으로 뿌옇게 흩어지는 모습을 그의 적요한 눈동자가 덤덤히 좇고 있었다.

심장에 불덩이가 들어 있는 것만 같다. 온몸의 피가 전부 끓어올라 증발해 버리기라도 한 것처럼, 평생 해소될 것 같지 않은 극심한 갈증이 그를 무섭게 덮쳐 왔다. 온몸에 뜨겁게 끼쳐 오는 열기가 무엇에서 비롯된 것인지를, 차라리 영원히 모른 채로 살아갈 수만 있다면 얼마나 좋을까……. 타는 갈증을 해소시켜 줄 수 있는 것도, 달아오른 열기를 식혀 줄 수 있는 것도 이 차가운 호수가 아니라는 것쯤은 알고 있었다. 하지만 그는 이렇게라도 하지 않으면 정말이지 이대로 활활 타 올라 재가 되어 버릴 것만 같은 기분에 사로잡혔다.

그는 그대로 몸을 휙 돌려세워 호수를 향해 성큼성큼 걸으며 침의의 상의를 벗어 던졌다. 근육으로 다져진 탄탄한 그의 상반신이 쏟아지는 달빛에 고스란히 드러났다. 몸 곳곳에 남아 있는 크고 작은 흉터들조차도 달빛을 받아 푸르스름하게 빛나고 있었다.

호수 앞에 다다르자 그는 고민할 것 없이 그대로 호수 속으로 뛰어들었다. 거듭 생각해도 시종장 융과 별리하를 천궁에 떼어 놓고 온 것은 백번 잘한 일이다. 만약 그녀들이 이런 자신의 모습을 보았다면 열이면 열, 백이면 백 기겁을 하며 뒤로 넘어갔을 테지. 아마 모르긴 몰라도 석 달 열흘은 능히 잔소리를 퍼부어 댔을 것이다. 하지만 그렇다고는 해도, 조금도 그립지 않다 한다면 그것은 거짓이겠지만…….

"하앗!"

나직한 기합과 함께 호수로 뛰어든 그는 물 위로 떠올라 크게 심호흡을 하고는 물속 깊은 곳으로 헤엄쳐 들어갔다. 하지만 어째서일까. 더 깊이 잠수해 들어가려던 그가 돌연 방향을 틀었다. 그러고는 수면 지척까지 단숨에 헤엄쳐 올라가 물 아래 몸을 숨긴 채 호수 밖 어딘가를 매섭게 노려보았다.

캄캄한 밤이었지만 달빛이 유난스레 밝아 바위 위의 희끄무레한 형상이 물속에서도 분명히 보였다. 아무래도 달갑지 않은 불청객이 찾아온 듯싶었다. 조금 이해되지 않는 점이라면 밤손님이라 하기에는 물 아래에서도 이리 뻔히 알아차릴 만큼 은신술이 형편없다는 점이었다. 그러나 월등한 실력자인 것보다는 그 편이 백번 나았기에 소류는 의아한 마음은 잠시 접어 두기로 하고 바위 위의 그림자를 향해 조심스럽게 접근했다.

얼마쯤 떨어진 거리에서 바위 위에 어른어른 비치는 그림자를 재차 확인한 그는 이내 빠르게 헤엄쳐 수면 위로 힘껏 솟구쳐 올랐다.

촤아아―!

물보라를 일으키며 수면 위로 솟구쳐 오름과 동시에, 순식간에 그림자의 손목을 낚아채 그대로 물속에 힘껏 메다꽂았다. 그림자는 아무런 저항도 없이 너무도 쉽게 그의 힘에 끌려 왔다.

물속에서 자유자재로 운신이 가능할 만큼 체력과 유영술이 출중난 그였으니 이 같은 상황에서 우위를 차지하는 것이야 물론 그리 대단한 일도 아니다. 그러나 이건 쉬워도 너무 쉬웠다. 게다가 찰나의 저항조차 없다는 게 더욱 이해되지 않는 점이었다. 필시 무언가 잘못되었다. 그것이 무엇이라고 딱 부러지게 말할 수는 없지만 무언가 분명 잘못된 것임이 틀림없었다.

그리 여기며 그가 근거 모를 찜찜함에 미간을 좁히던 그 순간, '풍덩!' 하고 요란한 소리를 내며 물에 빠졌다가 잠시 수면 위로 떠오른 그림자의 연푸른빛 옷자락이 찰나 물 위로 번지듯 퍼지다 순식간에 물속으로 빨려 들어가는 것이 그의 시야에 잡혔다. 그리고 그 순간, 그의 표정이 딱딱하게 굳어졌다.

달빛을 머금어 선명히 드러나던 연푸른빛 옷자락…….

그 옷은 분명 자신이 알고 있는 것이었다. 자신이 직접 골라 침모에게 던져 준 옷감이니 기억하지 못할 리가 없다. 지금 이곳에서 저 연푸른빛 침의를 입고 있을 사람은 오로지 단 한 사람뿐이었다.

"······아······리?"

혹시 모를 수중 공격에 대비하여 허리춤의 단도로 향하고 있었던 그의 손이 채 그것에 닿지 못한 채 수중에 그대로 멈추어 버렸다. 손아귀 안에 여유 있게 잡히던 손목이 여자의 가느다란 손목이었다는 것을 그제야 분명히 깨달은 탓이었다. 그의 얼굴이 낭패감에 잔뜩 일그러졌다.

"아리······!"

빌어먹을. 어째서 더 빨리 알아차리지 못한 걸까. 이 늦은 밤에 자신처럼 호숫가에 나와 있는 그녀가 아무리 환상처럼 느껴졌어도 한 번쯤은 현실임을 의심해 보았어야 했다. 설령 환상에 속는 것일지라도, 한 번쯤은 가까이 다가가 달빛 같은 연푸른빛의 그녀를 시야 가득 담아 보기라도 하였어야 옳다.

그는 물속으로 빨려 들어가는 그녀를 향해 다급히 헤엄쳤다. 초가을의 수온은 빌어먹을 정도로 차갑다. 바닥으로 한없이 가라앉고 있는 그녀를 재빨리 붙잡아 품 안에 바짝 당겨 안은 그는 정말이지 사력을 다해 수면 위로 빠르게 헤엄쳐 올라갔다.

물 밖으로 올라온 그는 창백하게 질린 그녀의 얼굴을 잠시 걱정스럽게 내려다보고는 그녀가 앉아 있었던 바위가 있는 쪽으로 서둘러 헤엄쳐 갔다. 그곳에 다다라 그녀를 바위 위로 번쩍 들어 올리고는 그 역시 가뿐히 몸을 놀려 물 밖으로 나왔다.

"헉, 헉······ 콜록······!"

바위 위로 끌어 올려진 아리는 그대로 바닥에 늘어진 채 호수 물을 토해 내며 거친 숨을 몰아쉬었다. 지금 자신에게 무슨 일이 일어난 것인지조차 제대로 자각할 수 없을 만큼 정신이 혼미했다. 게다가 살을 에는 한기까지 더해져 이성적 사고(思考)가 아예 불가능했다.

거칠게 숨을 헐떡거리던 그녀가 불어오는 칼바람에 가녀린 몸을 한껏 웅크렸다. 가빠진 호흡이야 얼마 지나지 않아 진정이 되겠지만, 젖은 몸으로 밀려드는 한기는 가히 살인적이었다. 살점이 떨어져 나갈 듯 무시무시한 냉기가 그녀의 젖은 살갗을 뚫을 듯이 매섭게 파고들고 있었다.

그녀는 발작처럼 몸을 떨었다. 그러나 그 발작적인 떨림의 원인이 정작 무엇에 있는 것인지는, 그녀 자신조차 그 순간 딱히 무어라 명확히 단정 짓기 어려웠다.

"……하, 대체……."

아마도 그것은, 차마 다가와 손을 뻗지도 못하고 두어 걸음 떨어진 곳에 서서는 굳은 얼굴로 저를 내려다보고 있는 저 위압적이고도 강렬한 존재 때문이리라.

"대체 왜…… 이 밤에 이런 곳에 나와 있는 거지?"

"……전……하?"

그 순간에, 자신이 아는 익숙한 목소리가 들려오리라고는 그녀는 짐작조차 하지 못했다. 흐릿하게 시야에 맺힌 저 군신의 조각상처럼 위압적인 누군가도 실은 달빛이 만들어 낸 환상이라 여기고 있는 중이었다. 아리는 흐릿한 시선을 들어 목소리가 들려온 쪽을 바라보았다.

"……괜찮은 거요?"

아리는 그를 물끄러미 올려다보았다.

정말이지…… 달빛 아래 시리도록 푸르게 빛나는 그의 모습이란 도대체가 현실감이 없다.

대체 어째서 그가 이곳에 와 있는 것일까……. 아니, 과연 지금 이 순간이 현실이기는 한 걸까.

투박하고 거칠지만 따뜻하던 그의 온기가 아직도 온몸에 강렬하게 남아 있는데도, 도무지 믿기가 힘들었다. 그럼에도 꿈이라 하기엔, 젖은 살갗을 파고드는 무시무시한 한기가 또 그것은 아니라 하고 있었다. 사내라는 압도적이고, 절대적인 존재 때문인지, 아니면 살을 엘 듯한 추위 때문인 건지, 걷잡을 수 없이 떨려 오는 몸을 잔뜩 웅크린 채로 아리는 가쁘게 숨을 내쉬었다. 지금은 무언가를 곰곰이 생각해 볼 여력조차 남아 있지 않았다.

아리가 그렇게 혼란스러움에 빠져 허우적대는 동안, 소류는 그런 그녀를 자책 어린 시선으로 바라보고 있었다. 물에 젖은 채로 사시나무 떨듯 떨고 있는 아리를 보니 섣부른 판단으로 그녀를 이런 꼴로 만든 자신이 한심스럽다 못해 저주스럽기까지 했다. 하여 속으로 그런 자신에게 온갖 욕설을 퍼붓고 있는 중이었다.

한시라도 빨리 처소로 돌려보내 젖은 옷을 갈아입게 하는 것이 상책이겠지만, 머리로는 분명 그리 생각하면서도 마음은 모순적이게도 차마 이대로 그녀를 보내고 싶지가 않았다. 달라지는 것은 앞으로도 아무것도 없겠지만, 다만 지금 이 순간만큼은 모든 걸 내려놓은 채로 온전한 그와 그녀로서 함께 있고 싶은 것이 그의 솔직한 마음이었다.

그는 잠시 심각하게 고민이란 것을 했다. 그러고는 이내 결심한 듯 자리를 뜨며 말했다.

"금방 돌아올 테니 잠시만 기다리시오."

"예? ……어디를 가시는…….."

"잠시면 되오."

그는 어리둥절해하는 그녀를 뒤로한 채 수풀 속으로 사라져 버렸다. 아리는 당혹스러운 눈으로 그가 사라진 곳을 한참 동안 멍하니 바라보았다.

그가 무슨 생각을 하고 있는 것인지를 도무지 모르겠다. 그는 대체…….

추위 때문에 머리가 어질어질한 것으로도 모자라, 이제는 정말이지 심란함을 넘어서 혼이 어디론가 전부 다 빠져나가 버린 듯한 기분이었다.

젖은 옷을 통해 살갗을 파고드는 극심한 추위도 물론 견디기 힘들었지만, 그와 마주친 순간부터 좀처럼 멈출 생각을 않는 심장의 터질 듯한 거센 박동이 더욱 견디기 힘들었다. 그것이 '그'라는 존재 때문인지, 하마터면 익사할 뻔했다는 그 아찔한 사실 때문인지, 도무지 알 수가 없어 그저 답답하게 가슴을 죄어 올 뿐이었다.

"후……또 며칠이나 앓아누울지 걱정이군."

어느새 돌아온 그의 손에는 마른 나뭇가지들이 한 아름 들려 있었다. 나지막한 한숨 뒤로 그가 내뱉은 말이 잘 들리지 않아 귀를 쫑긋 세운 채 묻는 얼굴로 빤히 쳐다보았지만, 그는 더 이상 아무런 말도 꺼내지 않은 채 묵묵히 하던 행동만을 계속했다.

그는 나뭇가지들을 발치에 내려놓고는 바닥에 앉아 능숙한 솜씨로 그것들을 하나하나 겹쳐 쌓기 시작했다. 불을 피우려는 모양이었다. 풀숲에서 함께 주워 온 듯한 손바닥만 한 돌덩이 두 개를 두어 번 부딪쳐 땔감에 불을 놓은 그는 후후 입으로 바람을 불어 불씨를 번지게 하고는 다시 일어나 또 어디론가 향했다.

"또 어디를 가십니까?"

"잠시만……."

저만치 멀어지는 그의 등에 대고 다소 목소리를 높여 서둘러 그리 물었지만, 들릴 듯 말 듯 한 짤막한 대답만이 돌아왔을 뿐이었다. 아리는 이제는 거의 자포자기의 심정으로, 자리에 철퍼덕 주저앉아 그의 하는 양을 그저 지켜보기로 했다.

그러고 보니 그는 웃옷도 걸치지 않은 채였다. 경황이 없어 미처 알지 못하였던 그 사실에 예전의 그녀였다면 아마 얼굴을 붉히며 당황하여 고개를 돌렸겠지만, 지금은 그보다는 걱정이 앞섰다. 그도 사람인 다음에야 저리 젖은 몸을 하고서 춥지 않을 리가 없었다.

무얼 하려는 것인지 멀찍이 떨어진 커다란 바위 앞으로 다가간 그가 무언가를 손에 들고 돌아오는 것이 어슴푸레 보였다. 어느새 활활 타오르기 시작한 모닥불 덕에 추위는 그런대로 견딜 만했다. 다시 돌아온 그는 그녀의 어깨에 들고 있던 무언가를 내려놓았다. 아니, 내려놓았다기보다는 꼼꼼하고 세심히 덮어 주었다고 해야 옳을 것이다.

문득 그 손길이 참 다정하다는 생각을 하다 그런 저의 생각에 흠칫 놀란 아리는, 혹여 그에게 그 같은 자신의 마음을 들키기라도 할까 두려워 얼른 고개를 돌렸다.

"……."

고개를 돌린 시야 끝에 은은한 빛이 어른어른 비쳤다. 어깨에 걸쳐진 백색 옷감에 수놓인 은사가 달빛을 받아 반짝이고 있었다. 익숙한 옷이었다. 아라하의 천궁에 감금되었을 때, 그의 침전에서 근 한 달을 갇혀 지내 오던 동안 적어도 하루걸러 하루쯤은 꼭 보아 오던 것이니까.

처음 그가 그 백색 침의를 입고서 그녀가 있는 침실로 들어서던 때가 문득 떠올랐다. 그 짧은 순간, 무수히 많은 끔찍한 상상들로 지옥을 수천수만 번은 오간 듯한 기분이 들었더랬다. 지금이야 그때를 생각하면 피식 웃음이 날 만큼 그의 사람됨을 믿고 있지만 말이다.

"춥지 않으십니까?"

"괜찮소. 겪어 보았겠지만 북부의 밤은 꽤 차갑지. 북쪽 사람들에게는 이 정도 추위쯤은 아무것도 아니오."

"그래도…… 많이 쌀쌀합니다. 가까이 오셔서 불을 좀 쬐셔요."

"……."

그녀가 앉아 있는 곳으로부터 서너 걸음쯤 떨어진 곳에서 조용히 호수를 응시하며 우두커니 서 있던 그가 흘끗 그녀를 돌아보았다. 어딘지 그답지 않게 잠시 망설이는 듯하던 그는 곧 몸을 돌려 불가로 다가와 앉았다. 맞은편에 앉으리란 그녀의 생각과는 달리, 그는 맞은편에서 약간 한쪽으로 치우친 옆자리를 택해 앉았다.

마주 바라보지 않아도 되어 시선의 부담이 없고, 상대를 보려면 고개를 약간만 돌리면 되는…… 마주친 시선이 혹 버거워 고개를 돌리더라도 모닥불에 시선이 머무르게 되어 분위기가 어색하거나 무안하지는 않을, 딱 그 정도의 위치…….

그 짧은 순간에 그러한 것들까지 세심히 살핀 것은 설마 아닐 테지만, 만일 정말로 그런 것이라면 그의 그러한 배려가 그저 놀라울 따름이었다.

가쁘게 내쉬던 호흡도, 살을 에는 듯한 한기에 한없이 떨려 오던 몸도 어느새 많이 진정되어 있었다. 모닥불의 온기 탓일까. 몸이 나른해지는 것은 물론이요, 기분마저 나른해지는 것만 같았다. 아리는 어깨를 덮은 백색 침의 자락을 만지작거리다 그의 옆모습을 흘끗 쳐다보았다.

깊은 밤, 달빛 아래에서 보는 그의 모습은 새벽녘이나 낮에 보는 그것과는 또 다른 느낌이어서 마음이 묘했다. 볕에 잔뜩 그을린 검은 피부는 낮의 강인한 느낌과는 달리, 밤 특유의 정취처럼 어딘지 쓸쓸하고 외로운 느낌이 강했다. 그래서일까. 제 의지와는 상관없는 염려 섞인 목소리가 기어이 흘러나온 것은…….

"어찌 침의 차림으로 나와 계시는지요. 혹 불면에 시달리기라도 하시는 겁니까?"

"……."

그녀의 목소리에 녹아든 염려를 그 역시 느낀 것일까. 그의 시선이 물끄러미 그녀를 향했다. 그와 눈이 마주치자 아리는 황급히 모닥불로 시선을 돌리고는 애써 태연히 말을 이었다.

"전쟁 때문입니까? 아니면 무엇 때문에 이 밤에 침의 차림으로 나와 호수에 뛰어들기까지 하신 겁니까?"

"그건 내가 그대에게 묻고 싶은 말이야. 그대야말로 어째서 그런 차림으로 호숫가에 나와 있는 거지?"

하긴. 침의 차림인 것은 그녀 역시 마찬가지였다. 아리는 흠뻑 젖은 자신의 연청색 침의를 가만히 훑어보다 어깨를 으쓱했다.

"제가 먼저 물었습니다."

"떼쟁이 소녀 같군."

"나이 스물일곱에 소녀라니, 그다지 듣기 싫은 말도 아니로군요."

그녀의 장난스러운 대꾸에 그가 엷게 웃었다. 그저 실없는 농을 주고받고 있을 뿐인데도 가슴 한구석이 아릿해져 올 만큼 벅찬 무언가가 가슴 가득 차올라 기분이 묘하고 야릇했다.

"스물일곱이라. 태어난 날은 어찌 되는지 물어봐도 되겠소?"

"신분도 다 들통난 마당에 그깟 생일쯤 알려 드리는 것이 무에 어렵겠습니까. 유월 초하룻날이 제 생일입니다."

"하면 내가 먼저로군."

"예?"

"동년 삼월 보름이 내 생일이오. 그대와 나, 같은 해에 태어나 같은 세월을 살아왔다는 이야기요. 하여도 선후란 것이 있는 법이니 따지자면 내가 위요."

"아……."

아리는 눈을 동그랗게 뜬 채 새삼 신기한 무언가를 쳐다보듯 그를 물끄러미 쳐다보았다. 같은 해에 태어나 같은 세월을 살아왔다……. 별것 아닌 사실임에도 묘한 동질감이 느껴졌다.

자신이 위라고 장난스럽게 으름장을 놓는 그를 보며 웃음이 나는 것도 잠시, 순간 가슴이 왠지 모르게 뻐근하고 아릿해져 왔다. 추억하고 기억할 한 가지가 더 늘었기 때문인 걸까…….

"……그러고 보니 그동안 서로 나이도 모른 채 지내 왔군요."

"불과 얼마 전까지만 해도 이름도 나이도 신분도 모른 채 지내 왔지. 그리 따져 보니 그대와 나, 이만하면 아주 대단한 발전을 한 것이로군. 아무튼, 좋소. 그럼 내 석 달 일찍 태어난 연장자로서 먼저 묻지. 대체 호수에는 왜 나와 있었던 거요?"

"3년도 아니고 고작 석 달 먼저인 것으로 연장자 운운하시는 겁니까? 그리 졸렬한 분이신 줄 몰랐습니다."

"졸렬하면 또 어때서. 그래, 난 그리 졸렬한 사내야. 내 이리 순순히 인정했으니 어서 대답이나 해 보시오."

"하, 저더러 떼쟁이 소녀라 하시더니 그러는 전하야말로 막무가내 댓 살배기가 따로 없군요?"

"……아리."

"……!"

갑작스레 자신의 이름을 부르는 그로 인해 아리는 그만 너무 놀라 단번에 말문이 막혀 버렸다. 뭐라 대꾸할 말조차 잊고 얼떨떨한 표정으로 그를 쳐다보자 그가 눈매를 휘며 엷은 웃음을 뱉어 냈다.

"적국의 왕 따위에게 결코 불려서는 아니 될 대단한 이름이라는 것쯤은 나도 아주 잘 알고 있소. 하나 달리 부를 만한 호칭이 없는 것도 사실이니……."

"그러해도 어찌……."

"그럼 내 그대를 무어라 부르면 좋겠소? 마땅한 호칭이 있으면 말해 보시오."

"글쎄요……. 어디 생각을 좀 해 보죠. 음…… 그러니까…… 흐음…… 흠…… 정말 그렇군요. 딱히 부를 만한 게 없네요."

"그것 보시오. 그대도 마땅히 생각나는 것이 없지 않소."

하긴. 적국의 황후를 무어라 부를 것인가. 그의 입장에서는 적국에서의 그 위상을 그대로 인정하듯 '황후'라 부르기도, 이미 거짓임이 들통난 지 오래인 '은조 낭자'란 호칭으로 부르기도 영 어색할 터였다. 기실 무어라 불리든, 설령 진짜 제 이름으로 불린다 해도 크게 마음 써야 할 부분도 아니었다. 어차피 내일이면 이 모든 상황들이 끝이 날 테니까.

"좋습니다. 하면 부르고 싶으신 대로 부르십시오."

그 말에 싱긋 웃으며 그가 기다렸다는 듯 입을 열었다.

"좋소, 그럼 이제 아까의 내 질문에 대답할 차례야, 아리."

"아까의 질문이라면 호수에 나와 있던 이유 말인가요?"

"그렇소."

"음…… 그게…… 그러니까…… 실은 검술 수련을 하고 있었습니다."

생각나는 대로 대충 둘러댄, 본인이 생각하기에도 억지스럽기만 한 그녀의 대답에 그의 미간이 슬며시 좁혀졌다.

"이 밤에?"

"하릴없이 놀고먹는 인사가 시간에 구애받을 이유가 없지 않겠습니까?"

"하······ 천지에 사내들뿐이거늘, 대책 없는 여자로군. 그 무슨 간 큰 배짱이
오?"

그의 따가운 시선이 그녀에게 날아와 박혔다. 왠지 화를 삭이는 듯한 가라앉
은 두 눈동자가 자신을 꾸짖듯 바라보자 저절로 몸이 움츠러들었다. 그 순간,
뭐랄까······. 꼭 오라비에게 꾸중을 듣는 어린 누이라도 된 듯한 기분이 들었다
고 해야 할까? 그 역시 자신과 꼭 같은 스물일곱 해를 살아왔을 뿐이지 않은가.
순간적으로 발끈한 기분이 들어 어쩐지 심기가 불편해진 아리는 쌜쭉한 얼굴로
고개를 돌리고는 다소 빈정대는 투로 입을 열었다.

"전하께서 저를 특별히 여기시는 것을 모르는 이 없을 터인데, 그 어느 누가
감히 제게 몹쓸 짓을 하겠습니까."

"······."

말을 내뱉자마자 아리는 곧 자신이 실수했음을 깨달았다. 그가 시선을 돌리
려다 말고 다시 그녀를 빤히 바라보았다. 그도 그럴 만했다. 자신이 생각하기에
도 조금 전 자신의 말은 다분히 오해의 소지가 있었다.

"아, 특별하다는 것은, 그러니까 제 말뜻은······."

물론 그가 '특별하다'라는 글자가 지닌 그 미묘하고도 모호한 의미로 제 말
을 받아들일 일은 없을 터였다. 그러나 오해의 여지가 있는 것만은 분명했기에
서둘러 말을 정정하려는데, 그가 태연히 그것을 잘라 냈다.

"그리 부연할 필요는 없어. 그대의 말처럼, 내게 그대가 특별한 것은 사실이
니까."

덤덤한 얼굴의 그가 이 순간 무슨 생각을 하고 있는지를 알 수만 있다면 영
혼이라도 내어 줄 수 있을 것만 같다. 아리는 적어도 지금만큼은 정말이지 그
러한 기분이 들었다. 자신의 말을 대수롭지 않게 받아들인 듯한 그의 태도에도

불구하고 마음 한구석이 괜스레 불안하고 편치 못하여 그녀는 그의 말끝에 이어 서둘러 덧붙였다.

"예, 물론이지요. 저는, 아라하의 군주인 전하께는…… 적국의 황후라는 아주 특별한 포로가 아닙니까. 오해 없이 그리 들으셨다면 다행입니다."

"글쎄……. 아마 그대는 오해한 것 같은데."

"예?"

"나는……."

나는, 하고 잠시 말을 끊은 그의 얼굴 위로 스쳐 간 미미한 표정 변화를 눈치채지 못한 아리가 다음 말을 재촉하듯 그를 빤히 응시하자, 그가 곧 나직이 입을 열었다.

"아라하의 군주인 내게, 적국의 황후인 그대가 특별한 것도 물론 사실이겠지만……, 조금 전 내가 한 말은……."

그의 시선이 주저 없이 그녀를 향했다.

"나라는 사내에게, 그대라는 여인이 특별하다는 뜻으로 한 말이었소."

"……!"

아리는 순간 그대로 석상이 되어 버리기라도 한 듯 몸이 딱딱하게 굳어져 버렸다. 지금 대체 그가 무슨 말을 하고 있는 것인지 모르겠다. 나직하지만 분명한 목소리였음에도, 그의 말을 단 한 마디조차 알아들을 수가 없었다. 그럼에도 미친 듯이 뛰고 있는 심장과 딱딱하게 굳어졌다가 이내 무섭게 떨려 오는 몸의 전율이 이해되지 않을 뿐이었다.

아리는 힘이 풀려 덜덜 떨려 오는 다리에 가까스로 힘을 주고는 자리에서 벌떡 일어섰다. 그런 그녀에게 조용히 날아와 박히는 그의 시선을 받아 내는 것조차 힘에 벅찼다.

"……저, 저는 이만 처소로 돌아가 보겠습니다. 제가 생각이 짧았습니다. 이리 늦은 시각에 둘이 함께 있는 것을 누가 보기라도 한다면 괜한 구설에 오를수도 있을 것입니다. 그러니 이만 저는……."

"피하고 싶을 테지. 물론 이해 못 하는 바는 아니지만……."

자리에 앉은 채 나직이 한숨을 내쉰 그가 불안하게 서 있는 그녀를 가만히 올려다보았다. 그의 표정은 어느 때보다도 확고하고 단호했다.

"지금 이 자리를 피한다 해도 언젠가는 또다시 부딪쳐야 할 문제임을 그대도 모르지 않을 터인데. 그리해서 해결될 일이었다면, 매일 밤 그 숱한 고뇌의 시간들을 보내지도 않았어."

"무, 무슨 말씀을 하시는 건지 모르겠군요. 전 이만 돌아가겠습니다."

"……앉아."

"가겠……습니다."

"보내 줄 것 같나."

섬뜩하리만큼 낮게 가라앉은 음성이 위협적으로 느껴져 반쯤 돌아서다 저도 모르게 멈칫하는데, 어느새 몸을 일으킨 그가 손을 뻗어 그런 그녀의 손목을 거칠게 움켜쥐고는 자신 쪽으로 돌려세웠다.

"전하……! 어, 어찌 이러십니까!"

"내 어찌 이러는 것인지, 정말 몰라서 묻는 거요? 아니면 모르는 척하고 싶은 거요."

"알아듣게 말씀을 해 주십시오."

"그래? 그렇다면 좋아. 정말 몰라서 묻는 거라면 내 아주 친절히 이야기해 줄 수도 있어. 하지만 혹 모르는 척하고 싶어 그리하는 거라면, 더는 내가 속아 줄 마음이 없다는 사실 정도는 그대도 알고 있어야 할 거야. 오늘만큼은 난…… 내 진심을 숨기지 않을 작정이니까."

"……!"

모르겠다. 대체 지금 자신이 무엇을 어찌하려는 것인지. 다만 확실히 알 수 있는 건, 이대로 그녀를 보내 버리면 지금 이 같은 순간이 두 번 다시는 오지 않으리란 사실이었다.

그것이, 그를 절박하게 만들었다. 간절하게 만들었다. 늘 철두철미하던 이성을 완벽하게 짓누른 채 철저히 본능이 시키는 대로 움직이게 만들었다. 자꾸만 달아나려는 그녀가 그런 그의 본능을 더욱 부추기고 있었다.

소류는 파리하게 질린 얼굴로 그에게 잡힌 손을 빼내려 버둥거리는 그녀의 손목을 더욱 강하게 그러쥐었다. 그가 가할 수 있는 힘의 반의반도 쓰지 않았지만, 그녀에게는 꽤 강한 충격으로 전해질 것이다. 그것을 모르는 바 아니나, 멈추고 싶은 생각은 없었다. 아니, 멈출 수가 없었다.

가는 손목에 가해지는 엄청난 악력을 견디지 못한 그녀가 고통스러운 신음을 간헐적으로 내뱉고 있었지만, 소류는 다만 손의 악력을 다소 약하게 했을 뿐, 그녀의 손목을 여전히 놓아주지는 않고 있었다.

"아픕니다. 놓아주세요."

"달아나지 않겠다고 하면."

"달아나지 않을 테니 놓아주십시오."

"……."

그의 손을 뿌리치려 안간힘을 쓰다 이내 체념한 듯 그리 고분고분하게 대꾸하며 저를 올려다보는 그녀를 소류는 잠자코 바라보았다.

이 여자는 알고 있을까. 이리 물끄러미 저를 바라보는 까만 눈동자를 보고 있노라면 주체할 수 없이 가슴이 뛴다는 것을……. 그저 이렇게 손목을 붙잡고 있는 것만으로도 심장이 불에라도 덴 듯 뜨거워져 이대로 화산처럼 활활 타 버릴 것만 같다는 사실을…….

그는 저도 모르게 그녀의 손목을 움켜쥐고 있던 손에 힘을 주었다. 창백한 얼굴로 여전히 저를 불안하게 바라보고 있는 그녀를 서서히 제 쪽으로 끌어당기고 있는 그 순간에도, 그는 자신이 지금 그녀에게 무슨 짓을 하려는 것인지조차 깨닫지 못하고 있었다.

이 순간 그를 움직이고 있는 건, 이성이나 의지가 아니라 오로지 그의 본능이었다.

그래, 어쩌면…… 그녀의 어깨와 젖은 머리카락에 내려앉은 저 오묘한 달빛에 홀린 것일 수도 있었다.

"……!"

밀어 낼 틈도 없이, 순식간에 그녀를 자신의 품으로 끌어당겨 안은 그가 한 손으로 거칠게 그녀의 턱을 그러쥐었다. 그러곤 그녀의 턱을 들어 올려 자신을 바라보게 만든 후 천천히 고개를 숙여 그녀에게 다가왔다.

갑작스러운 그의 행동에 놀란 그녀의 눈이 더는 커질 수 없을 만큼 크게 떠졌다. 그가 지금 그녀에게 무엇을 하고자 함인지, 아무리 사내를 잘 모른다 해도 여인으로서 그러한 직감조차 없다면 그것은 거짓이리라. 혼란스럽게 일렁이는 그의 눈동자 역시 말해 주고 있었다. 지금의 그는, 언제나 여유롭고 느긋하던 평상시의 그 냉철하고 이성적인 사내가 결코 아님을.

맹렬히 파고드는 그의 시선이 집요하게 그녀를 옭아맸다. 탁하게 잠긴 그의 눈동자 깊은 곳에서 번쩍하며 뜨거운 불꽃이 이는 것 같은 착각이 들던 그 순간, 마치 그것이 신호인 양, 그가 그녀의 입술을 거칠게 덮쳐 왔다. 맞부딪친 입술이 칼날에 베인 듯 아릿하고, 불에 덴 듯 뜨겁고 쓰라렸다. 순간 머릿속이 시끄럽게 울려 댔다.

아리는 그에게서 벗어나기 위해 발버둥을 치며 있는 힘껏 그를 밀어 냈다. 하지만 그런 그녀의 행동은 그를 오히려 더욱 충동질해 댈 뿐이었다. 저항 같은 것은, 이 순간 오히려 그를 더욱 자극해 그녀의 의도와는 정반대의 결과를 초래한다는 사실을 그녀는 전혀 알지 못하고 있었다.

오래도록 참아 온 갈망과, 순수하지만 제어되지 않는 폭발할 듯한 열정이 무섭게 질주하는 야생마처럼 이 순간 그를 멈출 수 없게 만들었다. 이 순간 그를 미치게 만들었다. 심장이 이대로 터져 버리지 않는 것이 그나마 다행이라면 다행한 일이라 해야 할까. 그는 정말이지 한계에 다다라 있었다. 치솟는 욕망을 가까스로 억누르며, 그는 얼굴을 일그러뜨린 채 고통스럽게 내뱉었다.

"대체…… 왜, 내 앞에 나타나서 나를 이렇게 흔들어 놓는 거지?"

저를 안은 그를 완강히 거부하며 그에게서 빠져나가려 안간힘을 쓰고 있는 그녀의 손을 잡아 제 투박한 손안에 단단히 가둔 채, 그는 휘몰아치는 폭풍을 담은 듯한 일렁이는 두 눈동자로 그녀를 집어삼킬 듯 바라보았다. 온몸에 흐르는 모든 피가 화산처럼 솟구쳐 올라 쏟아져 나올 것만 같은 기분이다. 걷잡을 수 없이 들끓어 오르는 피와 함께 온몸의 모든 맥박이 몸 밖으로 터져 나갈 듯 미친 듯이 뛰고 있었다.

사실 그녀라고 해서 그런 그와 사정이 별반 다를 리 없었다. 아리는 이러다 심장이 정말로 쿵 하고 떨어져 나간다 해도 전혀 이상할 것 같지가 않았다. 이리 떨어져 나갈 듯 쿵쿵대며 울려 대는 심장이 아무렇지 않게 멀쩡하다면 오히려 그것이 더 이상할 일이었다. 강하게 부딪쳐 오는 그의 시선을 피하고 싶었지만, 한번 붙들려 버린 시선은 좀처럼 그에게서 풀려나지 못했다.

그의 혼탁한 눈동자가 한참이나 그녀를 집요하게 옭아매다가 힘겹게 방향을 틀어 허공 어딘가를 응시할 때까지, 두 사람은 터질 듯한 심장의 박동과 함께 솟구치는 묘한 감정들을 고스란히 느끼며 침묵 속에서 한참을 그렇게 서로를 바라보며 서 있었다. 얄따란 백자처럼 금세라도 깨어질 듯 위태롭던 그들 사이로 내려앉은 무거운 침묵을 먼저 깬 사람은 다름 아닌 소류였다.

손안에 가두었던 그녀의 작은 손마디를 가만히 놓아주며, 그는 탁하게 잠겨 든 목소리로 나직이 내뱉었다. 혼란스럽게 흔들리는 눈빛을 굳이 숨기지 않은 채로.

"우습지 않나. 적국의 왕과 황후, 이 기막힌 배합의 우리가 어찌 반려의 연으로 맺어질 수 있는 것인지."

"그런 것, 믿지 않습니다."

아리의 단호한 대꾸에, 그가 자조하듯 낮게 웃었다.

"그럴 테지. 그대야 그저 미개한 야만족의 근거 없는 맹신일 뿐이라고 치부해 버리면 그만일 테니까. 하지만 나는, 그렇지가 못해."

"물론 그러시겠지요. 천신을 모시는 나라의 군주이신 전하께서 만민이 우러르는 천신의 뜻을 가벼이 여기지 못하는 것이야 당연한 일이 아니겠습니까."

그러니까, 그가 자신과 그녀의 인연을 가벼이 흘려 넘기지 못하는 까닭은 오로지 그것이 천신의 뜻이기 때문일 뿐이라고, 그녀는 이야기하고 있는 것이었다. 다른 감정적인 이유 때문이 아니라, 오로지 신의 뜻이기 때문이라고.

말의 속뜻을 알아챈 그가 픽 웃음을 터뜨렸다. 물론 그 말에도 수긍은 하겠지만, 그것이 전부가 아님을 그녀 또한 분명 모르지 않을 것이다.

"한 달, 아니 두 달 전의 나였다면 물론 그 이유 하나만으로 설명이 되었겠지. 이 우습지도 않은 관계를 왜 모질게 쳐 내지 못하는지, 끝이 뻔한 길이 눈앞에 훤히 보이는데도 왜 선뜻 다른 길로 가지 못하는지, 그대를 만나기 전의 나였다면 그 하나로도 충분히 설명이 되었을 테지. 하지만……."

잠시 말을 멈춘 그가 그녀를 향해 손을 뻗었다.

"하면 이것은, 어찌 설명해야 할까."

그의 억센 손길이 돌연 그녀의 손을 잡아채듯 끌어당겨 제 왼쪽 가슴을 짚게 했다. 그녀가 달아나지 못하도록 여린 손을 단단히 움켜쥔 채 그리 묻고 있는 그의 눈동자는 혼란함을 가득 담은 채 걷잡을 수 없이 흔들리고 있었다.

자신의 손바닥 아래에서 터질 듯이 뛰고 있는 그의 심장의 박동이 그녀의 손바닥을 통해 고스란히 전해져 왔다. 잡힌 손을 뿌리치려 했지만 무엇엔가 홀린 듯 몸이 말을 듣지 않았다. 그의 심장의 박동이 빨라지고 거세질수록 그녀의 심장도 그 울림을 따라 빠르고 거세게 쿵쾅거리기 시작했다.

이미 충분히 심란하고 혼란스러웠지만, 그는 멈출 생각이 없어 보였다. 그제야 겨우 정신을 가다듬고 그에게 잡힌 손을 다시 뿌리치려던 그녀의 시도는 너무도 맥없이 물거품으로 돌아갔다. 잡힌 손을 더 단단히 그러쥔 그의 투박한 손 아래에서 뛰고 있는 맥박이 그의 것인지 자신의 것인지조차 아리는 도무지 알 수 없었다.

"당신만 보면 심장이 말을 안 들어. 평생을 살아오면서 단 한 번도 제 주인의 뜻을 거스른 적이 없는 이 심장이, 꼭 고장이라도 난 것처럼 말을 안 들어."

순간 주위가 빙 도는 듯한 착각이 일었다. 아리는 그의 품 안에 갇혀 있다시

피 한 자신의 몸을 있는 힘껏 비틀었다.

"놓아주세요! 처소로 돌아가겠습니다."

"왜인 줄 아나."

"알고 싶지 않아요!"

그의 진심을 알게 되는 것이 두렵고 또 두렵다. 더 이상 그의 이야기를 들어서는 안 된다는 생각이 본능적으로 강하게 그녀를 옭아맸다. 어쩌면, 그의 진심을 알게 되는 것보다 더욱 두려웠던 것은, 그로 인해 동요할 자신의 마음이었는지도 모른다. 그녀는 거의 발작적으로 몸부림을 치며 그를 밀어 내려 안간힘을 썼다.

그녀의 확고하고도 완강한 거부에 그가 깊은 한숨을 내쉬었다. 감추었던 마음을 고백한다 하여 변하는 것은 물론, 없다. 그렇다는 것을 너무도 잘 알고 있는 그였지만…… 폭주하듯 터져 나온 감정들을 아무렇지 않은 듯 추슬러 주워 담기란 이리도 쉽지 않은 일이다.

쏟아져 내리는 저 달빛 때문일까…….

붉고도 푸르고도 희고도 검은 저 오묘한 달빛 때문일까…….

마치 귀신에게 홀리듯 저 달빛에 홀려서…… 술에 취하듯 저 달빛에 취해서…….

"그대 때문이야…….”

기어이 마음 한 자락 내보이고 만다…….

"……그대를…… 내 온 마음에 품어 버려서…….”

"그만……해요.”

고통스럽게 일그러지는 그녀의 얼굴 위로 이지러진 달의 환영이 스쳐 가는 듯하다.

안다, 못난 짓이라는 것을……. 또한 잔인한 짓이라는 것을…….

하지만 폭발할 듯한 감정의 격랑을 언제까지고 담아 둘 수는 없는 노릇이니까. 터뜨릴 수 있는 건 지금이 유일할 테니까.

"아니, 들어 줘. 지금 말하지 않으면 평생 말할 수 없을지 모르니까. 지금이 아니면 다시는 내 진심을 그대에게 보일 수 없을지 모르니까."

"듣고 싶지 않아요. 그만해요…… 그만……."

"더 이상 숨기다가는 심장이 터져 버릴 것 같으니까, 미칠 것 같으니까!"

"제발 그만해요!"

아리는 귀를 틀어막은 채 울부짖듯 소리쳤다. 알아서는 안 될 마음, 차마 담아서는 안 될 마음이라 생각했었다. 지금 역시 그러한 생각에는 변함이 없건만, 거세게 요동치는 심장을 무엇에 베이기라도 한 듯 견디기 힘든 엄청난 고통이 심장으로부터 온몸 구석구석으로 퍼져 나갔다.

발악하듯 몸부림치는 그녀를 한참이나 바라보던 그가 괴로운 듯 얼굴을 일그러뜨린 채 힘겹게 말을 이었다.

"단 하루만이라도…… 그대와 나, 서로에게 솔직하면 안 되는 건가……. 단 하루만이라도……. 그것이 그리도 큰 죄악인 건가. 단 하루, 아니 지금 이 순간만이라도 당신과 나 오로지 두 사람만 생각하면 안 되는 건가."

그녀의 두 눈동자에 시선을 고정한 채 말하는 나직한 음성에는 그조차 다스리지 못한 혼란함이 고스란히 묻어나 있었다. 그녀는 그의 시선을 피해 고개를 돌렸다. 그 올곧던 두 눈동자가 지금 이 순간 얼마나 많은 부정한 이유들로 참담히 흔들리고 있을지, 차마 똑바로 바라볼 용기조차 나지 않았다.

"그리한다고…… 무엇이 달라집니까."

자조하듯 덤덤히 되묻는 말속에는, 실은 어쩌면…… 무언가 분명 달라지는 것이 있을 거라고, 그가 확신하듯 대답해 주길 바라는 일말의 기대감이 담겨 있었던 것인지도 모른다…….

"단 하루, 서로에게 솔직해진다 하여 그것이 무슨 의미가 될 수 있습니까. 당신은 아라하의 왕, 나는 파안의 황후……. 여인으로서든 다른 그 무엇으로든, 그 어떤 명분으로도 아라하의 왕 단목소류의 곁에는 남을 수 없는 사람, 그것이 나 진아리라는 여인입니다."

보태고 뺄 것도 없는 명백한 진실. 그것은 날카로운 칼날이 되어 이 순간 그들의 가슴에 깊은 상흔을 남기고 있었다.

"하루만이라도 솔직해지고 싶다 하셨습니까? 예, 하면 솔직해지지요. 당신과 진정을 나누고 싶습니다. 애꿎게도 모두 쳐 내고 베어 내야 할 마음이라고 생각하니 그 마음이 너무도 애틋하고 간절하여 내게 원하는 것이 무엇이든, 하물며 그것이 이 몸뚱이라 해도 기꺼이 내어 드리고 싶은 심정입니다. 그러나…… 그것이 무슨 의미가 될 수 있습니까."

이리 솔직할 수 있는 건, 오늘이 지나면 더는 이러한 감정의 흔들림을 겪지 않을 것이란 걸 아는 까닭이리라. 오늘이 지나면 더는 이런 헛된 마음을 품어야 할 아무런 까닭도 남아 있지 않을 것이기 때문이리라.

쿵쾅거리던 심장이 저 밑바닥까지 한없이, 한없이 떨어져 내렸다. 그럼에도 이 마음을 놓고 싶지 않아서일까. 추락하는 심장을 부여잡기라도 하듯 저도 모르게 가슴께를 꾹 움켜쥔 채로, 그녀는 아직 못다 한 말들을 거침없이 쏟아 냈다.

"그리해 봐야 그저 하룻밤의 통정일 뿐입니다. 더러운 사통이고 야합일 뿐입니다. 그런 추악한 기억으로 평생을 위안 삼기라도 하시겠다는 말씀이십니까? 죄를 지으면 언젠가 죗값을 받기 마련이니 전하와 나는 그렇다 치지요. 하면 남은 평생 당신만을 바라보며 당신의 곁을 지키게 될 그녀는요? 한 사내의 지어미로서, 그리고 왕비로서 누구보다 고결하게 살아가야 할 그녀의 삶은요? 신의도 우정도 모두 잃고 떠돌고 아파할 그녀의 영혼은요? 그 어떤 대단한 위로로도 아물지 못할 그녀의 상처는요?"

한 사내를 갈망하며 아파하던 아이혜의 모습 위에 투영되던 것은 다름 아닌 상처 입은 자신이었다. 사랑받지 못한다는 것이 얼마나 비참하고 뼈아픈 고통이던가. 잠시나마 우정이라 불릴 만한 마음 한 자락을 함께 나누었던, 어쩌면 또 다른 자신일지도 모를 그녀를…… 그런 식으로 기만할 수는 없었다.

"단 하루만이라도 솔직해지고 싶다고요? 어떻게…… 어떻게 그런 무책임하고 잔인한 말씀을 하시는 겁니까. 잘 알고 계시지 않습니까. 우리는, 그리해서는 안 된다는 것을요. 그 죄를 이 생에서 어찌 다 갚으려고요."

아리는 완강히 고개를 저었다.

"나는…… 그럴 수 없어요……. 나는 그럴 수 없어……. 내 자신조차 용서할 수 없는 이 마음 때문에 누군가를 다치게 하는 그런 일 따위…… 나는 할 수 없어요."

머리와 가슴이 서로 다른 것을 바라보는 모순 속에서 허우적대다 가까스로 마음을 다잡은 그녀는 차분히 가라앉은 눈동자를 들어 그를 올곧게 바라보았다.

그래, 이것이 그와 내가 할 수 있는 최선의 선택이리라…….

"혼인은 인륜지대사입니다. 하물며 군주의 혼인임에야 더 말할 것도 없겠지요. 아라하 왕실의 예법은 알지 못하나, 간단한 절차는 아닐 터이니 오늘부터라도 숙면을 취해 두시는 것이 좋으실 겁니다. 그럼 저는 이만 처소로 돌아가 보겠습니다."

가슴 한구석에 아릿한 통증을 느끼며 차갑게 뒤돌아선 그녀의 귓가에 탁하게 잠겨 든 그의 목소리가 날아와 박혔다.

"그대가 부럽군."

그가 하려는 말을 도무지 짐작할 수 없어 그녀는 저도 모르게 몸을 돌려 그를 바라보았다.

"무엇이 말입니까."

"그토록 이성적일 수 있어서."

"……."

"이성을 잃는다는 게 어떤 건지, 난 이제야 알 것 같은데 말이야."

비스듬히 선 채 고개를 떨어뜨린 그는 그 자리에 못 박힌 듯 서 있었다. 더 이상 다가오려고도, 그녀를 잡으려고도 하지 않는 그의 행동이 도리어 그녀의 발목을 붙들고 있었다.

"더럽고, 추악하다는 것…… 알아. 이렇게 말하고 있는 순간에도 그대를 원하는 이 마음이, 나 역시 혐오스러워 견딜 수가 없으니까."

더는 그의 말을 듣지 말아야 한다는 마음속 경고의 목소리가 어디선가 들려오는 듯했다. 그러나 마음과는 달리 좀처럼 발길이 떨어지지 않았다.

그가 느끼고 있을 고통과 괴로움이 고스란히 전해져 왔다. 더럽고 추악할지 모를 자신의 얼굴을 보이기 싫다는 듯 여전히 고개를 들지 않은 채였지만, 그의 얼굴에 가득할 혼란함과 고통을 그녀는 충분히 헤아릴 수 있었다. 그녀 역시, 그와 조금도 다르지 않았으므로.

"이런 나를, 나 역시 견딜 수가 없다. 하나, 뜻대로 되지 않는 이 마음을…… 다스러지지 않는 이 마음을 어찌 멈추어야 할지를…… 나도 모르겠어."

잔뜩 갈라진 음성으로 힘겹게 토해 낸 그의 진심이 가시가 되어 심장을 아프게 파고들었다. 순간 눈물이 치솟아 올랐다. 어찌할 수 없는 마음이라는 것을 너무도 잘 알고 있을 그가, 또한 그러한 자신이 그 순간 너무도 서글프게 마음에 박혀 왔다.

서러운 눈물이 그예 동공 가득히 들어차 금세라도 떨어져 내릴 듯 시야 가득 일렁였다. 그녀는 입술을 악다물었다. 그 앞에서만큼은 절대로 이런 마음 내보이지 말아야 한다고, 꼭꼭 감춰 두어야만 하는 마음이라고, 스스로를 수없이 다그치고 달래도 보았다. 그러나, 야속하게도 눈물은 그런 저의 마음을 비웃듯 기어이 투명한 액체를 흘려 냈다. 끝내 뺨을 타고 흘러내리는 그것을, 결국은 그에게 들켜 버리고 말았다.

"……하아……."

안타까움이 가득 담긴 그의 낮은 한숨 소리가, 이 순간 그녀의 가슴을 크게도 울린다.

"……그대를…… 어찌하여야 할까……. 나를…… 어찌하면 좋을까……."

한숨처럼 토해 낸 그의 안타까운 탄식에 슬픔이 북받쳐 올랐다. 속절없이 흐르는 눈물을 그녀는 이제는 굳이 감출 생각조차 할 수 없었다. 감정이라 이름

붙일 만한 그 모든 것을 눈물과 함께 남김없이 흘려보내는 것이라, 그리 스스로에게 변명하고 나니 더는 참아 낼 마음조차 들지 않았다.

그녀의 눈가에 흐르는 서글픈 눈물을 바라보는 그의 눈동자가 애달프게 떨려 왔다. 주저 없이 뻗어진 투박하고 단단한 그의 손이 그녀의 젖은 눈가를 조심스럽게 쓸어내렸다.

그의 작은 손길 하나에도 요동치며 격렬히 반응하는 심장이 야속하게만 느껴진다. 그러나 모순되게도 눈가에 번지는 그 다정함이 마냥 싫지만은 않았다. 아니. 가질 수 없다는 것을 이 순간 더욱 절감해서일까. 그것은 오히려 더욱 간절하게 다가왔다.

차라리 몰랐더라면…….

그의 마음이든 저의 마음이든, 둘 다가 어렵다면 어느 하나의 마음만이라도 몰랐더라면…….

그랬더라면 서로가 서로의 마음을 아프게 잘라 내야만 하는 지금 같은 고통을, 적어도 이렇게 우리 두 사람 모두가 겪는 일은 없었을 텐데.

"아리……."

그의 다정한 부름이 가슴속을 아프게도 파고든다. 안 그래도 흐릿하던 시야가 더욱 뿌옇게 흐려졌다.

"울지 마, 제발……."

조용히 그녀를 달래며, 그녀의 어깨를 가만히 그러쥔 채 자신의 품 안으로 조심스레 끌어당기는 그의 서툴고 투박한 손길이 너무도 애잔하고 서글퍼서…… 아리는 순간 왈칵 쏟아지는 눈물을 끝내 참지 못하고 그의 품 안에서 서러운 눈물을 펑펑 쏟아 내며 하염없이 울고 말았다.

14
재회

　단휘가 아리의 처소인 해율당에 도착했을 때 그녀의 모습은 별당 어디에도 보이지 않았다.

　그답지 않게 잔뜩 긴장된 마음을 겨우겨우 추슬러 진정시켜 놓았건만, 생각지도 못한 상황에 맥이 탁 풀려 허무한 기분마저 들었다.

　축시가 다 된 시각. 밤이 깊은 지 오래이건만, 대체 그녀는 어디를 간 것일까. 시간이 지날수록 그의 마음은 초조해져만 갔다. 마음 같아서는 당장이라도 이곳을 뛰쳐나가 그녀를 찾아 헤매고 싶은 심정이 굴뚝같았지만, 그야말로 초인적인 인내심을 발휘하여 간신히 그런 충동을 억누르는 중이었다.

　바닥까지 드리워진 검은 창장 뒤에 비스듬히 몸을 숨긴 채, 단휘는 어두운 창밖을 조용히 응시했다. 무의미하게 허공을 좇던 그의 눈동자가 일순 날카롭게 번뜩이며 어딘가를 뚫어지게 주시하기 시작한 것은 그로부터 얼마 지나지 않아서였다.

　이제 막 중문으로 들어선 두 남녀의 모습이 달빛 아래 희미하게 드러나던 순간, 마치 결코 보아서는 안 될 무언가를 보고야 만 사람처럼 심장이 터질 듯이 뛰기 시작했다. 흐릿한 두 인영에 시선을 고정한 채로, 그는 시야가 보다 선명해지도록 눈을 가늘게 떴다. 그 와중에도 시시각각 변하는 그의 복잡한 표정은 혼란스럽고 심란한 그의 심정을 고스란히 보여 주고 있었다.

마당을 가로질러 별당으로 다가오고 있는 그들의 발소리가 점점 가까워질수록 그의 심장도 더욱 빠르게 뛰었다. 별당 앞에 멈춰 선 그들이 무어라 두런두런 말을 주고받는 소리가 어렴풋이 들려오자, 단휘는 청각을 한껏 곤두세웠다. 본의 아니게 엿듣는 모양새가 되었지만 지금은 그런 것 따위는 조금도 중요치 않았다.

자신에게 등을 보인 채 다소곳이 서 있는 그녀는 조용히 사내를 올려다보고 있었다. 보이는 것은 뒷모습이 전부였지만, 몇 달이 아니라 몇 년이 흐른다 해도 그 뒷모습을 어찌 알아보지 못할 수 있단 말인가. 틀림없는 그녀 아리다…….

단휘는 아리의 뒷모습을 아연히 바라보았다. 그녀가 한참이나 사내를 바라보고 있음을 그는 느낌으로 확연히 알 수 있었다. 그 사실이, 이를 악물고 손마디가 으스러지도록 주먹을 움켜쥐게 할 만큼 그 순간 그를 분노케 만들었다.

그녀가 사라진 지옥 같던 시간 동안 온 마음을 다하여 기억하고 추억하며 그리워하던 그 안의 그녀가, 지금 이 순간을 기다려 온 시간들이 무색해질 만큼 가슴속에서 마른 잎처럼 바스스 부서져 내렸다. 궁을 떠나 있는 동안, 대체 그녀에게 무슨 일이 생긴 것일까.

"……그저…… 꿈을 꾼 것입니다. 오늘이 지나면 잊히고 지워질 그저 그런 꿈……. 전하께서도 제 말에 동의하시지요?"

"……."

"대답해 주세요, 전하. 그렇다고…… 제 말이 옳다고…… 지금 이 자리에서 그리 확답해 주십시오."

희미하지만 분명히 들려오는 그녀의 말소리에 꽉 움켜쥔 주먹이 부들부들 떨려 온다. 지금 그녀가 한 말들을 통해 알게 된 아라하의 왕이라는 저 사내의 신분보다도 더 놀랍고 충격적인 것은, 서로를 대하는 저들 두 사람의 이상하리만치 격 없는 태도였다. 적국의 포로와 적국의 왕 사이에 오갈 만한 대화도, 태도, 그 무엇일 수도 없는, 경악스럽고 이해 불가한 그 사실이, 딱 꼬집어 어떤 이유 때문인지는 몰라도 이 순간 그를 몹시도 불쾌하고 불안하게 만들고 있었다.

"그리하면 마음이 편한가. 내 마음 내 의지와는 상관없이, 내 그리 대답만 해 주면 정말로 그대 마음이 편해질 것 같나?"

"······."

"피곤할 텐데 그만 들어가 쉬는 게 좋겠소. 더 나눠야 할 이야기들은 차차 하기로 하지. 들어가는 것 보고 갈 테니, 먼저 들어가시오."

"······예······ 그리하지요······. 길이 어두우니 전하께서도 조심히 살펴 가십시오."

"······그러지. 그럼 편히 쉬시오."

아리가 별당 안으로 사라진 후에도 사내는 한참이나 그곳에 서 있었다. 누굴 이만큼이나 죽이고 싶다는 생각이 드는 것도 퍽 오랜만의 일이다. 아마, 단유 이후로 처음이 아닐까 싶었다. 한참이나 서성대다 돌아서 멀어지는 사내를 죽일 듯이 노려보던 단휘는 스르륵 미닫이문이 열리는 소리에 창장 뒤로 몸을 바짝 숨겼다.

그녀다······. 그녀가 사라지고 난 날부터, 그토록 미친놈처럼 그녀의 행방을 찾아 헤매며 온 마음으로 기다려 온 순간이건만, 기쁨보다는 까닭 모를 배신감과 상실감이 앞서는 지금의 상황이 그저 야속하기만 할 따름이다.

'······.'

그는 괴롭게 얼굴을 일그러뜨렸다. 이런 만남을 기대한 것이 아니었다. 한 나라의 군주라는 놈이 그 대단한 목숨마저 하찮게 내던져 가며 기껏 이런 식의 재회를 하겠다고 이곳까지 미친놈처럼 달려온 것은 결단코 아니었다.

단휘는 방 안으로 들어서는 그녀를 숨죽여 바라보았다. 방 안은 어두웠다.

열린 창을 통해 들어온 시린 달빛만이 희미하게 방 안을 비추고 있을 뿐이었다. 어둠에 익숙해진 단휘의 시야에는 그녀의 모습이 또렷이 보였지만, 복도의 불빛에 의지하고 있는 그녀의 시야에는 가뜩이나 그림자가 진 창장 뒤쪽으로 비스듬히 서 있는 단휘의 모습이 보일 리 없었다.

그녀는 방으로 들어와 문을 닫고는 한참을 문에 기대어 선 채 미동도 하지 않았다. 창장 뒤로 드리워진 음영에 몸을 숨기고 가만히 팔짱을 낀 채로, 단휘는 그런 그녀의 모습을 작은 움직임 하나 놓치지 않으려 애쓰며 뚫어지게 주시했다.

문 앞에 선 채 땅이 꺼질 듯 무겁게 한숨을 뱉어 낸 그녀가 그제야 터덜터덜 걸음을 옮겨 방 중앙의 침상으로 다가가 쓰러지듯 누웠다. 그리고 한참 뒤, 작게 흐느끼는 소리가 들려왔다. 그녀의 흐느낌에 단휘는 저도 모르게 입술을 깨물었다. 비릿한 피 맛이 입 안으로 퍼져 가는 것이 느껴진다.

그는 떨리는 손으로 가만히 얼굴을 쓸어내렸다. 그녀의 지금 저 행동을 대체 무엇이라 여겨야 할까. 조금 전 그녀가 사내와 나누던 그 대화들을 대체 무엇이라 여겨야 하는 것일까.

하, 참으로 대단한 여자가 아닌가. 늘 예상치도 못한 방법으로 저를 골탕 먹이고 놀라게 하는, 달갑잖은 재주가 있는 여자……. 다 버리고, 다 내려놓고, 정말이지 무릎이라도 꿇을 심정으로 죽자 사자 예까지 찾아온 자신에게, 어떤 사연인지는 몰라도 참 제대로 물을 먹이고 있지 않나. 하, 그래. 그리하지 않으면 평생을 물어뜯고 왕왕대던 그 진아리가 아닐 테지…….

어째서 이만큼이나 화를 삭일 수 있는 것인지 모르겠다. 분명히 화는 나는데, 정말이지 미치도록 화가 치솟는데, 지금은 그저…… 그래, 지금은 그저…… 그녀가 보고 싶다. 지금 저기 저곳에, 몇 걸음만 더 다가가면 손닿을 곳에 있는 저 여자를…… 그저 보고 싶을 뿐이다.

흐느끼는 소리가 조금씩 잦아든다 싶더니, 한참 후 쌕쌕거리는 고른 숨소리가 들려왔다. 잠든 그녀의 숨소리를 한참 동안 듣고 있다가 단휘는 반쯤 몸을 가렸던 창장을 가만히 걷고 나와 그녀가 잠들어 있는 침상으로 천천히 다가갔다.

"……."

울다 지쳐 잠이 든 것치고는 퍽 평온한 얼굴로 잠들어 있는 그녀를 그는 한참 동안 물끄러미 내려다보았다.

그녀의 잠든 얼굴은 이런 모습이었나……. 평소의 그 표독스럽고 앙칼진 모습은 찾아볼 수가 없다. 전에는 미처 몰랐었다. 이리 단아하고 고운 여자였구나, 그대는…….

"으음……."

나직한 숨을 내뱉으며 아리가 몸을 뒤척거리자, 그의 몸이 순간적으로 경직되었다. 그는 다시 숨어야 할지 아니면 그대로 있어야 할지를 잠시 고민하다가, 이내 그런 자신이 한심한 듯 고개를 젓고는 그녀가 잠든 것을 재차 확인한 후 그녀의 곁에 조심스럽게 몸을 누였다.

조심히 옆으로 돌아누워 팔을 베개 삼아 베고는 잠이 든 그녀의 얼굴을 한참 바라보다가, 단휘는 가만히 한 손을 뻗어 그녀의 뺨을 조심스럽게 쓸어내렸다.

보드랍다……. 세상 그 어떤 보드라운 것들보다도, 더 보드랍고 기분 좋은 감촉이다. 왜 진작 알지 못하였을까…….

이곳에 오기 전 계획하고 마음먹은 것들은 아무래도 모두 무용지물이 되어 버릴 모양이었지만 딱히 불만스럽지는 않았다. 오늘은 그저 이쯤에서 만족해야 할 것만 같았다. 곤히 잠든 그녀를 보니 차마 깨울 마음이 들지 않는 탓이었다.

단휘는 피로가 쌓여 묵직해진 눈꺼풀을 잠시 내리깔았다. 그래, 그녀의 곁에서 잠시나마 그녀의 숨소리와 체온을 느낄 수 있었다는 그 사실 하나로 오늘은 그저 만족해야 하리라. 묻고 싶은 말들이 하 많아 가슴이 터져 버릴 지경이지만, 오늘은 그것으로 만족하고 더는 욕심내지 않으리라…….

무거워진 눈꺼풀이 쉽게도 내려앉는다 했더니 쉬이 눈이 떠지지 않는다. 의식은 깨어 있음에도, 그동안 너무 몸을 혹사시킨 탓인지 몸이 말을 듣질 않는다.

잠시만 이대로 있어도 괜찮지 않을까…….

백하와 사혼단원이 주변을 경계하고 있음은 굳이 확인할 필요가 없는 사실이다. 그러니 이대로 잠시만…… 아주 잠시만…… 그녀 곁에서 이리 눈을 붙인 채로 쉬어도 좋지 않을까.

무겁게 감겨 오는 눈꺼풀과 사투를 벌이다 단휘는 결국 백기를 들고 말았다. 백하와 사혼단을 내세워 지금의 상황을 합리화시키고 나니, 지금껏 어찌 견디고 버티어 냈냐는 듯 수마가 무섭게 그를 덮쳐 왔다. 단휘는 그대로 잠에 빠져들었다. 천근만근으로 무겁게 내려앉은 눈꺼풀은 한번 닫힌 이후로는 미약한 떨림조차 없이 속수무책으로 감겨 버려 도통 떠질 기미가 보이지 않았다.

그의 곁에 곤히 잠들어 있는 그녀의 고른 숨소리가 자장가처럼 들려온 탓이라고, 희미해지는 그의 의식이 어렴풋이 생각할 뿐이었다.

그새 잠이 들었었나. 머리가 깨질 듯이 아프고 몸이 으슬으슬 떨려 오는 게 아무래도 몸살이라도 날 모양이었다.

차디찬 호수에 빠져 흠뻑 젖어 버렸으니 몸이 성하다면 그것이 더 이상한 일이겠지만, 정말 잠깐 잠이 들었던 것 같은데 손가락 하나조차 움직일 수가 없었다. 손가락은커녕, 눈조차 떠지지 않는다. 너무 추워 이불이라도 덮고 싶은 마음이 간절했지만, 정말이지 몸이 뜻대로 움직여지지가 않았다.

"하아……."

아리는 한숨을 내뱉었다. 가슴이 터질 것처럼 답답하고, 무력감이 전신을 휘감았다. 몸도 마음도 진흙탕에 빠진 것처럼 엉망진창이 되어 있었다.

가슴이 답답해서인지 자꾸만 한숨이 흘러나왔다. 연달아 깊은 한숨을 내뱉던 아리는, 순간 멈칫하며 무엇엔가 놀란 듯 갑자기 훅 하고 숨을 들이켰다.

익숙한 향기가 불현듯 코끝을 스쳐 간 까닭이었다. 아니, 정말로 후각이 느낀 것인지, 아니면 기억 속의 어떤 느낌이 찰나 스쳐 간 것인지는 정확히 분간하기 어려웠다. 분명한 것은, 아까 방에 들어와 잠시 문 앞에 서 있을 때에도 언뜻 이 향기가 스쳐 갔다는 사실이었다.

아리는 다시 한번 천천히 코로 숨을 들이마셨다. 한 번, 두 번, 세 번……. 그리고 익숙한 그 향기가 떠올리게 하는 누군가가 퍼뜩 머릿속을 스쳐 간 순간, 그녀는 너무 놀라 눈을 번쩍 떴다. 그리도 떠지지 않던 눈꺼풀이 정말이지 거짓말처럼 번쩍 떠졌다.

작약 향기…….

그에게서는 늘 기품 있고 그윽한 작약 향기가 났다. 어째서 지금 이곳에서 갑자기 그의 향기가 느껴진 것일까. 지금 그녀의 머릿속은 온통 그 아닌 다른 사내의 생각으로 가득 차 있건만, 어째서 하필 이런 때 까닭 없이 그의 향기가 느껴진단 말인가.

그 사실이 못내 죄스럽고 착잡하게만 느껴져 아리는 힘없이 웃었다. 넋 빠진 사람처럼 한참을 그리 망연히 웃고는, 다시 잠을 청해 보려 몸을 뒤척거리다 옆으로 돌아누워 무심코 시선을 들었을 때였다.

"……!"

숨이 턱하고 막혀 왔다. 순간 머릿속이 새하얘지며 등줄기에 소름이 쫙 끼쳤다. 무엇인지 모를 무언가가, 바로 눈앞에 있었다.

방 안은 어두웠지만 열린 창으로 달빛이 흘러들어 와 희미하게나마 시야를 분간할 수 있었다. 창을 통해 불어오는 바람에 흔들리는 머리카락과 조용히 오르내리는 어깨, 옅은 숨소리……. 지금 자신 앞에 있는 것은 분명히 사람이었다.

"흡……!"

비명이 터져 나오기 직전 간신히 손을 들어 입을 틀어막고는 어찌해야 할지 안절부절못하며 빠르게 머리를 굴려 보고 있는데, 그 작은 소동을 느낀 것인지 순간 눈앞의 괴한이 스르륵 눈을 떴다.

"……."

음영이 드리워진 탓에 얼굴은 제대로 보이지 않았지만, 괴한이 눈을 뜬 것인지 감은 것인지 정도는 분간할 수 있었다. 괴한의 눈동자가 어둠 속에서 번뜩 빛을 발하는 것을 보며 아리는 마른침을 꿀꺽 삼켰다. 머릿속은 이미 새하얗게 변해 버려 아무런 생각도 떠올릴 수가 없었다. 괴한의 정체 같은 것은 이 순간 궁금하지 않았다. 그저 이렇게 죽는구나 하고 생각하니 더없이 두려우면서도, 한편으로는 죽어 눈도 못 감을 만큼 억울하기도 하여 가슴이 저릿했다.

그러나 이제 와 생에 대한 미련 따위를 가져 무엇 할까……. 죽으려면 제발 깨끗하게 죽이기를. 어차피 죽을 몸이라고 굳이 이 몸 더럽히고 죽이지는 말아 주기를. 그런 마지막 바람들을 떠올리며 아리는 비장하게 두 눈을 감았다. 한참 동안을 그렇게 눈을 질끈 감은 채로 괴한이 저를 죽일 때만을 기다리고 있는데, 이놈의 괴한은 대체 얼마나 더 제 피를 말릴 생각인지 그렇게 한참이 지나도록 꿈쩍도 하지 않고 있었다.

아리는 용기를 내어 슬쩍 실눈을 떠 괴한을 보았다. 괴한은 아까의 그 자세 그대로 미동도 하지 않고 있었다. 옆으로 누워 느긋하게 팔에 머리를 기댄 채 빤히 자신을 쳐다보던 괴한은, 이내 비스듬히 상체를 일으켜 세우더니 다시 그녀를 한참이나 물끄러미 쳐다보았다.

심장이 터지지 않는 것이 오히려 이상할 지경이었다. 그녀의 심장은 두려움에 미친 듯이 뛰어 대고 있었다. 심장이 뛰는 소리가 사방을 울리는 것 같은 착각이 들 정도였다.

그렇게 얼마나 지났을까. 문득 쿡쿡거리는 나직한 웃음소리가 들려왔다고 생각했을 때…… 오만하게 느껴지리만큼 여유작작한 중저음의 목소리가 그녀의 귓가에 적요히 울려 퍼졌다. 정말이지, 제정신으로는 도저히 감당하기 어려울 만큼 엄청난 충격을 동반한 채로…….

"……이번 가출은 너무 길다고 생각하지 않나, 황후."

"……!"

너무 놀라 숨조차 제대로 내쉬지 못한 채 아리는 그대로 석상처럼 굳어져 버렸다. 잘못 들은 걸까. 지금 저 말을 정말로 제대로 들은 거라면, 지금 이 순간이 현실일 리 없다. 도무지 현실일 수가 없다.

그래, 지금 자신은 꿈을 꾸고 있는 것이 틀림없었다. 그렇게 생각하고 나니 이 비현실적인 일들이 어느 정도 납득이 가기 시작했다. 이는 분명, 그에 대한 죄책감이 만들어 낸 쓰디쓴 꿈이리라.

아직도 코끝을 감도는 진한 작약 향기와 조금 전 들려온 그의 나긋한 목소리, 그리고 지금 제 눈앞에 있는 그의 환영은…… 그래, 그녀의 내면이 만들어 낸 지독히도 쓰라리고 아픈, 꿈이다…….

단휘는 넋 나간 얼굴로 저를 멍하니 바라보고 있는 그녀를 조용히 응시했다. 그녀가 크게 놀라지 않고 있는 것을 보면, 아마도 지금 이 순간을 생시라고 쉬이 받아들이지 못하고 있는 모양이었다. 그래, 그렇다면 자신 역시도 이 순간이 그저 꿈인 듯, 오래도록 가슴속에 품어 왔던 그 말들을 조금쯤은 편하게 그녀에게 들려줄 수도 있으리라…….

그는 가만히 손을 뻗어 떨리는 그녀의 어깨를 조심스레 감싸 쥔 채로, 잠시 머뭇거리다 이내 입을 열었다.

"이런 말, 미친놈처럼 들리겠지만……."

아까의 오만하도록 여유작작한 목소리는 그새 어디론가 숨어 버리고, 탁하게 잠겨 든 초조하고 불안한 목소리가 입 밖으로 가늘게 떨려 나왔다.

그래, 정말로 미친놈이란 말을 그녀에게서 듣게 되더라도 상관없었다. 그녀가 곁에 없는 동안…… 수백 번, 수천 번도 더 되뇌었던 그 말을, 이 순간 용기 내어 그녀에게 들려줄 수만 있다면…… 그런 것쯤은 아무래도 좋았다.

그는 마음을 다잡듯 숨을 크게 들이마셨다. 그러고는 이내 천천히 숨을 뱉어 내며, 오래도록 가슴속에 담아 왔던 그 말을 토해 내기 위해 바싹 마른 입술을 힘겹게 달싹였다.

태어나 처음으로, 주단휘가 진아리에게 고백이란 것을 하는, 아마도 평생을 통틀어 다시없을 순간……. 정말이지, 주단휘와 진아리를 아는 사람이라면 누구도 상상치 못할 그런 순간을 그는 지금 그녀에게 펼쳐 보이려 하고 있는 것이었다.

수백 번, 수천 번을 마음으로 되뇌었어도, 단 한 번 마음 밖으로 꺼내기가 이토록이나 어려웠던 그 말……

"……보고…… 싶었어……."

정말이지 어렵고 버겁기만 했던 그 말이, 껄끄럽게 혀끝을 머뭇머뭇 맴돌다가 이내 공기 속에 스며들듯 듣기 좋은 울림으로 퍼져 나갔다.

"……보고 싶었어, 아리……. 내 진정으로 그대가…… 보고 싶었다……."

꿈인지 생시인지조차 모를 그의 고백에, 그녀의 눈동자가 더는 크게 떠질 수 없을 만큼 커다랗게 떠졌다. 단휘는 그런 그녀를 한참 말없이 바라보다가, 차츰 격렬히 떨려 오기 시작하는 그녀의 어깨를 자신 쪽으로 천천히 힘주어 당겼다. 힘없이 딸려 오던 그녀의 어깨가 어느 순간 멈칫하며 그를 밀어 내려 했지만, 그는 아랑곳하지 않고 더욱 힘주어 그녀를 자신의 품에 안았다.

천 번을 밀어 낸다 해도…… 더는, 그녀를 안은 이 손을 놓지는 않으리라…….

열린 창으로 소소한 바람이 불어왔다. 때마침 불어 들어오는 바람에, 작약 향기가 사방으로 옅게 퍼져 나갔다. 그의 품에 안긴 그녀의 몸에도 그 붉고 그윽한 향기가 어느새 깊이 스며들어 있었음은 말할 것도 없었다.

단휘의 품에 안긴 채 돌처럼 굳어져 한참을 부동자세로 있던 아리는 그렇게 꽤 오랜 시간이 흘러서야 지금 자신이 처한 상황이 꿈이 아님을 깨달았다.

그 사실을 깨닫는 순간 소스라치게 놀라 벌떡 몸을 일으킨 그녀는 아연실색한 얼굴로 달빛이 음영을 드리운 그의 얼굴을 믿을 수 없다는 듯 한참이나 넋을 빼 놓고 바라보았다.

……그다. ……틀림없는 그다…….

지금 자신의 눈앞에 있는 사람이 응당 황궁에 있어야 할 자신의 지아비라는 사내가 틀림없으며, 지금 이 순간이 꿈이 아닌 틀림없는 생시라는 것을 확실히 깨달아 버린 순간, 그녀는 하 기막혀 저도 모르게 간헐적인 한숨과 헛웃음을 발작적으로 연거푸 터뜨렸다. 그러고는 애써 마음을 진정시키려는 듯 크게 심호흡을 하고 나서야 미간을 잔뜩 좁힌 채로 그를 쏘아보았다.

"미치셨습니까? 정녕 실성이라도 하신 것이옵니까? 미치지 않고서야 어찌 이런 짓을 하실 수 있단 말입니까!"

그녀의 격앙된 목소리에 단휘의 입매가 슬며시 휘었다. 왕왕거리는 그녀의 목소리가 이다지도 반갑게 느껴질 줄이야. 예전이라면 상상이나 할 수 있었을까. 그 지긋지긋하게 정떨어지던 목소리가 정녕 지금 이 목소리가 맞았던가 싶어 단휘는 새삼스러운 눈으로 그녀를 잠시 물끄러미 바라보다가, 이내 천연덕스럽게 대꾸했다.

"글쎄. 나 역시 그다지 제정신이라는 생각이 들지 않는 걸 보면, 아마도?"

"하! 정말이지 도대체가 생각이란 것이 없는 분이시군요! 대체 지금이 어느 땐데, 한 나라의 군주라는 분이 이리 함부로 몸을 굴리시는 것입니까?"

"함부로 몸을 굴린다? 그래, 뭐 틀린 말도 아니지. 하면, 그 생각 없이 함부로 몸이나 굴리는 군주란 작자의 지어미라는 여자는, 그래서 지금 조신하게 황궁에 잘 있다던가?"

"그, 그건!"

얼굴이 붉으락푸르락해진 채로 잠시 말문이 막혀 씩씩대는 그녀를 보며 그가 거보라는 듯 얄밉게 씩 웃었다.

"피차 잘한 것 없는 얘기는 그만하고……."

잠시 말끝을 흐리던 단휘는 더없이 진지해진 얼굴로 그녀를 보았다.

"돌아가자, 아리. 데리러 왔어."

"……이리 친히 와 주시지 않으셨어도, 응당 궁으로 돌아갈 생각이었습니다."

"그럼 왜 거절했지?"

그의 미간이 슬며시 좁혀지는 것을 바라보며 아리는 입을 다문 채 가만히 시선을 내리깔았다. 그의 저 물음에 무어라 대답할 수 있을까. 양심이라는 것이 있는 인간이라면, 최소한의 지조나마 마음에 지니고 있는 여인이라면, 대체 어떤 핑계가 있어 그의 저 물음에 답을 할 수 있단 말인가.

그녀의 침묵이 길어질수록 단휘의 불안감은 커져만 갔다. 그녀에게서 과연 어떤 대답이 나올지, 기다리는 그 순간이 영겁처럼 길게만 느껴졌다. 정말이지 최대한의 인내심을 끌어모아 한참을 묵묵부답인 그녀를 재촉하지 않고 참을성 있게 기다리던 그였지만, 그도 더는 안 되겠던지 곧 묵직한 한숨을 토해 내며 비스듬히 누였던 몸을 벌떡 일으켜 침상에서 내려왔다. 마지막 인내심을 발휘하듯 잠시 우두커니 선 채 침상 위에 말없이 앉아 있는 그녀를 조용히 내려다보던 그는 순간 무섭게 치솟는 감정들을 애써 억누르며 나직이 입을 열었다.

"담아 두고, 상상하고, 사실 아닌 것을 사실로 오해하며 혼자 열 올리는 짓은 이제 그만두기로 했어. 그러니 설명해 봐. 내가 충분히 납득할 수 있도록, 타당성 있게."

"……돌아오라는 폐하의 명을 거역한 이유에 대해 말이옵니까?"

"물론 그 이유도 들어야겠지만, 그대가 내 말을 거역한 것이 어디 하루 이틀 일인가. 그러니 그것은 되었고…… 단지, 지금 내가 듣고 싶은 건……."

"하오면 대체 무엇을 설명하라는 것입니까? 어디 말씀해 보십시오."

그가 잠시 침묵한 채 조용히 그녀를 응시했다.

"말해 주면, 설명해 줄 자신은 있을지 궁금하군."

"폐하답지 않으시군요. 어찌 그리 뜸을 들이십니까."

"나도 이런 내가 아주 불쾌해."

그는 정말로 불쾌한 듯 인상을 구겼다. 대체 무슨 이야기를 하려고 저리 뜸을 들이는 걸까. 그에게서 어떤 말들이 나올지 염려스러우면서도 답답한 마음에 아리는 대답을 재촉하듯 그를 빤히 쳐다보았다. 그리고…… 그리 말문을 열고도 한참을 말없이 서 있던 그가 마침내 입을 열었을 때, 그녀는 차라리 듣지 않는 것이 백번 나았을 그 말들이 날카로운 가시가 되어 심장을 쑤시고 할퀴어 대는 것만 같은 아릿한 고통을 느끼며 그대로 숨을 죽인 채 눈을 감아 버렸다.

"조금 전 별당 앞까지 그댈 데려다주던 사내와, 그자와 그대가 나누었던 그 뜻 모를 대화들에 대해서…… 내가 납득할 수 있도록 설명할 자신 있나?"

"……!"

"오해하고 싶지 않지만, 오해하지 않을 수 없는 상황이라는 건 그대도 인정할 테니, 주절주절 길게 이유 같은 걸 갖다 붙일 필요는 없겠지. 그러니 어서 설명해 봐."

아무런 대답도 하지 못한 채, 자신의 눈을 피해 저만치 달아나는 그녀의 시선을 눈으로 좇으며, 그가 그럴 줄 알았다는 듯이 낮게 한숨을 토해 냈다.

"설명하기 힘든가? 그럼 하나만 대답해."

살면서 이토록 무언가를 간절히 바랐던 적이 또 있었을까.

"돌아오라는 내 청을 거절한 이유가, 지금 내가 오해할 것 같은 그런 이유 때문은 아니었다고……"

이토록 간절히 바랐던 적이…… 과연 단 한 번이라도 있었을까.

"왜 대답이 없지? 이마저도 대답 아니 해 줄 작정인가."

"……"

그는 팔짱을 낀 채 그녀를 차갑게 노려보았다. 그러고는 이내 휙 몸을 돌려 창장이 길게 드리운 창가 쪽으로 걸어갔다. 열린 창을 통해 들어오는 초가을의 밤공기는 막힌 속을 충분히 뚫어 줄 만큼 시원하고 차가웠지만, 속에서 들끓는 불덩이가 너무도 뜨거워 그리 쉬이 식어 줄지 의문이었다. 창 앞에 선 채 크게 한 번 심호흡을 하며 애써 화를 삭이고, 또 한 번 크게 심호흡을 하며 엄습해 오는 불안감을 애써 내리누르고 나서야, 그는 겨우 뒤돌아서 그녀를 향해 다시금 힘겹게 시선을 들었다.

"뭐, 좋아. 굳이 이유 하나쯤 더 보태지 않아도 어차피 죽여야 할 놈이란 사실에는 변함이 없으니까. 다만 그 시기를 좀 더 앞당기고 싶어졌다는 게 지금

이 순간 달라졌다면 달라진 점이라고 해야 할까."

달빛을 등지고 있어 그의 얼굴이 보이진 않았지만, 얼음장같이 차가운 그의 시선이 느껴지는 듯해 아리는 저도 모르게 어깨를 떨었다. 적국의 왕이 죽어 없어지기를 바라는 마음이야 숙적인 그로서는 너무도 당연한 것이겠지만, 그것에 그가 염려하는 어떤 다른 이유가 보태진다는 건 그에게도 그녀에게도 감당하기 버거우리만치 잔인한 일이다. 또 다른 그에게 역시도…….

"……그런 이유…… 때문이…… 아닙니다. 오해십니다, 폐하. 너무 터무니없는 말씀을 하시니 잠시 생각을 하느라 대답을 지체했던 것일 뿐……, 황궁으로 돌아갈 수 없었던 건 아라하에 감금된 유와와 장 상궁 때문이었습니다."

"유와와 장 상궁 때문이었다?"

"예."

눈 하나 깜짝 않고 그리 변명하는 그녀를 보며 단휘는 입매를 비틀었다. 백하에게 이미 그들을 구해 오란 명을 내렸었고, 그 사실은 아리에게도 분명히 전달되었을 터였다. 그런데도 지금 그녀가 한 변명을 믿으라는 것인가.

빌어먹을. 단휘는 주먹을 그러쥐었다. 오해하고 싶지 않은 사실을 오해할 수밖에 없는 지금이 못내 짜증스러워 견딜 수가 없다. 그럼에도 그것이 정말로 자신의 오해일 뿐이라면, 실성한 사람처럼 어디 저자에 나가 덩실덩실 춤이라도 출 수 있을 것만 같은 그 자신이 비참하고 한심하게만 느껴져 더욱 견딜 수가 없었다.

한차례 분노가 무섭게 몰아닥쳤다가 그예 썰물처럼 빠져나갔다. 그 빈자리에 남은 것은 상실감과 허탈감, 그리고 일말의 타협이었다.

"그래…… 그랬군."

응당 뭔가 더 따져 물을 것이라 생각하였는데, 의외로 순순한 대답이 돌아오자 아리는 조금은 뜻밖인 듯 그를 쳐다보았다. 그리고 그 순간 단휘는 차라리 다행이란 생각을 하고 있었다. 만약 그녀에게서 다른 대답을 들었더라면, 자신이 그리도 우려하고 있는 그 최악의 대답을 들었더라면…… 생각만으로도 끔찍한 일이었다.

"뭐가 됐든 상관없어. 그대의 말대로 그들을 구하기 위함이었다 해도, 설령 다른 이유 때문이었다고 해도 달라지는 건 아무것도 없으니까. 이곳에서 그대가 누구를 만났든, 무슨 일이 있었든, 진아리가 주단휘의 정후(正后)라는 사실은 바뀌지 않는다. 그건 절대로, 절대로 바뀔 수 없는 만세불변의 진실이지. 그렇지 않은가? 그러니까 상관없어."

그리 지껄여 놓고 그는 시큰둥하게 웃었다. 저에 대한 조롱이 잔뜩 섞인 비웃음이었다. 결국 주장할 수 있는 건 이렇듯 기껏해야 그녀에 대한 소유권뿐이다. 못나고 한심한 놈. 수없이 연습했던 말들은 머릿속 어딘가로 꼭꼭 숨어 버려 단 한 마디조차 떠오르지 않는다. 아니, 기억해 떠올려 낸다 한들 과연 지금 이 순간 꺼낼 수나 있을까. 10여 년의 세월 동안 습관처럼 단단히 굳어져 온 못나고 졸렬하기 짝이 없는 과거의 언행들이 그리 쉽게 변할 턱이 없었다.

"궁을 너무 오래 비워 뒀어."

그는 화제를 돌렸다. 하루아침에 그녀와의 사이가 완만해지길 바란다는 건 지나치게 뻔뻔한 희망 사항이다. 그 같은 욕심을 부릴 생각은 조금도 없었다.

"도성 사정이 좋지 않다 들었습니다. 돌아가셔야지요."

"그래. 돌아가야지. 최대한 빨리."

아리는 고개를 끄덕이곤 물끄러미 그를 보았다.

"……폐하."

껄끄럽게 남아 있던 죄책감이 못내 고개를 쳐들었다.

"……송구……합니다. 제가…… 저 때문에……."

고집을 피워 행궁으로 나서던 저의 경솔함이 결국은 이 모든 일들의 시초임은 부인할 수 없는 사실이었다. 그의 아내임을 떠나서, 어찌 되었든 자신은 파안의 황후였다. 자국에 지대한 해를 끼친 과오에 대해 그 주인 된 자에게 응당 사죄함이 마땅했다. 남녀의 정은 아니더라도, 드높고 드높으나 감당키 힘든 버거운 짐이 놓인 그 신분의 동지애 같은 것은 분명 있었다.

"제가 폐하를 곤경에 빠뜨렸습니다. 저 때문에 도성이……."

어떤 비난을 쏟아 낸다 해도 그건 응당 자신이 받아야 할 몫이었다. 그의 눈썹이 미세하게 꿈틀거리는 것을 보며 그녀는 힘없이 웃었다. 당연히, 화가 났을 테지…….

아무런 대꾸도 없이 그녀를 차갑게 응시하던 단휘가 불현듯 그녀에게 성큼성큼 다가왔다. 그의 기세에 눌려 뒤로 한 걸음 물러서려던 그녀의 손목을 낚아채고는 그가 성난 목소리로 내뱉었다.

"어째서."

아리는 당황한 듯 그를 올려다보았다. 위협적인 잿빛 눈동자 속에 이지러진 검은 불꽃이 거세게 일렁인다. 잡힌 손목이 아파 와 작게 신음을 흘리자 그는 그대로 그녀의 손목을 놓아주곤 미간을 좁힌 채로 물었다.

"어째서 신첩이라 칭하지 않지?"

"예?"

"내가 빌어먹을 사과 따위나 들으려고 이곳까지 온 것 같나?"

으르렁거리는 그의 태도를 보건대 무언가 단단히 화가 나 있음은 알 수 있었다. 하지만 어째서? 아리는 혼란스러웠다. 그렇게도 저를 꺾어 놓고 싶어 하던 사내가 아니던가. 그녀 자신이 이리 스스로 몸을 낮추어 사죄라는 것을 하려 함이건만, 어찌하여 이토록 탐탁잖은 기색이란 말인가.

"물론 예까지 오신 데에는 다른 중요한 이유가 있으셨겠지요."

하지만 몽글몽글 피어오르는 의문들을 지금은 그저 꾹꾹 눌러 삼켜 버렸다. 그러지 않아도 혼란스럽고 머리가 지끈거리는 마당에 다른 것을 더 생각하고 고민하고 싶지는 않았다. 정말이지 그럴 힘조차 없었다.

괜한 시비에 분명 평소라면 발끈하며 응당 서너 마디쯤은 너끈히 받아치고도 남았을 그녀이건만, 예상외로 그에게 고분고분하기만 한 그녀의 태도가 영 비위에 거슬려 단휘는 인상을 찌푸린 채로 그녀를 쏘아보았다.

10년의 무게가 하루아침에 공기처럼 가벼워질 것을 물론 기대한 것은 아니다. 하지만······.

"그래, 무척 중요한 이유 때문이었지."

조금쯤은 그녀가 이 마음을 보아 주길 바란다.

조금쯤은······ 이 간절한 마음의 탄식을 들어 주길 바란다.

"맨몸으로 적진에 뛰어들 만큼······."

그저 조금만······ 이런 자신을 알아주기를 바란다······. 적어도 외면하지는 말아 주기를······ 바란다······.

시린 눈을 무겁게 감았다 뜨며, 그는 잿빛 동공 가득히 그녀를 담았다.

"그대 외에······ 어떤 다른 이유가 있을 것 같나."

"······!"

그녀의 눈동자가 믿을 수 없다는 듯 커다랗게 떠졌다. 가녀린 어깨가 충격과 혼란함으로 안쓰럽게 떨리고 있었다. 그런 그녀를 덤덤히 바라보다 그는 창가로 향했다.

침묵이 내려앉은 방 안으로 열린 창을 통해 밤의 청량하고 서늘한 바람이 밀려들어 왔다. 지난 십여 년간 쌓아 올린 성벽은 꽤나 견고해서 아직은 틈을 내어 주지 않는다. 그러나 마음에 단단히 빗장을 걸어 잠근 그녀를 야속하다 여길 마음은 추호도 없었다. 예상한 일이었고, 당연한 일이었다. 바란다는 것 자체가 과욕이라는 것을 어찌 모를까. 지난 세월 그녀에게 주었던 깊은 상처들이 아물기는커녕 덧나고 곪아 터져 더는 흘려 낼 피조차 없다는 것을 알고 있었다.

진심으로 용서를 구하고 싶고, 진심으로 그녀의 지난 시간들에 사죄하고 싶었다. 그러나 서두른다 하여 될 일이 아니었다.

함께한 시간도, 추억할 만한 순간들도······ 그녀의 마음을 되돌릴 만한 그 무엇도 둘 사이에는 존재하지 않는다는 사실이 가슴이 쓰리도록 안타까웠다.

하지만, 이제는 달라질 것을 믿는다. 그것을 가능케 할 그 무언가는 오로지 시간뿐이리라······.

유감스럽게도 지금으로서는 다른 도리가 없었다.

"어화원에는 지금쯤 단풍이 들었겠군……."

느닷없는 말에 아리가 물끄러미 그를 올려다보았다. 그는 피식 웃음을 흘렸다. 그녀에게는 뜬금없이 들릴 테지만, 가을이면 어김없이 붉은 잎들이 흩날리는 그곳을 그녀와 함께 걷는 상상을 숱하게 하곤 했었다.

"일찍 도착하면…… 볼 수 있겠지."

그리고 함께…… 걸어 볼 수 있겠지…….

변란이 없다면, 또한 변수가 없다면 분명 그리될 것이다.

"명일, 자정에 움직일 거야. 그러니 그대도 마음을 단단히 하고 있어."

눈을 감으면 선명하게 떠오르는 붉은 단풍 길을 함께 걷는 순간을 꿈결처럼 떠올리며 그는 생각했다. 반드시 그런 날이 올 것이다. 여유작작하게 한가로이 그 길을 함께 걸을 날이……. 다른 누구도 아닌 그녀와 함께…….

그러니 당장은 잡념 따위는 접어 두고, 황궁으로 돌아가는 것에 온 신경을 쏟아부어야만 하리라.

"남은 할 말들은, 궁으로 돌아간 연후에……."

"……예, 폐하."

"……."

시린 달빛 때문인지, 앞으로의 일들에 대한 막연한 두려움 때문인지 창백하게 가라앉은 그녀의 얼굴을 한참 동안 바라보다 단휘는 조용히 침실을 나섰다.

별당에서 빠져나오자 뒤를 몇몇 따르는 기척이 느껴졌다. 그것이 백하와 사혼단임은 굳이 확인할 필요도 없었다. 온기가 감돌던 곳에서 나오니 차가운 공기가 폐부를 찌를 듯이 파고들었다. 그는 훅 하고 심호흡을 했다. 가슴속에 꽉 들어찬 이 버거운 것들을 모조리 끄집어내 미련 없이 버릴 수만 있다면 얼마나 좋을까. 그녀와의 관계도, 이곳 낙안의 상황도, 도성의 사정도. 어느 것 하나 안심하고 내려놓을 수 있는 것이 없었다.

"하아……."

황궁으로 돌아간 연후에는 무엇부터 해야 할까. 그 하나의 생각만으로도 머리가 지끈거려 온다.

"백하."

"……하명하소서, 폐하."

모습을 보이지 않은 채로, 어둠 속에서 백하가 공손히 답하며 주인의 명을 기다렸다.

"자함에게서는, 아직인가."

"송구합니다, 폐하."

"그렇군……."

근심 어린 눈길이 허공 어딘가를 부유했다. 지금쯤 자함의 군대는 도성에 당도하였을까. 도성은 어찌 돌아가고 있을까. 그저 상상에 그쳤었던 최악의 사태가, 설마, 벌어지고 있는 것은 아닐 테지…….

아니, 아니다. 그럴 리가 없다. 도성을 비워 둔 것은 고작 한 달도 채 되지 않는 일이다. 그 안에 설마, 변란이 일어났을 리는…….

그는 엄습하는 불안감을 떨쳐 내려는 듯 머리를 흔들었다. 일단 이곳에서 빠져나가는 것이 지금으로서는 가장 중차대한 일임에는 의심할 여지가 없었다. 우선 무사히 이곳을 빠져나간 연후에, 그때 가서 차차 대비를 세워도 늦지 않으리라. 아니, 늦었다 해도 달리 뾰족한 수가 있는 것도 아니었다.

기실, 그의 이러한 고민들은 불필요한 것이었다. 물론 그것은, 후일 도성에 당도한 그가 황궁 안으로 한 걸음도 들여놓지 못한 채 행궁으로 쫓기듯 참담한 걸음을 옮겨 놓는 그 치욕의 순간이 되어서야 뼈저리게 깨닫게 될 사실이었지만…….

단휘가 고민에 빠져 있던 그 시각, 도성은 이미 그의 배다른 형제들의 손에 완벽하게 넘어가 있었다.

성문을 사이에 두고 맞닥뜨린 자함의 군대와 도성 수비군의 전투는 이미 개

시된 상태였다.

"성문을 부숴라! 물러서지 마라! 어떻게든 버텨야 한다! 한 걸음이라도 물러서는 순간 모두가 죽는 것이다!"

"막아라! 성문에 달라붙는 놈들은 모조리 죽여라! 개미 새끼 한 마리도 성문 안으로 들여서는 안 된다! 역군을 쓸어버려라!"

"와아아아! 죽어라, 이놈들!"

비장한 외침이 전장 곳곳에 메아리쳤다. 아귀처럼 날뛰는 군신의 붉은 입김이 짙게 드리운 암운처럼 거대한 소용돌이를 일으키며 순식간에 모든 것을 집어삼켰다.

반으로 갈라진 황제의 군사들이 야차처럼 서로를 베고 가르며 무고한 피를 대지에 흩뿌려 댔다.

불이 붙은 심지처럼, 그렇게 도성의 전투는 무서운 기세로 번져 나갔다.

주인의 부재는 조금도 문제 될 것 없다는 듯이…….

15

잔혹한 연정

"합하! 이대로는 성문을 뚫기 어렵습니다! 아군의 손실이 너무도 큽니다!"

애당초 싸움이 되지 않는 전투였다. 오랜 행군으로 지친 병사들은 굶주려 있었고, 게다가 공성이란 것은 본디 최정예의 군대가 총력을 기울여 싸운다 해도 쉽지 않은 싸움이었다.

하물며 본디 하나였던 군대가 이리 찢어져 서로 창칼을 겨누어야 하는 안타까운 상황임에야……

이미 바닥까지 추락해 버린 병사들의 사기로는 성을 공격한다는 것 자체가 버겁고 힘든 일이었다.

"부디 결단을……!"

다급히 재촉하는 듯한 수하의 경망이 제 목숨 잃을 것을 두려워함이 아님을 안다. 자함은 쏟아지는 화살비 속에서 장중히 쓰러져 가는 자신의 병사들을 참담하게 바라보았다.

이미 많은 수의 병사를 잃었다. 도성을 공격하는 것이 무모한 일임을 물론 그 역시 모르지 않았다. 그럼에도 공격을 감행한 것은, 저를 철석같이 믿어 의심치 않을 저의 벗이자 군주인 사내에게 절망감을 안겨 주는 일 따위는, 일말의 가능성이라도 있는 한 어떻게든 피해 가고 싶었기 때문이었다.

티끌만큼의 가능성이라도 있어 주기를 바랐건만, 지킬 때는 바라만 보아도 든든하고 뿌듯하기만 하던 그 견고한 성문이, 지금은 그저 부숴 없애고만 싶은 버거운 장애물이 되어 있음에 비탄을 금할 길이 없다.

하명을 기다리고 서 있는 부하를 등지고 선 채 자함은 낮게 뇌까리듯 말했다.

"퇴각……한다. 남은 병사들을 속히 추슬러 행궁으로 간다!"

"존명!"

어찌 이리도 손쉽게 도성의 군대가 두 형제의 손에 넘어갔을까. 저들의 힘으로는 가당찮은 일이다. 분명 상당수의 신료들이 저들의 편으로 돌아선 것일 터……. 중립을 지키던 그들을 급작스레 회유할 수 있었던 것이 오롯이 저들 형제만의 재량이었을 것이라고는 생각되지 않는다. 그렇다는 것은…….

자함은 성벽 너머에서 언제나처럼 그곳에 위풍당당하게 자리 잡고 있는 황궁 어디쯤을 싸늘하게 응시했다.

그녀가…… 감히 그를 배반했을까.

그리도 은애한다던 이를…… 정녕, 은조 네가…… 감히 배신하였나.

지그시 베어 문 아랫입술에서 비릿한 혈향이 퍼져 나갔다.

'만에 하나 정말로 그러하다면…….'

은조…… 난 너를 도륙 낼 것이다…….

너를 도륙 냄으로 인하여 나 역시 도륙 나 머리가 잘리고 팔다리가 잘려 숨통이 끊어져 버린다 해도, 내 기꺼이 그리할 것이다……. 반드시 그리해 줄 것이다.

처참히 짓밟힌 사내의 진정, 그 하나면 충분하지 않던가! 지켜야 할 내 마지막 충정마저 어찌 그리 무참히 짓이기려 드는 것이냐!

지독한 계집. 악독하고 악랄한 계집……!

피가 흐르도록 입술을 세게 깨물며 자함은 매섭게 채찍을 휘둘렀다. 앞다리를 치켜든 채 긴 울음을 토해 내던 그의 흑마가 뿌연 흙먼지를 일으키며 빠른 속도로 내달리기 시작했다.

소하(素河)에 위치한 행궁까지 도착하는 데 걸리는 시간은 최소한 반나절……. 그곳에 당도하면 식량이나 물품들을 만족스러울 만큼은 아니더라도 어느 정도는 해결하게 될 것이기에 그럭저럭 위안을 삼았지만, 문제는, 턱없이 부족한 병사의 수였다.

아라하와의 전투에 한창 대비 중인 해주의 군대를 끌어 올 수도 없다. 하지만 이대로는 공성은커녕, 혹 행궁을 공격해 올지도 모를 그들을 대비하기에도 힘에 부칠 것임은 자명한 일이다. 피로감과 절망감에 맥없이 감겨드는 눈꺼풀을 간신히 치뜬 자함은 눈에 힘을 주고 다시금 흙먼지 이는 전방을 노려보았다.

낙안의 상황은 어찌 돌아가고 있을까. 전신으로 몰아닥치는 피로감을 간신히 뿌리치고 나니 기다렸다는 듯 무수한 생각과 고민들이 물밀 듯이 치고 들어온다. 앞뒤 없이 뒤죽박죽 섞인 그것들을 정리하자면 단 일각이라도 눈을 붙여야 할 테지만, 지금은 그마저도 허락되지 않는다. 몇 날 며칠 거의 밤을 새우다시피 하며 달려와 사흘을 더 버티며 전투에 임한 그였다. 여태 쓰러지지 않고 버티고 있는 것이 차라리 기적이었다. 물론 그것은 병사들도 다를 바가 없었다.

차후의 일이 어떤 방향으로 흘러가게 되든, 어쨌든 지금으로서는 행궁까지 무사히 당도하는 일이야말로 가장 우선적으로 해결되어야 할 문제였다.

자함은 정신을 다잡으며 말고삐를 고쳐 잡았다. 이 속도를 유지할 수만 있다면 동이 틀 때쯤이면 행궁에 도착할 수 있을 것이다. 요란한 말발굽 소리가 천둥처럼 지축을 뒤흔들었다. 시야를 짙게 뒤덮는 흙먼지를 헤치며 그는 사력을 다해 달렸다.

마침내 소하에 도착했을 때, 저 멀리 보이는 행궁의 전각 위에는 어슴푸레한 미명의 푸른빛이 희멀거니 내려앉아 있었다.

"합하! 동문(東門)이 보입니다!"

수하의 들뜬 외침 소리가 들려왔다. 자함은 시야의 뿌연 막을 거둬 내려 눈을 껌뻑이며 전방을 응시했다. 과연, 수하의 말대로 행궁의 출입문이 보였다. 반란군이 행궁까지 장악한 것은 아닐까 하는 우려도 사실 적잖이 가졌던 터였는데, 그러한 저의 우려가 기우에 불과했었다는 것을 순순히 열린 출입문 안으로 들어서며 눈으로 직접 확인하고 나니 그제야 안도감이 밀려들었다.

갑작스러운 방문으로 수선스러워진 궁인들의 움직임을 제외하고는 고요하다 못해 적막한 행궁 안으로 말을 몰며 자함은 이후로 해야 할 일들을 하나하나 떠올렸다.

첫 번째로 해야 할 일은 낙안에 있을 단휘에게 연락을 취하는 것이었다. 그가 도성으로 오는 것을 무슨 수를 써서든 막아야 한다. 일단은 해주성에 머물게 하여 반란군으로부터 몸을 피해 있게 하였다가 도성이 수습된 연후에 오게 하여도 늦지 않다.

자함은 말에서 내려 걸음을 서둘렀다. 그가 혹 저와 연락이 닿지 않아 예정보다 일찍 도성으로 향하는 것은 아닐까, 조바심이 이는 것도 무리는 아니었다. 까딱 잘못했다간 황제의, 나아가 이 나라의 안위존망을 장담할 수 없을지 모를 절대적 위기에 직면하게 될 것임을 그는 온몸으로 느끼고 있었다.

"부관! 전령을 대기시켜라!"

"예, 합하!"

명을 받은 부관이 바람처럼 자리를 떴다. 그를 잠시 일별하던 자함은 그길로 지체 없이 집무실로 향했다. 집무실의 책상 위에 가지런히 정돈되어 있는 지필묵을 서둘러 꺼내 든 그는 선뜻 글을 적지 못하고 한참을 머뭇거리다가 이내 굳은 얼굴로 단호히 획을 그어 나갔다.

'……'

도성의 사태는, 비밀에 부친다…….

후일 불충과 기만의 죄를 물어 그가 자신을 참한다 해도, 지금의 이 결정에 결단코 후회는 없다. 지금 제가 염려하는 것은 오로지, 저의 벗이자 군주인 한 사내의 안위뿐이었으므로…….

어느 때보다도 다급한 심정이었으나, 저에 의해 날조될 상황을 상기하며 겨우거우 진정된 필체로 써 내려간 급서가 마침내 전령의 손에 쥐어졌다.

"황제 폐하의 안위가 너의 손에 달렸다. 반드시 전해야 한다. 알았느냐!"

전령이 비장하게 예를 갖추며 부복했다.

"소신, 목숨을 바쳐 소임을 다하겠나이다!"

"가라."

전령이 떠난 뒤 자함은 초조한 심정으로 집무실의 창밖을 응시했다. 얼마가 지났을까. 창을 통해 전령이 무시무시한 속도로 행궁을 벗어나고 있는 것이 보였다. 자함은 고민했다. 낙안까지는 아무리 빨라야 나흘……. 과연 전령의 품에 든 급서가 무사히 그에게 전달될 수 있을까. 불안감이 엄습해 왔지만, 그러한 불안감들을 잠식시킬 그 어떤 비책 같은 것이 존재할 리 없었다. 그러한 현실이 못내 안타깝고 비통하여 그는 비탄에 잠긴 채 괴로운 듯 눈을 감았다.

제발, 늦지 않았기를…….

요행히 전령이 제때 당도하여 서신이 그에게 전해졌을 때, 부디 그가 한 치의 의심 없이 저를 믿어 주기를…….

도성은 건재하니 우선은 해주를 다시 한번 살피시라는 저의 권고가 설령 미덥지 않더라도, 벗의 진심을 부디 헤아려 이번만큼은 제발 속는 척 넘어가 주기를…….

마음속으로 그리 간절히 빌며, 자함은 행궁의 방어를 점검하기 위해 땅속까지 꺼질 듯한 몸을 추슬러 일으켰다.

책상을 짚고 선 순간 잠시 현기증이 강하게 일었다. 잠시라도 눈을 붙이고 싶은 생각이 간절했다. 점검을 마치고 돌아온 연후에는 아무래도 조금쯤 수면을 취해 두는 편이 옳으리라.

몰아닥치는 피로감에 이대로 쓰러져 버리고 싶을 만큼 정신이 아득해지는 것이 사실이었지만, 다소 해이해진 제 자신에 대해 썩 가책은 느껴지지 않았다. 맑은 정신으로 결정해야 할 일들이 산더미처럼 쌓여 있었거니와, 지금 이 시점에 있어 약간의 휴식은, 황제의 안위와 수만 병사의 목숨을 짊어진 그에게 꼭 사치라 매도할 수만은 없는 것이었다.

□ ■ □

사위에 온통 어둠만이 내려앉은 컴컴한 밤…….

시커먼 먹구름이 밤하늘을 온통 뒤덮어 달빛은커녕 그 흔한 별빛 하나 비추지 않는 사위스러운 밤이었다.

어둠에 먹혀 버린 듯한 거뭇한 수풀은 퍽 음산하고 괴기스러웠다. 뺨으로 등줄기로 팔 언저리로 오싹한 소름이 돋았다. 자박자박 소리를 내며 한껏 서두르는 걸음에는 극도의 긴장감이 서려 있었다.

수풀 사이로 난 길을 헤쳐 걷는 다급한 걸음이 몇 차례 뒤엉켜 자꾸만 바닥에 주저앉게 만들었다. 그럴 때마다 아리는 벌떡 일어나 뒤도 돌아보지 않은 채 걷고 또 걸었다.

그리고 마침내 비밀 통로에 도착했을 때, 언제 도착한 것인지 백하가 통로의 문에 가만히 기대어 선 채 그녀를 기다리고 있었다. 저에게로 다가오는 여린 그림자를 응시하며 그가 문에 기대었던 몸을 단정히 일으켜 세웠다.

"오셨습니까, 마마."

"과연 귀신같은 솜씨로군요. 내 뒤를 호위하며 온 사람이 나보다 먼저 도착해 있다니요."

"소신이 황실의 녹을 먹는 이유 중 하나일 뿐입니다."

"후, 그렇군요."

슬며시 웃은 아리는 뛰다시피 하며 오느라 거칠어진 숨을 잠시 골랐다.

"그럼 이제, 비밀 통로를 빠져나가기만 하면 되는 건가요?"

작지만 한눈에 보기에도 견고해 보이는 철문을 향해 그녀는 흘끗 시선을 던졌다.

저 문을 통해 이곳을 나서는 순간, 지난 두 달간의 일들은 마치 존재하지 않았던 것처럼 그대로 사라져 버릴 것이다. 신기루처럼, 그곳에 분명 있는 줄 알았는데 실은 허상일 뿐인, 실재하지 않는 일이 되어 버리는 것이다.

그래, 어쩌면 그라는 사람 자체가 그녀에게는 신기루와 같은 존재였는지도 모른다. 손을 뻗으면 닿을 듯한 거리에 늘 있었지만, 이렇듯 막상 손을 뻗어 보면 연기처럼 흩어져 사라져 버리고 마는…… 신기루……. 꼭 지금이 아니라 해도, 언젠가는 그것이 신기루였음을 결국 깨닫게 되는…….

그는 총명한 사람이니까, 금세 그것을 깨닫겠지. 그리고…… 잊을 테지…….

"출구가 여러 개 있습니다. 총 열두 개의 출구가 있는데 그중 첫 번째 통로로 나갈 것입니다. 가장 긴 통로입니다만, 숲으로 출구가 나 있는 통로라서 그곳이 안전합니다. 사혼단사들은 이미 그곳에서 대기하고 있습니다."

"그래요. 그대의 판단이니 가장 이상적인 방책이겠지요. 하면, 출발할까요?"

"예, 마마. 이쪽으로. 소신이 앞장서겠습니다."

"그럼 부탁합니다. 백하."

끼기긱—!

그가 문을 열자 묵직한 철문이 괴성을 내질렀다. 그 괴기스러운 마찰음에 그제야 지금 저와 사내가 무슨 짓을 하려는 것인지 실감이 나기 시작했다.

손바닥과 등줄기로 식은땀이 배어 나왔다. 냉철하고 명석하기로 따를 자 없는 천하의 사혼단주 백하가 제아무리 곁을 봐주고 있다지만, 만에 하나 무언가 일이 틀어지게 되어 버린다면 뼈도 추릴 수 없게 될 것임은 불 보듯 뻔했다. 적들로 바글거리는 적진 한가운데에서, 사혼단주가 아니라 황제라 한들 그 불운한 순간을 피해 갈 수 있을까. 아라하의 병사들에게 발각되기라도 한다면…….

상상만으로도 끔찍하여 아리는 잡념을 털어 내리는 듯 머리를 흔들고는 정신을 바짝 차리며 걸음에 속도를 냈다. 극도의 긴장감과 불안감, 두려움 그리고 그런 감정들에 못지않은 아쉬움과 상실감, 허탈감이 뒤죽박죽 섞인 채 그 와중에도 혼란한 마음속을 제멋대로 부유하고 있었다.

"한데 폐하께서는 어찌 빠져나오시려는 겁니까?"

그리 묻고도, 참 일찍도 물어본다 싶어 어쩐지 겸연쩍어진 아리는 괜스레 헛기침을 했다. 백하가 그 말에 조용히 대꾸했다.

"사절단 일정을 다 마치신 연후에 적법한 절차를 거쳐 사절단 전원을 이끌고 귀환하실 것입니다."

"그게 가능한가요? 적법한 절차를 거친다는 게?"

"저들의 왕이 그리 무지몽매한 인물은 아니라서 말입니다."

"예?"

"충분히 이성적인 사람이니 제 기분대로 사절단을 어찌하지는 못할 것입니다. 지켜본 바로는, 몹시 신중하고 철두철미한 자입니다. 아라하의 왕은……."

잠시 묵묵히 걷던 그가 혼잣말처럼 넌지시 덧붙였다.

"……마마께서 더 잘 아시고 계시다시피."

그 말에 저도 모르게 어깨를 움찔하며 백하의 등을 쳐다보는데, 그는 언제 그런 말을 했냐는 듯 덤덤히 말을 이었다.

"아라하도 당장은 숨을 돌릴 시간이 필요합니다. 이쪽에서 먼저 휴전 제의를 해 왔으니 거절할 이유는 없을 겁니다. 오히려 쌍수를 들어 반기겠지요. 당연히 사절단에 불필요한 위해를 가하는 일도 없을 테고 말입니다."

"……그렇다면 안심이군요."

"염려하시는 일은 없을 테니 마음을 편히 가지십시오. 마마께서 궁으로 무사히 돌아가시는 것이 급선무입니다."

"그럴 테지요……. 명색이 국모라는 이가 철없는 짓을 저질러 백하 그대마저 고생을 하는군요. 미안해요, 백하……."

"……."

백하는 아무런 대꾸도 하지 않았다. 다만 무슨 까닭인지 문득 자리에 멈춰 섰다. 그러고는 그녀를 돌아보았다. 조용히 그녀를 응시하는 그의 눈동자에 어린 불빛이 손에 들린 등불의 흔들림을 따라 고요한 파동을 일으켰다.

"살아 주신 것만으로도 소신은 그저 감사할 뿐입니다. 10년 전 그날도 지금도, 그리고 앞으로도 영원히 그럴 것입니다. 그러니 그런 말씀은 마십시오."

"백하……."

"출구까지는 앞으로 반 시진은 족히 더 걸릴 겁니다. 서두르십시오."

"……그, 그래요 그럼……. 어서 출발하지요."

그 후로는 입도 벙긋하지 않은 채 묵묵히 걷기만 하는 백하의 뒤를 쫓아 한참을 걸었다. 다리가 몹시 아팠지만, 너무 많은 생각들로 머릿속이 분주하다 보니 시간은 의외로 빨리 흘렀다.

매끈하던 돌길이 어느 지점부터 동굴의 그것처럼 울퉁불퉁한 흙바닥으로 변했다. 바닥에서 듬성듬성 튀어나온 바위와 경사가 심한 오르막길은 출구가 가까이에 있음을 말해 주고 있었다.

"거의 다 온 것 같습니다."

손을 뻗어 그녀가 가파른 길을 오르는 것을 도와주던 그는 입구의 것과 똑같이 생긴 철문 앞에 다다라 멈춰 섰다.

끼기긱―!

입구의 문을 열 때 나던 것과 비슷한 그 소름 끼치는 마찰음이 동굴 같은 공간을 기괴하게 울렸다. 그리고 그들이 밖으로 나섰을 때는, 언제부터 내리기 시작한 것인지 꽤 굵은 비가 쏟아지고 있었다.

"황후 마마! 단주님! 오셨습니까."

"주변은?"

"안전합니다. 하온데 곧 폭우가 시작될 듯하여…… 움직이기에는 다소 무리일 듯싶습니다."

"……하늘이 돕지 않으시는군."

수심 깊은 얼굴로 별빛 하나 없는 밤하늘을 올려다보던 백하에게 휘하 단사가 조심스럽게 말을 건넸다.

"근방에 버려진 산채가 있는 것을 확인했습니다. 황후 마마의 존체가 상하시지는 않을지 저어되오니 일단 산채에서 비를 피하시게 하심이······."

"아, 나는 괜찮······."

"그리해야겠다. 당장 산채로 안내해라."

"예! 단주님, 이쪽입니다."

단주의 명이 떨어지자 망설일 것도 없다는 듯 우직하게 산채로 향하는 사혼 단사들을 보고 있으려니 순간 속에서 뭔가가 울컥 치솟는다. 그녀는 고집스럽게 멈춰 선 채로 그런 저를 덤덤히 바라보고 있는 백하를 향해 소리쳤다.

"그럴 필요 없어요! 나는 정말 괜찮습니다! 난 괜찮으니 원래 계획대로······."

"마마께서 아무리 괜찮다 하셔도 제가 전혀 괜찮지가 않습니다. 곧 있으면 빗발이 더 거세질 겁니다. 여인의 몸으로는 버티시기 힘드실 겁니다. 수하의 말대로 잠시 비를 피하시지요."

감히 황후의 말을 중간에서 자르는 불경을 저질렀건만, 사내에게서는 일말의 불경함이나 불손함도 느껴지지 않았다. 노송처럼 우직하고 푸른 저 사내의 충정을 어찌 모를까. 하지만 너무도 쉬이 헤아려지는 그것이 오히려 지금은 그녀를 더욱 견딜 수 없게 만들었다.

"정말로 괜찮다는데도 그러는군요! 난 버틸 수 있어요! 나 때문에 괜히 지체하다 혹 아라하 병사들에게 발각되기라도 하면······!"

"그럴 일은 절대 없습니다. 소신이 맹세하지요. 그런 일은 절대 일어나지 않을 것입니다. 그러니, 마마. 부디 지금은 소신의 뜻에 따라 주십시오."

"하지만 난······ 나는······."

나는 다만······ 더는 누구에게도 짐이 되고 싶지 않아요, 백하······.

당신들에게 너무 미안해서, 차라리 이대로 죽어 버린다 해도 나쁘지 않을 것 같아…….

황궁을 떠날 때만 해도 치기로 꽉 들어찬 마음은 가책 같은 것은 티끌만큼도 수용하려 들지 않았었다. 그 어리석음이 일을 이 지경으로 만들었다. 원치 않은 인연을 만들고, 모두를 위험에 빠뜨리게 만들어 버렸다.

그러나 뒤늦게 자책하고 반성하게 되는 것은, 비단 그러한 이유 때문만은 아니었다. 아니, 그러한 이유는 기실 일부에 지나지 않았다. 적어도 저 사내의 시선을 마주하는 지금 이 순간만큼은.

'……'

아리는 참담한 심정으로, 묵묵히 저를 바라보는 사내의 시선을 힘겹게 마주했다. 한없이 부드럽기만 한 눈빛이건만, 못내 따갑게 심장을 할퀴어 댄다.

"백하, 그대는…….."

차마 말을 잇지 못한 채, 그녀는 고개를 떨어뜨렸다.

그대는…… 어찌하여…… 그리 여전히 우직하고 푸른 눈으로 나를 바라봅니까…….

그대의 주군 아닌 사내를 가슴에 품어 버린 나를…… 그대들 주군의 숙적을, 적국의 왕인 사내를 마음으로 품어 버린 나를…… 어찌 그리도 충직한 눈빛으로 깍듯한 몸짓으로 우러러 나를 이리도 부끄럽게 합니까…….

고개를 숙인 그녀의 머리 위로 부드러운 음성이 고요히 내려앉았다.

"……마마의 운명이 그러한 것입니다. 원하여도, 원치 않아도 인연은 피해갈 수 없는 것……. 만나려 한 것이 아니라 그저 만나진 것이며…… 품으려 한 것이 아니라 그저 품어진 것입니다. 그러니 자책하지 마십시오."

꼭 제 마음을 읽힌 양 선득한 기분이 들어 눈을 동그랗게 뜨던 아리는 이내 어떤 사실을 떠올려 내고는 그제야 이해가 간다는 듯 고개를 주억거렸다.

그래, 그랬지. 백하에게는 천기를 읽는 신묘한 능력이 있다 하였지.

"내 운명이 그러한 것이라고요? 하면 이것도…… 나의 운명입니까?"

이 충직한 사내들 앞에서 숨길 것이 무엇이랴. 늘 갑갑하게 조여 오는 듯하던 타란을 그녀는 과감히 벗어 던졌다. 이미 그것의 실체를 그들은 알고 있을 것이 분명하였기에.

물끄러미 그녀의 이마를 응시하던 백하가 이내 덤덤한 어조로 입을 열었다.

"그것을 운명으로 받아들이는 것도, 받아들이지 않는 것도 또한 마마의 운명일 테지요."

결국 선택은 그녀의 몫이라고 그는 이야기하고 있었다. 긍정도 부정도 할 수 없게끔 만드는 퍽 그다운 모호한 대답에는, 어떤 권고나 강요의 말 같은 건 일절 섞여 있지 않았다. 하여 문득 의문을 자아냈다.

"백하, 당신은 폐하의 사람입니까, 하늘의 사람입니까?"

"폐하께서는 천자(天子)이시니 둘 모두가 아니겠습니까."

"……우문현답이로군요."

말로 어찌 그의 재간을 당해 낼까. 아리는 피식 웃으며 어깨를 으쓱해 보이고는 저를 기다리며 서 있는 그를 향해 걸음을 내디뎠다. 더 이상 고집을 피운다는 건 무의미했다. 그래, 이리 고집을 피운 것도 사실 그들을 위함이었다기보다는, 결국 자신을 위함이 더욱 컸던 것임을 부정할 수 없었다. 그들에게 더 이상 짐이 되고 싶지 않다 속으로는 그리 우겨 대고 있었지만, 실은 저의 떳떳지 못한 마음의 짐을 덜고자 함이 아니었던가.

"그럼 가죠. 내 더는 암말 않고 그대의 뜻에 따를 테니."

사혼단의 호위를 받으며 도착한 산채에는 사람은커녕 가축 같은 짐승의 그림자 하나 보이지 않았다. 100여 명 남짓을 수용할 만큼 적당히 규모가 있는 산채를 빠르게 눈으로 훑던 백하가 곧 그녀에게로 다가왔다.

"마마, 이쪽으로. 곧 불을 땔 것이니 추우시더라도 조금만 참으십시오."

"난 괜찮으니 신경 쓰지 말고 일 보세요."

그녀는 사혼단사들이 분주히 오가며 땔감을 날라 와 불을 지피는 것을 물끄러미 응시했다. 그런 그녀의 시야로 기억 속의 어떤 아련한 영상이 꿈결처럼 겹쳐졌다.

모닥불을 앞에 둔 채 제 곁에 비스듬히 앉은 사내의 얼굴 위로 일렁이던 불빛은 그녀를 묘하게 마음 설레게 만들었었다. 결코 바라서는 아니 될 꿈을 꾸게 하였을 만큼……

그날, 그와 나누었던 이야기들을, 그와 나누었던 그 진심과 진정들을 떠올리는 것은 아마 지금이 마지막이리라. 그러니 미련 없이 지워 내야 할지라도 지금 이 순간만은 후회 없이 그를 그리고 또 그리워하리라.

그의 다정한 손길, 늘 배려하던 온화한 눈빛, 자상한 마음 씀씀이…… 그리고…… 넘치도록 쏟아 내던 저를 향한 사내의 진정…….

어찌 지워 내야 할까. 어찌하면 지워 낼 수 있을까. 그라는 사내를…… 단목소류라는 그 이름 하나만으로도 이미 제 마음속에 태산처럼 들어차 버린 사내를…….

"마마, 다 되었습니다. 이리로 오셔서 불을 좀 쬐십시오."

백하의 부드러운 음성에 그녀는 천천히 고개를 들었다. 염려 가득한 그의 얼굴이 순간 누구와 참 많이도 닮아 보인다. 심장이 서걱거리며 베이는 소리가 들리는 듯하다.

"아라하에서 얼마간 지내고 보니 추위엔 그런대로 익숙해졌어요. ……북부의 밤은…… 꽤 차갑답니다. 이 정도 추위쯤은 아무것도 아니지요…….'

이제는 잊어야만 할 그 어느 날, 아마도 지금의 백하와 비슷한 표정이었을 저에게 그 누군가가 머뭇머뭇 꺼내 놓던 말이 떠올라 무심코 입 밖으로 흘려 내며 그녀는 서글프게 웃었다.

그래, 당신은 강한 사람이었지. 이까짓 추위나 시린 바람쯤은 아무렇지 않게 견디어 내는…….

그러니 부디 그대여, 그대만은 꼭 견뎌 내 주기를…….

그대와 나를 옭아맨 시린 칼날 같은 바람을…….

이 혹한(酷寒)의 운명을……!

번쩍!

벼락이 내리치며 일순 사위가 대낮처럼 밝아진다 싶더니, 곧이어 우르르 쾅 쾅 귀청을 찢을 듯한 천둥소리가 요란하게 울려 퍼지며 다시 캄캄한 어둠 속에 잠겨 들기를 반복했다.

빗줄기는 여전히 거세게 산채의 천장과 벽을 사정없이 두들겨 대고 있었다. 산채에 도착한 지 한 시진이 넘었건만, 비는 도대체가 그칠 기미를 보이지 않고 있었다.

수하들에게 심각한 얼굴로 무어라 지시를 내리는 백하를 물끄러미 바라보며 쉽지 않을 앞으로의 여정에 대비하고자 마음을 다지고 있을 때였다. 쾅 하는 소리와 함께 다급히 문이 열리며 사내 하나가 헐레벌떡 뛰어 들어왔다.

"단주님! 헉, 허억……! 단주님! 큰일 났습니다!"

산채로 향하기 전 따로 정찰을 보냈던 사혼단사였다. 사색이 된 사내의 얼굴에서 무언가 심상치 않은 일이 일어났음을 어렵지 않게 짐작할 수 있었다. 까닭도 모른 채 심장이 철렁 내려앉았다.

"무슨 소란이냐! 황후 마마께서 계신 자리이건만 어찌 경거망동인가!"

"용, 용서하십시오! 단주님. 상황이 몹시도 급박하여……."

호통을 치는 백하를 만류하며 아리는 사내에게 가까이 다가갔다.

"무슨 일입니까. 무슨 변고라도 생긴 것입니까?"

"예, 마마…… 저어, 그, 그것이……."

저들 단주의 눈치를 살피던 사내는 가까이 오라는 단주의 손짓에 그에게 잽싸게 다가가 귓속말로 급히 무어라 고하였다. 순간 백하의 얼굴이 눈에 띄게 굳어졌다. 어지간해서는 표정의 변화라고는 찾아볼 수 없는 사람이었다. 문득 불안감이 엄습해 왔다. 끝 모를 두려움이 굽이쳐 내리쏟아졌다.

"백하, 무슨 변고가 생긴 겁니까?"

"……."

그는 침묵했다. 이런 순간의 그의 침묵은, 분명한 긍정이다.

"어서 대답하세요! 그 정도의 알 권리는 내게도 있지 않습니까!"

"……."

"백하! 내 말이 들리지 않습니까? 이건 부탁이 아니라 황후로서의 명령이에요! 어서 대답하란 말입니다!"

"……폐하의……."

서슬 퍼런 외침에 마지못해 대답을 꺼내던 백하가 선뜻 말을 잇지 못하고 다시금 입을 다물었다. 진실을 감추려는 의도보다는 잠시 흐트러졌던 그 자신의 평정을 되찾기 위함이 더 컸지만, 그런 사정을 알 리 없는 그녀로서는 답답하다 못해 노여운 마음까지 이는 것이었다.

버럭 성을 내려는데, 훅 하고 무겁게 한숨을 토해 낸 그가 잠시 숙였던 고개를 들어 그녀와 시선을 마주쳤다. 입술을 떼는 순간에조차 그는 망설이고 있는 것 같았다. 그러나 그는 곧 체념한 듯 입을 열었다.

"폐하의 군대가 근처에 와 있답니다."

그 뜻을 제대로 이해할 수 없어 그녀는 미간을 좁힌 채 잠시 머리를 굴렸다. 하지만 아무리 머리를 굴려 봐도 도저히 그 말이 의미하는 바를 짐작조차 할 수 없었다.

"폐하의 군대가 근처에 와 있다니요? 하면 폐하를 호위하기 위함인가요?"

"성을…… 공격하려는 것 같습니다."

"……!"

벽을 부딪는 요란한 빗소리 때문에 그가 하는 말을 아마도 제대로 알아듣지 못한 모양이었다.

도무지 이해할 수 없는 말에 청각을 잔뜩 곤두세운 채 그녀가 재차 되묻기 위해 입술을 여는 것과 동시에, 그가 친절하게도 그녀의 그런 수고를 덜어 주려는 듯 몇 마디 설명을 덧붙였다.

"폐하를 위험에 빠뜨리려는 누군가의 계략입니다."

착잡하고 어둡기 그지없는 목소리가 음산하게 공기를 갈랐다.

"계략……이라니요? 대체 지금 무슨 말을 하는 겁니까? 성을 공격하려 한다니, 대체 무슨 소릴 하고 있는 거예요?"

황당하다는 듯 그리 되물은 말과는 달리, 이미 상황을 파악해 버린 그녀의 머릿속은 성안에 남아 있는 누군가에 대한 염려와 불안으로 꽉 들어차 요란하게 울려 대고 있었다. 시선이 어느 한 곳에 닿지 못하고 어지러이 흔들렸다. 심장이 터져 버릴 듯이 뛰기 시작했다.

"폐하께서 사신으로 위장하고 계시다는 것을 아는 누군가가 간계를 꾸민 것이 틀림없습니다. 폐하께서는 그 누구에게도 군대를 움직이라 명하신 일이 없습니다."

침통한 음성에 몸이 주체할 수 없이 떨려 왔다. 황제의 군대가 낙안성을 공격한다면, 성안에 체류 중인 사절단은 전원 몰살당할 것이다. 애당초 사절단이니 휴전 협상이니 하는 것은 그저 구실에 지나지 않을 뿐, 성을 급습하기 위한 미끼였다 그리 여기게 될 것이 자명하지 않은가. 그녀 또한 파안의 난데없는 휴전 제의가 뜬금없게 여겨지긴 매한가지였으니, 아라하의 수뇌부 역시 판단은 크게 다르지 않을 것이었다.

"군대를 움직일 정도면, 성주들 가운데 배신자가 있다는 뜻인가요?"

"그럴 가능성이 큽니다. 심중이 가는 자가 있습니다."

"그게 누구죠?"

감히 누가 황제를 배신하려 한단 말인가. 순간 노여움이 치솟아 그녀의 눈매가 사납게 치켜 올라갔다.

"손파영이라는 자입니다. 낙안성을 빼앗기기 전 그곳의 성주였던……."

"……명현공의 차자 말인가요? 손파영 그자가 어째서……."

혼란한 얼굴로 잠시 백하를 응시하다가, 그녀는 말도 안 된다는 듯 크게 고개를 저었다. 유년의 기억이 한 치의 다름도 없이 십여 년이 지난 지금까지 현실로 이어지기란 불가능하다는 것을 안다. 하지만…….

"여리고 상냥한 이였어요."

저보다 두 살 아래인 소년은 말수가 적어 쉬이 가까워지기는 힘든 성격이었지만, 어느 날 어떤 사소한 일을 계기로 한번 마음을 내어 준 이후부터는 곧잘 웃고 종알거리던 맑은 소년이었다.

"어째서 그가 그런 짓을……."

"그자에 대해 잘 아십니까?"

백하가 조심스럽게 물어 왔다. 가만히 그 눈을 마주치다 그녀는 고개를 저었다. 지푸라기라도 잡고 싶은 심정이리란 것은 알겠지만, 어린 손파영에 대해서라면 몰라도, 성인이 된 그에 대해서는 사실 아는 것이 거의 없었다.

"어려서 낙안성에서 한 달쯤 머문 적이 있어요. 아버님이 정무 때문에 낙안성에서 지내게 되셔서 날 데려가셨죠. 그때야 워낙 어릴 때였으니까, 성인이 된 후의 그에 대해서는 잘 알지 못해요. 명현공이 종종 남매들을 데리고 사가에 놀러 오시곤 했었던 터라 해마다 그들을 만나기는 하였지요. 황태자비로 간택되어 입궁하기 전까지는 말이에요."

그녀는 까마득해져 버린 기억들을 더듬으며 말을 이었다.

"어려서부터 워낙 말수가 적었던 사람이라 커서도 그리 많은 말을 나눠 본 적은 없지만, 그는 조용하고 온화한 사람이었어요. 어느 집안과 혼담이 오간다는 이야기를 들었었는데, 무슨 까닭인지 몇 달 뒤 파혼하였다는 소문이 들리더군요. 그 소식을 마지막으로 듣고 얼마 후쯤 난 입궁을 하였고요."

쾌활하고 화통하던 그의 형과는 참으로 대조적인 사람이었다. 그녀가 기억하는 것은 단지 그 정도였다. 1년에 한두 번 보는 것이 고작이었으니, 더 깊이 알려야 알 수도 없는 사람이었다.

"명현공과 내 부친께서는 몹시 막역한 사이셨어요. 황실은 나의 시가예요. 명현공에게는 친우의 사가(査家)가 되는 것이고요. 황실에 대한 충정을 떠나서라도, 명현공의 아들인 그가 황실에 불온한 마음을 품을 하등의 이유가 없어요."

탁탁 소리를 내며 타들어 가는 모닥불을 물끄러미 바라보다가, 아리는 지끈거리는 이마를 꾹꾹 누르며 답답한 듯 자리에서 일어섰다.

"하지만 그대가 심증이 간다 하였으니, 내가 모르는 사정이 분명 있는 것이겠지요."

세월이 변하였으니 사람 또한 변하였다 한들 이상할 것이 무엇이랴. 궁리해 본다 한들 답이 나올 리 만무하거니와, 지금 중요한 것은 반역을 도모하는 누군가의 역심이나 명분 따위가 아니었다.

아리는 문이 난 쪽으로 성큼성큼 걸음을 내디뎠다. 그런 그녀의 행동을 백하가 의아한 시선으로 빠르게 좇았다. 그녀는 문 앞에 멈춰 서더니 그를 등진 채로 입을 열었다.

"성으로 돌아가겠어요. 비밀 통로로 다시 데려다줘요. 지금 당장."

막무가내로 그리 뱉어 내는 고집스러운 목소리에 백하가 이마를 짚으며 낮게 한숨을 내쉬었다.

"불가합니다. 무슨 일이 있어도 궁으로 안전히 모시라는 폐하의 엄명이 계셨습니다."

"폐하께서 저 안에서 허망하게 목숨을 잃으실 수도 있어요. 그리되면 그땐 누구의 명을 따를 건가요?"

그녀는 천천히 뒤돌아서며 말했다. 불빛이 일렁여 어딘지 불안정해 보이는 그의 얼굴 위로 찰나 망설임의 빛이 스쳐 갔다. 아리는 그 틈을 놓치지 않고 확신에 찬 어조로 힘주어 말했다.

"성으로 돌아간다 해도 저 안에서 내가 죽을 일은 없어요. 그건 그대도 알고 있을 테죠?"

여전히 빛나고 있을 이마의 황룡의 인을 손가락으로 가리켜 보이며 동의를 구하듯 눈을 동그랗게 떠 보이자, 백하가 어쩔 수 없다는 듯 마지못해 고개를 끄덕였다. 아리는 웃으며 말을 이었다.

"이건 아주 확실한 패지만, 꼭 이걸 쓰지 않더라도 다른 방법이 분명 더 있을 거예요."

결과를 예측하기란 애당초 불가능한 일이므로 사실 무어라 단언하기는 어려웠다. 그러나 이유를 알 수 없게도, 자신이 있었다. 그녀 스스로도 이해할 수 없을 만큼, 반드시 그를 구해 낼 것이라는 어떤 예감 같은 것이 신념처럼 강하게 똬리를 틀었다.

"내게 맡겨 줘요, 백하. 폐하와 사절단을 반드시 구해 내겠어요. 맹세해요."

"……."

그녀의 저 말에 마음이 흔들려 본래의 계획을 철회한다는 것은, 명백한 명령 불복종이다.

그러나…….

나의 주군, 당신을 잃는 것이 내게는 더 큰 죄악일 것이므로…….

백하는 무릎을 꿇고 그녀의 발치에 엎드렸다.

"……용서……하십시오, 마마……."

그를 구하고자 그녀를 벼랑 끝으로 내모는 일임을 어찌 모를까. 그러나 차마 그녀의 청을 거절할 수가 없다. 10년 전 그날의 죗값을 다 치르지도 못하였건만, 그녀에게 또다시 죄를 지어야만 하는 지금이 이루 말할 수 없이 침통하고 참담하기만 해 그는 고개조차 들 수 없었다.

"소신…… 반드시……."

차마 죄스러워 나오지 않는 목소리를 애써 쥐어짜 내어 그는 겨우 말을 이었다.

"소신…… 반드시…… 마마를 지켜 드리겠습니다."

괜찮다는 듯, 그리 자책하진 말라는 듯 부드럽게 어깨에 와 닿는 그녀의 따스한 손길에 가슴속에서 무언가가 울컥 치솟는다. 고개를 들어 힘겹게 올려다본 그녀의 얼굴 위로 의연한 미소가 스쳐 간다. 그 모습이 처연하고도 고결하여 다시금 깊이 머리를 조아리며 그는 다짐하듯 주먹을 그러쥐었다.

언젠가는 반드시…… 이 목숨을 다해서…… 오로지 당신만을 위해, 당신을 지켜 드리겠습니다…….

그러니 이번 한 번만…… 부탁……드립니다…….

그녀의 발치에 깊이 부복하는 그를 따라 마치 약속이라도 한 듯 사혼단사 모두가 그녀의 앞에 부복했다. 그런 그들을 말없이 바라보다가, 아리는 뒤돌아서서 묵직한 나무 문을 힘껏 밀었다.

거센 바람과 함께 열린 문틈으로 사정없이 들이치는 빗줄기가 치맛자락을 금세 흠뻑 적셨지만, 그녀는 개의치 않고 문밖으로 성큼성큼 걸어 나갔다.

다급히 몸을 일으킨 백하와 사혼단사들이 일사불란하게 그녀의 뒤를 좇아 움직였다. 그녀가 조금이라도 비를 덜 맞도록, 홍수처럼 쏟아지는 거센 빗줄기를 자신들의 몸으로 최대한 막아 내면서, 그들은 다시금 왔던 길을 되돌아 비밀 통로의 입구를 향해 거슬러 올라가기 시작했다.

한편 그 시각, 단휘는 갑작스럽게 접견 일정을 통고받아 아라하 병사들에게 철통같이 둘러싸인 채 왕의 접견실로 향하는 중이었다.

아직 동이 트지도 않은 이른 새벽녘. 사흘 후에 있을 왕의 가례를 이유로 들며 최소한 나흘은 기다려야 할 것이라는 통보를 전해 받은 것이 고작 어젯밤의 일이다. 불과 하루도 채 지나지 않아 저쪽의 결정이 급작스럽게 번복된 것이다. 하여 접견실로 향하는 내내 옥죄어 오는 꺼림칙한 기분을 떨쳐 내기 힘들었지만, 단휘는 그저 기분 탓이려니 하며 애써 평정을 잃지 않은 채로 기세 좋게 당당히 걸음을 내디뎠다.

일곱 명의 황제 시위를 포함한 녹색 관복 차림의 60명의 사절단이 선두에 선 단휘와 얼마간의 간격을 둔 채 일제히 그를 뒤따랐다. 길고 너른 복도를 한참 걸어 들어가 어느 문 앞에 다다라서야 아라하의 병사들은 일제히 멈춰 섰다. 마침내 왕의 접견실에 당도한 모양이었다.

단휘는 문 너머 어딘가에 있을 사내와의 첫 대면을 각오하며, 굳게 닫혀 있는 문을 싸늘히 노려보았다. 그리고 그 순간, 마치 그때를 기다려 왔다는 듯 그를 가로막고 있던 위압적인 붉은 문이 그를 향해 서서히 그 커다란 아귀를 벌리며 열리기 시작했다.

□ ■ □

외성의 북문 너머에서부터 시작되는 산기슭 언덕에 3천 남짓의 파안제국 병력이 배진해 있음을 보고받은 시각이 축시(丑時: 오전 1시~3시) 무렵이었다. 그 시각부터 동이 터 오는 지금까지 왕을 비롯한 아라하의 모든 군장들은 서로 머리를 맞댄 채 사태를 논의하는 중이었다.

모두가 침을 튀기며 제 주장을 펼치고 있었지만, 사실 결론은 이미 회의의 초반에 어렵지 않게 나왔다. 이보다 명징한 결론은 어디에도 없을 것이라며 모두가 입을 모아 호언장담했다.

"사절단은 분명 눈속임입니다. 그들을 미끼로 성을 급습하려는 것이 틀림없습니다."

"맞습니다. 말이 사절단이지, 이름난 관리 하나 없이 조무래기들만 죄다 추려 보내지 않았습니까? 애당초 희생시킬 생각이었던 게지요."

"그렇습니다, 전하. 휴전을 협상해 오는 쪽에서 어찌 이리 무례한가 하였더니 그런 속셈이 있었던 게 분명합니다."

군장들은 열변을 토했다. 소류 역시 이견이 없었다. 고개를 가볍게 끄덕여 보인 그는 문득 맞은편에 묵묵히 앉아 있는 아이혜에게로 시선을 옮겼다. 새벽부터 이곳에 모여 열띤 논의를 펼치고 있는 여타 군장들과는 다르게, 지금껏 단 한마디조차 입도 벙끗 않고 있는 그녀가 전혀 신경이 쓰이지 않는다면 그것은 거짓일 터였다.

"혜노군장, 그대의 생각은 어떻소?"

그의 갑작스러운 부름에 잠시 당황해 하는 듯하던 아이혜는 곧 표정을 추스르며 차분하게 대꾸했다.

"예, 전하. 물론 저 역시 다른 군장들과 같은 생각입니다."

"혹 몸이 불편한가. 안색이 좋지 않아 보이는데."

"아, 아닙니다. 밤을 지새운 탓이겠지요. 전하의 안색도 그다지 좋지는 않습니다. 여기 다른 군장들도 마찬가지고요."

소류는 '하긴, 그렇기도 하겠군.' 하며 흘리듯 대꾸하고는 슬며시 시선을 거두었다.

소류가 아리를 데리고 낙안에 당도하던 그날 이후 서먹해진 아이혜와의 관계는 진의 눈물겨운 노력에도 불구하고 좀처럼 회복될 기미가 보이지 않았다. 피하는 것은 비단 그녀뿐만이 아니었다. 소류 역시 무의식중에 아이혜와의 자리를 최대한 피하고 있었다. 두어 달 전만 해도 반가운 낯으로 매일같이 얼굴을 마주하던 사이였건만, 이제는 오늘처럼 공적인 자리가 아니면 마주칠 일이 거의 없는 어색하고 불편한 사이가 되어 있었다.

"전하! 그들이 도착했습니다!"

군장들이 모여 앉은 원탁 뒤로 겹겹이 둘러쳐진 황금빛 휘장, 그 너머로 병사의 외침이 들렸다.

소류가 자리에서 몸을 일으키자 군장들이 따라 일어섰다. 휘장을 걷고 나와 접견실 중앙의 상석에 마련된 교의에 착석한 그는, 적국의 왕에 대한 최소한의 예의로써 한쪽 무릎을 꿇은 채 붉은 융단 위에 몸을 숙이고 있는 사내를 건조한 시선으로 빠르게 훑어 내렸다.

"그대가 사절단의 수장인가."

"그렇소."

사내의 무례한 어투에 군장들이 분기탱천하며 고함을 내질렀다.

"무엄하다! 감히 어느 안전이라고 일개 사신 따위가 말을 낮추는 게냐!"

"네놈의 그 건방진 세 치 혀를 잘라야 정신을 차리겠느냐! 이 발칙한 놈!"

그들 중에는 몇몇 검을 뽑아 든 이들도 있었다. 대로하여 날뛰는 군장들 탓에 내실에는 잠시 소란이 일었다. 소류는 그 소란과는 전혀 상관없는 사람처럼 여유롭게 팔걸이에 팔꿈치를 걸치고 고개를 기울인 채로 수장이라는 사내를 물끄러미 쳐다보았다.

"꽤 겁이 없는 신하를 두었군, 그대의 황제는. 하긴, 예까지 왔을 때는 죽음을 불사하고 온 것일 테니 굳이 적의 왕에게 굽실거릴 필요는 없겠지. 그래, 그 정도쯤 이해해 줄 아량 정도는 내 가져 보도록 하지. 서론은 피차 짧은 것이 좋을 테니 그럼 본론부터 이야기해 볼까."

사내는 무어라 대꾸하는 대신 슬며시 웃어 보이고는 이내 동의하듯 짧게 고개를 숙여 보였다. 죽음을 각오한 자에게서 나오는 여유와 당당함일까. 깍듯해 보이면서도 주저함이 없는 듯한 사내의 태도가 묘하게 거슬린다. 그런 사내가 퍽 발칙해 보였던지 참다못한 군장들이 또다시 격분하여 일갈을 내질렀지만, 소류가 손을 들어 저지하자 마지못해 수그러들었다. 군장들이 그리 성을 내는 것도 당연했다.

하지만 적국 사신의 태도 따위에 굳이 흥분할 필요가 무에 있을까. 또한 오랜 시간을 끌 필요도 없었다. 소류는 팔걸이에 팔꿈치를 얹고 턱을 괸 채 잠시 사내를 빤히 내려다보다 곧 여유롭게 말문을 열었다.

"내가 볼모를 하나 데리고 있는 것은 알고 있나?"

사내의 얼굴이 아주 잠깐 굳어졌다. 사내의 그 미미한 찰나의 변화를 알아차린 이가 비단 저 하나뿐만은 아니리라.

"파안의 황제가 처음 내게 휴전을 제의해 왔을 때, 응당 그가 그 사실을 알고 있어 휴전을 핑계로 그녀와 어떤 대단한 조건을 교환하자는 것이 아닐까 생각했었지."

그는 직접적으로 '그녀'라 지칭하고 있었다. 아리가 화두에 오르자 단휘는 긴장한 채 그의 말에 집중했다. 사실 이렇게 직접적으로 그가 그녀에 대해 언급하리라고는 생각지 못했기에 속으로는 얼마쯤 당황하고 있는 것이 사실이었다. 볼모치고는 납득이 가지 않을 만큼 후한 대접을 받고 있는 그녀였던 터라, 이유가 무엇이건 간에 필시 그녀의 신분을 공개적으로는 비밀에 부치고 있을 것이라 생각했기 때문이었다. 왕과의 독대라면 혹 모를까, 이 같은 공식 석상에서 그녀를 화제에 올릴 것이라고는, 하여 조금도 예상하지 못하였다.

하지만 이런 식으로 흘러가는 것도 나쁘지는 않았다. 애당초 낙안에 오기로 작정하던 그 순간부터 대단한 무엇 하나쯤은 잃을 결심을 하던 자신이 아닌가. 하여 이야기의 방향이 잘만 잡힌다면, 어쩌면 굳이 위험스레 그녀를 빼돌리지 않더라도 그녀를 보다 쉽게 궁으로 데려갈 수도 있지 않을까 하고 잠시 기대감을 품어 보는 단휘였다.

그러나 그것이 자신의 헛된 기대에 지나지 않음을 알게 된 것은 바로 다음 순간이었다.

"한데 나의 착각이었더군."

확고한 어조로 말하는 사내를 보며 단휘는 본능적으로 무언가 잘못되어 가고 있음을 느꼈다.

"그대들의 군주는 기어이 제 여인을 버린 모양이야. 아울러 그대들까지도."

"……알아듣게 설명을 해 주면 고맙겠소만."

"물론 그리해 줄 참이야."

사내는 잠시 호기롭게 웃더니, 곧 웃음기를 거둔 채 말을 이었다.

"북문에 배진한 3천의 병력. 파안제국 황실의 흑룡기를 보란 듯 사방에 꽂아 두었더군. 모른 척할 텐가. 아니면 정말로 알지 못하는 것인가."

"……있지도 않은 사실을 덮어씌워 사절단을 해치우려는 심산이오?"

"이런. 그대야말로 덮어씌우는군. 나는 그렇게까지 졸렬한 사내는 아니야."

사내가 피식 웃었다.

"졸렬하진 않지만, 아량이 그리 넓은 편도 아니지."

소류는 한 손으론 여전히 턱을 괸 채로 가만히 다른 한 손을 쓱 들어 올렸다. 그러자 주위에 도열해 있던 병사들이 왕의 의중을 알아듣고는 일제히 검과 창을 꺼내 들며 순식간에 단휘를 포위했다.

"믿고 안 믿고는 그대의 사정이니 내 상관할 바는 아니지만. 차라리 믿는 쪽이 덜 억울하지 않겠나. 고문을 받는 게 그리 즐겁지는 않을 테니 말이야."

여유작작하게 말을 마친 왕은 미련 없이 교의에서 몸을 일으켰다. 뒤이어 군장들이 따라 일어서고 한바탕 바람을 일으키며 그들은 자리를 떴다.

우려하였던 가장 최악의 상황이었다. 단휘는 낭패감과 허탈감에 자조하듯 입매를 비틀며 그대로 눈을 감아 버렸다. 애당초 무리수였다는 것은 알고 있었다. 최악의 경우가 닥칠 가능성에 대해 조금도 고려하지 않았던 것은 아니었지만, 이런 식의 변수는 정말이지 예상치 못한 것이었다.

3천의 병력······. 사내의 저 말이 사실이라면, 누구의 소행일지는 대강 짐작할 수 있는 일이다. 손파영이라는 변수에 대해 전혀 대비하지 않은 것은 명백한 자신의 실수였다. 단휘는 울컥 치솟는 분노에 치를 떨었다. 그러나 어찌할 것인가. 빠져나갈 수 있는 길은 어디에도 없었다.

단휘가 포박당한 채 접견실 밖으로 끌려 나올 때쯤 문밖에서는 이미 사절단과 병사들의 혈투가 벌어지고 있었다. 그러나 사신으로 위장한 황제시위와 장수들의 실력이 제아무리 출중하다 해도, 동등한 실력의 친위대가 포진해 있는 상황에서 수적 열세를 극복해 낼 방법은 없었다.

요행히 건물 밖으로 도망친다 하더라도 겹겹이 에워싼 아라하 병사들의 군진을 뚫고 온전히 성을 빠져나간다는 것은 불가능한 일이었다. 그럼에도 끝까지 버티며 싸우고자 했던 시위와 장수들에게 끝내 투항을 명한 것은 단휘였다.

저로 인한 무고한 죽음을 단 하나라도 줄여야 한다는 마음뿐이었으나, 투항한다 하여 과연 달라질 것이 있을지는 의문이었다. 치욕스럽게도, 조금의 시간이나마 벌어 보는 것 외에는 기실 별달리 방도가 없었다.

단휘를 비롯한 사절단 전원은 아라하의 병사들에게 꼼짝없이 포위당한 채 고문실로 끌려갔다. 고문실에 도착한 그들을 기다리고 있는 것은 잔혹하리만치 끔찍하고 지독한 고문이었다. 고통을 참지 못해 혀를 깨물어 자진한 이들도 더러 있을 정도로 고문은 각오한 것 이상으로 잔인하고 참혹했다. 사절단의 수장인 단휘에게 가하여지는 고문은 단연 가장 참담하다 할 만한 것이었다.

"하아, 하아······!"

단휘는 그 모진 고문들을 다 받아 내면서도 신음 한 번 흘리지 않았다. 고문하는 병사들이 독종이라 혀를 차며 자신들이 그의 몸에 가하고 있는 그 끔찍한 상해에 도리어 눈살을 찌푸릴 만큼, 그는 이를 악문 채 실로 지독하게 견뎌 내고 있었다.

기실 어떠한 기대가 있어 그러한 것은 아니었다. 다만, 미련 없이 다 버리고 떠난다 하더라도, 이대로 생을 맥없이 놓아 버리기엔 차마 끊기 힘든 그녀라는 붉은 실을 여전히 놓을 수 없는 까닭이었다.

숱한 고문을 견뎌 내며, 태어나 처음으로, 그는 신이라는 존재에게 빌었다.

신이여…….

과연 당신께서 진실로 존재하신다면, 이번만큼은 부디 내게 당신을 증명하소서…….

당신께서 그녀와 나를 늘 굽어살피고 계셨음을…… 실은 항상 지켜 주고 계셨음을…… 부디 이번만큼은 반드시 내게 증명하여 주소서…….

나 감히 당신께 바라옵건대…….

지금껏 당신을 부정해 온 나의 죗값은 언제든 달게 받을 것이오니…….

버겁기만 한 나와 그녀의 생을 그리 휘젓지만 마시옵고…….

부디…… 이번만큼은…… 지켜 주소서…….

흐릿해지는 정신을 간신히 붙든 채 그리 간절히 빌던 그는 끝내 정신을 잃고 말았다.

병사 하나가 물이 든 양동이를 가져와 그의 얼굴에 와락 끼얹고는 그가 정신을 차리기를 기다렸다. 겨우 정신이 든 단휘가 힘겹게 눈을 뜨면 또다시 어김없이 잔혹한 고문이 이어졌다. 그러면 그는 또다시 혼절을 하고, 병사는 물을 끼얹어 혼절한 그를 깨우고 하는 똑같은 행위가 끝없이 반복되었다.

단휘가 입은 내상은 이미 치명적이었다. 타들어 갈 듯 아릿한 목구멍 안에서 붉은 피가 왈칵 쏟아져 나왔다. 그리고 이내 그는 또다시 정신을 잃고 말았다.

"길을 트지 않으면 자결할 테니, 막아서지도 붙잡지도 마시오!"

우여곡절 끝에 별당으로 돌아온 아리를 기다리고 있던 것은 사절단이 이미 고문실로 압송되어 고초를 겪고 있다는 청천벽력 같은 소식이었다.

우려하던 일이었으나 설마 그런 사태가 정말로 벌어져 있을 줄은 몰랐다. 하여 앞뒤 생각할 것 없이 그길로 한달음에 옥사로 달려온 그녀였다.

막아서는 병사들을 위협하듯 제 목에 단도를 겨눠 보이며 길을 트게 한 아리는 기어이 단휘가 감금된 고문실을 찾아냈다. 왕이 그녀를 아낀다는 소문이 이미 성내에 파다하게 퍼져 있었기에 가능한 일이었다.

때마침 그는 그곳에 있었다. 제 목에 단도를 들이댄 채 문으로 들어서는 그녀를 그가 기가 찬 얼굴로 딱딱하게 응시했다. 어둡게 가라앉은 두 눈동자와 굳게 다물어진 입술 위로 내려앉은 서늘한 분노가 주변의 기류를 위압적으로 내리누르고 있었다. 냉랭히 얼어붙은 고문실의 숨 막히는 정적이 그의 분노 앞에서 맥을 못 추고 단숨에 깨어져 버렸다.

"하…… 기껏 사신 하나의 목숨을 구하자고 버릴 수 있는 목숨이란 말인가. 황후라는 이의 목숨이 고작……!"

노기 어린 그의 음성이 협소한 공간을 쩌렁쩌렁 울렸다. 하지만 아리는 그의 호통 같은 건 조금도 귀에 들어오지 않았다. 보이는 것은 오로지 한 사내, 들리는 것도 오로지 그 한 사내의 꺼져 가는 듯한 숨소리뿐이었다. 온몸을 결박당한 채 천장에 고정된 사슬에 매달려 있는 사내를 떨리는 눈으로 바라보며 그녀는 심장을 칼로 저미는 듯한 고통에 가슴을 움켜쥐었다. 힘없이 축 늘어진 사내의 몸은 그의 일신에 벌어진 끔찍한 사정을 충분히 짐작게 했다.

"당장…… 당장 그를 풀어 주십시오! 지금, 지금 당장 그를 풀어 달란 말입니다!"

울부짖듯 발악하는 그녀를 바라보는 그의 표정은 서늘하다 못해 냉랭할 정도였다.

심장이 철렁 내려앉았다. 그녀가 지난밤 탈출을 감행했었다는 사실을 혹 그가 알고 있는 걸까. 설령 그렇다고 해도 상관은 없었다. 그 문제야 어떻게든 둘러맬 수 있으니까.

하지만 지금 이 상황은 얘기가 달랐다. 아리는 어느 때보다도 절박한 눈빛으로 그를 바라보았다. 그런 아리를 잠자코 지켜보던 소류가 이내 이해할 수 없다는 듯 미간을 찌푸렸다.

"도무지 알 수가 없군. 여기 갇혀 있는 사신은 비단 이자 한 사람뿐이 아니고, 고문을 당한 자 역시 이자 하나뿐이 아니야. 한데, 어찌하여 고문실 중에서도 가장 심처에 있는 이곳까지 찾아와 유독 이자만을 그리 보호하려는 거지?"

"……!"

굳어지는 그녀의 표정을 보며 소류가 비릿한 실소를 머금었다. 어딘지 선득한 분위기를 풍기는 낯선 얼굴의 그를 아리는 잠시 아연히 바라보았다.

그가 저런 얼굴을 할 줄도 알았던가. 그에게서 느껴지는 섬뜩함에 저도 모르게 어깨를 움츠리는데, 다음 순간 들려오는 그의 나직한 말에 그녀의 얼굴은 이내 창백해졌다.

"떠날 결심마저 접고 이리 스스로 돌아올 만큼…… 이치가 그대에겐 그리 중한 자던가?"

한마디 대꾸도 못한 채 하얗게 질려 가는 그녀의 얼굴을 보며 소류는 화를 식이기 위해 묵직한 한숨을 내뱉었다. 군장들과 밤새워 회의를 하느라 새벽녘이 되어서야 그녀가 이곳을 떠났다는 사실을 알았다. 그 순간 휘몰아치던 분노와 고통 그리고 상실감은 그를 견딜 수 없는 끔찍한 지옥 속으로 몰아넣었다. 제 발로 돌아온 그녀에게 이토록 잔인해질 수밖에 없도록…….

"듣기로…… 황제는 기루에서 데려온 총희의 치마폭에 푹 빠져 있고, 그대는 황제의 눈길 한번 받아 본 적 없는 신세 처량한 여인이었다던데…….”

얼음장처럼 파리하게 굳어지는 그녀의 낯빛에도 아랑곳하지 않고 그는 냉랭하게 말을 이었다.

"아마, 사통한 정인쯤이라도 되는 모양이지?"

단 한 번도 본 적 없는 그의 잔인함에 아리는 무너지듯 눈을 감았다. 일순 호흡이 멎어 버려 숨을 들이쉴 수도 내쉴 수도 없었다.

지금의 저 잔인함이 그의 처절함에서 비롯되었음을 알고 있다. 그렇기에 저 열하게 비아냥대는 그의 말들이 모욕적이고 수치스럽다기보다는 서글프고 뼈아픈 고통으로 다가왔다.

그녀가 알고 있던 단목소류는, 늘 단정하고 바른 사내였다. 늘 차분하고 온화하며 상냥한 사내였다. 그랬던 사내가 저리도 뒤틀려 있는 것이, 자신을 향한 넘치는 연정 때문임을 어찌 모른다 할 수 있을까.

하지만…….

이런 순간에, 굳이 그의 진심을 헤아려 무엇 할까……. 달콤할수록 독이 되는 그의 진심 따위를…….

10년을 지아비라 섬기며 살아왔던 사내가, 천자라 칭송받으며 천하에 두려울 것 하나 없었던 그 고귀하고 오만한 사내가…… 지금 적국의 왕 앞에서 저리 참담한 몰골로 사슬에 매달린 채 피 흘리고 있는데…… 대관절 그의 진심 따위가 무엇이라고……!

"그래요! 내 정인입니다! 당신이 감히 이런 식으로 손대서는 아니 될 내 소중한 정인이란 말입니다! 그러니 그에게 더 이상 손끝 하나 대지 마십시오! 제발, 부탁입니다. 그를 풀어 주십시오. 제발 그를 풀어 주십시오……!"

"……."

악에 바친 듯 소리치는 그녀를 한동안 차갑게 응시하던 소류는 돌연 곁에 선 병사를 돌아보며 싸늘히 명했다.

"……인두를 가져와라."

"존명!"

왕의 명령에 병사가 쏜살같이 문밖으로 달려 나갔다. 그의 말을 정확히 알아들은 그녀는 그대로 얼어붙어 버렸다. 망연자실한 채 그를 올려다보는 그녀를 그 순간 소류는 철저히 외면하고 있었다.

"전하, 준비됐습니다!"

그리 오래 걸리지 않아 병사가 돌아왔다. 시뻘겋게 달구어진 인두가 화로에 담긴 채 두 사내의 사이에 놓였다.

소류는 붉게 이글거리는 화로 너머에서 너울대는 사내의 인영을 잠시 노려보다가, 화로에 꽂힌 인두를 향해 거침없이 손을 뻗었다. 그리고 그 순간, 사색이 된 얼굴로 그를 막아선 그녀가 옷자락을 붙잡고 매달리며 애원했다.

"아…… 안 돼요! 그에게 무슨 짓을 하려는 거예요? 안 돼요, 제발 그만두셔요……! 제발, 이러지 마십시오. 제발 그를 살려 주십시오. 원하시는 일이라면 무엇이든 할 테니 제발…… 제발 그를 다치게 하지 말아 주십시오……!"

소류는 눈썹을 꿈틀거렸다. 서럽게 흘러내리는 그녀의 눈물이 자꾸만 그를 자극했다. 이렇게까지 할 생각은 아니었다. 물론 필요하다면야 언제든 더한 고문도 서슴지 않았을 것이었지만, 열에 아홉은 그저 순수한 미끼일 뿐인 모양이었던 그들에게서는 알아낼 것이 전혀 없다는 판단이 서 있었으므로, 이미 사절단 전원을 참하리라 마음먹고 있었다. 그런 그에게 있어 굳이 저들을 고문하는 것은 정신적으로나 육체적으로나 불필요한 소모에 지나지 않는 것이었다.

질투에 눈먼 분노라는 것을 어찌 모를까. 그것이 그를 기막히게 만들었다. 가슴 저 밑바닥에 꾹꾹 눌러 두었던 무언가가 울컥하며 치밀어 오를 만큼…….

소류는 이내 두 무릎마저 꿇은 채 그의 다리를 붙들고 애원하는 그녀를 매몰차게 외면하며 병사에게 소리쳤다.

"무엇 하느냐!"

그의 일갈에 병사들이 한달음에 달려와 그녀를 그에게서 떼어 놓았다. 그녀는 몸부림을 치며 미친 듯이 울부짖었다.

"전하! 전하! 제발 자비를 베풀어 주십시오! 전하, 제발 부탁입니다! 전하! 제발 그를 살려 주십시오……!"

발악에 가까운 그녀의 절규가 전혀 들리지 않는 사람처럼, 그는 냉정하게 등지며 화로 앞으로 한 걸음 다가섰다.

화르르—!

인두를 꺼내 들자 화로 안의 숯덩이가 구르며 잠시 불길이 솟았다. 그 모습을 망연히 바라보던 아리는 온몸에 힘이 풀려 바닥에 쓰러지듯 그대로 주저앉아 버렸다.

'나는 이리도 무력하여…… 그대가 내 형이란 작자에게 범하여지는 것을 내 이 두 눈으로 똑똑히 보면서도 끝내 그를 막지 못하였다. 나는 그때…… 나설 수조차 없었다……'

10년 전 그 어느 날, 무겁게 자책하던 그의 목소리가 환청처럼 귓가를 울렸다. 그날 그가 느꼈을 무력감과 자괴감이 그녀의 전신을 휘감았다. 점점 그에게로 향하는 붉게 달아오른 쇳덩이를 참담히 바라보다 그녀는 비통하게 눈을 감았다.

'……신첩 역시 이리도 무력하여…… 당신을 지켜 드릴 수가 없어요, 폐하……'

두 눈에서 하염없이 눈물이 흘렀다. 그는 파안의 황제였다. 만백성의 아비이며, 늘 고결하고 오만해야 할 제국의 지존이었다.

그의 몸에 영원히 남을 끔찍한 흉터를 제 몸에 대신 새길 수 있다면 얼마나 좋을까. 그가 느낄 고통을 제가 대신 겪을 수 있다면 얼마나 좋을까. 몸에 남을 흉터 따위에 마음 상해 할 그가 아님을 안다. 몸으로 겪을 고통 따위에 괴로워할 그가 아니란 것 또한 알고 있었다.

그의 오만한 자존이 상처 입는 것, 두려운 건 그것이었다. 그를 증오하고 원망하면서도 황가의 종주로서의 그의 그 대단한 긍지와 자존에 대한 경외가 늘 마음 한구석에 자리하고 있음을 그녀는 한시도 부정해 본 적이 없었다.

지금 그의 안에서 무너지고 있는 것은, 바로 그런 것이었다.

그녀는 감았던 눈을 힘겹게 떴다. 그를 이토록 무너지게 만든 장본인이 바로 자신 아니던가. 평생 가슴에 새기고 자책해야 할 모습을 외면한다는 것은 비겁하고 치졸한 짓이다. 10년 전 그가 그녀를 그렇게 평생 가슴에 새겼듯, 이제는 그녀가 그를 새겨 둘 차례였다.

그녀는 눈을 부릅뜬 채 벌겋게 달아오른 쇳덩이를 노려보았다. 흐르는 눈물에 자꾸만 시야가 흐려졌지만, 마음을 독하게 먹고 눈물을 훔쳐 내며 조금씩 그의 가슴 쪽으로 기울어지는 쇳덩이를 이를 악문 채 바라보았다.

가슴에 품은 연정의 크기만큼이나 잔혹해진 사내는…… 기어이 그 뜨거운 불덩이로 그를 범하였다.

치이익—! 치지지직—!

살갗을 지지는 끔찍한 소리가 아비규환의 울부짖음처럼 소름 끼치게 귓가를 파고들었다. 이미 참혹할 정도로 상처가 나 있는 그의 가슴께가 붉은 쇳덩이에 눌린 채 타들어 갔다. 살이 타는 역겨운 냄새가 코끝에서 진동을 했다. 그녀의 몸이 발작으로 떨리기 시작했다. 그녀는 거의 광기에 가깝게 발악을 해 댔다.

"아악! 안 돼!…… 안 돼! 아아아악!"

까무룩 정신이 흐려졌다. 그래, 차라리 이대로 정신을 놓아 버릴 수 있다면 얼마나 다행한 일일까. 하지만 그럴 수 없다. 회피할 수 없었다. 그녀는 가까스로 정신을 붙잡았다. 기억해야만 한다. 견딜 수 없이 처참하고 참혹한 그의 모습을……. 그 어느 날 그가 그랬던 것처럼…….

백하, 미안해요. 나 그를 지키지 못할 것 같아…….

일생토록 증오하고 또 그렇게 아마도 평생토록 경애하였을 이를…… 끝내 온전히는 지켜 내지 못할 것 같아…….

아리는 뿌옇게 흐려진 눈으로, 사슬에 매달린 채 힘겹게 버티고 서 있는 그를 비통하게 바라보았다. 그는 신음 한번 내뱉지 않았다. 베어 문 입술과 쇠사슬에 묶인 손목에서는 그가 느꼈을 고통을 증명하듯 붉은 피가 주르륵 흘러내리고 있었다. 가슴을 저미는 슬픔이 무섭게 북받쳐 올랐다.

"아아…… 윽, 흐윽……! 왜……! 어째서! 이렇게까지 하진 않아도 되었잖아……! 그리 간절히 애원하였는데, 내 그리도 빌었는데…… 이리하진 않아도 되었잖아……!"

무엇이 당신을 그렇게까지 잔인하게 만든 것인지 모르겠다…….

아니, 기실 뼈에 사무칠 만큼 분명히 깨달아 버린 사실이었지만, 그저 막연히 당신을 믿었다.

안일하고 헛된 이 믿음을 끝내 의심치 않았던 나는, 세상천지에 둘도 없는 어리석은 사람이었던 걸까.

"뭐라고 말을 해 봐…… 어서 말을 해 보란 말이야! 왜 이렇게까지 해야 했느냐고!"

"……."

절규하듯 소리친 말에도 사내는 아무런 반응이 없었다. 오늘따라 온통 시커멓기만 한 흑색 은의를 입고 있는 그는 흡사 사자(死者)와도 같았다. 여전히 한 손에는 불타오르는 끔찍한 인두를 쥔 채로, 사내는 그녀를 등지고 서서 미동조차 하지 않았다.

"흑…… 왜, 대체 왜……!"

"……왜냐고?"

영영 입을 뗄 것 같지 않던 그가 돌연 그리 나직이 되물었다. 그리고 그는 그제야 천천히 그녀를 향해 뒤돌아섰다. 가슴이 철렁하리만치 선득한 눈동자가 그녀를 싸늘하게 응시했다.

"우문이 따로 없군……."

"……."

"잊었나? 내가 누구인지를."

한 번도 마주친 적 없는 낯선 타인의 얼굴을 한 그가 조롱하듯 자신을 내려다보고 있었다. 칼날처럼 서늘한 시선에 섬뜩하게 베어 나간 심장이 아릿한 통증을 호소해 왔다.

아아, 그래. 그랬지……. 당신은 아라하의 왕이었지……. 적국의…… 왕이었지.

어찌 그것을 잊고 있었던 걸까.

당신의 나라에 일말이라도 손해를 끼칠지 모를 나를 당신이 도울 리 없는데…… 당신이 나의 사정 따위를 봐줄 리가 없는데…….

어째서 그런 당신을 믿었던 걸까.

나는 대체 무엇을 기대하였던 것일까……. 무엇을 착각하고 있었던 것일까…….

정말이지, 바보 같게도…….

"전원 참수하여 성문 밖 가장 눈에 잘 띄는 곳에 효시하라!"

"존명!"

주단휘라는 사내가 뼛속까지 파안의 황제이듯, 뼛속까지 아라하의 왕일 그로서는 아마 가장 합당하고 적절한 처결이리라. 그러나 제아무리 그렇게 그의 판단을 수긍해 보려고 하여도 도저히 감당해 내기 벅찬 그 사실을 받아들인다는 것 자체가 그녀로서는 역부족이었다. 결국 그녀는 더는 버티지 못하고 까무룩 정신을 놓아 버리고 말았다.

병사 몇이 재빨리 달려가 쓰러진 아리를 조심조심 일으켜 세웠다. 이미 성안에 파다하게 소문이 퍼져 있었던 터라, 서궁의 여인이 자신들의 군주에게 얼마나 특별한 존재인지를 잘 알고 있는 그들이었다.

조심스레 그녀를 부축하여 고문실 한편에 놓인 의자에 기대어 눕힌 병사가 재빨리 제자리로 돌아와 왕의 눈치를 살피며 쭈뼛쭈뼛 물었다.

"저어…… 전하. 이자는 어찌 하올지요? 이자도…… 함께 참수하올까요?"

"……."

왕은 묵묵부답이었다. 소류의 침묵에 병사가 황공한 듯 머리를 조아렸다.

"전하, 하명을 내려 주소서."

"……의관을…… 불러와."

"예?"

얼빠진 얼굴로 그리 되묻는 병사를 보며 소류는 쓴웃음을 머금었다. 그래, 그럴 만도 하지. 나조차도 이런 나 자신을 어찌 이해하여야 좋을지 모르겠으니까.

마음 같아서는 백 번 천 번도 더 놈의 목을 자르고 숨통을 끊어 놓고 싶지만, 그것이 그녀의 애간장을 가르고 저며 놓는 것과 다를 바 없음을 이미 조금 전 내 이 두 눈으로 똑똑히 확인하지 않았나.

그러니 이 이상 내 어찌 더 잔혹할 수 있을까…….

그대의 소중한 그 무엇을 나는 응당 지켜 주지 않을 테지만…… 차마 부수어 놓지도 못하겠다…….

"……치료해 줘라."

사내의 가슴에 지독하게 남은 붉은 화상 자국을 건조하게 바라보다가, 그는 획 몸을 돌려 그녀에게로 다가갔다. 핏기 없는 그녀의 창백한 얼굴을 보니 슬슬 후회와 자책이 밀려들었다. 하지만 이 상황이 벌어지기 전으로 시간을 되돌려 놓는다 해도, 같은 결과가 되풀이될 것은 자명했다.

소류는 그녀를 조심히 안아 들고는 고문실을 나섰다. 날이 저물었는지 어느새 서편 저 끝으로 기울어진 해가 최후를 알리듯 끝없이 펼쳐진 하늘 위로 붉디붉은 핏빛 그을음을 장엄하게 토해 냈다. 밤이 서서히 어둠을 몰고 올 준비를 하고 있었다.

그는 잠시 멈춰 선 채 그녀를 고쳐 안고서는 붉은 하늘을 올려다보았다. 왕의 가례는 이틀 앞으로 다가와 있었다. 저 핏빛 울음과 또 한 번의 밤을 맞이하고 나면, 그땐 더 이상 지금의 그일 수 없으리라. 자신의 팔에 안겨 있는 그녀에게서 느껴지는 체온과 작은 숨소리에조차 가슴이 뛰고 벅차오르는 지금의 단목소류는, 그 마지막 밤과 함께 영영 사라져야만 하리라. 다가올 밤의 시간 앞에 태양이 끝내 피 울음을 토해 내며 바스러지듯 그렇게…….

무거운 발걸음을 옮기다 멈춰 서기를 반복했다. 그리 걷다 서다 하며 느릿느릿 걸음을 옮겼음에도 불구하고 옥사와는 꽤 멀리 떨어진 곳에 있는 그녀의 처소에 참으로 빨리도 당도한 듯싶어 아쉬운 마음이 일었다. 물론 이제 그녀는 더 이상 예전의 시선으로 자신을 바라봐 주지 않을 테지만…….

별당에 도착해 그녀의 침실로 들어간 그는 침상 위에 조심스럽게 그녀를 눕혔다. 그러곤 곁에 앉아 그녀의 얼굴을, 아니 정확히는 타란으로 가려진 이마를 한참이나 물끄러미 내려다보았다. 그러다 그는 문득 손을 뻗어 타란을 벗겨 냈다.

"……."

황룡의 인은 자신을 조롱하듯 여전히 그녀의 이마 위에서 고고하게 빛나고 있었다. 그 황금빛 증표를 다시금 확인하는 순간, 안도감과 실망감, 벅참과 상실감…… 그리고 기대감과 절망감…… 상반되는 숱한 감정들이 아무렇게나 뒤엉켜 제멋대로 마음속에 나뒹굴었다.

그는 그녀의 이마에 새겨진 황룡의 인 문양을 자신의 투박한 손가락으로 가만히 따라 그렸다. 그러던 그의 얼굴 위로 못내 서글픈 미소가 피어올랐다.

"……우리네 천신께서는 참으로 짓궂기도 하시지……."

한숨 같은 탄식을 조용히 뱉어 내고는 소류는 이내 그녀의 곁에 몸을 뉘었다. 그러고는 가만히 눈을 감았다. 이대로 그녀 곁에서 잠이 든 채 차라리 영영 깨어나지 않을 수만 있다면 얼마나 좋을까. 그리할 수만 있다면 기꺼이 이 내 영혼마저 내어 줄 수도 있을 터인데……. 바람에 베인 듯 서걱거리는 가슴속에 쓰라린 고통이 스며들었다.

이제…… 어찌하여야 할까. 그대와 나를…… 그리고 그를…….

답을 구하지 못해 고뇌하는 소류의 깊어진 한숨 소리만이 적막하게 맴도는 방 안으로 서서히 밤의 그림자가 내려앉았다.

시간이 얼마나 흘렀을까. 석양이 모두 저물어 어슴푸레한 빛마저 사라져 갈 무렵, 아리는 그제야 스르륵 눈을 떴다. 꿈인지 현실인지 불분명한 경계 속에서 그녀는 하염없이 울었다. 가없는 슬픔에 북받쳐 끝 모를 눈물을 쏟아 냈다.

힘줄이 불거져 나올 만큼 힘껏 주먹을 움켜쥔 채 그런 자신을 바라보고 있는 사내의 흔들리는 시선 같은 것은 조금도 알아차리지 못한 채로…….

16

격통의 시간 I

"전각에 불을 질러라! 궁녀든 내관이든 밖으로 나오는 놈들은 모조리 베어
버려라!"

화르르―!

전각 위로 불길이 치솟고, 까만 연기가 순식간에 밤하늘을 뒤덮었다.

호화롭기 그지없는 전각 안에서 놀란 궁인들이 한꺼번에 뛰쳐나왔다. 살기
위해 뛰쳐나온 그들은 밖으로 나온 순간 숨이 끊어진 채로, 혹은 숨이 겨우 붙
어 있는 채로 차디찬 바닥에 나뒹굴게 될 것이란 사실을 미처 알지 못했다.

"불이다! 불이다! 으윽! 으아악!"

"까아아악!"

"크윽! 살, 살려 줘! 살려 주십시오! 으아아악!"

아비규환 속에서 단말마의 처참한 비명 소리가 끊이지 않고 들려왔다. 사방
에 붉은 피가 낭자하고, 뾰족 솟은 전각의 지붕 위로 성난 화마가 무시무시한
불꽃을 토해 냈다.

매캐한 타는 냄새, 비릿한 피 냄새가 한데 뒤엉켜 그야말로 염라지옥을 방불

케 하는 이곳이 과연 사시사철 향긋한 꽃향기와 달콤한 과일 향기로 가득하던 그 황궁이 맞는 것인지 의심스러울 정도로 황궁은 처참하게 유린되고 있었다.

"태자를 찾아라! 찾는 즉시 그 목을 베어라!"

"와아아아! 태자의 목을 베라!"

제일 황자 단유가 일으킨 난의 규모는 상상을 초월했다. 반란에 동원된 군사의 수는 황실 군사의 두 배가 넘는 실로 엄청난 인원이었다. 이미 많은 세력들이 일 황자 단유에게 포섭되어 있었기에 반란군의 이 같은 급습을 그에 절반도 못 미치는 황실군이 온전히 막아 내기란 애당초 불가능한 일이었다.

붕어한 선황에게는 황자가 넷 있었다. 총애하던 귀비 유씨에게서 난 서자 단유, 단훤, 단휼 세 황자와, 정궁인 황후와의 사이에서 본 적자 단휘였다.

파안 황실은 개국 이후부터 줄곧 적장자 계승의 원칙을 내세워 왔으므로 당연히 적출인 단휘가 황태자에 봉하여졌지만, 황제의 총애가 미치는 곳은 응당 귀비 유씨의 세 소생들이었다.

부황의 편애는 눈에 띌 정도로 심하여 태자가 지내는 동궁보다도 세 황자가 함께 지내는 서율궁에 문후 드는 이들이 훨씬 많았다. 이름뿐인 황태자라 생각하는 것도 당연했다. 선황이 황위를 물려주는 이는 응당 태자가 아닌 서장자 단유일 것이라고 암묵적으로 단정 짓는 이들이 대다수였던 것도 당연한 일이었다. 모두가, 하물며 황태자 단휘 본인조차도 분명 그러할 것이라 당연하게 여기고 있었으니까.

한데 죽을 날이 다가오니 선황의 마음에 어떠한 심경의 변화라도 생긴 것인지, 그는 죽기 직전 돌연 황태자 단휘에게 황위를 물려주겠다는 확고한 유언을 남기고는 숨을 거두었다.

모두가 경악할 일이었고, 그것은 자연히 황실에 피바람을 몰고 왔다.

뒤틀린 부정(父情)을 어찌 그런 식으로 풀고 가려 하신 것인지 모를 일이다. 그것은 단휘에겐 사죄가 아니라 사형을 선고하는 것이나 다름없었다.

'천하를 호령하실 적엔 하 멀리도 두시어 주변의 모두가 제 멀리서만 맴돌게 하시더니, 당신 가시려는 때에서야 그 자리를 이으라 하시니…… 소자에게 무슨 힘이 있어 그 버거운 자리를 지키라 하십니까?'

단휘가 그리 황망한 심정으로 국상을 치르고 황위 계승일을 기다리는 동안, 갑작스럽게, 아니, 어쩌면 예상했던 대로 일 황자 단유가 난을 일으켰다.

"반란이다! 반란이 일어났다!"

"태자 전하를 보호하라! 반란군이 황궁을 습격했다!"

가장 먼저 반란군의 공격을 받은 곳은 당연하게도 태자궁이었다. 이미 전소하여 형체를 알아볼 수 없을 정도로 파괴된 태자궁의 전각이 앙상한 뼈대만을 남긴 채 탁탁 타들어 가는 처연한 소리를 내며 남은 불꽃을 마저 태웠다.

전각의 주위에는 태자궁의 궁인들과 금위군관들의 시신이 붉은 피를 흩뿌린 채 낭자하게 쓰러져 있었다. 잔인하기 이를 데 없는 처참하고 끔찍한 광경이 태자궁 곳곳에 끝도 없이 펼쳐졌다. 그나마 다행한 사실이라면, 그곳의 주인인 황태자 단휘가 그의 충복들에 의해 이미 몸을 피한 후에 이 같은 참사가 벌어졌다는 것이었다.

"태자 전하! 이쪽입니다! 어서 가시옵소서!"

"잠깐, 기다려라! 은현궁은 어찌 되었느냐!"

태자비의 처소인 은현궁은 동궁의 서쪽 끝 별당과 담 하나를 사이에 두고 있었다. 멀지 않은 거리이니 그곳도 무사할 리 없었다.

"비마마는 자함 장군이 모시러 가셨습니다. 전하, 서두르셔야 합니다! 반란군이 언제 또다시 몰아닥칠지 모릅니다."

"아니, 은현궁으로 가겠다. 태자비와 함께 갈 것이다."

"그건 안 됩니다, 전하!"

"어째서 안 된다는 게야! 바로 지척에 은현궁이 있는데 나만 혼자 빠져나가라는 것이냐! 잔말 말고 은현궁으로 가자! 그리하지 않으면 예서 단 한 발짝도 떼지 않을 것이니!"

배부른 소리라는 것도, 쓸데없는 고집이라는 것도 알고 있었다. 하지만 이를 그나마 다행이라 여겨야 할지, 은조가 동궁에 와 있던 차에 이 같은 참사가 벌어져 은조는 지금 그의 곁에 무사히 있는 반면, 태자비의 생사를 알 길이 없어 가뜩이나 불안한 마음에 죄책감까지 얹어져 그를 자꾸만 조바심 나게 만들고 있었던 것이다. 그녀가 무사하다는 걸 지금 당장 그의 두 눈으로 직접 확인하지 않는다면 정말로 돌아 버릴 것 같았다.

"내 이대로 죽기를 바라느냐! 아니면 은현궁으로 길을 낼 것이냐!"

결국 황태자의 고집을 꺾지 못한 백하와 그의 휘하들이 은현궁으로 조심스레 길을 텄고, 그들은 몸을 숨긴 채 최대한 흔적을 남기지 않고 어둠 속을 헤쳐 가까스로 은현궁에 도착했다.

까만 밤하늘 아래 당당히 서 있는 수려하고 단아한 은현궁의 전각은 어디 한 곳 위해를 입은 흔적이 없어 그들을 안도케 하였지만, 그것은 찰나일 뿐이었다.

은현궁의 너른 마당에 도열해 있는 수백의 병사들의 존재를 알아챈 순간 모두가 극심한 절망감에 사로잡혔다. 동궁보다도 은현궁을 먼저 노렸던 걸까. 궁인들의 시신 하나조차 눈에 띄지 않는 것을 보면, 그들이 달려 나와 어찌 막아 보기도 전에 반란군이 안으로 우르르 들이닥친 것 같았다.

하면 그녀는, 태자비는 어찌 된 걸까……. 순간 눈앞이 깜깜해지면서 머리가 핑 돌았다. 단휘는 옆의 나무를 짚고 선 채 잠시 거친 숨을 몰아쉬다가 다시금 전각으로 힘겹게 시선을 들었다. 그 순간이었다.

누군가에게 우악스럽게 팔을 붙들린 채 전각 밖으로 끌려 나오는 자그마한 체구의 여인이 그의 시야에 잡혔다. 입고 있는 옷이 연청빛 대수삼에 분홍 치마라는 것을 깨달은 순간 가슴이 철렁 내려앉았다. 태자비였다.

그리고 그녀와 실랑이를 벌이고 있는 건 다름 아닌 반란의 주모자이자, 자신의 이복형이기도 한 일 황자 단유였다. 그에게 짐짝처럼 끌려 나오면서도 그녀는 바락바락 악을 쓰고 있었다. 그것은 용기도 객기도 아니었다. 다만 극에 달한 두려움과 공포로 인한 처절한 발악임을 그곳에 있는 모두가 어렵지 않게 알 수 있었다.

"이, 이게 무슨 짓입니까! 지금 무슨 짓을 하는지 알고는 계십니까? 이건 명백한 역모입니다! 국상을 치른 지 얼마나 되었다고 이런 패악을 부리시는 것입니까! 정녕 하늘이 무섭지도 않으십니까? 제발 정신을 차리십시오! 지금이라도 멈추시란 말입니다, 황자 마마!"

"하하! 역모? 패악?"

"제 말이 틀렸습니까? 역모나 패악이 아니라면 이것이 대체 무엇이란 말입니까!"

"하, 웃기지 마라! 내 황위 따위를 바랐다면 단휘 그놈은 진즉에 폐태자가 되었을 테지. 난 단지 내 것을 취하러 왔을 뿐이다. 그놈 것이 아닌 내 것을, 이 몸이 친히 취하러 온 것뿐이란 말이다. 알아들었느냐? 큭, 큭큭! 하하하하!"

광기 어린 웃음소리가 은현궁의 너른 마당을 괴기스럽게 울렸다. 그는 분명 정상이 아니었다. 그러나 그가 정상이든 아니든 그것은 중요하지 않았다. 사시나무 떨듯 떨고 있는 그녀를 갑자기 와락 껴안아 품에 단단히 가둔 채 희롱하던 그가 흥분한 광인처럼 킬킬거리더니 번뜩이는 눈으로 병사들을 돌아보며 소리쳤다.

"여봐라! 너희들이 증인이 되어 줘야겠다! 거기들 서서 여기 태자비가 내 것이 되는 걸 잘들 지켜보아라! 알겠느냐!"

"예, 황자 마마!"

"내 것이 되는 것이다! 다른 누구도 아닌, 내 것이 되는 것이야! 큭, 크하하하!"

그가 그녀에게 무슨 짓을 하려는 것인지 모르는 이는 한 명도 없었다. 그는 수많은 병사들 앞에서 그녀를 취하려 하고 있었다. 마당의 화단 뒤편에 몸을 숨긴 채 사태를 지켜보고 있던 황태자와 그의 충복들, 그리고 궁관들 모두가 아연실색하며 충격에 휩싸였다.

이미 이성을 잃은 황태자가 마당으로 뛰쳐나가려 하였으나 황태자의 벗이자

측근인 자함 장군과 천관 백하가 그를 덮쳐 입을 틀어막고 몸을 결박하는 등 힘으로 제압해 간신히 막았다.

감히 주군인 황태자에게 불경하기 이를 데 없는 행동이었지만, 지금 황태자가 일 황자의 눈에 띄게 된다면 남는 것은 그야말로 개죽음뿐이었다. 그가 눈이 뒤집힌 채 아무리 나서 봐야, 지금 마당에서 일어나고 있는 저 참담한 일을 막을 수는 없었다.

일 황자는 하얗게 질린 얼굴로 완강히 저항하는 태자비를 너무도 쉽게 흙바닥에 쓰러뜨리고는 그녀의 작은 몸 위에 짐승처럼 올라탔다. 그러곤 그녀의 양 손목을 잡아 올려 머리 위로 포갠 뒤 한 손으로 움직이지 못하게 단단히 고정한 채 다른 한 손으론 그녀의 허리에 둘린 요대를 거칠게 풀어내기 시작했다.

병사들의 손에 들린 횃불이 그의 얼굴에 더욱 기괴스러운 붉은 그림자를 만들어 내고 있었다.

"이, 이러지 마십시오! 마마, 제발! 정신을 차리십시오! 황자 마마! 으…… 읍! 흐읍!"

발버둥 치며 애원하는 그녀의 입을 막으려는 듯 그는 그녀의 파리한 입술에 미친 듯이 입맞춤을 퍼부었다. 그런 그를 뿌리치려 그녀는 하얗게 질린 채로 고개를 이리저리 흔들었다. 하지만 광기에 가득 찬 그의 힘을 도저히 당해 낼 재간이 없었다.

그는 거친 숨을 내쉬며 그녀의 입술을 뜨겁게 탐했다. 그녀의 입 안으로 혀를 집어넣어 달콤한 혀를 한껏 농간하고 우롱했다. 그녀가 고개를 흔들며 저항할수록 그는 더욱더 거칠고 집요하게 그녀의 입 안을 헤집어 댔다.

그러면서도 그의 한 손은 부지런히 그녀의 옷가지들을 벗겨 내고 있었다. 그의 거칠 것 없는 난폭한 손길에 허리를 단단히 감고 있던 요대가 속절없이 풀어지고, 연청빛 대수삼 자락이 금침처럼 펼쳐졌다. 얄따란 속적삼의 앞섶을 쥐어뜯듯 풀어 헤친 그가 재빨리 그녀의 상체를 안아 일으켜 윗옷을 한꺼번에 벗겨 내고는, 이내 그녀의 가슴골을 가리고 있던 치마의 허릿단을 단숨에 잡아

내렸다. 그녀는 순식간에 반라의 몸이 된 채 그의 팔 아래 갇혀 버렸다.

하얗고 탐스러운 그녀의 젖가슴을 욕정에 사로잡힌 혼탁한 눈으로 넋 나간 듯 바라보던 단유는, 곧 참지 못하겠다는 듯 꽃봉오리처럼 봉긋 솟은 연분홍빛 유륜을 입으로 덥석 베 물곤 게걸스럽게 혀를 놀려 대기 시작했다.

"시, 싫어!⋯⋯싫어! 아악! 아아악⋯⋯!"

충격과 두려움, 그리고 수치심과 모욕감에 거의 제정신이 아닌 태자비가 울부짖으며 발악했지만 아무런 소용이 없었다.

"흑, 마마, 제발! 제발⋯⋯!"

"이런, 이건 울 일이 아니라 기뻐해야 할 일이라고⋯⋯. 여태 사내에게 한 번도 안겨 본 적 없지? 단휘 그 난봉꾼 같은 놈이 어째서 널 안진 않았을까. 뭐 나야 고마운 일이지만⋯⋯. 큭큭, 아무튼 기대해. 내 잠시 후에는 그대에게 극락을 선사할 테니."

"제, 제발! 마마! 이, 이러지 마십시오, 황자 마마! 제발 부탁입니다! 제발⋯⋯!"

"쉿. 잠시면 끝나. 그땐 아마 내게 고맙다고 하게 될 거야. 큭큭."

"흑⋯⋯ 이러지 마셔요, 제발⋯⋯!"

애원하는 그녀에게 다시금 거친 입맞춤을 퍼붓던 그는 문득 고개를 들어 주위를 두리번거렸다. 그새 제 손아귀를 벗어나 저를 밀어 내려 용을 쓰는 그녀의 두 손을 자유롭게 풀어 둔 채로는 아무래도 그녀를 마음껏 범하기는 힘들 것 같았다.

바닥에 떨어진 그녀의 요대가 그의 시야에 들어왔다. 그는 그녀의 두 팔을 등 뒤로 돌려 요대로 손목을 단단히 묶어 고정하고는, 아까보다 더욱 심하게 발버둥을 치고 있긴 해도 두 팔로는 전혀 저항할 수 없게 된 그녀를 흡족한 시선으로 내려다보았다.

그녀가 발버둥 치면 발버둥 칠수록 그녀의 가녀린 몸과는 달리 적당히 풍만하고 탐스러운 젖무덤이 눈앞에서 아찔하게 출렁거려 그를 미치도록 흥분하게 만들었다. 그는 다급한 손길로 치마의 허릿단 매듭을 풀어 그녀의 치마를 벗겨 내기 시작했다. 겉치마를 풀어 헤치고 또다시 두 겹의 속치마를 벗겨 내는 동안 그녀의 저항이 만만치 않았지만, 기를 쓴 끝에 마침내 남은 옷가지들을 마저 벗겨 낼 수 있었다.

마침내 완전한 알몸으로 그 앞에 발가벗겨진 그녀를 그가 몽롱한 시선으로 응시했다.

그녀의 나신은 눈이 부실 만큼 아름다웠다. 그러나 그가 진정 원하였던 것은 그녀의 눈부신 나신이 가져다주는 쾌락만이 전부는 아니었다. 아니, 그런 것은 평생을 알 수 없다 해도 좋았다.

애원하는 그녀를 광기 어린 눈길로 응시하던 그가 문득 요연히 눈을 감았다 떴다. 꼭 자신이 아니더라도 그녀가 다른 누군가에게 사랑받으며 행복에 겨운 삶을 살았더라면, 그는 그저 곁에서 그런 그녀의 모습을 지켜보는 것만으로도 평생을 버텨 낼 자신이 있었다. 마음으로는 숱하게 품었을지언정, 그 이상의 욕심을 부려 본 적은 결코 단 한 순간도 없었다.

그래, 그 어느 날들에는 분명 그러했었다······.

그의 혼탁한 눈동자에서 번뜩이던 광기가 일순 사그라졌다. 그는 필사적으로 발버둥 치는 그녀의 다리를 자신의 허벅지로 눌러 움직이지 못하게 하고는 천천히 체중을 실으며 다시금 그녀의 몸 위로 올라탔다. 욕정에 찬 몸짓과는 다르게 공허하게 가라앉은 그의 두 눈동자가 두려움에 가득 찬 그녀의 얼굴을 한동안 물끄러미 응시했다.

"나는······ 진심으로 다 버릴 수 있었다. 그놈이 그리 널 괴롭혔으면, 차라리 그때 내가 내민 손을 잡았어야지."

"마마, 제발 이러지 마십시오! 저는 이미 그의 비가 된 몸입니다. 어찌 천연 (天緣)을 거스르려 하십니까!"

"천연? 그런 것이 과연 있기는 하더냐."

비릿한 미소를 지은 그는 그녀의 귓불에 입술을 대고 속삭였다.

"……인연 따위…… 이렇듯 부질없는 것이 아니냐. ……큭…… 큭큭……."

공허한 얼굴로 중얼거린 것도 잠시, 다시금 광기로 형형해진 그의 눈동자가 그녀를 탐욕스럽게 훑었다.

그는 그녀의 허벅지 위로 올라앉아 자신의 다리로 그녀의 하반신을 단단히 결박한 채 거추장스러운 흉갑을 벗어 던지고는 허리춤의 요대를 풀어 헤쳤다. 그러고는 필사적으로 오므리고 있는 그녀의 다리 사이에 자신의 허벅지를 밀어 넣어 강제로 벌리게 만들고는 그 사이로 자리를 잡았다.

타오르는 욕정과 광기로 가득한 그의 잿빛 눈동자는 혼탁하게 잠겨 들어 있었다. 그는 다시금 광인으로 변해 있었다.

"나의 병사들아, 똑똑히 봐 두어라! 이 여인이 누구의 것인지를! 큭, 큭큭! 크하하하!"

"아, 안 돼……! 안 돼! 아아악!"

서둘러 바지춤을 풀어 내린 그는 버둥거리는 그녀의 다리를 자신의 양 옆구리와 팔 사이에 끼워 움직이지 못하게 하고는, 그 자세로 옴짝달싹하지도 못한 채 하얗게 질린 얼굴로 바르르 몸을 떨며 울부짖는 그녀를 잠시 애처롭다는 듯 내려다보았다.

그러다 곧 언제 그랬냐는 듯 잔혹한 미소를 띤 채, 잔뜩 성이 난 자신의 남성을 그녀의 은밀한 곳으로 가져가 자극하기 시작했다. 쾌감에 젖어 든 채 아찔한 신음을 토해 내던 그는 더 이상 참지 못하겠다는 듯 맹렬한 기세로 그녀 안으로 묵직하게 파고들어 갔다.

사내를 받아들일 준비가 전혀 되어 있지 않은 여체의 입구는 몹시 좁은 데다가 메마르고 퍽퍽하여 아릿한 통증이 뒤따랐지만, 밀려드는 황홀감에 비할 정도는 아니었다. 그는 자꾸만 뒤로 도망치는 그녀의 허리를 양손으로 붙잡아 자신의 중심 쪽으로 강하게 당기며 더욱 집요하게 그녀의 몸을 탐했다.

딱딱하게 발기된 사내의 물건이 여린 처녀성을 찢으며 격렬하게 요동치자, 태어나 처음으로 겪는 끔찍한 고통과 정신적인 충격을 끝내 버티지 못한 그녀는 경기를 일으키듯 몸을 떨다 미처 비명도 내지르지 못한 채 결국 그대로 까무룩 정신을 놓아 버렸다.

혼절하여 축 늘어진 그녀의 몸 위에서 아찔한 쾌감과 전율에 몸을 떨며 점점 더 격렬하게 허리를 움직이던 그는, 욕망으로 검게 일렁이는 침잠한 눈동자를 들어 마치 잠이 든 듯한 그녀의 고요한 얼굴을 흘긋 쳐다보더니 난감한 듯 고개를 저었다.

"이런, 이런. 그럼 곤란하지. 어서 눈을 떠. 내 말하였지 않아? 그대에게 극락을 선사해 주겠다고. 저항하지 않으니 나는 이것도 나쁘지 않다만…… 하앗, 하아…… 나 혼자 좋자고 이러는 게 아니니까. 응? 어서…… 눈을 떠…… 하아, 흐웃……!"

황자의 도를 넘어선 만행에 처음에는 그저 어쩔 줄 몰라 하며 황망한 듯 고개를 숙이고 있던 병사들이 어느새 자신들도 모르게 하나둘씩 눈앞에서 벌어지고 있는 남녀의 정사를 흘끔거리기 시작했다. 앞줄에 선 병사에게 가려 보이지 않아 슬쩍 옆으로 비켜서거나 슬며시 까치발을 든 채 흘끔거리는 이들도 있었고, 개중에는 간이 크게도 노골적으로 지켜보며 흥분하여 터져 나오려는 신음을 간신히 삼키는 병사들도 있었다.

일개 여염의 여인이 아닌 황태자비였고, 그녀를 범하는 것은 황태자가 아닌 그의 형이었다. 자신들은 결코 범접할 수조차 없는 경외의 존재들이, 인륜으로 정해진 금기를 깨뜨리는 장면은 병사들에게는 충분히 자극적이고 야릇한 흥분을 불러일으키게 했다.

하물며 일 황자가 친히 이끄는 별동대는 한창나이의 청년들로 이루어져 있었다. 겉으로 그녀를 범하고 있는 것은 황자 하나였지만, 그녀는 그렇게 수백의 병사들에게 동시에 범하여지고 있는 것이나 다름없었다.

태자비가 일 황자 단유에게 겁간을 당하고 있는 동안, 화단 뒤편의 수풀에서는 치열한 몸싸움이 벌어지고 있었다. 광분한 황태자가 뛰쳐나가려 하는 것을 뜯어말리느라 그보다 한 배 반은 몸집이 큰 자함과, 체격은 호리호리해도 그런 그와 비등한 힘을 지닌 백하 두 사람이 진을 빼고 있었다. 결국 하는 수 없이 자함이 황태자의 목 뒤 어디쯤의 경혈을 내리쳐 그를 혼절시키고 난 후에야 사태는 마무리되었다.

자함이 부리나케 은현궁으로 달려갔을 때는 이미 황자가 들이닥쳐 이곳을 장악한 후였다. 손쓸 틈도 없이 그녀를 황자의 손에 빼앗겨 버린 것이다.

황자가 그녀를 죽일 리는 없을 테니 후일에라도 그녀를 구해 오면 될 것이라고, 그렇게 안일한 생각을 했더랬다. 그러나 제정신이 아닌 황자는 인륜을 거스르는 천하에 몹쓸 만행을 저질러 버렸다. 그가 설마 저 지경까지 미치광이가 되어 버릴 줄이야⋯⋯.

수풀에 몸을 숨긴 채 황자의 만행을 지켜본 이들 모두가 충격에 빠져 망연자실 넋을 놓은 채였다. 광분하여 날뛰다 혼절한 황태자와, 입을 틀어막은 채 울먹이는 초혜, 자함과 백하, 그리고 동궁의 궁인들과 사혼단사, 또 금위군관들까지⋯⋯ 모두가 저마다의 충격에 빠진 채 이 같은 악몽에서 쉽게 헤어 나오지 못하고 있었다.

하지만 언제까지고 그렇게 넋을 놓은 채 있을 수만은 없었다. 그들에게는 황태자의 목숨을 지켜야 하는 막중한 의무가 있었다.

— 비전하를 죽이지는 않을 게다. 내 기회를 보아 태자비 전하를 구하여 갈 테니, 넌 지금 당장 북문으로 가라. 서율궁을 질러 가는 것이 차라리 안전하겠구나. 설마 어린 누이들의 궁까지 들쑤셔 놓진 않겠지. 서둘러라, 백하. 반드시 전하를 지켜야 한다!

— 알겠습니다, 장군.

자함의 전음에 백하가 못내 남아 흐르던 죄책감을 냉정히 몰아내고는 고개를 끄덕였다. 비전하께는 씻을 수 없는 죄를 지었다. 그러나 주군의 목숨을 지키지 못하는 그 죄에 어찌 비할 수 있을까. 무엇이 먼저이고, 무엇이 더 중한지는 너무도 명징하여 서글프기까지 했다.

백하는 황태자와 휘하 무리를 이끌고 자함의 계획대로 서율궁을 가로질러 북문으로 달렸다. 인원은 스무 명이 채 되지 않았다. 워낙 적은 인원이라 눈에 띄지 않아 운신은 쉬웠으나 반란군의 정예와 정면으로 맞닥뜨린다면 살아남기는 어려울 것이었다. 정면 돌파보다는 은신하여 몰래 빠져나가는 쪽을 택한 것은 비굴한 방법이었으나 살아남기 위해서는 어쩔 수 없는 선택이었다.

북문으로 향하는 마지막 궁인 서화궁에 당도하였을 때, 북문으로 이어진 통로를 지키는 반란군 병사들의 수가 꽤 많음을 알 수 있었다. 서화궁 뒤편으로는 숲이 우거져 있었는데, 그곳을 통과하여 돌아간다면 북문에 당도하기까지 꽤 오랜 시간을 허비하게 될 터였지만, 무리하게 통로를 돌파하다 변고를 당하는 것보다는 나았다.

그렇게 황태자와 백하의 무리가 숲을 돌아가는 동안, 자함과 휘하 금위군관들은 황자가 소수의 병사만을 은현궁에 남겨 둔 채 별동대를 이끌고 어디론가 부리나케 향하는 것을 보자마자 서둘러 은현궁 안으로 잠입해 들어갔다.

황실군의 정예이니만큼 별동대 전체가 그러하지만, 궁에 남은 병사들은 특히 더 실력이 출중한 자들이어서 제압하는 데 꽤 애를 먹어야 했다. 이쪽도 뛰어나기로는 두말할 필요도 없었지만, 워낙 수적 열세에 놓여 있다 보니 서넛의 무사를 잃었다.

자함과 군관들은 태자비의 흔적을 찾아 은현궁 안을 샅샅이 뒤졌다. 그녀는 침실에 홀로 남겨져 있었다. 살아 있는 사람인지, 죽은 사람인지 쉬이 분간이 가지 않을 만큼 파리한 낯빛을 한 채로 침상에 누워 있는 그녀를 자함이 조심스럽게 일으켜 안고는 어깨에 둘러멨다.

그녀는 일말의 저항조차 하지 않았다. 넋이 빠져나간 사람처럼, 생기를 잃은 그녀의 얼굴은 흡사 귀신의 그것처럼 괴기스럽고 섬뜩하여, 보는 이의 마음을 미어지게 만들었다.

"황태자 전하께서……"

무어라 더 말하려다가 자함은 곧 그만두었다. 그가 기다리고 있다, 그 사실이 지금의 그녀에게 어떠한 의미가 될 수 있을까.

그러나 그런 그의 생각과는 달리, 그녀는 황태자라는 말에 분명한 반응을 보여 왔다. 어깨에 둘러멘 그녀의 몸이 순간적으로 움찔하는 것을 자함은 분명히 느낄 수 있었다.

무엇을 말하려던 것인지 곰곰이 궁리하던 자함은 그녀가 지금 자신에게 벌어진 그 참담한 일들보다도 더욱 신경 쓰고 있는 그 무언가는 아마도 단 하나뿐이리라는 결론을 내렸다.

"……염려 마십시오. 주군께서는 무사하십니다."

자함의 말을 듣고 나자 그녀의 몸은 다시금 시체처럼 축 늘어졌다. 하여간 이해할 수 없는 분들……. 왕왕거리며 다투는 것이 전부였으면서도, 무엇이 그리도 애잔하여 종국에는 이리들 서로를 보듬는 것인지…….

자함은 어깨에 둘러멘 그녀를 한 팔로 단단히 붙든 채 서둘러 걸음을 놀렸다. 북문만 무사히 벗어나면 어떻게든 살길은 있었다. 반란군이 장악해 버린 이 황궁만 벗어날 수 있다면, 이들 부부의 목숨만큼은 어떻게든 지켜 낼 자신이 있었다.

어쩌면 목숨보다 더 귀중할지 모를 무언가를 이미 처참히 잃고 만 그녀이지만, 천추에 씻지 못할 한으로 남을 오늘을 설욕할 그날이 올 때까지만이라도, 그녀는 반드시 살아 있어야만 했다.

방관할 수밖에 없었던 자신들의 죄를 조금이나마 덜 수 있는 길은 오로지 그 것뿐이라 생각하며, 자함은 남은 힘을 모두 끌어모아 북문을 향해 사력을 다해 달렸다.

북문 근처에서 황태자 무리와 합류하였을 때는 새벽이 밝아 오고 있었다.

날이 완전히 밝아지기 전에 황궁을 벗어나야만 한다는 생각에 마음이 다급해진 그들이 북문을 조심스럽게 열었을 때, 그나마 이것을 천운이라 해야 할지, 북문의 경비는 승산을 기대해 볼 만큼 허술해져 있었다.

별동대를 이끌고 은현궁을 나선 단유가 다행히도 북문으로 향하지는 않은 모양이었다.

남아 있는 사혼단사와 금위군관의 수는 기껏해야 서른 남짓. 그들은 기꺼이 목숨을 바칠 각오를 하며 무시무시한 기세로 북문으로 치고 들어갔다.

북문 병사들과의 치열한 사투 끝에 그들은 황태자를 간신히 북문 밖으로 도 피시킬 수 있었지만, 북문의 소식을 듣고 뒤늦게 달려온 반란군 정예 궁사들의 화살까지는 막아 낼 수 없었다.

"크윽!"

무수히 날아오는 화살비 속에서 휘하들과 함께 길을 터 나아가던 황태자가 돌연 가슴을 움켜쥔 채 비틀거리자 호위하던 휘하들 모두가 사색이 된 채 그를 바싹 에워쌌다.

수없이 날아드는 화살을 모두 피할 수 있는 존재란 아마도 전지전능의 신 (神)뿐일 테지만, 그의 왼쪽 가슴께에 깊숙이 꽂혀 들어간 화살은 너무도 치명 적이어서 그것을 본 모두에게 깊은 절망감을 안겨 주고 있었다.

그러나 자신들의 숨이 끊어지는 그 마지막 순간이 오기 전까지는, 그들은 결 코 포기할 수 없었다. 모두가 비장한 마음으로 이를 악문 채 온몸을 던져 황태 자를 엄호하며 눈앞의 적들을 베 나갔다.

"전하를 보호하라! 전하! 정신을 놓지 마십시오! 절대 정신을 놓으시면 안 됩 니다, 전하!"

"전하! 전하! 흑…… 전하, 아니 되옵니다! 눈을 뜨시옵소서! 흐흑, 전 하……!"

가슴이 타들어 가는 듯한 엄청난 통증을 느끼며 황태자 단휘는 흐릿해지는 정신을 놓지 않으려 힘겹게 시선을 들었다.

자신의 가슴에 박힌 화살의 살대를 부러뜨리는 순간 백하가 다급히 외치는 소리와 잔뜩 겁에 질려 울부짖는 초혜의 비명 소리가 귓가에 선명하게 들려왔 지만, 자꾸만 희미해져 가는 그의 의식을 정작 붙들었던 건 백하의 외침도 초 혜의 울부짖음도 아니었다.

꿈을 꾸고 있는 것일까…… 어째서 저리 서러운 얼굴로, 서글픈 눈으로 그녀가 자신을 바라보고 있는 것일까.

자신을 에워싼 휘하들의 틈새로 희미하게 보이는, 금세라도 쓰러질 듯 창백한 얼굴로 사시나무 떨듯 몸을 떨며 자신에게 한 걸음 한 걸음 다가오고 있는 태자비의 모습을 놓지 않기 위해 그는 자꾸만 흐릿해지는 정신을 붙들려 무던히 애를 썼다.

괜찮다고, 웃어 주어야 할까. 이대로 생을 놓지는 않을 테니, 혹 염려하는 거라면 그리할 것 없다고…… 안심시켜 주어야 할까.

그는 잠시 고민하다 엄습해 오는 고통에 얼굴을 일그러뜨리며 그녀를 향해 힘겹게 미소 지었다.

자신조차 이해할 수 없는 행동이었지만, 그 순간 다른 생각은 할 수 없었다. 불안해하는 그녀를 안심시킬 수만 있다면, 분명 그 순간만큼은 그 어떤 행동도 서슴지 않았으리라.

어쩌면 생의 마지막일 수도 있는 그런 순간에 힘겹게 떠올린 미소는 처연하고 서글펐지만, 그가 전하려는 바를 충분히 알아들었다는 듯 그녀도 그런 그를 가만히 따라 웃었다.

부서질 듯 창백하고 처연하여 지독하게 서글픈 그 미소를 마지막으로 눈에 담으며, 그는 겨우 붙들고 있던 의식의 끈을 무연히 놓아 버렸다.

그리고 그가 다시 깨어났을 땐, 화살이 박혔던 가슴의 깊은 상처가 어느새 아물어 있는 것처럼 그날의 기억 모두가 그의 뇌리에서 완전히 지워져 버린 후였다.

감당할 수 없는 고통과 충격에 깨끗하게 패배를 선언한 황태자 단휘에게 남아 있는 것은 육신이라 불리는 속이 텅 빈 빈껍데기뿐이었다.

그렇게 10년…… 스무 살의 청년이 어느덧 서른을 넘긴 중년의 사내가 되어 있는 지금, 그는 참담하고 잔혹하기 그지없는 과거의 망령에서 벗어나지 못한 채로 여전히 그 악몽 같은 시간 속에 멈춰 서 있었다.

"……."

스르륵 떠진 잿빛 눈동자가 심연을 헤매듯 허공을 떠돌았다.

낯선 듯하면서도 어딘지 익숙한 천장의 연등을 멍하니 바라보던 단휘는 다시금 무겁게 눈꺼풀을 내리깔았다.

그가 깨어난 것을 알아챈 백하가 곁으로 가까이 다가와 조심스레 안색을 살폈다.

"……정신이 드십니까, 폐하."

단휘는 여전히 눈을 감은 채로 고개만 겨우 끄덕였다. 몸이 쉬이 움직여지지도, 목소리가 내뱉어지지도, 흐릿한 시야가 쉽사리 밝아지지도 않는다. 아마도 꽤 오래도록 정신을 잃고 있었던 모양이다.

"……여긴…… 어디지?"

"해주입니다, 폐하. 부상이 너무 깊으셔서 일단 해주로 먼저 모셨습니다."

"……."

낙안성에서 어찌 빠져나올 수 있었는지에 대해서는 굳이 묻지 않는다. 이미 뼈아플 정도로 잘 알고 있는 사실이니까.

가슴속 저 깊은 곳에서 걷잡을 수 없는 뜨거운 불길이 화르르 치솟아 올라 남아 있는 모든 감정들을 까맣게 태워 버린다. 무엇으로도 해소될 것 같지 않은 타는 듯한 갈증이 목구멍으로부터 온몸 전체로 퍼져 나간다.

인두에 덴 가슴의 화상이 불이 붙은 듯 화끈거리고 쓰라린 고통을 호소해 왔지만, 훼손된 자존과 그로 인한 모멸감과 수치심에 비한다면야 그것은 차라리 견딜 만한 고통이었다.

그러나 기실, 지금의 그에게 있어 가슴의 인두 자국보다도, 훼손된 자존보다도 더욱 혹독하고 잔인한 고통은 따로 있었다.

'그를 살릴 수 있다면 무엇이든 하겠다 하였나.'

낙안성을 떠나오던 그날, 왕이라는 사내가 그녀에게 그리 나직이 물었을 때, 그 말을 되짚는 사내의 저의를 그 순간 어렴풋이나마 짐작할 수 있었던 것은

490

같은 사내로서의 직감 때문이었는지도 모르겠다.

'그래요, 무엇이든. 물에 뛰어들라면 뛰어들 것이고, 혀를 깨물라면 깨물 것입니다. 그를 살려만 주신다면 무엇이든 하겠습니다.'

'그 말인즉, 지금 내가 하려는 제안을 무조건 받아들이겠다는 뜻으로 해석해도 되겠소?'

'물론이에요.'

'좋아. 그럼 내 제안하지.'

그대는 절대, 그 제안을 받아들이지 말았어야 했다. 그것은 나를 살리는 것이 아니라, 죽이는 것과 진배없었으니까.

'……나의 후궁이 되어 줘. 그리하겠다면 그를 성에서 내보내 주지.'

일국의 군주로서도, 또한 일개 범부(凡夫)로서도, 사내의 그 같은 제안은 매우 현명하며 타당한 처사임에 틀림이 없었다.

낙안에 도착한 날, 그녀의 별당을 찾아가 우연찮게 엿듣게 된 아리와 저 사내의 대화를 통해 미루어 짐작한 바, 어떤 대단한 포로 한 명쯤 풀어 준다 해도 사내가 손해 볼 것은 전혀 없었다. 군주로서의 위신도, 범부로서의 욕망도, 사내가 그녀에게 한 그 제안으로 말미암아 그는 모두 취할 수 있을 테니까. 그리고 바보 같은 그녀는, 그 모든 것을 알면서도 사내의 제안을 절대 거절할 수 없었으리라.

빌어먹게 한심한 지아비란 작자, 바로 자신 때문에…….

바로 그러한 사실이 그를 더욱 비참하게 만들고 있었다.

'……더는 털끝 하나 건드리지 않고, 그를 살려서 내보내 주겠다는 뜻입니까?'

'물론.'

'……그리만 해 준다면…… 당신의 후궁이 아니라, 시첩이라도 되어 드리지요…….'

'내 제안을 받아들이겠다는 건가?'

'……선택의 여지가 없지 않습니까.'

생생히 떠오르는 그날의 비참한 기억에 단휘는 괴로운 듯 얼굴을 일그러뜨렸다.

그대를 희생하여 이 목숨 하나 부지하는 것이 나에게 무슨 의미가 될 수 있겠느냔 말이다…….

이 미련한 여인아, 바보 같은 여인아…….

'현명하군. 하면 이제부터 그대는 파안의 황후가 아니라 아라하의 귀비가 되는 거요. 그것이 어떤 뜻인지는 알고 있겠지?'

'……너무 잘 알고 있지요. 내 나라를 조롱하겠다는 뜻이 아니면 무엇이겠습니까.'

'그게 다가 아님을 알 터인데.'

'상관없습니다. 그의 목숨을 살리는 것 외에는 내게 아무런 의미도 될 수 없으니 말이에요. 지금도, 그리고 앞으로도 영원히.'

'살면서 뼈저리게 느낀 게 있지. 어떤 순간에도 장담은 금물이라는 것. 생이란 예측불허, 앞일을 내다보는 건 오로지 신의 영역이니까.'

'……거창한 반박이로군요.'

'그만큼 자신 있다는 뜻이겠지.'

'…….'

그러쥔 주먹 위로 힘줄이 파르라니 불거져 나왔다. 그녀 특유의 표독스러운 목소리 끝에 들려오던 사내의 태연자약한 웃음소리가 기분 나쁜 꿈을 꾸듯 트적지근하게 귓가를 맴돌았다.

일순 지독한 패배감이 엄습해 왔다. 꺼져 가는 듯한 그날의 그 혼미한 정신으로도 그는 충분히 느낄 수 있었다. 사내는 그녀와의 언쟁을 진심으로 즐기고 있었다. 그녀와 다툴 때면 늘 으르렁거리기만 했던 못나고 졸렬하기 짝이 없었던 지난날의 자신과는 달리…….

저를 향한 지독한 자조가 입 끝에 쓰디쓰게 매달렸다. 감정 같은 건 모두 메말라 버렸다고만 생각했었는데, 문득 가슴속에서 무언가가 울컥 치밀어 올라 가슴을 뜨겁게 데우고 눈시울마저 화끈거리게 만든다.

'명일부터 그대는 아라하의 예법을 철저히 익혀 두도록 하시오. 담당 여관이 곁에서 그대를 도울 테니 크게 어려운 점은 없을 거요. 후궁 교지는 사나흘 안에 정식으로 내릴 것이니, 그리 알고 있도록 하고……. 약조한 대로 저자는 금일 자정 성 밖으로 내보내 주겠소. 비밀리에 차질 없이 진행시킬 테니 그대는 아무 염려 마시오. 혹 궁금한 것이나 다른 할 말이 있소?'

'……한 가지…… 청이 있습니다.'

'청이라. 어디 들어나 봅시다.'

'떠나는 그를…… 배행할 수 있도록 윤허해 주십시오.'

'……'

생각지 못한 청이었는지 잠시 침묵하던 사내는 이내 퍽 나긋하게 웃었던 것 같다.

'마지막은 늘 애틋한 법이지. 그리하시오.'

승자의 여유로움일까. 선심 쓰듯 나긋이 대꾸하던 사내의 여유로운 목소리가 거친 풍랑처럼 가슴속 저 밑바닥에서부터 무섭게 소용돌이쳤다. 핏대 선 눈동자가 싸늘히 잠겨 든 채 움직임을 멈추고 허공 어딘가를 노려보았다.

모르는 게 약이라 했건만, 쓰라린 가슴에 상흔처럼 남은 그날의 기억이 아물지 않은 상처에 독주를 끼얹듯 심장을 아프게 찔러 대고 있었다.

차라리 듣지 않았더라면 좋았을 말들, 차라리 영영 모를 수 있었더라면 좋았을 일들……. 내내 정신을 잃고 있다 잠시 잠깐 흐릿하게 의식이 돌아온 그때 그들의 그 같은 대화를 듣게 되어 버린 건, 대관절 그 무슨 운명의 장난인 건가.

끝내, 나의 신(神)은 당신의 존재를 증명해 주지 않는다…….

"폐하. 때를 보아 황후 마마를 무사히 모셔 올 것이오니 너무 상심치 마십시오."

마치 제 속을 다 안다는 듯 백하가 수심 가득한 목소리로 말을 건넨다. 단휘는 쓸쓸히 허공을 바라보며 조용히 고개를 저었다.

"……그리할 것 없다."

"예……?"

"그곳에 있는 편이 차라리 더 안전할지도 모르지……. 적어도 지금은."

해주에는 머지않아 아라하와 설유의 동맹군이 들이닥칠 것이고, 도성은 이미 이복형제들의 손에 넘어가 있다. 그녀를 무사히 데려온다 한들, 안전히 품어 줄 곳이 없지 않은가.

인정하고 싶지 않지만, 현실이 그러하다.

연연하지 않는다……. 그래, 생(生)과 사(死), 그 근본적인 문제 앞에서 다른 무엇이 흠이 되고 흉이 될 수 있을까.

저를 살리기 위해 그녀가 여인으로서의 자신을 미련 없이 버렸듯, 그녀를 살리기 위해 그녀를 잠시 다른 사내의 곁에 머물게 할 수도 있는 것이다. 이미 우리는 그런 것에 어떤 대단한 의미를 부여하지 않아도 될 만큼, 뼈아픈 격통의 시간 속을 헤쳐 걸어온 사람들이니까.

움직일 때마다 사지가 끊어지는 듯한 고통이 몰려왔지만 단휘는 손으로 바닥을 짚고서 힘겹게 몸을 일으켰다. 부상당한 몸이 완전히 회복되려면 두어 달은 꼼짝 없이 누워 있어야만 하겠지만, 언제까지 시간을 지체하고 있을 수만은 없는 노릇이었다.

겨우 몸을 일으켜 앉은 단휘를 염려스러운 시선으로 바라보던 백하가 잠시 고민하는 듯하더니 곧 하얀 장대(狀袋)를 그의 앞에 조심스레 내밀었다.

"……뭐지?"

"대장군께서 보내오신 서찰입니다."

백하에게서 건네받은 자함의 서신을 몇 차례 거듭 읽어 본 후에야 단휘는 고개를 들었다.

도성은 건재하니 우선은 해주를 다시 한번 살펴 달라는 간결한 내용의 서신……. 그러나 서찰의 내용을 곧이곧대로 믿고 안심하기에는 무언가 꺼림칙했다.

"……아무래도 끝을 낼 때가 온 것 같군. 사랑해 마지않는 나의 두 아우들과."

평소 자함의 성정대로라면 수다를 떨듯 이런저런 많은 이야깃거리들로 종이 한 장 정도는 너끈히 채우고도 남았을 것임에, 단휘는 본능적으로 도성에 문제가 생겼음을 직감했다.

"도성으로 가야겠다, 백하."

"아직은 무리이십니다, 폐하."

"물론 운신할 정도로는 몸이 회복되어야겠지. 이틀 정도면 충분해. 이틀 뒤 바로 떠날 테니 준비해 두게."

"하오나, 폐하……."

"명을 어길 참인가."

"……아닙니다. 존명."

마지못해 대답한 백하가 파리한 주군의 안색을 걱정스레 살피다 이내 조용히 물러나고, 홀로 남은 단휘는 벽에 몸을 기댄 채 공허한 눈으로 한참 동안 허공을 응시했다.

버겁게 옥죄어 오는 현실을 보란 듯 놓아 버릴 수 있는 그런 순간 같은 건, 자신에게는 결코 찾아오지 않으리란 것을 안다. 괴로운 듯 일그러진 얼굴 위로 뒤틀린 미소가 머금어졌다.

그러니 내 무엇을 어찌할 수 있을까……. 천자가 아니라 더 대단한 무엇이라 한들, 무슨 뾰족한 수가 있을까…….

그저 살밖에. 다만 살아 낼 수밖에…….

모멸감에 치가 떨려도, 차마 전하지 못한 연정이 피를 토하며 울어도…… 그저 지금껏 그래 왔듯이 이 모진 삶을 다만 살아갈 수밖에…….

뒷덜미로 번지는 묵직한 통증에 머리를 뒤로 젖힌 채 그는 가만히 눈을 감았다. 그 순간 꿈결인 듯 스쳐 가는 그녀의 모습을 놓치지 않으려 감은 눈에 더욱 힘을 주며 무거운 한숨을 토해 내던 그의 메마른 뺨 위로 뜨거운 눈물이 한 줄기 흘러내렸다.

흐르는 눈물을 닦을 생각조차 하지 않은 채, 그는 잔인하고 참혹한 자신의 현실 앞에 잠시 그렇게 무너져 내렸다. 이 같은 감정의 흔들림은 그의 생에 아마도 지금이 마지막일 것이기에, 봇물 터지듯 쏟아져 나오는 울음을 그는 굳이 멈출 생각을 하지 않았다.

〈2권에서 계속〉